人民政协报 新时代报道作品选

委员故事

人民政协报社 ◎ 编著

中国文史出版社

图书在版编目（CIP）数据

人民政协报新时代报道作品选．委员故事／人民政协报社编著．-- 北京：中国文史出版社，2023.3

ISBN 978-7-5205-4043-8

Ⅰ．①人… Ⅱ．①人… Ⅲ．①新闻报道－作品集－中国－当代 Ⅳ．①I253

中国国家版本馆 CIP 数据核字 (2023) 第 051379 号

责任编辑：王文运　梁玉梅　赵姣娇

出版发行：中国文史出版社
社　　址：北京市海淀区西八里庄路 69 号　邮编 :100142
电　　话：010-81136606　81136602　81136603（发行部）
传　　真：010-81136655
印　　装：北京瑞和祥云印刷技术服务有限公司
经　　销：全国新华书店
开　　本：787mm × 1092mm　1/16
字　　数：310 千字
印　　张：21
版　　次：2023 年 5 月北京第 1 版
印　　次：2023 年 5 月第 1 次印刷
定　　价：238.00 元（全三册）

主　编

张立伟　王相伟

副主编

许水涛　石秀燕　訾　绮

杨统连　刘劲松　刘　珊

陈祖毅

执行主编

韩　雪

统　筹

李丛杉　罗公染

编　辑

张　园　刘　嫣

编　务

孟祥龙　位朝辉　段志海

张修涛　王　宇　廖昕朔

前 言

政协委员是政协工作的主体。习近平总书记强调，政协委员作为各党派团体和各族各界代表人士，由各方面郑重协商产生，代表各界群众参与国是、履行职责，这是荣誉，更是责任，并对政协委员提出了“懂政协、会协商、善议政，守纪律、讲规矩、重品行”的重要要求。

如何当好一名政协委员，引发了所有政协人的深思。为此，《人民政协报》自2014年1月7日设立《委员故事》版，在全国范围内选取具有典型意义的政协委员，重点围绕个人成长与国家发展同频共振，充分讲述委员在本职工作、政协履职方面的故事，还原其形象、个性、思想和精神。

九年多来，《委员故事》版共推出300多期，报道各界别政协委员的人生经历和履职故事，凸显了人民政协人才荟萃、智力密集的优势，彰显了政协委员为国履职、为民尽责的情怀，产生了一定的影响力。一些委员表示，在阅读《委员故事》中学到了履职方法，找到了履职榜样。

在本报创刊40年之际，特将部分委员故事结集出版，一方面让社会各界直观地了解政协委员是怎样的一群人，同时促动新一届政协委员积极发挥在本职工作中的带头作用、在政协工作中的主体作用，带动所联系界别群众为实现中华民族伟大复兴而团结奋斗，通过讲好委员故事，进而讲好政协故事，讲好中国故事。

目　录

家国情怀

技术报国

创新引领

守望家园

医者仁心

家国情怀

李家祥：大道相通

文／韩　雪

李家祥

第十二届全国政协文史和学习委员会副主任。连续六年担任中央环保督察组组长。空军中将军衔。历任中国航空集团公司总经理兼中国国际航空股份有限公司董事长，中国民用航空局局长、党组书记，交通运输部党组副书记、副部长（正部长级）。

李家祥应该就是你我他眼中，公认的经历不寻常之人。

数十年间，三次转型，通行军、商、政三界。经受军队熔炉锻造，亲历商海波诡莫测，主政中国民航，涉足协商民主舞台，丰厚的阅历和自如的角色切换，没有几人可与李家祥并论。

背负着这样人生际遇的李家祥，眼下，正安坐在茶室内，端起茶壶，按先人后己的茶道之序，为面前两个杯子，一一注水。

说起人生，亲历几次大转型的李家祥不太认同“人生设计”这个理念——“人生就像奔涌河流中的一滴水，你不知哪朵浪花会把你推到什么位置。”他笃信的是，人生无论被推到什么位置，都是靠脚踏实地走出来的。

空降奇兵

2000年11月10日傍晚，兰州军区空军驻西安某部少将政委李家祥接到一项紧急调令，要他连夜赶赴北京。

次日清早，在国航数百名高管参加的干部大会上，一身戎装的李家祥被宣布出任中国国际航空公司党委书记。

“空降”，对空军出身的李家祥来说并不新鲜，但此次大跨度的“空降”任务，对服役30年的李家祥来说尚属首次。这一次，改变了李家祥51岁后的职业轨迹。

“在企业里，总经理是头，我做的是魂的工作，头魂得合一，头没了魂，是昏头；魂没有头，是游魂。”他对一同搭班的总经理阐述完“头”“魂”论后，又说：“我从军队调来国航，是要对你的工作做好保障，一是保障你全面地履行职权，二是保障你顺利地履行职权，三是保障你正确地履行职权。”这话一说，既消解疑虑，又准确界定了两人的工作关系。

难题还在后头。有人说，“当得了将军，未必管得了企业；能打仗，未必会赚钱。”彼时国航情况尤为复杂，从1998年到2000年，国航连续三年亏损，每年多达6亿多元，公司负债率一度高达95%以上，其间还发生过几起违法案件。

商场如战场，“调我来，就是打硬仗的。”到了市场，李家祥就研究市场。他依据军事思维作出判断：企业亏损相当于部队打了败仗。打了败仗不能接着打，先要收拢，整编，重新定位。

企业是做什么的？企业领导者要做什么？校准定位，势必回到“是什么”这个简单根本上来。

想明白了才能干明白。李家祥琢磨，“企业最基本的功能是创造财富。”企业就要在核心业务内，研究市场发展方向，这个方向也是企业资源配置和投资的主方向。

开局不久，李家祥就想通了带兵打仗和企业经营的相通之道。“人民解放军一条重要作战原则，是在作战之前做好充分准备，集中优势兵力把仗打好，战略上以一当十，战术上以十打一。”李家祥认定，商场如战场，道理相通。亏损，对企业是天大的事。扭亏，先要找到“出血点”；赢利，就要摸准赢利点。

当时，国航有100多个二级公司和机构，在清理整顿工作开展的每一天，牢骚、歧见、矛盾、冲突不断上演。

一个投资1000万元建立的水产副食基地居然多年没有任何收益。却有二级公司领导来说情：“留着吧，我们还等着分鱼吃呢。”

“赔进去的钱不知能买多少鱼了！”在风雷般的作风下，国航二级公司和机构的整顿成效十分显著：到2003年，100多个缩减至27个。“止血”成功！

企业经营是系统工程，于是李家祥和国航领导班子坐下来慢慢捋，从企业生产经营的每个环节入手，调整机队结构，控制投入收益比，抓市场营销。到2001年，国航实现赢利3400万元，减亏增利共6.81亿元。

久违了的赢利，让国航上下兴奋了一把。相比较来自外部的生存压力，内部危机更令管理者头疼。李家祥喜欢辩证地看“危机”，危机相连，两字拆开看，有“危”的一面，就有“机”的一面。把握得当，危机就能变成转机。

2002年的一天，国航机关食堂被一个下属公司的100多名员工“占领”了，他们指名要见李家祥。

李家祥进去后，缓慢扫视一圈后，开口问：“谁是头儿？”

循着大家不约而同的目光所指，他走到一位师傅面前：“师傅你贵姓？”

“我姓张，但我不是头儿。”

“你就是头儿。是头儿，也不是不好的事情，说明大家对你的信任。”

对方不语。

“说吧，这次来，有什么需求？”

张师傅边说，李家祥边听，等他说完了一二三四，李家祥手一挥，说解决了。

大家面面相觑，问："得多长时间解决？"

"张师傅，你说多长时间解决？"

"两个月？要不一个月吧。"

"一个月太长，半个月。"

有人说："李总，说话要算数。"李家祥马上回答："请大家查一查，我来到国航，哪一个问题说了没算数！"接着，他不失时机地说："我听了大家的，大家也要听我的。公司反映问题的渠道是畅通的，今后不要用这种方式反映问题。请回吧。"人们纷纷离去。

当天下午，李家祥就召开会议重组这个子公司的领导班子，解决反映最为激烈的第一个问题。随后八天内，其他问题也全部得到解决。

这次食堂事件中，李家祥的直面问题、敢于亮剑，在国航内部引起不小震动。"一个企业，有好的战略不难，但要确保战略和思路得以贯彻、执行，必须上下默契，达成共识。"做过多年政委的李家祥深知，观念转变的关键，在人心。

徜徉商海

一次聊天，龙永图对李家祥笑说："你在世界上的经营知名度，可比民航局局长高多了。"这话，不完全是对转任中国民用航空局局长李家祥的溢美之词。

2007 年 12 月，李家祥离开国航时，国航实现赢利 40 亿元。当时，全国民航总赢利 20 亿元。

李家祥是如何带领国航，从连年亏损一跃成为中国赢利能力最强的航空公司，海外关注度更高。根据 2012 年《哈佛商业评论》的"中国上市公司卓越 50 人"评选结果，排在第一位的，是中国国际航空公司前董事长李家祥。

根据对国航的评估指标，"在超过四年的董事长任期里，股东的总回报是 1022%，年度的复合增长超过 129%，市值增长在过去评估的周期里，超过 2370 亿元人民币。”据《哈佛商业评论》中文版主编何刚介绍，国航在 2004 年上市之后，在相当长的时间内，是全球市值规模最大的航空公司。

第二年，2013 年全球最佳 CEO 排行榜出炉：在全球 100 位长期表现最佳的企业领导人中，中国有三人上榜，排名最靠前的是中国国航前 CEO 李家祥，名列第 17 位。这一榜单是根据 1995 年以来获得任命的首席执行官在任期间实现的股东回报及市值增幅来排名的。

“挣钱一听很神秘，很不容易。摸到门道，其实也简单。”李家祥出生在山东枣庄，但祖籍是山西榆次，那是个晋商辈出的地方。李家祥又说，企业盈利不是一两句话可以说清楚的，这是一个系统工程。但从一些做法中，或可窥探到他经营思维的独到。

集中优势。为了将全国最盈利的 28 个航线方向集中在国航手里，李家祥费心组合，曾经拿一条航线去换别人的一个航班。“就跟下棋一样，把局布好，才能把组合优势发挥出来。”

构建运营枢纽，打通国内外航空市场。当时，某航空公司一条北京飞朝鲜的航线常年亏损，因一年亏损 3000 万元而停飞了这条航线。李家祥听闻，立即让国航主动接收了这条航线。有人不明白。他自信地说，“他们飞是亏的，国航飞就不亏。”原因在于，朝鲜当时在国外有 80 多个大使馆，而国航有国际网络，利用国际网络中转对接优势，这一个小时被纳入十几个小时的国际飞行中，不仅打开了朝鲜的市场，还实现了赢利。果然，运营一年，赢利 1 亿多元。

随着全球化的加剧，世界已是一个大市场。徜徉商海的李家祥有一个中国“超级承运人”的梦想。竞合，而不是竞争，很早就存于李家祥的头脑中。

2002 年，国务院批准《民航体制改革方案》，机遇来了！国航、中国航空总公司、中国西南航空公司宣告合并重组。最初，重组并不被看好。李家祥全力推进重组进程，尽快实现国内民航资源的优化整合。直到今天，很多人提到国航业绩良好的成因，还并不清楚要归功于这手先人一步的重组。

到2004年，国航经过良好经营，品牌价值进一步提升。已经到了转换经营机制的好时机，这年，国航筹划海外上市。中介机构分析认定，“国航卖不上大价钱。”上市计划书递到了李家祥手里，被他退了三次，原因就一个：“没突出国航的卖点。”

对方急了：“你当过将军但没玩过股票，你懂上市吗？”

李家祥正色道：“我没卖过股票，但我卖过黄瓜。部队带兵与管理企业是相通的。黄瓜的卖点一是鲜，二是嫩，标志就是头顶黄花、身长绿刺。那你知道国航的卖点在哪里吗？”

对方一下子被问住了。李家祥又说：“好马不能卖个驴价钱。”他三次组织有关人员修改方案，上调股价，突出国航“潜在价值”的主打卖点。一上市，国航H股就募集资金102亿元，比原来预计的多出32亿元。

卖黄瓜时，李家祥才十二三岁。家里种着自留地，吃不了的菜就拿去卖。作为家里的老大，母亲派他去。也因此，李家祥最早的商业经验是从集市叫卖蔬菜而来。谁能想到，当年在山东一个县城集市上，一个脸盘圆圆、眼睛大大的乖巧孩子，日后竟把生意做到了国际市场上？！

励志故事听起来虽然提神，但核心往往在故事之外的思维机巧——在生活深处思考生活，运用生活常识进行形象思维，从中悟出带有普遍性的道理，用以指导工作、学习和生活。李家祥说，这就是思维相通的力量。

更迭视野

从20岁到51岁，空军军人是李家祥最大的标签。他承袭了母亲90岁仍能穿针引线的优良基因，眼睛明亮，至今眼睛不花。从51岁到58岁，军人标签换成了商人，良好的视力也随之搭乘上一个新维度，转为广阔的视野。

一直以来，外界认为民航是国家行政色彩浓厚、垄断经营的行业。其实不然。在中国广阔领空里，上百家中外航空公司竞逐于此，中国民航市场与国际接轨，也是竞争最为激烈的国民经济领域之一。这就要求领航人必须具备全球化视野。

2006年这一年，世界石油价格一路走高，但从8月下旬开始，价格逐渐下降。“10月31日石油价格从每桶最高点70多美元降至56美元。”今天再提到这个日期和价格，记性好的李家祥一下子脱口而出。

他在见到管金融的副总时说：“现在一桶石油56美元，是套期建仓的好时机。我判断也就是个把星期，11月7日后，油价就要上涨。”果然，20多天后，世界石油价格攀升到每桶64美元多。

可对于这一个月来石油价格下降的原因，大家纷纷不明就里。李家祥在公司管理层大会上“揭秘”：“这和美国有关。11月7日是美国参议院、众议院的中期选举，此前各大财团为了使共和党在参众议院获得更多支持，可能运用财力在油价上做了配合。”

当时，李家祥盯石油价格已经盯了半年多，反复进行因素排除，比对分析，才作出精准研判。国际化视野的逐渐养成，就在这样桩桩件件中反复磨炼，点滴积累。

有了国际化的视野，还有国际化的交流。曾在李家祥身边工作过的人记得，2002年当李家祥与美国前国务卿基辛格博士自主交谈时，他们大吃一惊，还半开玩笑说：“李总，您别再学外语了，再学我们都失业了。”李家祥与欧元之父蒙代尔也相熟已久。但蒙代尔不知道，与自己用英语谈笑风生的这个长相敦厚的中国人，起身草根，经历丰富，不仅上过山，下过乡，还挖过煤，扛过枪，甚至卖过黄瓜。“光经历不读书，没有视野；光读书没有经历，没有经验。”

李家祥对学习“动心”早，“感情”持久。入伍不久他就报名本科自考。一块报考的人都说：“自考挺难的，不要报那么多吧。”李家祥想了想：“我试试，分不高，60分就能过关。”结果，他每季度都按着报考科目的上限来，一次四门，连续四次。5点，李家祥准时起床读书。一年多后，16门全部过关，顺利拿到大学本科文凭。为什么总立功？“哈，我那时是山西省表彰的自学成才标兵。”

改行管理后，李家祥的案头、床头和车内，总有看不完的经济管理类图书、报刊。书读得多，知识储量就会加大，各种知识又在不同经历中融会贯通，慢慢形成自己独特的思想和语言。

有意思的是，李家祥惯用的语言，常常是既融会中央精神，又顺口溜式地好记好用——“单位好不好，关键在领导；领导行不行，关键前两名”；“没想到和想不到。没想，反而到了；老想，却总是不到”；“把市场摸得透透的，把路子理得清清的，把成本降得小小的，把收益搞得大大的”……

如今，他还为读书获得的共鸣感兴奋不已：“读历史是在和古人打交道，读哲学是在跟哲人打交道。你跟高人打交道，会累吗？只能激发你奋力前行。”

探索和求知带来的头脑清醒，让李家祥看起来更年轻、更富活力。

智解困局

多年学思践悟的不断循环，锻炼着李家祥的思维模式，他尤其善于把大道理讲小，小中见大；把深道理讲浅，深入浅出；把虚道理讲实，以实见真；把歪道理讲正，以正祛邪。这样的本事运用到商务谈判中，往往收到出其不意的效果。

2003 年，国航曾经因为一架飞机的改装价格，跟波音公司谈判半年未果。矛盾集中在价格上，波音报价 4500 万美元，国航只能出到 1500 万美元，差价 3000 万美元，当时约合 2.5 亿元人民币。

波音民机总裁邀请李家祥去美国总部面谈。临行前，对方给了他 500 万美元的“面子”，言下之意明显：改装费不能少于 4000 万美元。

这个局，怎么解？

李家祥准备了个腹稿便直奔波音总部。总裁副手出面接待，李家祥直率地对他说：“我知道美国朋友喜欢听实话。这次，我来就先向波音的朋友讲几句你们不知道的实话，如果你们认为是善意的，我们再谈。如果认为我讲得不是善意，下午我便回中国了。”

对方请他继续，李家祥正色道：“第一句实话是，国航对这架飞机 1500 万美元的改装费用是不能变更的。第二句实话是，某飞机制造公司找到国航，愿意以国航的出价进行改装，条件是国航今后不要再买波音的飞机。我们考虑到我们两家的历史关系暂时没有答应。第三句实话是，我来前做了统计，自 1972 年波音首家飞机进入中国以来，中国共采购波音飞机达 4600 多架，加上预定的总数有 6000 多架，而使用波音飞机最多的中国航空公司是国航。30 多年来，波音从中国市场的获得超过 5000 亿元人民币。”最后，他望着对方的蓝眼睛说：“我想，波音的朋友会从历史和未来的角度对待这次飞机改装问题的。”

总裁副手听罢马上报告总裁。20 分钟后，这个外国人满面春风地回来：“非常感谢你的友好和善意，就按你说的办。”随后，两人愉快地完成了签字仪式。

李家祥陈述的都是摆在桌面上的事实，他运用自己的思维将事实之间的关系组合起来，形成了对方便于接受的逻辑。不可能完成的谈判，成功了。

“学过数学吧，计算方法错了，结果就会错。思维也是一样。”在中国，能解决问题的人，是稀缺人才。能解决问题的思维，是科学思维。

“都是在碰到困难、遇到问题时，被派过去。”正如李家祥所说，他的好几个岗位都是临危受命。1991 年，李家祥被任命为某一个飞行师政委。这个飞行师的问题在于，三年出了四次事故。李家祥到任着手分析研判，认定主要是基础训练不过硬造成的，“仪表、起落、航行”三大基础飞行科目是绕不过去的技能关，此后全力以赴打基础，抓安全，着手培养技术骨干……第二年，这个师没有发生安全事故，其后十几年也没有。这比李家祥离开时预测的五年无事故还要长。

时光再往前回溯，困难从来没有消失过，只是换了个模样。刚入伍的李家祥主动申请到中蒙边界一个戈壁滩的雷达站当一名边防战士。戈壁滩上了无人烟，水是又碱又腥臊的地表水，蔬菜和水果更是奢侈品。他望着荒草不服气地脱口而出：“能长草的地方为什么不能长蔬菜？”第二年，他的菜苗结出了黄瓜、甜瓜……

也许是当年戈壁滩上开垦出来的那片绿，给了李家祥日后克艰破难的勇气。就像他鼓舞别人时，常引用毛主席的那句话：“我们的同志在困难的时候，要看到成绩，要看到光明，要提高我们的勇气……”

见证初心

李家祥入伍在内蒙古，最难忘一种生在干旱里不起眼的植物——沙葱。年轻的战士曾扒开浮沙，看到一幕令他难忘的生命力景象：沙葱的根牢牢抓着土壤，难以拔起。被这种弱小的坚韧力量震动到的李家祥，写了一首小诗：

灼热烘干了无数不知名的小花，
你却用碧绿点缀着草原之夏，
在你身旁我扒着滚灼的沙粒把哲理寻求，
你启示我：生命坚强在于根系发达！

这种启示总在无声提醒着李家祥："根劲"大，生命力才能长久。受党教育多年的李家祥深深体悟到：人的生长也要"墩墩苗"，这样人才能由低到高走，往高走后，又不脱离根基。

跟李家祥一起调研的全国政协文史和学习委员会办公室工作人员留意到，每次他们乘坐的飞机落地后，李家祥总会主动去跟空乘人员握手感谢，遇到落地特别平稳的机长，他总不忘夸赞一句："这次落得好！"对他人的尊重和理解既是高情商体现，也是根性使然。

相比较掌舵国际大公司的惊心动魄，回归到体制内进行行政管理，李家祥后来的经历似乎略显平淡。他自己却在想，"民航局掌管着国内民用航空系统的运营，其管理理念关系到跟飞行有关的每一个生命，这副担子更重。"

因为延误问题，民航一度被国人诟病，李家祥也多有无奈，"航路少、飞机多，就像堵车是因为路少车多的道理一样。"2015 年两会期间，在与全国政协香港界委员讨论时，同为委员的李家祥，曾就航班延误问题做出耐心解释。"飞机正点要服从安全性，起落飞机程序也是以安全为前提。"言谈中不难看出他高度的安全理念。

本着对生命负责，李家祥的管理蓝图里排在第一位的，就是安全。“哪怕有一分危险，也不能飞。”他在任民航局长期间，提出的持续安全理念，针对的就是以往安全日、安全月、安全年式的突击安全理念和声势浩大见效甚微的形式主义的现象。

民航是国际性很强的运输行业，国际性大事也常离不开民航。2011 年利比亚发生内战，为了把利比亚华侨华人等安全带回祖国，受党和国家委托，中国民航派出 91 班包机，把在利的 26240 名中国同胞运回中国。这些飞机是由正常航班运营上撤下来的。其间，1800 多个航班受到直接影响，近万个班机受到间接影响。整个过程中，未出现一起与此相关的投诉。李家祥的部署指导很成功！在 2011 年 3 月 6 日全国政协经济界小组讨论会上，李家祥兴奋地向委员介绍情况时，委员们报以掌声支持。

每次经过国务院北门的那条路，坐在车里的李家祥都会挺直身子，兴致勃勃地望向南边的窗外，看那一排生机勃勃的槐树。从头数到尾，30 棵。

这 30 棵树冠丰茂的槐树，还是当年来京参加受阅训练的李家祥，带领班里的战士亲手栽种的。经过近半个世纪的风雨检验，30 棵树挺拔茁壮。这让李家祥总忍不住感叹光阴的流逝，又在感叹中回味着欣慰：这 30 个草木“守卫”身上，有着他投军报国的初心，也见证着他脚踏实地走来的每一步。

（原载于《人民政协报》2017 年 12 月 12 日第 8 版）

叶小文：再一次成为孩子

文／刘　嫣

叶小文

第九、十、十一届全国政协常委，第十二、十三届全国政协委员，第十二届全国政协文史和学习委员会副主任，第十三届全国政协文化文史和学习委员会副主任，中国人民政协理论研究会副会长。深圳综合开发研究院代理事长，中国人民大学博士生导师。

2019年8月下旬的一天，中国银行会议大厅座无虚席，《红旗颂》的激昂旋律正在厅内激荡。

满天星乐团团长兼首席大提琴师叶小文一席燕尾服笔挺潇洒，裤子却有些松垮——这多少表明了这支乐团的专业与半专业性质。

主持人庄严宣布：我们的乐队中有军人，叶小文和几个人一起站起来，行了个军礼，因为20世纪70年代，他曾有过五年的军旅生涯；主持人宣布：乐队中有教授，叶小文等几个人一起站起来，因为他还是中共中央党校、国家行政学院、国防大学、北京大学、四川大学、长江商学院、韩国东国大学等高等学府的兼职教授；主持人宣布：乐队中有部长，几个人一起站起来，其中还有叶小文，因为他曾经当过中央社会主义学院党组书记、第一副院长。

全场只有他一个人以一米八几的高大健硕身躯频繁地站起，坐下；坐下，站起，引起全场一片笑声。于是，音乐会在一片欢乐祥和的气氛中开始了。

二

其实叶小文还有一个他自己很看重、偏偏主持人在这个场合并不经常提及的身份——全国政协委员、第十三届全国政协文化文史和学习委员会副主任。

2016 年 1 月，叶小文从中央社会主义学院党组书记、第一副院长的位置上退休，成了全国政协文史和学习委员会（2018 年 3 月更名为全国政协文化文史和学习委员会）的副主任。看见老熟人，他大大咧咧地开玩笑："我又回来了！叶落归根，我姓叶嘛。"可见政协在他心中的位置。

言语之间，有点"胡汉三"的味道。

叶小文曾两番走进政协这个大家庭：他是第九、十、十一届全国政协常委。第十二届政协刚开始时他不是委员，在第十四次常委会议上被增补为全国政协委员。作为一位"老政协"，又长期从事与政协统战有关的工作，叶小文对政协工作有着非比常人的理解。

第十三届全国政协伊始，汪洋主席提出建言资政与凝聚共识双向发力，叶小文非常赞同。他的"赞同"不是简单的表态，而是自己结合实际工作的感悟。

比如，在当前经济下行压力加大的情况下，叶小文认为，最需要做的就是凝聚共识。但凝聚共识不是简单地强求一种声音，是要更好地发扬民主，大家共同商量，攻坚克难。政协就是一个很好的平台，在凝聚共识上能够发挥很大作用。

这方面，叶小文很是有得说。

2008年，台湾有人企图通过“入联公投”绑架民意搞“台独”，挑起两岸冲突。于是，台湾的高僧星云大师在台北举办数万人的“佛光山祈祷两岸和平大法会”，并从苏州寒山寺请来“和平钟”。叶小文从中做了牵线搭桥的工作。一时间，台北万人空巷。星云大师在会上兴致勃勃地赋诗云：“两岸尘缘如梦幻，骨肉至亲不往还。苏州古刹寒山寺，和平钟声到台湾。”那时的全国政协常委叶小文正担任着国家宗教事务局局长，也以诗相和：“一方浅水月同天，两岸乡愁夜难眠。莫道佛光千里远，兄弟和合钟相连。”

一句“统战”的话也没说，但是，台湾同胞却从叶小文饱含亲情的诗句中读出了祖国大陆的温暖。

你说，“凝聚共识”的作用大不大？

习近平总书记提出，要把“推动人民政协制度更加成熟更加定型”和“发挥好专门协商机构的重要作用”作为新时代人民政协新方位新使命。叶小文理解：“专门协商机构要拿出专的样子和品质来，人民政协才能在国家治理体系中显出分量，这一制度才谈得上成熟和定型。”

二

大多数新任政协委员一开始对统战政协并不熟悉，但叶小文是个例外——因为，他当过国家宗教事务局局长，干的就是统战工作。此外，他本人就有很浓厚的“统战色彩”。

接触叶小文，说过几句话，你就会觉得他是个不太一样的“官”。

“我在国内讲宗教政策，下面坐着一帮干部，我就要用中国特色社会主义宗教理论的丰富内涵、主要内容去指导工作实践。但是，你跑到美国去讲这一套，美国人根本听不懂。”

“对牛弹琴不行，不如给把青草。”他通俗地解释。

看他是怎么“给牛喂草”的——

1998年，叶小文以国家宗教事务局局长的身份访问美国。到了洛杉矶，有人拿着鲜花欢迎，也有人抗议。一个海关人员把他拉进去问，宗教局局长是干什么的？我们美国那么多教徒，没有一个宗教局。叶小文说，这就是国情不同了，我就是为他们服务。对方问，你怎么服务的？叶小文说落实宗教政策，恢复宗教场所，修教堂嘛。美国海关人员看着眼前这个和他们身高差不多，笑眯眯、一脸“佛相”的人：噢，我明白了，原来你是干这个的，“啪”地盖章：你进来吧。

不过，作为一个共产党人，彻头彻尾的无神论者，怎么当宗教事务局局长？这事还真有人问，是质问。

一次，美国人质问他，“你一个不信教的人，怎么能主管宗教？”叶局长正色回答：“烟草局局长不吸烟，体育局局长不打球，不是很正常嘛。你们也太不了解中国国情了。”

本来很严正的话，到了叶小文的嘴里却让人不能不笑，全场爆发出一阵热烈的掌声，美国人耸耸肩，忍不住也跟着鼓起掌来。

于是，在国家宗教事务局局长的位置上，叶小文一干就是 14 年，连他自己都觉得“太久了”。

以至于离开这个局长工作岗位后，每次去日本，担任中日友好 21 世纪委员会中方委员会主任的唐家璇介绍，这位叶小文先生是赵朴初的学生，日方就肃然起敬。唐家璇和他开玩笑说，索性就叫你“叶朴初”吧。

1999 年 4 月，叶小文应日本“日中宗教者恳话会”和“日中韩各级交流协会”的邀请，率团对日本进行友好访问。9 日，叶小文前往东京拜会了时任日本文部大臣有马郎人。途中停车驻足，观赏樱花，那种“纷纷开且落”的幽美令叶小文浮想联翩。曾任东京大学校长的这位文部大臣对俳句很有兴趣，表示了对李白、杜甫、松尾芭蕉等中日诗人的缅怀之情。叶小文想起途中所见的情景，随口诵出刚得的汉俳：

樱绽江户川，法脉传承两千年，佛缘一线牵。

吟罢，叶小文解释，这种汉俳就是他的老师、中国佛教协会会长赵朴初创的体。文部大臣听了，深表钦敬。于是，官式会见的客套与沉闷一扫而去，时间比预定的超出了一倍多，宾主仍谈兴甚浓，不肯作罢。

2009 年，叶小文在即将卸任国家宗教事务局局长的告别大会上饱含深情却仍不失幽默地说："我在国家宗教事务局干了 14 年，实在是应该告别了。"

回首 14 年，叶小文深情追忆，广大宗教工作者在前人奋斗的基础上，他们一起干出了若干个"第一"：

宗教工作基本方针第一次写进党章总纲；

宗教事务条例第一次经党中央、国务院颁布实施；

宗教局第一次有了自己的办公大楼，有了自己的出版社，有了自己的培训中心；

第一次参与主持第十一世班禅金瓶掣签和坐床大典；

第一次与台湾宗教界合作以民间形式合办"世界佛教论坛"，共享同一个中国、同一个中华民族在国际上的尊严；

……

临别之际，强调团结，叶小文讲的是大实话："互相补台，好戏连台；互相撤台，一起垮台。"而即使是这样多少有些"悲情"的时刻，叶小文也忘不了幽他一默："老局长走了，新局长来了，'城头变幻大王旗'（新接任局长姓王）。希望大家像 14 年来支持我一样，团结在这位'大王'的旗子下，支持这位'大王'的工作。"

让人笑也不是，不笑又憋不住。

政声人去后。叶小文从国家宗教事务局局长的位置上退下来，很多高僧大德至今依然把他看成朋友，常和他联系。

三

退下来的叶小文有点忙，甚至是很忙。忙什么？最近他忙着率领满天星乐团满天下地跑演出，忙着接受各大学的邀请讲课，还忙着写一些小文——今年是中华人民共和国成立 70 周年、人民政协成立 70 周年，叶小文在人民日报、人民政协报等媒体上写了多篇纪念文章、抒情文章、评论文章、理论文章，抒发他对共和国的热爱、对政协事业的爱。因为，共和国成立的第二年——1950 年，叶小文就出生了，用一句老话说，他是属于"生在新社会，长在红旗下”的那一代。

父母给他起名“小文”虽然并没有征求他的意见，但却从小就赋予了他的人生理想，长大要作“文”，做“文人”，前面加“小”，显然有谦虚的意思。

“纯种湖南人”的叶小文说，湖南人“呷得苦、耐得烦、霸得蛮”的特性，在自己身上有明显体现：“把我放在哪里，只要有阳光我就灿烂。”

年少时叶小文曾经乘火车跑去买肉吃——这种行为绝不输时下任何一个“吃货”，他最喜欢的食物是毛氏红烧肉和火宫殿臭豆腐。

不过，叶小文可不只是个“吃货”，他从小还是个学霸——在贵州一中读书时，就立志考北大、清华。其时正值“文革”，和其他少年的不安分不同，叶小文跑到北大校园，抄写了一摞大字报回家学习那上面的文字。“那时觉得北大的每一个字都是好的。”不过后来他只好和当时的很多知识青年一样，走上了上山下乡的道路，后进入贵州大学读哲学。在大学时代，叶小文仅仅用一年时间就修完了四年功课，跳级考入研究生班。

其时，正值改革开放。机会来了。

到 1982 年时，社会学研究已经停顿了 30 年。著名社会学家费孝通主持，世界著名的几位社会学教授齐聚北京，每省选派一名学员，集中进行“填鸭式”培训。

40 天后，别人学完就完了，叶小文却初生牛犊不怕虎，凭着刚刚吞下去的社会学知识，对中国社会学的历程进行反思，身处江湖之远，却操着中南海的心，提出要复兴中国社会学，写出长篇论文投给《中国社会科学》杂志。

这下，本来就坐不住的叶小文就更坐不住了，没事就往传达室跑。半年过去了，音讯全无。同事们都笑他：你还想在那上面登文章？

一年之后，就在叶小文几乎已经绝望了的时候，喜从天降，《中国社会科学》杂志上有了他叶小文的名字！文章题目为《社会学否定之否定的进程及其内在矛盾》。拿着散发着油墨香的杂志，叶小文高兴得“像范进中举一样”。

虽然效率低了点，但结果却让叶小文意想不到——两年后，论文获得中国社会科学中青年优秀论文奖。随后他又一鼓作气，在《中国社会科学》杂志上发表了两篇长篇论文。

在那个资讯不发达的年代，这件事非同小可，他叶小文也算是全省有名了。也许是“写而优则仕”，后来不久叶小文就担任了共青团贵州省委书记，一个专门和年轻人打交道的“官”。

从此，从共青团贵州省委书记，到共青团中央统战部副部长，中央统战部民族宗教局局长，国务院宗教事务局局长、党组书记，直到国家宗教事务局局长，叶小文一路从贵州走进北京，也是一路写到北京说到北京。虽说官越当越大，但他依然是不那么注意收敛锋芒。有朋友劝他，官都当这么大了，应该“老成持重”一点，别老是“好写好讲”、心直口快。

嗨，天性使然，叶小文改变不了“年轻”的性格。而且，他认为，当官要有点“文采”，还有一套理论：列宁说过，没有文化的军队是愚蠢的军队。共产党的干部应该是一批优秀的人，搞什么都能够优秀。

叶小文的脑中有无数党的领袖形象：“你看毛主席的诗情才华，我们老一辈革命家的精神无比崇高，修养也是无比丰富！”他说，人要把自己摆到一定境界，一方面有严格要求，一方面也要有美好向往，包括文化涵养、艺术涵养。

当年，美国大使雷德气势汹汹来找叶小文，要求他释放十几名非法传教的基督徒，结果叶局长给大使讲老子，讲“老为人师”。当他提到伊拉克的例子，并教训美国打阿富汗、伊拉克是“不听老子言，吃亏在眼前”时，现场听会的索马里女导演情不自禁地鼓起掌来。

别说，没点文化的底子，还真应付不了这场面。

小文“写文”，基本上是挤出繁忙工作之余点滴时间，集腋成裘。也得益于他的勤思。

当宗教局局长，有些司空见惯的事情他也抓住不放。比如，寺庙里的和尚为什么又叫作沙弥呢？他了解到，佛教刚刚传入中国时，它的神职人员开始就叫作沙弥，后来为什么叫和尚呢？是以和为尚的意思。

说到和尚还有一件趣事：一次叶小文去台湾访问，到一家小吃店吃饭，这家店煲的汤特别有名。吃完喝完，叶小文抬头看见墙上挂着一个匾额——吃小和尚，他吓了一跳，怎么还是一家“黑店”？服务员笑着解释，客官是从大陆来的吧？台湾是从右往左念——是尚和小吃。原来是闹了个笑话。

这件小事也说明了文化的力量。

叶小文已经出了好几本专著了，而他在媒体上刊发的小文也曾经辑录成为《小文百篇》。那以后，他也始终笔耕不辍，几年下来他笑言：这次要出版的是《小文二百五》。

2018 年春节前夕，他收到一位国务院原领导人的亲笔信，信中评价他“专业不丢，文章照写，音乐常习”。最后一句引用了希腊名言与他共勉：“老了，再一次成为孩子。”

四

不过，叶小文眼下最响亮的身份可是满天星交响乐团团长兼首席大提琴师。

“你们都看过《芳华》吧，我以前就是电影里的那种文艺兵。”大提琴是个稀罕物，价值不菲，当年部队文工团里配备的乐器也很少，有资格摸上乐器的也就那么几个人。自从那时摸过一下大提琴，就摸出了感情，后来几十年没碰了，心里还念念不忘。“61 岁到了中央社会主义学院，不那么忙了，想慰劳一下自己，就买了一把大提琴开始练。”说完，叶小文自己带头笑了起来。

“世上有朵美丽的花，那是青春吐芳华。”《芳华》里一代人的青春故事也勾起了叶小文的回忆，书柜上一张黑白照片中的他，穿着军装，和战友肩并肩、微笑着，面庞向上张扬着，眼镜放着光芒，那是青春的姿势和力量。

作为满天星乐团的团长，叶小文总要对观众致辞。面对好奇的观众，他用浓重的“贵普”说，他和别的大提琴家最大的区别就是，人家是 6 岁开始学琴，他是 60 岁开始学琴。

在京叶小文师从名家，每天6点起床拉琴到7点，然后出门去上班。谁知刚拉了三天，爱人让他去电梯里看看，只见里面贴着一张纸条："隔壁那位热爱音乐的人士，你能不能8点以后再练琴！"

"没办法啦，我就跑到地下室练琴。"地下室隔音也不太好，练了一个星期，爱人又找他谈话：你去听听邻居那个老爷爷怎么哄孩子，老爷爷说，不要哭不要哭，你再哭隔壁的爷爷又开始练琴啦！"

演出完毕，步出演奏厅，叶小文先把大提琴小心翼翼地放在车后座上，用手按按，确认不会随着车的晃动磕碰着，才猫腰挪进车里。不止演出，无论出差多忙，他都会尽量带上这个"大朋友"每天练。只是不知道，宾馆里有没有像邻居那样抗议的。

叶小文开始演奏了，曲目是一首草原歌曲《鸿雁》，他的解释是自己比较胖，像个牧民。其实牧民里也有很多瘦子，他就不管了。曲子还是很好听，从表情上就能看出，叶小文拉得很卖力，虽然不算潇洒，但却极其认真，那样子像极了一个正在专心做作业的小学生。

观众报以热烈的掌声，为他的演奏，也为他的认真，为他身上的青春活力。

像这样的演出，叶小文已经演了150多场。

"认真"只是冰山一角，去年应邀去济南讲课，因为是讲文化，叶小文也给自己安排了一个演奏的环节。前一天晚上为了和小提琴、钢琴的演奏者合奏，他下了火车直奔演出地，在坐席空荡荡的礼堂里，从晚上7点多一直练到10点多。

成立满天星交响乐团却是国务院原副总理李岚清的鼓动。文化修养极高的李岚清说，现在的大学生对传统文化、尤其是经典音乐不喜欢。他看到叶小文拉大提琴，就动了一个念头，鼓励叶小文：组织一个特别的乐团，由部长、将军和教授们组成，去给大学生们演出，同时现身说法，展现音乐带来的人生激励和感动。

"你们要想身体健康，就要听音乐；要想成为学霸，你就要听音乐；你要想进步快，你就要学音乐；你要想能打仗……"

因为要现身说法，所以，他们的节目设计与一般演出最大的不同就是安排了很多“说”的成分，说音乐对人的种种好处。“说的比拉的好”的叶小文当然是主要的“说客”。他曾经在《学习时报》上提出，一个优秀的干部，也应该是一个优秀的“讲者”。

叶小文说话是少见的“放得开”。他的说话基本上以一系列的段子组成，混合了湘、渝、黔口音但基本以后者为主的普通话，抑扬顿挫，极富乐感，旁征博引，风趣幽默，还尽是大实话。台下常常是座无虚席，掌声、笑声不断。

几年间，叶小文拎着大提琴走进浙江大学、上海交通大学、延安大学等高校校园，还走进了美国南加州大学，演奏了一路，也说了一路，让美国的年轻人见识了中国高级官员的风采。

“满天星业余交响乐团”前身是“三高乐团”：高级知识分子、高级干部、高级军官中的爱乐之士。来自16个省市区和解放军系统的97名乐手141名合唱团员组成，平均年龄64岁。主要是热爱音乐的教授、专家和干部，也有一些忙于本职工作但热爱音乐的年轻人。完全利用业余时间排练演出。

为什么叫“满天星”？这些人分散在全国各地，聚起来很不容易，“聚是一团火，散是满天星”，于是这个理念被引入乐团的名字——“满天星”。

10月1日国庆阅兵的当天，叶小文也被邀请上了天安门城楼，他和广场上、电视机前的全国人民一起激动着。近在咫尺，他看着习近平主席检阅受阅部队，看着三军队列正步走过，看着“东风41”庞大的身躯隆隆驶过，看着国产新型战机呼啸掠过，看着群众游行彩车欢呼着驶过……

“当群众游行达到高潮，高唱着《我们是共产主义接班人》的少年一起涌向天安门城楼时，我分明感到，来了，一浪接一浪的90后、00后、10后……来了，中国的这一代青少年，他们意气风发，他们堪当重任，他们在关键的时候一定能够完成这关键的一跳。”

“古老中国，又见少年。少年中国，青春无限。昨天惊天起，今天动地来。明天更美好，少年尽英才。”

又见少年，69岁的叶小文还年轻。

（原载于《人民政协报》2019年10月29日第8版）

林毅夫：中国现象观察者

文/韩 雪

林毅夫

第七、八、九届全国政协委员，第十三、十四届全国政协常委，第十、十二、十三、十四届全国政协经济委员会副主任。北京大学新结构经济学研究院院长、南南学院院长、国家发展研究院名誉院长。

第一次近距离观察林毅夫，是从 2013 年全国两会上的一段小插曲开始的——

2013 年 3 月 7 日，梅地亚新闻中心，全国政协十二届一次会议的第二场记者会正在进行中。

端坐在主席台上的，是六位全国政协委员，林毅夫身居其列。每当一个提问完毕，回答声响起，现场镜头便会齐刷刷对准声源处，伴随着快门的嚓嚓嚓声，亮起一片闪烁。

谁也没有预料到，这样紧张有序的记者会节奏，忽然被一个外国记者打断。当他站起来，出其不意地用英语向台上一位政协委员提问后，会场陷入了一片安静。

现场没有翻译。

沉默持续不到 3 秒钟，一个带有闽南口音的普通话响了起来：“有翻译吗？我把题目翻译翻译？”会场空气旋即流动起来，一阵爽朗笑声过后，林毅夫开始“客串”翻译，他用中文复述完记者的提问，便抿紧了嘴，又恢复了一贯的彬彬笑意，尽管喉咙不易察觉地吞咽了一下。

这位 10 个月前刚刚卸任世界银行副行长的经济学家，总是以彬彬温雅的姿态示人，从未在公众面前失过态。

几个小时后，这种印象被彻底颠覆。

弘　毅

在梅地亚新闻中心的一间中小型会议室里，来自台湾的媒体记者以好几层的厚度，围拢成一个半圆，圆心位置站立着眼眶含泪、声音哽咽的林毅夫。虽然听不懂他闽南语中所表达的确切意思，但从神情体态和后来的新闻报道中，得知了缘由——从 1979 年离开台湾后，林毅夫再也没能回过台湾，双亲去世，他也没能亲去灵前祭拜，这种终生遗憾，令他当众洒泪。

无论作为建议主张被政府采纳而广受追捧的经济学家，还是游归大陆历经诸多传奇的台湾人，走到哪里，林毅夫都是被关注的焦点，即便在翘楚如云的全国政协委员之中，他依然有令人不能移目的诸多理由。

1978 年 12 月 16 日，中华人民共和国与美国签订建交公报，确定于 1979 年 1 月 1 日建立正式外交关系，同时美国将与台湾当局断交。中华人民共和国全国人大常委会发表《告台湾同胞书》，并停止对金门持续 20 年的“单打双不打”炮击。两岸之间由国共两党 30 年的军事对峙，逐渐转化成统独之间的政治对峙。同年 12 月，中共十一届三中全会上，大陆对台政策也开始转变。

彼时，当台湾陆军金门防御司令部连长林正义站在一块巨石上，望着黑魆魆的大海，内心如海浪一样翻腾。“我想为中国的富强而努力，但是绝大部分中国人都住在中国大陆。所以，如果我到大陆，可以有更大的贡献。”

1979 年 5 月 16 日，林正义突然离开台湾金门，跨海游到了 2000 米外的福建厦门海岸。从此，忠孝再难两全，“回台湾看看，在父母灵前祭扫”成了他一直难以了却的心愿。

1979 年回来后，林正义到多地参观学习，在成都去了都江堰。

当他看着江水浩浩汤汤流过，想到正是这座 2300 年前由李冰父子设计、兴建的古老水利工程，将曾经的旱涝平原变成了天府之国，而且至今仍在造福人民时，不由心生感佩：“人生当像李冰父子那样，为国家人民千秋万世的福祉而努力。”

倏忽之间，40 年光阴转瞬即逝，回归大陆 40 年的林毅夫，恰好也同步经历了中国改革开放的 40 年。当年的林正义早已更名为林毅夫，因为他喜欢曾子的那句话：“士不可不弘毅，任重而道远。”

作为一名经济学理论工作者，能够适逢中国改革开放，在这样一个伟大的时代里从事经济学研究，亲身观察改革开放所推动的社会大变革，乃至参与一些改革开放政策的讨论。林毅夫说，他这一代知识分子，是最幸运的一代。

机　缘

2019 年盛夏午后的北京大学东门，当电子屏幕识别并显示出车牌号时，电子车杆缓缓抬起，便自动放行车辆进入校园。穿过大门口的喧嚣和一片又一片的现代化建筑群，深入到百年学府的幽深腹地之中，停在了青瓦灰墙的朗润园前。

朗润园是一座保存完好的中国皇家园林。清朝后期曾为军机大臣们暑期议事的场所。

今天，朗润园是国家的重要智库，影响中国政策的很多改革建议，都出自这里。

朗润园的第三进四合院，就是林毅夫的办公室，他一手创建的北京大学国家发展研究院(简称北大国发院)便深居此地。“松风水月未足比其清华，仙露明珠讵能方其朗润。”林毅夫办公室门口这对楹联所蕴含的百折不挠的玄奘精神，也向世人无声地言明着他的心志。

1980 年，在北京大学经济学系就读的林毅夫，对北京的直接观感就是穷。那时，北京的二环路还没建，城里最高的楼是 17 层的北京饭店，海淀当时就是一条老旧矮房子的小街。从城里到北大，过了西直门、动物园就是农村，北大周围很荒凉。

不过，穷只是表象。“大家虽然穷，但社会有朝气，充满着希望。一方面是打倒了‘四人帮’，心情都比较舒畅；另一方面，更重要的是改革开放已经起步了，大家充满了对未来美好的期望，也充满了信心，而且各方面的状况都在不断改善，整个社会蓬勃向上。”

恰在这一年，刚刚开放的中国迎来了一位贵宾——1979 年诺贝尔经济学奖得主舒尔茨。他到复旦大学访问一个月，回国途中经过北京，受北大邀请前来做一次讲座。当时，学校指派英语和经济学基础都不错的林毅夫给舒尔茨做现场翻译。今天，林毅夫依然记得，讲座题目是《人力资本在经济发展中的作用》。

“其实我的经济学知识很有限，幸而他讲得浅显，我能听懂。”这次经历为林毅夫带来了新的机缘，舒尔茨回国后给林毅夫写了一封信，邀请他去美国芝加哥大学留学。

1982 年从北大毕业后，林毅夫远渡重洋，来到现代经济学的大本营——芝加哥大学，师从舒尔茨。

芝加哥大学曾经出过九位诺贝尔经济学奖得主。20 世纪下半叶，经济学领域的所有重大进展，几乎都与芝加哥学派有关。

据说，芝加哥大学经济系有一个传统，要求他们的外国学生以本国现象作为博士论文的选题。1984 年，林毅夫在通过博士资格考试时，中国的改革开放从农村起步后已经取得了显著的成绩，但对以家庭联产承包责任制为主要内容的农村改革到底改对了还是改错了，国内外都有不少争论。林毅夫便把博士论文题目定为《中国的农村改革》。

毕业后的头 10 年，林毅夫在国际著名学术期刊发表了 20 多篇农村改革和发展的文章，这也使得国内外经济学界直至今日仍以“农业经济学家”来称呼他。

其实在芝大经济系，从没有农业经济这个项目。芝加哥学派认为，经济学研究的都是理性人在一定限制条件下的选择行为。如果用这种方法研究农业问题，就是农业经济学；用来研究宏观问题，就是宏观经济学；用来研究金融问题，就是金融经济学。

多年后，林毅夫一直深受这种治学导向的影响，“芝加哥大学给我最好的财富是经济学基本研究方法的训练，而不是现成的理论。”

反 思

1987 年，林毅夫携家小回国。回国前，有人问林毅夫：“最想做什么？”“研究经济学。”

“回去后，很可能看不到国外最新的文献，也没有人可以讨论，怎么做研究？”“回国近距离观察，才能抓住改革开放给予的研究理论的机会。”

经济学的理论来自对经济现象的观察和总结，当时中国经济快速发展已持续近 10 年，这么大的社会转型，只有身临其境才能更好地观察，了解成功的道理。如果身在海外，就如同雾里看花。他说，缺文献、没人讨论都是次要的，做好研究最关键的，是对现象的理解。

“而且，1979 年我都回来了，更何况 1987 年！”林毅夫 1979 年第一次到大陆时，印象中“文革”伤痕还比较重；1982 年离开时，很多东西还都要凭票供应，物资非常短缺；但 1987 年回国的第一感受，是市面上东西多了，市场繁荣了，商品丰富了。

那段时间，农民高兴，因为增产增收；城里人高兴，因为各种农副产品丰富起来了；政府也高兴，因为解决了吃饭问题。当时的中国社会，充满了乐观、充满了志气、充满了信心。

但不久，林毅夫发现，自己在芝加哥大学课堂里学到的主流经济学理论，在解释中国改革和发展过程中出现的问题时，经常有苍白无力之感。

1988年，中国的通货膨胀达到18.5%，很多地方出现抢购风潮。

按照西方宏观经济理论，治理的手段很简单，就是提高利率。利率提高后，投资成本上升，投资就会减少，同时增加储蓄意愿，消费就会减少。投资和消费都减少了，总需求就减少了，价格就随之下降。而且，利率提高后，好项目会因为投资回报率高、付得起高利率得以被保留，差的项目因此被淘汰。“所以，提高利率还有利于资源的配置。这个办法听起来挺有道理的吧？”

然而，当时的中国政府并没有这么做，而是采用了一个看似不合理的办法——治理整顿，全国性地砍投资、砍项目，不少好项目也被砍掉。

当时很多人认为，中国政府只会用计划经济的笨办法。林毅夫却想得更仔细，“如果政府只会用笨办法，从1978年到1987年，中国经济怎么可能连续9年平均增长9%呢？”

林毅夫发现，当时有大量资本密集的大型国有企业，不符合我国资金极端短缺的低收入国家的比较优势，这些企业没有自生能力，只能靠保护补贴才能生存。在1983年之前，国企的投资和流动资金都是政府的财政拨款，是没有成本的。1983年实施拨款改贷款之后，国企要付利息了，但是它们不符合我国比较优势的事实并没有改变，还是只有靠低息贷款才能生存。

1988年出现了严重通胀，如果政府选择提高利率，必将导致很多大型国企严重亏损。对此，政府只有两个办法：一是让它们倒闭，但结果肯定是带来大量失业，社会不稳定，而且其中不少企业和国防安全、国计民生有关。另一办法是政府给予财政补贴，结果是赤字增加。这必然是要货币化的，货币增长又将助推通货膨胀，陷入一个怪圈。

“要想通过提高利率来治理通货膨胀，前提是可以让没有效率的企业破产。我们作为转型中的国家，不可能让那些大型国企一下子倒掉，唯一可行的就是利用行政手段，把不重要的项目砍下来，把总需求压下来。”

尽管采用所谓的“笨办法”度过了那次通胀危机，但今天，对于如何认识中国经济的一般性质、传统体制的形成以及如何进一步改革等问题，经济学界也并没有取得一致看法。林毅夫知道，“人们认识上的分歧将是长期存在的，因为中国经济改革的过程还远未完成。”

也是1988年，发生了另一件令林毅夫反复深入思考的事情。印度成立英迪拉·甘地发展研究院，邀请林毅夫去参加成立大会。会后，印度朋友安排他到几个城市参观，在新德里，安排他到印度国家计委座谈。林毅夫很奇怪，印度怎么也有国家计委？去了以后，他发现他们在讨论怎么配置钢材，怎么配置化肥，“这跟当时我国计委讨论的问题是一样的。”

那次印度之行对林毅夫触动很大，他开始尝试根据对国内国际经济现象的观察，以经济学最基本的理性原则为出发点，构建自己的理论模型。

1988年，林毅夫学术思考发生了方向转折。

奇　迹

一个好的经济学家，既要了解所处时代的问题，更要了解问题背后的原因，研究背后谁是决策者，他碰到这个问题时，要达到的目标是什么，可动用的资源有多少，面临怎样的限制条件，会有哪些选择，哪一个是达到目标的最好选择。然后，把这个逻辑写出来就是一个理论。

这是林毅夫眼中，一个好的经济学家应当做的工作。

1994年，林毅夫和蔡昉、李周合作出版了《中国的奇迹：发展战略与经济改革》一书。在这本书中，他们提出了一个判断：“按照购买力平价计算，到2015年我国经济规模将超过美国。”

1994年提出这个判断时，基本没有人相信。当时，国外正盛行“中国崩溃论”，在他们眼里，中国到处都是问题。

林毅夫也承认，“一个转型中的国家确实存在许多问题，但要看这些问题产生的根源是什么，解决这些问题有何资源可以动用，有什么限制条件等。”2014年国际货币基金组织的一份报告指出，中国确实超过了美国。

书中提出的另一个判断：“到2030年，按照市场汇率计算，中国经济规模将超过美国。”现在尽管2030年还未到来，这个预测已经成为世界银行、国际货币基金组织等国际主要发展机构的共识。

事实证明，中国改革进程和那本书里所描述的过程、结果高度吻合。“我并不是说中国领导人看了那本书后，再推出各项改革举措的。”从方法论角度出发，林毅夫相信，最好的政治家和最好的经济学家甚至成功的企业家一样，他们的思维方式是相同的，都是从问题、现象出发来做决策。

关注中国现实，是北大国发院的传统。北大国发院的前身，是中国经济研究中心。1994 年，该中心由林毅夫、易纲、张维迎、海闻等六位海归经济学者创建。创建之初，基调明确：决不“死做学问”，要做对“中国有意义”的“真学问”。

这也是视经济学为经世济民之学的林毅夫，“西方取经”一圈后，重回东土后得出的“真经”。

“鸦片战争之后，中国知识分子普遍有个认知：发达国家之所以发达，一定有其成功的道理。掌握这些道理，就能用以帮助我们自己的国家实现现代化。我出国留学选择经济学，一开始也的确是抱着‘西天取经’的想法。”

刚刚做完咽喉部小手术的林毅夫，在叙述这段心路历程时，音量低沉。

20 世纪 70 年代末 80 年代初，普遍认识是，发展中国家的经济发展之所以不好，是因为政府失灵，没有建立起像发达国家那样完善的现代市场经济制度。在这种语境下，新自由主义的华盛顿共识得以提出。但是，推行华盛顿共识的国家普遍经济崩溃、停滞、危机不断，与发达国家的差距越来越大。我国推行的渐进双轨制改革被认为是最糟糕的转型方式，却取得了稳定和快速发展。

在发展问题上，也有同样的情形。“二战”后，仅有少数几个经济体，如日本和“亚洲四小龙”是成功的，而他们的共同之处是采取了出口导向战略，但在 20 世纪五六十年代的主流发展理论主张的是进口替代战略。令经济学家大跌眼镜的是，“这种被认为是错误的政策，却在实际中大获全胜”。

新的理论来自新的现象。中国改革开放后的高速增长，是人类历史上不曾有过的现象。这种独特的现象，足以支撑一套完整而崭新的理论体系，以中国的视角认识世界、改造世界。

2011 年，林毅夫提出了独创的新结构经济学，其理论核心是，市场有效以政府有为为前提，政府有为以市场有效为依归。恰能解释中国现实。

但也有同行与林毅夫见解有分歧并多次辩论，林毅夫说，“我不反对辩论，写出来最好，通过文章，大家可以刀对刀、枪对枪、逻辑对逻辑、事实对事实，这样才能使真理越辩越清楚。”

在撰写的《中国学术界不能只引进》的文章中，林毅夫引用杰弗里·萨克斯在一次访谈中的话：“每一代人都有自己的任务，都有自己的困难和挑战，都要学会解决问题。”值得玩味的是，被引用者杰弗里·萨克斯是曾大力倡导休克疗法，后来转而高度赞扬中国渐进改革取得成绩的经济学家。

新　生

2007 年 11 月，时任世界银行首席经济学家布吉尼翁给林毅夫打了个电话，“电话快结束时，他说他要卸任了，想推荐我去当下任，问我感不感兴趣。”

每一任首席经济学家离职前，世界银行会成立一个遴选委员会，从全世界合适的经济学家中挑选推荐人选，最后由行长决定。“我说让我考虑一下。”

2008 年 2 月 4 日，世界银行正式任命林毅夫为首席经济学家兼高级副行长。在他以前，世界银行的首席经济学家全部来自发达国家。林毅夫是首位来自发展中国家的首席经济学家，也是世界银行的第九任首席经济学家。世界银行的主要任务，是帮助发展中国家发展经济、消除贫困。“既然中国是减贫效果最好的国家，就应该找一位中国的经济学家，把中国减贫的经验介绍给全世界。”到世界银行工作后，林毅夫尽可能多地走访了发展中国家。

到任的第一个星期，林毅夫就去了南非、卢旺达和埃塞俄比亚。“那四年，我去了 14 次非洲。”在非洲农村考察时，村子里有很多小孩，林毅夫走到哪儿，孩子们就跟到哪儿。“我家在农村。小时候，也会有一些官员到农村来，大人们特别当回事，我们小孩子就好奇地跟着看。”

以微观视角回忆20世纪50年代在台湾农村生活的经历，让林毅夫的声音变得柔和起来，“从他们的眼神里，我看到了我自己小时候的样子。”

20世纪50年代的台湾农村并不见得比大陆好、比非洲好。为了直观反映差距，经济学家林毅夫利用经济数据为自己的观点佐证，“1978年，大陆人均GDP是156美元，非洲国家的人均GDP是490美元，中国人均GDP不足非洲国家的三分之一。那时我们常说‘新三年，旧三年，缝缝补补又三年’。”林毅夫说，哥哥穿了弟弟穿、弟弟穿了再小的弟弟穿，这在非洲是看不到的。

那段农村生活的经历，让林毅夫感叹，“当我看到那些孩子时，内心有一种冲动。中国曾经也贫穷过，而我们是幸运的。所以，我想帮助他们，希望他们也能成为幸运的人。”

发展中国家人们的追求是一样的，都希望有美好的未来，都希望通过努力改变自己的命运，也希望自己的子女生活得更好。林毅夫用“人类命运共同体”概括了这段话。

当向他询问一名经济学理论工作者该如何自处时，林毅夫借用了习近平总书记在2016年5月17日哲学社会科学工作座谈会上说过的一段话:“这是一个需要理论而且一定能够产生理论的时代,这是一个需要思想而且一定能够产生思想的时代。我们不能辜负了这个时代。”

嗅着四合院木质建筑散发出来的古老气味,再次环顾林毅夫的办公室,墙上悬挂的王阳明讲学论道牌匾、与国家领导人会面的照片、卢旺达政府赠送的工艺礼品、埃塞俄比亚总理的奖牌和塞内加尔总统授勋的证书——收入眼底，停留更久的，是林毅夫所坐沙发的背后，立着的一大扇黑底木质屏风。仔细看的话，会发现上面落款人正是林毅夫的哥哥。

（原载于《人民政协报》2019年10月15日第8版）

葛红林：做正确的事
正确地做事

文／崔吕萍

葛红林

第十三届全国政协常委、经济委员会委员。中国有色金属工业协会党委书记、会长，中国融通资产管理集团有限公司外部董事召集人。工学博士、教授级高级工程师。曾任宝钢集团党委常委、副总经理兼宝钢研究院院长，成都市市长，中国铝业集团党组书记、董事长。

2018 年 5 月 12 日，早就说好这天要去成都参加汶川大地震 10 周年纪念活动的葛红林，因为一个会议被留在了北京。用他的话说，他那天的心都在成都，情绪实难平复，就在会中编了一条短信，并请他当成都市市长时的秘书小黄转发给了成都的同事们："10 年了，每年的今天，心情都不平静，无论是救人抢险，还是灾后重建，我都历历在目。我们一起悲与伤，一起坚与韧，又一起见证了今天的凤凰涅槃。谢谢你，我们一起奋斗的战友，成都是我们的最爱。"

2008 年 5 月 12 日晚上 20 点 26 分，时任成都市委副书记、市长葛红林出现在电视上，他明示市民："除危房外，今晚市民都可以进室内正常休息。"

汶川大地震，使成都部分地区受灾严重。夜幕降临，几百万惊恐不安的成都人仍然滞留在大街上。今晚能回家住吗？还是要继续留在马路上忍饥挨饿、被蚊虫叮咬？老百姓希望听到一个来自政府和专家的肯定答案。

"我理解专家们的难处，我决定自行发表一个电视讲话。"时隔数年，葛红林说，自己仍然记得当时的细节。

和他一样记得那些细节的，还有老一辈无产阶级革命家陶铸与曾志的女儿陶斯亮。她在中国市长协会工作了 24 年，直至 2015 年退休。今年 3 月 26 日，在全国抗击新冠肺炎疫情的关键节点，陶斯亮为《中国市长》杂志撰写了一篇题为《依靠还是依赖？》的文章。其中，她用相当多的篇幅，"复盘"了她所了解的葛红林在 2008 年 5 月 12 日当晚发表讲话的始末。

在当天讲话前，时任成都市政府秘书长提醒葛红林，是否需要把所有在家的领导召集起来开会，对讲话内容集体决策。意思是说，如果出了事也由大家集体负责，不必让葛市长一人去承担。但这好心的提示被葛红林断然否决了。

那时的葛红林，决定给惶恐中的市民一个承诺——"市长说可以回家了"，但这不是莽汉撞大运。用陶斯亮的话说，这个承诺很大程度上是基于他个人独特的材料科学与工程专业的功底。"成都的地质结构我很清楚。成都平原沉淀着厚厚的一层鹅卵石和沙土。从材料科学角度讲，这种双相材料具有优良的吸能和阻尼性能。我综合当天媒体报道和自身体验，判断这次地震是两大板块间剪切造成的，使得平行断裂带的长轴方向受影响很大，而成都城区受到的影响较小。"

很多文字工作者在写别人的经历时，会发出感慨——他的人生丰富得像一本书。而在很多人看来，葛红林的经历像一套书：从工厂工人到海归博士，从企业老总到“城市 CEO”再到企业老总，他每个阶段的每个故事，都可以成为我们品读他的一个切口。为了便于大家阅读，本报记者再次采访了葛红林，并从“一生最忆是成都”这一切口，为读者呈现如下文字……

懵懵懂懂与踏踏实实

1973 年，17 岁的葛红林拿到上海冶金局下属上海耐火材料厂技工学校的录取通知。两年后，葛红林留厂当起了工人。这期间，他经受了耐火砖生产过程中的恶劣粉尘环境和强体力劳动，也看到了不少因为制砖机还未用上机械手而出现的冲掉工人手指头的安全事故。

如今，47 年过去了，葛红林说起那段宝贵的工人经历，为他的人生系上了三颗扣子。

第一颗扣子是吃苦耐劳。在一车间成型、二车间炉窑工段实习时，面对高温、高强度的劳动考验，在工人师傅的鼓励和带动下，葛红林从一开始“吃不消”，到后来“吃得消”，磨砺了意志和毅力。

第二颗扣子是哲学思维。当时作为团委委员，葛红林参加了团委中心组和青年理论组的学习。“那时的小青年都喜欢学哲学，虽然对马列原著的学习是粗浅的、理解是朦胧的，但这激发了我对哲学的兴趣，促成了日后辩证思维的养成，这让我终生受益。”

第三颗扣子是知识报国。“我清楚地记得，1978 年 2 月，当我接到大学录取通知书时，正在车间下放的贺彭年同志（“文革”后他创办了上海航空公司，任董事长、党委书记。这家公司实现了中国民航地方公司零的突破）对我说：‘一定要去上学，我就不相信今后国家不需要有知识的人。’受这句话的鼓励，我义无反顾地迁出上海户口，踏上了外地求学之路，也正是学习，改变了我的人生。”

认识葛红林的人，给予他比较一致的评价是“激情澎湃，热血难凉”。由此反推不难想象，当年那个 22 岁的少年，是如何带着自己对知识的渴望，以及大城市的户口，奔赴人生下一站的。而从葛红林的履历不难看出，他几乎是一鼓作气，读到了工学领域的博士。这一过程中，1987 年出国留学那段经历，让葛红林进一步看到“文革”十年对祖国经济、科技和人民生活水平的破坏，他当时一个真实的想法就是学成后效力祖国。

“本来我走的是科研到院士这条路，从工程师、高级工程师、教授级高级工程师，再到 1999 年组建宝钢研究院，并担任第一任院长。”谁知，2001 年一纸调令，让葛红林离开了科研，告别了钢铁界，从企业 CEO 转身为“城市 CEO”。

战战兢兢与坦坦荡荡

2001 年 10 月，葛红林听从组织召唤成为中央国家机关和中管企业干部到西部地区第一批 126 名挂职锻炼干部中的一员。这年 10 月 25 日，中组部在北京举行了挂职干部会议，葛红林作为挂职干部代表发言。五天后，葛红林飞抵成都，任市委副书记。这一年，他 45 岁，一张娃娃脸“瞒”过了岁月，甚至让人以为他是刚毕业的大学生。原本只是为期两年的一次挂职锻炼机会，却在 2003 年 6 月成都市政府换届时再次被“相中”，葛红林成为挂职转正的“第一人”，出任市长。这使得葛红林前后整整在成都干了 13 年。

在宝钢时，葛红林分管科技、规划，身份等同于总工程师，是个纯工科“选手”。工科人的性格特点是逻辑缜密，这一点对葛红林当好市长是有帮助的。比如，在研究民生问题时，他的思路就是紧扣人从出生到归宿的生命轴——要针对不同时期不同阶段的突出问题来导向工作，提供政府服务。在 2003 年到 2008 年的第一届任期中，他就是这么干的。

针对出生阶段，突出抓出生缺陷，实施干预的三级管理：第一级，为孕妇免费发放叶酸片，防止痴呆等神经性缺陷；第二级，孕期如果检查出来有缺陷，有专家组研究怎么处理；第三级，孩子生下来有缺陷，有先进的残疾人康复中心。

针对少儿阶段，突出抓大病保险和教育。在 2004 年实施少儿大病医疗保险，一年只交40元，累计报销金额可达8万元，当时这项政策全国只有北京、上海和成都有。同一年起，成都还一次性修建了410所农村学校，统一规划，统一标准，专业化施工，做到应建尽建，基本拉平了城乡学校的硬件差距。

针对就业阶段，突出抓就业问题。从2006年起，设立了家庭就业档案，向全社会公开承诺，对低保、“4050”人员、残疾人、零就业家庭等六种情况，可以直接拨打“962110”就业援助热线，只要不挑不拣，48小时肯定能帮困难群众找到工作。“政府要尽力确保社会没有生活绝望层，那时成都街上的乞丐，可以说没有成都籍的。”葛红林很有底气。

针对成家阶段，突出抓了公共住房保障。从2005年起，成都的经济适用房供应就不再搞社会摇号了，而是面向社会，提前登记，按需建设，确保供应。今年登记，明年就能拿房。买不起经济适用房，可以租经济适用房，再困难的可以申请廉租房。还有一种是限价房，房价低于市场价的15%—20%。另外，2007年，启动公共租赁房的建设，不仅基本满足了外来农民工的集体住宿，而且建设了30万平方米的大学生创业公寓，实施优惠租金。比如，在高新区，两名大学毕业生合租一室一卫一阳台的40平方米公寓，每月每人只需付200元左右房租。这也成了成都吸引人才的比较优势。

针对老年阶段，突出抓城乡社保和农村医疗。在葛红林看来，社会养老保险必须是城乡全覆盖、一体化和无缝衔接。于是，创新了满足城乡不同收入群体的需要，设计了多个缴费档次供参保者选择，多缴、多补、多领。葛红林坚持认为，乡村卫生院必须公立，2005年起，对全市所有乡镇实施卫生院标准化建设，X光、B超、核磁共振等七大件统一配置，每个卫生院都配了救护车，全部一步到位，解决了农村看病难问题，同时农民全部纳入城乡一体化的医疗保险，缓解了有些农民看不起病的问题。

针对最终归宿阶段，突出抓公墓、陵园的规划建设。每个县只能搞一个公墓，原来搞多的，要加快调整，至少不能扩张，而且对生活困难的家庭在墓葬方面都有补助性政策。

生老病死，一枝一叶，市长都要去关心，在解决问题的过程中，赢得人民的认可。

如何当好市长？葛红林对此的观点很精练，那就是——做正确的事，正确地做事。用哲学判断做正确的事，用数学精准去正确地做事。

认认真真与清清楚楚

葛红林主政成都期间，到成都投资落户的世界 500 强企业迅速增加。截至 2013 年底，已达 252 家，数量连年位于中西部之首。

曾经有人问一家美国公司的董事长，为什么要到成都投资。这位董事长回答："First，Mr.Geis very smart（首先，葛红林先生非常聪明）。"

前不久，海外侨胞、全美人力资源协会副会长、成都对外友好协会副会长裔女士，围绕纽约与成都两个城市的活力话题接受采访时，不时提到"老市长"葛红林。

时至今日仍让裔女士感到遗憾的一件事，是她没能促成时任纽约市长彭博与葛红林——这两位在她看来让人尊重的市长——见上一面，围绕大都市在经济发展过程中面临的机遇、挑战、瓶颈和给后人带来的棘手问题展开磋商。

2003 年，葛红林上任成都市长时，个人愿景是做好一届市长，实现"本科毕业"；做好二届市长，达到"硕博连读"。而事实上，葛红林分别于 2003 年、2008 年、2013 年连续三届高票被选举为成都市人民政府市长，早已超越了他预期中的"硕博连读"。

葛红林还说了一件当时粉碎谣言的事。2008 年 5 月 14 日上午，网上突然出现一个帖子，说成都紫坪铺水库溃堤，上游有化工厂造成水污染。全市随即开始抢购瓶装水，还有不少家庭拧开水龙头超量储水，一时间商场货源告急，自来水公司水压告急。"听说了这件事后，我把所有的事情都放下，立即开始汇集各方面信息，全力处置这件事：一方面，通过市政府新闻发言人出面澄清，不断发布相关信息，稳定市民情绪；另一方面，我要求公安系统迅速破案，尽快找到造谣者和传谣者，在市公安局捕获了五名造谣者、传谣者之后，当天就让他们在电视媒体上公开亮相，自己说明真相，其他各类媒体跟进报道，在半天之内就平息了事态。”这是时隔12年后，葛红林第一次对外谈及的一些应急处置细节。

“当好市长是一门学问，这是我的观点。当好市长要有时间积累，这是我的体会。”纵观11年多的市长工作经历，葛红林总结出三个时间节点——

一是第一届的前三年，他就像在干部群众的帮助下做了三年自学学徒，笔记本记得满满的，直到届满时，似乎找到了一些城市管理的感觉。

二是进入第二届，社情民意了解更深了，透过现象看问题更准了，拍板决策更精确了，也不容易被人蒙了。脑子里记得多了，笔记本记得少了。

三是进入第三届，就有点游刃有余了，重大工作的成效开始展现了，开始享受成就感。因为一个重大的工程、产业化项目，从招商到建设、从运营到盈利，往往要10年左右的时间。

而这一过程中的种种经历，也丰富了葛红林过程管理学的一部分。现在，葛红林同样将过程记录作为政协委员履职中的重要工作来做，在他看来，在政协谈建议、写东西都需要精准，“抠这些文字表述，我把眼睛都熬坏了。”

“看到我连任三届、担任了11年多的市长，不少同志问我，市长最多只能做两届，怎么你能做三届？这合法吗？我说，这是合法的。《中华人民共和国宪法》第八十七条规定，‘国务院每届任期同全国人民代表大会每届任期相同。总理、副总理、国务委员连续任职不得超过两届’。而第一百零六条规定，‘地方各级人民政府每届任期同本级人民代表大会每届任期相同’，但对连续任职没有作出规定。由于许多同志对中央政府的任职规定印象太深了，而产生了一个错觉，以为地方政府主要领导也不能连续任职超过两届，在不少地方逐渐形成了一个不成文的规矩。”

葛红林认为，对于治城有方、治城有为的特殊优秀城市管理者，应当允许他们连续任职超过两届，同时参照脱贫攻坚战的做法，跟进对他们的提级，用足用够他们的作用和影响力，同时减少领导变动代价。

（原载于《人民政协报》2020年11月3日第8版）

李学林：把论文写在红土地上

文／吕金平　李茜茜

李学林

第十三、十四届全国政协委员，第十二届全国人大代表。云南省政协副主席，九三学社中央常委、云南省委会主委。曾任云南省农业科学院院长、云南农业发展智库首席专家。

深冬时节，位于云南省景谷傣族彝族自治县凤山镇顺南村的几千亩茶园长势喜人，绿意葱茏，一片生机勃勃的景象。搭乘“科技兴农号”列车，这里的景谷大白茶远销各地，撑起了茶农们乡村振兴的新希望。

这辆“科技兴农号”列车的领航者，是云南省农科院院长李学林。六年前，他所在的省农科院结对帮扶顺南村，从此一系列科技示范扶贫、教育培训扶智等项目在这个村落地实施，通过产业与科技触电，当地曾经荒废多时的茶山茶园重新焕发新机，走出了一条绿色发展之路。

11月上旬，记者走进省农科院，与这位学农爱农为农，矢志不渝在云岭农业科技领域耕耘30余载的智慧学者深入对话，倾听他内心深处的现代农业梦。

“我来自农村，是农民的儿子，发挥自身所长，用科技的力量帮助乡亲们富起来，让农村的产业强起来是我的责任和使命。”眼前的李学林，西装笔挺，踏实沉稳，一看就是位学者。交谈中，他对云南省生态保护、科技创新和农业特色产业发展等课题都有着独特见解。那三句不离“农”的话里话外，透露出他牵挂的四时农事和田野家乡。

梦想萌芽于田野

1966年6月，李学林出生于富民县东村镇一个农民家庭。同每一位60后一样，他身上带有新中国成长初期特有的激情与朝气。

“我的家乡是一个红军长征经过的地方。”1936年4月，红二、六军团进入云南境内，决定西过普渡河从元谋龙街北渡金沙江。当红六军团十七师经过富民县东村镇小松园时，与敌军发生遭遇战，以伤亡60余人的代价，歼敌200余人。而一些受伤来不及撤走的战士，就被东村村民悄悄收留。

往后的岁月中，幸存下来的几名红军战士悄悄潜入当地继续开展革命斗争，直到革命成功。小时候，李学林经常听父母讲起红军战士，说他们始终把群众利益放在第一，最苦最累的活抢着干，把粮食分给困难群众吃，一心一意为穷苦人打天下、为人民谋幸福。

“革命战士身上艰苦朴素、勤奋向上、乐于奉献的精神，是我最早的人生启蒙教育。”如今在李学林的家乡，还建有“红军长征小松园战斗纪念馆”。

穷人的孩子早当家，“每天放学回家就打猪草、捡木柴。农忙时节，还下地干活，播种、插秧、拔草、割稻谷，我样样都会。”但令李学林困惑的是，那个年代，农民辛苦种地却吃不饱饭。“作为农民的儿子，我下定决心，一定要通过知识改变命运，让全村的乡亲吃饱吃好。”

从此，广袤农村成了李学林的学习天地。小学起，上学路就是2公里。每天上下学路上，伴着山川河流，李学林常常放声背诵课文。饭余课后也是书不离手，田间地头到处是他学习的身影。

功夫不负有心人。1982 年，初中毕业的李学林以全县第一的成绩考入高中。高中三年，他更是起早贪黑地学习，成为全县乡村中学考取大学的三名学生之一。他埋头苦学的事迹至今还在家乡传颂。

谈起选择农业大学的初衷，李学林引用了艾青的诗——“为什么我的眼里常含泪水？因为我对这片土地爱得深沉。”

只有真正从农村出来的人，才会真正了解过去的农村有多贫困，了解农民有多善良纯厚，了解他们想过好日子的渴望，那是上代人的集体记忆，更是这代人奋发的初心。

从云南农业大学毕业后，李学林被分配到云南农科院园艺作物研究所，从事果树资源管理及参与野外资源调查。

“那是真正为群众干实事的一次工作历练。”刚参加工作，李学林就参与了所里的科技扶贫工作，来到了丽江市宁蒗县新营盘乡林科所驻村。

“当时去的是云南高寒山区，宿舍没电、没厕所，条件艰苦。”当地的贫困状况令他揪心——

“记得走访一户农户正值寒冬，那家一个六七岁的孩子穿着单薄，冻得瑟瑟发抖，我当即就把身上的毛衣脱给他。”这些景象让李学林更加卖力地蹲点调研、研究技术，最终找到了高寒山区产业结构性调整的关键技术。他手把手教会当地村民，成功为当地建成了宁蒗苹果品种园和一批示范基地，培养了一批科技骨干和种植户，增加了村民收入。

正是那次驻村经验，让李学林意识到：“农业要发展，科技是关键。乡村要振兴，科技是动能。让科技之光照亮地头，希望田野才更有希望。”

一次彻悟，便是一生热爱。此后很长一段时间，李学林与老一辈农业科技工作者一起，在工作岗位上默默奋斗，参与并见证着云南农业的发展与科技的进步。

用科技造福乡亲

从景谷县城往东走 60 公里，沿途层叠的茶园映衬着蓝天白云，美不胜收，一个世外桃源般的村落——景谷县凤山镇顺南村随即映入眼帘。

2015年起，脱贫攻坚战在中国大地全面打响。李学林所在的省农科院结对帮扶顺南村。

回想起初次踏入顺南村的情景，李学林不自觉地皱起了眉头。“村里的泥巴路混着猪粪牛粪，村民大多住在土房或木板房里，环境脏乱差，满山的茶园纷纷抛荒，全村人口有近一半长期外出打工，是典型的‘空心村’。”

面对全村523户2180贫困人口，无村集体经济、产业空心化，人均纯收入仅2000多元的情况，李学林勉励同事：“农科院有理论、有技术、有品种、有资源，更重要的还有一支懂农业、爱农村、爱农民的科技人才队伍。帮助农民脱贫，还有谁比我们更合适？我们应该成为一线主力军！”

要发展致富，迫在眉睫要解决的首要问题是：发展什么产业？农民们应该种什么？

李学林带着省农科院工作团队一竿子插到底，入户走访、实地调研、梳理产业……认认真真地完成着每一项工作。

“只有切切实实地弯下身子，真心实意贴近群众，才能摸清实情，把自己所学的科学技术与顺南村实现有效对接，才能发挥技术人员应有作用。”

对自然条件、产业布局等情况分析后，李学林团队找到了症结：新技术新品种普及率低，没有形成生产优势；茶产业管理、销售处于起步阶段；缺技术缺信息……

他们开出了“药方”：应当以茶叶、烤烟和粮食作物提质增效，林下药材、养蜂、种养结合等工作为重点，以培养专业合作社和技术技能培训为抓手，把资源优势转化为产业优势。

随后，推广良种示范田，培育发展林下种植，实施茶产业六大改造工程、建设“云南高原特色现代农业产业（景谷）试验站”……一系列科技扶贫项目在顺南村落地实施。

最早感受到变化的是李学林结对子帮扶的“亲戚”——顺南村胡家小组的胡先能一家。

结亲后，李学林与他约法三章：饮食上，保障口粮生产不买粮食吃；产业上，养猪养蜂，管好茶园；生活上，房前屋后种植洋丝瓜和木瓜，进行家庭收支记账。“这么做是让他行动起来，思想上有脱贫动力，手里有脱贫方法。”

实际帮扶中，李学林为他免费提供优良种子，手把手开展养蜂和茶叶技术指导，自掏腰包为他买了两头仔猪、配齐必要生产工具，还为其搭建了电商销售平台。

到了 2018 年底，胡先能一算：家庭收入仅是农产品这块就突破了 10 万元，当即乐开了花。

景谷县于 2019 年 4 月脱贫。如今，胡先能家盖起了新房，买了汽车，日子过得有滋有味。说起今天的好日子，胡先能由衷地说：“多亏了党和政府的扶持，多亏了省农科院的专家们和李院长的真情帮助啊。”

如今每每临近春节，胡先能总会打来电话，邀请李学林去家里吃杀猪饭。

自脱贫攻坚号角吹响以来，李学林就向群众公布了自己的电话号码，带着产业扶贫技术组跑遍了 88 个贫困县；

他率领九三学社云南省委会的社员专家，为曲靖市会泽县田坝乡李子箐村投资建设了“农村重楼银行”等项目，书写了当地小康新传奇；

他率农业专家深入田间地头，组织开展农业实用技术现场培训，培养出一批批农业产业致富带头人；

他创新“生态修复 + 产业 + 科技脱贫”、嵌入型新兴产业扶贫、特色高效经济作物种植等发展模式，让科技成果惠及万千群众。

正是有了科技的注入，在高寒山区，维西食用菌、特色蔬菜、中药材等产业渐成规模，宁蒗“小凉山”苹果香飘四方；在怒江，“草果 + 中草药”“草果 + 羊肚菌”等草果立体复合种养模式实现亩均综合效益增加 40% 以上，带动 3.7 万名建档立卡贫困户脱贫……

翻山越岭入基层的常态

优良生态、立体气候、生物多样性……云南是公认的农业大省，但并非强省。

多年来，云南省委、省政府把农业放在国民经济发展的基础地位，聚焦高质量发展作出了一系列战略部署。

大力发展高原特色现代农业，打造世界一流“绿色食品牌”是当前云南实施乡村振兴的重要抓手。

多年前，较早提出“特色产业”这一概念的，便是李学林和他的同事们。

“省农科院作为省政府直属的农业科研机构，一直承担着全省全局性、关键性、战略性重大农业科技问题的研究任务和决策咨询服务工作。”2000年4月，李学林调任院情报所（农业经济与信息研究所）副所长。他率领研究团队，对农业经济、农业工程咨询、产业经济发展规律、产业政策研究等领域展开研究。

翻山越岭入基层成为李学林的工作常态。

“那时每年三分之二以上的时间都在外边搞科研，根本顾不上家。”在大部分人眼中，做科研是一项坐冷板凳的苦差事。但李学林却以苦为乐，一头扎入科研理论研究的浩瀚海洋。

此后10年间，《云南高原特色农业产业经济与政策创新研究》《云南省粮食安全综示区建设及实施方案研究》《云南省优势特色产品区域规划》《云南与东盟农业合作研究》等30余项重要农业经济项目研究相继问世，为云南省农业产业发展提供了有力支撑。

其中最让李学林自豪的，是2002年开展的“云南特色农业发展及对策研究”项目。“现在看起来，这些成果指导了云南20年农业的科学发展。”

“这个研究率先在全省引入并系统阐述了特色农业、优势农业的概念、内涵、外延及主要特征，构建了云南发展特色农业的思路、原则、目标，支撑了全省首部农业发展战略研究专著的出版，引起了省政府重视，直接用于指导云南特色农业规划和政策制定。”

往往志在巅峰的攀登者，不沉醉于沿途的风景，而是习惯归零再出发。

过去一年，为开展民族地区和边境一线地区特色产业模式研究，李学林踏遍16个州市，深入近60个县调研。

“深入分析了每个民族聚居区域的自然条件、农业产业发展水平及科技水平状况，从农业产业培植的角度和科技普及要求，针对每个区域、每个民族开出了产业发展‘处方’，形成了一套产业发展科普丛书。这套书用各民族语言翻译出来，通过扫描二维码就可以直接观看视频，很方便的。”

李学林开心地展示着他近来的科研成果，语气中有不加掩饰的兴奋。他身后的书架上，一摞摞的科研论文，一本本的科研著作，一面面熠熠生辉的奖牌，却平静无声地展示着他的学者担当。

政协口碑

李学林是名老政协。每当记者在农业领域有采访任务，省政协领导都会推荐他。“‘三农’方面有什么问题，找李委员准没错！”

口碑背后，是李学林日复一日地履职尽责与夙兴夜寐地潜心钻研。细数这些年的建言成果，既见高度又散发着泥土的气息，蕴含了专家学者的专业智慧，更饱含了“懂农业、爱农村、爱农民”的“三农”情怀。

让李学林倍感欣慰的是，去年全国两会他提出的《关于加快推进云南高原河湖流域经济绿色发展的提案》，得到国家相关部委重视。“科技部、财政部、自然资源部等六部委都对提案进行了很好的回复。”李学林说，这对他作为政协委员坚实履职是一种鞭策。

多年来，李学林在脱贫攻坚、乡村振兴、高原特色重点产业发展、生态保护及科技创新等方面形成的或提案或报告，或源于自身实践，或形成于多年专业研究，或应用于当下现实需要，提交后都很快得到了立案、回复和落实。

“大力发展高原特色现代农业，是云南实施乡村振兴战略的重要抓手。”今年全国两会上，李学林把关注重点放在了支持西部地区加快农产品仓储冷链物流体系建设以及智慧乡村建设这样的具体问题上——

“当前农业‘最先一公里’的关键，是加快仓储、装备与保鲜技术的协同研究。”“通过‘软硬’兼施、信息化驱动，共同解决目前全省农产品流通销售的‘卡脖子’问题。”

现实中，李学林与新时代乡村振兴的故事仍在书写……

（原载于《人民政协报》2021 年 11 月 23 日第 8 版）

丁元竹：选择“粮食”

文／韩　雪

丁元竹

第十三届全国政协委员。中共中央党校（国家行政学院）社会和生态文明教研部教授、博士生导师、创新工程首席专家。最高人民检察院特约检察员，全国老龄委专家委员会委员，国家民政部咨询专家。

20世纪90年代初，山东日照籍学子丁元竹顺利完成在北京大学的博士论文答辩。第二天，他兴致勃勃地去见导师费孝通先生。

费老问起：“你觉得昨天的答辩怎么样？”

丁元竹回答他：“我感觉挺好的，老师们评价都挺高的。”

“小丁啊，你太不懂社会了，人家说你好，不是因为你确实写得好，是大家看了我的面子。你是学习社会学的，要对社会有深刻的认识。”

费老又说：“你现在从北大毕业要做老师了，我送你六个字：著书、立说、立人。在北大教书，不著书自然立不住；有自己的著书没有自己的理论和观点，自然也不能立住；写了书，有了自己的观点，做人不行，最终要完蛋……”

30年过去了，费老已然作古，当年名不见经传的“小丁”如今已是一位颇有声望的教授。在社会这所大学中研学至今，丁元竹已能深深体悟到老师当年一盆冷水的良苦用心。而今，他不断循着老师的脚步，将自己理解的生活寓于自己的理论逻辑中，不断以经验丰富着理论的内涵，而且他自身也不断从实践中获得新知……

两代政协情缘

费孝通先生与人民政协渊源颇深。

1949年9月21日，中国人民政治协商会议第一届全体会议在中南海怀仁堂举行开幕式，费孝通先生作为中国民主同盟代表参加了会议。

参会的见闻被他写入了回忆文章中：“现在全国解放了，建立了新国家，共产党能实现什么样的民主？……当政协会一开，给了我耳目全新的感觉。在会场上我看见很多人，有穿制服的，穿工装的，穿短衫的，穿旗袍的，穿西服的，穿长袍的，甚至还有一位戴瓜皮帽的。这些一看就知道是身份不同的人物，能够聚在一起开会，讨论建国大事，对我来说真是平生第一次遇到。……我满载而归，有如获得新生。”

这位曾参加过政协第一届全体会议、做过第六届全国政协副主席的著名社会人类学家，恐怕不会想到自己的学生丁元竹后来不仅会循着自己的脚步投身社会学研究，也同样进入了人民政协。

第十三届全国政协委员丁元竹已经参加过四次全国政协全会。身处34个界别组成的人民政协之中，他已经能清晰感受到老师所说的身份不同的人物聚在一起讨论大事的力量。

有一年春节前，费孝通为了准备提案，回到了老家江苏吴江进行调研。

“我就住在吴江松陵招待所，看到了好多人在我住处那里等公交车。”心生好奇的费老就上前询问。

“原来，这些人是从上海来的工程师。他们来到苏州一带的乡镇，带动当地企业开发技术，星期六来，星期天晚上回上海，不耽误星期一上班。”丁元竹说，当时，上海因为电缆、日化、纺织业布局在此的缘故，培养出了一批技术工人和工程师，苏南地区发展出来的一些乡镇工业，靠的就是上海这些技术的扩散和溢出。费孝通日后那则《小城镇大问题》的名篇，正是对这一问题的分析和研究。

有一次在全国政协委员读书漫谈群有关家庭教育的线上讨论中，主持人发起一个话题——“成人与成才、幸福与成功哪个更重要？”这一下子触发了他的记忆，费老对他说过的那番著书立说立人之言，清晰地浮上心头。丁元竹借助手机打字，在线讲述了博士毕业答辩之时费老与自己的这番对话，激发起很多委员谈起各自的感受……

这种以读书而开展的讨论活动，是第十三届全国政协以来，尤其是疫情之后推出的履职新方式。全国政协委员读书活动，很契合丁元竹学习—实践—再学习—再实践的研究习惯。

在参加文化文史和学习委员会组织的协商议政活动时，丁元竹通常先随调研组参加有关专题调研，在调研中发现问题，在随后的读书活动中加深对问题的理解，又在学习导读和交流研讨中把感性认识提升到理论的高度去分析，继而在此基础上提出意见建议。

丁元竹在中共中央党校（国家行政学院）社会和生态文明教研部工作，教研部当中有民族宗教教研室，具体承担相关的教学和研究任务。过去，教研部的老师们讲民族问题，更多讲一些具体问题。政协读书活动中，政协委员们站在铸牢中华民族共同体意识的高度，从不同角度研讨民族问题，丁元竹再把自己参加有关民族读书活动中的所学所知与教研部的有关老师交流后发现，自己对一些问题的理解和把握更加深刻了。

在参加线下读书活动中，音乐方面的专家讲到19世纪各国民族音乐的发展，尤其讲到俄罗斯柴可夫斯基的音乐发展，介绍他如何吸收西洋音乐元素，形成具有俄罗斯文化特点的音乐。不同领域专家的见解，打开了丁元竹看问题的另一个视角。这使得丁元竹对19世纪这个人类发展历史重要阶段的经济社会和文化特点进一步深化了认识：“原来，民族意识的崛起，不仅表现在政治、社会领域，也表现在文化领域，也具体体现在音乐创作上……”万事皆通此理。

半个多世纪以来，费老和学生丁元竹两代社会学者既关注人类活动、研究人类社会，又都在人民政协这个专门协商机构中为国履职为民尽责，其情真意切，令人称道。

“我们做工作到底是为了什么”

今年7月底的袁家村之行，给丁元竹留下了深刻的印象。

一个距离西安70公里、距离咸阳40公里，仅60多户285人的旅游村，一年收入竟然能达到十几亿元，还能吸引5000多人到此打工。尽管已经过去了三个多月，丁元竹对这些数字还是熟稔在心，不假思索地随口道出。

“我在村里访谈了10户，家庭年收入最少的是五六十万元，最高的能达到500万元。”袁家村位于陕西省咸阳市礼泉县烟霞镇，2007年以来，以乡村旅游为突破口，通过股份制改革，顺应市场经济规律，依靠党员干部引领，把农民组织起来，探索出了一条农村新集体经济发展的路子。

丁元竹到这里调研，带着乡村公共服务的课题。经过四天的访谈，他看到这里的农村新集体经济发展，不失为实施乡村振兴战略的一条可行性道路。

当地通过传统小吃弘扬传播了关中文化，不光集纳了全国各地100多种小吃，还作出了商业模式的设计：一条街上100多家小吃店，不能出现同类型的两家。但同时，每家店也不能一家人来经营。“村里将店铺盖好，锅碗瓢盆等一应备好，你带着手艺来做。实行的股份制也有自己的分配设计：按照市场规模，一家店需要投资500万元，那么你最多出资100万元只能占到20%的股份，剩下的400万元，村里动员村民入股且低收入家庭优先。这样在整个发展过程中，低收入家庭既可以参与分红，也可以参与经营过程。

而商铺分红的20%，要交给村集体用于基础设施建设……通过这种股份合作方式，发展成果让全体村民共享。这真是农民的创造！”丁元竹最后一句话，令人想起费孝通在《乡土中国》中对于农民儿子和教授儿子所做的评价，农民有农民的环境，教授有教授的环境，差异性与智商无关，不过是环境的熏染。

在袁家村，丁元竹注意到每家小店门前都挂有一块牌匾，上面注明了原材料产地和联系电话，有的店甚至还以诚信承诺书方式，向顾客发起了“毒誓”：“如果羊血掺假，甘愿祸及子孙。”“以上内容真实可靠，如若违背甘愿后辈受穷。”……农民以这种诚信为本的朴素价值观，质朴地维护着袁家村的品牌形象。

有人问及这种模式能否在更大范围内得以推广时，语调轻缓的丁元竹却罕见地变了讲述，出其不意地提了个问题——

“我现在一直在怀疑我们的一种思维方式：一些地方领导干部一干什么事，就问这个事能不能推广？作为地方官去造福百姓，把当地搞好，难道不是分内之事吗？做好工作的同时，能对他人形成启发就不错了。为什么我们做事都想着要向全国推广呢？”

他反问的声音不大，却足以对某些固有观念形成撼动。丁元竹是研究社会的学者，很清楚中国差异之大。

“其实我在看这个传统村落前，在山东看过一个城中村，当地的村民也挺富裕的，却是完全不同的发展道路。”如果寻找两个村子的共同点，丁元竹认为就是两个村的党支部书记都是典型的能人。

“为什么不能照搬照抄成功模式？这里面有个因地制宜的问题。”各地条件不一样，但都得有能人，能因地制宜地设计出符合当地实际、建立在市场经济基础上、产权明晰的新集体经济。

袁家村党支部书记郭占武也说了同样的实话：“其实我们往外输出的不是模式，是我们的一些理念。比如怎么样共同富裕的理念、怎么设计新集体经济的理念。而这些东西，不是说照搬照抄就能够掌握的。”近年来，袁家村多有模仿者，但鲜有成功者。

“我想，是不是包括我们官员、学者、媒体都要解决一个问题：我们做工作到底是为了什么？是为了输出模式？还是真正解决老百姓的问题？”

20 世纪 90 年代，丁元竹跟着费孝通先生做乡镇企业调研时，费老就提出了一个问题：“都说浙江模式和江苏模式不一样，同样是致富，到底不一样在哪里？”

丁元竹和另外两位学者为此在江苏住了一个多月。其间有一天，他们坐在村工厂里跟会计正聊着天，来了一个浙江人要买丝。付款时，浙江人打开保险箱，里面装了整整一箱现金。

会计问：“你怎么不转账？”

“我一个个体户转什么账？”……

江浙差别，一目了然。

“不管是集体经济方式还是个体经济方式，最终是让大家富裕起来。”举出例子的用意，丁元竹显然不仅在于证明中国地域之广、差别之大，他继续追问：“我们目前培训的最基层干部是县处级。有没有可能把村干部和居委会主任们培训一下，让他们更加具有开拓创新的能力，适应当前的乡村、社区发展？”

见证质朴

丁元竹的博士论文，研究的是费孝通先生的著作和生平。在对其早期著作进行收集编辑时，丁元竹发现了一位外国研究者在《费孝通和革命中国的社会学》中提到费孝通在英国论文答辩后，还没拿到博士学位就启程回国。恰值 1938 年日军占领了广州，费孝通只得借道越南进入昆明。书中所述，回国经历颇费了一番波折。

后来在向费孝通先生求证这段经历时，丁元竹问了一个现在看来很普遍的问题：“为什么一定要在那个时候回来？”他也得到了一个在当时更为普遍的答案——“那时候，大家好像学成了就应该回来，极少去想回来不回来这个问题。”

一问一答间，让人蓦然发现，立在人类活动背后的那幅时代巨幕，人类的悲欢离合和国家前途命运莫不与之相关。

鸦片战争以后，中国沦为半殖民地半封建社会，国家沉沦激起了全体中国人探索中国前途和命运的热忱。自此，“学以致用”的治学态度成为1840年以来中国学术界的核心话题之一。

留下的文字远比讲过的话，更能长久地留存和证明治学者的质朴。

费孝通在《再论社会变迁》一文中写道：“学术尊严！我是不懂的，我知道的是真正的学术是有用的知识。学术可以做装饰品，亦可以做粮食的。若叫我选择，我是选择粮食。”

翻阅丁元竹的学术文章，也能找到承袭自费孝通的治学观念——以知识的有用性焕发学术的生命力。

观察社会并对其展开研究的这近30年来，丁元竹的关注点都契合了当下的时代命题。《机遇与挑战：WTO下中国社会发展的若干问题》《非典事件在战略上给了我们哪些教训》《从国际经验看当前大学生就业难问题》《“软实力”产生于文化吸引力》《志愿活动研究：类型、评价与管理》《中国社会安全网再造》《社区的基本理论与方法》……循着刊发文章著作的关键词，几乎可以捡拾起在中国发展过程中有标志意义的诸多个点。

1991年，丁元竹在北京大学社会学系当老师。1996年他到国家发展改革委宏观经济研究院做研究，2008年再到国家行政学院做决策咨询部副主任……大部分时间都在做政策咨询和政策研究，他因此对现实问题政策问题有着较高敏感度。

“对这些问题的回答，不能仅仅坐在书斋里，必须到实地去，看看实际情况到底什么样？在实地调研基础上，把情况搞清楚、写出来，提出自己的思考和建议，为党和国家决策服务。”

他关注的当前党和国家发展中的重要议题，也是实际生活中人们必然要面对的问题——

去年，丁元竹关注因社会关系扭曲造成的矛盾问题及其解决对策，出版了《以交流和沟通重构社会关系模式》一书；当下，新冠肺炎疫情带来的社会疏离，对于公共空间和社会关系模式的改变和挑战进入了他的研究视野；近来，面对社会矛盾和社会呼声，互联网游戏产业发展背后的政府管理体制和社会治理机制应当如何完善，他也几次撰文发声……

社会学者当如何治学？

丁元竹的回答同样质朴：“社会学者不仅要紧跟时代，更要回应时代之问，用知识对民族生存发展产生一些价值，以推动社会的进步。当然，要达到这个目标，离不开个人在其间著书、立说、立人的努力。”

（原载于《人民政协报》2021 年 11 月 9 日第 8 版）

图登克珠：我是新西藏的孩子

文／韩　雪

图登克珠

第十、十一、十三届全国政协委员。西藏大学中国少数民族经济专业博士生导师、教授。西藏自治区政府参事，西藏自治区学术技术带头人，第七、八、十、十一、十二届西藏自治区政协委员，第十二届西藏自治区政协经济和人口资源环境委员会副主任。

黝黑的皮肤，是常年生活在高原的一种见证。

瘦削的身材，同样瘦削的脸庞，经常穿着深色外套，更衬托出了肤色的黑和躯体的瘦。微眯的眼睛时常透过镜片向外投射出探询的好奇目光。一开口讲话，急切、热烈的气息扑面而来，瞬间打破了对高原人说话做事慢的刻板印象。他的思辨之敏捷，并不亚于内地的学者。

这是来自西藏大学的全国政协委员图登克珠给人的第一印象。

人权——“你说，是我父母的人权多还是我的人权多？”

“我父亲是西藏昌都江达县岗托镇人，我母亲是四川甘孜德格人……”坐在西藏大学宽敞明亮的办公室里，图登克珠开始了对自己父辈人生经历的讲述。

昌都，素有西藏门户之称。打开了昌都，就等于打开了西藏的大门。

1950 年 10 月 6 日，昌都战役打响。6 月 19 日，西藏第一面五星红旗在昌都江达县升起。

解放军进藏的时候，很多西藏人没见过解放军，甚至连汉族人都没有见过。一时间谣言四起，甚至有的说解放军会吃人。

“当时，大家根本搞不清楚真实状况，我父母就一路赶着牦牛从昌都到了拉萨。”昌都距离拉萨有 1000 多公里，一家人一路逃到拉萨。

进了城，却发现解放军已经在拉萨了，而且跟谣言说的完全不一样。

后来，父母跟图登克珠说起这段经历，他们说了一句：“解放军也是人啊。”这让图登克珠记忆至今。

在拉萨，图登克珠的父母随部队参加了工作。“当时西藏边境地区所有营房建设和后期服务，我父母都参与了。”

在部队里，他的父亲开始自学汉语。“我老爸没什么文化，那时候他只会藏文。”

这个今天看来没有什么文化的父亲，多次在部队荣获嘉奖和三等功，不仅加入了中国共产党，还曾任西藏军区党代会的代表。

在图登克珠的眼里，父母那一代人，对中国共产党的感情深刻影响着整个家庭。“70 年前，多亏了中国共产党，西藏的百万农奴才能获得解放，作为康区牧民的后代，我非常感激中国共产党的恩情。”

摆脱了祖祖辈辈放牧的命运，走进大学接受教育，成长为新一代西藏知识分子，这是发生在图登克珠身上、发生在无数个新西藏人身上的真实变迁。

今天，作为研究区域经济和旅游文化的专家学者，图登克珠常常需要到国内外各地访问交流和调研学习。

2010年在关于中国西藏文化对外交流的一次会议上，法国人权组织的一位官员对西藏的人权大加斥责。面对质疑，当时也在场的图登克珠，一直沉住气等对方说完："我也来说两句。我是一名老师，老师一般都要听学生说完，再来解释。"他顿了顿——

"人权包括生存权和发展权。以我自己的经历举个例子吧：我的父母是经历过旧西藏的人，在旧社会他们没有上过学，也不知道自己的名字怎么写，参加工作后，他们领工资全凭按手印，给多少就拿多少。我是新社会培养出来的，今天我作为大学教授能够到这儿来，你说，是我父母的人权多还是我的人权多？"对方哑口无言。

图登克珠看到，70年来发生在西藏的历史巨变，带来的不仅是人的解放，更是整个社会的进步。他尤为珍视这一局面。

人才——"一定要超越我，一定要为国家多做事！"

亲身经历过旧西藏、新西藏冰火两重天的父辈，对中国共产党的感情特别地浓。

图登克珠永远忘不了躺在病榻上的父亲，临终前从枕头底下拿出一个包，交给他："我什么都不给你留了，这是我的党费，我走以后，你不要忘了给我交啊。"

这个仿佛电影镜头一样的画面，一直深深地印刻在图登克珠的心中，铭记心底的还有父亲的叮嘱："一定要超越我，一定要为国家多做事！"

其实在西藏，像图登克珠这样的家庭还有很多。他的岳父就曾参加过"两次战役"（1959年西藏平叛和1962年中印边境自卫反击战）。在今年庆祝中国共产党成立100周年前夕，老人家还获得了"光荣在党50年"的纪念章。

受家庭环境的熏陶，图登克珠尽管没有加入中国共产党，一直在尽心尽力地为党和国家的事业做事。

1988年从西南师范大学毕业后，图登克珠原本被分配到内地高校工作，但他主动申请回西藏，进入西藏大学任教。他说："西藏的传统文化非常注重教育、尊重老师，老师是智慧的象征。"

图登克珠的妻子央金卓嘎，也是一名教师，她在部队中学里从事物理教学。两人育有一女。

在旧西藏，绝大多数的孩子刚出生时都会被抱到寺里，请活佛喇嘛取名。女儿刚出生，就有人建议图登克珠请一位高僧大德为孩子起名，但他始终不同意："过去的父母是因为没有文化，只能请活佛喇嘛取名。今天，我们这一代人都接受过高等教育，都有能力给自己的孩子取名。"

"我女儿叫康珠维丹，这名字是我为她起的。"在图登克珠眼里，康珠维丹不仅是个名字，更是西藏人从蒙昧无知到有知识有思想的见证。

20 世纪 90 年代初，我国致力于发展社会主义市场经济，图登克珠主动自学市场经济理论，并把这一学科带进了课堂。

在西藏经济社会发展中，不可避免地遇到了各种现实问题，图登克珠带领学生和研究团队对此进行研究，并将成果编写成书，供各级政府部门参考。

这一干，就是 30 多年。

直至今天，图登克珠走过了西藏所有的地方。这期间他也发现了教育领域需要补齐短板的任务还很多。为此，他跬步不休地提交着一件件政协提案：从怎么吸引和留住人才，到推动西藏高校设立博士点；从农牧区基础教育水平提高，到争取一个西藏高校自然科学学术期刊刊号……一个个问题最终得到了解决。

"怪得很，我在任何一个地方学习，总是要回家的。"难离故土的图登克珠，却从不强求别人也在西藏待一辈子。

"我希望我的学生毕了业，无论走到哪儿，都能讲好西藏的故事，让更多的人了解今天西藏的发展与进步。"

这是因为，近年来图登克珠在对外交流中发现，"外面的人对西藏还是存在偏见，他们总觉得，西藏人就是穿个藏袍，放着牦牛，没啥知识，只知道信仰宗教。"

就算西藏当地科学家中有研究现代科学的学者，也总被认为是引进的而非本地培养的。其实，藏族科学家这些年越来越多。跟图登克珠交集较多的西藏农牧专家、全国政协委员尼玛扎西，在2020年9月不幸因车祸辞世，这让图登克珠痛惜自己失去了一个“好哥们”。

30多年的交集中，他们这些好哥们没有在一起吃喝玩过，“除了日常学术观点的碰撞、成果的交流，我这里每完成一部专著都会送给他，他那边参加国际会议获得了什么新理念，也会分享给我。”

但如今，能这样分享理念、交流思想的学者，却少了一个。

团结——“不会想到区分谁是汉族、谁是藏族时，最亲密无间”

1998年图登克珠成为西藏自治区政协委员，随后他连续作为第十、十一、十三届全国政协委员进行履职。有媒体给图登克珠统计过：从地方政协到全国政协，政协履职20余年间，他提交了200多件提案。

我国边疆地区拥有丰富的自然旅游资源，同时也拥有大量独具地域特色和丰富历史内涵的红色旅游资源。

据不完全统计，我国边疆民族地区红色旅游景点中，内蒙古206个、新疆91个、西藏202个、广西300个。

“《关于进一步挖掘和整理我国边疆民族地区红色旅游资源提升铸牢中华民族共同体意识的旅游业发展提案》是我今年重点撰写的提案，也是我持续关注和准备了将近两年的提案……”最近两年，图登克珠尤其关注西藏的红色旅游资源挖掘和西藏大学铸牢中华民族共同体意识的研究平台建设。

在位于拉萨市南的拉萨河畔，矗立着一座青藏川藏公路纪念碑。碑文内容，让人心怀感动回到了76年前：

“世界屋脊，地域辽阔，高寒缺氧，雪山阻隔。川藏、青藏两路，跨怒江攀横断，渡通天越昆仑，江河湍急，峰岳险峻。十一万藏汉军民筑路员工，含辛茹苦，餐风卧雪，齐心协力征服重重天险，挖填土石三千多万立方，造桥四百余座。五易寒暑，坚苦卓绝，三千志士英勇捐躯，一代业绩永垂青史……”

史料中有这样一段记载：在修筑青藏公路时，被誉为“青藏公路之父”的慕生忠将军，曾在铁锹把上刻下了“慕生忠之墓”。他说，如果我死在这条路上，这就是我的墓碑。路修到哪里，就把我埋在哪里，头冲着拉萨的方向。

这支筑路大军仅用七个月零四天时间，在“生命禁区”打通了格尔木至拉萨的公路运输线，让青藏公路穿越了25座高原雪山，在当时创造了用最快速度、最低成本修建世界上海拔最高公路的奇迹。青藏公路修通那天，待喜悦散去，人们才发现，当初进藏的修路人剩下的已不足三分之二。因为条件有限，所有倒下的修路人都就近埋在了青藏公路边。

一不怕苦、二不怕死，顽强拼搏、甘当路石，军民一家、民族团结的川藏、青藏的“两路”精神，是一代又一代进藏干部官兵为西藏发展贡献青春贡献生命的写照。

在林芝市察隅县的一处烈士陵园，图登克珠看到不少墓碑的主人，是牺牲在当地的年轻士兵。他们是为和平解放西藏、守边护国从全国各地到西藏服役的士兵，为守护祖国西南边疆献出了年轻的生命，忠骨永远留在了青藏高原上。

西藏这么多象征民族团结的资源没有挖掘出来作为红色文化教育的基地，令图登克珠深感惋惜：

“我们这么多的烈士埋在西藏，要让他们的后代和西藏的后代到现场去，感受这样的爱国情怀。这些红色文化资源，本身就能把人心凝聚成一股力量，更有利于铸牢中华民族共同体意识。”

2021年春节，西藏大学的不少区外师生选择就地过年，当地师生纷纷邀请他们到自家过年，带他们感受在西藏过年的习俗。这让图登克珠更加感受到了民族团结教育的重要性。

从教30多年，他要求自己的学生在学习和生活中不要刻意表明自己的民族。做课题研究、到少数民族地区调研时，有汉族同学参与的，他要求少数民族同学为汉族同学上藏文课、教口语、做翻译，让大家在团队融合中深化民族团结教育。

图登克珠自己的好友同事许多都是汉族，当大家在一个团队中不会想到区分谁是汉族、谁是藏族时，最亲密无间。这种理念，是图登克珠从父辈那里得来的……

三个小时里，图登克珠一直在讲述西藏的人和事，他的语气时而热烈、时而温情，不见疲态，言辞中满是深情和热爱。

窗外，白雪覆顶的雪山静静地矗立在滔滔讲述的图登克珠身后，看过去，他就像一个被雪山母亲拥抱着的孩子。

（原载于《人民政协报》2021 年 8 月 17 日第 8 版）

施荣怀：家国二十年

文／王　卓

施荣怀

第十三届全国政协委员、教科卫体委员会副主任，第十四届全国政协常委，第十一、十二、十四届北京市政协常委。香港恒通资源集团有限公司执行董事，港区省级政协委员联谊会会长，香港北京交流协进会会长。

施荣怀的普通话讲得很好。

6月26日下午，北京市政协常委会会议刚刚结束，施荣怀便“无缝对接”，参加了一项京港交流活动的开幕式。面对来北京实习的30名香港大学生，施荣怀颇有兴致地讲起自己的经历。“30多年前我第一次来北京，那时候的北京，可不是你们现在看到的样子……”

语速缓缓的，仔细听，也能辨认出藏在声调中的淡淡“港味”。

不过相比起来，土生土长的香港人施荣怀更典型的香港标识，是他在与人打招呼时谦谦有礼的态度，和在炎炎夏日也一丝不苟的西服。

架起香港与内地沟通的桥

6月26日施荣怀参加的交流活动，被他称作“三年百人”计划，由他担任会长的香港北京交流协进会组织推动。

所谓“三年百人”，是指活动将从今年开始，连续三年，每年暑期安排30位大学生，到北京不同国企、民企机构实习。“让香港的年轻人更直接地认识内地，了解北京，知道内地企业发展的状况，也发现更多机会。”

因为担心这些大学生“水土不服”，活动开幕式上，施荣怀一直嘱咐他们珍惜机会，注意举止，更好地呈现香港年轻人的风貌。

不过，听过大学生代表发言，他想，也许是自己过虑了。

听到他们对要去实习的企业有充分的认识，听到他们对北京有着细腻的片段式印象，甚至听到他们对纪录片《我在故宫修文物》兴趣盎然……施荣怀有些感动。“他们可能比我们想象中更了解北京”，他也期待，在北京的实践经历，能带给这群香港年轻人更加新鲜而强烈的美好感受。

7月中旬，香港北京交流协进会还将促成香港四五十名中学生到北京，与顶尖“创客”互相交流，组队比赛，激发两地年轻人的创新热情。

紧凑的活动，正符合2015年施荣怀创立香港北京交流协进会时的初衷：团结两地有心人，发挥桥梁作用，扩大两地全方位交流合作。“京港同样都是国家的一块‘名牌’，强强合作，会带来无限机遇。”

此次施荣怀来北京，还有一天行程。6月27日下午，北京农业展览馆，施荣怀参加了“2017香港时尚产品博览·北京工展会”开幕式，这是有着79年历史的香港工展会第一次来到北京，旨在庆祝香港回归祖国20周年，向北京市民介绍香港的优质品牌和产品，共同促进两地经贸往来和发展。

小摊位上铺满港式点心，海货泛着浅浅腥味，狮子山下摄影展里现代与传统交织呈现……工展会吸引了众多北京市民前来，感受第一手的香港味道。

看着这个场景，施荣怀既陌生又熟悉。陌生是因为，工展会举办几十年，却首次到京。熟悉是因为，工展会里裹挟着他儿时诸多美好记忆——小时候，父母就曾带着他们兄弟几人逛工展会，“在那里看明星，看新出的产品，品尝平日也不容易吃得到的食物，新奇万分。”工展会在施荣怀儿时的印象里，就是绚丽多彩的肥皂泡。没想到，后来，他也成了吹泡泡的人。

作为香港中华厂商联合会的“王牌”工作之一，香港工展会年年都办，有声有色。2002年施荣怀加入厂商会后，一路从会董，到副会长，再到会长，更是努力推动工展会活动与内地“亲密”接触。

2006年厂商会举办第41届工展会，在施荣怀的牵头下，特设“工展迎奥运”主题活动区，设置“同胞喜迎奥运会携手共建水立方”展位。通过广泛推广，使得香港市民对2008年北京奥运会及港澳台侨同胞共建奥运场馆的意义，有了更深入的了解。

“在短短二十几天活动中，有265565名香港市民共捐资近300万港元。”时隔多年，施荣怀对活动的参与人数仍印象深刻。“很多小朋友由家长带着到会场捐款。这次活动一方面是支持‘水立方’建设，一方面把国民意识传达给市民，让香港下一代知道什么是国家，祖国在哪里。”

这次活动之后，施荣怀也幸运地作为港人代表，参加了北京奥运会火炬传递，“能在北京传递奥运圣火，更有一份自豪感，我深感自己的这一棒有不同凡响的意义。”第312棒，200多米历程，成为定格在施荣怀记忆胶片中的永恒画面。如今在施荣怀办公室的展览柜上，作为奥运火炬手的照片，仍然摆放在最显眼的位置。

2011年，施荣怀成为中华厂商联合会会长，工展会到内地的拓展节奏也更快了起来，武汉、厦门、哈尔滨、重庆……一个个内地城市，纷纷烙上了香港工展会印记，“香港制造”进军内地市场的步履，也越来越坚实。

“我们就是要提供一个平台，企业在香港扬名后，再进军内地市场。我们还是领头羊，帮助港商寻找新的商机。”

2015年，会长任期结束，施荣怀却并没有在厂商会与内地的交流中隐身。“虽然我已经从会长这个位置退了下来，但我还是要叫醒一些正在‘睡觉’的香港厂商，拉着他们到内地，跟着内地的企业一起‘走出去’。”

罗湖桥另一边，也是家

如今做得风生水起，但施荣怀对社会工作，却并不是一开始就坚定热忱。

年轻时，花费颇多心血才在家族棉纺织企业中“找到感觉”的施荣怀，并不热衷在其他公职上分心。真正决定为社会事务付出心力，离不开父亲的感染和鼓励。

“父亲不对我们提过多要求，他最大的希望，是我们做生意之余，多服务社会。”施荣怀的父亲，是香港著名爱国企业家、社会活动家施子清。

因为社会活动广泛，施子清的头衔，多到几乎数不清。连续四届全国政协委员；全国工商联副主席；被国务院港澳办公室、新华社香港分社聘为香港事务顾问；香港特别行政区首届政府推选委员会委员；特区太平绅士……众多头衔与荣誉背后，是施子清仿佛花不完的精力，是他愿意扛在身上，关于家乡、关于香港、关于祖国的责任。

施荣怀对社会公共事务的热情，来自父亲的言传身教；对国家的认同、从事商业活动的理念、对家庭的关注，也无一离得开父亲的影响和教诲。

20 世纪 60 年代末，尚不满 10 岁的施荣怀跟随父母，第一次离开香港，离开“小小唐楼”的家，回福建晋江祭祖。

湿热的罗湖桥以南，施家大大小小却都套着层层叠叠的衣服，准备过关。因为“穿在身上的东西不用打税”，年幼的施荣怀，乖巧地听从父母的安排，一边止不住地冒着汗，一边内心雀跃期待“回家”。

路途多波折，终于踏上家乡村道那一刻，年幼的施荣怀意识到的，却是巨大落差。泥泞的道路，破败的村屋，远不及自己干净和整齐的村民……眼前每一个存在，都在否定着施荣怀曾构筑的关于家乡的美好想象。

不过，即便如此，待足几天的施荣怀，还是打心底里生出了一份亲近和认同，“那大概就是血脉”。他也知道了，为什么父亲关于家族历史一遍遍讲述中，从来没有“福建晋江”的缺席，“这里远称不上好，但这里是我们的家啊！”

自此以后，年纪小小的施荣怀心里也有了确认：晋江是家，香港也是家。

1984 年，《中英联合声明》签订，“移民热”在香港逐渐兴起，当时每年移居海外的香港人都在两三万人以上。施家已是身价过亿的商界新贵，带着一大笔钱移民对于四兄弟来说并不是难事。

“当时父亲召集全家人开家庭会议，他说：如果你们要移民，跟我说一声，我一定接受你们的意见，你们每人也可以带走一笔家产。”父亲的提议让施家兄弟感觉吃惊，那一瞬间，屋子里安静之极。当时的情景，施荣怀至今仍记忆犹新。

其实施子清只是在试探儿子们的态度。

片刻犹豫之后，施家兄弟作出一致选择：“我们不移民，香港是我们的家，我们对中国的发展有信心！”

说起当年的选择，施荣怀脸上满是骄傲。“有很多人移民后拿着外国护照回香港工作、生活，但我们四兄弟始终都是拿着香港特区护照。感情在这里，根在这里，不一样。”

施家全都留在了香港。

后来，乘着国家改革开放春风，受惠于“一国两制”赋予的优越条件，施子清先后在上海、江苏、福建、广东、湖南、江西等地投资办厂，投资网络遍及全国。四个儿子也分别在地产、投资、贸易、证券等行业深耕。创办于 20 世纪 70 年代的恒通资源集团，发展成为一个以进出口贸易、纺织、工业、房地产、证券业为主的多元化企业。

香港与施家企业的发展，也实在验证了施家选择的正确——几十年前，年少的施荣怀到父亲小小的办公室，只能看到四张小小的写字桌。而现在的恒通，已是矗立在香港筲箕湾的一幢独立大厦。站在办公室窗边，施荣怀可以轻松望向远处的海，望向北方的国与家。

2000 公里外的闯荡

如今，对温文儒雅的香港人施荣怀来说，合身且舒展的西服可算是“标配”，也称得上是标识。但场景倒转至 30 多年前的内地，西服带给他的感觉，却并不怎么良好。

1986年初，到北京谈生意的施荣怀，同样穿着一身笔挺的西服。20多岁拘谨青涩的他，在当时一众“中山装”的包围下，更显得有些格格不入，“本来就是硬着头皮来的北京”。

1985年，学化学专业的施荣怀从美国威斯康辛大学毕业回港。腼腆安静的他，本打算要再回美国深造。但正值施家纺织原料业务处于起步阶段，父亲鼓励他帮忙家族生意。一番“思想斗争”后，施荣怀进入家族企业。

到公司后，施荣怀接到的第一项重要任务，就是到距离香港2000公里之外、“陌生又神秘”的北京，谈生意。

“当时真的很紧张，提前两三天就睡不着觉，把到北京找谁，和人家说什么话都写好了。”可出乎意料的是，“我在北京待了一星期，谁都没有见着。这些客户都与我父亲年龄相仿，我打电话过去想约他们见面，他们第一句就问：你爸怎么没来？接着又问：那老大呢？”当年，略带学生腔的施荣怀，是生意伙伴眼中不足以代表家族的“二公子”。

到处碰壁的施荣怀委屈又落寞，临走前干脆去了趟颐和园。一圈圈走在结实的昆明湖冰面上，施荣怀感觉身体冰冷，头脑却慢慢清醒。“我怎么能经历一次挫折，就没有了勇气？”

如今的施荣怀谈起这段经历，焦虑退去，剩下的只有对北京纯粹的感情。“当时来北京谈生意其实不大方便，打不到车只能走路，住涉外酒店，打电话也很麻烦……但它给了我勇气和开始。自那以后，我也一路见证了北京的巨大变化。”

机会总会留给有准备、不气馁的人。不断摸索的施荣怀，终于在1987年做成了自己第一单生意。由他牵线，当时的天津真棉织品公司从韩国进口了一批价值20万美元的羊毛纱，作为中间商，施荣怀净赚15000美元。

逐渐地，施荣怀在家族与内地的生意里，扮演起了“前哨兵”的角色。

1988年，施家同辽宁相关部门合作，到朝鲜开拓市场。交通和生活都很不方便，甚至也没有电视、没有娱乐，每周只有一次航班……开始时施荣怀很不适应，但经历过谈判方式、财务习惯等重重考验之后，他获益匪浅。

现在提到这些过往经历，施荣怀除了对其中“了不起”的细节如数家珍，更是对父亲不断向内地“深耕”的眼光钦佩不已——20 世纪 80 年代，与内地深度合作的港商并不多。

渐渐地，施荣怀也发展起自己的供应商和买家网络。“他们到香港会直接找我，不再会绕开我去找父亲和大哥了。”施荣怀的商业能力，也慢慢得以施展。

1997 年香港回归以后，施家企业向内地迈进的步伐越来越快，合作也越来越充分。1998 年至 1999 年，施荣怀接手了家族内几乎全部的纺织原料贸易业务。

“那时候做纺织品贸易这行的，没人不识施荣怀。”当时，已有七八家公司一起在内地市场竞争，但恒通的市场占有率一直数一数二。

细数回归前后企业的发展，施荣怀体会尤其深刻，“我们的家族生意能越做越大，真正得益于与内地的了解与合作，得益于‘一国两制’制度，得益于我们对自己中国人身份的认同。”

当之无愧“政协世家”

始终如一的中国人身份认同，离不开父亲的影响。施家与政协的深厚渊源，也始于父亲。

回归后，施子清教导几个孩子投身“一国两制”事业，亦以身作则积极参政议政。他在作为全国政协委员以及福建省政协常委期间，就如何促进海峡两岸暨香港的经贸合作、文化交流等方面直抒胸臆、提交提案，给四个儿子以及在港的福建乡亲树立了爱国爱港的榜样。

榜样力量之大，家里人也始料未及——由施子清白手起家从纺织业发展起来的家族，虽不像香港其他大家族那么耀眼，却拥有一个任谁都无法复制的珍贵名号——政协世家，“施门五父子，全家皆政协”。

施子清连续四届全国政协委员，施荣怀的大哥施荣忻是江苏省政协委员，三弟施荣恒做了福建省政协委员，四弟施荣忻更是贵州省和深圳市的双料政协委员，施荣怀自己也成了北京市政协委员。再加上亲友，这个家族总共有 8 位政协委员，成为当之无愧的“政协世家”。

“我们兄弟四人成为委员的地域分散，也是为了更好更多地参与内地发展。”施荣怀说，作为委员，兄弟们“分工明确，各有侧重”，“有人侧重商业，有人侧重青年工作，有人侧重慈善。这也让我们互相扩大了眼界。”

出于对北京的特殊感情，施荣怀在与内地开展交流活动时，通常会选择北京作为据点，这也让他顺理成章成了北京市政协委员。第十届北京市政协总结表彰联谊大会上，一首深情款款的歌和曲终一句高亢激昂的“我爱北京市政协”，让大家记住了温文尔雅又激情满怀的施荣怀。

“作为委员，除了为北京建设献策，还要多参与香港的事务。团结一切可以团结的力量，为香港‘一国两制’的落实和香港的长期安定繁荣应发挥作用。这虽是老生常谈，但始终有着深远意义。”成为第十届北京市政协委员之初，施荣怀就对自己可以做的事“认得清楚”。

成为第十一届北京市政协常委后，施荣怀在港澳委员中发挥了更大号召力，不遗余力地为促进京港交流，推动各种活动落地。

连续三届政协委员，施荣怀对北京城市发展的关注，也越来越“接地气”。“我一直关心北京的‘大城市病’问题。在这方面，北京可以向香港学习。比如香港作为国际金融、物流、贸易中心，人口密度高，但城市高速有效运转，其中现代而精密的城市化管理模式，可供北京借鉴。”

2013 年成为全国政协委员后，施荣怀的关注领域更广了。近两年，他的提案建议涵盖劳动力权益保障、恢复加工贸易优惠政策等多项内容。“成为全国政协委员后，我最强烈的感受是，要站在更高更广的维度，从国家角度思考问题。而不是仅仅从企业、从局部出发去提建议。”

施荣怀关于劳动力权益保障的建议，就与他本身作为港商的诉求，有些不一致。

据施荣怀了解，港资在广东的工厂，现正逐步萎缩。“在广东省，可尝试建立一个联动机制，使劳动力富足的地区和劳动力短缺的工厂实现互通，通过合理的制度，令双方劳动力得到调节。”作为商人，他明白内地各种生产要素成本的提升对于港商的压力，“要保障工人还是维护厂商的利益，我也会感到矛盾。但这毕竟是关系国家未来发展的话题，应该提出来。”

政协委员身份对施荣怀来说，是反哺社会，回馈祖国和香港的重要方式。除此之外，他还不断延伸着服务和行动的触角。

近年来，他先后以施子清家族名义捐资兴建福建泉州华侨大学敬萱堂教学大楼、晋江龙湖医院、香港黄大仙医院施子清职业治疗部及香港保护儿童吴淑敏幼儿中心；设立厦门大学青年教师基金会、北京大学学报基金、南京大学教育基金会、香港城市大学教育基金、香港浸会大学基金会及香港岭南大学基金……“这些都是成就感的有效构成”。

香港要好，祖国更要好

香港回归已满 20 周年，不同于回归之际拓展商业版图的斗志昂扬，现在的施荣怀，有了更宽的视野，更大的胸怀。现在他最关心的，是代表香港未来的年轻人，是香港和祖国同舟共济的明天。

“有一部分香港年轻人，甚至还没有‘回乡证’，这意味着，他们从来没有回过内地。”在施荣怀看来，香港年轻人不仅要了解香港历史、祖国历史，更需要多来内地感受，因为当下在高科技、互联网行业等诸多发展领域，内地显然具备更强动能。

现在来北京，施荣怀也会像普通的北京年轻人一样，日常生活中选择在线支付，“一周用不到一次现金，支付宝和微信支付实在是很方便”。但让他遗憾的是，还有不少香港年轻人，不能切身体会这种科技进步带来的便利和兴奋。

“香港的年轻人，一定要来内地增长见识。我们也要继续努力，为他们打造一个‘内心回归’的彩虹桥。”

谈到香港和内地之间出现的诸如“反水客”等的矛盾事件，施荣怀没有回避。在他看来，这一方面是正常的，“因为即便同是在内地，不同省市乡村，也会有不同文化习惯，香港和内地之间也是如此。”但另一方面，也需要两地加强各个层面的沟通和交流，增进共识，“文化创意、创业创新等等，都是很好的切入点。”

20年间香港经济有起有伏，经过亚洲金融危机、非典疫情、欧美债务危机、环球金融海啸，身在其中的施家，也同样经历了诸多困难与波折。施荣怀说，庆幸每当香港出现问题时，中央政府都能想尽办法全力支持，每一次的考验也都成了新的起点。展望未来，港人能看到更多“背靠祖国”的机遇。

2017年3月，粤港澳大湾区城市群发展规划写入政府工作报告，“一带一路”建设、亚投行等国家重大发展规划也为香港经济再次腾飞提供契机。施荣怀希望，新一届特区政府能够真正把握时机，与国家“一带一路”及大湾区发展的战略配合，进一步提升香港金融中心这一“优质品牌”。

对土生土长的香港人施荣怀来说，家在香港，家也在内地，香港是祖国的一个品牌，祖国更是香港未来发展的风帆。

“家与国永远无法分割，我们的进步离不开香港的发展，更离不开祖国的繁荣……希望香港好，祖国更好……”

（原载于《人民政协报》2017年7月4日第8版）

技术报国

“监管老兵”尚福林：归来仍年轻

文 / 崔吕萍

尚福林

第十三届全国政协常委、经济委员会主任。金融学博士。历任中国人民银行行长助理、副行长，中国货币政策委员会第一届委员，中国农业银行行长，中国证监会主席、党委书记，中国银监会主席、党委书记。中共第十六届候补委员，第十七、十八届中央委员。

5 月，北京，晴暖干燥，杨絮飞舞，纷纷透过了中国银行保险监督管理委员会办公楼的落地窗。

两个半小时的访谈，只喝了一口水，67 岁的尚福林显得神采奕奕。记得中国金融监管界的一位前辈曾经说过，真正想做事情的人，都要给自己的年龄打八折，而尚福林给人的感觉是，不管岁月如何打磨，他年轻依旧。

“飞来的尚福林”

1993年，坐标东北，时任国务院副总理的朱镕基正带领相关部门，为解决东北出现的“三角债”问题商量对策，时任中国人民银行货币政策司副司长，42岁的尚福林也在参会名单之列。

“人家都是坐火车过去的，我因为其他工作占了时间，只能坐飞机去。”尚福林的这个决定，为自己赢得了一个称号，参会者从此叫他“飞来的尚福林”，而据当时在场人士透露，这句话还饱含着朱镕基对于尚福林的夸赞、认可和期许。

20世纪90年代初，中国金融市场有两大战役要打。一个是清理“三角债”，另一个是治理“金融三乱”，也就是乱集资、乱批设金融机构和乱办金融业务。

回忆起那次清理“三角债”，尚福林说，事情的根源，在于当时国家以扩大投资来拉动地方经济，在中央出资的同时，需要地方上也拿出配套资金。结果中央的钱到位了，地方上的钱没到位，就导致拖欠了供应商、建筑商的钱，形成了债务链。“这些情况都是过去没碰到的，要根据中国国情去办。当时朱镕基同志就提出，从清理固定资产投资缺口入手，从源头注入，防止中间跑冒滴漏，编成债务链，该还谁还谁。我参与研究和编了这套办法，供领导决策。”

“金融三乱”的问题似乎更麻烦。

发展是硬道理，要发展经济就需要钱，所以当时各地都在找钱，金融也积极支持发展经济，但当时中央银行对贷款有限额，很多人就想着如何能绕开限额，乱设了一些机构。1990年开始搞证券市场和信托业，当时搞证券别人也不懂，主要由做银行业务的人来做，但搞间接融资的人，干了直接融资的活儿，认知上有偏差，出问题或许就是大概率事件了。

“那种背景下，必须治理‘金融三乱’！”尚福林这样说。

“飞来的尚福林”是军人出身。

四年部队生活，练就了尚福林和战友们守土有责、不怕吃苦、做事雷厉风行的品质，同时也更深刻理解了为人民服务宗旨的使命含义，这为日后他总能站在存款人及投资者角度思考问题，种下了一粒种子。

1973 年转业复员，尚福林赶上了中国人民银行来招人，由此进入人民银行北京市樱桃园分理处工作。

零背景，零基础，但机遇偏爱勤奋敢为的人。

“当时甚至不太清楚银行是干什么的，连会计这门基本功还是到了银行之后现学的。后来就抓住组织上给的学习机会，参加各种培训班，学习政治理论，学习业务知识。”由于各方面表现出色，几乎没过太长时间，尚福林就当上了分理处的书记兼主任。

人生的第一份工作在记忆中总是浓墨重彩的。尚福林至今记得 1976 年的唐山大地震，当时作为分理处的副书记，他和大家一起抗震救灾，搭地震棚，因为大家人心齐、劲头大、任务完成出色，分理处评上了北京市抗震救灾先进单位。

恢复高考改变了一代人的命运，尚福林亦如是。

“之所以决定考大学，是确实觉得在工作中有很多东西需要学习。”干了几年金融实务工作的尚福林，着手准备报考金融专业。

1978 年冬，尚福林圆梦大学，被北京财贸学院（即现在的首都经济贸易大学）金融专业录取。缘分，抑或偶遇，四年后的毕业季，他再次赶上了人民银行总行来学校招人，因为四年较为扎实的理论学习成绩单，也因为曾经较为出色的实际工作成绩单，人民银行相中了这位军人出身、经过基层历练的稳重学子。

再次获得人民银行系统工作机会的尚福林，被分到一个颇具时代特色的部门——总行计划司。没过两年，也就是 1984 年，人民银行改革大幕拉开，尚福林的事业坐标也一步步由基层工作者，转向了以问题为导向的监管者，很多人说他是“拆弹专家”，因为他的从业轨迹，与中国金融业遇到的几次“大麻烦”休戚相关。

给市场更多机会

在经济学中，货币是价值尺度，而货币本身还有价格，它通过利率得以表现。

1984年，人民银行决定剥离其他业务，单独行使中央银行职能，进行利率管理，同时对商业银行实施再贷款。这是一套之前没有过的体系，人民银行为此专门成立了利率处，尚福林任副处长。

一个至今被金融业老人们铭记的事实是，从1953年开始，到1984年人民银行单独行使中央银行职能为止，漫长的时间跨度里，中国银行业的存贷款利率长期保持稳定，其间虽然存款利率随着通胀的变化有过变化，但变化也不大；即使1978年改革开放之后，贷款利率也基本保持在6%的水平，连续多年几乎未曾改变过。

尚福林和同事们的第一大要务，是适应改革开放形势的大变化，让多年无法反映市场需求变动的利率水平“动起来”。

当这项工作犹如当年自己的经历一样无背景、无基础时，尚福林更愿意和大家一起努力，把它做好。看书学习、交流研讨、调查研究，梳理矛盾、搭建框架、琢磨细节，经过反复打磨，实现了从无到有的质变，形成了人民银行对商业银行的利率调控体系，到现在为止，人民银行的利率调控体系依然能够若隐若现地察觉到当时那套体系的影子。

货币政策的目标就是宏观经济调控的目标——促进经济增长，增加就业，稳定物价，保持国际收支平衡。在日渐深入的市场化改革进程中，实现这些目标，中央银行越来越不宜直接伸手干，而是更多通过中介目标来完成。

那么，计划经济时期可以控制现金总量，改革开放之初管贷款限额，随着市场经济越来越活跃，企业获得资金的渠道越来越多，这时的货币政策该管点什么？答案是管货币供应总量。

“世界各国对于中介目标的选择并不一样，比如美国是直接管利率，这是因为它的货币是给全世界用的，它不必纠结于票子到底发了多少，只要管好利率就行了。我们在市场经济发展起来之后，控制货币供应量，也是完全必要的改革创举。”说来轻松，但要管好货币政策，尚福林和同事们推动并见证了中国货币市场诸多个从无到有。

经历和参与了“大一统”的人民银行到“央行”的一系列深刻变革之后，尚福林的事业坐标第一次，也是唯一一次定位在了金融机构。

2000 年 2 月，尚福林担任中国农业银行行长。当时这家银行面临严峻的市场竞争，业绩已经连续三年亏损。而尚福林上任第一天，就用一条“军令状”来倒逼自己和整个团队——三年内要实现扭亏。

植根于农业大国的农业银行，怎么会亏损呢？没经历过那段时期的人们不免一问。一个必须要交代的背景是，在此前相当长一段时间里，我国银行都是各管一摊，比如工商银行只管工商企业的贷款需求，建设银行主要管基建贷款，中国银行主要负责海外业务，农行的业务在农村。后来，为了增加银行间的竞争，从 1994 年开始，“专业”标签走下舞台，取而代之的是商业银行，当时还有个口号——农行可以进城、工行可以下乡、中行可以上岸、建行可以破墙。

方向没错，但农行进城路走得并不顺——城里的客户早就和过去合作过的银行形成了长期合作关系，存量竞争农行没有优势。尚福林到任之后就和大家伙儿商量，要找一条新路，跟别的银行站在同一条起跑线上竞争。

在他的主导下，步入新世纪的农行，将目光也落在了那些未来潜力巨大、当时未获关注的新兴市场，比如汽车贷款、房地产按揭等。

“农行做汽车贷款，大量做的是城市出租车贷款，那会儿谈合作经常是一个城市接一个城市地拿下，我们一度把汽车贷款业务做到了四家大行中份额最大的。”

在商言商。靠着精细谋划和坚韧不拔的精神，当时定的是三年扭亏目标，尚福林和他的团队只用了两年就实现了。在这两年里，尚福林最大的感受，就是在风险可控的前提下，银行应该积极开拓新市场、新业务，构建起实现金融与经济良性互动的市场化内生性机制，这样做既能支持实体经济发展，又能为银行带来自身收益。

农行这个摊子刚收拾出模样，掌舵者的坐标又变了。

2002年12月，尚福林任证监会主席、党委书记。

这厢坐进主席办公室，那厢媒体的质疑报道就出来了。

尚福林到证监会之后第一篇媒体报道，题目是“尚福林为什么要来坐火山口”。

当时的情况是，由股权分置、股票不完全流通积累下的问题非常之大，而推动国有股减持的工作，因为股价不断下跌而几近搁浅，甚至在国务院终止国有股减持之后，股市还在惯性下跌。当时媒体认为，尚福林坐上火山口就最好不要再碰这个“烫手山芋”了。但尚福林更加担心的是——既然问题已经提出来了，靴子总不掉下来，问题和风险可能越拖越大。

治病除根，这是坐在火山口上的尚福林当时唯一的想法。

病根很明显，由于股权分置，一部分拿在散户手里的股票可以上市流通，另一部分拿在企业手里的国有股和企业股不能流通。但“暂不流通”这四个字是企业与散户约定的合同行为，并不是法律规定。股市建立之初，这样约定有利于避开争议，推进了股市的建立，这对刚刚诞生的股票市场更好激发活力和发展壮大，发挥了重要作用；不好的地方恰恰也跟价值有关——一个连股票全流通都实现不了的市场，市场的重要功能“价值发现”从何谈起？

“当时的国有股、法人股没有市场价格”，尚福林回忆，“按当时规定，股权转让只能用净资产来做，当时平均下来的市场股价约4元，而国有股净资产只有平均1.8—2元，以这样的价格引进外资，做合资企业，国有股肯定作价过低，也不符合股价估值的基本逻辑。实际上，这些问题有一个指向，那就是股票价格不能代表真正的市场定价，这个市场不完善，而完善市场又是改革开放的重大使命之一，也是股票市场健康发展的基本前提之一。”

去病根的药方“既不能割断历史，又不能迷失方向，关键是找出一个能够为各主要利益关联方接受，又能真正解决问题的路子”。“按照合同法，如果单方要改变合同条件，要和对方商量，市场称这种情况叫作对价，而不是由政府越俎代庖、搞硬性统一规定，因此我们提出'统一组织、分散决策、分类表决'的操作思路。简单说，就是通过流通股股东和非流通股股东协商'全流通'方案，一企一策分散决定具体'对价'方式。由于当时大部分上市公司国有股占大头，为保护市场各方的利益，采取了两次投票的模式，第一次是全体股东投票，第二次是散户投票，两次投票都要过 2/3，较好地贯彻了市场化法制化方式解决问题的基本精神。全流通之后，市场机制进一步完善，市场发现价格的作用也就能够较好地发挥了。换句话说，股权分置的尾巴割掉了，市场化进程又迈进了一步。"谈论如此复杂的往事，尚福林讲得如此简单明了。

在公允的评价中，尚福林作为第五任中国证监会主席，也是提出股权分置概念并将其付诸实施的第一人。资深证券专业人士华生曾撰文道，"股权分置改革的成功，完成了中国资本市场定价的市场化，恢复了资本市场资源配置功能，为大型国有企业改制上市、全面降低和化解金融风险提供了基础和平台。没有这个平台，后来的融资融券、股指期货、创业板的推出都完全不可想象"。

牢记初心，不忘本源

市场成熟一步，风险未必就能少一分。

在经济发展到一定程度时，证券公司这个一头连着普通投资者，另一头牵着上市公司的中间人，由于认知错误，走错了一段路。

当时中国一共有 130 多家证券公司，关闭了接近 30 家，这样的整治力度，在金融领域来看都是空前的。

这些券商究竟错在哪里了？尚福林表示，一种错误的观点是，证券公司认为自己可以像银行拿存款进行贷款一样，拿客户保证金做自营业务，也就是拿客户保证金自己买卖股票。

"一位券商老总甚至问我，'为什么银行能用存款放贷，我就不能用保证金投资？'显然是理念本身有问题，存在银行，是存款，银行是承担风险的；钱放在证券公司，是保证金，你用了算挪用，股价一跌还不上保证金，就会出现挤提，发生流动性风险。”时至今日，对于那位券商老总的一问，尚福林依旧觉得震惊。而在当时，最大的窟窿是一家券商欠了客户近百亿元的保证金。通过证监会对证券行业的三年整顿，证券公司保证金从此都要托管到银行，证券公司后来基本杜绝了这类问题。

不断地加强市场建设，使中国资本市场不断发展完善。

开得起玩笑，较得住真，这是尚福林留给很多人的印象。在金融监管这条路上，他一直在路上。

2011 年金秋，当时的中国银监会迎来了新主席。从金融街 33 号出门往西走，再拐个弯，步行十分钟就能走到金融街甲 15 号。

中国银行业经历“黄金十年”的大发展之后，风险和问题又一次处于爆发期。尤其是为应对国际金融危机冲击，4 万亿元刺激政策之后，很多已经停工的企业又复工，不良贷款率表面上是下来了，但很多不该拿到钱的“僵尸企业”也起死回生了。到 2012 年，经济形势开始出现反转，增速由高速转为中高速，风险“水落石出”，不良贷款和不良率出现反弹。中央也反复强调，这一阶段金融系统的工作目标就是守住不发生系统性区域性风险的底线。

恰于此时，尚福林来了！他肩负着推动中国银行业走上更为长远健康发展路径的使命。为完成这一重大使命，尚福林打算从全球银行业公认的监管“神器”巴塞尔协议 II 在中国全面实施开始做起。

在这一过程中，尚福林清醒地意识到，监管者不是只要会念“紧箍咒”就行，监管同样需要讲策略、讲艺术。“比如巴塞尔协议 II 要求商业银行提高资本充足率，这会抑制商业银行的贷款冲动，对应中国有句古话就是‘将本求利’，这是对的。但征求意见时银行说有困难，也可能削弱支持实体经济的力度，因此我们就反复商量，怎样才能把克服当前困难与实现长远目标更好结合起来，包括适当设定过渡期、拓宽资本补充渠道、对不同性质和重要程度的银行分别设定不同的资本标准等，到现在看，预期的目标基本上都平稳实现了。”

经济形势的快速变化，还让一些短期流动性有困难的企业雪上加霜。

为了保证未来有前景的企业能够渡过临时性难关，尚福林和银监会的相关部门，研究并推行了债权人委员会制度。“债委会通常是在企业破产阶段为了清算才有的，而我们是为了支持企业，把它的功能前移，由借企业钱的银行共同判断，一起决定对这家短期出现问题的企业，是该增加支持、保持原有额度还是的确要收回贷款。这样就减少了因为个别银行非理性地抽贷停贷引起市场震动，这个事在各地得到了很好的推广，为这些年我国经济保持稳定发挥了积极作用。”

银行业敏感而重要，遵守金融基本规律，坚守底线规则对银行业稳健发展至关重要。前些年，在金融开放的旗号下，类金融活动盛行，小贷公司转制为村镇银行的呼声一度高企。“银行是拿存款的钱在放贷，小款公司是拿自己的钱在放贷，这二者遵循金融规律和市场规则完全不同，根本就是性质完全不同的两类机构，不可能进行转制。从近来类金融的乱象来看，我们守住这条红线是对的。”

2017 年 2 月，尚福林担任全国政协常委、经济委员会主任。到了政协，他依然持续关注着金融风险防控、社会信用体系建设等重点金融话题。

坐标很多，经历很多，思考亦很多。面对今天中国金融业的任务单，深思熟虑之后，“监管老兵”尚福林有几句肺腑之言。

“最想说的，还是金融业不能忘记本源，要支持实体经济。”无论是国际经验，还是国内的一些尝试，尚福林总结出的一条规律是，金融业来自实体，服务实体；金融如果离开本源，过度发展衍生品，肯定要出大风险，一个机构如此，整个金融行业也是如此。相反，从帮助实体中获得自身的发展，才是金融业不断发展的根本所在。

他还特别提到社会信用体系建设。“要将信用体系建设，特别是企业商业信用放在更为突出的位置上考虑。”尚福林多次如是说。迄今而止，全球股票市场有 200 余年的历史，而股份制的历史长达 400—500 年，早期的英国东印度公司于 1600 年成立，这个公司的定位就是“皇家特许经营的股份制公司”。换句话说，成熟市场是在商业信用的基础上发展股份制，在股份制基础上发展股票市场。回顾国内，我们先有了股票市场，后有企业改制上市，当前股票市场的一个突出问题就是，企业的商业信用积累明显不够。“加强社会信用基础设施建设，不是搞个征信体系就行了，而是要加强全社会的信用建设。社会信用的提高可以降低社会管理成本和交易成本。社会信用还有一个特点，就是一人失信，整体受影响，就像前几年一个老太太摔倒了，扶起来的人还要担责，导致扶不扶成了社会问题。再比如在银行间债券市场上，一旦连续几个企业违约，会抬高整个市场的利率水平，导致企业整体融资成本上升。”而尚福林断言，如果社会信用水平提高了，商业信用上去了，直接融资比例自然也就上去了。

对于今天的金融从业者，尚福林认为，一项重要的工作，是要加深对金融运行规律的认识，自觉遵守金融运行的规律和底线。“监管者为了保护投资者出了很多政策，比如现在发展私募基金，对人数和额度进行限制，为的就是防范风险，把不适合的投资者拦在外面。但现在，一些私募基金搞得像公募基金一样，谁都能来参与，这样的投资前途不定、风险更大。一旦违背规律，就会出问题。”尚福林显然有些担心。

这就是尚福林的风格，事关监管，必须较真。但他并不否认互联网“这条鲶鱼”给金融业带来的活力：“互联网和金融结合好了是好事，但这种结合应该是金融+互联网。因为银行管着别人的钱，它考虑的是稳；互联网的思路是赢者通吃，做法是通过烧钱迅速扩大，甚至独占市场，以此为做事宗旨，拿到金融上来，所走的路就未必是正确的了。”

回头一看，从进樱桃园分理处的大门，到如今与那些奋斗过的坐标遥相呼应，尚福林45年的从业经验，何尝不是一部中国新时期金融监管的教科书？就在成稿之时，尚福林带领政协调研小组，依然在为实体企业发展寻找优化路径。

出走半生，归来仍年轻。而保持年轻最强大的动力，或许不是经历，而是初心吧。

（原载于《人民政协报》2018年5月15日第8版）

探路者肖钢

文／崔吕萍

肖　钢

第十三届全国政协委员。中国证监会原主席，曾任中国人民银行副行长、中国银行董事长。

1996 年 10 月，上海外滩刚刚入秋，一手将中国外汇交易中心组建完成并正常运行后，肖钢踏上归程，回到秋意渐浓的北京，回到阔别了三年的中国人民银行总行，担任人民银行货币政策司司长。

看上去这只是一次平调，但回京不久，肖钢的身份就变为行长助理。第二年，也就是 1997 年，他进入人民银行党委，任党委委员，这一年肖钢 39 岁，距离他大学毕业到人民银行总行做实习生，已经过去了 16 年。

作为“文革”后第一届财经院校毕业生，由于时代需要，肖钢“幸运”到几乎没走一步弯路——从陈旧的课本里学到了最原始的金融知识；从欣逢盛世而略显亢奋的大学老师那里，听到了改革开放的抽象轮廓；在一个又一个基础而重要的岗位上磨砺自己。肖钢的职业生涯常常面临挑战。

广东之役

1997年，亚洲金融危机爆发，刚刚回到北京的肖钢，凳子还没坐热，就以人民银行行长助理兼广东分行行长的身份，再度南下，被派往我国在这场金融危机中损失最大的广东省，配合省委、省政府，以打赢这场金融风险遭遇战为工作目标。

肖钢的祖父开过钱庄，父亲在银行工作，现在很多人爱说“家学”这个词，而说起自己的从业生涯，肖钢认为家学倒也未必，总之他对于银根紧、挤兑这些代表着风险的词汇，印象格外深刻。

从事金融工作的人，经营的是风险，最害怕的，也是风险。

“外向型的企业保持高杠杆运行，向银行借了很多钱，环境好的时候，资金流动性没问题，亚洲金融危机爆发之后，三来一补，两头在外的发展模式遇到很大困难，资金链断裂，几乎每周都有城市信用社或者农村信用社发生危机，我们每天处理的都是这样的工作。”当时广东省金融业的实际情况，远比肖钢预想的要糟糕，以至于他每次去省里汇报情况时，都会带上一张广东省地市级金融机构的分布图，并把刚刚爆发风险的“雷区”用红色记号笔标出来，风险大的地方，红圈画得粗大一点，这样的图被复印出相应份数，被肖钢带进会议室。

“这张图谁看了谁皱眉头。”肖钢说，20年过去了，但对于当年亲历过这场金融危机的广东各级领导而言，这依旧是难忘的一课。从那之后，这些人充分理解了金融“不能出事”的原因，因为出了事，就是大事。今天，习近平总书记强调，金融安全是国家安全的重要组成部分，所有金融从业者仍然要深刻领会其中深意。

当时主持化解广东省金融风险的，是在中国建设银行行长、党组书记任上“临危受命”的王岐山。1997年，王岐山赶赴广东省，任分管金融工作的常务副省长。

“在当时的局面下，广东省化解金融风险的一个创举是，以地方政府未来的财政收入做担保，省政府向人民银行借款380亿元，这笔钱用来支付因金融机构倒闭而受影响的百姓存款。当然，有些金融机构之前给存款者许诺的高息，只按人民银行规定的利率支付。”

很多经历过那段时期的人说，380亿元的人民银行借款如同广东金融的“救命钱”，后来，人民银行又向广州分行增拨了70亿元再贷款额度，专项用于解决人民银行自办地方金融机构的遗留问题。

公开资料显示，用这450亿元，不到一年时间内，广东省政府对147家城信社1063个分支机构，16家国投及14家办事处，国投下属48家证券营业部，以及843家农金会实施停业整顿。这是危机时刻“没有选择的选择”，却也是当机立断、化解危机的最佳方案——大刀阔斧地快刀斩乱麻。

“这也是在实践中被逼出来的办法，因为当时没有存款保险制度，关闭金融机构的法律不完善，既要果断处置风险，又要维护社会稳定，还要进一步规范发展中小金融机构，这是实事求是的选择，实践证明是有效的、成功的。”每每回忆到此，肖钢都会因当年广东省处置金融危机得当感到“得意”。而在配合广东省委、省政府打赢了这场攻坚战之后第二年，肖钢再度面临新的挑战。

央行实习生

人生中最难忘的时光，肖钢说，就是在人民银行的二十几年。

在这之前，赶上特殊年代，肖钢高中毕业后直接去了农村插队。

恢复高考的消息传来。这是一代人记忆里最光辉的时刻，但好的记忆往往会被大脑多重美化，肖钢说，当时的真实情况是，没书，没老师，没电灯。更糟糕的是，虽然是高中毕业，但肖钢严重偏科，文科捡起来不算难，数学成了短板。即便是在辛苦劳动一天后点着煤油灯奋力苦读，肖钢自认为他的高考依然没有考好，关键的衡量标准是，没能读上当时人人都羡慕的中文系、历史系。

因为分数原因，肖钢被最后赶来招人的湖南财经学院阴差阳错地录取了。虽然爷爷开过钱庄，爸爸是银行职员，但肖钢自己并不想学财经，因为根本就不了解什么叫金融，一点学的兴趣也没有。

事实上，这个当时最后出现的“救命稻草”——湖南财经学院（现为湖南大学财经学院），还有一个别称叫作“财经黄埔”，这所学院始建于1958年，是新中国最早建立的一批高等财经院校之一，也是“文革”后第一批恢复招生的财经院校，同时期恢复招生的还有西南财大、陕西、湖北、江西财经学院。为了在十年浩劫后快速恢复中国的商品经济，同时为了给人才极度匮乏的各级财政、金融、商贸领域输送新鲜血液，这些院校的教师不舍昼夜。

历史总有重合。新中国成立前，中央组织部也曾在短时间内培训出了5.3万名干部，这些人为新中国成立后政治、经济、社会的有效运转作出了重大贡献。

数学不好、英文零基础的肖钢，在金融系的日子，起初是不好过的，每次考试成绩也不尽如人意。另一个比较苦恼的事，是他和同学们时常觉得学习的教材太过陈旧。

但很快，肖钢和他的同学们的学习热情被学校外每天都在发生的历史性巨变点燃了——改革开放、以经济建设为中心成为一个时代的新标签，虽然手里的课本还是那样的陈旧，但教师结合实际的举例教学，讲新闻讲正在发生的事情，迅速翻新了学生们对财经的认知。

至今，肖钢仍然记得老师在课堂上所讲的马克思、恩格斯对1871年巴黎公社运动失败原因的两条分析，这对当年的他触动尤其之大：“一是军事上没有攻下凡尔赛宫；二是没有获得法兰西银行的控制权。从那时我才明白，军事和金融对一个国家的稳定是同等重要的。”

肖钢也很庆幸，因为这所高校隶属于中国人民银行，是中央部属高校，这样的渊源，让他一毕业就直接进入了中国金融业的“最高单位”——中国人民银行。

1981年，肖钢被分配到人民银行当实习生。几乎从同一时期开始，人民银行在此后的改革历程中，在剥离商业属性、担当中央银行职责、运用货币政策工具促进经济发展、保持通货稳定、维护金融市场稳定、推动利率汇率市场化改革和金融业改革开放等过程中，逐步发展成为当前全球第二大经济体的“钱管家”，从这个角度说，肖钢不仅是见证者，更是亲历者。

实习生能经常看到行长吗？时至今日，人民银行里的“小鲜肉”同样认为这要看机缘，看你分到哪个部门。

37 年前，实习生肖钢经常能看到行长，原因是他当时被分到人民银行办公厅政策研究处工作，在这个离领导最近的部门里做简报。

虽然自诩文艺青年，但刚到人民银行时，因为没摸清公文的写作门路，肖钢写的简报老处长根本看不上。因为抓不住要点，往往是他写了几页纸，最终能被留下几个字就算不错了，全盘被否是大概率事件，这时要么他重新写，要么处长自己写。

“这位老处长原来的工作单位是国务院财贸办公室，对我们这些新人的文字要求特别高，一篇简报最多也就是个千字文，要用比较短的篇幅把问题说清，一开始总觉得字数压不下来，但训练得多了，就觉得这件事并不难做了。在后来的工作中，这一点还成了我的强项。”肖钢一下子把话题拉到了眼前。

通胀猛于虎

实习转正，肖钢的行政级别是 23 级。编简报的工作干了两年多，突如其来的机会，把肖钢的身份从政策研究处科员变为了行长秘书，那一年是 1983 年。

当时的行长吕培俭是位“大笔杆子”，原来在财政部系统工作，干到了财政部常务副部长，之后到人民银行任行长。

三十几年过去了，肖钢对吕培俭的印象依旧深刻。在肖钢看来，吕培俭的人品令人钦佩：对党忠诚，勇于担当，一身正气，廉洁奉公，不占公家便宜，严格要求自己，为人低调谨慎；没有一丝官架子，平易近人；是个经历过战争和“文革”浩劫的老干部，是值得学习的好榜样。

吕培俭当时有意识地培养身边的年轻人，很多文件都放手让肖钢来写，再由他自己来改。一直到了 1985 年，吕培俭到审计署当审计长，肖钢又到审计署过渡了九个月。

从审计署回到人民银行，肖钢任办公厅综合处副处长，那是1985年。综合处负责全行发文的工作，还是和文字打交道，这样又干了两年，他被调到了资金司（后来改称货币政策司）任处长，这个司的主要任务是调控货币信贷。

“对货币调控机制的改革，现在回头看，就是由直接调控向间接调控过渡，而我在从事货币政策工作时，见证了存款准备金制度的推出和公开市场操作的开始，也见证了行政指令性确定贷款规模这一方式的终结。我在经历这些改革的同时，也清晰地看到，中国金融改革始终在朝着市场化、国际化方向前进，中间无论遇到怎样的坎坷，目标方向从未改变。”肖钢这样说。

1988年，国务委员李贵鲜兼任人民银行行长。李贵鲜到人民银行以后不久，人民银行就召开了分行行长例行会议，各个省的分行行长都要参加。按照惯例，总行行长在会议开始时作报告，会议结束时要作总结讲话。

眼看会议明天就要闭幕了，这个总结讲话该怎么写？作为写作班子中的一员，肖钢全程记录了这次会议上大家讨论的要点，据他回忆，当时的人民银行副行长刘鸿儒给写作班子开会，研究明天行长的总结讲话如何写，散会时已经是晚上10点钟。

根据领导的意见，就一个晚上，稿子成型。文字简练，主题突出，有的放矢，受到李贵鲜行长的好评。后来，李贵鲜问刘鸿儒：这么专业的稿子怎么能在这么短的时间里写出来？都有谁参与了写作？就这样，肖钢和几个年轻干部出现在了新任行长面前。

此后，人民银行成立政策研究室，31岁的“小肖”成为这个局级研究室里的一位年轻副主任。回忆起这样的职责安排，肖钢认为，这是组织的信任和培养，也是事业发展的需要，如果当时不新设局级机构，恐怕也轮不上自己。当然，在进入人民银行之后的七八年时间里，对于中国金融发生的历史变化，他是亲历者、参与者，一些通过基层调研了解到的实际情况，对他这位31岁的研究室副主任来说弥足珍贵。

“比如我们经历了几场刻骨铭心的通货膨胀。”至今忆起当年的通胀，肖钢特意加上了刻骨铭心几个字。

第一场通胀发生在1984年，也是肖钢女儿出生的那一年。那一年，货币发行过多，主要有农业丰收，农产品收购增加，市场交易扩大等正常因素，也有扩大职工工资基数，滥发奖金补贴和银行突击放款等不正常因素，加上财政赤字扩大，向央行透支超过计划等，多重因素导致了通胀。因此，1985年加强了货币信贷的控制。

在搞活经济的大目标下，1988年，经济再度热起来，通胀随之而来。和上一次表现不同，这次通胀不仅造成了银行挤兑，还出现了百姓抢购商品的情况。

“有生以来第一次，我们看到商店里连不会摆头的电风扇‘次品’都被抢购一空。当年人们对钞票贬值深感恐惧，存钱不如存物，即便抢了个不会摆头的电风扇，回去修修总还可以用。”这七八年的经历，使得肖钢有了一个切身的感受，那就是中国要严防通胀，因为这对经济、社会、民心都会造成很大的影响。

在通胀比较严重的时候，肖钢到一些地方调研，随处可见人们排队抢购商品和排队在银行取钱的情形。在这种情况下，人民银行一项重要工作就是保障现金供应，满足提款需求，稳定市场情绪，增强群众信心。

1990年以后，我国经济再次进入紧缩期，经济增速下滑，物价涨幅很小，需求不旺，经济从波峰到波谷，党中央一系列治理整顿工作也随即展开。直到邓小平1992年南方谈话，中国发展商品经济才有了新的动力；紧接着，党的十四大提出了建立社会主义市场经济体制。

在这期间，1992年底，肖钢成为年轻的正局级干部——人民银行政研室主任。

织就改革四张“大网”

到了1993年，我国出现了房地产热、开发区热，金融领域也出现乱拆借、乱集资、乱提高利率等金融乱象……为此，中央提出，要整顿金融秩序，深化金融改革，服务实体经济。

从这时起，肖钢的工作岗位开始远离研究室，走向改革前台。1993年，我国决定外汇体制改革，这项工作于1994年开始实行。

“外汇体制改革是新中国成立近70年来最为重要的一次改革。当时的背景是，外贸进出口出现较大逆差，人民币贬值压力很大，官方汇率5.80元，但外汇调剂市场汇率跌到8.00元，个别地方跌到11.00元以上，黑市外汇买卖猖獗。原先是双重汇率制，市场分割，没有形成统一的市场价格，因此改革势在必行。在这种情况下，改革取消了汇率双轨制，建立统一的外汇市场，运用计算机网络，集中报价，集中交易，集中清算。”肖钢这样说。

1993年下半年，肖钢被紧急派往上海，在外滩边筹建中国外汇交易中心，人民银行调集各路人马，在很短的时间内建成了自主开发的外汇交易系统，紧锣密鼓地完成了筹备工作，该中心于1994年正式运行，肖钢被任命为中国外汇交易中心的首任总经理。这是肖钢走向改革前台后织就的第一张“大网”！

在外汇交易联网的基础上，很快，全国银行间同业拆借中心应运而生，上海银行间同业拆放利率（Shibor）就是这一过程中形成的。这是肖钢亲身经历、亲自推动的金融市场化改革的第二张“大网”！

时至今日，中国外汇交易中心运转顺畅，反响良好。但在当时，围绕我国是否要建立外汇交易的有形市场，业界其实有很大的争议。“在发达国家，比如美国就没有外汇交易中心这样一个组织，而是由银行自主去询价来做。而从国情出发，我们没有分散来搞的条件，不能走欧美银行业那条路，而是采用集中有形市场模式，大大降低了交易的信用风险和清算风险，交易中心既服务于金融机构，又服务于央行调控和监管，央行每天都可以知道境内外汇交易情况，大大领先其他国家央行和国际监管组织。”回忆往事，肖钢历历在目。

在广东之役获胜之后，1998年肖钢回到北京，出任人民银行副行长。此后五年，他干了两件事。

一件是推动中国银联成立。

20 世纪 90 年代末的大商场，收银窗口一溜 POS 机是条奇异的风景线，其背后的逻辑是，不同的银行卡不能用同一个 POS 机来刷单。面对这种情况，肖钢主抓实现银行卡联网，这也是他要织就的第三张“大网”，组织各家银行一起研究，最终成立银联公司。“我当时觉得，中国是个大国，人口多，刷卡支付潜力大，卡片不能小看，这是个产业，中国必须有自己的银行卡品牌。”肖钢在当时的想法，现在看来依旧不落后。时至今日，在 100 多个国家消费支付，国人都可以刷银联卡。

回忆当初，肖钢还说起了一个不为圈外人所知的情况：“‘银联’这个品牌一开始被人民银行深圳分行使用过，后来我召集各商业银行开会，大家觉得这个品牌很不错，一致通过用银联这个品牌作为全国的品牌。”

第二件得意之事，是建设全国支付系统，这是肖钢推动织就的中国金融改革第四张“大网”。

为什么要加快建设现代化支付系统？“要解决企业和个人资金汇划效率的问题。比如，以前企业或个人汇款需要七天甚至半个月才能到账，现在，依托现代化支付系统可以做到一秒钟实时到账，这极大提高了全社会的资金使用效率，但前提是需要央行有一个支付系统与各商业银行连接，确保资金快速、高效、安全到账。央行一直在努力建设一个现代化的支付体系，但由于种种原因没搞成。”肖钢解释说。

通过调查了解，肖钢发现，没搞成的主要症结不是工作不努力，也不是中国技术能力和财务能力存在问题。

“建设全国支付系统当时是世界银行给中国金融的援助项目之一，世界银行对此高度重视，当年也是在全世界范围内招标的，最终选中一家外国公司承包，但在实际操作中，因为沟通不畅，项目就这样一直拖着。”这样的调研结论，令肖钢十分恼火。

“中国人自己做这件事不行吗？”带着这个疑问，肖钢又开始调研，他得到结论是完全没问题。

终于有一天，做了大量准备工作的肖钢，拿着自主推进项目的方案，上了人民银行的党委会议。

"我印象里，党委会是在一天晚上开的，这次会议专门听我汇报这个事。方案最终得到了时任人民银行党委书记、行长戴相龙和其他同志的大力支持，人民银行果断地中止了合作项目，改由国内团队接盘，利用自己的力量进行开发，目的就是把进度、人才、技术都掌握在自己手里。"2003年，肖钢由人民银行副行长调任中国银行一把手时，这套系统尚未建成。几年后系统建成，人民银行专门为此在人民大会堂举行了庆祝仪式，已经换了身份的肖钢收到了一张特别的邀请函。虽然当时由于新任务在身，没能到现场，但肖钢说他依旧为收到这张邀请函而感动。

政声人去后。时至今日，谈及中国自主研发的支付系统，业界人士依旧给予高度评价，认为其不仅助力了经济发展，为货币政策、金融市场和金融监管发挥了重要作用，更捍卫了金融安全。

探索依旧在路上

2003年到2013年，肖钢说这十年他只做了一件事，那就是推动国有商业银行股份制改革。在他看来，股份制改革是涉及产权制度的一次全新探索，说到底是现代化银行体制改革。时至今日，他仍然建言，中国银行业要进一步深化改革，扩大开放。

2013年，肖钢出任中国证监会主席，直至2016年离开这一岗位。

对于中国股市的发展，他的思考同样具有借鉴意义。

"我在写一本书，书名还在想，有可能叫《化危为机》，主要是总结汲取2015年股市异常波动的经验教训，探索深化中国股市的改革开放，这本书是我作为一个金融探索者，为改革开放40年献上的礼物。"你的改革建议是什么？面对记者的提问，肖钢说，答案要等到这本书出版时才能揭晓。

热爱文字，惜言如金的肖钢，没有给这场历时近两个小时的采访画上所谓"圆满"的句号。

而就在本次采访前，本报记者曾跟随政协调研组下基层，看到调研路上的肖钢认真、投入，便问起他对政协工作的感受。自称是政协一名新兵的肖钢思索了一下，给出这样的回答："我国已进入新时代，社会主要矛盾发生了变化，时代对政协工作提出了新的使命和要求，为适应新形势，要以‘高质量协商’为主题，研究探索实现的路径，方法与模式。”

（原载于《人民政协报》2018 年 7 月 24 日第 10 版）

何文波：做几件有意义的事

文／朱晓波　张　园

何文波

第十三届全国政协委员。原中国五矿党组书记、董事长，现任中国钢铁工业协会党委书记、执行会长。

2019 年 4 月 22 日，何文波被国务院国资委正式任命为中国钢铁工业协会党委书记，正式执掌钢协。

“能重回钢铁行业工作，我深感荣幸。”2014 年调任中国五矿集团之前，何文波职业生涯大多是在宝钢（现中国宝武）度过的，妥妥一名钢铁战线老兵。

“争取为行业发展环境改善做几件有意义的事。”他在那次钢协任职大会上表态。

心怀“国之大者”

“对我们这样一个大国来说，保障好初级产品供给是一个重大的战略性问题。必须加强战略谋划，及早作出调整，确保供给安全。”2021 年召开的中央经济工作会议上，习近平总书记在论述正确认识和把握我国发展重大理论和实践问题时强调。

今年 9 月 20 日，政协第十三届全国委员会优秀提案和先进承办单位表彰会在京召开，由何文波作为第一提案人联名递交的《关于实施“基石计划”提升我国铁素资源保障能力的提案》被评为优秀提案。这件提案，正是为解决我国初级产品铁素资源（包括铁矿石资源和废钢）供给短板问题而提出的。

在钢铁行业干了几十年，何文波深有感触。铁矿石、废钢等资源是钢铁行业的“粮食”，原料保障问题是“国之大者”。

“基石计划”将铁资源三大来源，即国内铁矿、海外铁矿和废钢循环利用三方面的工作，整合为一个面向中长期的资源保障整体解决方案，并设定 2025、2030、2035 重要目标节点，用两到三个五年计划的时间，基本解决中国铁资源短板问题。何文波说，发改委主管领导和有关司局在两会闭幕的当天，就邀请他和中国最大几家钢铁企业的董事长共同讨论钢铁产业发展重大问题。第二周，八部委联席推进会召开，“基石计划”启动。

废钢，是钢铁行业最重要的铁素来源。在何文波看来，采取措施增加废钢铁供应、加快铁资源循环，既是促进钢铁行业绿色低碳发展的有效手段，也是缓解铁矿石供应压力的重要途径。早在 2019 年全国两会期间，何文波就递交了《关于废钢资源及发展电炉钢的建议》的提案，提出了“加强废钢资源循环利用体系建设”“支持报废汽车、报废船只等废旧拆解产业规范化、集聚化发展”“制定废钢等资源再生利用企业的增值税减免政策”等建议。

为进一步了解和掌握我国废钢资源回收、加工、应用体系的现状和问题，何文波进行了实地调研。2020 年 10 月，他随全国政协经济委员会专题调研组在江苏、广东两省调研了钢铁生产、废钢加工、拆船企业的生产现场和废钢拆解、加工等生产线，并与涉及废钢回收、加工、物流、贸易、税收、环保、海关等环节的职能部门、企业进行了座谈交流。

调研后，何文波进一步提出建议：税收秩序方面，适当提高增值税退税比例，统一所得税核定方法；行业规范方面，在标准规范引领下培育一批废钢加工行业的优质、龙头企业，规范废钢回收环节的秩序。

2020 年 12 月 14 日，国家市场监督管理总局（国家标准化管理委员会）批准发布《再生钢铁原料》推荐性国家标准，于 2021 年 1 月 1 日起正式实施。2021 年 12 月 31 日，财政部和国家税务总局发布《关于完善资源综合利用增值税政策的公告》，对废钢等资源回收行业的税收机制进行进一步完善。

何文波在全国政协的民主协商平台上的每一次实践，同部门的每一次有效沟通，使得提案专业意见实实在在地转化为政策选项，也为行业的高质量发展营造了良好环境。

钢铁未来：“像造汽车一样造房子”

不久前，住房和城乡建设部对何文波在全国政协十三届五次会议上提交的《关于大力推广装配式钢结构住宅建设的提案》作出了回复。

“住建部充分认可钢结构建筑的潜在价值，认为推广钢结构有利于提高建筑抗震防灾能力，提升建筑品质，减少生态环境破坏和碳排放，促进建筑业绿色低碳发展，具有重要的生态、经济和社会意义。”何文波说。

大力推广装配式钢结构住宅建设，是何文波“争取为改善行业发展环境做几件有意义的事”之一。在何文波看来，这件事的意义在于它关乎行业未来。

据统计，目前发达国家钢结构建筑占总建筑量的比例在 40% 以上，而我国钢结构建筑占比只有 5%—7%，钢结构住宅占比仅在 1% 左右，发展空间巨大。在钢铁行业下游总体需求增量有限、需求结构亟待调整的背景下，钢结构建筑无疑是钢铁行业的未来需求重点发力方向。

大力推广装配式钢结构住宅建设，仅仅一个提案建议是不够的。两会之外的时间里，何文波一直积极奔走，希望在行业组织层面充分协调钢铁与下游房地产建筑等行业，实现“联姻”。

“我有一个梦想——像造汽车一样造房子。”在今年 8 月 2 日钢结构建筑工业制造工作委员会成立大会上，何文波如此说道。

这个工作委员会正是在何文波的协调推动下，由中国钢铁工业协会、中国房地产业协会、中国钢结构协会、中国建筑金属结构协会、中国建筑节能协会联合发起成立的。这个跨学科、跨产业链的平台，可以充分发挥钢铁材料保障及综合服务优势，与上下游行业建立风险共担、利益共享、长期稳定的合作关系。

“推进建筑产业的工业化进程，推广绿色建筑和智能建造新体系、新业态，钢铁材料的保障和钢铁工业的支撑必不可少。主体建筑材料的绿色化设计，部件化生产，实现建筑产业工业化，像造汽车一样造房子，目前的时机已经成熟，而且已经有了大量优秀实践。在这个过程中，钢铁业与汽车业的深度合作和成功模式很值得建筑业借鉴。”何文波对钢铁和建筑产业的合作前景充满信心。“最好的储备就是应用，扩大钢铁应用，从长期看就是扩大钢铁储备，具有战略意义，建筑领域是最典型的应用场景。”何文波阐述了大力发展钢结构建筑对产业升级、业态变革、“双碳”目标和资源储备的重要意义。

讲好中国钢铁故事

2021 年 11 月 27 日，为党的百年华诞献礼的纪录片《钢铁脊梁》首播仪式上，不少观众眼中噙满泪水。他们中有退休多年的行业老人，也有正在钢铁战线上奋斗的年轻同志。

“振奋、激动、自豪、温暖、信心……”参加首播仪式的人们不约而同地用这些词语来表达对《钢铁脊梁》的喜爱。

“随着经济和社会的快速发展以及人民生活水平的不断提高，社会对包括钢铁产业在内的基础和传统产业需要有一个全面的认识，事实上已经存在一些公众认知上的偏差，这个纪录片是一个很好的回答，希望可以扭转公众对钢铁行业存在的误解。”

2021年11月29日，六集大型工业纪录片《钢铁脊梁》在央视上映，收看量累计超过百万次，在行业内引起强烈反响。该纪录片在2022年3月份入选“2021年第四季度优秀国产纪录片推荐目录”。

《钢铁脊梁》的成功拍摄和上映与何文波有着撇不开的关系。为了纪录片的拍摄和上映，何文波给有关部门写过两封信，获得了肯定和支持。央视导演组专门到钢协拜访何文波，聆听他对拍摄《钢铁脊梁》的要求、定位和内容，何文波提出了纪录片拍摄的主题、总思路和总要求，明确将此次拍摄作为钢铁行业庆祝中国共产党成立100周年重要政治任务来完成。

多年来，因为历史原因，钢铁行业在社会民众心目中一直是比较粗放、传统的形象，更被不少人认为是夕阳产业，有时还会将其置于环境的对立面。经过钢铁人多年的奋斗，中国不再缺钢少铁了，全面满足了工业化和经济发展的要求。“14亿人口的大国，一个粮食，一个钢铁，不能因为保障度高了，就像空气一样看不见了。”何文波深刻认识到：今天的中国钢铁，到了需要被重新认识的时候。

到任钢协之后，何文波就把钢铁行业的宣传工作列为协会的三大重点工作之一。“加强钢铁行业的宣传工作，特别是面向社会的宣传工作，并不是刻意打造一个钢铁的新形象，而是努力消除误解、还原真相。”何文波特别强调，珍惜中国钢铁今天的国际地位，向社会公众和政策制定者呈现一个真实的钢铁行业。

这几年，钢铁行业的社会形象得到了可见的改善。“花园式工厂”“无人车间”“高等级汽车板和电工钢”“笔尖钢”“手撕钢”……越来越多的有效宣传案例进入公众视野，行业绿色化、智能化、精品化形象被更多的民众所认知。

“中国钢铁通过转型升级实现高质量发展的每一步都是扎扎实实的，都在构筑着中国坚实的工业基础，都在实质性改变着世界钢铁格局。我相信，用不了几年时间，我们每一名钢铁人都会因为从事这份职业而感到自豪。”何文波自信地说。

脚踏实地　仰望星空

从2014年开始，钢铁行业先后经历了产能严重过剩、大面积亏损的冰河期，经历了钢铁行业供给侧结构性改革的攻坚克难，迎来了之后的凤凰涅槃、浴火重生。钢铁行业也进入从“增量”到“提质”的换挡期。

2019年，何文波执掌钢协后，有更多时间从行业全局高度思考全行业的发展——如何总结钢铁行业过去发展的经验或者优势？行业目前是什么状态？行业发展的未来在哪里？

通过对现有问题的全面调研和梳理，他又系统性地提出了钢铁行业“1231”工作重点——聚焦全面提升产业基础能力和产业链现代化水平这一根本任务；坚持绿色低碳发展、智能制造两大发展主题；着重解决行业三大痛点：控产能扩张、促产业集中、保资源安全；持续推进中国钢铁产业国际化进程。“‘1’是基础，‘2’是方向，‘3’是现实，最后的‘1’是未来。”

何文波这大半辈子的大部分时间都是在实体企业里工作，卸任中央企业主要领导岗位后，来钢协任职的3年多里，他对协会如何开展工作也有一些体会，“在中国特色社会主义市场经济体系变革中，有个地方叫协会，知道它到底怎样运作、关心那里的人怎样工作和生活的人真的不多。认真写一件提案，希望能对协会发展有所帮助。”

何文波对协会的工作目标非常明确：会员企业的核心关切就是我们的工作目标。

既要仰望星空，更要脚踏实地。有方向，抓落实，这是何文波的一贯工作作风。为更好推动行业相关工作的开展，何文波明确提出要“让企业办会的原则落地生根，让服务会员的宗旨开花结果”，为此协会全面构建和完善了轮值会长工作制度和专业工作委员会工作制度。专业工作委员会制度，钢协先后成立了宣传工作委员会、低碳工作推进委员会、原料工作委员会、铁矿石工作委员会等。各专业委员会以企业为主体，协会组织开展协调工作，推动行业重要议题落地，会员企业的参与度空前提高。

在国家明确“双碳”目标后，何文波迅速组织钢协成立低碳工作推进委员会和专家委员会，专项研究行业低碳发展的科学路径。2022 年 8 月 15 日至 16 日，经过行业专家的周密组织论证，钢铁行业低碳工作推进委员会正式发布了《钢铁行业碳中和愿景和低碳技术路线图》，明确了钢铁行业实现“双碳”的技术路径、阶段性成果预期以及重点任务等。据了解，钢铁行业是国内最早系统性发布全行业低碳路线的行业之一。

在专业工作委员会制度的推动下，行业很多工作开始加速落地，很多之前想办而没有办成的事，一件件开始加速推动。

风雨中稳舵定向

“目前市场的主要问题出在钢铁需求侧，但现实解决方案在钢铁供给侧。”2022 年三季度，这一句话风靡整个钢铁行业，频频被多家企业和媒体引用。这是何文波在今年 6 月底一次会议上提出的，对行业形势的六个判断之一。

今年初以来，钢材市场呈现“供给减量、需求偏弱、库存上升、价格下跌、成本上涨、收入减少、利润下滑”的运行态势，钢铁企业生产经营面临较大挑战。尤其 7 月份以来，行业形势急转直下，多家企业在内部提出“保生存”的口号。

需求大幅下降，市场不断波动下行，行业一片悲观。信心从哪里来？行业又该往何处去？企业这时该做什么？

何文波曾在宝钢负责国内外营销工作多年，带领宝钢穿越 2008 年全球金融危机。而 2022 年下半年开始的市场冲击，被称为是自 2015 年钢铁行业遭遇“寒冬”后的又一次“严寒”，面对如此严峻的行业形势，何文波“闲”不下来。

经过充分调研，何文波对当时的钢铁行业形势进行了更为具体的分析判断，业内称之为“六大判断”。

“需求总量相对较低会促使行业分化，企业间竞争力差距更加显性化，将会出现分化和整合并行的态势。要创造条件推动要素资源向优势企业集中。”何文波还提出，目前中国钢铁至少有六种不同类型的企业在未来会有不同表现，这在行业内反响强烈。不少钢铁企业负责人直言：“何文波书记对不同类型钢铁企业的阐述既形象又生动，使我们更加清楚了自己要做什么样的企业，要努力避免什么，下步该做些什么。”

同时，结合自己在企业长期经营管理的经验，何文波还总结提出了“钢铁企业降本增效的六条途径”；针对企业如何有效应对市场冲击，提出了钢铁企业经营“三定三不要”原则——以销定产、以效定产、以现定销。与此同时，他发表署名文章《六组数据看钢铁》，从经营实况、下游需求、国际市场、资产基础、产业投入、超低排放改造进程六个方面，提供了分析全局的整体视角……

“在面对市场出现的复杂形势和困难局面时，希望大家能够尽可能保持理性，能够从不同的角度看到行业的全局。既要正视困难、正视问题，又要保持信心、积极寻找解决问题的有效方法途径；既要主动应变，又要保持战略定力，在企业的行动中体现和实践行业提出的‘理性、现实、积极’的应对方针。”何文波说。

今天的钢铁行业或者企业似乎走到一个重要的转折点。何文波认为，越是在重要的历史关头，越能体现积累的作用，即所谓厚积薄发。

“钢铁供给和消费的矛盾是长期的，当前市场出现的问题不是突然发生的、不是偶然的，也不是黑天鹅，有其必然性。经济发展总会有高峰有低谷，行业发展也有其规律，全世界都一样，原因有不同，但所有时期总要经历。区别就在于行业、企业有没有准备。”

两个月内，何文波务实和理性的思考，给钢铁行业带来了一场场“头脑风暴”，为企业顺利度过当前“危机”注入了更加积极的力量。这也是何文波做的几件“有意义的事”之一。

“争取为行业发展环境改善做几件有意义的事。”何文波三年前的承诺言犹在耳。

看似简单的话语，却字字千金。过去的几年，“‘1231’工作重点”“基石计划”“《钢铁脊梁》”“钢结构建筑推广”……关乎全行业发展的一桩桩“有意义的事”，正一件件落地，开始生根，开始发芽。

随着这些“有意义的事”生根发芽，行业发展环境必将不断改善，我国钢铁行业也将迎来新的非凡时期。

（原载于《人民政协报》2022年12月27日第8版）

杨成长：草根经济学家是这样炼成的

文/崔吕萍　王　卓

杨成长

第十三、十四届全国政协委员。民建中央第十一、十二届常委，第十三届上海市政协常委。申万宏源证券研究所首席经济学家，经济学博士，享受国务院特殊津贴专家，上海市政府特聘决策专家。

生于20世纪60年代的杨成长，这些年最爱去的地方是菜市场。顶着国内首屈一指证券公司首席经济学家的光环，这个“土生土长的农村人”并没觉得生活的构成要素有什么变化。因为要长期对宏观经济保持高度敏感，要通过大势研判创造利润，杨成长越来越觉得，菜市场是个能检验经济生活冷暖变化的地方。

张嘴就“三驾马车”、全要素生产率、就业率、供应链……一句话里带上三五个英文单词，一手握着企业财报一手捏杯美式咖啡，眼睛里只有天花板。这可能是不少人眼中经济界人士的“人设”，但不是杨成长。

杨成长什么样？

在改革开放进程中成长，他与生于同时代的人有着许多相近际遇，他说人生有过遗憾、蹉跎、迷茫，也有过搏击、突破、惊喜。如今的杨成长侃侃而谈、务实平淡。他觉得，现在的日子很幸福，过去想都不敢想。

1978 年，15 岁的杨成长考上了安徽省肥西县师范学校，正式以中专生身份，从那个儿时印象里水面开阔、禾苗翠绿肥壮，而实际上异常贫穷的农村家园，走进县城，走进社会。

至今算来，杨成长向社会要学问的岁月，刚好走过 40 年。

知识，际遇，选择

最好的初中毕业生去上中专学校，反倒是成绩中等甚至一般的学生，继续读着高中。今天无法被理解的选择，在 40 年前却是极为务实的决定。

1977 年，中国迎来高考改革；1978 年，中国迎来中专改革。对于试图用知识改变命运的农村少年杨成长而言，他只有几个月复习时间，用来报考毕业后就能捧上铁饭碗、转成城镇户口的中专，两个热门专业让他的选择有点骑虎难下：一是考交通学校，出来能当人人羡慕、特别是男孩子羡慕的司机；二是粮食学校，对于祖祖辈辈靠天吃饭的农民而言，分到与粮食管理相关的单位，别说是铁饭碗，就是金饭碗也抱上了。

但冥冥之中的安排，打乱了这个少年的如意算盘。那是一个以你考的离家有多远来衡量你能力有多大的年代，而杨成长最终被离家最近的县城师范学校录取了。未来，他最有可能的归宿是小学或者中学里的教师。

无论别人是否说过，至少少年杨成长心里曾经否定过自己。更让他觉得迷茫的，是那些成绩一般、上了高中的学生后来能顺利考大学，他是优秀的中专生，却与大学失之交臂。

今年，肥西师范学校专门为杨成长这一届毕业生搞了场入学 40 年同学会，很多毕业之后就不曾再见的同学重新聚到了一起。在他们和自己身上，杨成长总结出不少人生感悟。而在当年，那些无法以正常渠道考大学的人：一部分后来下了海，用财富改变了命运；一部分真的如愿抱上了所谓的“铁饭碗”，也由此承受了时代的挑战。

中专毕业，成家立业，到学校任教，业余时间到县里的新华书店找书看，半工半学，以一种常人无法理解的学习精神，以发挥自身最大想象力去接近那些抽象的逻辑。抓紧一切机会“自我求学”，把安徽省图书馆当作第二课堂，数年苦读。际遇最终向勤奋者伸出橄榄枝，杨成长以中专生学历考研，成为20世纪80年代西方哲学硕士、90年代经济学博士。

股票，菜市场，花裙子

过去40年里，杨成长的地理坐标发生过三次大的变化，从农村到县城、到省城、再到直辖市上海；而如果说到人生的坐标，杨成长身上还曾有过另一个标签——没考博士之前，他已经成为一名大学教师。当时，朴实的父母怎么都不能理解儿子的选择，堂堂大学老师，怎么读了博士反而要到企业去？眼看着抱上个铁饭碗，怎么又不要了呢？

“你怎么去证券公司搞研究了？”40周年同学会上，因为人生维度的变化，多年前的同学对杨成长的生活轨迹充满好奇。

这一问恰恰问到了点子上。如果说1997年去到证券公司工作是来自农村的杨成长在谋求一份能“大大缓解经济压力”的收入，也愿意为此做细致的观察和精准的判断，进而给投资者带来真金白银的收获，那么，随着从研究员、经济学家到首席经济学家的职务变化，杨成长对宏观经济研究这份工作的理解也在深入，透过经济数据，可以看到社会民生之变，他在这份工作中找到了归属感和乐趣。

“宏观经济政策制定者有大的格局，证券公司的研究绝大多数情况下是基于市场来做研究的，而高校的研究更侧重于学术学理。比如同样是对供给侧结构性改革的认识，政府研究团队的出发点是研究政策，高校的研究有点比较学的意味，而我们的研究就是要细到对各行各业，换句话说，我们的研究是草根式的，扫街式的，但这样做更接地气。”杨成长也因此被很多人称作草根经济学家。

草根的研究也得有方法论。杨成长的认识是，就是把最艰深的东西化为浅显易懂，要让没有任何经济学基础的人，能从实际生活角度出发，尽可能多地理解经济运行的规律。

比如，杨成长经常会被大爷大妈问到一些经济学概念。一次被问到什么是产业集中度，杨成长反问，如果他们到超市里推着车买东西，什么好选什么不好选？答案很快就有了：牛奶家电都很好选择，因为产业集中度高，大家很容易挑选品牌；但对于品牌集中度没那么高的大米杂粮，就需要自己判断品质，花时间甄选。由此及彼，所有的行业都是如此，有一定之规，不像一些“用概念解释概念”的研究者所说那般云里雾里。

但作为经济学家，要把宏观经济这点事看透，光拿超市说事还不够，杨成长说，你还得去逛菜市场，走城市巷弄。

开会、调研，杨成长一年到头在办公室里坐着的时间很少。每到一处，如果找不到人，熟悉他的同事一准儿知道，他又走大街穿小巷，找生活味儿浓的地方去了。

“不管到哪儿，我都喜欢到菜市场看看，从菜品供应的角度看，我国在丰富菜篮子这件事上花了不少心思，菜市场也搞得不错。从供需关系的角度看，让价格在合理范围内波动是根本。那会儿说什么‘姜你军’‘蒜你狠’，后来姜蒜产量丰收了，市场价格自然就降下来了；从市场信誉的角度说，过去菜市场缺斤少两时有发生，现在一台来自第三方的公平秤解决了所有问题。还有一个有意思的现象，那就是菜市场从来都保持一种平衡状态，既不短缺也不过剩，运作机制非常灵活。其实，很多市场的交易原则也是这样的。”

比如股票市场跟菜市场，在杨成长看来就没有什么本质不同。菜市场里有人卖有机大白菜，价格很贵，普通大白菜卖 1 块钱一斤，它就要卖到 5 块钱，即便说得再好，一般百姓还是不会买。而在股票市场，股票的质量不能像大白菜一样，要么看得到质量，要么有价格杠杆做参考，由于信息披露很多时候不能让老百姓看懂，再加上有人爱投机，就会导致你买到手的股票未必如你所愿。所以，在杨成长看来，让股市更成熟的关键，还是要让最普通的投资者能够看懂那些上市公司披露的信息，能够明白哪句话对应着企业有可能出现的什么问题，就像买白菜，如果真的有人就想买有机的，也同样能买到一样。怕就怕，你按有机白菜的价钱买的这只股票，最终发现，它可能就值剩菜的价。

无论多深奥的宏观问题，草根经济学家致力于在老百姓的日常生活里找到答案、总结出规律。经世济民，这是杨成长的信条。

几十年的上海工作经历，杨成长对里弄文化感触颇多，每次出差到北京，他也会在纵横密布的胡同里，以一双经济学家的眼睛去寻找生活启示：在相对集体化的生活模式下，没门没户的垃圾是怎么处理的，厕所怎么布局，老院子里的空调外挂机如何安装，这些问题都很实际，也都能以小见大。“社会进步，经济发展，城市里最不缺的就是高楼大厦，但微观治理体系的建设如果跟不上，同样会影响甚至拖累宏观布局，这是一个我们必须警觉起来的问题。”杨成长类比说。

既要维护研究的严谨性，更不能忽略与实际的结合，在杨成长看来，经济学家研究的不是一部割裂的社会进化史。

“没有哪个经济问题是独立存在的，就好像女孩买裙子，她们的偏好可以用审美倾向、实用性来判断，但在购买这条裙子的一刹那，是什么支配着她？其实原因很复杂，这里有心情状态、营业员的态度、社会约定俗成的价值逻辑，这些考虑都会影响最终的决定。”

由此及彼，杨成长认为，经济也是个复杂的构成体，很多时候，要先于经济行为来研究经济动机。这就要求经济学家的分析研究更接地气，符合实际，要有多维的视野和解决问题的方法。“社会的经济活动和政治文化情感活动也是交织在一起的。多视角去审视，才能还原经济活动的本原。我们把经济活动从人类活动中抽象出来，形成了经济学，还应该学会把经济活动放回到人类的现实活动中去。”

文史哲，中医，社会预期

20世纪80年代的国内，经济学这门学科并不存在。十年浩劫，让很多爱读书的年轻人，一拨投身数理化，一拨盯紧文史哲，杨成长属于后者。

至今，杨成长还能回忆起很多篇当年登在《收获》上的小说。对于他所代表的这拨人而言，文学是滋养心灵的宝贝，几千年中华历史是思考根植的深厚土壤，康德、弗洛伊德也一度是了解世界的窗户。

独特的学习和成长经历，使得杨成长在分析和研究经济问题时，尤其能够坚持多维观念。

谈及当前复杂的国内外经济形势，有人对中国改革开放40年后的新长征路充满期待，也有人为眼下的一些难题感到不安。

“形势很复杂、很严峻，但回看过去，什么时候没有问题呢？”

结合历史规律，从不同的视角看待问题，而不只是看到大象身体的小小一个区块，这是杨成长的态度。

“从历史纵深来看，问题都能得到解决。改革开放40年以来，我们的经济发展爬坡过坎，GDP增速超10%时，我们也并非一帆风顺；在GDP调整到现实情况时，各行各业同样充满希望。但无论哪种时刻，与时俱进都是主线。”

对于进步，杨成长有最直接感受。

杨成长的家乡肥西县，也是中国土地制度改革最早的地区之一。杨成长至今记得那一年的大旱，地里基本颗粒无收，上面要求补种庄稼，但没有水，撒下的种子都会干瘪，农民也没干劲。后来，地方上决定，把补种耐干旱的荞麦干脆包产到户，农民种地一下子有了热情，不仅在大旱之年实现了丰收，更让大家第一次有了为自己种地的意识，更影响了后来40年中国经济的走势。

与时俱进的参考值，既有纵向的，也有横向的。横向看，全球经济发展不平衡，各个国家在不同时期都会面临困惑，也会在一些领域刺破风险。

纵向看，我国经济也存在着发展中的问题，对于这些问题，杨成长的观点是：要学会辩证看待，比如房地产价格调整这一话题，既要考虑人口数量对住房存在的刚性需求，也要考虑土地集约化使用的问题，片面对一个经济现象作出判断是不理性的。

市场总会受到人们的思想预期影响，所以经济学研究工作者还要特别注意引导大众预期。在杨成长看来，这也是新长征路上，经济研究者要继续肩负的责任。

“我们要引导大众的合理预期，不能反过来被一些情绪绑住手脚，比如中美贸易摩擦，很多百姓会认为这对我们影响很大。但从经济学家的角度来看，这种认识和思路就显得偏颇。制造业出口在我们制造业总量中占多少比例？从长期看，事件是否对我国工业发展存在倒逼作用？要回答好这些问题，我们要真正从丰富数据、分析方法、思考逻辑入手，引导好大家的预期，或者说是形成一种新的预期，而不是形成越转越大的不理性漩涡。”

杨成长还担心着另一个问题。那就是宏观经济中的问题看不见摸不着，GDP 的内涵外延是很抽象的问题，对于一个没有经济学基础的人来讲，很容易从单一数据入手，形成非理性判断。

“在传播渠道日趋多样和即时的情形下，如何让大众脱离不合理预期，从而避免难以估量的市场波动，这也是很重要的事。”在杨成长看来，宏观经济与一个企业或者一个家庭不同，不是一个个单一数据的组合。看待宏观问题有时候和中医望闻问切有点像，是间接和系统性的。一个人身体当下如何，远期可能会有什么问题，不是单看一个当下表征。

投资花了多少钱，投资增长多少，都算得出来。但有多少投资是有效的，哪些投资还带来了意想不到的效果，这些要长期观察。

消费也是一样，现阶段，你可以统计出商场、网店卖了多少东西，但服务性活动中的消费是无法准确统计的。

进出口可以从海关看额度看增长，却无法明确解答每一个增长背后的为什么问题。

借助“三驾马车”的独特性，杨成长想说的是，做多维系统性的理解，且风物长宜放眼量。

话语权，平台，集体主义

作为一名市场机构中的经济学家，说话，是一件必要且慎重的事。一句话可以引导投资者决策，也可能造成不必要的波动损失。杨成长对自己的要求是，判断不明的时候寡言，需要说话时一定要“说到点上”。

作报告的时候，杨成长不爱用PPT，甚至连底稿都没有就能出口成章，各种经济和社会统计数据都在脑子里，发言可以随时拎出成串的政府、银行、企业各类市场主体的数据和互相关系。有人说他勤奋，他更愿意谈责任——对问题认识理解有多深刻，提出的问题和给出的方案就能有多精准，对中国经济而言，这样的责任心越多越好。

在政协平台亦如是。

从上海市政协委员到全国政协委员，杨成长的感受是：对政府理解有多深，参政就有多透。

“参政议政，首先对‘政’要有了解，政不仅是政治、政务，更具体地说，是政府怎么去管理经济、社会、市场的，政府部门是如何制定制度、行政运作和实现职能的，他们目前存在哪些问题，对解决这些问题有什么思路？对这些问题都要搞清楚。你不是给他们提意见吗？你对他们的酸甜苦辣都不了解，能提什么意见呢？”

不仅是对参政议政的对象了解，还要对政协平台有了解。而这种了解，也一如他的草根经济学理论，要相信自己看到、听到和经历的。

政协平台的平等性，杨成长深有体会。“政协委员里有官员，有企业家，也有其他社会阶层社会群体的代表。但在政协，只有委员这一个身份，大家在一个平面上交锋、交流。”

平台的多元性，杨成长耳濡目染。“不同身份背景的人在从不同的角度谈看法。现在没有一项政策措施是百分百正确和百分百有人拥护的。为实现决策效益的最大化，特别需要不同层次不同层面的人从不同角度来分析。比如房产税问题，房地产开发商、普通民众、税务人员和港澳委员都能从不同的面向分析。”

政协平台的效率，杨成长历历在目。他扎根资本市场、立足金融机构的提案建议多次获得批示；先后参加过多项国家层面和上海层面的发展课题，推进相关问题解决；他参与的政协调研，也因为听得到有关部门的真话，研讨高效有力，最终提出影响政府决策的好建议……

不过提及参政议政的热情本身，杨成长觉得，还是离不开自己的成长经历。

“经历过改革开放，也经历过计划经济阶段，留给我们的宝贵财富就是集体主义观念。我们曾经的生活就是放牛、喂饲料，给牛轰蚊子、看牛棚……集体主义，是我们一代人根深蒂固的观念，也是我们的基本坐标。”这种集体至上的观念，也让杨成长对于社会、国家、公共利益，“从骨子里认为自己有义务责任”。

旧路被甩在身后，改革开放进程中一切都在变，甚至从事金融行业 20 多年，杨成长也依然无法为金融下一个准确定义。

20 世纪 80 年代，人们理解的金融，核心问题是定价，发了工资就得买东西，因此大家讨论最多的是价格改革，关注价格学。当时，国内有很多价格改革研究所。

20 世纪 90 年代初，我国有了交易所，比如股票市场和债券市场，人们理解的金融是为企业融资的工具。

21 世纪以来很长一段时间，对于金融的关键词有两个，一是房地产，二是互联网。未来，与金融相关的认知还将更加多元化。

因为见证了变化，杨成长更能理解我们所遭遇问题的复杂和演变，也更能理解政府决策难度之大。“我已经有了很好的参与渠道，能让我把知识能量贡献出来，为政府的公共决策提供服务，这就够了。”

……

杨成长的过去，被时代裹挟和改变，身上也打上了深刻的时代烙印。进步是时代的常态，也是他的常态。各种因素的化学反应，炼成了一个独特的草根经济学家。草根是他的标签，也是他的态度，“未来要仍从生活出发，用好知识和话语权，更主动和充分地，融入更好的新时代。”

（原载于《人民政协报》2018 年 6 月 27 日第 12 版）

赵海英：不能辜负这时代

文/王　卓

赵海英

第十二、十三届全国政协委员。第十四届全国人大代表，全国人大财政经济委员会委员。中投公司副总经理、首席策略官，金砖国家女性工商联盟中方理事牵头人。经济学博士。

赵海英对所处情境的把控力，在采访之初便显露无遗。

“咱们去小会议室，那里交流更舒服。”坐定之后，她把厚厚两沓材料交给记者，“你先了解一下我的工作，然后可以从中提问。”“我看了你发过来的问题，有一些挺有意思的。”

语气坚定但表情温和，目光诚恳也带着笑意。不过分客套也不咄咄逼人，自然而然提出建议，跟着她的表达，很难拒绝。

对于这位见证了几十年中国金融业改革巨变，眼前都是庞大体量“真金白银”，如今的中投公司首席风险官来讲，这种把控力，一部分来自天性，更大一部分，来自无法复制的经历和其中缓缓积蓄的力量。

自己选，自己承担结果

对赵海英来说，对于自己人生的“把控”，从小时候就开始了。

由于读书早，13 岁就面临初中毕业。那个年代，在继续读高中面对高考和就业的不确定性，和读中专毕业就能分配到一个好工作之间，小小的赵海英自己决定，去读高中。擅长读书的她，还考上了湖北省重点高中——孝感高中。

自己选，自己努力，自己承担结果，俨然成为这个青春期还没有真正开启的小姑娘就有的觉悟。

20 世纪 70 年代末，学校秩序刚从“文革”中恢复过来，学习氛围日渐高涨，那个年代，学校对于学生的思想指引，也定格在了“学好数理化走遍天下都不怕”上。恰巧，赵海英就是有着漂亮数理化成绩的小姑娘。

成绩单就像是高中时代的赵海英手中一把精良武器，背着它，年纪再小也可以“走天涯”——15 岁，在母亲眼里还是“小豆芽”的她，就要去读大学。身为工程师的父亲也为她选定了方向，精密仪器专业。

“大学没遇到什么困难”，她没说自己在学业上经历过辛苦，大约是时间过去得久了，大约是在她看来，在漫长岁月洗练中，这些都是理所应当甚至微小到不值一提的付出。

1984 年，赵海英与普遍年长她几岁的同学一道，完成天津大学精密仪器专业课业。对学业优秀几乎要成习惯的赵海英来说，如果想考本专业研究生，是容易的。但是，那个有想法、能拿主意的赵海英这次真正“长大”了，她决定换个专业读。

十八九岁的赵海英，从国内报纸等媒介，感受到 20 世纪 80 年代中国经济改革的脉动。“去读个经济、管理相关的专业，能为国家发展作更多贡献。当时，心里的目标很明确。”

"真是那么想的，那时候还远谈不上功利。"当时的国内，很多学校甚至还没有经济、管理专业，赵海英决定"曲线救国"，到管理学院念了一个与系统工程相关的经管专业。

不过，受过了经济学启蒙的赵海英知道，当时系统的经济学研究还主要在西方，"要获得新知就要走出去"，她开始关注相关信息。那时，普林斯顿大学著名教授邹至庄正在致力帮助中国优秀学子到西方学习经济学，与教育部合作举行基础性考试，检验学生学术功底，通过之后，可以提供一份"有分量"的推荐信。

不出意外，通过几重考验，赵海英申请到了有奖学金的马里兰大学，拿到一张去往美国的机票。

"循着自己觉得重要的东西走"

刚到美国，赵海英还是感到了震撼。初到马里兰，从机场到学校的路上，好像到了另外一个世界，"眼前是一条白色河流和一条红色河流"。

白色是迎面而来的车灯流，红色是并行汽车尾灯拉出的一条光线。

"我们国家，有一天也会这样吗？"当时的中国，尚未建成第一条高速公路。不一样的一切，让赵海英感到新奇，还隐隐有所期待。

新生活带来的，除了源源不断的新知识、新的研究方式、新的学术习惯，还有一些让人"头皮发麻"的新挑战。作为助教，到美国第二个学期，赵海英就要独立完成本科生的经济学教学工作，"教微观经济学、计量经济学还比较简单，但宏观经济学包含了货币、银行等文化背景的东西。"当时的中国，银行业务简单得就像一个钱币出纳员。一个刚走出国门的小姑娘如何能够讲这些货币金融银行的大题目？"绝对是现炒现卖，现学现教。"

那一年的冬天，马里兰的雪下得大且久，第一堂课推迟了几天，赵海英获得了几天类似"豁免"的快感，她能有多几天的时间，继续大剂量学科理论补充学习。

第一堂课也在暗流汹涌的心理活动之上，将要平静结束。

"老师，我们这学期的 syllabus 呢？"赵海英蒙了。什么是 syllabus？

虽然不知道是何物，赵海英却灵机一动，“这几天大雪，来得比较急，下堂课会有。”由于之前签证下来得晚，到美国已过开学时间，因此一学期下来，也不知 syllabus（教学大纲）为何物。

说到这段苦中作乐的往事，赵海英笑出了声。做比自己预想“更难一点”的事儿，后续的获得往往超乎想象——“对宏观经济学又有了系统的梳理和理解，语言能力也更是一个进阶……”

与此同时，赵海英的学术能力也获得认可，博士论文获得布鲁金斯和斯隆等几项大奖。其间，她还去到布鲁金斯学会和世界银行，做了一些研究工作，了解了国外一流研究机构的运作，渐渐体会到“走天涯”的舒展开阔。

不过，走得越远，赵海英也越有自己的判断。当时学经济学的“初心”时不时会跳出来，提醒自己“该循着重要的东西走”。

她心里重要的，就是祖国。

1992 年，赵海英离开美国到了香港，先后在香港科技大学工商管理学院和香港大学经济与金融学院任教。系统的教学研究进一步锤炼了她的学术修养，也让她实现了能有观察服务国家机会的初衷。

那个年代，香港已是国际金融中心，“一方面是大信息量，能更便利接触东西方，了解香港及全球金融的发展进程；另一方面是能近距离跟上祖国的改革步伐。”

赵海英也一直在等待一个机会。

在“对的时间”回到内地

2001 年初，回到内地的机会来了。

当时，资本市场在中国还是个新事物，这个领域需要专业素养，需要从西方借鉴的内容也很多。证监会也急需一批懂资本市场，对西方发展有认知的人才。赵海英是其中一个。

2001 年 1 月，赵海英回到内地，成为证监会规划委委员，从事研究资本市场发展和港台大陆、境内外资本市场互动的工作，并曾向国务院提交过颇有分量的研究报告。之前的丰富储备，都变成了可调动的资源。赵海英获得了一种前所未有的满足，不论是知识、经验，还是情感，“能参与到中国现代金融体系‘立’的进程中，非常值得。”

2002 年，赵海英转到证监会发行部。在这个资本市场监管改革最核心的部门，赵海英感受到了国家改革的决心，也体会到了转型中的困难，“哪怕到现在，我们发行体制的改革，仍然没有完成，改革的路任重道远。但至少当时，我们破了题，有了阶段性成果。”

发行部的“核准”与“发行”两项重头工作，还让赵海英多了很多与被监管机构和发行企业交流的机会，赵海英的标识一直是“按规矩办事，没有官气”，在她看来，“有权力的人，更要懂得敬人和自重，这才是真正的威信和分量”。

在证监会的几年，赵海英主持、参与了资本市场多项重大改革创新和制度建设，如股票发行核准制，发审委制度，上市保荐制度等等。“金融运行有效，则资金的筹集、融通和使用就能有效，资源配置也就合理，对国民经济走向良性循环所起的作用也就更明显。”

2002 年全国金融工作会议，重点提出“必须把银行办成现代金融企业”，“具备条件的国有独资商业银行可改组为国家控股的股份制商业银行，条件成熟的可以上市”。2005 年，四大银行的改革大幕拉开。

赵海英被派驻到工商银行担任董事，参与银行股份制改革和上市事宜——在国有银行建立现代公司治理机制，通过上市接受市场监督，正是当时资本市场的大事件，金融改革的重头戏。

2006 年，工商银行以 A+H 方式上市。它的意义，也不仅仅是成为当时全球证券史上最大的 IPO 项目那么简单，监管机构数年培育机构投资者、做大中国直接融资资本市场的努力显出成效，“这件事对纽交所的冲击非常大。全球最大的 IPO 项目不是在纽约、伦敦，而是在我们中国自己的市场上，以 A+H 的形式完成，中国人自己的资本市场规模与深度已经非常可观。从此以后，中国的大型企业上市，可以在 A 股、H 股直接完成。”

“这正是中国金融业波澜壮阔巨变的一个缩影”，提到这些，赵海英眼里都是光芒。

“能作一份贡献，心中踏实”

1986年只身赴美时，赵海英的行囊里是一年四季会用到的几乎一切日用品，牙膏牙刷、杯子被子……“担心去美国买不起”，口袋里一共只有20美元。

“那时我们的外汇储备，也不过20亿美元规模。”提到这个细节，赵海英感慨不已：二三十年后，我们的外汇储备已经以万亿计。背后中国宏观经济条件、经济开放程度、利用外资和国际融资能力，已今非昔比。

她庆幸回到祖国，亲历这激动人心的经济腾飞巨变。

“我们的外汇储备体量大了起来。2006年中已达到了8000亿美元规模，而且还在快速增长，为实现国家外汇资金多元化投资，服务于国家宏观经济发展和深化金融体制改革的需要，中国建立了自己的主权财富基金。”

赵海英所说的“主权财富基金”，是2007年9月成立的中投公司。2000亿美元的注册资本金，让它成为当之无愧的世界级规模主权基金。同一年，赵海英再次幸运地深度参与这一中国金融史新的大事件——中投公司的组建。

像是当了一次创业者。在中投，赵海英担任资产配置与战略研究部总监，负责拟订了国家主权财富基金组织架构和投资决策体系。“最欣慰的是我们拟订的资产配置方案，在2008年金融危机期间谨慎投放资金，配置大量现金，为中投避免股市风险、获取长期投资收益打下了良好基础；并利用中投接近市场的优势，为国家建言献策。”

赵海英的每一段或短或长的工作经历，总能契合一段中国金融发展进程，而她说这些经历的时候，也总是带着一股精气神。“小时候经历了国家的困难时期，后来看到属于我们的大时代徐徐展开，有一种信心，一种斗志。能回到祖国作一份贡献，感觉很踏实。”

2009年，赵海英再次受命承担新工作。到中央汇金公司，担任副总经理，分管证券和保险。这段持续到2015年的经历，也成了她履历中相当饱满而充实的一部分。

2009 年底，作为国有金融机构注资改制和风险救助平台，汇金公司根据国务院有关批复，入股中国新华保险。当时的新华保险，正面临生死考验。汇金公司需要在短时间内解决历史遗留烂账，确保国有资产安全和增值，防范保险业金融风险。

采取什么样的市场化救助政策和改革手段？赵海英和她眼中的“明星团队”思考、调整、总结，把植入公司治理机制，重建内控体系，建立现代金融企业制度，作为市场化救助新华保险的核心内容。公司治理重建方案在股东之间几经激辩，经历了异常艰辛的谈判磨合过程。

这个过程，被赵海英形容为需要“正派、勇气和担当”的过程。其间，新华保险的一家外资股东对改革方案持否定态度，这时的谈判，也变成了心理博弈。需要强势态度时，赵海英不犹豫也没畏缩，“如果你们继续这样做，我们就无法再谈信任和合作了。你们整个在华的投资，我们也都要重新审视。”

赵海英说，这么做心里是始终有底气的，底气来自专业精神秉持，来自“没有私心”，甚至还来自“13 岁上高中时读到的《为人民服务》”，那其中的表述，让年少曾有“女侠梦”的她颇为认同，一直印象深刻。

在中投党委领导下的申银万国和宏源证券的合并重组也是中投公司近年来的一个重大项目，也是赵海英作为核心决策人之一，从酝酿提议、方案设计、谈判沟通到实施落地，团队合作的又一“巅峰之作”。让赵海英骄傲的是，“在领导的直接支持下，在同事的有力合作下，我们真正实现了几家相关公司，企业所在省（市）利益的平衡和多赢。”

经过六年努力，赵海英先后推动六家大型金融机构成功上市，除增值千亿规模的申万宏源和增值五倍的新华保险外，还有银河证券、中信建投、中金公司和中再集团。这些工作在近年来中国金融国资改革上市过程中，都可称得上是浓墨重彩的篇章。

赵海英觉得，能跟着改革的节奏，感受自己从事的工作在磅礴时代发挥作用，成为推动发展的积极因子，是最有意义的获得。接连几年在公司年度考核中的“A”和“A+”，也不过是一种自然而然的副产品。

2015年10月，赵海英再回中投总部，担任公司首席风险官，“人无远虑必有近忧，风险官要有锐利的眼睛，还要有独立的思考以及敢于直言的气魄”，她理解自己如今的工作，更多是发挥一种宏观总协调的作用，“还要不断学习、充实、总结”。

“心底无私天地宽”

资本市场一线经历，给了赵海英很多宝贵经验。她也不吝于把这些经验传达给年轻同事。这一点，赵海英的同事很有体会。

“在大家眼里，她素来以眼光锐利、思维敏捷著称。无论是在纷繁芜杂的局面里直中要害，还是跳出传统窠臼另辟创新蹊径，她都能信手拈来。”

也正因此，年轻同事对于向赵海英汇报工作时，也总会抱着一种“复杂微妙”的心情。

“常常有平日好强的年轻后辈在海英总的办公室前踌躇不定。”在他们看来，大家在工作中的苦思与焦虑，总能在海英总的娓娓道来里被迅速抚平，但之后又会产生一丝挫败，“见到她前自信已全副武装，却第一时间就被洞穿弱点，然后就再也跟不上她思想的子弹了。”

让赵海英尤其高兴的是，十几年工作下来，带出了一批政治素质过硬、作风优良、业务精通的年轻金融人才。“每一场‘战斗’，都能带出一个队伍一批年轻人，很自豪。”

不仅是同事，赵海英还愿意把自己的经验和体会传达给更多致力从事金融行业的年轻人。从2002年开始，赵海英到素有“金融黄埔”之称的五道口金融学院（现清华大学五道口金融学院）兼职做导师，独立或与他人共同带过的硕士、博士学生已有60余名。辅导论文，交流研究问题的方法，讲述实战经验和教训，“还有信念，金融会考验人性，不高尚就会掉进坑里。”

她还喜欢跟学生聊聊传统文化，“身在国外多年，反而对传统文化更热衷。‘吾日三省吾身’是常要讲给学生的道理。”——她对传统文化的喜爱，由来已久。还在香港的时候，她就曾在内地学校捐建过图书室，提供大量传统文化书籍，“不管以后从事什么行业，传统文化都是伴随一生的财富，不论是专业素养还是心境。”

赵海英说自己享受走在学校的时光，“有一种无私无我、心底宽阔的感觉”，自己也能在教学过程中，再次学习、提升、更新，就像她20多岁站在美国本科生宏观经济学课堂时那样。

她直言自己也从老师身上获得了很多。老师也不仅是学校的老师，还有从工作上给予过信任和帮助的领导，每一次合作过的同事、年轻人。

“从领导身上可以学到他们对专业的钻研，调兵遣将的技巧，战略的定力和魄力；从同事和年轻人身上能听到新的想法，发现自己的不足……”从他们身上，赵海英更是意识到，要“终身学习，清醒判断，独立思考”。

而这种素养，也体现在了她的九三学社成员和政协委员身份上。

2005年的机缘巧合，让赵海英认识了九三学社，也理解了九三学社成员中众多知识分子的家国情怀。各行各业的顶尖人才、著名院士让她“有冲动与他们共同交流和进步”。

2011年，因为在金融行业的专业和声望，赵海英被增补为全国政协委员。第一次参加全会，关于保障和改善民生，改革财税制度的建议就被推荐作了大会发言。从某种程度上，政协平台成了赵海英“女侠梦”的延伸，她发挥专业优势，在为更广大群体，更宏观、长远的发展建言。

全国政协各种关于经济发展、金融体制完善等的协商会上，时常会见到赵海英的身影。2013年全国政协第一次双周协商座谈会，议题是分析当前宏观经济形势。作为金融行业代表，赵海英就从金融专业的角度，就深化经济体制改革提出了建议。

2014年，赵海英提出关于我国养老制度体系改革的建议，对问题直言不讳，“养老金三支柱发展极不均衡；体系权责不清，过度依赖政府保障；基本养老保险制度存在碎片化、多规制、难流转、高缴费等问题……”

在拿给同事朋友征询意见的时候，也会遇到质疑她“尖锐”的声音。赵海英却有自己的坚持，“只要问题真，建议准，专业过硬，就没什么不能讲。”

她觉得，作为知识分子，不辜负这个发挥作用的平台最好的方式，就是按照习总书记说的“讲真话、说实情、建净言”去做。后续关于进一步加强国家审计工作的建议，关于我国能源安全的提案，也都是在充分调研和反复确认后给出的建议。

2017 年两会期间，习近平总书记看望参加政协会议的民进界、农工党界和九三学社界委员并参加联组会，发表了重要讲话。在现场的赵海英倍感振奋，“广大知识分子责任重大、使命光荣。在当代，知识就是生产力，就是国家富强的不竭动力。”

她的经历，也正是这句话的真实写照。

“回国这么多年，为国家作了贡献，也从国家得到了很多，是一个始终昂扬和满足的过程。能够体验国家金融市场的建设、监管、发展历程，亲身参与其中……充满感恩。”

今年的全国金融工作会议已经结束，金融改革也终会向着更深度的方向走去，“推动改革，我们责无旁贷”。

“我们所处的时代是一个大时代，这是中国的大时代。如果你错过了中国，你就错过了世界。”作为中国人，有幸身在这个时代，她说“不能辜负”。

（原载于《人民政协报》2017 年 8 月 8 日第 8 版）

李彦宏：技术报国正当时

文 / 杨朝英

李彦宏

第十二、十三届全国政协委员。第十一届中华全国工商业联合会副主席，第八届北京市科协副主席。百度公司创始人、董事长兼首席执行官。

如何做一名合格的政协委员？这是每一位全国政协委员心中都在思考的问题。

五年过后，或者几个五年过去，他们大多有了自己的答案。

形式或许不同，为国为民解忧、为民族为团结聚力，殊途同归。

李彦宏也经历了这样一个过程。

“时代需要 AI 新思维！”

2017 年 6 月 22 日下午，北京市西城区德胜门西大街 70 号，全国工商联机关三层报告厅，百度创始人、董事长兼首席执行官李彦宏在专题辅导报告中，多次强调这个判断。

AI 是英文 Artificial Intelligence（人工智能）的简称。“互联网只是提高了人与人之间的沟通效率，并没有发生质变。而人工智能实现了人与物之间的交流，这是更本质的。”李彦宏说，AI 本质上是“让机器懂人”。

这已经不是本报记者第一次听李彦宏讲人工智能话题了。无论是近几年全国两会小组会上发言、会下被“追”问，还是接受书面采访或者公开采访，这都是他必谈的话题之一。

冷静、看似不温不火的语言后面，是一个企业家对时代潮流的精准把握。

人工智能正成为各国产业界、政府共同追逐的新风口。

2016 年，全球科技巨头在 AI 领域的投资额已达到 300 亿美元。我国资金、人才、政策投入也是巨大的。今年国务院政府工作报告着重提出，全面实施战略性新兴产业发展规划，加快新材料、人工智能、集成电路、生物制药、第五代移动通信等技术研发和转化，做大做强产业集群。

政商两界合力推动产业升级，已经成为一个普遍现象。

美国 20 世纪 90 年代的“国家信息基础设施”计划，推动互联网从军用技术向民用技术普及，日本汽车产业振兴计划把美国老牌汽车厂家打得节节败退，德国工业 4.0 计划正推动德国制造向高智能化升级……30 多年来，无论是发达国家还是中国发展的经验都表明，产业政策、产业资本的有机结合，对一个国家的经济发展来说越来越重要。

1992 年开始在美国学习计算机的李彦宏对此深有感触。他因回国创办百度公司的经历，进一步加深了对创业环境的理解。特别是 2013 年，他当选全国工商联副主席并成为全国政协委员之后，有机会充分了解我国国家治理体系的具体运作。

2016年3月4日下午，习近平总书记看望参加全国政协十二届四次会议的民建、工商联委员时说，新型政商关系，概括起来说就是“亲”“清”两个字。

“我当时就在会场，有很多感触。”李彦宏回忆说，良好的沟通渠道，对企业发展和政府施政都很重要。

实际上，不断理顺政府与市场之间的关系，正是改革开放以来中国经济社会发展的一条主线。

“我们希望能为中国进步发挥一些更为积极的作用。”作为一名优秀企业家，李彦宏坦言，百度公司刚成立时定下了“营造小环境，适应大环境”的规则。自从成为全国政协委员、担任全国工商联副主席之后，他有了推动大环境改善的全新平台。“看到环境因为自己的努力有了一点改善、进步，这种成就感是以前从未有过的。”

“坚持做下去，就会有希望”

公元1174年，南宋著名军事家、词人辛弃疾在都城临安度过了一个热闹的元宵节。在大时代变革之际，辛弃疾写下一曲《青玉案·元夕》：蛾儿雪柳黄金缕，笑语盈盈暗香去。众里寻他千百度，蓦然回首，那人却在，灯火阑珊处！

这首词，似乎是对李彦宏成长、创业路径的一个隐喻——他少年时喜欢戏曲，曾有机会走上专业戏曲表演道路，后来却在高考中以地区第一名的成绩，进入北京大学就读图书情报专业。从北大毕业后，李彦宏收到美国纽约州立大学布法罗分校计算机系录取通知书，开始走上技术路线。1999年，他在北大资源宾馆租了两间房，成立了一个只有八个人的技术公司，转型为一名创业者，公司的名字就叫百度。

“这真是一个魔幻般的时代。”李彦宏回忆创业经历时说。

1965年，英特尔创始人之一戈登·摩尔在美国《电子学》杂志发表了一篇文章，提出著名的摩尔定律：当价格不变时，集成电路上容纳的元器件数，每隔18—24个月便会增加一倍，性能也提升一倍。

这个依据观察而得出来的信息技术进步现象，成为2000年左右大部分中国互联网创业者心中的魔咒。

不过，自评“性子慢”的李彦宏，即使是我国最早接触互联网技术、并且是以此为专业的创业者之一，但他依然保持着自己的节奏。

此前，丁磊1993年从电子科技大学本科毕业，1997年5月创立了网易公司，并且当年就正式推出全中文搜索引擎服务。与丁磊、王志东并列“网络三剑客”之一的美国麻省理工学院高材生张朝阳，1998年已经拿到第一笔风险投资资金，创办了搜狐网，成为中国互联网企业先锋。

最魔幻的两个情节是，1998年马化腾创办腾讯后不久，曾因财务原因要50万元卖掉QQ，结果跑了两个月没人买。如今，腾讯成长为市值达2.57万亿港元的超级大牛股。

发生在李彦宏身上的故事是，最初百度为当时的门户网站提供新闻搜索引擎技术服务，最后因为价格问题，这单生意黄了，逼得百度刚创业不久就要转型。

2001年，李彦宏才独立做搜索引擎网站，原来的客户变成了潜在竞争对手。当时，网易已经在美国上市，互联网泡沫已经开始破灭。

“创业就是这样。你永远不知道周围会发生什么。但只要你的公司是为了社会进步而努力，能提供更好的产品，坚持做下去，就会有希望。”谈到创业的艰辛，李彦宏更愿意把它看作是一次创新的过程。“能够不断改善着社会、改善着人们的生活，比公司市值涨多少倍都有成就感。”

全力向人工智能高峰冲刺

Apollo是什么意思？

英语中，它是太阳神阿波罗，也是美男子。

对美国人来讲，它是一个伟大计划的代号——1961年至1972年系列载人登月计划，2万家企业、200所大学、80多家科研机构、超过30万科技人员参与。它的另一个结果是，直接刺激了硅谷的诞生。

现在，它承载了一家中国公司的梦想。

2017 年 7 月 5 日，百度 AI 开发者大会上，百度“Apollo 阿波罗”计划正式宣告诞生。百度将开放平台，帮助车企搭建自己的自动驾驶系统。

当天会议期间还发生了一个插曲：通过现场连线，与会者见证了李彦宏在北京五环上安全乘坐无人驾驶汽车行驶了 15 公里，显示了百度技术的可靠性，同时，有部分网友发现，这辆车出现了实线变道且不打转向灯的违规现象。

“看来让万能的机器理解起人类复杂的交通法规，也是不容易啊！”有网友在这条新闻下留言说。

太平洋证券分析师黄付生看到的是未来。“百度通过 Apollo 平台，将构建出类 Android 系统的无人驾驶生态链，降低了合作伙伴进入该行业的门槛，行业发展将得到快速迭代。”黄付生说。

这正是百度全力向人工智能高峰冲刺的一个缩影。

“在中国现在的企业家阵营中，李彦宏无疑是最有科学家素质的少数之一。”资深媒体人、华夏时报总编辑水皮（吕平波）评价说。

这个评价，不仅需要钻研精神，对产业来说，还需要大量资本。

过去五年间，百度逐渐加大人工智能领域投入。“仅过去两年，投入研发经费就已经超过 200 亿元。”李彦宏粗略地算了一笔账。

2015 年，李彦宏在全国两会期间，就提出一个设立“中国大脑”计划的建议。

当时，他在提案中分析说，人工智能是 21 世纪最为前沿的技术之一，其发展将极大地提升和扩展人类的能力边界，对促进技术创新、提升国家竞争优势乃至推动人类社会发展产生深远影响。当前，人工智能正迎来新一轮创新发展期，欧美等发达国家纷纷从国家战略层面加紧布局，以引领新一轮科技创新大潮。

李彦宏的建议非常专业。

范围上，包括智能人机交互、大数据分析预测、自动驾驶、智能医疗诊断、智能无人飞机、军事和民用机器人技术等重要研究领域。

机制上，改变传统“相马模式”的科研机制，引入“赛马模式”等市场机制，通过开放式协同创新和资源开放共享，吸引相关各方的广泛参与。

成果转化上，充分引入市场机制，带动传统工业、服务业、军事等领域融合创新，推动传统产业和社会服务向智能化方向发展，为国家创新驱动发展战略提供有力支撑。

这不是企业家、政协委员一个人的战场。

2017 年 3 月，国务院政府工作报告宣告了人工智能正式进入国家战略层面。

2 月下旬，国家发改委也正式批复，由百度牵头筹建深度学习技术及应用国家工程实验室，百度作为共建单位共同参与大数据系统软件国家工程实验室，以及类脑智能技术及应用国家工程实验室建设工作。

“我国人工智能研究已经走在世界前列！”6 月 22 日，李彦宏在中国最大的商会总部作报告时说。

“互联网会使中国变得更强”

2014 年 3 月 6 日下午，全国政协十二届二次会议记者会在人民大会堂新闻发布厅召开。李彦宏与周伯华、厉以宁、陈锡文、杨凯生四位全国政协委员共同接受中外记者公开采访。

这个场合，不同于李彦宏此前参加过的各种商业大会、技术研讨会。他第一次以全国政协委员的身份，与享有国际盛誉的经济学家、资深的政府官员一起面对全球媒体，展现了中国协商民主的极大魅力。

从大会堂出来，他的思索依然如故。

“我国改革开放只有近 40 年，前半段还不是完全市场经济。现在，我们有机会把很多传统产业推倒重来，用互联网方法再做一遍。”李彦宏的语调平稳，却很有穿透力：“这是上天赐给中国的一个机会，互联网会使中国变得更强。”

在互联网界一直有一个说法，创业有两种方式，一种是应用互联网，一种是开发互联网。前者，以商业门户网站为典型，后者，则以百度为典型。

创业之初，百度的搜索技术就已经与硅谷站在同一个起跑线上。即使到现在，百度的技术积累依然排在全球前三位。

更好地开发互联网的技术空间，推动中国不断进步，这是技术达人、创业者李彦宏的方向，也是政协委员李彦宏的呼吁和追求。

2013 年，首次以全国政协委员的身份参加全国两会，他就提交了两件提案，其中一件是建议取消公共场所无线上网需注册个人敏感信息，目标直指个人信息安全。

2014 年，他把目光转移到教育领域，建议直辖市、省会城市中小学校教案、试题等教育资源免费上网，推进教育平等。

2015 年，他以缓解挂号难为突破口，建议全面开放医院挂号号源，通过互联网，让病人找到最合适的医生。

2016 年，他从提高网络运行环境角度出发，提出支持专网资源投入社会化运营、促进提速降费的建议。

基于互联网的技术背景，李彦宏的思考、行动空间不断延展。

鼓励民营企业海外上市（VIE）取消投资并购、资质发放等方面政策限制的建议，源于他对科技型民营企业大量海外上市的关注和百度上市的经历；开放低空空域、提高飞机正点率的建议，得到民航界人士点赞。

最近两年，他则拼尽全力推动人工智能。利用人脸识别等大数据和人工智能技术解决儿童走失问题，利用人工智能技术打造智能红绿灯、缓解交通拥堵，加强人工智能的行业应用、构建国家创新经济……他把每一次技术上的重大进步，都与推动现实进步相联系，并且形成提案，期待产生更大的社会效果。

正是因为每一个提案都经过了严密的技术分析，并结合切身体验，结果，每一次提案，都有了回响。

“五年很短，也能做一些事了。用我们一点点专业的力量，通过政协这个平台，影响一部分决策，不断改善我们的生活，这是我们的幸运。”李彦宏动情地说，我们都爱自己的国家，这正是我们回报国家的好时代，能力有大小，尽力就好。

（原载于《人民政协报》2017 年 7 月 18 日第 8 版）

“斗士”周鸿祎：渴望下一个目标

文/王　卓

周鸿祎

第十三、十四届全国政协委员。九三学社中央委员。360集团创始人，全国工商联执行委员，大数据运维（网络安全）委员会首届轮值主席，国家百千万人才工程有突出贡献中青年专家。

有人说，互联网是改革开放的下半场——不仅是因为历史进程的重合，更重要的是，与中国的其他行业相比，互联网行业更开放、更透明、更崇尚创业文化、更鼓励大胆创新，也产生过足够多的阳光财富和社会偶像，是未来中国年轻人驰骋的战场。

周鸿祎对此深有体会。

10年前，知名财经作家吴晓波写成中国第一本商业史著作《激荡三十年：中国企业 1978—2008》，出版时恰逢改革开放 30 周年。

书中写道：互联网是一个机会，是唯一一个年轻的中国公司全面战胜跨国公司的机会，它是一道光，照亮了一代人的光荣与梦想。

周鸿祎身在这一代。互联网照亮的，不仅是他的光荣和梦想，还有他的犹豫与恐惧、战斗与成长。

“我更感谢这样的互联网环境，能容纳我这样一个‘异类’的存在。有人说我有点偏执，也有人说老周不懂人情世故，离开了互联网肯定四处碰壁，多半成为一个一事无成的老愤青，最多也就是一个性格古怪的程序员。”但是有了互联网，一切都有不同。

去探险

“我一直希望，360 不要失去冒险的基因。”

周鸿祎喜欢冒险。2008 年，360 召开新闻发布会，宣布正式推出 360 杀毒软件，并且宣布永久免费开放给用户使用。此前，周鸿祎遭到的几乎都是反对的声音。

“我知道如果将整个安全业务免费意味着什么，意味着可以预知的公司内部的反对，意味着砍掉现有杀毒续费高达 2 亿元的收入。”但他还是决定，执行免费策略，去冒险。

这场被周鸿祎称作“凤凰涅槃”的颠覆，虽经历挫折，却也最终帮助 360 在商业化模式的探索上找到了光明。

这种在风口浪尖行走的体验，在周鸿祎的成长史中，不是一回两回。

2003 年，周鸿祎正运营自己创办的公司 3721。逢“非典”袭来，没人敢坐飞机，但没人敢坐飞机也就意味着没人做生意了。“这正是我去全国各地推销产品、抢占市场的大好时机。”周鸿祎戴着防毒面具，穿梭在机场间，到全国各地见代理商。这个逆向的行为方式，帮他在企业的销售渠道建设上，打开了局面。

“广阔天地，大有作为”，需要的是脚踏实地去探索。“非典”期间冒险一般的“上山下乡”，将周鸿祎和他的公司，从巨大的围剿中拯救了出来。

某种程度上，冒险，就是周鸿祎明确自我意识和找到出路的方式。

在郑州四平八稳的单位家属院里长大，在“学霸”和“学渣”角色间游走，周鸿祎成绩不错，但上课被老师罚站、课下与同学追打。

自认为与现实世界有些格格不入，周鸿祎便在阅读中找到了离开现实的办法。他爱读《林海雪原》《敌后武工队》，也在冒险小说《金银岛》中发现了新世界——那是一个充满魔幻色彩的少年历险故事。

冒险、闯荡、藏宝、以正压邪，这些情节的描写突破了周鸿祎对于阅读的旧有认知，也激发了他的探险欲望。他曾效仿书里的英国少年，带着同伴组成小分队，钻到居民楼附近的竹林去找宝藏。居民小区的每一次溜达，都被他想象成一场去远方的刺激旅行。

互联网的江湖里，他依然是一副敢冒险、胆大好斗的模样。

当年周鸿祎的3721与百度，后来的360与雅虎，再到后来的3Q大战，周鸿祎的斗士形象，一日胜过一日鲜明。

虽然在他看来，2010年时他无意招惹腾讯——“即使是在外界看来非常好斗的我，既不想主动发起一场战争，也不愿意被动地经历一场浩劫。”

腾讯公布“二选一”之前，周鸿祎跟马化腾斗了八个月。导火索是腾讯在2010年3月上线的QQ医生，后来升级为QQ电脑管家，其木马查杀、安全防护、软件管理等功能，都是360在市场立足的关键技术。数次电话沟通未果，他选择战斗——

这场战争成为焦点，周鸿祎一战成名。从那时候开始，爱穿红色polo衫的周鸿祎，渐渐成了互联网世界里人人都知晓的“红衣斗士”“大炮”。而这场3Q大战，也在某种程度上成了互联网格局的转折点。

但对于周鸿祎来说，厮杀与愤怒，冲动和决绝之后，反思和纠正才最为重要。他喜欢塔勒布的《反脆弱》里的描述和理论：如果我们能够掌握反脆弱的机制，那么我们就具备了从随机、波动和无序中获益的能力，在外部环境不断地变化、冲击中，使得我们自身变得更加强大。

计算机疯子

1985年，大洋彼岸，一本叫《硅谷热》的书出版。当时，硅谷的传奇正在书写：PC革命、半导体传奇、软件神话；惠普、英特尔、苹果；休利特、乔布斯……当时，身在硅谷的年轻人想的是，“激励世界，影响社会”。

也是1985年，中国改革开放还不久，上海刚刚发行第一张计算机报——《少儿计算机报》。15岁的周鸿祎得知这张报纸创刊，迫不及待让家里订了一份。从此他生活的一大期盼，就是报纸寄到家来。

报纸第一次送达，附送了一张彩色的键盘纸。那个时候，周鸿祎还没见过键盘，他和父亲一起把它小心翼翼压在写字台玻璃板下。后来他还常对着玻璃板，模拟打键盘。

《少儿计算机报》是一份16开小报，当时在报纸上活跃的少年们显露了计算机方面的天赋。宓群、梁建章等等，后来都成了互联网圈里响当当的人物。周鸿祎至今还记得，当年梁建章用计算机程序写成的诗歌，七言律诗，让他佩服不已。

“这份报纸对我影响深远。它除了介绍在20世纪80年代初初显峥嵘的少年同辈之外，还会介绍很多美国的各种计算机软件，就像今天的手机App一样。”周鸿祎感觉，自己像是走到一个黑洞附近，不知不觉被吸引了进去。周鸿祎还开始自学Basic语言，“感觉那语言比文学世界还迷人”。

第一次亲手摸到计算机时，周鸿祎16岁，那是他人生第一次上电脑课。

在那个年代，进入机房需要兴师动众。周鸿祎回忆中，老师让同学们安静，换上拖鞋，顺次进入。但当老师还在讲上机的要领时，他已经迫不及待在计算机上输入程序了。这是期盼多年的机会，他有备而来，手抄了报纸上的Basic程序带了过去。

他做梦都想知道，这些程序在一台真正的计算机上跑起来是什么样子。

周鸿祎抄的是一个做抛物线的程序，一个小程序把抛物线做成炮弹，然后把目标击中。击打键盘的时候，周鸿祎心里怦怦直跳，兴奋不已。整节课，他无心听老师介绍，整个人专注在程序输入上。因为敲键盘的速度太慢，直到下课铃响，周鸿祎还在敲最后一行程序。老师让大家起身离开机房，而他还死死钉在座位上。结果是，老师揪着周鸿祎的领子，把他从机房里拎了出去。

多年后和中学同学相聚，谈起当年的周鸿祎，大家都说他很有个性，烫了卷发，眼神充满对这个世界的不服气。也有人回忆起他当年在学校练习武功和柔道的事，勤奋地在校园里练习鲤鱼打挺，后来还带着双节棍上课。但是没人知道，他当时已经如痴如醉，沉浸在计算机的世界里。

高二那一年，开班会。班主任让大家谈谈理想。同学们依次登场，侃侃而谈。轮到周鸿祎，他缓缓走上台，环顾四周，站在黑板上空心的“我的理想”四个大字前，顿了顿，发表了人生第一次有关理想的演说。

“我觉得人生来就要有理想，人生来就可以狂妄。”

台下发出一阵嘘声。

“我的理想很明确，我这辈子就要做一个电脑软件的开发者。做一款产品，改变世界。”

后来到西安交通大学学习计算机，周鸿祎的感觉是正中下怀。他曾通宵达旦，只为手抄一份软件的说明书，在“走火入魔”的黎明嘴角上扬；也曾争分夺秒待在机房，在攻破学校的计算机中心意外当上“黑客”之际，心惊肉跳。

“我就是这样天真无畏地爱着计算机世界里的一切。那个世界的一切给我很‘对’的感觉，给我提供着源源不断的灵感，提供给我大千世界里一个唯一久待不腻的角落。”

多年以后商场沉浮，周鸿祎还能想起来，在计算机世界里拥有的“一直都在的安宁”。

“极限运动”

直到20世纪90年代初，大三的周鸿祎才读到《硅谷热》。当时的他，正在去往上海一个单位实习的火车上。这本如今看起来瘦小破旧的书，是周鸿祎心中“荡气回肠”的著作，硅谷的兴起、发展和未来，给了周鸿祎内心以丰厚滋养。

“它像一阵催化剂，让我这个理工男的内心波澜壮阔。”他决定，要像硅谷的年轻人一样，“激励世界、影响社会”。

其实更早一点，1988 年接到西安交通大学录取通知书之时，周鸿祎在《中国青年》杂志上就读到过一篇文章，其中描述的场景俨然是“硅谷热”的中国版：几个大学生，毕业之后被分配到了航天部、研究院等部门工作。但他们心怀大志，想用自己的力量做出产品。于是，他们集体辞职，创立了一家软件公司，没日没夜写程序、做软件，等稍微有一点钱，大家就合资买了一辆车，夏天开车去北戴河游泳、放松，充满了电再回来疯狂编程。日子过得有张有弛，所有的人是被宏伟的目标驱动。

读到这篇文章的 10 年后——1998 年，周鸿祎 28 岁，在方正工作数年，辞了职。

那一年，互联网在全世界掀起了一场汹涌的革命。中国互联网也快速发展。在这之前，网络只是极客的天下，而在 1998 年，中国互联网正在进入一个全面兴起前的酝酿阶段，普通人开始对上网有了感觉。

是巧合也不是巧合，除周鸿祎以外，第一代互联网创业者在当时纷纷“裸辞”。《沸腾十五年》里记录：1995 年，丁磊从宁波电信局辞职，按规定，这个时候大学生辞职要补偿国家培养大学生的费用，要交 1 万元。但丁磊没有那么多钱，只能“提着箱子离开了单位，结果按照除名处置”。同一年，马云向杭州电子科技大学提出辞职，第二天就借了 10 万元注册公司。他们比“裸辞”做得更进一步，一辞职就负了债。

裸辞之后，路该怎么走？

熙熙攘攘的中关村里人头攒动，联想、方正等一批中国 IT 行业的软硬件企业散布周边。那时，中关村除了“电子一条街”名称之外，还有“骗子一条街”的头衔，中关村楼下就是熙熙攘攘的菜市场，从中关村一路穿行，会遇到一堆抱着小孩的妇女兜售各种光盘。混乱中，中国互联网酝酿的是一场你追我赶的革命。

周鸿祎决心靠自己来实现做互联网产品的想法。他心里那原本模糊的中文上网产品的想法渐渐变得清晰。他带着方正两个旧部，搬到中关村一间出租房里，开启了又一次创业生涯。

说又一次，是因为早在周鸿祎读书和在方正期间，他已有过两次创业经历。但起名为“信心”和“飞扬”的两款产品的失败，没有摧毁他的信心，也没有阻止他想要飞扬的壮志。

周鸿祎又出发了。

租的房子极其破旧，两室一厅，水泥地面，没有窗户，白天也没有光，周鸿祎理想中的硅谷“车库式”创业就这样正式开始。他迈进了自己年轻时想象的场景。出自“不管三七二十一”，起名为“3721”的网站就在这个残破的民居里联向中国和世界。

产品是否有未来？如何吸引投资？怎样做好产品和管理？周鸿祎一度焦头烂额。员工的分工混乱不清，新产品的方向迟迟定不下来，而公司大的战略也经常摇摆。他的印象就是，天天一大堆人聚在一起讨论策略，研究各种互联网兴起的新概念，会议的结果，却往往是大家都说不出一个所以然。

到了2000年，3721的产品线还没有建立好，盈利模式也还不清晰。中国互联网行业却已开始拥抱冬天。这一年，也是周鸿祎面对激烈竞争被逼成“圣斗士”的开端。

周鸿祎直面CNNIC的竞争，经历与百度的争执，调整思路，进行渠道重建，状况渐渐好了起来。

“我总是对别人说，竞争对手是你的磨刀石，竞争对手越强大，对你的磨炼和考验越大。很多坚强的性格，都是残酷的市场竞争的衍生品。狼性和血性都是伴随着对人性的观察和考验而来的。”

2003年，周鸿祎33岁，他在投资人的游说下，以1.2亿美元的价格变卖了3721，变身职业经理人，成为雅虎中国总经理。

并购协议刚刚签订不久，是2003年的圣诞节。周鸿祎带着雅虎中国全体300多名员工去了三亚度假，吃烧烤、喝啤酒。面对着大海，周鸿祎致辞道：“雅虎中国这架飞机马上就要起飞了，新的雅虎要有新的精气神和风貌，当然，我们也要做不同的事情，去改变这个世界。”

那夜，壮志满怀的周鸿祎和员工喝高了，他还在泳池边表演了浅池跳水，醒来一看，门牙掉了两颗。

这种“跌了”的感觉，也意外成了他在雅虎中国的写照。

周鸿祎试图用雅虎的强势地位在搜索领域突围，却陷入跨国公司在中国文化冲突与话语权之争的典型困境。2005 年，他选择离开。

遵从与雅虎的协议，周鸿祎离开了互联网一线一年。直到 2006 年 3 月，他重新回归。

此时的他，想念回到创业时的状态感受。憧憬中夹带着煎熬。高兴，但是大多数时间将伴随着绝望。“但是，对于一个像我这样的人来说，只有在这种极限运动中，才能体会到生的快乐，短暂的安逸让我如坐针毡。”

周鸿祎回到了自己和众多风险投资公司共同投资的公司——奇虎。据说起名为“奇虎”，是因为“骑虎难下”这个成语，他们希望网民上了这个网站就再也难以下去。一些人说，奇虎翻译成英文即 Strange Tiger ——周鸿祎这头“奇怪的老虎”，又下山了。

大安全

2011 年 360 登陆美股以后，大家慢慢发现，周鸿祎在公众视野里出现少了，也越来越惜字如金了。

在 2017 年的互联网安全大会上，周鸿祎解释了自己近几年沉默的原因：作为中国最大的网络安全公司，我们真的感觉到了很大的压力和挑战……希望大家理解，我正在学习变得更加稳重。

“做好大安全”，也是周鸿祎的解释中，360 退出美股，回到 A 股的原因之一——2018 年 2 月 28 日，360 在上交所举行敲钟仪式，历时三年回归路的 360 登陆 A 股。

“我们正处于一个‘大安全’时代。网络安全已经不仅仅是网络本身的安全，更是国家安全、社会安全、基础设施安全、城市安全、人身安全等更广泛意义上的安全。”同样是在去年中国互联网安全大会上，周鸿祎在主旨演讲中说道。

随着网络安全的挑战越来越大，周鸿祎说自己也陷入了很长一段时间的内省和思考。“安全是360的安身立命之本，做到一定程度上它不仅是个业务，也是个责任，并且安全还要做大，‘大安全’时代，360不只是免费杀毒，拦截骚扰电话，它在今天的工业安全、社会安全、国家安全、网络战攻防方面都能发挥重要的角色。”

一度闭关又出关，周鸿祎最大的变化是低调，“我希望给360一个和平发展的环境”。

改变的，不仅是周鸿祎的说话风格和谈论重点。这几年，日益“稳重”的周鸿祎还加入九三学社，成为全国政协委员。

全国政协十三届一次会议召开前一天，周鸿祎就两会相关话题接受媒体采访，记者蜂拥而至，他有条不紊。“我觉得最重要的是你提的提案是不是有效，是不是能够切中时弊，最终落实到具体行动上。”

周鸿祎今年带上会的四件提案，也均与国家网络安全相关。分别涉及网络安全人才培养、网络安全漏洞的及时修补、网络安全事件处理以及网络安全事故责任划分的建议，“没有网络安全，就没有国家安全”。

“《中华人民共和国网络安全法》的出台和实施，解决了中国公民在网络安全方面有法可依的问题。但是在执行过程中，需要解决很多细致问题。所以这次我讲了在网络安全过程中比较实际的问题。”

加入九三学社几年间，周鸿祎起草的关于《勒索蠕虫病毒事件的反思及建议》《网络安全行业人才培养》等报告，得到中共中央主要领导同志批示。2016年先后两次参与九三学社中央的调研，前往宁夏、新疆等地，积极对接帮扶。

大家都看得出来，周鸿祎越来越稳了。

继续沸腾

讲述过去，周鸿祎喜欢从读过的各种书里找到对应心志的说辞。他是个纯粹的理工男，也一直欣喜于接受人文的洗礼。和很多其他互联网中人一样，他对乔布斯有一种特殊的关注和理解，也对乔布斯关于科技与人文结合的理念深深赞同。这些，也对应了周鸿祎的另一个侧面：

他是个超级电影迷，家里的硬盘存有成千上万部电影。他也是个音响发烧友，办公室和家里的音响都调到了顶级水平。他从小读郑渊洁童话，读唐诗宋词，读黑格尔和卡夫卡，还曾模仿卡夫卡《变形记》，中学还写过一篇小说，叫《我与苍蝇的对话》……

大学期间的创业失败曾让他和伙伴郁郁寡欢。他窝在宿舍里看了几天几夜的《王朔全集》。从西安碑林边上的小书店买来后，周鸿祎一口气读完。“那个时候我喜欢上了王朔。他的文字不装腔作势，充满着对困难的解构。”

这些细碎的侧面和细节，潜移默化构成周鸿祎在后来复杂的互联网世界解决问题的能力，也让他能够以一种理解的态度和不同的视角，去面对困难与挫败，非议和挑战，“我的字典里没有‘苟活’这两个字”。

经历过对计算机痴狂的少年时代，有过贫穷的程序员生涯，度过经典商战的九死一生……周鸿祎的成长和事业发展的过程，也见证着中国互联网从草莽、无序，走向规范、真实、强大。

“在中国进行了15年的变革之后，世界把它的左脚踏进了互联网的河流，在这个意义上，中国是幸运的。当互联网这个幽灵从美国东海岸的实验室里攒将出来，搅乱整个商业世界的游戏规则时，已经初步完成了体制和观念的转轨，特别是形成了一定的民间资本力量的中国正好踩在这个转型点上。很难想象，如果中国的经济改革再迟10年，或者互联网的浪潮提前10年到来，中国的今天和未来，将会是一番怎样的格局。”

《激荡三十年》描述了中国发展的关键节点与世界互联网发展的奇妙之处：一切都是恰逢其时。

周鸿祎，和那一代的互联网创业者，也是如此。不早不晚、获得了历史进程的眷顾。

但获得眷顾，却并非只因为踩在了节奏上。在《沸腾15年》中，作者林军曾试图为第一代中国互联网创业者做一个集体画像。他发现，这些人有一个被公众自觉不自觉遗忘的共同属性，那就是：他们虽然年纪不同、背景不同、地域不同、性格不同，却同样有着比其他人更加强大和自信的内心世界，他们都志向高远，目标远大，希望改变自我的同时，改变世界。

周鸿祎就在其中。

但周鸿祎也说，如果有一天我变得堕落了、保守了，那年青一代就会起来打倒我。

所以，他，也渴望着探索下一个高地。

（原载于《人民政协报》2018 年 9 月 4 日第 8 版）

创新引领

吴伟仁：中国人为什么要探月？

文 / 付振强

吴伟仁

第十三届全国政协常委。中国探月工程总设计师，中国工程院院士，国际宇航科学院院士。长期从事航天测控通信和深空探测工程总体技术研究与工程实践，我国深空探测领域主要开拓者之一。

13 时 30 分，中国卫星通信大厦内一家咖啡馆的门准时被推开。迎面走来一位穿着朴素的老人，上身一件灰色衬衫，脚蹬一双黑色运动鞋，步履匆匆且稳健，还未落座，爽朗的笑声已弥漫房间。对于初见之人，很难将他同“中国探月”结合在一起，更难想象，在浩瀚的太空竟还有一颗以他的名字命名的小行星。

这位老人是吴伟仁，全国政协常委，中国探月工程总设计师，中国工程院院士，国际宇航科学院院士，国家航天局探月与航天工程中心研究员，航天测控通信与深空探测工程总体技术专家……

《论语·为政》有云：七十而从心所欲，不逾矩。毕生致力于深空探测的吴伟仁今年已69岁，但尚不能“从心所欲”。甚至，连他什么时间能接受采访，采访预留多长时间，都是被精确计算过的。对于目前的工作状态，吴伟仁早就习以为常。他说：“有的科学家80多岁了，还在科研一线，无论是工作贡献还是敬业精神，都值得我们好好学习。”

吴伟仁的职业生涯还很长，中国深空探测的路更远。

“十四五”期间，一批新的航天重大工程将陆续启动，其中就包括2021年底正式通过立项审批的探月工程四期，它的主要目标是在月球南极建设月球科研站基本型。正如吴伟仁所说：“月背是个神秘的世界，中国探月还要瞄准更远的深空。”

完成了“不可能完成的事情”

中华民族关于月亮的传说、故事，代代相传。从“嫦娥奔月”诗词歌赋中透出的月亮之美，到“月亮走，我也走”的童年之疑，中国人对月亮情有独钟。

17年探索，38万公里追寻，今天，勤劳勇敢的中国人用“探月梦”托举起“中国梦”，实现探月工程从“跟跑”到“并跑”再到部分“领跑”的扎实进步，书写了人类文明发展历程中的惊艳一笔。

“探索未知世界是人类的天性，也是我们这一代人、下一代人，一代代人应该做的事情。”吴伟仁说，过去我们一直在赶超国际先进水平，但赶的东西多，超的东西少。

今年全国两会期间，吴伟仁在接受新闻媒体采访时谈道：我国探月工程“绕、落、回”三步走战略已圆满收官，中国对月球的探索进入新征程。

一代又一代中国航天人，从未放弃探月的梦想。

2013年12月，中国第一个无人登月探测器“嫦娥三号”在月面成功实施软着陆。中国成为继美国和苏联之后，全球第三个实现月球软着陆的国家。

“过去我们在世界深空探测的第二梯队里排名靠前，现在我们实现了部分领跑。特别是党的十八大以来，嫦娥四号探测器自主着陆在月球背面南极—艾特肯盆地内的冯·卡门撞击坑内，实现人类探测器首次在月球背面软着陆。”

“到月球背面探测，国外没有做过，中国人做到了！”吴伟仁说，对人类而言，月球背面是“秘境中的秘境”，中国的科学家完成了这件“不可能完成的事情”。

将科学的深奥讲得通俗

“月球上的小兔子，正向西北方向前进，这一个月昼的路况不太好，坑比较多，不过请大家放心，我们会保证小兔子的安全……”

嫦娥四号着陆器、玉兔二号月球车在月球背面连续工作16个月昼之际，一向低调的吴伟仁专门“露脸”录制了一段视频，替在月球背面旅行的“第一位中国旅客”汇报工作：

“目前它们状态稳定、性能良好，创造了在月球背面最长工作的世界纪录。在全球抗击新冠肺炎疫情的同时，它们每天都要测体温，每个月都要休眠隔离14天，以便安全度过月夜，以最佳状态迎接下一个月昼的到来。同时，远在40万公里之外的鹊桥号中继星状态也非常好，正像快递小哥一样，表现很出色，正源源不断地把月球背面的科学探测数据传回地球。”

深奥的科学知识，经过吴伟仁的讲述，总是会变得通俗易懂，妙趣横生。他还将宇宙比喻为一片“汪洋大海”，太阳系犹如一个“浴盆”。他坚定地说，人类对于深空的探索还任重道远。中国深空探测还有“两个100”目标要实现：到2049年，新中国成立100周年之际，要实现对100个天文单位（150亿公里）之外的太阳系边际进行探测。

人类为什么要进行深空探索？吴伟仁并没直接回答这一问题，却向记者推荐了一本书，美国天文学家卡尔·萨根的科普著作——《暗淡蓝点》。他引用书中一段描述：地球悬浮在黑暗的宇宙中，太阳系散射的光线织成了漆黑背景的条纹，其中一个条纹正好与地球重合。而我们居住着的地球，在其中，仅是一个0.12像素的蓝点……

“人类最终是要走向深远空间的。”吴伟仁说，人类对于深空的探索，会让人类更加懂得，要珍惜共同的家园——地球。

浩瀚宇宙，渺渺众生。或许没有什么堪比无垠的太空，能满足人类永不停歇的幻想。但探月，也不仅仅只为珍惜地球家园。吴伟仁继续向记者科普：深空当中，还潜藏着很多威胁，任何天体撞击或与地球擦肩而过，都将带来毁灭性的灾难。

2013年2月15日，一颗小行星在俄罗斯车里雅宾斯克上空撞入地球大气层，并在高空碎裂。冲击波震碎了无数窗户玻璃，也划伤了很多趴在窗口向外张望的人。这是近年来最著名的小行星撞击地球事件。“如果一个直径10公里的行星撞击地球，相当于上百颗原子弹爆炸，整个区域将在几十年间一直被尘埃笼罩。”

记者梳理吴伟仁历年来的提案发现，其中大多关乎太空安全。他认为，领空、领土、领海之外，还有太空。像小行星撞击地球乃至空间碎片增多等问题，正让太空安全面临着越来越严峻的形势。

自1998年美国宇航局（NASA）启动对近地小行星的最大规模搜索以来，科学家已经探测到超过2.5万颗小行星。2020年掠过地球的小行星数量更是创下纪录。如此之多小行星撞击事件，为什么从未砸中人类？吴伟仁答疑说，事实上，绝大部分小行星在地球大气层中就被分解。不过，小行星撞地球的风险理论上确实存在。

“深空探测的一个重要研究方向，就是防止小行星撞击地球。”一旦有撞击地球上或在附近碰撞的可能，就要想办法让其偏转。

当前，我国已经开始布局小行星防御相关研究工作，这是一个大国的责任担当。

履职科研都要“求实”

今年两会闭幕后，吴伟仁所在界别的委员每人都收到了一本“履职纪念册”。拿到这本纪念册，他不禁回想起本届政协以来，他所在界别履职的点点滴滴。“每次，我们总能深入地讨论几个问题，大家踊跃发言，无拘无束。”

关于履职，这位科学家的基本观点是：政协委员发言要讲有用的实话、真话。

探月这样国际高难度的科学探索，更需要科学家具备求真务实的科学品格。

目前中国探月工程四期已经启动。吴伟仁说，中国将在月球南极建设国际月球科研站。三步走的策略将为国际月球科研站的建设打下基础。根据吴伟仁团队的设想，未来国际月球科研站，或将建立月球通信网络，如在月球上设立 WiFi，多个巡视器、着陆器和飞跃器在月球表面连续协调地工作，由指挥中枢指挥协同配合。

这是件“功在中国，利在人类”的大事。吴伟仁曾在多个场合说过，中国探月的科研数据，正在向全世界开放。

去年 7 月，国家航天局探月与航天工程中心在北京举行“嫦娥五号任务第一批月球科研样品发放仪式”，标志着月球样品科学研究工作启动。嫦娥五号返回器携带返回地面的 1731 克月球样品，是人类 44 年以来再次获得的珍贵样品。

“（探月）一切工作的核心都是为了空间科学探索和月球资源开发利用，要把科学研究和应用研究放在首位。”吴伟仁说。

“月球南极有很深的月坑，可能有冰存在。”“在月球南极着陆后，或利用起飞器勘察，采集样本，现场分析到底有没有水。”“如能够找到水，那将是人类之幸，国际月球科研站就可以实现长时间运行。”说起探月，吴伟仁仿佛有着说不完的话，“未来十年左右，月球南极将出现中国主导、多国参与的国际月球科研站，中国人的足迹将踏上月球，我国将迈入世界航天强国前列。”

据了解，中国后续还要开展深远空间的小行星探测、火星采样返回、木星系和行星际穿越探测等任务。

“中国探月不是搞太空竞赛，而是应对未知的太空挑战。”吴伟仁说，“深空探测是人类共同的事业。我们将按照自己的节奏和安排，一步一个脚印地往前走。”

太空亮起的又一颗“中国星”

2020 年 6 月，国际天文学联合会（IAU）小行星命名委员会批准将编号为 281880 号的小行星正式命名为“吴伟仁星”。这是继以钱学森、孙家栋、栾恩杰等老一辈科学家为代表的多位功勋航天人荣获小行星命名之后，太空又亮起的一颗“中国星”。“这颗星不是我个人的，是整个团队的荣誉。”

山河的浩瀚，宇宙的浪漫，离不开一代又一代航天人的传承与探索。“中国深空探测起步晚、起点高，任务次数少、成功率高，投入少，产出多。”在吴伟仁的心里，老一辈航天人是先驱，30 多岁的年轻人是航天事业当下的中坚力量，广大青少年是国家航天事业的希望所在。而航天是有极大影响力的事业，也是国家意志的体现，在这个行业里，对事业的热爱，始于对国家的热爱。吴伟仁常常告诫航天人或将要踏入航天事业的年轻人：“一定要热爱国家的航天事业。我们什么都可以改变，但对国家的忠诚不能改变。”

他有一句常挂嘴边的话：“成功了，了不得！失败了，不得了！”在他看来，所有科研的核心，一定要以人为本。在人才培养上，吴伟仁经常在各种场合强调教育的重要性。“我希望，中国能成为世界范围内深空探测领域的科技人才培养高地和技术创新高地，进一步助力实现我国航天强国建设和科技自立自强。”

吴伟仁曾以自己的亲身经历为例，强调教育之于人的重要性。当年高中毕业后，吴伟仁曾当过一年生产队长，那时他的农活多，数理化公式易忘，怎么办？他将家中报纸贴满墙，再用红墨水将公式写满。“一进门就看到公式。没钱买本子，就用纸裁剪成小块订上，一歇下来，马上可以念几张。”

2019 年获得何梁何利基金最高奖“科学与技术成就奖”奖金 100 万元港币后，他将奖金捐给自己的中学母校，用于优秀学生的培养。

2021 年获得中国航天基金会“钱学森最高成就奖”奖金 100 万元人民

币后，他又捐赠给自己的大学母校，奖励有志于深空探测的优秀大学生。

去年 7 月，北京航空航天大学未来空天技术学院正式成立，学院将立足航空航天领域，面向国家重大战略需求和人类社会发展需要，培养空天领域科技创新领军人才。吴伟仁被聘为首任院长。

他常说，只要把人才培养好了，再传承发扬好“追逐梦想、勇于探索、协同攻坚、合作共赢”的探月精神，中国探月一定会始于梦想，基于创新，成于实干，实现九天揽月的一步步跨越、一次次突破。

圆梦九天揽月，勇攀科技高峰。在吴伟仁心中，深空探测是星辰大海，永无止境。

（原载于《人民政协报》2022 年 4 月 19 日第 8 版）

吴　季：走，去太空旅游

文／韩　雪

吴　季

第十三届全国政协委员。中国科学院国家空间科学中心学术委员会主任、研究员，中国空间科学学会理事长，俄罗斯科学院外籍院士，国际宇航科学院院士，美国电子与电气工程师协会（IEEE）会士。

最极致的地球之美，是在月球上欣赏地球完全被太阳照亮的时刻。

这种只出现在14天月夜的中间两天的景象，被吴季借用到科幻小说《月球旅店》中，用航天科学家肖家远女儿的眼“看见”了：

墨西哥湾依稀可见，南美洲晴朗无云，北美洲被云覆盖，沙漠色彩鲜艳，北极冰雪层闪闪发亮……

就像在地球上看到满月一样，吴季叫它“满地”。

尽管从未有机会亲眼从天外审视地球这个“家园”，但作为探月工程嫦娥一号、三号探测器有效载荷的总指挥，吴季和月球打了十几年的交道。闭上眼睛，吴季可以清楚地想象出站在月球上看到的地球：“月球上没有大气，站在上面不会有云的遮挡，比从地球上看月亮，要大将近四倍。”

现实中，吴季却有些恐高。“比如走玻璃栈道这种事，我是不太愿意去做。”对他而言，这种体验也并没有多大意思。

月球只有地球六分之一的重力。在另一篇科幻小说中，吴季依靠物理和天文上的计算，设计了一个在月球旅店里演奏小提琴的情节。由于在月球上物体的质量不变但重量会大大减轻，他让女主角在弓杆上缠了一些焊锡丝增加重量。吴季说，“这是符合基本科学原理的。”

如果有机会，吴季想自己试试在月球上面拉小提琴。重力不同了，但质量还在，他想知道用多大的力度拉弓，才能拉出正常的音色。

“我不知道能不能赶上去太空旅游一趟，如果真能赶上的话，也是挺有意思的。”

抓住机会拼命往前走

在空气清明的早晨，透过办公室西侧的大玻璃窗，越过一片开阔，吴季可以毫不费力地远眺到40公里外的昌平，那里有起伏的山峦和萦绕山间的云雾。这景象在中关村是看不到的。

2016年9月搬到怀柔后，借着一次升旗仪式，吴季把中科院国家空间科学中心的老同志代表请了过来，“老同志们很激动，他们一辈子都在中心工作，没见到过这么好的园区。”

“中关村园区只有25亩，后来拥挤到连车都开不进去。”局促的空间和拥堵的交通环境，促使当时正主持国家空间科学中心工作的吴季下定决心：搬家！

到今天，吴季与600多名在职员工从海淀中关村的“老总部”搬到怀柔科学城，已有四年多了。吴季记得，“当初搬来的时候，怀柔还没有科学城的概念。”

怀柔的新园区有 168 亩，相当于六七个老园区那么大。但大型设备需要搬运、调试，工作需要转移，一起迁到怀柔的科研及管理人员如何安置，是当时面临的首要难题。为此，中心开设了从怀柔到城区的班车。每天下午 4 点半，8 辆班车在中心门口一字排开，甚是壮观。“通勤那么远，这些问题是需要考虑的。”

空间科学的大发展，是近 10 年的事。在吴季看来，科技是要拆分解读为科学和技术两个领域。“对于火箭和卫星技术，中国绝不落伍，而对于太空本身的科学研究，中国却不占据多大优势。”

从 1970 年中国第一颗人造卫星上天，到现在已经 50 年了。50 年来，中国打了两百多颗卫星。“绝大多数的卫星都是‘有用’的，或为军事、或为气象、或为通信。纯粹用于太空研究目的的，只有双星计划、悟空号、墨子号、实践十号、慧眼号等寥寥几颗。”而同一时期，国际上的科学卫星有数百颗。

2016 年 5 月 30 日，习近平总书记在“科技三会“（全国科技创新大会、两院院士大会、中国科协第九次全国代表大会）上强调：“空间技术深刻改变了人类对宇宙的认知，为人类社会进步提供了重要动力，同时浩瀚的空天还有许多未知的奥秘有待探索，必须推动空间科学、空间技术、空间应用全面发展。”

吴季察觉到，国家开始从政策上重视空间科学。“之前的提法是空间技术、空间应用和空间科学。”那是出现在 2000 年 11 月 22 日发表的《中国的航天》白皮书里。

“尽管空间科学排在最后，但在白皮书之后，我们发射了双星计划。”白皮书之后的 2001 年 7 月 9 日，中国航天局与欧洲空间局（简称“欧空局”）正式签署了双星计划合作协议。

和欧空局的合作，与吴季早年在欧空局的经历有解不开的机缘。

1985 年，联合国计划开发署和欧空局设立项目，专门资助第三世界国家的科学家到欧空局去进修。27 岁的吴季得以前往。

“哈雷彗星刚开始就是一个点，随着距离越来越近，照片中的星体越来越清晰，可以看到一些细节和结构。”那里的短短一年，吴季亲眼见证了对哈雷彗星回归的观测，第一次真正接触到空间科学。

双星探测计划是我国第一个真正意义上的科学卫星计划。当吴季负责该计划的主要技术时，就一个念头：“抓住机会拼命往前走，推动这个计划成功。”

为什么只能等人家发明了我们来用

作为规划的研究制定者，吴季总在分析政策及其所对应的目标和路径。“到 2035 年左右进入创新型国家前列”在吴季眼中，至少可以分解为一些很值得探究的具体问题——

“什么叫前列？至少前六名吧。”

“创新型国家，一个诺贝尔物理学奖都没有行吗？”

“这些诺贝尔奖的科学家从哪儿来？”

……

“我们中国是一个占世界五分之一人口的国家，为什么只能等人家发明了我们来用，我们只是知识的使用者。看看现在的教科书，有多少是中国人创造的理论。大发现的时代，有很多低垂的果实，你马上就能摘到，一张纸、一支笔，就可以做很多研究。”

然而，现代科学尤其在基础科学研究的领域，单靠个人自由探索式的科研，已经越来越难。吴季和团队曾做过一个历史数据的分析，他发现：从 1901 年到 2017 年，诺贝尔物理学奖逐渐偏向科学大装置或者科学卫星产出的成果。

“我们看的教科书上都是外国人的名字，谁承认我们是创新型国家？我们为人类的科学文明、科学发展作了什么贡献？”这也是吴季一直寻找机会推动科学卫星往前走的原因。

聊以欣慰的是，继双星计划成功发射之后，从 2011 年起，中国科学院设立了空间科学先导专项。到 2017 年，我国相继研制、成功升空四颗科学卫星。

“悟空号是暗物质粒子探测卫星，实践十号是返回式科学实验卫星，墨子号是量子科学实验卫星，慧眼号是硬X射线调制望远镜卫星。”吴季熟稔地像在说道自家孩子。

的确，这四颗科学卫星都是出自中科院空间科学先导专项一期的项目，吴季就是专项一期的负责人。

想沉心做科研的人，却屡屡被推上管理岗位。从研究室主任、副所长再到中心主任，“原本只想把自己这几块小菜地种得跟外国人一样好”的吴季，只得把“菜园子”一扩再扩。

“后来发现，天文、微重力也不是我的专业，但都在这片大园子里，必须得关注到。”担任中科院国家空间科学中心主任后，吴季的工作重心开始转向空间科学发展规划的研究制定。

也因此，前不久在全国政协的线上读书群里，在导读科技与创新主题时，颇让人挠头的导读任务，吴季却觉得“困难不大”。正因为读书群选的那本《科技革命与中国的现代化》，是吴季曾经参与编写的。

这本面向2050年中国实现现代化制定的科技发展规划，站在2009年往前看，一些人觉得“规划思考做到2050年实在太远了”。

而当下，带着政协委员们去回顾这段历史的吴季，却发觉这是很难得的一个过程。“怎么保证国家在这个领域里投入资源，首先要分析国家的需求，有没有必要做这个领域？”

当时，吴季他们分析中国的空间领域发展和国防军工密切相关。“在国家钱少的时候，首先要保国防军工、保应用。等有钱了，可以对基础研究多投入，这个领域说白了，是出诺贝尔奖的。现在这个阶段，再去对比当时的规划，虽然‘现代化’在提法上与‘前列’不同，大家反而在认识上更加清晰了。”

2018年，中科院正式批复空间科学先导专项二期立项。据中科院国家空间科学中心现任主任王赤介绍：“目前二期立项的四个工程任务的六颗卫星全部进入工程研制阶段，进展顺利。”

改变人的观念是太空旅游的最高境界

“当你飞过冯卡门线，那条100公里高的地球大气层和太空的边界线时，你就来到了太空。你会看到黑色的宇宙布满繁星，银河是那样的壮丽。你会发现地球和太空的边界被那薄薄的一层大气层包裹着。白云、蓝海和大地就在你脚下飞过。你眼前的森林、大海、沙漠，是你从来没能到达过的视角和没有看到过的景色……”

这是吴季想见的太空景象，也是大多数人类无缘得见的自然奇观。

关于太空旅游，吴季很认同“阿波罗8号”宇航员说过的一句话：“我们长途奔袭来到这里探索月球，但实际上我们发现的是我们的地球。”

而跟“阿波罗11号”的宇航员迈克尔·科林斯一起聊天时，吴季也曾询问这个被称为有史以来“世界上最孤独的人”的感受。

1969年7月20日，当美国宇航员阿姆斯特朗和奥尔德林登上月球时，科林斯作为指挥舱驾驶员，独自留在飞船内，继续绕月飞行。他当时的位置距离地球有38万多公里。在环月轨道的最高点，他距离登月的两个小伙伴也有3585公里之遥。

在纪念登月40周年时，科林斯曾说：“我真心认为，如果世界上的各国政治领导人能够从距离地球10万英里以外的太空看到我们所生活的这个星球的话，他们的世界观、人生观将会发生根本性的改变。因为在那个距离看地球，所有那些所谓无比重要的边界都已经不复存在了，各种各样的吵闹和争论也都平息了。地球只是一颗小小的行星，它持续不断地自转、公转，平静地忽略所有分歧……”

比起宇航员的直接经验，吴季的认识，更多来自工作中积累的间接经验：“改变人的观念，这是太空旅游的最高境界。”

科学家的强烈目标感，促动吴季尝试各种方法，找到通往那个方向的路径。从空间科学跳跃到新航天、写科幻小说、成立深空数据通信公司，都是为了太空旅游这个目标。

“我在岗位上时，想着的是国家空间科学的发展。空下来了，就开始想之前没想通的一些事。”

“为什么阿波罗去了月球后，近50年再也没去过？”想着想着，吴季忽然就想通了：政治需求已经取得胜利，那还有什么意义再去重复呢？

长久以来，航天事业总是以国家任务的面目出现，导致人们在观念上将航天赋予了鲜明的政治色彩。

“航天技术本身是中性的。”而且和当年相比，航天技术早已不可同日而语。“这么好的技术，没有把它用于人类的发展。”吴季深感惋惜。

“如果航天事业也姓商，舞台就大多了，还可以滚动式持续发展，这就是新航天。”为了把这个想法记下来，吴季写了一个未来的故事。

评价《月球旅店》这本科幻小说里的内容，吴季说：“在技术上都完全可以实现。准确地说，它更像一本科普读物，引导人们对航天的中性认知。它也是一份项目计划书，目的是吸引业内合作者、投资人和公众对月球的兴趣。唯独不像是一本小说。”

9月11日全国政协召开了双周协商座谈会，坐在分会场的吴季，认真地旁听了会议。此次协商议政的“科技创新型企业发展面临的困难和建议”，如今与他干系重大。

目前，融资仍然是一个重要问题。航天的烧钱程度，使得吴季很难找到可以作为合作伙伴的融资方。好在，“我们公司第一年的钱有了，它可以支持我们把样机实验做完。”

而新冠肺炎疫情的来袭，反而让吴季意识到更多人类进入太空的重要性。

“一直以来，如文学作品和电影所描写，当人类面对凶险的外敌入侵时，多数时候人类都能够放下分歧团结起来，为了自身的生存、物种的延续而一致对外。在那一刻，地球被全人类称作‘家园’。”

然而今天，当面对新冠病毒铺天盖地无差别地进攻的时候，指责、诋毁和攻击却在持续上演。

为此，吴季和另外两位国际主要空间机构的前负责人联合撰文，呼吁人类团结起来一致抗疫。这三位来自地球上的三个大洲，说着三种语言，甚至代表了三种肤色，还分别是科学家、工程师和宇航员的作者们，以中文、英文和法文在不同国际主流媒体上发出同样的呼吁："对太空的探索，并不仅仅是为了发现新世界和获取关于宇宙的新知识，还是为了使我们不要忘记我们人类独特的性质和责任，并使我们紧密地团结在一起。"

未来，吴季希望能把更多的人送上太空旅游，"当人类从月球、从宇宙回望地球，他的观念一定会发生改变，他会变成一个环保主义者、一个人类命运共同体的倡导者，这是太空旅游的最高需求和我们追求的境界。"

（原载于《人民政协报》2020 年 9 月 15 日第 8 版）

邓中翰：我的“中国芯”

文 / 李元丽

邓中翰

第十三、十四届全国政协委员。无党派人士。中国工程院院士，“星光中国芯工程”总指挥，中星微集团创建人兼首席科学家。

“一个海外学子成为一名爱国创业者，他将闪亮的‘中国芯’成功植入世界 IT 的银河，微米的小空间是他创新的大舞台——‘中国创造’。”2005 年 12 月 28 日，CCTV2005 中国经济年度人物评选揭开谜底，“星光中国芯”总指挥、中星微电子有限公司创建人邓中翰捧走了分量最重的年度大奖。

身为中国芯片先行者，21 年来，邓中翰带领团队坚持自主创新，实施“星光中国芯工程”，实现 15 大核心技术突破，拥有 3000 多项国内外专利，开发出拥有自主知识产权、具有国际领先水平的数字多媒体芯片，结束了中国无“芯”的历史，铸就了第一个在国际市场具有领先地位的“中国芯”……

梦想成为科学家

出生于江苏南京的邓中翰，从小的梦想是成为一名科学家。带着儿时的梦想，邓中翰考入中国科学技术大学地球与空间科学系就读，开始了学习探索之旅。

大学期间，邓中翰有着强烈的求知欲，喜欢挑战自己，钻研更深的课题。大二的某次物理课上，一位教授正在讲解关于电磁学的题。不同于仅听懂教授讲述的内容，邓中翰开始思索这段讲义中更深的一些问题。于是，邓中翰课后用整整八页纸写下了自己的想法以及五种试验方法，证明教授课上讲的思路有问题，并将信投到了教授的信箱。收信人是中国科技大学著名教授胡友秋，曾经在中科院工作过，后来到国外做过访问学者，有着丰富的学术经验。

但正是这么一“抬杠”，邓中翰成功吸引了胡友秋教授的注意。他看出了邓中翰的天赋，并把他推荐给了当时正在进行科研项目的黄培华教授。

寒假到了，别的同学都回家过年，只有邓中翰留在学校。“因为那些文献都是专业书籍，很多都是英文的，我需要查阅大量资料和词典才能看懂，只能去学校图书馆学习。”那个寒假，邓中翰比平时上课还要努力，除了吃饭睡觉，几乎所有时间都在看资料。一个月下来，他不仅读完了那“近一尺高”的文献，还罗列出了自己的观点。“黄教授都没想到我这么快便有了自己的看法。”这件事让黄教授破例接纳了他，让一个本科生进入自己的科研小组。

1990 年，邓中翰在《科学通报》上发表了用量子力学解释外太空射线对地球矿物质影响的论文，这对一个本科生来说很不容易。也正是这篇论文，让他在第二届“挑战杯”全国大学生课外学术科技作品竞赛中脱颖而出。

1992 年大学毕业时，邓中翰拿到了加州大学伯克利分校物理系的入学通知书，这在中国科技大学一时引起不小的轰动。因为这是一所历史名校，美国人称为“比黄金更能给人带来光荣与喜悦的大学”。

月落日升，寒来暑往。到第五年毕业时，同学们发现，这个被他们称为“约翰·邓”的同窗，竟一连取得了物理学硕士、电子工程学博士和经济管理学硕士三个学位，成为当时该校建校130年以来第一位横跨理、工、商三个学科的学者。

毕业后，邓中翰到美国人才汇聚的硅谷闯荡，先是在美国Sun公司参加了UltraSPARC中央处理器工程，后来又进入了IT人才最向往的IBMWatson研究所工作。1998年，邓中翰创建了自己的第一家公司PIXIM. INC。凭借着超前过人的技术创新以及辛勤的工作态度，邓中翰的公司很快市值飙升，一度达到1.5亿美元。

长城烽火台旁立誓

就在那时，邓中翰遇到了时任中国科协主席周光召。周光召同时兼任国际物理学联合会副主席，在国际物理学界享有盛誉。

“中国半导体工业可能要走一条新的道路才行，你想想看，有什么好的办法？”在一次交谈中，周光召向邓中翰提出了一个沉甸甸的话题。

考虑中国芯片产业到底应该如何突破的问题，邓中翰从自己看到的、最擅长的，也是亲身经历过的硅谷模式出发，提出中国宜尝试一种新模式。

如今，当往事一点点地被揭开，人们发现，邓中翰回国创业并非一时冲动。

时间回到1998年，在一次与有关部门的座谈中，邓中翰就如何推动科技创新作了专门汇报。邓中翰在汇报中提出：在中国科技体制下，不能仅仅靠国家实验室方式搞创新，还要建立起支持创新的产业，通过产业推动国家创新发展。

这个报告犹如一颗石子抛向了湖心。不久，邓中翰收到反馈，他的报告获得赞赏，“大家非常认同我的观点，给我回国创业以很大的信心。”

不久，另一件事给了邓中翰更大的震撼，他更强烈地感受到祖国的召唤。新中国成立50周年庆典，邓中翰受邀回国参加并在天安门广场观礼台观看了盛大的阅兵式与群众游行。“当时我站在观礼台上，非常激动也很自豪。

面前展示着新中国成立以来的各项成就，那样的神圣，对我的震撼和触动非常大。我从小受国家培养，享受到改革开放后出国留学的机会，可是还没有为国家作贡献。作为一个青年代表，被给予这么高的礼遇，受到了极大的鼓舞。”邓中翰如是说。

观礼结束后，邓中翰和他的团队穿着印有“我登上了长城”字样的纪念衫登上了长城，他们一起在烽火台旁振臂高呼，几乎是那一刹那，他立下誓言：“我要为祖国打造芯片‘长城’！”团队回国的决心，就像水泥一样慢慢凝固，成为一个坚强的回国创业集体。

手工打造“航空母舰”

1999 年 10 月 14 日，北京市海淀区北土城西路 103 号，在一栋破旧的两层楼中一间 100 多平方米的仓库里，中星微正式成立了。

目标确定，起步却困难重重。当时，“中国芯”不要说口碑和市场，就连起码的生产条件也没有，研发的芯片只能选择在香港、台湾或其他地方生产。邓中翰说：“这就像在非洲沙漠里开中餐馆，既买不到中国辣椒，也没有客户……那种白手起家的感觉，就像手工打造‘航空母舰’。”

简陋的仓库办公室，不仅冷还透风，2000 年北京隆冬的寒冷，让他们的双手长了冻疮……这些苦对于邓中翰他们来说，太微不足道了。2001 年底，有一个新的难题出现在邓中翰面前：公司账上只剩下 100 多万元了，创业公司在发展初期最害怕的资金断流出现了。

当时，摆在邓中翰面前的有三个选择：一是把公司的技术、产品卖掉套现，这显然是不可能的；二是进一步融资，但此时融资非常吃亏，对老股东和持股的员工不公平；三是贷款。最后，他选择了贷款。当时，公司没有什么可以抵押给银行。邓中翰和公司三位创始人就以自己的存款、房产和股票与银行签订了个人抵押贷款合约，好不容易贷到了 300 万美元。在签完合约的那一瞬间，他们与“中国芯”更是血肉相连。

顺利过冬，邓中翰苦苦等待的春天终于来了！

2001 年 3 月 11 日夜里，17 个月的梦想坚守终于有了回报——第一枚百万门级超大规模数码图像处理芯片“星光一号”正式研制成功。很快，各路媒体纷纷报道：中国结束无“芯”历史，中星微电子开发出第一块具有中国自主知识产权、世界领先的多媒体芯片……

芯片做出来了，卖给谁呢？

邓中翰找到了索尼。他一路赶到东京，却遭遇了又一次的“滑铁卢”。

在索尼总部大厦里，邓中翰刚说完自己来自北京，想卖图像处理方面的芯片，就被一位主管打断：“我们索尼是这项技术的鼻祖，有几千种这样的产品、几百个这样的专利。如果你想学的话，可以看看我们的展览和产品，但是我们没有时间听你推销产品。”不到五分钟就被送出了门，望着那个高傲的背影，邓中翰只说了一句：“I will be back！（我还会回来！）”

“应该说，这反而给我带来了一种力量，使得我们后来几年非常踏实地把技术进一步做好，也给了我们一种决心，一定要彻底打进索尼。”邓中翰的回答异常干脆。

果然，2005 年夏天，索尼新一代笔记本电脑上的摄像头，已然跳动着邓中翰的“中国芯”。同年 11 月，中星微顺利实现了又一次华丽转身——在美国成功上市，成为中国第一家凭借核心技术在纳斯达克上市的中国芯片设计公司。在纳斯达克闭市仪式上，邓中翰提笔签下了自己的名字。这意味着，“中国芯”已经跃出国门，踏上了世界舞台。

之后几年，中星微进入了一个蓬勃发展的时期。“星光一号”到“星光五号”数字多媒体芯片接连推出，中星微电子多媒体芯片全球销量突破了几亿枚，成功占据计算机图像输入芯片市场份额 60% 以上。这是我国具有自主知识产权的集成电路芯片，第一次在一个重要的领域达到全球市场领先水平。

最让邓中翰自豪的，还是他实现了当初的誓言——通过产业化推动中国芯片技术不断前行。“我坚信，‘中国芯’将会响亮世界。”

“国家，永远让我热血沸腾”

2018 年 3 月 15 日，全国两会的“委员通道”开启。站在通道上，邓中翰就我国芯片发展状况娓娓道来：“集成电路和芯片是信息技术的主要推动力，信息产业每一个进步都离不开芯片的进步。苹果手机、谷歌下围棋机器人，背后都是芯片在处理数据。每年我国进口的最大物资不是石油、粮食，而是芯片，每年达2000多亿美元。”他道出了我国的“缺芯”之痛。

“人工智能技术，被视为新一轮产业革命的推动力。芯片，则是人工智能产品的重要关键部件。”邓中翰说，“我们一定要在‘无人地带’实现领跑，只要我们‘芯片人’坚持走自主创新道路，芯片强国梦想一定能实现！”

今年全国两会期间，邓中翰提交了《关于加快制定“新基建”投资管理办法推动公共安全视频监控自主产业“领跑”发展的提案》，这也是今年他最希望转化为政策的一件提案。

据邓中翰介绍，下一阶段，中星微将踏入“新基建”建设周期，继续沿着“智能摩尔”技术路线，通过基础性创新、驱动深层次发展，展开基于多核异构智能处理器（XPU）的新型智能处理技术以及系统应用研究。谈及未来，邓中翰信心满满，“未来十年‘星光中国芯工程’计划投资100亿元，用于芯片技术研发、标准研究制定、系统应用开发以及大规模产业化，为进一步把‘星光中国芯工程’做大做强提供资金保障和人才保障，助力我国电子信息产业健康快速发展。”

从结束中国无“芯”历史，到打造国家安全名片，再到开启“智能摩尔”之路，“星光中国芯工程”20多年来取得的进展和成果，是我国集成电路产业核心技术研发及大规模产业化的重大突破，是我国电子信息产业通过自主创新从“中国制造”迈向“中国创造”的成功案例，充分体现出国家创新发展政策的有效性和新型举国体制的优势。

邓中翰深情地说：“作为一名海外留学归国的科技工作者，至诚报国、科技强国是我们的愿望，把个人理想融入国家发展伟业，是我们人生中最大的荣耀。我很荣幸在这21年的时间里，和我的团队通过自主创新，让‘星光中国芯工程’在祖国大地开花结果。”

“……我心依然是中国心。我的祖先早已把我的一切，烙上中国印……”上中学时，邓中翰就喜欢这首歌，直到现在，“星光中国芯”团队最爱唱的仍然是《我的中国心》。邓中翰总说，“我的工作、学习、生活早已被贴上了‘中国心’的标签：‘国家，永远让我热血沸腾’。”

（原载于《人民政协报》2020 年 11 月 17 日第 8 版）

张云勇：数学有用

文／韩　雪

张云勇

第十三届全国政协委员，第十三届云南省政协委员。云南联通党委书记、总经理。博士后，教授级高工。百千万人才工程国家级人选。

1987年，时值江南两淮初秋，知了和蚂蚱早已不再欢腾，天气依然闷热。

江苏盐城亭湖区南洋镇邮电局里，张金林带着12岁的小儿子，来给省城读书的大儿子发电报，要其国庆节归家。

电报按字计费，字字珍贵，仅有两字。

“嘀嘀嗒嗒，嘀嗒嘀嗒……”漂亮的女电报员手指上下翻飞，熟练地击打电报发送装置。第一次见此情状的少年不禁问父亲：“阿姨在做什么？”

在父亲的解释中，少年知道了电报员在用摩尔斯电码发报。这种数字化形式，通过不同的排列顺序，表达不同的英文字母、数字和标点符号，可以实现远距离通信。“这么神奇！”少年的好奇心又被勾起。

急匆匆冲回家，顾不上擦把汗、喝口水，少年径直进了自己的小房间，砸破了储蓄罐，抓起散落的硬币，便一路飞奔到几十里外镇上的新华书店。

在那里，他找到了《摩尔斯代码的奥秘》，按照记忆里电报员击打的代码顺序，查到了电报的数字内容为“02502981”。又在《中国人民邮电电报业务培训速成》中，查到对应的汉字：“假，归。”

如今，4G网络全国普及，惜字如金的电报通信方式渐渐淡出人们记忆。对已是通信行业专家的张云勇而言，这第一次发电报的少时经历，伏延30年，似乎是自己进入通信领域的“草蛇灰线”。

中国联通研究院，是世界500强企业中国联通旗下的一家二级公司。掌管研究院近400人的张云勇整日被技术、管理包围着，公务繁忙。而在出差、开会的空隙里，张云勇总是抓过稿纸开始数学演算，再就是翻看边角起毛的数学书。

研究数学？似乎不是一个容易被理解的偏好。

张云勇对这门冷学科的热爱，因为“有用”。

爱数学

张云勇是个微信“段子手”，朋友圈每天都会更新。晒工作、晒生活、晒感悟，晒得最多的，是写满公式和推算过程的稿纸。

早晨7点半，张云勇又发出一条微信。配图除了照例密密麻麻的数学演算稿外，还有包子、炒肝和小米粥的“合影”。“早上（在）庆丰包子铺把两道经典几何题搞定，巧用罗斯定理和燕尾模型。”

其时，张云勇已是中国联通集团最年轻的二级干部之一，会议、考察、出差满当当地罗列在他每一天的日程中。金融街集团总部、研究院亦庄办公区、研究院硅谷亮城办公区，是张云勇长期来回穿梭办公的三地。

在研究院见到张云勇的当天，是年前的腊月二十六。

这天上午，他有两个会，下午要去另外硅谷亮城办公区慰问调研。“今天算是最不忙的一天了。”张云勇走进来握手寒暄，身后书架里的书，也透过书架的玻璃展露自己的“身份”，远远望过去，无不是代数、几何、数学等。

对跟数字有关的信息，张云勇记得格外清楚，脱口就能说出到联通工作的具体天数。而张云勇的助理张亮显然更怕说错，他刻意模糊：“张院长到联通5000多天了……”

工作16年从未休过年假、婚假。连出差也往往一日往返于北京和外地。张亮说，“张院长这在系统内都是出了名的。”

“16年没换过工作，没休过一天假”“是联通集团里最年轻的二级干部之一”，两则信息，透过张云勇在一定程度上形成了高匹配度。

中国联通是世界500强企业，也是吸纳优秀人才就业的一块“热磁”。

2003年7月，从电子科技大学计算机应用技术专业博士毕业的张云勇，经历三轮选拔，以第一名成绩进入中国联通博士后工作站。这也是国内运营商第一个博士后工作站。

来到研究院后，张云勇以每两三年一个台阶的速度，拾级而上，业务主管→副处长→处长→副院长→院长。

当院长，怎么让人服？“技术上要能盖得住，人家就服你！”回答毫不迟疑。

从弘扬个人英雄主义的自主研发“频道”，切换到培养别人成长的带团队“模式”，尤其所带团队中拥有硕士学历者达85%以上，张云勇有自己一套“做事情讲道理”的理论：“一定要顺势而为，必须要立规矩。”每讲完一句，他的手指便习惯性叩击一下桌面。

联通前身一部分最早是老邮电局。经过40年分分合合跌宕起伏的发展，电信也经历过六次改革重组。新的市场格局下，中国联通不再是简单的运营商，而是首家在集团层面整体混改的央企。但打破老国企的模式和理念并不容易。

随着张云勇走出办公楼，来到大街上，当跨过一个斜坡时，他仿佛受眼前景象启发，忽然谈起了斜坡球体理论。

“企业好比斜坡上的一个球，这个球受到来自市场竞争和内部员工惰性而形成的压力，如果没有止动力就会下滑。为了使企业在斜坡这个市场位置上保持上升而不下滑，需要强化内部基础管理这一止动力……”这套张瑞敏用于海尔发展的成功理论，显然对张云勇的管理工作有所触发。

“过去，我们这里是铁打的营盘流水的干部，让员工认真干活并不容易。”张云勇遂对人事管理进行改革，当作一个数学模型来建立，“实行了 1.5% 的干部淘汰率”，“员工年终奖最高和最低之间的差距拉开了 3 倍”……这些都通过算法、公式完成。

话题再跳转到某些发展的驱动力问题时，张云勇又从多个角度分析其命题的真伪性。结论已不重要，清晰可见的，是他“先确定可行性存在性，再求解”的数学思维。

很多人把数学当作知识学习，出校门不过两年，可能就忘个精光了。但铭记在头脑中的数学精神、数学思想和研究方法，会随时随地让人受益。

张云勇就是受益者之一。数学同管理一样，讲究科学，更注重效率。

张云勇办公桌上，立有一块红色字牌，上面的两行字颇能代表这位年轻“联通二级正”的行事风格：“珍惜时间，直奔要点。撸起袖子，青春不闲。”坐到张云勇对面，视线刚好能落在两行字上，不偏不倚。

学数学

2018 年 1 月 24 日，去深圳出差的飞机刚落地，张云勇刚开机的手机里，便涌入许多条短信。大部分是对他成为十三届全国政协委员的祝贺信息。

起初，张云勇并不信以为真，因为他名字里的三个字，组合起来重名率极高。

从机场去宾馆的路上，张云勇接到了集团电话，通知他完善有关资料。他这才知道，自己是国内三家运营商中唯一一名十三届全国政协委员。

那天张云勇的朋友圈更新了，又是一道趣味数学题：“求 3／（1！＋2！＋3！）＋4／（2！＋3！＋4！）＋……＋2018／（2016！＋2017！＋2018！）”。

重拾数学这门看起来与工作、生活基本毫无关系的学科，是张云勇几年前既向往昔情怀致敬、也与现实世界对抗的一个决定。

当年大女儿正值 8 岁，身边的很多孩子都开始报奥数班。由于能够加分助力升学，一时间，奥数成为学生家长最热衷讨论的话题。

日常生活上，张云勇对女儿照料得少，但替孩子出谋划策、向外拓展是当父亲的强项。张云勇开始对数学兴趣班进行市场考察。一番下来，他发现：社会上这“思”那“思”虽多，但刷题、出钻牛角式的怪题现象更多。

从小学到博士后的求学经历中，总是以“学霸”优势稳居各种大排名第一、二的张云勇，包括高考在内的数学成绩基本都能拿满分。他决定自己做孩子的老师，自己备课、自己讲解。

零碎时间里，张云勇迅速完成了从看题、做题到出题的“三部曲”，还恢复到历史巅峰状态，撰写了近 1500 页手稿，有三类：给孩子的辅导手稿、个人所思所想之心得手稿、给知名奥林匹克集训队主教练以及个人公众号出的系列难题。顺手又出了一本论文集《张教授讲数学》，收录了发表的五篇原创数学论文。

周末早晨 7 点，张家老小就进入学习时间。

阳台旁的大白板前，张云勇站在一旁，手指着密密麻麻的板书，开始了滔滔不绝地讲解。一侧，4 岁的小儿子也跟坐在姐姐旁，似懂非懂地听着。

上学、工作的工作日，只要张云勇有时间，趣味数学课就在孩子睡前进行。

笃初诚美，慎终宜令。《千字文》中的这句话，张云勇深以为然。工作繁忙，他还是尽可能不落下对子女的教育。律己甚严的他深信：无论何事，重视开头固然不错，认真去做，有好的结果更为重要。言行传承和理念交递中，女儿对数学的热情也逐步转为热爱，也开始有了主动探究。

张云勇自己的精神世界也因此坚持，收获滋养。“人最大的幸福在两处：一是快乐而专注地在自己的世界里起舞；二是和认可的、亲近的人有深层次的互动，感受着你和对方的灵魂一同起舞。”

中国数学奥林匹克高级教练员吴康教授是张云勇的数学圈内好友，他们常一起探讨数学的最新研究成果，有时也会跟文人骚客吟诗作赋一样，互相出题，讨论解答。

用数学

因题会友，张云勇收获了一批同道中人，还担任了“小小数学家”数学科普活动主试委员会委员、大学视野下的中小学数学教学专家团队成员，并当过 35 届迎春杯总决赛嘉宾。

但对数学教育现状，张云勇并不认同。“数学教育总在传授解题技巧，而不是从数学的精神层面启发学生。这不对。”

对“中国数学全世界第一”的公众论断，张云勇也认为与实际不符。“近 300 年来，以中国人命名的数学定理不到 1%。”“我国连续四年没有在国际奥林匹克数学竞赛中拿到第一名。”他还提到一个细节：有一年我国派出七个选手参加国际奥数竞赛，七人的几何题全部失分。“是不是很遗憾？”

2018 年是张云勇参政议政的元年，参与政治生活在外人看来是政治荣誉，更似一趟在纷杂信息丛林中寻找出口的智力冒险。

距离 2019 年全国两会召开还有好几个月，张云勇早早就备好了有关提案《关于加强数学教育，分类数学竞赛，筑牢科技创新之基的提案》。他建议加强数学教育，养成以数学思维去分析问题、解决问题的习惯。另外，破除全民奥赛的功利陋习，加强对数学竞赛的管理，对竞赛进行分级分类。“对举办时间长、影响力大、水平较高、争议较少的竞赛等进行保留，努力培养选拔顶尖数学人才。”

提出这样的建议，是出自对数学深度理解后的懂得。数学不仅是一门学科，而且对决定基础理论研究水平起到关键作用。这些年，长期忽视对数学顶尖人才培养的后果已经开始显现：科技产业的一些关键核心技术受制于人。

数学是无用之学？恰恰相反，数学不以“有用”为研究原点，却是极“有用”之学。

创新的顶峰是什么？

目前，全球处在第五代移动通信（5G）的标准制定时期，我国一直大力推动 5G 的研发及商用。通信行业走在研发应用前列，国内三大运营商纷纷开展 5G 技术试验、业务试点和应用示范。

回顾移动通信领域，我国经历 1G 空白、2G 跟随、3G 突破、4G 同步的历程，现在终于提出了 5G 领跑的战略目标。

领跑者，才有能力制定规则。

谁来领跑？率先登上创新顶峰者。

“只有颠覆性的技术，才能改变游戏规则。”包括张云勇在内的很多人都已看到，要实现颠覆，唯有打破网络和信息化发展的物理学同质化瓶颈，以数学领先，推动基础理论研究领先，进而推动硬件芯片和软件系统的产品领先。

“因为算法优化，华为公司实现了科技创新在全球范围的领先，其产品才有高性价比，具有市场竞争力。”外国企业也很重视人才是否拥有基础研究的背景，“微软招聘销售时，都会考虑其数学、计算机的学科背景。”

无论何时，人们的生活都离不开对通信的需求。通信技术的发展，更离不开数学基础研究的支撑。微积分运用、傅里叶级数、线性代数等数学理论，都给通信技术发展提供了依据。

尤其作为通信技术的 5G，其极限并不是技术工艺方面的限制，而是在严谨数学基础上对推论的运用。

“新技术的基础是什么？是数学。一句话，数学好，则嘛都好。”张云勇干脆地下结论。

“马上就办”

学过微积分的人都知道导数。“在一个局部，导数对函数值的影响不大，是‘一阶无穷小’。一旦离开这个局部空间向外扩张，‘无穷小’就变成了‘无穷大’。”张云勇眼里，很多事就如同导数，不必计较眼前，宜放到更大阈值里看其发展。

在联通研究院的展示厅里，有一面专利墙，技术人员的研发专利都在其中据有一席之地，供来客仰头注视。

张云勇曾在关键技术、业务领域钻研多年，研发实现了多项突破，如沃云、安全手机、大数据流量分析系统等。

其中各番滋味，他都亲口尝过。

在攻关沃云系统自主研发期间，他带领团队连续奋战三个月，经常加班加点到深夜。他曾经的办公室——“主语城1003”，永远是熄灯最晚的一个房间。有时夜太深，他干脆住在附近同事家，或在单位就地打个铺。

很多同事都看到过他奋斗的姿态：三伏酷暑、数九寒天，挥汗如雨、激情讲解的身影，埋头苦干、伏案疾书的身影，还有他秉烛夜读、沉思冥想的身影。

最终，张云勇带领团队自主研发的沃云平台，经过院士等专家鉴定，认为达到与亚马逊旗鼓相当的水平，局部还有所创新与突破。发布了国际上首个云计算框架标准及首个网络即服务标准。云业务也被列为中国联通当时五大创新业务之一，效益突出。

从技术研发岗位一步一个台阶走到领导干部的位置上，张云勇有实实在在的技术竞争力，也与他身上决策果断、执行高效分不开。

“马上就办”是张云勇的微信昵称，也颇能反映他的行事作风。

接触的实感是，与张云勇就采访的沟通联系异常简洁、清晰、快捷，几分钟内就约好了时间、地点、主题。

待见到其人时，一个高大厚实的身躯风风火火地走来，边走边大声地打招呼，语速飞快热烈，旁人很难插得上话。而在冬日里身着一件单薄西装的形象，更令人印象深刻。一旁有人解释说，“我们院长的办公室不爱开暖气，无论多冷都要开半扇窗……”

“南方人更扛冻哈。”他自己笑着补了一句，又将话题发展到下一个。比起张云勇语速更快的，是思维跳跃的速度。

“提高效率是最浅层的技术要求，更重要的，是发挥技术优势，促进管理穿透。”张云勇说到了中国联通为全国政协承建的委员移动履职平台APP。

2018年8月19日，全国政协委员移动履职平台APP首次上线，中国联通在短时间内完成了承建任务，高质量确保了平台按期上线。

“今年，还要开发新的版本，增加许多新的功能。”张云勇介绍，新版本要达到每半个月更新一次的速度；新增的功能得包括提案提交前自动查重并提示等；还要实现自动生成包括视察次数、提案数量、发言次数等在内的委员履职大数据。

追求简单

越简单，越高级。

这个道理张云勇懂得时，是在计算机博士研究生的第一堂课上。

“Simple is beautiful.”导师当年的教导犹在耳边提醒，多年来历经许多人许多事后，张云勇渐渐领会：万事万物，大道至简。

“管理技术团队，说难也难。说不难也简单。”在联通研究院这个平台上，80% 的人是想干事能干事的，他们对企业文化的归属感很强。张云勇所做的就是划定边界、明确底线，为员工“赋能”，化繁为简。

在过年回乡的几天假期里，暂时脱离了工作上繁杂事务的张云勇，又开始思考该以什么样的方式辞旧迎新？

“做好加减法，该加的加，该减的减。”人到中年，他开始悟到：人生就是一个自我经营的过程。不断成长，是对人生最好的回馈。

从小学一路攻读到博士后，学习对张云勇来说，从来不是什么费劲的难事，相反，愈有难度，还愈能激发他应对智力挑战的极大热情。

初到政协这一年，张云勇搜集了很多有关政协的书籍，了解到很多有趣的政协史料，知道了“窑洞对”“五老火锅宴”这些影响深远又颇具趣味的与政协有关联的典故。周末，他还去国家图书馆借阅图书，从一些旧书店淘回一些孤本旧书。

登高才能望远，深入才能浅出。因而，作为技术型、专家型委员去调研，张云勇与相关企业就人工智能的前沿技术和发展动态，能进行深层次交流。

一年内，张云勇还全面参加了视察、调研、双周协商座谈会、网络议政远程协商会等，提交了提案、社情民意信息、大会发言等，“把各种履职活动全都参与了个遍”。

委员移动履职APP里提示更新的“小红点”，也是张云勇“难以容忍”、必须消灭的信息盲点。碎片时间有时也拿来做这个用，目标是保持永远没有“小红点”。

有一次，孩子的一篇作文，也让张云勇意外地感动了一把。那次，女儿要学芭蕾舞，他坚持要学就好好学，得报最好的。

“为了保证万无一失，报名的前一天，刚吃完晚饭，爸爸就匆匆忙忙地去学校排队了……早上起床时，我发现爸爸还没回家，原来他在学校通宵排队……早晨，爸爸举着通知书，兴奋地跑进来说：‘孩子，报好名了。你可以学芭蕾舞啦。’……爸爸早饭都顾不上吃，就马不停蹄地赶去上班了。”这篇女儿为爸爸而作的文，题为《爸爸的爱》。

张云勇自认能给孩子的不多，给的都是“最好的教育”。“最好的教育，就是学习给孩子看、奋斗给孩子看，就是永不放弃自我成长。”

简单质朴，又深刻隽永。好比数学定理，无不至简至朴，却深嵌肌理，触动灵魂，共振共舞。

（原载于《人民政协报》2019年2月25日第7版）

李朋德：滴墨入水

文／韩　雪

李朋德

第十二、十三届全国政协常委。第十、十一届全国人大代表。中国农工民主党第十四、十五、十六届中央委员、常委。自然资源部中国地质调查局原副局长，原国家测绘地理信息局副局长、科技委主任、国家地理信息标准化委员会主任等。工学博士，教授级高工。曾担任联合国全球地理信息管理专家委员会共同主席，地球观测组织中国首席代表。

习惯是如此之轻，以至于无法察觉；又是如此之重，以至于无法挣脱。

尤其在非著名摄影师李朋德的镜头里，山、水、林、田、湖、草和海洋等自然要素总是高频出现，他似乎从不曾摆脱职业痕迹。

镜头背后，是一双洞察纤毫却和善不争的眼。

在自然资源部中国地质调查局的网站上，李朋德简介里的工学博士和高级工程师，为这位副局长增添了高级知识分子的身份注解。

许多发展迅猛的专业领域，管理者教育背景大都呈现高学历、高职称特征。时代进步的象征正在于此。大多数人的努力和奋斗，推动了科技进步和社会发展。而社会发展又孕育出更多机会，赠予时代奋斗者们。

身在今天中国哪怕县一级城市，都能通过手机点外卖、发快递、叫出租，人们在不知不觉中使用和享受着测绘地理信息提供的先进服务。

而历史上，因为没有赶上17世纪新一轮科技革命的步伐，中国在测绘地理领域曾一度落于人后几百年。

中国实行改革开放不过40年时间，已是山河巨变——技术和模式的裂变，测绘地理信息科技从模拟时代到计算机辅助时代、数字化时代和信息化时代再到智能化时代，中国跑出了“追赶——超越——领先”的激情速度，李朋德亲历种种。

“清零重启动”踏上新征程

2018年3月到中国地质调查局上班的李朋德，好比换了“新窝”，在第一个月，记不住人、对不上号，话语体系也因为和测绘地理信息领域不同，他甚至怀疑自己病了，还一度觉得自己脑子在新环境里“清零并重启动”了。

“地球从哪儿来的？是如何演进运动的？已经45亿多年寿命的地球未来如何？人类和地球相比太短暂了，人能够认清地球上的大气圈、水圈、生物圈和土壤圈，而地球内部的地壳、地幔、地核就很难认清。”

度过了短暂的不适应期，李朋德又重新找回了自信，对地球表面的事关注了30多年，忽然有机会深入地球内部，探知内在秘密和内外之间的关系，他来了兴致。

“地球是个复杂的巨系统，在平衡中演变，地球内部的结构还有待搞清，地球内有冷有热，有轻有重，有稠有稀，有静有动，一旦地下的能量通道发生变化，可能会发生灾难问题……”

“一般都说史前动植物随着地球的突然变化，被埋入地下经过亿年的高温高压才变成石油、化石、煤……这是一种理论，石油天然气还有另外一种假说，是俄罗斯科学家提出的无机说……”

站在中国地质图和世界地质图前，手在图上比画，滔滔展示着最近的学习成果。“研究地球真挺有意思的！”李朋德的桌子上，一个自动地球仪正缓缓进行着自转。

最近，李朋德正考虑从地质和测绘地理信息交叉融合的边缘领域发力，把以前的技术和现在的工作结合起来。“能不能把地图做厚，上到天上，下到地下，覆盖陆地和海洋？”他似在反问，又在自答：“就像哈利·波特的魔法地图或者全息地图。”

李朋德也并不是学传统测绘出身，虽本科毕业于武汉测绘学院（后并入武汉大学），但初入大学的那一脚，踏进了计算技术专业的大门。实现从计算机科学到航空摄影测量与遥感、土地信息管理、地理信息系统等专业的跨越，那是后来的努力故事。

如今去看，1979 年的大学生无疑是幸运的，那是充满深刻寓意的一年，赶上中国下定决心重回世界和平竞争舞台，又适逢举国培养科技人才的空前热情。

1983 年，大学毕业的李朋德到河南省测绘局报到。

“计算机真的是用来计算的大机器”

当前，地理信息服务从传统交付模式逐渐发展到实时在线服务，地理信息产业跨界发展成为趋势，产业链条不断延伸。“今天，互联网上汇集的海量大数据，成为经济运行、社会管理、政府运作的基础设施，被认为是现代信息社会的基石和财富，人人都游荡在数据的海洋里。”

经历过早期计算机形态的李朋德，在 2016 年提交的《创新国情调查、共享数据资源、促进精准决策》政协提案中，描述数据重要性的字句间，不乏时代触感。

但在早期，以测绘为主的地理数据仅面向专业人士，且无不需要转化进入计算机进行处理分析。“20 世纪 80 年代初国产电脑的功能性能，连现在手机的万分之一都不到。”绘制地图是复杂精密的科技工作，每一步要用到数学工具，地面物的坐标计算出来后，才能按比例画出。

今天，我国对地观测已发展为轻小型卫星组建星座，以遥感影像获取地理信息，通过天地协同、在轨计算等处理数据，实施获取、传输和处理海量数据，实现全天时、全天候、全方位地对地精细化观测。

而在当时，航空摄影测量需要用飞机把广大的区域拍成可立体观测的连续照片，通过测量获得少量地面点的大地坐标，找到照片上对应点并测量出相片上的坐标，再计算出它们的数学关系，可以求得照片上地物的大地坐标，从而进行绘图。这个求得空中所拍照片上点与地面点的坐标转换关系，就是技术含量最高的“空三加密”工作，即解析空中三角测量和坐标反求的工序。

“计算机真的是用来计算的大机器。”李朋德记得，那时的计算机是装满好几个房间的大机器，开机都需要半个小时，运行的声音很有韵律。计算机没有硬盘只有磁鼓，没有屏幕只有按钮和指示灯，先把黑纸带上的程序装入，再把黑纸带上的数据加载进去，计算后的结果用轮式打印机打出来。当然，数据是需要人工方式在坐标量测仪上测出来，写在表格里，然后再用纸带穿孔机转录在黑纸带上。

“黑纸带就和黑胶布类似，用一排排的圆孔表示数据，出错的话还要用胶水修补。打印纸和现在商店里的购物条差不多宽，当时打不了汉字，只有数字和ABC。”计算机需要到其他单位进行租用，有时还要出差到北京、太原。

20世纪70年代末，美国、联邦德国等研发出最先进的设备——计算机辅助的解析立体测绘系统。1985年后，超大规模集成电路和计算机技术的快速发展，使得这种高级设备对中国解禁。计算机辅助模式带来的第一次测绘技术革命，刚好赶上了中国的改革开放。

1985年已是遥远模糊的从前

李朋德第一次见到这套设备是在西安，国家测绘局直属局的陕西测绘局第一家引进。

安装过程中，李朋德和其他观摩培训人员被要求远远站在门外，看戴着手套的德国工人全程安装。新科技被赋予的隆重仪式感，给他留下了深刻印象，“装载设备所用的大木箱子都内外三层，用的木头也好得不得了。”

安装的同时还有培训。安装一周，培训两周多，前后将近一个月时间，教材是陕西测绘局自己翻译的设备使用手册。接受培训的人员不能上机操作，与德国来的培训老师之间的沟通，也要依靠翻译才能进行更多的交流。这让身处中原的李朋德本能意识到得“学好外语”。

第二年，湖北测绘局引进同样设备开始安装，李朋德又去观摩、接受培训。

一回生二回熟，到第三回，就是河南测绘局自己了。1986年，负责设备进口报关手续的李朋德开始跑北京报关，到上海提货。

本就接受过计算机专业系统培训的李朋德，经过培训观摩，对设备结构、软硬件掌握得比较快。仪器包装箱打开后，他又拿出全套手册，如饥似渴地在细节上掌握仪器和计算机的操作程序及要求。“十好几本全英文的大开本，放在文件柜里，就放了好几排。”外籍培训老师上门时，李朋德基本能当翻译了。

改革开放和科技进步的速度到底太快，现在再去看1985年，实在已经是一个遥远模糊的从前。

那时，作业员进入仪器室和计算机室需要更换拖鞋、穿白大褂。计算机室的窗户是双层，门有两道，室内装有换气扇、空气净化器和隔离变压器。李朋德负责这里的技术和设备。

这批进口设备也不负众望，实现了航空摄影测量的革命。传统仪器通过光学机械方式建立航空相片、地面和绘图桌之间的关系，实现模拟绘图。新仪器借助计算机的高速计算，用数字坐标构建了相片到地面和绘图仪的关联。

有了坐标数据，就可以把地图变成数字，就可以用一系列的地面点表达地面的起伏状态，从而实现照片向地面的精准投影，生产出具有照片效果的影像地图。

李朋德还使用新设备探索出一些新的测量方法——把等高线计算出来扫描在影像地图上；用彩色照片生产出彩色影像地图；建立简易网络，把计算机连起来实现文件传送；开展近景摄影测量的解析化。

有一次计算机不正常工作，外国公司的国内代表处没有维修能力，唯一方法就是把设备寄到国外。“这还没见过猪跑了。”李朋德把两台相同的设备同时打开、对照检查，花了两天时间找到故障点，再联系厂家寄来替换部件。还有一次，绘图机电源发生故障，他和同事一起分析原因，设计替代电路，再跑到北京中关村买电子元件自行改造。后来，其他测绘局有过几次设备故障，也都找他解决……

这套被视为第一代先进仪器的计算机辅助解析立体测图系统，现在被保存在测绘博物馆一隅，作为计算机辅助时代里中国测绘地理谋求发展的物证。

“读书专业户”

“如果没有改革开放、没有高考，我还在农村修地球。”被选派出国学习，是李朋德在当时压根儿没想过的事。没有无缘无故的好事，也恰是在引进设备中，他的英语能力得到增强，也由于他一直在备考研究生，当国家测绘局开展全国测绘系统英语考试选拔出国人员时，机会到了。

出国留学是机会，但也导致家庭责任中的缺位，这给李朋德后来面对家人埋下了气短时刻。教训孩子时，会换来孩子不服气地顶撞：“你管过我什么？”妻子生产后，他也因为人在外，“一块尿布没洗过，一次饭没送过。”这些，构成了李朋德这一代人在改革开放当中关于抉择的集体经验。

长期信息匮乏形成对学习的渴求，是李朋德个体的，也是整整一代人的。当时社会背景下，像李朋德这样有工作单位又因公外派的留学生有一定人群代表性，他就是当时人们说的“读书专业户”。

系统学习不仅能得到知识的丰收，也是构建知识结构、确立认知坐标系的必要一环。如今翻看全国政协委员、常委李朋德六年来所提交的近 70

件提案和信息，不论是测绘地理信息、相关交叉领域或扩展后的社会民生话题，他的议政建言都有自己的原始坐标系，条分缕析，理性温和。

今天，中国已建有高速公路网和高铁网，小汽车进入千家万户。但 20 世纪 80 年代末在外国，“乘坐导师的私人小汽车奔驰在荷兰高速公路上像飞一样。搭乘城际铁路像坐公共汽车一样方便……”“中国刚有 PC 机的时候，他们已经有了图形工作站，专门用来做卫星照片的处理。”参加土地管理信息系统研究生班进修，李朋德又学习了城市规划、区域规划、卫星遥感、自然资源综合调查、数据库设计等课程，对当时最先进的地理信息系统有了深入掌握，还曾到德国、丹麦、英国实习。

1988 年打算再去攻读硕士学位时，恰赶上西方国家对中国制裁，计划一直搁置。直到 1991 年 9 月李朋德才再次远赴荷兰留学，攻读地理信息系统 (GIS) 在地籍管理中应用硕士研究生。当时国内还没有同专业的硕士学位。

这期间，李朋德遇到了刚成为中国科学院院士、担任国际摄影测量遥感协会第三委员会主席的李德仁来荷兰讲学。第一次见面的畅聊，李院士提出要实现“3S 集成”（全球定位系统 GPS、遥感 RS、地理信息系统 GIS）的超前想法，对李朋德产生了强烈吸引力，也使得后来，在荷兰学校和李德仁院士的邀请信面前，李朋德坚定追随李德仁攻读博士。

海南 5 年

2000 年，全国各省测绘局启动数字化测绘技术体系大专项建设。这场测绘的数字化技术革命并非从 2000 年开始，早在五年前的海南，就已启动。

先行先试，总结经验，形成标准，全面推广，是中国在各个领域改革创新常采用的模式。说中国测绘的数字化、网络化源于海南，也并不为过。海南是第一个建立省级基础地理信息中心的省份。

“在海南五年，把以前所学全都用上了，这是我人生升华突变的五年，从技术到管理、从国内到国际，所有的新技术都在这个工程里得以体现。”随着计算机技术的快速发展和互联网的出现，20 世纪 90 年代中，全数字化的测绘技术体系建设被提上日程。

作为中国第二大岛，也是中国最大的经济特区和最年轻的省份，1988年海南建省后才得以全面高速发展，而这种高速也带来环境质量的下降和资源利用的不合理。

要想科学、有效、合理地利用各种自然资源，规划必须先行，而规划又基于各种国土资源信息。“海南国土资源基础信息系统”项目1995年正式启动。这是中国第一个大范围、高起点的省级基础地理信息系统项目，由澳、中两方专家一起攻关完成。

在物色中方专家办公室主任时，海南省测绘局找到李朋德。他们希望这个主任既懂业务，英语还要好。问到他的想法，李朋德实话实说：“我要跟我的导师汇报，导师让我去，我才能去。”

“这是大好事，国家大事，国际大事，我支持你去！但这里的GIS科研项目也很重要，也担心你去干工程会影响学术研究。”李德仁院士沉吟片刻后才回答。项目推进中遇到的管理、人才培养、国际合作、国内协调及数据和信息的标准化、软硬件系统集成、空间数据库设计等方面问题，被李朋德写入了博士毕业论文，其中的有关成果被纳入《1 ∶ 10000基础地理信息更新与建库技术设计指南》。

1999年，这本黄皮指南书由国家测绘局印发，用于指导全国测绘数字化建设。

今天“一带一路”这项更大的国际合作系统工程摆在眼前，有过相似经历的李朋德深谙其中的机遇和挑战，他以专业眼光找寻实施路径，为这项改革探索通过政协平台进行发声：“大力推动中国标准国际化，强化标准与政策、规则的衔接，以标准‘软联通’打造合作‘硬机制’……”

一滴墨滴到水里

“数字中国”“数字城市”“智慧城市”“智慧乡村”的涌现，既是信息技术进步的象征，也是社会形态变化的端倪，更内含了服务型政府的建设要求。“数字”“智慧”都以信息化测绘技术体系为基石。

新世纪之初，随着党中央提出“西部大开发”重大决策，李朋德举家搬到西安。陕西测绘局的八年半，西部无图区测绘工程、新农村测绘工程、“数字城市”建设试点，测绘地理技术历经这一系列建设由“数字化”转为“信息化”。李朋德带领团队设计了“数字陕西地理空间基础框架工程”，推动了“数字区域”发展，牵头编制的《1 ∶ 10000 基础地理信息生产与建库总体技术纲要》由国家测绘局行文印发。

测绘技术体系的进步为全国各省数字化生产和数据库建设提供了支撑，更直接服务了陕西。

在应对 2008 年汶川大地震中，“数字陕西”的数据库系统为灾情评估和恢复重建规划发挥了重要作用。李朋德尤其记得带人去陕南查看地震灾情提供测绘保障的那一次。“在去宁强县青木川的路上，碎石还不时从路边的山上往下滚落……”李朋德带队到汉中地震灾区送地图，带无人机团队航拍灾区状况提供给应急指挥部，参与恢复重建的测绘保障工作。

此后的测绘信息速度和李朋德的脚步犹如按下“快进键”：

2008 年奥运会后入京担任国家测绘局地图技术审查中心主任，提出并启动数字地图和网络地图技术审查；担当筹建卫星测绘应用中心大任，推进第一颗民用立体测绘卫星“资源三号”的研发，开发地面应用系统，中国进入自主卫星测绘时代……

担任国家测绘局副局长后，筹划推进信息化测绘技术体系建设，研究组织编制《信息化测绘体系建设技术大纲》，落实测绘地理信息行业公益性科研项目，推进中国测绘国际化……国家测绘地理信息标准化体系日臻完善，并实现了国际标准的突破。

2018 年 11 月 21 日，首届联合国世界地理信息大会在浙江德清落下帷幕，作为联合国全球地理信息管理专家委员会共同主席，李朋德说：“这是测绘地理信息局的收官之作，也将是自然资源部开展测绘地理信息强国建设的新起点。中国处于世界测绘地理信息舞台的中央，要继续引领和促进全球测绘地理信息事业的发展。”

再出发，意味着到改革“深水区”去。“一块地上有五根草，有一棵树。农业部门可以划定这块地为草地，按照面积测算给予草地标准补贴；而林业部门能根据这一棵树给予林地标准补贴；同时，国土部门若认定这棵树是果树又会给予相应补贴……”重复计算造成的底数不清，是新组建的自然资源部当前需要解答的一道难题：除了建立认定的标准化体系，还要构建新旧标准间的转化方式。

“随着移动互联网、卫星遥感技术的快速发展，各类时空数据的空间一致性、时间同步性、内容归一化方面都缺少标准。”李朋德提交的《关于加强交叉领域标准化协调的建议》被全国政协评为2017年度优秀社情民意信息，有纷纭中抓取要义的精准：“随着网络化、分建共享成为社会经济新模式的发展，诸如此类的跨界标准问题需要高度重视！”

眼光也与阅历有关。“政协让我接触到国家政策走向，了解到国家需求，又知晓科技领域进展和存在的问题。”复合了管理者、技术型的身份，李朋德参政议政的游刃还有着经验的积累。

2002年底，李朋德被选为第十届全国人大代表，2008年再当选第十一届全国人大代表。“测绘地理信息科技先进但不为人知，国民经济建设急需地理信息服务但不知道哪里有”的供需矛盾，让李朋德的议案从来离不开西部测图、农村测绘、数字城市、数字县域、土地二调、应急测绘、数字中国等关切社会发展“家底”的专业维度。

如今，随着国家机构改革，测绘地理信息“像一滴墨滴到水里”一样，正融入新的自然资源部系统，为现代化中国提供精准支撑服务。

“看不见不代表消失了，而是成为信息化社会服务中的‘血液’，随时随地都在。”坐在挂满了中国地质图和世界地质图的办公室里，履新中国地质调查局不到一年的李朋德，描绘未来发展空间时“功成不必在我，功成必定有我”的语气令人确信：测绘地理人敢于创新、接力奋斗的基因，已溶血入骨。

（原载于《人民政协报》2019年1月22日第8版）

王静的春天

文／杨智嘉

王　静

第十三、十四届全国政协委员。中国农业科学院农业质量标准与检测技术研究所二级研究员、博士生导师，食品安全国家标准审评委员会委员，中国仪器仪表学会分析仪器分会副理事长、快速检测技术及仪器专业委员会主任委员，哈尔滨工业大学兼职博士生导师。

“农场里的母鸡在孵窝，却没有小鸡破壳而出。农夫抱怨着他们无法再养猪了——新生的猪仔很小，小猪病后也只能活几天。苹果树开花了，但花丛中没有蜜蜂嗡嗡飞来……”

1962 年，美国作家蕾切尔·卡逊在《寂静的春天》一开篇，虚构出这样一个被农药严重污染的“寂静小镇”，大胆预言了农业生产中，大量使用化学制剂将会给自然生态带来的毁灭性破坏。

2020 年 5 月，一篇题为《〈寂静的春天〉之后的中国》的读书笔记，出现在全国政协“委员读书群”中——

“截至 2019 年 12 月，我国已批准登记农药 710 个，微毒 / 低毒新农药登记数量占年均登记农药的 96.6%；高毒农药品种从占总产量的 70% 下降到今天的约 1%；蔬菜产品农药残留例行监测合格率从 2001 年 62.5% 上升到了 97.4%……”

这篇读书笔记中，作者结合翔实的数据，为读者展现了我国在农药管理、环境污染治理上的巨大进步，并呼吁大家进一步科学认知农药，发展绿色生产。

“看到这些详细的数据，我一猜就是你写的。”在农业农村部工作的朋友看到文章后，第一时间精准“锁定”了作者——全国政协委员王静。

王静自己也没想到，这一次“无心插柳”的创作，会引起这么多人的关注。

“起初，读书群里大家正在读《寂静的春天》，当时的群主谷树忠委员建议我写个 4000 字左右的读书感想，我硬着头皮答应下来。”

为了写好这篇读书笔记，王静结结实实熬了四个夜晚。其实，花费的岂止是四个夜晚，更是王静这位中国农业科学院研究员在与农产品、农业投入品打交道的 30 多年来，所沉淀的思考和探索。

这些思考和探索，为了我国农产品行业发展得更好，食品消费更加安全；也是为了万紫千红、蝶飞蜂舞，共赴每一个烂漫的春天。

底气——“我们的技术牛不牛？”

一个六边形白色托盘上，卡槽当中已经放置了六根浸取过测试样本的试纸条。打开手机 APP，对着托盘进行拍照，然后将照片上传到手机 A 系统……只一会儿的工夫，结果就弹了出来——

“这是灭蝇胺、腐霉利、苯醚甲环唑，出现的这个‘笑脸’，意味着未检出这些农药或农药没有超标。”在中国农科院质标所六层的办公室里，王静一边利落地演示农药残留快速检测系统，一边对记者进行着农药知识的“扫盲”。

据王静介绍，这项农残快速检测技术同时集成了农药残留免疫检测、图像识别、人工智能、大数据和物联网技术，只用 5 分钟即可完成多种农药残留检测。

从 2017 年开始，王静团队着手研发这套快速检测图像识别系统 APP，至今已经打磨了五年。若算上背后的技术积累，时间还可以拉得更长。

2003 年，在哈尔滨工业大学工作时，王静已经开始研究基于免疫学方法的兽药残留快速检测技术和传统发酵食品的安全性评价。这些前期研究基础，使她成为国内较早研究这一领域的科研工作者之一。2006 年，王静拿到她首个关于免疫分析快检的专利。多年来，她研究农残快速检测技术的脚步一直没有停下。

“研发快检小程序，其实是十几年前我在一次会议报告上展望未来时拍脑袋说的。”当时，谈到未来快速检测的发展趋势，王静断言：未来可能只需要用手机扫一扫，就能知道检测结果。

如今技术已成真，王静却只是在演示结果出来后，转头问了记者一句：“你看我们这个技术牛不牛？”刚一问完，她自己先笑了。

科学家的底气，在于实力。

在王静办公室的墙上，挂着一张大合影。这是党和国家领导人接见国家奖获得者代表的合影照片，拍摄于 2020 年 1 月 10 日举行的国家科学技术奖励大会。会上，王静团队完成的“农产品中典型化学污染物精准识别与检测关键技术”获得 2019 年度国家技术发明奖二等奖。

“围绕现在的这套智能快速检测技术，我们有 17 项知识产权。它不仅可以用来检测农药残留，还可以拓展检测兽药残留、真菌毒素、违法添加物，甚至病毒等。”据王静介绍，目前这项技术已经在博鳌亚洲论坛、生鲜电商平台以及一些大型单位食堂进行内测使用，很快就能进入市场。

多年的工作经历也让王静意识到，快检技术和监管执法都是从终端倒逼农户进行安全生产。若想彻底解决农残问题，还要从源头——农业投入品入手。

农业投入品是指在农产品生产过程中使用或添加的物质。如农药、兽药、肥料及农机、农业工程设施设备等。

结合专业领域，王静还带领团队围绕投入品中的农药助剂展开研究。“农药制剂中除有效成分外各种辅助物质都被称为助剂，其作用主要是增加农药使用效果和功能。”王静以平时吃的药片为例进行解释，“药片外层的包衣、里面的淀粉其实就是助剂。”

据了解，王静带领全国十余家科研团队开展农药助剂残留调查、安全风险评价及覆盖1200多种高毒、中毒、低毒、无毒助剂的分类目录。她自己也清楚，这些工作不会产生直接经济效益，“但可以指导农产品安全生产，让行业发展更健康更绿色，带来的是社会效益和生态效益。”

诚实——“不是我的专业我不说”

“您说，现在市场上那些又红又大的草莓到底安全不安全？会不会用了激素农药？”借着采访的机会，记者说出了存在心中已久的疑问。

“有些草莓个头大是因为本身品种的特点。草莓生长过程中，可能会用一些杀菌剂、植物生长调节剂，用药的过程实际上是为了它更安全。”王静耐心地解释。

这样的场景，对王静来说已是司空见惯。很多人总是喜欢向专业人士请教，或者打听他们的“生活秘诀”，似乎这样才能让自己心安。所以，王静总会不时收到身边人关于“平常都是在哪里买菜、挑选蔬菜要注意什么”的咨询。疑问背后折射出的，正是社会大众面对当前农产品质量安全的普遍心态。

王静团队曾在微信朋友圈发起过一项调查：提到农产品质量安全，您最关心的问题是什么？

不到24小时，就收到763条信息回复。统计结果显示，农药残留、添加剂、激素位列关注榜前三。

“当前在农产品质量安全方面存在消费者信心不足的问题。尤其社会上一些谣言的传播，更需要我们这些掌握真实数据和专业知识的人进行科普和宣传，增加社会信心。”

3 年前，王静在全国政协录制“委员讲堂”，那一期的话题是《舌尖上的安全》。在录制现场的提问环节，一位观众突然抛出一个问题：“王静委员，你平时会去购买超市里的有机食品吗？”

这个问题不好回答。身为行业内的科学家，一言一行都可能会被外界过分解读甚至误读，以至于给行业带来不良影响。王静灵机一动：“有机食品的成本比较高，总体上品质相对好一些，价格相应也比较贵，适应不同需求的人群。”观众听了，会心地笑了。

平日里，王静买生鲜常去的地方，也就是小区旁的超市。当下因为疫情影响，她开始使用一些生鲜电商平台。“并没有什么不一样的地方。”因为从事农产品质量安全检测，王静了解的业内信息更多，反而更加笃定。

早在 2001 年开始，我国就实施了无公害食品行动计划，针对重要农产品开展例行监测。多年来，王静参与、见证着我国农产品在质量安全方面发生的每一个变化。以蔬菜为例，当时农药检测范围只有十几种的情况下，监测蔬菜农药残留合格率为 62.5%。现在抽检农药近 70 种，合格率已连续 7 年达 97% 以上。

增加消费者信心，并不是一味“唱高调”。在录制节目、参加讲座时，王静也会列举农产品质量安全存在的诸多问题。“作为科研人员，应该无保留地把掌握的专业知识传播出去。”

但对于不熟悉的领域，王静很谨慎，尤其对于“请您谈谈吧”这一类看似没有门槛的邀请，她一概婉拒。

一次活动中，王静被邀请参会并作发言。主办方当时划定了“粮食安全”和“农产品质量安全”两个发言范围，出于会议效果的考虑，主办方倾向于让王静围绕“粮食安全”主题进行发言。这下，平时看起来很好说话的王静与主办方开始了“据理力争”——“粮食安全既包括数量安全，又包括质量安全。粮食安全我不专业，我不能说自己不专业的事情吧。”一再坚持下，王静还是以自己熟悉的“农产品质量安全”为主题作了会议发言。

这个爽朗直率的科学家有自己的坚持，“说话要有科学依据，不是我的专业，我肯定不说。”

胸怀——“给年轻人更多机会”

今年全国两会期间，习近平总书记看望了参加全国政协十三届五次会议的农业界、社会福利和社会保障界委员，并参加联组会。王静发言时以《筑牢农产品质量安全基石》为题，从支持绿色生产技术推广、支持快速产品研发应用和支持农产品风险监测评估三个方面提出建议。

王静创新团队首席科学家的身份也引起了习近平总书记的关注：“创新团队主要做哪些工作？”

王静介绍说，在国家科技创新工程的支持下，农科院建立了一系列创新团队，自己的团队是其中之一，主要围绕影响农产品质量安全的典型化学污染物开展检测技术研究。

“对了，我现在已经不是团队首席了。”

采访快结束时，王静忽然来了这么一句，叮嘱记者注意职务上的差别。此前各类报道中，王静的头衔是中国农业科学院农业化学污染物残留检测与行为研究创新团队首席科学家。

按照农科院的规定，首席科学家58岁之后就变成了资深首席。今年59岁的王静，在3月全国两会后，就从首席位置上退下来了，回归到普通研究员的身份。对于这种安排，几年前在院里的座谈会上，王静就提出过首席科学家提前让位的建议，“这样扶上马送一程，让年轻人来接班，给他们更多机会。”

谈起身边的年轻人，王静又打开了话匣子。话里话外，隐隐透露着一份担忧。

而这份担忧，源于自己年轻时的一段经历。

当年从哈尔滨工业大学来到农科院质标所的王静可以说是名“三无”人员——既没有固定的实验室，也没有自己的科研项目，甚至没有助理和学生。头几年，科研的压力、环境的不适甚至让她一度动了离开的念头。

“哪里都不能去，一定要坚持！”时任质标所所长叶志华一直鼓励她支持她，靠着坚持，王静终于“守得云开见月明”，带领团队在科研上不断取得一个又一个突破。

如今，“捉襟见肘”的情况已不复存在，团队也从最初的1个人扩大至近50人。其中，大多数成员都是年富力强的“80后”，团队发展到现在也让王静很欣慰。

但她心里，仍有担忧。

“为什么国家在高校、科研院所投入那么多经费，做出的科研成果普遍零散不成体系，质量也不高？”

“现在很多年轻科研人员处于一种焦虑状态，总为房子、收入发愁，怎么能真正坐‘十年冷板凳’围绕一件事做长期研究？”

在王静看来，科研人员基础待遇得不到有效保障，致使他们大部分精力都去做一些“短平快”开发项目用来弥补工资绩效，逐渐忽视长期的基础研究。为此，这些年来，王静一直在呼吁：要给年轻人创造良好的科研条件。

刚加入团队的年轻人基本没有项目，工资待遇很低。为了提高他们的收入，王静一方面会把自己的资源让团队共享兼顾每个成员的工资绩效，另一方面又会适当奖励一些工作突出的团队成员，做到既有保障又有激励。

对此，现任国家大麦青稞产业技术体系岗位科学家、中国作物学会大麦青稞营养功效与加工技术传播团队首席科学家佘永新感触颇深：“有些团队很难做到对成员一视同仁，所以年轻人流动性比较大。但是我们团队，只要进来都不愿意离开，我很庆幸自己是团队成员之一。”

佘永新是王静来到农科院后招收的第一位博士研究生。这位出生在河西走廊的甘肃小伙大学毕业后曾经响应国家科技援藏的号召，在西藏高校和科研单位从事过科研教学工作。2007年他到了北京，博士后出站后就一直留在了王静团队。

2019年，佘永新主导的科研成果“特异性高效样品前处理技术及其产品”实现成果转化1200万元。据他介绍，今年团队又迎来一个2000多万元的成果转化，该项目的主导人曹振博士只有35岁。

“一个团队能有连续两个重大成果转化，跟王老师对年轻人的信任分不开。这是对我们最大的激励。”佘永新说。

为了更好发挥每个人才的科研作用，团队会根据不同成员的研究兴趣确定不同研究方向和内容，充分调动和鼓励年轻科技人员勇挑重担，逐渐成长。目前，团队先后培育了国家高层次领军人才、农科英才、国家产业技术体系岗位科学家等各级各类人才。

保护年轻人，给他们时间去成长；重用年轻人，给他们空间去发挥。这些年来，王静一直在身体力行。从王静团队中的年轻人身上可以看到，爱护、信任年轻人的品质，将会在团队中传承发展，扎根结果。

（原载于《人民政协报》2022 年 6 月 7 日第 8 版）

张兴赢：青春恰自来

文／韩　雪

张兴赢

第十三、十四届全国政协委员。中国气象局科技与气候变化司副司长，国家大气环境监测卫星工程应用系统副总师，中国遥感卫星辐射测量和定标重点开放实验室主任，联合国政府间气候变化专门委员会（IPCC）主席团中国政府代表，联合国世界气象组织（WMO）全球温室气体监测联合研究组专家。

家住福建省南平市延平区巨口乡上埔村的村民陈玉珠有个习惯：每次从田地里干完活，她都会朝家的方向一气儿小跑个100多米，然后出其不意地一屁股坐在地上。等后面的家人走近了，她再次起身小跑、坐下、等待……从田里到家的路，她经常用这样的方式完成。

这一幕略显滑稽的场景，全落在了陈玉珠最小儿子张兴赢的眼里，他知道母亲的秘密。因为许多个晚上，腰椎间盘疼得睡不着觉的陈玉珠会让瘦小的小儿子，踩踩靠近骨盆的某一处背部，之后他再为母亲涂上止疼的药油。

等到了白天，陈玉珠又如常操持家务，照顾着一家三代人，几十年从未中断过。

许多人把福建人的成功归结为他们能闯敢拼的性格，其实吃苦耐劳才是他们代代相袭的制胜品质。

长大后的张兴赢，带着母亲这份柔韧的坚持，走出了只有几百人的上埔村，去过了许多地方，也出现在了许多大的场合和讲台上。从大学博士论文答辩现场走来、走进我国气象卫星的殿堂，到过世界各地国际学术报告会的讲台、作为中国政府的代表走上联合国国际组织会议的大舞台……如今他带着自己略带沙哑的福建口音普通话，走进人民大会堂和全国政协礼堂参政议政的庄重殿堂。

而如果将全世界各国发展比作运动场上的长跑比赛，那么中国仿若一个赛程过半才突然发力的运动员，从 1978 年起奋起直追，用令世界咋舌的发展速度，跑进了世界第一方队。

生于 1978 年的张兴赢，恰好赶上了这位中国运动员的爆发时刻，他和共和国的青春，时空重叠，情感交织。

年轻人

2018 年 3 月，当张兴赢到两会驻地所在的宾馆报到时，没佩戴委员证的他，被门口的安保一把拦住："记者和秘书，请走旁边那个门。"

也怪不得人家错认，全国政协委员的平均年龄 55.9 岁，高高瘦瘦、戴着眼镜的张兴赢满身的书生气，看起来比实际年龄还要年轻些，不太像委员。

后来有人问他，会不会因为没得到重视而生气，"不会！"他戏谑地说："这不正说明我年轻嘛。"

后来，张兴赢出入宾馆又几次与这位阻拦者打过照面，他俩互加了微信，现在已经升级为朋友圈里的点赞之交。这种与生俱来的淳朴与热诚，也跟他生长在农村的根性有关。

农村出身，在很多成功突围进入城市的人那里，总带有一丝莫名卑微感，往往会演变成一种讳莫如深的沉默。但张兴赢谈起农村那段并不丰足的少年生活，兴高采烈甚至神情中有些许向往。

趁妈妈不注意把饭里的地瓜拣出来扔到地上；干农活时太调皮，被急眼的爸爸拿农具抽打；每个月都去村里的小卖部，领取在城里打工的两个姐姐寄来的 50 元、100 元的“大额”汇款单……在张兴赢叙述那些童年琐事时，能看到一个聪明调皮又备受全家宠爱的小儿子站在他的过去。

因此，那个地处闽、浙、赣三省交界带的闽北小山村，是张兴赢的“世外桃源”。

1997 年，怀揣着一张北京航空航天大学的录取通知书，张兴赢背上行囊，其实包里装的就是几件旧衣服，还有高中老师临行前给他准备的抵御北方寒冷的军大衣。人生第一次离开福建的这个小山村一个人北上进京，父母为了节省开支没能送小儿子去北京求学，他们的目光却长长地落在了他的后背。

考上北京的名牌大学，对整个小山村来说，是一件很轰动的事。当大一寒假回家，父亲给了张兴赢一份报纸，看完了父亲所指的一篇报道，张兴赢一下子气血上涌。

“乡里写了一篇美文，报道是如何资助和培养了我考上大学。可我从小到大上学，父亲去借钱也好，姐姐外出打工贴补家用也好，我吃咸菜也好，全是靠着家人共同奋斗，共渡难关把学上完，从来没见过乡里给过关心和资助。”年轻气盛的张兴赢拿着报纸，还跑到乡政府上门理论了。

那个时代乡里的行政官员趾高气扬、一副高高在上、避重就轻的说话模样，张兴赢现在都记得，“他们把责任推给了记者，最后这事也就不了了之。”

今年 3 月到 7 月，张兴赢参加了中共中央党校的中青班学习。800 人的大班里，除了张兴赢这样的科技工作管理者们，更多的是各级的党政及企事业单位中青年官员，其中不乏来自县政府、镇政府的地方主官。

百余天的朝夕相处，相仿的年龄，学历的精英化和沟通方式的大众化，他们身上折射出了新时代中国各级行政管理者的影子，“时代在进步，中国也在进步,中国的国家治理能力建设随着干部素质的提高,在不断地提升。”

很忙碌

第一次见到张兴赢，是在一个工作日的中午。中国气象局国家卫星气象中心的办公大楼里，他步伐很快地走在前面，又会在转弯处、上下楼梯口停下借着说几句话的功夫，等一等后面的人。

他和大部分的北京上班族保持了基本一致的作息时间：早 6 点起床，晚上 7 点到家。漫长的 13 个小时里，他也没培养出午休的习惯，中午的两个小时，也被排得满满的。

第二次见到张兴赢，是在一个周五的傍晚。他背着一个鼓鼓囊囊的大背包、手里提着一个装了资料的纸袋出现了。

“这周日要出国，从单位出来时就把东西都带了出来。”他中午从单位出来，赶往全国政协机关乘车，去参加全国政协组织的委员赴外交部观摩新闻发布会的学习交流活动。

从西到东的一路上，他一直背着这个大背包。活动结束后，他又背着这个大包，钻进了地铁站。

11 月 1 日 18 点左右的北京朝阳门地铁站，正值周五晚高峰时段，东北进站口已经排起了长队。

高高瘦瘦、戴着一副黑框眼镜的张兴赢背着大包也在长长的人群队伍中，他一边随队伍缓慢地向前移动，一边在用微信语音与同事沟通着即将要组织召开的风云气象卫星“一带一路”用户大会的会务工作。

自从去年 8 月张兴赢的工作调整到国家卫星气象中心业务科技处后，与气象卫星有关的国际合作事务纷纷压了过来，“这是我向组织主动请缨的新岗位。”

目前，中国已成功发射 17 颗风云卫星，其中 7 颗在轨稳定运行，不仅服务中国，也为全球 90 多个国家和地区的 2600 多个用户提供风云气象卫星的资料和产品。

落实习近平总书记关于风云气象卫星服务“一带一路”沿线国家的重要指示，从国内的服务拓展到国际服务，有数不清的工作要落实。“要把卫星全球服务的体系建设运转起来，把中国的卫星数据到全球各国落地应用，这一年压力非常大。”

国际合作，不只说话沟通和提供卫星数据这么简单，在很多国家少不了要做一些基础性的硬件建设，还需要到现场或者远程视频连线“手把手”地教会卫星数据处理软件的使用。

技术支持和服务是构建人类命运共同体最基础的惠民措施。卫星对天气、气候、环境和自然灾害等的高效全球监测，是对人类生存最有效、也是最直接的服务，“比如台风往哪里登陆、强度有多大、雨量有多大、登陆后哪些地区受灾情况几何……”“水土流失和滑坡的状况是什么样的等等，各种监测信息都可以提供给全球有需要的国家……”

这份工作的意义，对于中国服务“一带一路”沿线国家这盘大棋来说，也许只是九牛一毛，“但是一项国家大事业的开展是需要方方面面的合作，我们每个部门和每个人都添砖加瓦做一小点贡献，最后可以汇聚成大力量，是非常值得的。”

“我现在承担的工作比较庞杂。”张兴赢的日常工作被分成三块：除了业务科技处这个管理岗需要承担的气象卫星业务运行和科技发展管理、气象卫星的国际合作和服务，他作为国家大气环境监测卫星工程应用系统副总师，还要负责国家系列大气环境卫星的有关工程任务。同时作为卫星大气环境遥感应用创新团队的学科带头人，他还要带领团队成员开展前沿科学探索，开拓卫星大气环境应用业务、为国家生态环境管理决策提供科学的支持和服务，同时还指导着硕士生和博士生。

他最近刚完成了一篇利用卫星监测数据和机器深度学习理论开展 PM2.5 监测的研究论文。有人问张兴赢：“你早获得研究员职称了，在国家业务单位写学术论文又不给奖励，写来干什么用？！”又有人问：“你现在也不缺科研项目经费，为什么还申请获得国家自然科学基金资助的研究项目？”

“再大的官退休了也和普通人一样，不过是老头老太太。”他希望获得的认可，是“等到再过20年回头看，我踩过的脚印还有人记得，还能给人启发”。

大喜悦

在百度搜索一栏输入“张兴赢”，可以搜到很多信息。“其实我是2014年才走到网络里来的。”

2014年，之前的努力开始一股脑地给予张兴赢回报，入选了中央国家机关践行核心价值观先进典型、获得了“中央国家机关青年岗位能手”和“全国青年岗位能手”称号。

尤其当党的十八大开始推动生态文明建设后，人人都能平等“享用”的大气当中到底有什么成分的这个问题，开始受到普遍关注。在中国气象局一直研究大气化学成分监测及其对大气环境和气候变化影响的张兴赢，也终于在此时迎来了丰季。

彼时2006年9月，在张兴赢入职的两个月后，国家卫星气象中心才成立了卫星大气成分遥感研究室。

在这个全新的交叉学科领域里，面对不知从何做起的困难，张兴赢动摇了，“要不要坚持下去？对年轻人来说，在这个全球的领域要取得成绩太慢了。”

生活中，当时一个月3120元的工资，交完这个费那个费，就剩下1000多元的“穷”，更加剧了这种动摇。

幸运忽至，一个能借调到联合国组织工作的高薪机会找上了张兴赢。“一个月好几千美元，还不用上税，哇噻！”张兴赢被结结实实地惊到了，这是他工资的好几倍，一旦接受，他们一家三代五口人租住在单位50平方米公寓的窘境，也能立马得到缓解。

已经是2009年的6月，张兴赢却迟迟下不了走的决心，考虑了半年。

一天，满脑门官司的张兴赢走进办公室，看到同办公室的王维和研究员正低头忙碌，他心下一动，找了个机会，将自己一直以来的疑惑和盘托出："王老师，您大学毕业后就来了卫星中心，对卫星如何能够监测到臭氧这个问题研究了一辈子，可直到 2008 年国家发射第一颗风云三号 A 星时，我们才有了卫星监测臭氧的能力。这相当于您做了大半辈子的研究到这时才有用武之地，那这 20 多年的守候，您觉得值吗？"

这位 1984 年毕业于北大数学系的资深卫星科技工作者，沉默地看了一会张兴赢，说："你太年轻了，体会不了这种感受。当你经历过二三十年的沉淀，当你看到你付出的心血，在火箭点火的一瞬间上天，看到用你做的东西能够清晰地探测到远在南极平流层的臭氧空洞时，那种喜悦是任何代价都没办法交换的。"

深受震动的张兴赢开始想：那我的人生价值是什么？

"去了联合国的组织工作，肯定把眼前已经取得的科研成果都荒废了，哪怕三五年后再回来，也跟不上科技发展的步伐。"他最终决定留下来的选择，还被当时的领导一顿调侃："小张，你天天和我抱怨穷，现在给你机会你又不去了。"

小张不摇摆了："我觉得这工作值得做，将来一定有意义。"

等到了 2013 年 1 月，雾霾横扫半个中国，学校停课、航班停飞、高速封闭……接到雾霾监测的任务，张兴赢和他的团队在短短一周内，研究梳理了全球 30 多年的卫星海量数据，开发出了一种基于我国自主气象卫星紫外波段的气溶胶产品，可以克服传统卫星监测受限于云和水汽的影响，实现对霾的全天候的定量监测。

反复运算、对比和分析后，当张兴赢把第一张全国卫星霾分布图呈现在中国气象局领导面前时。领导兴奋地说："这么好的气象卫星监测结果，这下可以派上大用场了！你小子留在这儿，关键时还真派上用场了。"

2018 年 9 月，张兴赢去欧洲参加学术会议的路上，受邀顺访了德国布鲁克仪器公司。这里有当前全球地基遥感探测大气成分最尖端的精密仪器。10 多年来张兴赢在国内使用该仪器并钻研出的成果，吸引了仪器公司的目光。他被特别邀请到该公司介绍仪器使用的成果，并参观仪器的生产流水线。

张兴赢被当作座上宾受到了热情的招待，喧哗中有一瞬间他突然意识到："当你把一些工作做到极致时，不仅会影响到周边人，还可能会在世界范围内产生影响。"

小学生

尽管出生在改革开放春风吹拂下的中国大地，但20世纪八九十年代闽北大山深处的小村依然还在贫困之中，父母要让张兴赢吃饱白米饭也并非易事。

"后来我来北京上学，父母花不起路费也都没有来送，但我一点没觉得害怕。因为从小他们给了我坚强乐观的力量，我一直相信，只要你永远以小学生的心态去学习、去努力，一切困难都是可以迎刃而解的。"

2006年博士毕业后加入中国气象局，张兴赢在国家卫星气象中心卫星气象研究所开展前沿的卫星大气成分探测研究工作。三年后，他经过竞岗当上了研究所副所长。

科技工作者中年轻人很多，但能做研究又能做管理的年轻人，并不多。科研考验的是智商、管理需要更多的情商，受益于"小学生"，他很快掌握了诀窍。

当张兴赢带着采访自己的记者进入单位电梯时，迎头碰见了自己的同事和领导。对于身居职场的中国人来说，这多少是个微妙时刻。

电梯从一楼上升到七楼的当中，他跟领导和拿着球拍的同事笑哈哈地聊着跟运动有关的话题，同时不忘用目光和笑容照拂着其他人。

而令张兴赢忍不住骄傲的，是儿子几乎承袭了他这双高基因，智商、情商能力喜人。

"听小伙儿说，评三好都是同学们一票一票投出来的，选大队委也是投出来的。"张兴赢儿子从三年级起就是班级大队委，这次评选西城区三好学生，班上30个学生，就有28张票选了他。

10岁的小伙子像母亲，长相清秀。网球篮球打得不错，是学校里的50

米短跑冠军，喜欢摆弄机器人，得过区、市、全国的科技一等奖。

当新闻联播播出对张兴赢的采访镜头时，在气象局家属院长大的儿子并没有太幼稚地显露出高兴，而是冷静地在电视机前点评起爸爸的表现："你这块说得太专业，观众不一定感兴趣听得懂。如果是我，我就这么说……"

即便是儿子这个小学生的话，张兴赢也虚心地听着。他发现孩子看待这个世界的视角，很多时候结论有其道理。

成为全国政协委员后，不管是座谈开会，甚至在会议期间的餐桌上，张兴赢都把自己当作小学生，"每个委员身上都有很多的闪光点，每次都能学到好多东西。"

张兴赢曾经想当记者的理由之一，就是羡慕记者有向社会呼吁的权利，能够为推动社会的进步发出自己的声音。现在成为政协委员，这个愿望也宛转地实现了。

"让我高兴的不在于政协委员这份荣誉，而是我突然发现通过委员的渠道，自己的很多思路和政策建议可以有途径和相关部门沟通协商。"张兴赢语速飞快地叙述着自己加入政协以来的发现，"这两年围绕生态环境问题，结合政协的调研活动，写了好几件提案，全部得到了立项，发改委、生态环境部、国防科工局等承办单位积极地来跟我沟通，对于我的相关建议，他们正在考虑和采取的措施……"

在政协一起开过十几天会后他发现，原来电视上经常看到的那些名人大家们，他们在平日里也只不过是非常平凡的人。"之所以成功，也是因为他们坚持在某个领域做好了自己的事情而已。"

（原载于《人民政协报》2019 年 11 月 12 日第 8 版）

守望家园

朱永新：行走，未有穷期

文／韩　雪

朱永新

博士，教授。现任第十四届全国政协副主席，民进中央常务副主席，中国陶行知研究会会长。第十届全国政协常委，第十二、十三届全国政协常委兼副秘书长，第十一届全国人大常委会委员，第十二、十三、十四届民进中央副主席。

如今生活在海边的许多人或许并不清楚，当年开垦滩涂的辛苦——

先种上耐盐碱的草，待草长成，将土皮掀起，连同植被一起倒盖、犁平，等待土壤一天一天地沤出肥力，仿佛粮食在闷热的甑里一点一点地渗出酒滴。这个过程，如同作家笔下所形容的："每一个脚印都滋滋作响地烙进泥土，实在没有省力取巧的门路。"

读书的辛劳，实在可堪与耕种并论。

20 世纪 60 年代，黄海之滨的一座小城，在一户三间红瓦平房的普通人家里，每天五点，这家的读书郎都会被父亲从被窝里叫醒，坐在书桌前，临柳公权帖。无论酷暑盛夏，无论寒冰严冬。

多年习惯成自然，没成为书法家的朱永新到底养成了早起的自觉：早晨五点左右，睁眼即起。

“直到如今，每天早晨五点左右，当人们还在梦中酣睡时，我已经挑灯早读了；当人们起床洗漱时，我已经工作了两个多小时。”

若干年后，当年过六旬的朱永新在电视采访中，回忆起父亲的不近人情时，言辞感动地称其为“父亲的礼物”。

把父亲戏称为半夜鸡叫的“周扒皮”，是朱永新在少年岁月的一种宣泄。多年后他复又提起这一比喻时，严肃宽厚的嘴唇轻轻弯起，咧出了童心未泯的弧度。

唤起童心童趣更多的，是在阅读时刻。

临睡时分，手捧刘海栖的新书《街上的马》，朱永新不禁被带回那个叫南阳的小镇，想起少年时练武、学画、吹笛子的样子，想起和小伙伴们在小镇街道上像一群小马奔跑的情景……乡镇少年生活的重温，令他心中充满了温情和感动。

尽管，这样表露感情的时刻，在他而言毕竟很少。

行囊里的理想

“你的行囊里什么都可以少，就是不能少了理想……只要你拥有理想，你迟早会找到自己的道路。”

朱永新在写给儿子的几封长信中，谈理想、谈人生，很少谈及生活的琐细。

宏大，是朱永新一贯的叙述基调。无论在社会职业还是家庭教育，他常常充当的是鼓励、鞭策、激发斗志、擘画蓝图的父系角色，而非母亲式的温情角色。

在《用理想规划人生的选择》这封信中，朱永新向儿子坦言自己是现实的理想主义者。他继而旁敲侧击地提醒即将面对人生选择的儿子："如果理想不能踩在现实的大地上，最终恐怕会成为梦幻一场。但是如果没有理想，一个人活着，也不过是行尸走肉。"

做朱永新的儿子，压力肯定很大——因为如山的父亲虽能挡风遮雨，却又时时提醒着自身的渺小和并肩的艰难。而且，两代人对理想的认知和践行总是有很多不同。

在20世纪80年代成长起来的知识分子当中，相当多是如朱永新这般，抱定改造现实的理想主义者。

而面对现实的磋磨时，朱永新有着更柔韧的坚硬。

曾与朱永新在苏州大学共事多年的王尧说，自己从未见过朱永新灰心哪怕偶尔颓废的样子。展示人前的，一直是那个自信、昂扬、饱满的理想主义者姿态。

同样，在作家儿子的远望中，"岁月丝毫没有消减他的精力与热情，只是鬓角爬上了几缕淡淡的霜，就像后半夜才悄悄落下的雪……父亲的笑容总是那样温厚，又是那样遥远。"

无论是著书立说成体系地阐述观点，还是借助媒体传播闪烁的思想火花；无论是注重晓理般的严谨，还是偏重动情的文学式恳切，朱永新无不在传播一种更为宏大的阅读观。那当中，自我是洪流中的一朵浪花，他着眼更多的，是阅读背后的家国、民族、精神、文化等的历史意义。

这符合朱永新的一贯理念：政治是有理想的，财富是有汗水的，科学是有人性的，享乐是有道德的。

"一个苏北小镇上的农村孩子背着一个自制的小木箱，怀着欣喜、好奇，甚至还隐隐藏着几分胆怯，踏上了苏州的土地，来到了一所当时叫作江苏师范学院、数年后更名为苏州大学的学校。"

这个孩子，就是1978年的朱永新。作为恢复高考的首届大学生，他在苏州大学毕业后留校、娶妻、生子，教书、读书、写书……1987年任苏州大学教学科学研究室主任；1997年从高校升至苏州市副市长，分管文教工作；2007年调入民进中央任职……理想当帆，勤奋作楫，每10年一跃，酣畅游历于人生大海之中。

他有一句关于理想的话，被儿子写入《父亲》一文中：“人一定要有理想，要在历史上刻下自己的名字，要为了这个理想奋斗，不要等到临死了才后悔年轻时没有努力呵！”

滴石斋

“3 月 7 日，北京晴，星期日。早晨 4 点 45 分醒来。如果是以往，就直接起床工作了。因为昨天睡得晚，就继续睡了一会儿，竟然睡到六点半起来。”

翻看朱永新的两会手记，会惊叹于他的勤奋程度。对于时间利用的心得，他也毫不浪费地收入书中，大方地与人分享：

时间抓起来就是黄金，抓不起来就是流水。早晨早 10 分钟起床，可以挤出时间晨读；晚上少看一点电视，翻几页书应该可以做到；节假日休息时，推掉一两个应酬，就有了整块时间。不能小看这 10 分钟、这几页书，阅读像爬山，不怕慢，只怕站。

面对媒体的文稿邀约，朱永新通常不会拒绝。但写作是耗时的事，每人每天都只有 24 小时。

“每天比别人多工作两小时，一年就多了 730 个小时，50 年就多了 36500 个小时，也就是多了整整 1520 天，差不多延长了四年的生命！这是每一分钟都有效的生命！”

从五点开始的清晨，耕耘进行得静谧而充实。等坐到早餐桌前，朱永新有时会忍不住向家人炫耀：“看，我都已经写好一篇约稿了。”

在儿子朱墨的文章里，专门提到了儿时家中兼做客厅的父亲书房。“清晨醒来，父亲的书桌上就已经亮起了萤火似的橘黄灯，在迷瞪的眼中飘飘然地游移，像是蠕动的温暖的小兽，从梦里一直爬进我的心间。我端着小板凳坐在水泥砌的阳台上，大声地读着英文课本，金色的曦光在不远处的檐瓦上粼粼地荡漾。”

这个房间，就是朱永新每每文章末尾出现的那个“滴石斋”。

苏州有个滴石斋，北京有个滴石斋。朱永新走到哪里，哪里就有滴石斋。

滴石斋，是朱永新为自己精神驰骋的书写之地的命名。

50 余年滴水穿石中，有他不肯冷却抑或松弛的强韧。有时，他也像一个普通父母那样，在反复唠叨中揉进了热切的期望：“我可能不如你有天分，但是你却连我一半的勤奋都没有。”“蛮好的，要继续写啊。”

29 岁从苏州大学助教破格当上了副教授，组织上开始把他往行政方向培养，历任过教研室主任、系主任、教务处处长。“后来听说要调到省里，苏州市给留了下来。”1997 年底，朱永新成了苏州市分管文化、教育、科技、卫生、妇女儿童等工作的副市长。一上任就赶上了苏州市创建国家卫生城市，一年跑坏了他两双鞋。“那一年比我在苏州近 20 年走的路还多。”

“转变对我而言是很大的，从小学到大学我没当过干部，是工作以后才开始做管理工作。”从学者走上仕途，一次次角色的交替，朱永新靠着阅读、写作来完成转变。最早期，朱永新并不是研究教育，他研究的是心理学，写过一部 80 万字的书，并因此成为中国心理学会常务理事。

后来做了教务处处长，朱永新转向教育，开始研究大学教育管理。到了市政府，因为分管教育，他又转而研究基础教育。他后来发起的“新教育实验”，也是从研究基础教育这里发轫的。

今天，仅是朱永新教育作品集就已出版了 16 卷，他的教育类畅销书更是数次再版，“我的工作支持了我的研究，反过来，研究又支持了我的工作。”

雁过留声，是朱永新的行事风格。包括在作为全国政协委员、全国人大代表履职的 18 年里，他践行的也是自己这套“用研究的精神做工作，用工作的动力去做研究”的理论。起初的节奏是五年一本，从 2013 年开始变成了每年一本，履职实录的频次加快，厚度也在增加。

50 万字，60 万字，130 万字……18 年中，留下了 300 余万字的履职手记。

他说：“这是一个人的叙事，也是这个时代的叙事。这是中国人的政治生活的叙事，也是中国共产党领导的多党合作和政治协商制度的叙事。”

我 见

每天清晨，在路上，行色匆匆的，很多是学生。

步行也好，乘车也罢，学生总是那么急吼吼地，想赶在上课的铃声响起之前到达学校。

每一节课，每一个学生，不管愿意不愿意，不管对讲课的内容熟悉不熟悉，都要循规蹈矩地坐在教室里，一坐就是整整45分钟。下课之后，上个厕所，短短10分钟，接着又是一节课。周而复始。

每年9月，一批同年的新生跨入校门。

每年7月，一群同年的毕业生离开校园。铁打的校园，流水的学生。

书本，翻来覆去。学生，人来人往。

每逢寒暑，师生都有寒假、暑假。“刀枪入库”，各自安排。

这，就是我们熟悉得不能再熟悉的学校生活。

在《未来学校：重新定义教育》一书中，朱永新描述了他对当今学校生活的观察。这为他探讨未来教育的发展趋势，提供了前置条件。

“我相信，今天的学校会被未来的学习中心取代。”在他的描绘中，未来，物理形态的学校，钢筋水泥，砖瓦花木，依然如故，但学校不再是唯一的学习场所。未来的学习中心，没有固定的教室，可以在社区，可以在大学校园，没有以“校长室”为中心的领导机构，没有统一的教材，没有上学放学时间，教师可能变成了自由职业者，但却是每一个人自主学习的指导者陪伴者。

提出这样极具颠覆性的设想，朱永新不止一次面对质疑，但他并不认为这是教育的乌托邦：“与其说未来学校是未来存在的，不如说是我们现在要去努力筑造的学校。”

他选择从更现实的角度出发，解释他对未来的描绘是为了梳理出一条行动的路径，呼吁更多人走上行动的道路。

可这样的未来到底有多远？“通往未来的教育趋势，不会像社会革命一样一夜之间风云突变。相反，它润物无声，如同一天天长长的指甲，几年间变白的头发。如果天天盯着看，什么也看不见，但是，它在变。”朱永新将自己这本出版于2019年的书中每一章，视为对当前教育改革的建议书。

2020 年，经合组织（OECD）发布了一份《回到教育的未来：经合组织关于学校教育的四种图景》的报告。香港大学原副校长程介明看了以后说，“永新，没有一点点超出你的判断。”一部分人的赞肯，增强了他继续传播的勇气。

过去的很多时候，站在教育浪头的朱永新，关注的是更为前瞻的方向，行动中也颇有先锋的意味。他是中国“新教育实验”和推广全民阅读的发起人、推动者，也是颇有声名的“激情演讲家”。

从朱永新嘴里出来的很多名句，也于网络之中广泛传播——“最好的学区房是家里的书房”“幸福比成功更重要”“成人比成才更重要”“父母的陪伴是最好的教育”“父亲是男人最重要的工作”……

高产写作、高频建言中，充满着大量的阅读。

作为提倡全民阅读的发起人，朱永新认为，个别阅读是“一个人在战斗”，共同阅读不但能实现集体智慧的碰撞，更蕴含了现代社会必须掌握的分享及合作意识。

近年来，共同阅读在各类社会、经济组织当中迅速得到推广。

在 2020 年疫情期间，全国政协在移动履职平台成立了“防控疫情读书群”，朱永新是读书群的首任“群主”。这件事得到了同样酷爱读书的全国政协主席汪洋的支持和推动。如今，委员读书活动已经成为建言资政、凝聚共识的一种新途径。

2021 年 3 月 8 日，全国政协举行了 2020 年度委员优秀履职奖颁奖仪式。这是 70 多年来全国政协首次对委员进行表彰。朱永新也在受表彰委员当中。

他的颁奖词这样写道：“‘耕好读书田，书香伴履职。’他是全国政协委员读书活动的探索者，首位群主，引导委员投身‘书香政协’建设，调研途中，笔耕不辍，记录下泥土芳香的基层民情。他把履职的点滴心得集合成册，成为政协委员履职的参考书。”

荣誉带来的是更大的动力，令朱永新更加朝着中国知识分子的最高期许方向去要求自己：“‘为天地立心，为生民立命，为往圣继绝学，为万世开太平’……用所学专业报效国家，在政协平台参政为民，是我作为一位民主党派政协委员的人生理想。”

问及如何看待政协委员的责任，朱永新的观点颇为恭敬：“14亿人中，每五年的一届中就选出这么两千多位全国政协委员，平均下来，每个人的背后，都是60多万人，你要对他们负责。”“委员的很多建议都会影响决策，所以当然得用心。”话听到此，忽然发现，“用心”与“永新”竟是如此相似。

在现实与理想中，朱永新穿梭而行，自觉行走，一直在往自己心中所想的方向走去。因为，滴石斋的灯光依然亮着。

（原载于《人民政协报》2021年6月22日第8版）

单霁翔：重启宫门

文 / 王慧峰

单霁翔

第十、十一、十二届全国政协委员。中国文物学会会长，故宫博物院原院长，故宫博物院学术委员会主任。研究馆员、高级建筑师、注册城市规划师。

2017 年的最后一天，从紫禁城西北角出发，故宫博物院院长单霁翔带领负责开放管理工作的约 700 名职工，对故宫开放区域进行了这一年最后一次清场封门检查。其间，单霁翔被不少游客认出，争抢着合影留念。他一如往常，温和淡然。

随着闭馆音乐响起，游人渐渐散去，一道道宫门缓缓合上，单霁翔和他的故宫就此为 2017 年画下一个圆满的年终句点。

十几个小时后，迎着2018年的第一轮朝阳，寒风中，这位故宫当家人现身午门，如往常一样，亲自迎接紫禁城新一年的第一批访客。一个个满怀新奇的面孔穿梭而过，单霁翔平静地注视着这一切，眼神坚毅执着。

一墙之隔，两个世界。墙外是千年历史打磨的繁华和69年共和国心脏的炫彩，宫内是600年的历史沧桑和皇家威严。

故宫，在他手里变了模样

故宫，东方皇家建筑巅峰，一条中轴线纵贯。金色琉璃瓦顶下、朱红高墙内，圈住的是有形的宫阙亭台，播散的是无形的历史氤氲。

90多年前，神秘的紫禁城第一次以博物院身份向世界敞开大门。当天到底有多少人来参观，早就无从考察，只有史料记载，当日闭馆后工作人员捡了一大筐观众挤丢的鞋。

2012年，单霁翔履新故宫博物院院长时，故宫正深陷泥潭。之前发生的“十重门”让故宫博物院的声誉跌至谷底。其时，58岁的单霁翔接下了这块烫手山芋。

到故宫博物院的前几个月，单霁翔成了故宫人口中“行走的院长”，他遍访各个部门，登门求教于院内的老专家学者，走遍了传说中“紫禁城9999间半的房舍”。

在秘书周高亮的记忆中，每天进宫后和院长汇合，俩人从神武门西边院长办公室出发，向西沿着紫禁城红墙绕一圈，每天这4公里巡查风雨无阻。从小长在北京四合院的单霁翔在这样的行走中，摸清了世界上最大四合院的现状。

“不夸张地说，近600年来，只有我和高亮走遍了紫禁城里所有的房子。”说得轻松，单霁翔却利用这行走的5个月，完成了一篇名为“平安故宫工程”的报告。除了摸清故宫到底有多少间房，如何开展保护工程，《“平安故宫”工程总体方案》中还涉及保护180万余件故宫藏品的安全，以及每年约1500万中外观众的安全。

接下来几年，随着“平安故宫”工程的稳步推进，紫禁城变了模样。

600年的故宫也应该有未来。到任之始，单霁翔便坚定一个信念：首先要善待故宫本身，让这座宝库得到应有的尊重。

在每一个中国人心中，故宫都是一个特别的存在。

为了让故宫从历史中走来，再健康地走向未来，鉴于故宫博物院每天参观人数规模特别庞大的现实情况，为了让紫禁城的珍宝不至于从早到晚接受参观，改善疲惫不堪的现况，故宫博物院开始实行每周一全天闭馆的“休息”；为了保护历史信息，故宫开展了更大规模的修缮和保护工作，使原开放面积只占总面积30%的故宫通过修缮达到将近80%的开放面积；为了使环境得到综合整治，所有办公地点不再占用古建，同时加强文物建筑日常维修，对周边环境控制以及地下库房改建，基础设施改造，世界文化遗产监测，文物藏品防震以及观众参观安全；等等。

“一个烟头也管，一个井盖也管，一块墙皮也管。”到故宫后，单霁翔事必躬亲。同事们埋怨他管得太细。他轻松笑笑：“把一件一件小事做好，就能看出大的变化。”

禁烟、禁垃圾、禁草，拆“违建”，几年下来，紫禁城变了模样。

有人评价单霁翔管理故宫的理念为“让观众有尊严，让故宫有尊严”。为前者，他做了很多润物无声的工作，为后者，单霁翔也整出了大动静，甚至打破了沿袭多年的外交惯例。

在2013年4月之前，来故宫参观的外宾都可以乘车直入午门，一直开到参观地点。但单霁翔早就认为，这个特权应该取消，外宾也应当在故宫门前下车，和所有参观者一样步行入内。

法国总统奥朗德来故宫的那天，午门在礼宾车队抵达时关上了，单霁翔在午门外候着，引导着奥朗德一行步行入内。从这天后，午门再也没有出现过车队长驱直入的景象。

单霁翔觉得，这是对故宫这座古老建筑的尊重。“英国的白金汉宫、法国的凡尔赛宫、日本的皇宫今天都是开放单位，但都不允许车辆穿行，这是一个文化尊严的问题！”

故宫为普通观众打开了越来越多尘封已久的宫门，但面对外宾想要驶入午门的礼宾车，单霁翔却坚持关上大门。坚持背后的道理非常简单，“无论你是谁，都该对这些人类文化宝藏保持一颗应有的敬畏心，尊重文物，就是尊重文化本身。”

在单霁翔的坚持下，文物有了第一次真正意义上的尊严。

何谓尊严？词典解释为庄严而有威严，使人敬畏，独立而不可侵犯的地位或身份。

说是还故宫文物以尊严，实际上是将尊严拱手奉还给来故宫参观的观众，奉还给那久远却依旧万分厚重的历史，让人们更尊重历史，让历史更尊重事实，让这个世界更加真实可感。

一心守护，敬畏传承

实现网上售票；曾经深埋在仓库里的诸多文物被修复并被搬上展厅；故宫表情包、故宫 APP 等一系列故宫文化产品的出现……

最近几年，宫门大开的紫禁城以愈加开放、自信的姿态出现在世人面前。这种开放带来的影响，不亚于 1925 年故宫博物院甫一成立，寻常百姓踏入皇城时造成的冲击。

总是自称“故宫看门人”的单霁翔实际更像是这座古老宫殿的守护者。言谈间，关于故宫的时间精确到日，文物统计细致到个位数，不假思索，自然流淌。

“博物馆应该是有温度的。”单霁翔希望那些富有内涵的文物，能被更多人以走心的方式看到，只有这样，文化的深层价值才能传播得更远。

为了让更多的中国人去了解并喜爱它，单霁翔投入故宫学院、故宫研究院、故宫知识讲堂中。他在向公众推广宣传故宫的同时，不忘将故宫自身打造为文化、学术平台。故宫研究院下设一室二十所，含研究室、故宫学研究所、考古研究所、明清宫廷历史档案研究所等，另有故宫博物院博士后科研工作站。研究院涵盖了器物、书画、戏曲、法治、历史、考古、工艺、园林、技法等学术领域。汇集国内外众多故宫学的专家学者，基于故宫丰富的院藏，开展研究并出版相关成果。

保护文物，传承文明，对单霁翔来说，更是义不容辞。在他的精心治理之下，故宫一扫原来的管理混乱阴霾，守护文物的匠人们终于可以沉下心来工作。纪录片《我在故宫修文物》更是突破了人们对文物的认识维度：文物有温度和灵魂。

单霁翔从小在四合院里长大，他说没想到自己会到"世界上最大的四合院"来工作。四合院里春夏秋冬季节分明，可以接地气、望天空。大概起初就像某种移情，慢慢地，了解得越来越多，一草一木，一楼一阁，都与某个历史瞬间、历史故事对接，感情就再也无法拔出。每早 8 点，他都要向西沿故宫巡查一圈。"当朝霞满天的时候，当日落西山的时候，当月亮升起的时候，望着故宫，我心底就漫出一种，静静守护故宫的幸福。"

单霁翔带领着故宫人用心呵护着紫禁城，古殿、绿草、朱墙、黄瓦不动声色地诉说着改变。在与现代人共生共长的过程中，故宫这个传统文化的代表符号获得了全新的生命力，快 600 岁的紫禁城愈发神采奕奕。

其实，对故宫每一间屋、每一寸土的深情，并不是在担任故宫博物院院长以后才放上心头的。

单霁翔曾教过中国建筑史，故宫作为世界上规模最大的古代宫殿建筑群，自然是他关注的课题。

"1989 年，我儿子 5 岁。那会儿我的爱人在国外上学，平时由岳父母照看小孩，一到星期天，孩子归我管。他问上哪儿啊？我说带你玩去，看皇帝住的地方，就把他带到故宫。第二个星期天，又带他去。等到第三个星期天，他已经不怎么乐意来了。一连五个星期天，我都是一边带孩子一边工作，把故宫的很多细节都拍了，仔细研究。"单霁翔说。

20 世纪 90 年代，他担任北京市文物局党组书记、局长期间，曾主持故宫筒子河保护与整治工作。这一度是新中国成立后规模最大的文物维修整治工程。2001 年至 2002 年，在担任北京市规划委员会党组书记、主任期间，他主持了"北京旧城 25 片历史文化保护区保护规划""北京皇城保护规划"、"北京历史文化名城保护规划"等项目，这些项目与紫禁城都有着千丝万缕的联系。

"我们要把那些恢宏的皇家古建当成一本书去阅读，而不是当成一个景点去参观。”单霁翔曾这样寄语年轻人。

很多时候，单霁翔更像是故宫文化的推介大使，他经常一天要做两三场演讲，向社会传播故宫文化。在这些演讲中，他说得最多的就是，要让故宫以及文化遗产更有尊严。

“故宫的生命力很大程度上取决于懂得其价值的观众之多寡。”单霁翔和其他故宫人正在做的，就是一点一点褪去这座瑰丽辉煌宫殿神秘的面纱，用庄严、博大的文化去滋养公众心灵。

“工作狂”局长

布鞋，单霁翔最醒目的标志之一。

无论是日常办公，还是接待国家元首的外事场合，这位故宫博物院院长总是脚蹬一双黑色方口布鞋。

这并非有意为之的形象设计，而是沿袭了他在国家文物局工作时的旧有习惯。

2002 年 8 月，单霁翔出任国家文物局党组书记、局长。在任期间，他着力推动大遗址保护；历时 10 年、全国 2600 多家文物收藏单位近万名文博工作者参与的国有馆藏珍贵文物数据库管理系统建设圆满完成；全国 166 万余件国有馆藏珍贵文物告别纸质卡片手写登录的时代，实现数字化管理；历经 5 年，史上最大规模的文化遗产资源调查汇集工作——第三次全国文物普查圆满完成。

成绩背后，是单霁翔“工作狂”一般的付出。主政国家文物局的 10 年间，他几乎没有休息时间，每年半数以上时间都在出差，节假日也在全国各地考察文化遗产，经常被笑指“不是在考古发掘现场，就是在去现场的路上”。

汶川地震后，单霁翔是第一批奔赴灾区的人之一。为了考察羌族碉楼受损情况，单霁翔不听劝告，一次次钻进去，哪里有裂缝，哪里有破损，硬是看了个遍才罢手。当时余震非常厉害，谁也不知道第二场灾难会不会降临。随行人员在为他担心的同时，也深深为之感动。

现在网上还能找到一张单霁翔 2010 年 10 月底在湖南省老司城遗址的

土司王墓前拍的照片。当时老司城遗址刚刚开始挖掘，单霁翔亲自到各个遗址保护点去看。无论上山、过桥，他的那双黑布鞋总是出现在人群前面。

在熟识单霁翔的人眼中，这位国家文物局局长是一个对文物有热情、有感情并且懂行的领导。为了一处文物的保护，他可以完全不顾自己副部级官员的身份，利用一切可以利用的场合，与见到的所有人去谈、去沟通。“没架子”——这是几乎所有和单霁翔接触过的人的一致印象。当年国家文物局的新闻发布会他经常亲自出席主持，对记者的提问也是知无不言，言无不尽。

在单霁翔任国家文物局局长期间，大遗址保护以及在大遗址保护中的规划先行得到了特别重视，包括西安大明宫遗址、郑州商城遗址的保护都采用了这一理念。有人认为，在城市建设与文物保护矛盾越发凸显的当下，提出和坚持这一保护理念也需要莫大的胆量和勇气。

单霁翔主政国家文物局的 10 年，正是全国文保工作面临前所未有挑战的严峻时期，他的“狂热”与坚守，同大发展大建设的历史时期两相碰撞，这是他的无奈。

对于承载城市记忆的文物，单霁翔情有独钟。他曾多次批评一些城市在建设过程中忽略文化的种种现象。他说：“一些城市在所谓的旧城改造和危旧房改造中采取大拆大建的开发方式，致使一片片历史街区被夷为平地、一座座传统民居被无情摧毁，由于忽视了文化遗产保护，造成了这些历史性城市文化空间的破坏、历史文脉的割裂、社区邻里的解体，最终导致城市记忆的消失。”

“以文化战略的眼光审视文化遗产保护中存在的种种问题和挑战。”这句单霁翔常常用来“开导”文物系统人员的话，也是他本人文化情怀的外显。

“文化遗产属于我们每个人的记忆，我们作为传承的一分子，有责任把历史梳理清楚，把过去和今天告诉未来。”他说。

用提案呵护文化遗产

“政协像是所学校，我在这里受益良多。”这是全国政协委员单霁翔的由衷之言。三届15年，“政协”二字在他生命中刻下了深刻印记。

在单霁翔的众多著作中，《用提案呵护文化遗产》一书很是特别。这里面记录了几百位全国政协委员和他一起为文化遗产保护而呼吁、坚守的一个个历史片段。

关于设立“文化遗产日”、开展全国文物普查、落实地震灾后文物抢救保护资金；关于加强少数民族文化遗产保护、加强水下文化遗产保护、加强首钢工业遗产保护；关于南水北调工程中文物保护工程、海峡西岸文化遗产保护工程、大遗址保护工程；关于国家数字博物馆建设、中国民族博物馆建设、民办博物馆建设；关于大运河申报世界文化遗产、丝绸之路跨国申报世界文化遗产、北京传统中轴线申报世界文化遗产……当一件件政协提案经过有关部门共同努力得以落实，单霁翔会十分兴奋，这是一名政协委员所能够得到的最大肯定。

每次提案，单霁翔都要把联名签字的格子签满才肯提交。他统计了一下，15年来共有近300名全国政协委员、9000多人次为他撰写的200多件提案给予联名。

“政协情怀”，当有履行职责“全年无休”的自觉。“不做‘十天委员’，时刻把职责记在心间。”总有老委员这样谆谆劝勉新委员。

“准备提案应贯穿全年，每年会议结束之时，就是新一年提案的酝酿之日，”委员单霁翔15年始终如是。细想理由无他，只因他自觉作为一名政协委员，理应抱持责任感和使命感，更应常怀尽心、尽力、尽责的拳拳之心。

自20世纪90年代起，我国文保界的一些有识之士就开始呼吁设立中国的“文化遗产日”，但由于种种原因一直未能得以实施。

2005年，时任国家文物局局长的单霁翔向全国政协十届三次会议提交《关于设立“文化遗产日”的提案》，指出“当前我国文化遗产保护工作正处在一个关键时期，面临着城市化浪潮的巨大挑战，迫切需要来自各个方面的理解、支持和投入”，直言“设立文化遗产日的时机已经成熟”。

因此，单霁翔在提案中建议，设立我国的“文化遗产日”，在国家层面上对“文化遗产日”作出明确规定。樊锦诗、苏士澍、舒乙、冯骥才、陈建功……在这份提案上签下自己名字的委员中不乏文化艺术界的大师级人物。

提案很快经政协提案委员会审核通过，并提交国务院有关部门承办。然而，提案承办单位表示，根据国家有关文件精神，应严格控制批准设立新的节日、纪念日、活动日。

应该说，这一回应是可以理解的。但单霁翔并未因此搁置这项提议。

第十届全国政协第三次会议结束后不久，在一次与文物专家座谈时，单霁翔再次提到设立文化遗产日的问题，并得到在座专家的一致赞同。2005年7月19日，郑孝燮、宿白、谢凝高、黄景略、李伯谦、吴良镛、舒乙、徐苹芳、傅熹年、常沙娜、谢辰生等11名学者联名致信党中央、国务院领导同志，倡议设立“文化遗产日”。国务院办公厅很快就组织召开关于设立“文化遗产日”的协调会议，国务院法制办、建设部、文化部、国家文物局等相关部门的负责同志就设立“文化遗产日”需要准备的事项进行协调。

2005年12月，《国务院关于加强文化遗产保护的通知》发布，决定从2006年起，每年6月的第二个星期六为我国的“文化遗产日”。中国的“文化遗产日”终于诞生。

虽然单霁翔的社会观察领域和学术兴趣比较广泛，但是在政协提案中，他要求自己集中精力于文化遗产保护的中心工作以及面临的重大问题，苛求自己要绝对“执着”和“专一”，每一件都是关于文化遗产保护的提案，表现出对事业的追求和对信仰的忠诚。

单霁翔说，每一件提案的背后都包含着自己的反复实践、不断调研和深入思考，也希望能通过一个个有针对性建议的提出，为我国文物保护和文化遗产工作建言献策，为解决问题、推动发展贡献自己的力量。

政协这个平台，同样厚待了尽职尽责的委员单霁翔。

2015年11月19日，在参加全国政协召开的“非物质文化遗产传承与保护”双周协商座谈会时，鉴于体制保障、人才培养、材料供应等诸多掣肘，故宫官式古建修缮技艺面临“人走艺亡”的严峻局面，回到“娘家”的单霁翔将故宫古建筑修缮遭遇的困境一股脑儿道出。

令单霁翔没想到的是，俞正声主席当即表示，将通过全国政协向国务院相关部门反映这个问题。随即，问题得到了国务院领导，文化部、财政部和人社部等有关部门高度重视，按特事特办原则逐项加以落实。半年后，在 2016 年 5 月 19 日全国政协召开的双周协商座谈会上，心怀感恩的单霁翔代表故宫和故宫人向俞正声主席深深鞠躬致意。

匠人之大者，莫过于以心守护，匠心之大者，莫过于敬畏传承。

“紫，是古人心目中的王者之星，紫微，来自天上。禁，是权利，来自于人，也施之于人。城，是这一片连绵殿宇，在大地上的辉煌建设……”电视节目上，单霁翔朗诵了纪录片《故宫 100》某集的解说词《至大无外》，字句中的雄浑与精气神，完美诠释了故宫灵魂。

再过两年，故宫就要过 600 岁生日了。单霁翔，这个走遍故宫的人，如今正在思考的问题是，如何把壮美的故宫完整地交给下一个 600 年。

作为故宫的守护者，单霁翔希望的是不仅把尊严和体面还给故宫，更要将文化之根传递下去。这，是一种平凡中的坚守，是一种喧嚣中的沉静。

（原载于《人民政协报》2018 年 1 月 23 日第 7 版）

吴为山：为时代造像以丹心铸魂

文／张　丽

吴为山

第十一、十二届全国政协委员，第十三届全国政协常委，第十四届全国政协常委、副秘书长，民盟中央副主席。中国美术馆馆长，中国美术家协会副主席，中国城市雕塑家协会主席。文科二级教授。清华大学、南京大学、中国艺术研究院博士生导师，北京大学—中国美术馆博士后科研工作站首席导师。

11 月初，在中国美术馆举办的“伟大历程　壮丽画卷——庆祝中华人民共和国成立 70 周年美术作品展”刚刚落下帷幕，《国家的脊梁》《辽宁号航母》《石榴花开》等诸多精品力作，展现着新中国 70 年来波澜壮阔的伟大历程和辉煌成就。在一个多月的展期里，这里吸引了一批批观众来观瞻。

像这样充满精品力作又吸引观众眼光的主题展览，在中国美术馆从来不会“缺席”。这与全国政协常委吴为山不无关系。

如今已是中国美术馆馆长的吴为山总是说：“艺术起到精神引领的功能和作用，它出现的形式不是越多越好，而是越好越好。”在这“越好越好”中，吴为山可谓一个追梦的行者。

初　心

青砖、黑瓦，石板街、串场河……

这是吴为山在梦中对于幼年时家乡苏北的悠悠印记。

吴为山出生在一个书香世家，家中所收藏的古书插图与器皿画作，为五六岁时的他打开了一扇艺术之门。清雅的山水画和古香古色的仕女图，至今都深烙在他的记忆中。

11 岁，他开始摸索着写生，画镇上熟识的老人。20 世纪 70 年代末，十六七岁的吴为山响应“向科学进军”的号召，曾一度尝试弃艺学医，但两次高考都以一分之差落榜的现实，使他意识到，艺术道路或许才真正适合自己。

于是，他进入无锡工艺美校学习泥塑。在这里，他第一次看到了维纳斯像、米开朗基罗像、亚历山大块面像等雕塑；在这里，他聆听过吴冠中、张道一、钱绍武等教授的讲座，也接受了泥塑巨匠的言传身教。多年以后，本身已成美术大家的吴为山于其自传《在路上》中曾写过这样一段话：“我未能忘记张道一先生在我们那间小小的教室，讲出了鼓舞人心的一句话：‘你们要立志将来在美术史上留下名字。’也许，年逾八旬的张先生记不得当时讲课的情景，可作为 17 岁的我，是多么的震撼！”

在西洋石膏像的洁白和惠山泥土的乌黑的强烈反差中，在大师们艺术实践的耳濡目染下，吴为山逐渐明确了生命航向，坚定地走上了艺术之路。

1983年吴为山参加高考，以优异成绩同时被中央工艺美术学院和南京师范大学录取。

20世纪90年代，吴为山相继在欧美深造，领略世界多元艺术风光的同时，也惋惜“不少亚洲人的作品基本都被美国当代艺术同化了”。在这期间，他应邀给荷兰女王雕像，产生了一定国际影响。1998年，他获得可以拿美国绿卡的机会，但一位90多岁的德裔美籍艺术家说，美国是一个商业社会，你不应该在这里。中国是一个古老文明的国度，那里有令人神往的艺术，赶紧回到你的祖国吧。

吴为山如醍醐灌顶。

“我希望用雕塑建立一个精神的丰碑，影响未来一代和当代年轻人，让民族文化与民族精神生生不息。”

而今，他的雕塑作品不仅矗立在中国很多重要场所，还矗立在世界很多重要角落。

铸　魂

一刀一刀、一锤一锤、一手一指……

不厌其烦重复着，用心用情感受着，精益求精雕刻着，直到冰冷的材料变成鲜活的灵魂。

吴为山说，雕是减法，减去不该有的部分；塑是加法，加上属于精神的部分。雕塑应该在加加减减中，融合自身生命体验，把精神塑造出来。

他一直在思考一个问题：如何用可视的形象，把不可视的历史展示出来，让每一座雕塑都能成为一个时代的坐标。他曾请教于费孝通先生，费老语重心长地说，一生做一件事很不容易，你要把一代知识分子的精神风貌塑造出来，中国知识分子最重要的特征就是爱国。2019年6月在国家博物馆举办的“丹心铸魂——吴为山雕塑艺术展”中，立着一座座中华杰出人物的雕像，吴为山这样阐释，他信奉“那些历史的精英、文化的巨擘，在沧海横流、浴火重生中，终以其精神而自塑成一尊尊不朽之像”，而作为一名造像者——雕塑家，他追求的就是“为时代造像，以丹心铸魂”。

30 多载春秋、500 多件作品，最大的 20 多米高、最小的几厘米长。

他的作品是温暖的，《睡童》《春风》《母与子》等诉说着人世间的脉脉温情。

他的作品是深厚的，《孔子》《老子》《李白》等彰显着中华文化的博大精深。

他的作品是奋进的，《百年丰碑》《雷锋》等将人们带到那个激情燃烧的岁月。

……

在侵华日军南京大屠杀遇难同胞纪念馆中，有一座组雕感染着每位前来瞻仰的参观者。组雕中最令人悲怜的就是母子雕塑，要么是母亲绝望地抱着死去的孩子，要么是婴孩趴在死去母亲的身上吮吸着最后一滴乳汁，要么是年迈的儿子搀扶着 80 多岁的母亲在逃难……“这组作品使我开始思考雕塑艺术的本质价值，雕塑应该是表现灵魂的，这需要通过个体精神世界的把握，通过个体形象的塑造，或群体形象的塑造，来表现‘人类’二字。”

这是他写意雕塑的代表作之一。

其实，早在20多年前，年仅30多岁的吴为山就提出“写意雕塑”的概念，继而提出“中国写意雕塑八大风格论”，并不断用作品证实写意雕塑的存在与价值。他说，“只有对中华传统文化进行深刻研究后，才能懂得它的价值所在，从而热爱它、追寻它、继承它、发展它。我要用雕塑在中西合璧的基础上，来强化中华传统文化特色，融入中国人的精神，用中国艺术的写意传递中国人的神和魂。”

如今，不仅在国内，在法国、意大利等国家还专门举行了探讨写意雕塑概念的研讨会。吴为山不无欣慰地说，让外国朋友来研讨写意雕塑，这是件多么自豪的事情啊。不用再言必谈希腊、罗马，我们开始有表现自己精神境界的独特方式、风格和语言。

在采访中，吴为山摊开双手说，你看，我双手的大拇指不一样。“江湖传闻”果然不虚。常年手持雕刻刀、用右手拇指推按的动作，使他的右手大拇指比左手大拇指显然要长出不少。他接着风趣地说了一句，这是劳动者的手。“我每天都在创作，摸泥巴、捏石膏，经常划破手，但只要水一洗，再擦点手霜，很快就恢复润泽了。”吴为山觉得，这种润泽来自黏土的润泽，更来自历史巨人心灵的润泽，“中华民族近现代以来的苦难历史、崎岖道路，在我的心灵上留下缕缕刀痕，但最终在我的手中化为唯美与温柔，我要把中国人的温情表现给全世界。”

已近耳顺之年的吴为山，已然诸多荣誉加身。“在鲜花和荣誉背后，我经常拷问自己的心灵：我这一天做了什么，我这些年做了什么，我这一辈子还想做什么。一个人的价值不在于他获得什么，而在于他做了什么，做成了什么。”他说要用作品来证实对民族、对国家、对党和人民的热爱。

对　话

线装书、羊皮书，杜甫、舍甫琴科……

坐落在乌克兰首都基辅市中心的组雕《灵魂之门——杜甫与舍甫琴科》，将中乌两国的两位著名诗人塑像铸在两本书上，形成两扇永远打开的门，仿佛展开了一场超越时空的对话。这座组雕给俄罗斯美术家协会主席安德烈·科瓦尔丘克留下深刻印象，他认为吴为山“把中华文化精神和欧洲现代美学完美地融合在一起，把传统的、民族的和现代的雕塑语言成功地融会贯通”。

类似主题的雕像，在吴为山的创作中并不罕见。2019年5月，在纪念达·芬奇逝世500周年的日子里，青铜雕像《超越时空的对话——达·芬奇与齐白石》被意大利艺术研究院收藏。在这组雕像中，达·芬奇右手食指向上似诘问上天，齐白石则手扶拐杖似抚触大地，两位生于不同时代、不同国家的画家，就这样邂逅。意大利艺术研究院雕塑院院长安东尼奥·托马佐说：“我们看到艺术家吴为山超越地理和文化的界限，对人类历史含义的一种追求与探索，以及由此而来的对人类共同命运的思考。”

近现代以来，中国文化艺术如何与西方文化艺术进行平等对话的难题，在这样的艺术背景下，或许能找到一些答案。吴为山说，国外游学的经历，使他对中华文化的理解和情感在中西比较中得到升华，使他的内心世界开始探索如何实现中西方文化对话。

法国前总理德维尔潘曾到访吴为山的工作室，他看到孔子头上的道道皱纹，就会想到中华民族的悠久；看到老子长长的胡须，就可想到中华民族的智慧。“在很多国家的中国广场，有一个日日夜夜在讲中国故事的人，那人就是孔子。”随后吴为山不无幽默地说，“他不用护照。”

近年来，吴为山利用中国美术馆的平台，不断地将我国优秀作品拿到国际社会展览，还适时地把世界优秀作品拿到中国美术馆来展览，传统与现代、历史与当下、国际与国内在展览中“对话”。2018 年由中国美术馆先后牵头成立了“金砖国家美术馆联盟”“丝绸之路国家美术馆联盟”，吴为山当选为两个联盟的秘书长，组织 20 多个成员国家美术馆举办展览、学术研究，致力于“用文化经典构建人类命运共同体”。

“在中外文化交流、文明互鉴中，不仅仅是雕塑，每个领域的专家都有这样的责任感——让世界更多地了解中国文化艺术——实际上也就是让世界更多地关注中国，丰富世界文化艺术。”吴为山说道。

担　当

“活”起来，“美”起来……

1990 年至 1991 年，吴为山在北京大学进修，中国美术馆是他梦寐以求的地方。不巧的是，那一年，中国美术馆因为装修而闭馆。而 30 多年后，他成为中国美术馆的“掌舵者”。

在他的“掌舵”下，排长队、大队等这些以往只会出现在某个明星演唱会的情景，也出现在中国美术馆的门口。“典藏活化系列展”“弘扬中国精神系列展”“捐赠与收藏系列展”“国际交流系列展”等引起社会热烈反响的系列展览，让中国美术馆开始“红”起来。

说起“典藏活化系列展”，还有一个小插曲。吴为山担任中国美术馆馆长不久，时任香港中文大学校长沈祖尧教授在一次匆匆逗留北京之际，提出参观中国美术馆、观摩一下镇馆之宝，这可难住了初上任不久的吴为山：当时美术馆只有临时展，缺少固定的长期陈列展。这督促着吴为山开始思考如何让 11 万余件馆藏珍品“重见天日”。不久后，一个叫“典藏活化”的系列展出现。吴为山说，让库房里的这些“宝”长期陈列供大家看，才会使之真正“活”起来。

“中国美术馆作为公共文化服务平台与国家级美术殿堂，在普及与提高、大众教化与深度挖掘之间，始终以‘美’字贯穿着。所以我要努力发现美、展现美、激励创作美。”吴为山说，为大众提供欣赏美的场所，这是一个伟大的事业。

多年的美术创作、教学与实践经历，使吴为山始终关注美育问题。特别是在 2008 年成为全国政协委员以来，他每年都会提交很多关于美育的提案。在今年全国两会他提交的众多提案中，有一件就是《加强新时代美育及其传播》，他提出美育，不仅要重视学校教育，还要重视社会教育，“中国美术馆通过策划举办越来越多讲品位、讲格调、讲责任的展览来活化经典，吸引观众，不仅面向学生，还面向全社会，让美育融入公共生活，尽最大可能地发挥这些经典作品的美育功能和社会价值，发挥其构建人类命运共同体的重要作用。”

除此，吴为山还积极推动与策划将优秀展览送到边疆地区、民族地区和革命老区，种下一颗颗“美的种子”，践行以美育提升人文素养、筑牢文化自信。在前不久，中国美术馆就在延安鲁艺旧址举办了“延安·初心——中国美术馆典藏火花系列展”，他称这既是对老一辈艺术家的怀念，也是对中国共产党文艺路线所一贯倡导的艺术为人民最好的回应、学习和敬仰。

在不久前才新建成的香山革命纪念馆里，陈列着吴为山最新创作的大型主题雕塑，4.9 米高的《毛泽东同志在香山》矗立在纪念馆的序厅正中，两侧分别是《共商国是——中国人民政治协商会议第一届全体会议》《百万雄师渡大江》大型主题浮雕，展厅内还有《胜利的消息》。这些作品是吴为山在结束一天的行政工作后，傍晚驱车两小时赶赴河北省大厂回族自治县在深夜进行创作的。为保护雕塑泥稿免于日晒与风吹，工作室内没有空调也没有窗户，他挥汗如雨，汗水浸透了衣裳。

有人曾问他，现在面对的最大挑战是什么？他回答说，巨大的创作欲望和有限的时间精力之间的矛盾，“我一天睡很多次觉，坐在沙发上能睡3分钟也就够了。所以，我在休息方面像是‘吃零食’的人。”

（原载于《人民政协报》2019年11月26日第8版）

刘兰芳：讲故事的人

文／韩　雪

刘兰芳

第十、十一、十二届全国政协委员。著名评书表演艺术家，中国曲艺家协会名誉主席，国家一级演员。2020年10月15日荣获“中国文联终身成就曲艺艺术家”称号。代表评书作有《岳飞传》《杨家将》等。

一块醒木，一张手绢，一把折扇，这简简单单的三样东西，是刘兰芳说书时的全部道具。

评书，是一门说故事的艺术，无论多么复杂的人物关系，多么庞杂的活动场景，都靠着评书演员的一张嘴来表达，一会儿变幻出人吼马嘶的千军气势，一会儿演绎出美娇娘的忸怩羞涩，一会儿又描摹出权臣的老谋深算……这种神奇的艺术，刘兰芳已经演绎了大半辈子了。

今年73岁的刘兰芳是全国政协委员，中国文联副主席，中国曲协名誉主席，但她广为人熟知的一个身份，依然是评书表演艺术家。

“职务变了，生活变了，但有一点始终没变，我是一个说书人，这个身份一辈子也变不了。”刘兰芳说话时，声韵中也透着一股铿锵起伏之美。

少为人知的勤奋往事

刘兰芳与评书结缘，从15岁开始。

1959年初秋的一天，辽宁辽阳的“许长好”茶社里，人头攒动。从鞍山曲艺团来的杨呈田正在台上说唱西河大鼓《精忠说岳》，不时引动得台下阵阵叫好。他扫视台下时，发现那个圆脸大眼、面目清秀的小姑娘又来了，正坐在墙角听得入迷。

杨呈田向茶社老板娘打听过，这小姑娘出身东北大鼓世家，从小学习大鼓有基础。“正好曲艺团在招学员，不妨让她去试试？”

就这样，拜别母亲，跟着杨师傅，小刘兰芳踏上了去往鞍山的火车。一长声的汽笛响起，仿佛宣告着刘兰芳曲艺道路的起航。

穷人家的孩子懂事早，凭着好嗓子考进曲艺团的刘兰芳知道，人生的每一步路都要靠自己。

学艺那几年，只要师傅的烟袋“咚咚”地敲宿舍窗户，不管天多黑，被窝外面多冷，刘兰芳都第一个爬起来穿好衣服冲出屋外。放假了，其他学员投亲奔友，刘兰芳一个人趴在宿舍床上，听着一墙之隔的说书声，默默地记着“书梁子”（故事梗概）。

学过评书的人都知道，评书大都是口传心授，几十万、上百万字的评书，内容丰厚，头绪纷繁，情节曲折，人物众多，老师讲个“书梁子”，其余的要靠学生思索、自学、求教。

刘兰芳的性格里有着东北人特有的泼辣劲儿，少年时，这股劲儿被她用在了学本事上，老师们都喜欢她，有意栽培这个勤奋的学生。而学成登台的刘兰芳更是表现不俗，跟着团里辗转各地演出，所到之处，听她说书的观众渐渐多了起来，“书场来了个新说书的，是个梳着两条大辫子的丫头，说得不错。”几年下来，她在辽沈一带小有名气。

而令刘兰芳名噪全国的，是一部《岳飞传》。

刘兰芳的广播评书《岳飞传》作为20世纪80年代的文化标志，早已经深深刻在了中国人的集体记忆中。一部好的评书作品不仅需要说书人的传神演绎，更离不开创作者的辛勤写作。而《岳飞传》就是刘兰芳和丈夫王印权的一部“结晶”代表作。

“文革”后的1979年，正是曲艺发展的春天。鞍山人民广播电台请刘兰芳录一部传统大书。刘兰芳跟王印权商量：还是说《岳飞传》吧。她最喜欢岳飞的忠勇仁义，也曾经跟杨呈田师傅学过《精忠说岳》，记过书梁子。但在十年浩劫中，“书梁子”烧的烧，毁的毁，刘兰芳也是好不容易才寻找到一本《精忠说岳全传》。

《精忠说岳全传》薄薄一小册，要说成大书，还要在电台录音，需要写成详细的评书脚本。怎么办？自己动手！

王印权是刘兰芳的生活伴侣，也是她的事业伙伴。他说快板书，尤其擅长创作。

于是，白天刘兰芳和王印权照旧在团里演出两三场。晚上，两口子回到家后，就开始了评书创作。家里小连一张桌子都没有，他们就等父母和孩子们睡着了，在过道的灶台上铺上报纸，当成写作的书桌。

夜静时分，夫妻俩相对而坐，一边翻资料，一边捋“书梁子”。往往是刘兰芳写第一稿，王印权去睡觉。到后半夜第一稿写完，刘兰芳再叫醒王印权，由他加工润色一遍，她自己上床睡觉。清晨刘兰芳起来跑步、练“喷口”，一连大半年都是如此。

儿子们正处在淘气的年龄，家里常常被翻得乱七八糟，根本没办法写作。

看在眼里的王印权给刘兰芳在招待所定了一间房。“那里清净，去那里写吧。”

“不行！家里怎么办？而且，去招待所要花不少钱……”

“在你心里，书不比钱重要？我还不知道你？”了解妻子的丈夫独自带着儿子们，还每天做好饭给她送去。

经过 7 个多月的夫妻搭班“连续作业”，1979 年 9 月 1 日，117 回 60 余万字的《岳飞传》终于在鞍山人民广播电台首播了。很快，全国百余家电台复录播出。

全国为之轰动。《岳飞传》很快被出版发行，刘兰芳每天都能收到一二十封来自全国听众的来信，从这些来信里，刘兰芳得知：工厂为了工人集中收听调整了工作时间；百货商场里的半导体收音机被抢购一空；老人、大人、小孩一到点儿就准时守候在收音机旁……

为了《岳飞传》，刘兰芳和王印权付出了难以想象的艰辛，收到如此强烈的反响，她心里非常高兴，却也很清醒自己的成绩：“我是一名文艺工作者，虽然不像工人那样生产出产品，不像农民那样种出粮食，不像科学家那样发明创造，但我做了自己该做的，给全国人民送去了他们需要的精神食粮。”

这一年，刘兰芳 35 岁，王印权 39 岁，风华正茂。

用评书讲述“中国故事”

在任何时代，讲故事都是人们喜闻乐见的一种传播方式。评书就是这样一门专讲故事的民间曲艺形式，早年盛行在茶馆、书场，深受老百姓的喜爱。进入新社会后，喜爱评书的听众更多了，喜爱刘兰芳的听众也越来越多了，也是从她这儿，才开了评书界的先河：评书还可以到体育馆、大剧场里说！

“刘兰芳发音清澈脆亮，运气自如……她把千军万马、万水千山，全部搬上了舞台，整个呈现在观众眼前，涛飞山走，舌底莲花……”从时任黑龙江曲协负责人黄枫当年的评论文章中，可以一睹刘兰芳第一次在 6000 人体育馆里说书时，中气充沛、声音洪亮、神完气足的风采。

很多人知道，刘兰芳是评书大家，可很多人并不知道，刘兰芳最早学习、表演的是东北大鼓。讲究声韵之美的东北大鼓为刘兰芳积累了良好的发声训练，也为她登上更广阔的评书舞台打下了坚实的声韵基础。

刘兰芳听众最多的一次，是在人民大会堂。

1983年，人民大会堂内，刘兰芳即兴创作的评书《空中小姐勇斗歹徒》说毕，全场报以雷鸣般的掌声。这一次，刘兰芳并不是专程来说书的，她本是来开会的。

刘兰芳以代表的身份，参加在人民大会堂召开的中国妇女第五次全国代表大会。其间，与会代表们集体向组委会要求：请刘兰芳表演评书。

这一次的即兴表演，让代表们发现，刘兰芳不止嘴皮子利索。原来，跟刘兰芳住同一个房间的妇女代表，正是空中小姐本人。在听这位空姐讲述了会议召开的4个月前发生的歹徒劫持民航班机事件中，机组人员经过机智周旋，机上旅客得以平安落地的细节经过后，刘兰芳灵机一动，即兴创作了一篇短书。演出结束后，许多代表们冲着她直竖大拇指："刘兰芳你可真能耐，脑瓜儿太快了！"

刘兰芳的能耐，缘于她比别人更努力、更勤奋，也更知道努力的方向。

时至今日，刘兰芳依然记得学艺时老师的教导：评书不光要让听众听着有趣，还要起到移风易俗的作用。用刘兰芳自己的话说："用生动形象和充满趣味的故事，弘扬中华民族的传统美德，这是评书人的责任与担当。"

刘兰芳是新中国培养的第一代曲艺工作者，她觉得，自己有责任把当今发生的新生活新故事说出来，还要把老故事讲出新的时代意义。奔着这个目标，她给自己订立了一个近乎苛刻的工作计划："不管多忙，一年一部新书。"

刘兰芳说话干脆利落，行事也是不拖泥带水。每年一部新书，承诺一直兑现到了今天。

在刘兰芳家狭小客厅一侧的餐桌上，摆放着一份《尧母传奇》书稿，上面的字迹方方大大，多处都做了修改，一摞几十页的A4纸也被翻得厚了一倍。

最近这段日子，刘兰芳正在录播《尧母传奇》。上午，刘兰芳抓紧时间改稿子，下午去中央人民广播电台录音。这一天要录2万字的书稿，她就得来回看上4遍才肯放心录。算下来，相当于一天8万字的阅读量！这种工作量，对年轻人来说都是压力，何况一个70多岁的老人！

每年一部长篇新书，每部都是一部百回大书，而每一部，都见证了刘兰芳和王印权的共同努力。用刘兰芳的话说，“除了儿子们，我们又比别的夫妇多了一种结晶——近60部评书。”

爬坡的路，走起来特别辛苦，但回首相望，却总是成就满满，她的大部评书堆垒起来也堪称著作等身：《杨家将》《呼家将》《薛家将》《赵匡胤演义》《红楼梦》《一代儒将陈毅》《古今荣耻谈》《中国母亲风采》《中华好人颂》《轩辕黄帝》《虞舜大传》《朱元璋演义》《洪武大帝》《西唐演义》《五凤朝阳刀》《混世魔王程咬金》《契丹萧太后》《大唐侠女》《尧母传奇》……

每一部，都饱含着刘兰芳的心血和汗水，每一部，都是刘兰芳用评书讲述的“中国故事”。

不是在演出，就是在去演出的路上

刘兰芳走起路，不光步子迈得大，步伐也快，风风火火的。她走在曲艺道路上，也是这种速度。

这些年，刘兰芳的评书演出每年多达200场。“现在年纪大了，比以前有减少。去年一年大概有100多场。过去在鞍山曲艺团的时候，最多一年演过260场。”

听着王印权的讲述，记者心中飞速算了一笔账：一年200场，平均每一两天就有一场演出。而一次外出演出，更是周期长，地点多，演出任务紧，对体力和毅力是极大的考验。

翻开刘兰芳2016年的演出资料册，看到两份演出日程安排：

8月22—30日，演出队辗转北京、河北、河南、黑龙江等地多个市县，9天共演出10场；

再看“第五届全国道德模范故事汇”的基层巡演日程安排，9月18—24日的6天时间里，有10场演出……

很多时候，评书表演并不需要多么精致的舞台布置，往往是刘兰芳往那儿一站，演出就开始了。围拢过来的观众各式各样，有工人，有农民，有居民，有学生，有战士，也有残疾人。

30多年来，从城镇到乡村，从工厂到工地，从学校到医院，从山区到林区，从军营哨所到前线阵地，哪里需要，刘兰芳就去哪里。从来都是不辞劳苦，不计报酬。粗略计算，最近10年，刘兰芳深入矿山、部队、村镇、高校、老区进行义演达230多场。

她把向人民奉献艺术成果看作曲艺工作者的职责。与此同时，人民也给予她“丰厚”的回报。有农民把自己家祖传的《岳飞全传》清印本送给她；有中医带给她秘方让她保护嗓子；有学生寄给她一张手帕让她擦去汗水……刘兰芳在收到这些“特殊”礼物时经常被感动落泪，她觉得自己无以为报，只能以更加敬业的姿态回报听众。

“我是一名评书演员，绝对不能离开演出。”刘兰芳说到做到。

一次演出前，刘兰芳突发急性肠炎被送到医院，眼看快到演出时间了，正在输液治疗的她拔掉针头就上了台。看着刘兰芳神采奕奕地说了两个钟头，连躲在后台的医生都感叹：“刘兰芳真是个女铁人！”

还有一次，刘兰芳要赶到焦作演出，出发前不小心把脚崴伤了。票都已经卖出去了，观众都在来的路上了。可怎么办？后来还是王印权想了个好办法，在桌上铺一块布，刘兰芳金鸡独立地站在那里说了2小时，中场休息时，她才坐下来歇一歇脚。

2015年，已经71岁的刘兰芳正在耳科医院住院，临时接到两天两个不同场地的演出任务，她偷偷溜出医院，赶去参加了演出，手上还带着输液留置管。

……

她只是把自己看得很轻，把曲艺看得很重。

为人民群众表演，是刘兰芳放不下的事业；但作为第十、十一、十二届的全国政协委员，刘兰芳更是惦记着，如何更好地发展和传承曲艺事业。

如今的曲艺市场确实在走下坡路，评书也越来越乏人问津。评书人再走过去的老路，显然是走不远的，需要有人敢为人先，去蹚一条新路。刘兰芳的徒弟王封臣就是这样的一位探路者。

"我在网络这块探索了不少，APP、微信、喜马拉雅音讯分享平台等。去年开始结合 APP 的运用，推出每日一句国学经典，用评书讲故事的方式去解读古代经典，一天一个故事，一年 365 个故事，专门针对中小学生，特别受家长欢迎。"王封臣的开源一脉承自刘兰芳的创新说新。最近几年，师徒二人联合创作了《八荣八耻荣辱谈》《尧母传奇》等多部新评书，市场反响不凡。

王封臣特别佩服老师刘兰芳的一点，是她这么多年一直坚持出新书。

在传统评书市场大好的时候，刘兰芳就一直不曾间断过出新书。她深知，做新书很辛苦，也不一定能取得很好的效果，但评书要往前走，就得不断地出新焕新，才能吸引年青一代的观众。为此，她还把表演舞台搬到了年轻人最多的地方——校园。

从 2015 年起，"传统文化进校园——刘兰芳大讲堂"就陆续走进中小学校园，来到学生身边，向他们面对面地传播评书的起源、种类和发展，以表演的方式展现评书魅力。在刘兰芳看来，评书是曲艺之母，曲艺发展必须从娃娃抓起。

也是时机成熟，2017 年 1 月，中共中央办公厅、国务院办公厅联合下发了《关于实施中华优秀传统文化传承工程的意见》。这直接促发了刘兰芳的行动，她在前不久的全国两会上联合部分政协委员提交了《关于推动评书教育进校园的提案》。提案建议将评书曲艺列入中小学课程，作为课后一小时的授课内容。联合更多艺术家走进校园为学生们授课、表演，激发这些未来传承人对曲艺事业的热爱和兴趣。

作为连续三届的全国政协委员，刘兰芳每一届都就拯救曲艺艺术、解决曲艺后继乏人的问题提交提案，提出建议。"曲艺发展要得到国家的大力支持"，"曲艺要从娃娃抓起，优秀的曲艺作品要选入中小学课本"，"建立声、像、文一体化的评书曲艺数据库"……

每一年的大年三十这天，徒弟王封臣都要去给老师刘兰芳拜年。每次，刘兰芳都会对他说："我们曲艺工作者能有今天，要感谢党和国家对曲艺事业的重视，对曲艺人才的尊重。我们在做人、做事上不能骄傲，要做更多的工作回报社会。”

这番话正是刘兰芳那一代艺术家的心声，她是这么想的，也是这么做的，所以，才总会被人想起，想起时，心中涌动着敬意。

（原载于《人民政协报》2017 年 3 月 28 日第 8 版）

韩书力："嫁"给西藏文化

文／王有强

韩书力

第十、十一、十二届全国政协委员。中国民族画院原副院长，西藏文联名誉主席，西藏美术家协会原主席，西藏书画院原院长。

黝黑的皮肤、瘦削的脸庞、简朴的衣着，步履轻盈，眼神宁静，笑容祥和、淡然，眼前的这位著名画家透着一身的朴素和平实。谈起坚守了43年的雪域高原和西藏文化，韩书力似乎有说不完的话。

"最好不相见，便可不相恋"——仓央嘉措

1973年深秋，命运之舟将韩书力从屯垦戍边的黑龙江畔载到雪域高原。正在黑龙江建设兵团里"上山下乡"的北京美院附中学生韩书力，因为回

家探望老师，竟然被西藏民族宫的同志看上，借调他去西藏搞几个月的创作。没有商量、没有犹豫，甚至没有体检，23 岁的韩书力就即刻去了西藏。

直到今天，他仍然找不出任何词汇来描述自己最早进藏的那种“心甘情愿”。

“当时年轻，不懂事，既好奇，又好胜。”韩书力怎么也忘不了自己最初进藏的那种亢奋和痴迷。他感受最深的是这里的一山一水散发着摄人心魄的美，亘古不变的圣山神湖有一种天然的魔力，时刻在震撼他的心灵。还有藏族同胞那雕塑般的形象，犹如磁石般吸引着韩书力，仿佛有画不完的速写、画不够的头像。只要有好景致、好形象，韩书力选好角度坐下就画，根本顾不上脚下是泥还是水。有一次，韩书力正在一笔一画勾勒时，突然腰下被一块石片打了一下，原来是一位路过的藏族妇女在提醒他。对方用手比画着他坐的地方，韩书力才注意到自己所坐的冰面被焐化，棉裤湿了一大片。这时，他领悟到了对方的好意。

几十年过去，韩书力不曾忘记那个石片的温度。

西藏自治区 74 个行政县，他和同事几乎全跑遍了，采风、摄影，不停地走、不停地记。吉普车抛锚了，几个人就跳到雪地里手抬肩扛，继续上路……

然而，与美丽的自然风光形成强烈反差的是，当时西藏异常艰苦的生活条件。“那时的西藏对于外面人来说，还是神秘、荒寒与落后的代名词。记得我初次下乡，跑了 17 个县，居然买不到一把铝勺，只好以铅笔和柳条帮忙完成每日的两餐。后来有内地朋友来西藏问我要带点什么时，我都会说‘带两把勺子’。现在在我的藏品中，‘藏地勺子’是一大特色”。

艰难岁月使用的“勺子”成为韩书力的珍贵回忆。那时下乡深入生活，如果不能按饭点赶回县、乡招待所去买“老三篇”——冻土豆、冻萝卜、冻圆白菜的乱炒和本地小麦和青稞“混搭”、碱放不匀又经反复蒸热的“出土馒头”，真就只剩下手攥着钞票、粮票喝西北风的份儿了。在县城唯一的贸易公司的货架上，能吃的东西似乎只有一种过期的印度饼干。

尽管如此，韩书力和他的同伴仍然争着下乡、走进村寨，深入农牧区，与藏族群众同吃同住同劳动。韩书力回忆说，当年在吃“派饭”时除了糌粑和酥油茶，热情善良的藏族同胞还会给他们加个菜，把家中仅有的几枚鸡蛋拿出来招待他们。“当我们吃鸡蛋时，这些老百姓的孩子总是用一种渴望、怯生生的目光看着我们。时间长了我才知道鸡蛋对他们来说是一种非常奢侈的食品，藏族村民是舍不得吃鸡蛋的，他们的孩子都吃不到，要攒到10个再拿到供销社换针、换线和其他日用生活品。”

湛蓝的天空、清澈的湖水、金黄的树叶、雄浑的山峦……西藏的每一寸土地都绽放着光芒，弥漫着古老而神秘的力量，那无穷魅力让韩书力醉在其中，激发出无限的创作激情，与此同时，藏民族文化的博大精深和藏族同胞的善良淳朴，强烈地吸引和感染着这位年轻画家。

韩书力深深地爱上了西藏！“这里的冰雪和石头都充满着魅力，人在其中，就是融在荒寒的原野上都会有一种宁静的感觉，祥和而安宁，内心深处会灵动构思出一幅幅无比美妙的画面。”

所以，当借调期满，西藏民族宫的同志和韩书力商量，要把他的关系从借调变成调动时，韩书力一口答应，心甘情愿留了下来，这一留，就是43年，直到今天；所以，当1982年中央美术学院研究生班临近毕业，已经取得留院任教资格的韩书力作出了一个令所有老师和同学都感到震惊的决定——回西藏；所以，当1989年韩书力受邀赴巴黎举办个人画展，法国朋友几乎是“恳求”韩书力留在巴黎时，韩书力依然选择回西藏。

“离开时间越长，我越对西藏魂牵梦绕。”在完全可以离开西藏的境况下，韩书力却发现自己离不开西藏了。

“西藏是我的艺术生命之源，离开西藏，我自己会枯竭，我的艺术源泉也会枯竭。”审视自己，韩书力知道他已经与雪域高原血肉相连，无法分割了，他也深刻地领会到诗人活佛仓央嘉措的“最好不相见，便可不相恋”那种牵肠挂肚的意境。

“善取不如善舍，能舍而后有得”——余友心

1984年，韩书力根据西藏民间传说创作了连环画《邦锦美朵》，作为

中央美院研究生班的毕业作品，获得第六届全国美展金奖，这让韩书力在画坛崭露头角。

这套画在高丽纸上的作品，将远古彩陶纹的生动飘逸、汉画像的凝重空灵与藏地特有的图腾符号相融合，以此表现藏族风情的纯朴与俊俏，洋溢着醇厚的青稞酒香，彰显了韩书力把控形式美的超常天赋。

始于《邦锦美朵》，韩书力开启了他在高原净土的艺术探索之旅。

到西藏后，原本主攻传统水墨画的韩书力，走村进寨，接触到了大量西藏特有的宗教和民间艺术。"没有那个过程不可能有现在的结果，因为多年来奔走于各个牧场，徜徉于神山圣湖间，不断地去朝拜这片高天厚土，以及对生活在这片土地上勤劳、智慧、刚毅的藏民族的了解、认知与深层次的读解。"

长时段大范围考察、采风经历，加之藏传佛教艺术体现的自然与人的和谐相适关系，深深影响了韩书力的内心世界与创作观，他将汉文化的气韵引入藏地绘画题材之中，融合藏汉美术传统进行现代重构不断探索形成的艺术面貌和风格逐渐形成了两种创作样式：布面重彩和黑地水墨。

融合了西藏文化的韩氏绘画有着鲜明的个性——布面重彩画有一种从浓烈的色彩中散发出的禅意空灵，令观者感受到厚重的同时，品读出宁静与淡泊，1992 年，韩书力创作的布面重彩《佛印》获首届加拿大国际绘画大奖——金枫叶奖；讲求墨分五韵的水墨画与藏地传统艺术神韵完成了一次"异质同构"，同时也赋予了韩书力绘画作品鲜明的个性，被赋予"韩氏黑画"的美名，这不仅填补了西藏当代美术创作上的一些空白，也引起了国内外对西藏当代艺术的广泛关注，更成就了他的艺术创作，2013 年，韩书力创作的水墨作品《高瞻图》获得 2013 年法国卢浮宫国际美术展银质奖。

然而，韩书力是一位忙于艺术探索的赶路人，他并未就此止步，反而把目光投向更高远的艺术境界。

20 世纪 90 年代初，大概有两三年时间，韩书力索性掷笔罢画。他不是探险家，却历尽艰难险阻；他不是旅行家，却走上一条漫无止境的路，在广袤的高原大地上，在圣山神湖间踽踽独行，做着散淡的心灵之旅。

当被问及云游历练的心得时，韩书力答道："善取不如善舍！"

"善取不如善舍"是韩书力做人与作画的信条：涉及做人，他舍弃了许多俗物俗趣，因为低调故而能耐得寂寞，细观其画全如其人。

不经孤寂无由崇高。韩书力这种沉潜而内向的表现，是经过长期孤寂的创作历程体悟而来的。但在对西藏传统艺术的考察、研究、借鉴方面，他却是执着以求、极其善取的行家。多年来，他一次又一次地踏上高原漫游之路，投身于西藏民族民间文化的广阔天地，在无穷的发现与感悟中养精蓄锐，在西藏文化的高天厚土中深深扎根。

"我喜欢简单但蕴含丰富内涵的生活，我生活、做事、作画就是这样，越来越简单，要做丰富的简单，有解读性。"简单的生活方式成就了丰富的艺术内涵。韩书力的创作源泉来自厚重的积淀：长期以来，他专注于从历史的角落捡拾种种留有余光的旧物，经过智慧的加工再造，化腐朽为神奇；长期以来，他坚持不懈地阅读与冥想，从中获得创作灵感，独造属于自我的主体心境，凝聚穿墙破壁的创作功底，促发许许多多新作问世。

能舍而后有得。当我们随着韩书力的心路踪迹步入他独放异彩的艺术空间时，便不难在心灵层面去接近他，进而感受和认同他的终极关怀和创作旨意。那是古远的部族文明、宗教文明与现代文明所撞击出的火花，是熔儒、道、释乃至现当代观念于一炉的天花雨落。他以心为镜，引天籁之音，呈大朴之境，融汇为心花意象。

"舍，就是得；不舍，哪有得。放下，便得自在，我认为做人、做事和作画是同样的道理。"韩书力如是说。

"我看你就'嫁'给西藏吧"——吴作人

"43 年前，作为一个普通的汉族青年，我到了西藏，遇见了藏族同胞与优秀传统的藏文化，并得到了他们的护佑、接纳与滋养，实在是三生有幸。我愿更加自觉地用生命长度，在万里高原上追寻、攀登那一座座圣洁的艺术雪山。"韩书力几乎用了一生的时间来解读这个民族，融入这个民族，并为这个民族感动。同时，他用自己在西藏多年来对藏文化传统的苦修苦行和“善取不如善舍”的理念，来回馈西藏文化，回馈这个民族。

中国文联副主席丹增说，40多年间，韩书力曾有多次机会体面地离开西藏，却最终选择了留在西藏，他与西藏人民结下了兄弟般的友谊，发现并培养了大批藏族中青代画家，推动了西藏美术事业的发展。

进藏43年，韩书力有30多年是在西藏美术家协会担任领导工作。在任期间，他关注的核心问题始终是发现和培养创作人才，繁荣西藏当代美术创作，归结为一点就是“出人才出作品”。正是在韩书力的努力下，西藏画家群体成就了当代西藏的绘画样式，形成了“西藏画派”。作为“西藏画派”的开创者和领军人物，韩书力发掘、扶植和培养了不少西藏新一代的绘画艺术人才，涌现出了一批以藏族为主体的西藏中青年画家，他们频频在国内外举办个展，与西藏绘画艺术一起逐渐为外界所接纳和熟知，韩书力称他们为西藏的“招牌画家”。

2004年，中国美术馆隆重举办了西藏当代绘画邀请展《雪域彩练》。2011年，民族文化宫再次举办盛大的西藏当代绘画邀请展《大美西藏》，使西藏画家有机会向社会展示他们崭新的艺术风貌。他们为广大观众送去了惊喜，也收获了自信和激励。

一向谦和、儒雅、淡定的韩书力却总说，他只是为他们铺铺路、搭搭桥罢了；奉献的只是他的失败教训，让他们少走弯路而已。

将这样无私奉献的精神纳入韩书力的做人准则中去衡量，可以说，他把“善舍”发挥到了极致。

同样，作为全国政协委员的韩书力，一直致力于推动西藏文化保护，多次在提案中呼吁成立西藏美术馆。他说：“西藏和平解放60多年来，在党和政府的关怀下，西藏当代美术有队伍、有成就、有较大的社会影响。但由于没有展示与研究机构，而陷于缺少积累的尴尬境地。西藏的艺术作品亟须一个对外展示的平台，期待西藏美术馆早日落成，这是我们多年孜孜以求的梦想。”

令韩书力欣慰的是，今年西藏美术馆建设被写进自治区“十三五”规划，终将变成现实。

特别是对于如何保护和传承唐卡艺术，韩书力不遗余力。从 2012 年开始，在西藏自治区党委、政府的安排部署下，韩书力与自治区内外 80 多位藏汉艺术家开始创作百幅新唐卡，探索如何用唐卡这种古老的艺术形式表现新的主题，2014 年 4 月 30 日首批以反映西藏和平解放 60 多年来历史巨变为主题的西藏百幅新唐卡作品，历时两年创作完成，并通过专家组验收，第二批展示西藏自然人文风光以及高原动植物的新唐卡创作也已启动；2014 年 9 月 26 日，首届中国唐卡艺术节开幕，担任艺委会主任的韩书力和专家们一起从全国五大藏区近千张作品中精选 300 幅展出，一时间，齐吾岗巴派、勉唐派、钦孜派、勉萨派、噶玛嘎赤派、康赤派、安多强巴写实派等各风格流派的作品齐聚拉萨八廓街夏扎大院，精彩纷呈，令人叹为观止。

中国唐卡艺术中心同期成立，“唐卡艺术可以说占据西藏当代文化美术建设成果的半壁江山。成立中国唐卡艺术中心，既可维护唐卡画家、民间画家的基本权益和利益，也可成为一个向海内外介绍西藏文化建设、文化发展成果的平台。”韩书力给唐卡艺术中心这样定义。

1992 年春，韩书力去北京西郊拜望大病初愈的恩师吴作人先生，并向吴先生简要汇报西藏美术队伍的情况。吴先生问他有无回中央美院的打算，韩书力摇了摇头。吴先生欣慰地说：“我看你就‘嫁’给西藏吧。”

这，遂成中国美术界的一段佳话。

西藏，成就了韩书力，韩书力也以自己的艺术奉献，使西藏民族文化传播得更远。

（原载于《人民政协报》2016 年 11 月 8 日第 8 版）

冯远征：演员的品格

文 / 罗 韦 宋宝刚

冯远征

第十三、十四届全国政协委员，第十三、十四届北京市政协委员。北京人民艺术剧院院长、党组副书记，艺委会副主任。国家一级演员。中宣部“四个一批人才”，2015 年荣获全国德艺双馨文艺工作者称号，2016 年荣获北京市优秀共产党员称号，2018 年荣获中国电视艺术工作者德艺双馨奖。上海戏剧学院客座教授，北京电影学院客座教授。

前段时间热播的《老中医》里，有这样一个角色：精明、胆小、刻薄，国难当头时却透着一股子仗义和硬气。看过这部剧的观众一下就能猜出他就是赵闽堂。

“赵闽堂赴死”让观众很不舍。而人物的这一结局正是扮演者冯远征向编剧高满堂争取的，为的就是让赵闽堂的人物形象真正立住。

冯远征塑造了很多经典角色，让人难忘。2001 年《不要和陌生人说话》播出后，就连亲朋好友都会问他的爱人梁丹妮：“远征在家不打你吧？”

演什么像什么的背后是演员冯远征的专业和敬业。我们知道他在 1999 年北京人艺话剧《茶馆》里扮演松二爷。可很少有人知道，舞台上那个总是小心翼翼蹭着地走路的松二爷，是靠冯远征蜷着 10 个脚趾走路以及控制形态的。

角色千人千面，冯远征本人却是简单通透的。不愿做明星，他说自己做个演员就挺好。

学跳伞，义无反顾

1978 年的中国，百废待兴。体育事业也是如此。

那一年，北京跳伞队到 108 中学（现在的 50 中学）招学员，报名的学生并不多。老师要求班干部必须带头表率。就这样，冯远征和一些同学又报了名。

选拔考试很简单：20 米折返跑、蛙跳、90 度弯腰转圈。一些不情愿报名的学生耍了小聪明，假装跑得磕磕绊绊或者转完圈晕头转向。冯远征也没想过学跳伞，但他该怎么样就怎么样，没想到最后考入了北京跳伞队的预备队。

他真正喜欢上跳伞，是第一次从高塔上跳下后双脚触地那一刻。在龙潭湖附近的一个跳伞塔，每周六下午和周日全天训练，冯远征一练就是四年。

中学时代的冯远征内向，不爱说话。跳伞运动改变了他，让他把内心渴望的坚持、勇气、专注都释放了出来。这点让他学表演时也很受益。

1981 年，冯远征遇到了一个两难的选择：跳伞，还是考大学。那年的全国跳伞比赛和高考几乎同时进行，他只能二选一。一边是跳伞教练十分看好他的潜质，一边是高中班主任对他寄予厚望，冯远征没跟父母商量，自己拍了板儿：放弃高考，全力以赴投入跳伞集训。

可事不遂心。他虽在比赛中取得了名次，还是因为年龄偏大落选了。19 岁的冯远征感到迷茫无力。至今说起“跳伞生涯”，他的朋友们都像听天方夜谭。

几番周折，1981 年的冬天，冯远征到一家拉链厂当了工人。在他的想象里，工人都像《青年鲁班》里那样神气：鸭舌帽、白衬衫、工装裤，手里拿着一本书，推着自行车，衬衫口袋里还别着一支钢笔。听说能当工人，他激动得一晚上没睡着觉。

现实并不像他想的那样，是有些乏味的。突然有一天，一个爱好文艺的同事邀请冯远征一起参加朝阳区文化馆的朗诵声乐班。这是他第一次听到“声乐”这个词。报名费 5 毛，学费 30 元，能学 3 个月。之后，上课的那两天晚上，他们俩一定准点儿下班，在小卖部买上一个 1 毛多钱的面包，骑车奔文化馆。

声乐班是个文艺青年集散地，大家一见面便情不自禁操起“话剧嗓”说话。冯远征每天清早还在家里练声、朗诵。

教声乐的是中央戏剧学院表演系的宋世珍老师。她认为冯远征是个可造之材，经常叫他周末到她家，免费“开小灶”。后来，冯远征也得到了中戏导演系钮心慈老师的指导。

与小时候在幼儿园为了吃面包、喝红豆粥才喜欢表演节目不一样，这次冯远征认真了。表演让他感受到了一个与跳伞不同却同样热爱的世界。

在拉链厂干满一年后，领导决定给冯远征转正。但憧憬着表演世界里的无限种可能，他辞职了，决心做一名演员。

砸酒瓶，一鸣惊人

离开拉链厂后，冯远征把那一年攒下的 200 多块钱都花在了参加各种表演培训班上。没钱了就干一段时间临时工，挣够了学费，再去上课。

赶上中国青年艺术剧院招群众演员，冯远征经人介绍，成了一名群众演员。《泥人常》是他参演的第一部话剧，演一个押老乡的土匪，台词就一个字：走。上场之前，他在后台竖着耳朵听动静，生怕接不上台词。突然，演老乡的冯汉元老师向他使了个眼色，他没明白。冯汉元老师又努了一下嘴，他才明白该自己说台词了。喊完以后，冯远征哪儿也不敢看，眼睛直直地盯着手里拿的枪，他发现枪尖一直在抖。下台后，他很后悔，不该那么紧张，怎么说也是“练过的”。但那个过程激起了他的表演欲，第二天演出喊“走”字的时候，声调还往上挑了一个弯儿，匪气十足。之后，他在化妆方面的创意也越来越多，今天点几颗麻子，明天涂个酒糟鼻，后天描个三角眼……

这种陶醉的感觉一直持续了两年。直到有一天负责人事的领导告诉冯远征，不是科班出身，成为正式演员的机会不大。想了一晚上，他决定离开青艺，继续学习表演。

尽管现实一再令他失望，但冯远征的心态很好。学习之余，他凭着内心的一股韧劲儿，成了北京业余表演圈子里的“著名演员”。

1984 年，北京电影学院招生，冯远征报了名。在复试表演小品的环节，因为喜欢“伤痕文学”，也因为小时候跟父母在农村的干校生活过几年，他构思了一个知青的故事。

那次表演是他长期积累后的一次爆发。演到高潮处，冯远征拍案而起，把当道具的酒瓶子“砰”的一声砸碎了，把老师们惊住了，扒在门缝外的考生也为他叫好。

幸运的是，考场外的他被我国第四代著名导演张暖忻看中了。他懵懵懂懂地在那个人多戏少的年代当了回电影的男一号。冯远征回忆，张导演见到他时，他正坐在木堆上等着去复试，穿的是父亲的一身旧行头：绿上衣、蓝裤子，脚蹬懒汉鞋，斜背着“军挎”。“气质上比较贴近张导演想找的演员。”

张暖忻导演的《青春祭》是冯远征演艺事业中一次重要的契机。也让 22 岁的他明白，似水流年，自己的青春也将一去不返。

后来因为“形象一般”，冯远征还是落榜了。好不容易积攒起来的信心，瞬间淹没在自卑和绝望中。

回首那段日子，冯远征觉得正是在这样一次次的磨炼中，才能慢慢学会不以物喜、不以己悲地俯视生活。

排话剧，如同酿酒

拍完《青春祭》后不久，冯远征就报名参加了北京人民艺术剧院学员班的招生。

人艺的话剧，冯远征在报名前看过三次——

十五六岁的时候，他在家里的黑白电视里看过曹禺先生的历史剧《王昭君》，第一次知道话剧是什么样。

第二次是在实验小剧场，看林兆华导演的被称为“中国首部先锋戏剧”的《绝对信号》。黑暗中，他泪流满面，因为正经历着剧中无业青年黑子的苦闷和孤独。

第三次是在首都剧场，看王姬主演的《小巷深深》。他那时已经开始学习表演，和一个朋友买了剧院最好位置的票。坐在观众席中，他默默地想，这辈子如果能站在人艺的舞台上演戏，就知足了。

在冯远征经历的诸多考试中，人艺的最“简单”。后来他才明白，监考的蓝天野、郑榕、英若诚、黄宗洛、朱旭……他们只看考生一眼，心里就大致有数了。

1985 年，冯远征同时被北京人艺和中央戏剧学院录取。坐在北京人艺对面的马路牙子上，他与老同学高东平一合计，中戏毕业还不一定能进北京人艺呢，于是俩人都进了北京人艺 85 班，从此登上话剧的圣殿。

他们的班主任是林连昆老师和童弟老师。林连昆老师在第一堂课上就语重心长地说，不管大家以前拍过什么电影电视剧，进入北京人艺，都要从零开始。

距离冯远征从拉链厂辞职，立志做演员，已经过去了整整三年。这期间的种种美好与不美好，也都在他心中归了零。

《北京人》是冯远征在北京人艺参演的第一部大戏，夏淳导演让他演曾文清。一个尚未毕业的学员演曾文清，并没有那么容易找到感觉。一进排练厅，导演就建议他穿布鞋、梳背头。那天从排练厅一出来，他直奔王府井百货大楼买了一盒“金刚钻”牌发蜡，又去“内联升”买了一双圆口布鞋。“那双布鞋大约 20 块钱，对我来说是很昂贵的，我的学员工资不过每月 23 元。”他穿上这身行头一亮相，把家里人笑坏了。“我很严肃地告诉家人，这是在体验生活。”

他还按导演的要求，练习国画和书法，寻找气定神闲的感觉。为了表现出曾文清修长的手，他留了较长的指甲，还经常抹点儿香油做“保养”。还向一些行家请教怎么养鸽子、怎么喂食、怎么让它们自己洗澡。

那时候冯远征喜欢熬夜，一边听音乐，一边琢磨怎么演曾文清。终于有一天，他上场一走，导演说，“这回有点儿意思了！”

演完《北京人》，冯远征仿佛体会到了表演的精髓——走出自我的躯壳，走进角色的内心，这是一个从“破”到“立”的过程。

冯远征觉得排话剧如同酿酒。“在几个月的时间里，每天都有两个小时在重复相同的台词，每句简单的台词都经过不断地品味、打磨和积淀，逐渐成熟，直到正式演出，最终将一台高水准的话剧呈现给观众。”

出精品，千锤百炼

北京人艺 85 班，恰逢改革开放初期，是中西方文化交流越来越多的时候。

1989 年，冯远征应邀前往德国西柏林高等艺术学院进修戏剧表演，两年后回到北京人艺继续做演员。经过在国外的学习，他对剧本和角色的认识有了与以往不同的视角。

电视剧《不要和陌生人说话》挑选演员时，只有冯远征和导演讲，安嘉和不是个真正的坏人。他始终按照安嘉和是一个“人”在表演。虽然安嘉和的所作所为让观众恨他，但是他的社会角色“医生”并不是一个坏人。有了这个基调，人物就非常成功。

后来，冯远征和梁丹妮成为联合国儿童基金会和中国妇联“保护儿童，制止暴力”的形象大使。安嘉和淡出了人们的记忆，但是冯远征夫妻希望人们对家庭暴力的反思是长久的。

这是表演的一种魅力。冯远征说演戏应该是由内而外的，“把演员知道的剧本以及人物内心的东西通过表象传递给观众，这样观众才能读懂演员要告诉的是什么。”观众看戏则正好相反，是由外向内感受人物的内心。

2004 年，电影《美丽上海》让冯远征收获了“金鸡奖”最佳男配角。

获奖评语是："塑造了一个性格鲜明的人物形象，准确把握了人物的基调和多层侧面，显示出一个演员扎实的功底。"

冯远征做到了自己心目中演员应该有的样子。

将司马迁的故事搬上话剧舞台，是冯远征多年的心愿。不仅因为与司马迁同为陕西韩城人，他更想通过重塑经典，向观众传递中国的传统文化，唤醒人们更多的思考与感悟。

从 2005 年开始抓剧本创作到 2015 年话剧《司马迁》正式公演，冯远征用了整整 10 年。"演员要靠演名著得到锻炼，观众要通过看名著了解中华文化。"冯远征认为只有先悟先行，才不辱没文艺工作者的责任和担当。

再拿北京人艺今年的开篇话剧《全家福》来说，这部戏从 2005 年开始排练到演出，再到今年新一轮的复演，中间经历了很多曲折。其实，每一场演出中，演员们都在给予角色营养，都在反复打磨，人物和台词已经化到了演员身上。

今年《全家福》演出期间，冯远征得了甲流，从彩排的时候就开始咳嗽，为保证演出，每天都要用大量的药压着。让他特别感动的是观众的理解和支持。"演出完，有的观众还问我是不是感冒了？我说：'是的，您多担待！'观众一个劲儿地劝我不要用那么大的劲儿，多注意休息。"

观众的喜欢和认可，是给冯远征最大的鼓励，"我们付出的一切都是值得的。"

传帮带，不忘初心

1992 年，老一辈艺术家们的《茶馆》封箱时，冯远征 30 多岁，正是北京人艺现在年轻演员的年纪。1999 年，冯远征等主演的《茶馆》排出来，用了四五年的时间才得到观众的认可。现在，《茶馆》开票会秒没。

一票难求的繁荣辉煌，也意味着北京人艺已进入新老演员交替的时刻。几年前，冯远征突然有种感觉，想跟年轻演员讲些表演的事，希望他们进步。就好似当年自己进剧院时，老一辈艺术家看自己一样。看着濮存昕、杨立新这代演员退休，他传帮带的责任意识更强烈了。

自从出任北京人艺演员队队长以来，冯远征牵头制定了13个管理规章制度，涉及演员、后台管理、纪律、外签合同等方面。还制定了“青年演员培训计划”：推出经典剧本阅读活动，开办人艺表演大师课，请专家讲公共关系、昆曲等，组织外出体验生活……

不久前的那场培训参观的是北京人艺的排练厅、博物馆、剧场……冯远征心中的北京人艺一角一落、一人一物都有精神、有传承。“舞台上有多少根吊杆？剧场有多少个座位？包括曹禺先生、焦菊隐先生的故事，青年演员参观后感觉既新鲜又亲切。”

在北京人艺已经34年了，冯远征对人艺精神深有体会，“不要老以为都要往舞台中央站，一辈子演小角色也是光彩的，是伟大的演员。以前这样的演员在北京人艺数不胜数，没有他们哪有一台好戏呀。这就是‘一棵菜精神’”。

何谓“一棵菜精神”？是焦菊隐先生提出的：“人艺就像一棵菜，无论导演、演员，还是幕后，都像菜心、菜叶、菜帮一样围绕着艺术这个根，他们缺一不可。”

从艺术舞台走向履职平台，冯远征最关心的还是艺术发展。身为全国政协委员和北京市政协委员，他这两年的提案关注的是国家艺术基金的使用和戏剧进校园，呼吁“国家艺术基金的使用能延长到两到三年”“着重培养专业化戏剧教师队伍”……

3月4日下午，习近平总书记看望参加全国政协十三届二次会议的文化艺术界、社会科学界委员，并参加联组会。冯远征在会上发言。“我们发完言后，总书记跟我有一个互动，让我意外之余感动万分。总书记提到，冯远征同志说的艺术为人民服务就很好。谈到传统文化时，汪洋主席提到我演的《老中医》，总书记说知道这部戏，可惜没有时间看，还知道我爱人也在这部戏里有演出。亲切的对话中，总书记的关心都体现在他对细小事情的了解上，让我备受鼓舞。”

（原载于《人民政协报》2019年5月7日第8版）

闵庆文：行走的守望者

文／韩　雪

闵庆文

第十三、十四届全国政协委员，第十四届北京市政协常委。九三学社北京市委会副主委。中国科学院地理科学与资源研究所资源生态与生物资源研究室主任、自然与文化遗产研究中心副主任、旅游规划研究与设计中心副主任。

每年的6月5—7日，是二十四节气中的“芒种”。民间也称这个耕种忙碌的节气为“忙种”。这时节，正是南方水稻插秧与北方小麦收割之时。

“插秧很累，直起腰来时，很想喊两嗓子。”早年的农村生活，闵庆文至今历历在目，也为他谈论起当下农村的一些现象时，增添了身在其中的生活视角，“现在很多人都说农村没有人种地了，关键是如何种地。现在再让年轻人回到以前，用他们父辈的方式去种地是不现实的。”

调查是发言的底气。闵庆文对很多农村问题的认知，都来自他行走各地的田野调查。自从2005年结缘农业文化遗产之后，闵庆文更是常年出差，赶巧时，一个月里甚至会有20多天回不了家。

中国是农业大国和农业古国，先人们在长期的农业生产活动中，创造并不断发展了堪称完美的传统农耕技术，基本实现了对土地的永续利用。这些充满了生态智慧的农业文化遗产不仅是我国农业的宝贵财富，而且是中华优秀传统文化的重要组成部分，对于当今农业和农村可持续发展依然具有重要意义。

遍布大江南北的农业文化遗产，大多地处偏远。也正因为地处偏远、交通不便，才使得那些历经数千甚至上万年的传统物种资源、农耕技术、乡村文化和生态与文化景观得以较好保留。这位已经将农业文化遗产视为后半生事业的科学家，常年带着他的团队跋山涉水，深入乡野，宣传农业文化遗产的价值和保护的重要性，与当地政府官员和农民坐在一起探讨保护与发展的途径。

活鱼还要水中看。所以，闵庆文总说："对农业文化遗产，原貌式的保存并不可取，也不现实；生产性保护不会过时，也才有意义。"

年华与华发

闵庆文最引人注目的，是他几乎全白的头发，和常年日晒出来的黝黑肤色，都天然得未加任何粉饰。

回想起2005年第一次参加农业文化遗产国际会议时的情形，"那时头发还是黑的，现在全白了"。闵庆文记忆清晰。2005年，在中国科学院地理科学与资源研究所和农业部国际合作司的共同努力下，浙江青田稻鱼共生系统成为世界首批、中国首个全球重要农业文化遗产保护项目。当时，全世界共有6个国家的5种传统农业生产系统被列入第一批全球重要农业文化遗产保护试点。也正是从那时起，闵庆文开始涉足农业文化遗产领域，再也没有离开这个当时还很"冷门"领域。

华发见证了闵庆文的人生岁月，也见证了中国农业文化遗产领域的进阶。为应对全球农业生物多样性减少、传统农耕技术与文化丧失等问题，保障粮食与食物安全，促进农业可持续发展和乡村复兴，联合国粮农组织（FAO）于 2002 年发起了全球重要农业文化遗产（GIAHS）保护倡议。

当时浙江省青田县的一位副县长曾咨询联合国粮农组织专家：“国外是怎样进行农业文化遗产保护的？有些什么经验？”对方摊开双手：“不知道，目前全世界还没有成功的经验。”

在农业文化遗产保护领域，中国与世界各国几乎都是从零起步。没有经验可供借鉴，所有人都是“摸着石头过河”。

经过 15 年的发展，农业文化遗产价值和保护的重要性与紧迫性已经取得了较为广泛的国际共识。截至目前，已有 22 个国家的 59 个项目被认定为全球重要农业文化遗产。

中国处于领跑地位，不仅以 15 个项目位居各国首位，而且还率先开展了国家级农业文化遗产发掘与保护，并对农业文化遗产管理机制和保护与发展途径进行了有益探索。有专家评价，“在所有开展全球重要农业文化遗产保护试点的国家中，中国走在最前列。中国的经验对于世界农业文化遗产保护和可持续农业发展具有重要示范作用。”

闵庆文最感自豪的是，他全程参与了中国乃至世界的农业文化遗产发掘与保护工作，并在其中发挥了重要作用。

在项目执行期，作为 GIAHS 科学委员会委员、中国项目办公室主任，闵庆文牵头完成了中国第一个保护试点方案并负责了中国试点工作。在项目转型为联合国粮农组织常规性工作后，闵庆文又当选为联合国粮农组织科学委员会首任主席。他牵头负责了几乎所有中国项目的申报工作。正因为其突出成绩，2013 年闵庆文获得了联合国粮农组织“全球重要农业文化遗产特别贡献奖”，截至目前，他是获得该奖项的唯一一人。

“我天资一般，基础一般般，英语也是大学才开始从 ABC 学起。”也许支持闵庆文一直前行的正是如勤劳农民一般虔诚的信念：“沿着一个方向，踏踏实实做好每一件事，一定会有好的结果。”

新解先生

在与人交流中，闵庆文时不时能对一些常规事务提出令人耳目一新的新解。听着他丝丝入扣的阐释，常常想到人和人之间所谓的鸿沟差异，更多是从这点滴之间的思想认识差别而来。

开会这种在有些人看来作用不大的交流方式，在闵庆文这里，却是很有价值的。

“虽然阅读学术论文对于科学研究非常重要，但即使完成了有关研究工作，撰写一篇论文一般也要花费几个月时间，完成后从投稿到发表，也要一年半载甚至更长时间。当我们看到一篇最新刊发的文章时，其实已经是一两年前的研究了。而在参加学术交流会时，大家分享的大多都是最新的观点和研究成果。”

与遗产地政府领导和基层管理人员的工作性会议，闵庆文更是能挖掘出其间的重要性。“开会往往有书记县长及相关管理人员在场，你不仅可以听到不同的诉求，而且还可以在最短时间内向他们传输农业文化遗产的概念和保护理念。平时，要想把这些人拉到一起听你讲几乎是不可能的。我会充分利用这样的机会，不求马上让听会者改变观念，但至少让他们知晓农业文化遗产的概念，如果不厌其烦地多讲讲，就能增强认同感。这对我来说就是很大的收获。”

就是这样一次次的努力，越来越多的人知道了农业文化遗产这个概念，并认识到农业文化遗产保护与发展的重要性。随着生态文明和乡村振兴战略的不断推进，农业发展方式正悄然发生着变化，闵庆文敏锐意识到发掘与保护农业文化遗产的重要性。

按照FAO的定义，全球重要农业文化遗产是农村与其所处环境长期协同进化和动态适应下所形成的独特的土地利用系统和农业景观，这种系统与景观具有丰富的生物多样性，而且可以满足当地社会经济与文化发展的需要，有利于促进区域可持续发展。在闵庆文看来，“这已经突破了一般文化遗产的概念，而是以复合性、活态性、动态性等主要特征的传统农业生产系统，并蕴含着对于农业经济发展、农村社会发展、农民就业增收以及生态保护和文化传承极为重要的生物基因、技术基因与文化基因。”

在过去 10 多年时间里，闵庆文跑遍了我国所有全球重要的农业文化遗产地和近一半的中国重要农业文化遗产地，“我思考最多的是农业文化遗产保护与现代农业发展有什么关系？农业文化遗产发掘与保护和生态保护、文化传承、脱贫攻坚、乡村振兴有什么关系？”对于老问题总有新注解，并不因为他多么的聪明过人，只是比别人更长时间的专注。

微观中行走

面容平静、语调温和的闵庆文，实则韧劲十足。2005 年刚投身农业文化遗产发掘与保护之时，缺少经费、没有人员，不被人们理解，正是靠着不断“深耕”的韧劲，他一路走到了现在。静下来的时候，闵庆文老感觉有一股力量在推着自己，“有一种亏欠感，好像欠别人的太多。”这里面既有对家庭的亏欠，也有对曾经帮助过自己的人还未尽到承诺的责任。

闵庆文及其团队的努力和辛劳渐渐见到了成效：浙江青田稻鱼共生系统、云南红河哈尼稻作梯田系统、贵州从江侗乡稻鱼鸭系统……越来越多的中国优秀的农业文化遗产走向了世界，“最重要的是，经过大家的共同努力，这些地方的遗产保护了下来，农村生态环境和农业生物多样性得到了保护，乡村文化得到了传承，农业经济发展了，农民收入提高了。可以说，我们探索出了生态保护、文化传承、经济发展的农业文化遗产动态保护新路子，为世界农业文化遗产贡献了‘中国方案’。”

虽然家乡沛县位于适宜种植水稻的微山湖边，但小时候的闵庆文却很少吃到大米，“只有两种情况能吃米饭，一是我奶奶想吃的时候，二是家里来了客人的时候。”为了让一家人不至于过分挨饿，闵庆文的父亲常常把大米用自行车驮到徐州卖掉，再到山东去买山芋干。

16 岁通过高考进入大学的闵庆文，当时并没有什么远大理想，他的第一志愿选择的是“农”字当头的农业气象专业，并不是因为喜欢农业与农村，而是为了确保能够跳出“农门”。

实在却也低调，使得无论是在政协开会，还是在学术圈交流，闵庆文都不是最热闹的那一个。他常常避开宏观的论述，更多是从微观着眼去发现问题，并提出解决问题的办法。

比如，人们在研究中国农业与农村发展问题以及进行国际比较时，时常基于统计资料的面上进行分析，但闵庆文更喜欢从微观角度去研究：“当一个外国人来到中国，去了浙江，他会认为这是中国。而另一个人到了陕北，则会认为那是中国。两个人眼中不一样的‘中国’，势必影响他们对中国的正确判断。”讲述时，他的这个例子常常令听众会心一笑。

这些年闵庆文到处行走，“去了很多地方，怎么才能记下这些地方呢？”2009年，受到旁人启发，他开始收集所到之处的邮戳。这种打卡方式一不小心就坚持了十几年。“每到一个地方，我都会到当地邮局盖戳，再贴在活页夹里，这样的活页夹我已经攒了几大本，有意思的是这些邮戳背后的故事。有一次在西藏拉萨达孜，闵庆文去邮局的时候人家已经下班了。但当听说他从北京来，工作人员立马帮他开门去盖戳，待遇特殊的原因很简单：北京对口支援拉萨。

这让人想起闵庆文讲过的一种现象，在他生活过的农村常常可以见到：“一家如果要盖房子，条件没那么好、劳动力不够怎么办？村里好多家的劳动力都会来帮忙，打地基、建梁柱、砌墙、上房梁……今年你家盖，明年我家盖，人多力量大。”乡土乡情，延绵不绝。

（原载于《人民政协报》2020年6月9日第8版）

田　静：吹尽黄沙始到金

文 / 刘建华

田　静

第十三届全国政协委员，第十二届云南省政协委员。第十一届云南省青联常务委员，云南省红河州第十二届人大代表。国家级非物质文化遗产建水紫陶烧制技艺省级代表性传承人，高级工艺美术师。建水县田静紫陶技能传习中心理事长。

小女有梦

她跟我说，从小就喜欢玩泥巴。

孩提时代，眼中的一切都是童话世界。她将手中软和的泥巴，搓捏成她想象的样子，也许是呆萌可爱的兔子，也许是兽中之王的老虎，也许是引颈啼晨的雄鸡……她随心所欲地摆弄手中的泥巴，构筑她心中五彩斑斓的世界。

她又跟我说，她喜欢吃奶奶做的“汽锅鸡”。

她曾经给奶奶讲：“奶奶，我想吃您做的汽锅鸡。”

勤劳善良的奶奶慈祥地看着可爱的孙女，一口答应：“好的，奶奶给你做汽锅鸡。”

汽锅冒出了袅袅蒸汽，鸡肉的香味溢满厨房，她围着汽锅好奇地转悠，小小的脑袋瓜也在转悠。

她问奶奶：“奶奶，汽锅是怎么做出来的呀？”

奶奶爱怜地摸着她的头，笑道：“你不是喜欢玩泥巴吗？汽锅就是泥巴做的。”

她天真地对奶奶说：“奶奶，我也要做汽锅。”

奶奶又笑了：“好啊，等你长大了，就做汽锅，奶奶用你做的汽锅来炖鸡。”

谁也想不到，由汽锅鸡引发的祖孙对话，竟深深烙进她幼小的心灵，成为她童年最大的梦想，使她一辈子与泥巴结下不解之缘。

她叫田静。

古城有陶

云南建水古称临安府，筑城至今已逾1200年，是一座名副其实的古城。

田静的“陶茶居·田记窑”坐落在这座古城的翰林街，古色古香、幽静别致。

自幼喜欢玩泥巴的田静已经同紫陶难分难舍，她的工作室陈列着她制作的各种紫陶器具，琳琅满目，古朴文气。

建水紫陶，中国“四大名陶”之一，因所用的陶土呈紫色，故称“紫陶”。

1953年，北京举办全国民间工艺品展览会，江苏宜兴紫砂陶、广西钦州坭兴陶、云南建水五彩陶、四川荣昌陶器（荣昌现为重庆市管辖，故“四川荣昌陶”改称“重庆荣昌陶”）以其悠久的历史，不凡的陶瓷品相和深厚的文化内涵在展览会上崭露头角、大出风头，被当时的国家轻工部命名为“中国四大名陶”。

在漫长的历史岁月中，建水陶器的烧造处于一种粗糙的、简单的生产生活用品制作上，如陶丸、陶制网坠等。专家推断，建水紫陶形成完整的制陶工艺流程、并有一定规模进行专业化烧制，始于清代道光年间。自那时起，繁复的紫陶烧制技艺被一代代制陶艺人薪火相传，其独有的传统工艺，与古老厚重的中国书画艺术紧密结合，紫陶器具便充盈着浓郁的书香之气，饱含着深厚的文化底蕴。

建水紫陶的名气逐渐传播开来，其中最为别致的生活用品是烹饪美食的汽锅。20 世纪 60 年代，周恩来总理出访时，曾将建水紫陶汽锅作为礼品赠送外国友人。

新中国成立后，建水紫陶行业走过家庭作坊、合作化、办厂的道路，几番风雨，几度辉煌。进入 21 世纪，“建水县工艺美术陶厂”宣布关停，建水紫陶重新恢复到家庭式的小作坊制作。光阴如流，建水紫陶走进了历史的又一个轮回。

在万象更新的年代，田静与她的哥哥田波共同走进了紫陶古朴而又新奇的世界。

田静接触紫陶技艺是 20 世纪 90 年代，正值建水紫陶低落衰微之时。其时的紫陶行业不景气，器具单调稀少、精品不多；同时缺乏工艺体系的整体归纳，认知度不足，引领性不够，无国家级的工艺美术大师，建水紫陶徘徊不前，整个行业处于不温不火的局面。

喜欢玩泥又生性倔强的田静，义无反顾地迈入充满坎坷与挑战的制陶之路。

制器有术

秋天是收获的季节。经历风雨坎坷、岁月磨砺的田静，沉稳内敛，已是全国陶瓷行业和云南紫陶艺术界的知名人物。走进位于建水古城翰林街的“陶茶居 · 田记窑”，田静正悉心指导她的学生制作紫陶艺术品。

秋天的建水古城，和煦的阳光投射在“陶茶居”的小小院落，安谧中又洋溢着些许温馨。

因工作关系，我与田静兄妹有过多次深度交流。

“看似寻常最奇崛，成如容易却艰辛。”田静说，回望从艺26年的岁月，真有脱了层皮的感觉。

建水紫陶的制作技艺主要有采土制泥、手工拉坯、湿坯装饰、雕刻填泥、高温烧制、无釉磨光等工艺环节，但自从建水县工艺美术陶厂倒闭后，完整的工艺链断裂，工艺环节之间形成各自为战的局面：各个制陶作坊有的盘土、有的拉坯、有的刻画、有的烧窑；制陶师傅均术业有专攻，或精于制泥，或工于造型，或专于烧制。

田静为掌握制陶的全过程工艺，各个工艺环节都去拜师学艺。她的刻苦，连带她的师父潘炳良都于心不忍，母亲也颇为心疼：“小女娃娃，做陶太苦了！”整整十载寒暑，田静终于完整地掌握了制陶的全部工艺，将每一个工艺环节牢记于心、娴熟于行。

她与哥哥田波一起，在钻研自身制陶技艺的同时，收集、挖掘、整理建水紫陶传统技艺，对“窑火不断、传承千年”的紫陶制作技艺进行规范解读，梳理出淘泥12道工序，成型72道工序，烧制24道工序，共计108道工序的主要理论依据，这些繁复的工序律秩严谨、环环相扣，使“千年记忆”真正成为流程清晰的“技艺”，为传承这一珍贵遗产提供了坚实的理论基础和实践保障。

田静的这一重大贡献，得到紫陶界的一致认可和赞誉，无可争议地成为建水紫陶烧制技艺首席技师。而她的哥哥田波，则将主要精力专注于陶器的烧造。多年的潜心探索和实践，熊熊的窑火，成就了陶器，也成就了自己，他成为紫陶烧造师。

在家人和各位师父的支持鼓励下，田静考上了江西景德镇陶瓷学院。5年后，她以优异的成绩毕业，为今后她在紫陶技艺的探索创新奠定了扎实的理论功底。

每逢外出，田静都要带上自己亲手制作的一套紫陶茶具。当被问到如何走出一条建水紫陶生存、振兴的成功之路时，茶气氤氲间，田静说出了自己的理念：现代生活离不开精致，紫陶器具必须追求精品才能被更多人认可。

由于历史原因，建水紫陶在制壶技艺上曾有断代。田静通过长期挖掘整理传统技艺，反复试验，攻克泥料收缩比的同时，创新流、钮、把的手工技艺，在传统样式基础上，开发出百余种茶壶造型，逐渐形成了建水紫陶茶壶独具一格的艺术风格，将建水紫陶“阴刻阳填、无釉磨光”的独特工艺发挥到了极致，造就了紫陶器具“体如铁、明如水、亮如镜、声如磬”独具一格的艺术风格。她的每一个茶壶都造型各异、美轮美奂，堪称壶中精品。

古人云：“书痴者文必工，艺痴者技必良”，田静是紫陶行业的一个“艺痴”。她说，设计、烧制出与云南茶特别是普洱茶相适宜的紫陶茶具，是她毕生追求的目标。

勤勉有酬

勤奋成就了人生，岁月沧桑了容颜。

26 年弹指一挥间，田静艰辛跋涉，走上了制陶的艺术之巅。

国家没有忘记建水紫陶。2008 年，建水紫陶烧制技艺被列入国家级非物质文化遗产名录；2019 年，建水被中国轻工业联合会、中国工艺美术协会和中国陶瓷工业协会授予“中国紫陶之都”称号。进入新世纪，建水紫陶正经历一场涅槃巨变。

在当地党委、政府的大力扶持下，建水紫陶发展迅速，不断提档升级，成为建水的一项重要支柱性文化产业，并成为云南省和红河州民族民间工艺品产业的一大亮点。

如今的建水紫陶神采奕奕：两个小镇活力四射，分布有紫陶创意园、紫陶博物馆、紫陶百工坊、碗窑古村保护等项目，打造出紫陶街、蚁工坊等新兴业态，小镇形成了创意设计、生产加工、文化传播的聚集区。生产销售紫陶产品的企业和商户发展到 2316 户，直接从事紫陶行业的人员达 4 万余人，加上与之相关的包装、运输等行当，从业人数高达 10 万人，紫陶的年产值达到40.3亿元，产业化形态已初步形成。

建水县建立了国家、省、州、县级紫陶生产示范基地和传承点12个，拥有紫陶烧制技艺项目传承人68名，汇集“中国陶瓷艺术大师”“中国陶瓷设计艺术师”“中国工艺美术大师”等共34名，吸引外来创意设计和工匠创客近千名。建水县还与省内外院校合作设立专家工作站，建立紫陶工艺人才的培养机制和资助奖励机制。“好风凭借力，送我上青云”，以田静、田波兄妹等为代表的新生代紫陶人才迅速成长壮大。

党和政府推才挽秀，对田静的勤勉和成就给予了一系列的荣誉——

她成为建水县历史上第一位全国政协委员，也是云南省非遗手工技艺传承史上第一位全国政协委员，同时还是全国青联委员。是第十二届云南省政协委员，第十一届云南省青联常务委员，云南省红河哈尼族彝族自治州第十二届人大代表，全国巾帼建功标兵，云南省首席技师，国家级非物质文化遗产建水紫陶烧制技艺省级代表性传承人，高级工艺美术师，云南省建水县田静技能传习中心理事长。荣誉不断加身，却是实至名归。“人生在勤，不索何获。”建水紫陶历经千载依然生生不息，田静、田波等一大批紫陶艺人功不可没。

相融有期

建水紫陶作为非遗技艺如何传承发扬，田静的探索和实践没有停步。作为政协委员和非遗传承人，她积极撰写非遗技艺保护与传承的提案提交给省政协和全国政协，为云南非遗项目的开拓与发展建言献策。

2019年，田静在全国政协全会上提出《关于加大云南边疆地区非遗传习相关建设助力脱贫攻坚的建议》，建议国家支持有条件的非遗手工艺地区由非遗代表性传承人成立非营利公益培训机构；在2020年的全国政协全会上，田静又提出《关于少数民族地区职业学校增设非遗技艺专业的建议》，建议在少数民族地区职业院校开设非遗专业；进入2022年，田静又再次在全国政协全会上提出《关于加强职业院校非遗技艺专业建设的建议》，她执着于非遗的传承与发展，所提的建议不断优化。她相信，功夫不负有心人，只要持续地呼吁和宣传，国家会更加重视这个领域，更多的人将会了解、走近非遗，为非遗的传承和发展创造有利条件。

党的二十大报告指出："坚守中华文化立场，提炼展示中华文明的精神标识和文化精髓，加快构建中国话语和中国叙事体系，讲好中国故事、传播好中国声音，展现可信、可爱、可敬的中国形象。"田静说，建水紫陶技艺作为非物质文化遗产，是华夏祖先的智慧结晶、文化精髓。作为非遗传承人，将这一物质文化成果传承下去，既是责任，更是使命。

2009年，田静就开始招收学徒，免费传授紫陶技艺。创办紫陶技能传习中心后，她担任理事长，全力以赴为乡村青年提供公益培训，10多年过去，田静门下走出了1000多名学徒，纷纷投身于紫陶行业之中。

早在2005年，田静提出建水紫陶与普洱茶相互融合的思路，她注册了"陶茶馆"，开宗明义就是推进陶器与茶叶的相融相生、相得益彰。

田静认为，紫陶茶罐、紫陶茶壶，还有醒茶罐、斗茶罐，既是精美的艺术品，又是最佳的存茶、饮茶器皿。紫陶文化与普洱茶文化的碰撞与融合，必将绽放出绚烂的特色产业和民族文化之花。

沿着田静"茶器融合"的思路，我在设想，作为一个旅游大省，如果云南的旅游城市、旅游小镇、旅游景区都分布有古朴雅致的"陶茶居"，古韵悠悠、文气盎然的紫陶茶具与厚重绵长、醇香浓郁的普洱茶交相辉映，是多么令人向往。

我又在设想，如果上好的普洱茶，封装在刻填有精美书法和国画的紫陶茶罐之中，无论储存还是欣赏，都是无与伦比的精致。两种文化的相融共进，两张名片势必比翼齐飞。

茶器融合这一设想得以实现，仅凭田波、田静兄妹的一己之力，就显得微不足道了。更需要政府主导、市场运作，实业界的有识之士凝聚共识、同心同向，合力为之。

尾　声

不驰于空想，不骛于虚声。田静依然在默默地从事自己热爱的紫陶技艺。

壬寅年孟秋，经过认真筹备，《薪火相传——田波、田静紫陶艺术展》在北京荣宝斋美术馆展出，文化艺术界的名人名家以及新闻媒体受邀出席，琳琅满目、精美绝伦的紫陶器具，是田波、田静20多年辛勤和汗水的结晶。众人对田波、田静兄妹在非遗传承、紫陶技艺方面的成就和贡献赞不绝口、予以高度评价。

同为全国政协委员的于殿利从历史学角度概括了到场嘉宾的心声：艺术即生命，紫陶艺术不止于器物之美，技艺之美，更沉淀着建水的自然、历史与人情。一方水土的风物人情，亦在这一件件文心典丽、火色丰沛的作品里。

党的二十大报告对中国青年寄予殷切期望："当代中国青年生逢其时，施展才干的舞台无比广阔，实现梦想的前景无比光明。"田静生于建水古城，长于建水古城，作为非遗传承人，承载着紫陶的古韵和文脉，奋斗于这个伟大的时代，她是幸运的，"千淘万漉虽辛苦，吹尽黄沙始到金"。

（本文作者刘建华系中国人民政协理论研究会常务理事，云南省政协原秘书长，中国作协会员。原载于《人民政协报》2022年11月22日第8版）

医者仁心

吴海洋：内心光明

文／张宝川　乌云斯琴　王　卓

吴海洋

第十、十一届全国政协委员。开国中将吴瑞林之女。武警总医院原眼科主任，主任医师、教授、硕士生导师。

姣好的面庞，凝脂的皮肤，艳丽的藏族服饰包裹着A4纤腰，柔软的腰胯灵动着锅庄舞的旋律……

脸上流淌着汗水，草绿色军服遮掩着纤细的腰肢，窄窄的肩膀承担起几十斤重的担子，担子挑的是——大粪……

你能将这两种情景“和谐”在一个人身上吗？

“我当兵就是为了下基层，下连队，现在却让我当文艺兵，我不干，给上级党委写信，于是我成了南海万山要塞——一个 7.9 平方公里小岛上的卫生兵。”

“不过文艺专长我也没扔，经常利用业余时间为战士们唱歌、跳舞。”

48 年后，从吴海洋向记者述说往事时的平静中，依然看不出她对自己选择的后悔，她沉浸在对激情燃烧岁月的怀念之中。

这一切，哪些是源于那个火红年代的集体意识，哪些是源于她那位打日本瘸了一条腿、又凭着剩下的一条好腿一直追着国民党军从东北打到河南、追着美国人从鸭绿江边一直打到“三八线”，从大山里走出来的“旱鸭子”、却又偏偏成了中国人民解放军海军高级将领，在海战、空战中让蒋介石和美国人大吃苦头的父亲吴瑞林，吴海洋自己也说不清楚。

还有更多的矛盾对立统一在她的身上。

爱海洋，不爱“吴海洋”

吴海洋不知道，从大山里走出的父亲为什么给自己取了这么个名字。姐姐海波，妹妹海霞，名字中也都有个“海”字。

1948 年，她出生在冰天雪地的东北，是家里的第四个孩子。其实那时父亲吴瑞林连大海长什么样都还不知道。作为东北野战军第五纵队副司令员，他正在辽沈战役中参加追歼国民党军队战斗。

没想到时隔几年，吴瑞林居然真的成为海军的一名高级将领，和海洋打了半辈子交道。

红小鬼出身的父亲批评家里人最喜欢说的一句话是：“没文化！”其实，10 岁就从家里跑出来当泥瓦工的他基本上没读过什么书，但他天资聪颖，记忆力惊人，靠听评书听来的水浒故事、三国故事，他都能倒背如流。每次战役下来，参战部队、参战人数、敌我伤亡人数，多少年后他都记得分毫不差。

但是，对于中国人民解放军来说，技术装备复杂、专业分工细、技术性强、机动性大的海军却是个“高技术活儿”。

朝鲜战争刚刚停战时，毛主席问彭德怀：“派谁去守南大门为好？”

彭老总说："打美国佬还是吴瑞林吃得透，派吴瑞林去为好。"

于是，吴瑞林有生以来头一次登上舰艇出海。这一次就航行了3000多海里，每天跟水兵们一起生活，一起训练，向他们请教。

"爸爸虽然战功卓著，但是没有打过海仗，外行领导内行。但是他的性格是从不服输，一窍不通没关系，他就像个小学生一样，从头开始学。在我的记忆中，他就是没命地工作，每天出海、下部队。我从小学到中学，都很难见到父亲。"

在吴海洋的印象中，父亲吴瑞林很会讲故事，讲长征的故事、抗战的故事、抗美援朝的故事，也很会说笑话。常常是大家围着听他一个人"神侃"，笑声不断。不过，他不是讲给儿女们听，而是讲给战士们听。那时，他每年有三分之二的时间带舰出海训练，东起福建、广东，西达广西北部湾，南至西沙、南沙群岛。走海岛，下连队，和战士们一起同吃、同住、同学习，甚至同娱乐。官兵们都很喜欢他。

回到家里的父亲却是一副严厉的面孔。

吴海洋和兄弟姐妹们的孩提时代是在军队大院度过的，当时，吴瑞林的"家法棍"全院人人皆知，不管家中谁犯了错，都要以"家法棍"处置。

让敌人闻风丧胆的吴将军也让孩子们"闻风丧胆"。嬉笑玩耍时，一听到父亲一轻一重的脚步声马上就会"坚壁清野"、销声敛迹，以至于大哥时常装着父亲瘸腿的脚步声吓唬弟妹们。

父亲对孩子学习的要求异常严格，规定每人每天除了完成学校作业外，还必须练字三篇，没完成不让睡觉，写不好还要罚多写几遍。一次，大家都写得不好，他就让孩子们集体罚跪检讨。也许是从小家里穷没念过书，他想通过孩子的学习来弥补自己"没文化"的遗憾。

不过，在著名的"八六"海战中，"没文化"的吴将军，战胜了"有文化"的国民党海军：

1965年8月5日晨，台湾国民党海军大型军舰"剑门"号和"章江"号窜至福建沿海进行破坏活动。国民党"剑门"号，是美国刚刚送给国民党的千吨级大舰；"章江"号排水量也有450吨。而我军的护卫艇最大吨位只有百吨，鱼雷艇吨位只有几十吨。双方实力相差悬殊。

吴瑞林迅速研究制订了“放至近岸，协同突击，一一击破”的作战方案，命令以高速护卫艇4艘、鱼雷艇6艘，组成海上突击编队。小艇打大舰，打近战、夜战、群战。

“群狼斗狮子”：精密的计算，巧妙的部署，密切的配合，令敌舰晕头转向，首尾难顾。4个多小时的激战后，敌舰中弹起火，爆炸下沉。

这是人民海军创建以来最大的一次海上歼灭战，一举击沉两艘敌舰，歼敌上百名。捷报传至中南海，毛主席高兴地说：打得好！以小打大，是蚂蚁啃骨头啊！

战争是科学的艺术和艺术的科学。在枪林弹雨里滚出来的新中国一代将军，靠着在大浪淘沙的残酷战争大学里学到的最实际的“文化”，以小打大，以弱胜强，不但打赢了陆战，也打赢了高技术的海战、空战，凭着这赫赫战功，这一代人的确有资格批评“没文化”的人。

1971年，美国总统特使基辛格秘密访问中国，吴瑞林被周恩来总理点名参加会见。基辛格握着吴瑞林的手，以西方人特有的幽默说：“我们美国人对吴将军的名字并不陌生，而且对您的那个绰号（吴瘸子）更熟悉。吴将军是全才，能打陆战、海战，也能指挥空战啊！麦克阿瑟、李奇微对吴将军都感到棘手……”

也许，只有在打了胜仗之后，吴海洋才看到父亲难得的笑容，因此，她小时候的感觉是，父亲爱海洋，不爱“吴海洋”。

不过，父亲对孩子们的学习却依然抓得非常紧。在南海舰队时，他每周必定打个电话，跟每个孩子都要说话，询问学习情况。而体现将军细心的是，每次到北京开会，他会给每个孩子都买一份礼物，每个人的礼物都不一样，都是各自喜欢的。

这其中体现的就不只是细心了。

当的是兵，不是女兵

1968年，吴海洋20岁那年，和父母一样穿上了军装，成为一名解放军战士。

上中学时就得以展露的文艺天赋使得她“幸运”地有了一个好去处——到军区宣传队，当一个文艺兵。对于喜欢唱歌跳舞的吴海洋来说，这个选项简直就是为她量身订制的。

然而，吴海洋的选择却让现在的人们觉得不可思议，她拒绝了，专门给上级党委写信，郑重说明自己来当兵就是要下基层下海岛，现在在机关当个文艺兵，不到基层，不去海岛，不去吃苦，那算什么兵？

那是一个激情迸发的年纪和激情四射的年代。

不过，她认为，和父母参加革命的传奇经历，自己的这点“另类”算不得什么。

父亲吴瑞林是在当学徒工的时候反抗工头的压迫和剥削参加的革命，后来成为迎接红军入川第一人。

母亲刘军的经历就更有故事性。她是山东莱芜人，姥爷是位私塾先生。妈妈考到济南的中学，读书期间接受了一些进步思想，就要参加抗日的八路军。可是，当时的部队不要女兵。实在不好安排，招兵的人只好说，你一个女的在部队不方便，要参加就得带一些人一起来。母亲二话没说，回去真的就发动了一批人一起来了。这下，让招兵的人大吃一惊。于是，母亲刘军成为莱芜地区第一批八路军女兵。后来，怀孕 8 个月的母亲还坐过日本人的监狱，受尽严刑拷打却不曾屈服，把孩子生在监狱里。

母亲是那种外表和性格看起来柔柔弱弱，骨子里却坚强无比的人。

终于，吴海洋如愿去了南海万山要塞一个 7.9 平方公里的小海岛，成为一名卫生兵。她回忆说，海岛以前甚至没有过女兵，从来没有出过岛的渔民孩子见到新去的 6 名女兵，甚至不知道该叫什么，犹犹豫豫喊她们“解放军女叔叔”！引起她们嘻嘻哈哈的一片笑声。

不过很快，有些人就笑不出来了。

这里远离大陆，食品蔬菜都要靠船运来，一周运一次，赶上台风，船来不了，岛上官兵就得吃压缩饼干，酱油拌饭。

还经常有不请自来的“观光客”。一天晚上吴海洋回到宿舍，室友们有的都已经安寝。突然她发现有什么东西正卧在她的床上，“啊！”她大叫一声，头发根都竖起来了。喊声惊醒了室友，原来是一条蛇正盘在吴海洋的床上睡大觉。喊声也惊醒了蛇，它极不情愿地慢慢爬起来，在姑娘们惊恐的注视下，爬了出去。

吴海洋不以为苦，自己不就是来自找苦吃的吗？

她中午不休息，去给战士们洗衣服，给他们唱歌跳舞，一起学文件。一周一次交通船运来的菜，要翻几座山去码头抬回来。本来女兵可以不去，男女都一样，女兵就不是兵吗？再说，这不正好可以练练肩膀吗？有时间也帮渔民运水泥，从船上到码头搭一条板子，娇小的身躯扛一袋水泥。走到板上一颤一颤，险些就要摔倒，她咬着牙，自己就是要行。

吴海洋是个有洁癖的人，谁坐她的床都不让。可是有洁癖的她却干起了连男兵都不愿干的活，挑大粪，浇菜。装满粪水的沉重的木桶，一晃一晃，粪水经常溅了一身。这些苦对她来说都不算什么，但有一种苦却让她难以忍受：想家！

经常自己一个人坐到海边的大石头上，望着大海的那一边。哪怕有一封家书也好啊。慢慢地，泪水就流了下来。

一天晚上，守备队首长说：“吴司令员要到守备队视察工作。”这消息让吴海洋激动得一夜未眠。第二天一大早就起来了，盼啊，盼啊！从早盼到晚，却没有任何消息。几天之后才听首长说起，那一天父亲来了守备队，但因为太忙，没有时间通知自己。吴海洋跑到山顶，对着大海泪如泉涌，大声喊着：“爸爸，爸爸，我想你，你为什么不来看我？”

钢铁是怎样炼成的？

在这个小小的海岛上，她经历了很多个第一次：第一次学会了打针，不过第一针是扎在自己身上的；第一次学会了接生；还第一次学会了在众人面前讲话。

说起自己的这一点，吴海洋至今也奇怪：从小喜欢跳舞的自己，当众表演从不怯场，可是一到发言，就脸涨得通红，一句话说不出来。下来就懊恼，恨自己没用。连话都不会说，怎么能进步？慢慢地，终于张开嘴了。

一年后回家探亲，跟爸爸妈妈滔滔不绝、绘声绘色地汇报部队的见闻。吴瑞林和刘军发现：女儿变了！这是军队大熔炉改造的结果。

就这样，在物质和精神的双重锤炼下，她成为了一个兵，而不是女兵。

这一年年底，她实现了人生中的一件大事：入党。

北京来了个“洋大夫”

十月的骄阳热力不减，崎岖的山路上，一支背着背包的几百人队伍正在行军。

这不是普通的军人，是一群军医，驻在山西大同的322医院的军医。吴海洋刚刚从北京301医院转到这所医院，也在行进的队伍中。

70年代，经过海岛当卫生兵的一段，吴海洋当医生的志向更加清晰，也确定了眼科的方向。

那个年代，是不讲究个人意愿的，父亲更是强调，一切服从国家意志，“我是一块砖，东西南北任党搬。”他把自己骨子里的东西毫无保留地都传给了儿女。吴海洋的大哥二哥都喜欢文史，可是考大学时候，都报了理工，因为这时国家建设需要的是技术人才。

“我从小就是听话的孩子，听老师的话，听家长的话。”

从万山要塞的卫生兵到成为第一军医大学的工农兵大学生，再到北京301医院，她终于成为一名眼科医生。不过，这次她分到山西却多少有些“发配”的味道，因为父亲“文革”中受到了“冲击”。

说也奇怪，已经成为一名军人了，却丝毫没有改变吴海洋骨子里的东西。她一到山西，全院就传开了：北京来了个“洋大夫”。

当下什么都敢穿的女孩子自然理解不了那时的环境。其实，那时吴海洋不过扎了两条花辫子，穿了一双跟不算高的皮鞋，戴了一副好看一点的眼镜，穿着讲究一点，仅此而已。

就是这些“而已”已经是当年合格的“小资”作派了，于是，人们关注着这个“小资”在拉练行军中的表现。

一天不停歇的几十公里终于走下来了。回到医院，吴海洋发现连袜子都脱不下来了——因为脚上磨满了血泡，血泡连成片，粘住了袜子。“也没见她一瘸一拐啊。磨得骨头都露出来了也没叫一声。”这与初来时形象上的反差，为她赢得了医院领导和同事们的尊重：到底是出身将军家的军人。

对工作很“革命”的吴海洋，对生活却特立独行。她不认为革命就意味着枯燥乏味，生活是五光十色的。父亲是工作起来不要命，海洋也是工作起来不要命。但是，“不要命”之外，海洋是什么都要：爱跳舞，爱做菜，做针线，会玩，也要穿好。

“同事谁毛衣不会织了，就问海洋去！”至今她仍然对自己的完美主义很得意。这一点又是直接得自出身诗书之家、当过老八路、后来又成为广州中山大学党委书记的母亲的潜移默化。

工农兵学员的那点知识，对于一名合格的眼科医生是远远不够的，其难度不亚于她父亲的“旱鸭子”下海。于是，白天悉心观察记录，补上缺失的专业训练，向有经验的医生请教；深夜12点，还在挑灯补课，啃厚厚的医学书。累了，就拿出一本文学名著，换换脑筋，也是一种学习，免得老被父亲说自己“没文化”。

慢慢地，在322医院，她实现了自己业务上的飞跃，名气也越来越大。

1978年夏天的一个中午，吴海洋正在宿舍午休，突然传来急促的脚步声，“吴医生！快到院大门口看看，来了一伙人要见你！”只见医院门口，站着老少男女20多人，见吴海洋出现，一位80多岁的老爷爷一声令下，大家伙都跪在了面前，“是她救了咱家孩子！”

就在半年前，老爷爷牵着他20多岁、怀着6个月身孕、几近失明的孙媳妇找到吴海洋。“孙媳妇仅有的一只眼也快瞎了，寻死觅活，肚子里的孩子咋办？听说解放军医院有位好大夫能‘治瞎眼’。”经过检查，吴海洋确认患者得的是孔源性视网膜脱离，必须马上手术。当时，大同各家医院还均未开展此项手术。

北京的手术条件相对成熟，但老大爷一家去北京现实吗？一番心理斗争后，吴海洋还是决定，“没有条件创造条件也要上”，日夜兼程赶到北京，购买相关设备，为孕妇成功进行手术。一个月后，病人恢复了视力，带着将分娩的身子满意出院了。

作为一个医生，为病人解除病痛不过是分内之事，但却受到老百姓这样的“礼遇”，这在吴海洋心里产生的震撼是巨大的。

离开北京时，父亲曾送给她一支钢笔，让她开方签字用。这支笔是有来头的，是当年胡志明送给父亲的。现在，她忽然明白了父亲的深意，用这样的笔开处方，提笔千斤重，落笔重万斤啊。

从此，几十年的医疗生涯，她一直用父亲送的这支笔签字、开方。

泪眼中的光明

1995 年，吴海洋成为北京武警总医院眼科主任，学科带头人。

因为在专业上的成就，吴海洋被评为“武警十大忠诚卫士”。具体时间，她只记得是儿子考大学那年。

也因为在专业上的成就，吴海洋在获得武警荣誉的同时，也成了一名全国政协委员。她的眼前为之一亮。

“说实话，作为医生，关注的领域是很窄的。以前只关注自己专业的事，但到了政协这个大家庭，视野一下子打开了，进了大世界，学会站在国家大卫生方面思考问题。”

“听委员们讲话就是一种享受，会感受到他们的胸怀，他们对国家的责任。”

从此，吴海洋也关心起新农合、农民工医疗保险这些平时不大关注的名词。

作为连续两届的医卫界政协委员，吴海洋关注的也多是医疗行业的问题。只要一有医疗方面的调研视察、义诊活动，她都积极报名参加。两届政协委员，她一共参加调研 20 多次，提交提案 30 多件。

其中让她最有成就感的，是关于防盲治盲规划的一件提案。

“青光眼是不可逆也不易被发现的，但过去的防盲规划里，关于青光眼的细则却一直都没有。我建议能加上对青光眼的防盲细则。后来建议得到了落实。”

关注防盲治盲问题，跟她去西藏的一段经历有关。

1988年，国家残联组织第一批赴西藏白内障手术复明医疗队。吴海洋带领武警部队分队赴藏。到了西藏，高原反应刚缓过来，又遇到新问题：武警分队被安排在拉萨市人民医院工作，本来是来帮助病人的，可病人却不多，那还有什么意义？

与当地组织协商后，吴海洋和队友们主动下到附近林周县农场医院。在那儿完善手术室，开设了家庭病房。

“上午走街串巷到藏民家中换药，之后开始手术，晚上检查新的病人，连轴转。”一个多月后，武警分队成了赴藏几支队伍中完成任务最多、表现最出色的分队。他们给许多藏民带来光明。

离开林周农场时，出现了一幕“意外”。医院外的山坡上挤满前来送行的藏民，成百上千，手捧着洁白的哈达，口中喊着：“感谢金珠玛米！感谢亲人共产党！”

“我们走着走着走不动了，百姓高呼着：‘你们不要走，留下来，我们不让你们走！’当地干部为我们劝着藏民。走着挤着，我眼镜丢了也不知道。颈上的哈达多得没过了头顶！我们都哭了。”

泪眼蒙眬中，吴海洋依稀见到了“打江山”的父辈。一霎时，她似乎什么都懂得了，她懂得了父亲严厉下的慈爱，懂得了母亲慈爱后的坚强，懂得了父母坎坷曲折、波澜壮阔一生的全部意义。

泪眼蒙眬中，她觉得内心一片光明！

这光明，照着她从那时至今28年为民疗疾的路，照着她13年为民履职的路。

（原载于《人民政协报》2016年8月16日第8版）

凌　锋：不断回到原点

文／韩　雪

凌　锋

第十一、十二、十三届全国政协委员。北京市脑血管病中心主任，首都医科大学脑血管病研究所所长、介入研修学院院长，宣武医院神经外科首席专家。

即使在现代社会，凌锋也是如豪侠般的存在。

凌锋是个医生。拿手本事是救命，她在人体最神秘复杂的大脑上开刀，几十年救人无数。

凌锋是个善人。远在云南丽江民族孤儿学校的300个孩子，全靠“凌妈妈”养活。开义诊，筹善款，她每年要为孩子“赚够”540万生活费。

凌锋是红二代。父母亲既是军人，也是医生，恩师刘承基还曾是中共地下党员。守护先辈打下的江山，在凌锋是亲命，也是国任。

凌锋是中国志愿医生。既国内义诊，又国际援助。她和一帮同行不远万里跑到非洲，为当地“兄弟姐妹”治病，用行动告诉他们，中国的志愿医生有多棒!

凌锋是东道主。为了在一个屋檐下,实现临床神经科学各个学科的合作、研究，她花 16 年功夫筹建了一所大脑状建筑，是中国的国际神经科学研究所。而明年，神经外科的世界大会将在北京召开。

凌锋是教育者。她通过叙事病历,倡导医生看病更看人;通过手术预案，训练医生的手术系统路径思维；通过专科医师规范化培训，接轨国际医学实践。

凌锋是全国政协委员。她是连续多届的政协委员，做委员的动力在于，“因为能说话，说话有人听啊。”

……

67 岁，业内首席，家境优渥，有儿有孙。放着这样一份世俗的圆满幸福，不抓紧时间享受生活，却整日东奔西跑，每天为了一些跟自己不相干的物事奔波，跟各色人等斗智斗勇。到底为了什么?

听到这个问题，凌锋迅速区别出问答双方的立场不同，“如果凡事从自己出发，是会这样想。这也是时代的不同。我接受的教育，就是人要无私，全心全意为人民服务。”

这种价值观，现在听来有些不可思议，尤其对生长于市场风潮中的一些年轻人来说，“我”才是思考一切事情的原点。

在新中国成立初期，为人民服务曾是全社会倡导的国民道德。就像设定好了程序一样，凌锋遇到所有事情，“最终都会回到那个原点”。

帮助人的本事

外科，几乎是男性的世界。

很多医院的神经外科清一色是男性，据说，全国女神经外科医生的比例仅为 0.6%。2000 年凌锋来到宣武医院时，是唯一的女性，并担当科主任。

“我向来不认为向性别挑战是个挑战。任何时候，都有人不服你。即便你是男性，也会有人不服。”凌锋承认，性别的确会带来不一样的处理方式。但选择做什么工作，跟是男是女没有关系，“努力去做”才是关键。

“我从小比较爱动，也比较自信。”小学时，正碰上体校来学校选人。“在体校训练一下午，还能得几毛钱的补贴。”四五年里，凌锋在体校学会了武术、游泳、乒乓球……在南京市参加游泳比赛，她的最好成绩是第四名。

“运动员是要当第一的。”总也游不到第一的凌锋再不服气，也不得不接受现实，学体育有很多先天限制。“手脚不够长，忙死都不行。”

得做自己努力能做成的事情。虽然体育学习半途而废，但体育的拼搏和竞争精神，深刻影响了凌锋的性格。从小到大，凌锋的成绩都是全优。

全优生可不意味着是听话的“小绵羊”。凌锋非常反对不假思索的言听计从。医学的本真是帮助人，医生得想尽办法，帮助解决问题。

“如果现实不是老师教过的一二三，就不会创造性地想到四五六。”采访当天的早交班，凌锋毙掉了两台手术，这让她联系到一个遗憾的事实：即使是八年制的医学生，有些也缺乏独立思考。

在宣武医院神经外科，凌锋在任时创立的手术预案制度，延续至今。

对进修生和住院医来说，在每天全科的早交班上，汇报手术预案，尤其还要面对像“懂行的病人家属”般“挑剔”的凌导，绝对是令人心惊胆战的经历。

台上英文汇报手术预案，必须制作 PPT，只给两分钟。而台下，很多医生可能要花上一夜的功夫查找资料、制作预案。

“硕士研究生期间，我曾经报过三个手术预案，都被凌导毙掉。”今年7月博士毕业的马永杰，刚通过岗前培训，正完成着从学生到医生的角色转变。

回忆起被毙掉手术的当时，他几乎在人前抬不起头。回去再学习三个病人的病历，查阅相关资料，仔细考虑病人的年龄、体征和检查结果，以及诊疗经过，以往的治疗经历，尤其要思考手术的关键点：为什么要做这个手术，过程中要注意什么，手术中怎么做等等。“总之，病人跟手术相关的所有情况都要想到，也要在预案中有所反映。”马永杰说。

“这是个人，不是一张片子，病人的主诉是什么，听完病史陈述，通过检查鉴别诊断，都需要医生用自己的知识逐步缩小范围锁定目标。在手术中，该通过什么样的位置、怎样的切口进行切除，在切除中会碰到什么样的问题，怎么应对，这才是一个完整的预案。”

凌锋的继任者——现任的神外主任张鸿祺也切身体会过预案制度的好处。

2014 年 8 月，首都医科大学宣武医院派出第一支援特立尼达和多巴哥（简称特多）医疗队，张鸿祺任队长。

到了特多，张鸿祺发现，当地医院没有那么多分科，不可能只做熟悉的领域。幸好有预案制度，至少不陌生，又是每天做的工作，再稍微看看书。他半年做了 300 台手术。

医生的一天已经很累了，这种疲累，在医生嘴比脑快的语速中，在医生的如风脚步下，也不小心在医生洪韬的桌旁露了个头，那里堆放着大半箱“红牛”饮料。

7 点半，早交班。之后是教学查房。9 点半，上手术。

“上手术有点儿，下手术没点儿。”马永杰跟的第一个手术到凌晨两三点，做了十几个小时。他虽然不上手，但要一直跟着看，看着学。手术完，马永杰还要给术后病人开医嘱，做手术记录。第二天还有手术的话，得再回去做预案。工作到夜里两三点，是住院医的常态。

有人说：“要不别做 PPT，口头说一下？”

“不行，必须得做。”

“那么报一下要紧复杂的手术吧？”

“不行，每台都得报。”

“这是训练住院医的重要路径。”凌锋的语气虽然缓和了，但还是寸土不让，“病人是以性命相托，要托得住啊！”

“直到现在，仍没有一台手术能够做到每个细节都想到，只能无限趋近。”张鸿祺形容这种感觉为“如履薄冰、如临深渊”，这也是宣武神外的科训。

“院长的女儿”不姓刘

与其他人守护个体边界的小心翼翼不同，凌锋给人的感觉，始终无畏，足够仗义。

这种性格，与培育她的红色家庭有关。父亲刘轩亭是开国大校，曾两次出任 301 医院院长。母亲是眼科医生。

凌锋的生命到来，满是坚强的寓意。

当年，凌锋的母亲参加抗美援朝，人到了朝鲜，才发现怀了孩子。“那是要打仗的，没法生孩子。”去做流产，却遇到了一个“手潮”的医生，流产没成功，直到肚子很大了，她才回到国内生产。

“十一”国庆这天，一个女娃呱呱落地，父母起名刘双国。这个名字一直用到了 1977 年。

1977 年，凌锋奉命从南京军区总医院调入 301 医院。到父亲手下工作，凌锋的要强，促使她努力证明自己的独立。

“我要靠自己的能力和成绩证明我自己。”先是做主给自己改名换姓，成了凌锋。她曾在后来承认过当时的天真，“其实要不了两天，全医院都知道你是谁的孩子。”但那时，凌锋偏偏不想当“院长的女儿”。

即使父亲官居高位，凌锋的成长也免不了被打上特殊时代的烙印。

仅上完初一，刚跳级到初三的凌锋就赶上了“文化大革命”，一下子没学可上了。她就自己“刨食儿”，东一口西一口。

“自学的最大坏处，就是难学好数理化。”凌锋没有系统接受过学校教育，“一到函数，就糊涂了。”

采访前夜，她刚和几个学生讨论了系统医学，当拿出几个系统医学公式时，其他人马上就能推演出公式，“我真是费死了劲，不是一步一步讲给我听，都很难解基本的公式。”凌锋不服气地叹了一口气。不甘于人后的她已经 67 岁了，还和年轻人一样，学习着新的知识。

但也幸亏了那个年代，没有人来约束她，天性得以充分释放。

16 岁的卫生员每天就是站岗、挑水、种菜，打扫卫生，给病人打水，帮人擦脸洗脚这些事情，起初凌锋干得欢实。但体力的帮助总是很有限。

一次做早上护理时，一个开胸的术后病人一直躺着，看起来很难受。

“你帮我把床摇高一点。”凌锋赶紧把床摇高了，又赶忙帮他擦洗了脸。

“哎呀，舒服多了。”

这点没啥技术性的办法，成了凌锋当时帮助人的唯一途径。以至对每个病人，她都期待地问一问：“要不要摇床？摇高一点还是低一点？”

可一会儿高了，一会儿低了，又解决不了病人的根本问题，而且摇来摇去地来回倒腾，病人最后也烦了。

“那时，我确实什么都不懂。”凌锋只能很努力地，“把厕所擦得特干净，把水加得特满”。

“要是能多懂一点，该多好。”这点心思被科主任看出来了，招呼他们，“来来来，你们这几个小鬼，我给你们讲一讲。”

每天晚上，科主任花一两个小时对着三个小卫生员讲解剖。一周后，凌锋知道了肝在右边、脾在左边，心脏偏左，肺在两边，全身多少块骨头、多少块肌肉、多少个关节，脑子又是啥样的。

“人的构造真是太神奇了。”那一周的解剖课好似一扇窗，自此，凌锋一步一步被想多知道一点的求知欲牵引着，不停往前走。

“中国人不怕艺多”

凌锋走起路来直视前方、大步流星，跟着她边走边说话，脑子动着，嘴上说着，脚下也千万不能慢了，不然一不留神，很容易被甩下好几步。

从当年的小小卫生员，成为后来的专家、中国介入神经放射第一人，她擅长的工作，又是在人体最为复杂神秘的大脑上开刀取瘤保命。最轰动舆论界的经历，是救治了被国外医生疑为“脑死亡”的凤凰卫视前主播刘海若。

凌锋是以几倍速度成长的？“八倍级。”

为什么？她可以“一石八鸟”，是“八爪鱼”，仿佛有八只手，而且能同时处理不同的事情。

1982年，在法国巴黎第七大学进修一年介入神经放射学的凌锋，获得一次意外机会，可以去第六大学居里医学院国际显微外科中心学习。在巴黎，凌锋开始了两份工作，“上午在城北学介入、做手术，做造影。下午又杀到城南，做显微外科训练。”

跟法国导师讨论完论文情况，20天后，她把论文搁在了刚休假回来的导师桌上。他很诧异，“你不睡觉的吗？”

“中国人不怕艺多，艺多不压身。”

一年零四个月的进修，凌锋过了法语关，顺利完成了学业，更重要的是，她还把国际先进的介入神经治疗理念和方法，完整带回了中国。

在凌锋的办公室里，有一张比人还高还大的计划图，是有关明年在北京召开的世界神经外科联合会的所有筹备事项，时间细化到每一周，每周都要报告进度。

制订计划，按部就班，严格执行，实现目标。这种计划工作模式在凌锋的工作学习中无处不在。

在去法国之前，由于没有得到组织批准，能不能出去，陡然变成一个悬而未决、遥遥无期的事，凌锋决定先考研。从做决定到考研，只有20天假，考试科目有4门。

凌锋先拉出一个计划单子，细化到每个小时看多少页书。仗着自学的英语底子，她买来一套许国璋的英文书，每天背50个单词，外交官的爱人帮她出英文完形填空题和时事政治题。

凌锋自己看专业书做笔记，笔记要点浓缩成5个字，也只有自己能看懂。考前，她给自己出了130道专业题目。

睡觉时间每天四个半小时，被分割成三次。极困时立刻睡，一个半小时后醒来，再看书。

最后，凌锋考了第一。现在说起当初的计划，凌锋还不无得意自己的周密。“不会浪费一点儿时间！”

考上硕士研究生，出国申请也批下来了。凌锋保留学籍，先出国学习。

回国时，距离硕士毕业只有一年半，凌锋学基础课、做临床、写论文，一年半干完了三年的活，如期毕业。

“我从小就是这样，老是叠着做事情。”

要做的事情多了，对时间悭吝惯了的人，不会浪费一点精力。在有限的时间里，“能听的用耳朵，能看的用眼睛，都不能的话就用脑子想。”游泳、候机、坐车，凌锋总能找到可干的事情。

在过去 12 年，在中国医师协会担任候任会长、会长的凌锋一直坚持做一件事：推动专科医师规范化培训教育。

“做专培的事无功无禄还倒贴时间。”凌锋常感慨，在制定与此相关的文件中，要跟大家商量。有些人不愿意来开会，经常是“张齐李不齐”。

好在，神经外科医师专科培训的“先行先试”工作已经开始了。“任何的规定，包括法律在内，都是最低标准。达到专培规范化这个标准，基本可以当一名合格医生。”凌锋想做的，是把原本参差不齐的各地标准拉到一个“均质化”水平。

凌锋两只手比画着，描画着理想，“上限不限，能高出标准多少，就是用心程度的多少了。”

用心去爱的行业

在凌锋办公室里，挂着一幅国学大师饶宗颐给她题的字。选择这两个字——“用心”，跟刘海若事件有关。

2002 年，刘海若在伦敦出车祸陷入深度昏迷，当地医生疑为“脑死亡”，若非家属坚持，几乎放弃治疗。凌锋受邀赴英救治。

凌锋感动的是刘海若家属的信赖。“凌大夫你尽管治，只要你治了，用心了，什么结果我们都接受。”

治病就是这么回事，可一些患者拿着做买卖的心去跟生命较劲。“它不是买萝卜。我今天花了一万块钱，你就得给我一万块钱的结果。”这是一个很大的未知，医生只能尽心。

康复期，刘海若气不足，讲话声音很小。凌锋琢磨了一阵，想到唱歌是用丹田气发声。就建议她家人为她找一个歌唱家，教她怎么用丹田气发声。还由此想到，弹电子琴，活动手指头……

现在的凌锋，对康复更感兴趣，就是从刘海若身上，她看到太多康复可以使用的理念，从中体会到一个人的自洽能力。

自洽是什么？凌锋打了个比方："好比外面冷，你就会发抖，一抖肌肉产热，热量上来了。太热了，就会出汗，汗液会把热量带走。"

后来的刘海若，能够恢复生活自理能力，能够到处旅游、出差，还恢复工作了一年。

毕业后的七年，是一个医生技术、经验和人文定型的关键时期。如果年轻医生技术练好了，人文这一块也有了，他一辈子就是个好医生。如果人文这一块缺失，就会多一个"冷医生"。

在专科医师规范化培训时，凌锋异常看重医学人文，"人文是必修课"，"必须一票否决"。

从 2012 年起，宣武医院神经外科就规定包括住院医生、进修医生、研究生在内的所有年轻医生，都要写叙事病历，每人每月一篇。

有医生不看好它的发展："其他科室都没有在做，应该很难推广。"

也有人在体悟它带来的内心生长："写这种文章，能够让人安静下来。"

带着这样的要求，医生就会在诊疗时多留心问一下患者，家庭怎么样？经济状况怎样？亲戚朋友怎么样？得病痛苦的状态怎么样？从被逼着去写，到写着写着，温暖扎进了医生心里。

到今天，神外科室的医生已经写了 2000 多份叙事病历，这些内容被凌锋集纳汇编成书，名为《用心》，正在出版，她既代作者之劳，又做编辑之工，字里行间，满是女性的柔韧细腻。

这样一个细腻的凌锋，和那个高兴起来放声大笑，生气时敢当众骂"三字经"的凌锋是一个人，也和在手术台上宁肯直接撅断不凑手的工具，也不在病人身上将就着用的凌锋，是同一个人。

在听闻"医暴"带来医护工作者的人身伤害时，凌锋第一反应是要到现场。"因为医生的本能，也有政协委员的责任。"

2014年2月25日，南京鼓楼医院一名护士被公职人员殴打致伤残。两天后，凌锋以神经外科会诊专家身份，拉上同为全国政协委员的望京医院骨科主任温建民，到南京与受害者面谈。

回到北京后，凌锋在政协大会提案中，提出两个核心目标：“将医院纳入公共场所，由内保升级为安保；出台医疗机构治安管理条例，根据程度采取处罚、拘留、追究刑事责任的处理办法。”

两个小时内，89名全国政协委员在提案上签名。

当年，五部委联合公布《关于依法惩处涉医违法犯罪维护正常医疗秩序的意见》。

2015年8月底，医闹入刑写进刑法，于当年11月施行。

技术是冰冷的，人是有温度的。“医学是一个有爱的行业，没爱的人是没办法当医生的。”凌锋不经意间露齿一笑，暖暖的。

“昂贵”的笑脸

“怀大爱心，做小事情”的书法，出自凌锋恩师刘承基之手，他是我国著名的神经外科专家。写这幅字，他不仅是勉励爱徒的行医救人，还是以义卖的形式，为凌锋的公益道路添砖加瓦。

9月24日，中秋节，阖家团聚的日子。

这天，远在千里之外的云南丽江，凌锋的300个孩子站在国旗下，立在阳光里，齐声向“凌妈妈”道出童声稚嫩的节日祝福。有心人录下了这段视频，凌锋在手机里看了一遍又一遍。

“中秋节接到这么多孩子的集体祝福，真觉得所有的辛苦付出都是值得的！”视频里，孩子们挤在一起努力同框，几乎是喊出了祝福，小脸上洋溢着孩子才有的纯真的笑。

笑脸，是天下母亲对孩子的唯一索求。也是这些孩子带给凌锋的最大慰藉。在凌锋的办公室门口，有一个透明的募捐箱，这是“为民族孤儿筹款义诊”的募捐箱，上面的简介图里，有一张农村孩子的照片，孩子眼神的羞涩和嘴角的笑意，让人难忘。

25 岁的王慧婷三年前大学毕业就来到凌锋身边工作，面试时，凌锋问了一个问题："你喜欢孩子吗？"

这个同样喜欢孩子的年轻姑娘，前不久刚从云南回到北京，她笑着发誓，最近绝对不要吃土豆。"爱吃土豆，也耐不住连吃十来天。"

作为凌锋的两个秘书之一，她主要负责基金会有关的工作。三年里，她见证了"一些事情从无到有，一点一点拱着往前走的过程"。

2000 年，凌锋去了丽江，助养了两个女孩。2004 年，她接手云南丽江民族孤儿学校。助养的孩子，后来跟随她生活，如今都快要大学毕业了，一个在北京读书，一个在国外进修康复，在凌锋的帮助下，两人走到了更开阔的人生路口。

而凌锋一力倡导的中国志愿医生，现在也有了 1000 多名志愿者。

另外，承载了凌锋 10 多年梦想的 CHINA-INI 这个大脑状建筑，也将在 10 月底投入使用。

一切产生于思想的宽阔和驰骋，又朝着更宽阔的天地不断生长，继续驰骋。

这就像凌锋自己，从那个小芽般的原点走来，日复一日长成参天大树，又不断不断，再走回到当初的原点。

——为人民服务！

（原载于《人民政协报》2018 年 10 月 9 日第 8 版）

朱同玉：冰心同玉献白衣

文／戴立波　顾意亮

朱同玉

第十三、十四届全国政协委员。复旦大学上海医学院副院长，上海市器官移植重点实验室主任，复旦大学附属中山医院泌尿外科教授、主任医师。

上海市（复旦大学附属）公共卫生临床中心，位于距离市中心约 60 公里的金山区。突如其来的新冠肺炎疫情，让这家并不为大多数市民熟知的医院成为目光焦点——这里集中收治所有上海确诊的成人患者。

武汉宣布出现不明原因肺炎后，全国政协委员、上海市（复旦大学附属）公共卫生临床中心主任朱同玉和班子成员立刻意识到事态的严重性，当天通知所有员工全部到岗待命，不得外出。今年 1 月 2 日、3 日，公卫中心迅速组织开展了整整两天的实战演练。演练完全按照接收新冠肺炎患者的真实流程进行。公卫中心的医疗、护理、后勤、安保等各部门人员均参加了演练：医生穿戴防护服，救护车到达后由安保引导，确诊病人上电梯、进病房……一切都有条不紊。

1月20日，一名56岁的武汉籍女性被确诊为上海市第一例新冠肺炎患者。当天，该患者被负压救护车运送到公卫中心的A病区时，相关医护人员已经在全封闭的负压病房守候，一切运作如演习时般的流畅。几乎同一时间，由上海市卫健委组建的临床治疗专家组入驻公卫中心。

日复一日，朱同玉的眼圈因为熬夜发黑了。但是，他时刻都挺直腰板。在同事们眼里，“朱主任总是那么精神抖擞，不知疲倦”。

朱同玉说：“在和平时期，大家可能感受不到医生的重要性。但是一旦有了疫情，一旦国家有了召唤，医生就会像战士听到了冲锋号响一般，奋勇向前，不顾自身安危。”说这段话时，朱同玉神色坚毅。

大器早成，领域深耕

1966年出生的朱同玉是山东人，在上海工作、生活了足足28年。作为一个地道的北方汉子，勾连起他和上海的联结点，是其为之奋斗的事业——肾脏移植。

朱同玉是个“传说中”的学霸。1989年，他毕业于青岛医学院临床医学专业。之后，考入上海医科大学研究生院，硕博连读，1994年，获得外科学博士学位。再之后，留在复旦大学附属中山医院，一手抓临床诊断，一手抓学术科研。做博导的那一年，朱同玉才39岁。

在同事们眼里，朱同玉是个知难而进的典型。“一个人在一个领域里只要能够坚持十年，必然会有收获。”就是凭着这股韧劲，自28岁博士毕业后，朱同玉一直在肾脏移植领域埋头耕耘。升为副教授后的第二年，朱同玉去香港大学医学院做了一年的博士后，进一步开拓自身专业领域。再接着，经北京大学光华管理学院短期EDP项目学习后，他又考入了中国人民大学公共管理学院，做了三年学生，成为公共管理硕士。

那时，朱同玉已经是复旦大学附属中山医院的主任医师、副院长。他就读的地点是中国人民大学国际学院（苏州研究院），从他家到学校，路程大约63公里，开车需要55分钟。朝来夕往的他，就这样白天做学生，夜晚埋头处理自己的工作。

三年下来，朱同玉基本没有缺过课。“学理科的我一直在学自然科学，但是社会科学对我来说，包含一些非常有学习必要的课题。这是很重要的一段经历，因为它可以补上知识结构的缺陷。”

正是这些不同领域的知识积累，构筑起了现在的朱同玉。

一过家门，而再不入

早在1月初，朱同玉已经拎着行李箱住进了医院宿舍。

朱同玉的夫人陆梅也是医生，她深知在这个非常时期医生肩负的使命，全力支持丈夫的决定：“他除了年三十回家和我们简单吃了一顿半小时的年夜饭，就再也没有回来过。同玉对我说，现在这形势，在家里肯定睡不踏实，还是住到单位更踏实些。一旦有紧急情况，他可以第一时间出现在现场。”

陆梅说：“虽然在同一座城市，但更多时候，我们只能说上一两句话就匆匆挂断了电话。”每周两到三次，陆梅会从市中心驾车去公卫中心，为朱同玉送去换洗的衣服，来回100多公里的路程，大概需要两小时左右。“我知道他们都忙，既不想麻烦驾驶员，也是借这个机会去看看他。”陆梅每次都特意挑选中午的11点30分，掐着时间赶到医院。因为这样就可以利用午饭时间和丈夫说上几句话，其实总共也不到10分钟的时间。为了不影响丈夫工作，陆梅从来不在那里用午餐。

朱同玉确实很忙。自公卫中心收治确诊患者后，朱同玉常常工作到凌晨一两点。但是第二天7点之前，他都会准时起床，进入“战”时状态。上午，他会在指挥中心的会议室里，和专家组成员一起，通过大屏幕与负压病房里的医务人员进行远程会诊；中午，他一边吃午饭，一边“餐桌”办公，常常一顿饭的功夫就把大家汇报上来的问题处理完；下午，他要召开专家组会议，听取当天的疫情报告，和大家一起分析发展趋势，研究下一步工作方案；晚上，他要参加市政府每天举行的视频会议，向市委、市政府领导汇报工作，然后根据最新部署研究第二天的工作。

泰山压顶，而色不变

“说说你们的领导吧。”面对记者的问题，公卫中心党办主任黄敏用“镇定”和“智慧”这两个词来形容朱同玉。

随着疫情蔓延，上海曾不断出现新的确诊病例，高峰时期一度有 250 多名病人同时在公卫中心救治。“但是我从来没有看见过朱主任火急火燎的样子，他照样是时常微笑着向我们布置工作，偶尔还会和我们开开玩笑。”

这与朱同玉始终倡导的“平战结合”的工作思路有关。在黄敏看来，这是一种“大智慧”：“养兵千日，用兵一时，正是平时的充分准备，超前布局，才能确保我们能够打赢这场疫情防控阻击战。”

在泰山压顶之时，能够如此从容不迫，离不开国家以及上海市政府全力以赴的支持。公卫中心在医疗条件、医护人员、仪器、药品配备上，都有绝对的优势。该中心有 4 栋应急病房、327 张负压病床。这在世界卫生组织的规定中，是抢救传染病病人时特别强调的一个重要条件。病房内气压低，被污染过的空气不会泄漏出去，而是专门排放，这样可以减少院内感染和病毒的传播。

朱同玉曾数次在不同场合表达过同一个观点：“一个城市必须预先考虑建设应对疫情的专门医疗机构。但最怕的就是财神跟着瘟神走，瘟神一走，财政就不投入了。对于保证底线的东西，一定不能忽略掉。”公卫中心正是在 2003 年 SARS 疫情后投入财政资金建立的政府年度 1 号工程。

2014 年 11 月，上海市（复旦大学附属）公共卫生临床中心正式开放，面积达 10 万平方米，此后又经历了数次扩建。朱同玉说：“目前来看，国内绝大多数医院都难以达到这个水平，以城市统计，基础设施达到此水平的城市也屈指可数。”然而即便如此，由于本次疫情中上海确诊感染的患者人数远超 SARS，公卫中心还是面临着病房数是否足够的考验。

对此，朱同玉还握有一张“底牌”：“实际上，50亩草皮已经准备好了，图纸也已设计好，预留了地面600张床。宁可备而不用，不可用而不备。”

一帅当先，三军用命

有了硬件，软件也要跟上。2015年末，朱同玉任上海市（复旦大学附属）公共卫生临床中心主任。他意识到，公卫中心不是一般性质的医院，承担的责任和使命、面对的病人都与其他医院明显不同。为此，他提出要在公卫中心建设三个“超强能力”，即要有超强的科研能力、超强的机动能力和超强的综合能力。

在4年多的时间里，朱同玉和班子成员一起，带领全院医护人员齐心协力地朝着这个目标努力。如今，公卫中心已经建立了一支将近150人的科研人员团队，临床与科研人员的比例已经达到2 ∶ 1，这个规模超过了国内许多排名前十的大型综合性医院。他们建立了全国最大的一期临床，拥有最多的床位，这其实也是为“战时”所做的储备，一旦出现疫情，能够在第一时间迅速置换出足够多的负压床位。

同时，公卫中心还注重防疫战略物资的日常储备。据朱同玉介绍，“在上海市级医院中，公卫中心配备的ECMO是最多的，即使在平时，也有数千套防护服的物资储备。”抗疫初始，朱同玉曾向上海市有关领导立下一道“军令状”：一定确保公卫中心的医护人员“零感染”。

医护无恙，公卫中心则无虑；公卫中心无虑，则上海全城几可无忧。为此，朱同玉和专家团队把隔离病房的预防院感措施的每个环节都做了充分研究：为每名医护人员配备了正压呼吸头罩、护目镜、口罩等全副武装；设置了双组长负责制，对医护人员的每一步操作都制定了严格的规范流程，确保万无一失；借助机器人实现远程视频，最大限度地减少医务人员的职业暴露。每天，朱同玉都会通过视频，与隔离病房里的医护人员对话，了解他们的身体状态，为大家加油鼓劲。

公卫中心A3病房大楼收治的全部是危重症病人，传染风险极高，护理难度也很大。朱同玉曾经两次最近距离地出现在他们面前，此举让前线医护团队感动不已，士气也为之大振。

在两次探视中，朱同玉都看到一名护士长走路一瘸一拐。第一次看到，他以为是穿着防护服加上劳累导致的步态异常。第二次又看到之后，朱同玉回到指挥中心后做的第一件事就是通过视频询问。原来这名护士长一个多月前骨折了，为了抗击疫情，她在没有完全康复的情况下，毅然报名进入隔离病房工作。还有一次，她因为实在太累了，在休息室躺下睡着后，出现了昏迷症状。

了解到这些情况后，朱同玉内心久久不能平静——既被医护人员的大爱精神所感动，也为自己的疏忽而愧疚。他以公卫中心主任的名义道歉："作为管理者，我们本应尽一切努力去关心关爱前方医护人员，保障好他们的生活，照顾好他们的家庭；本应尽可能地为他们创造更好的工作环境，解除他们的后顾之忧。"

在这场疫情阻击战中，令朱同玉感到骄傲的是，全体公卫人所体现的团结协作、无私奉献的精神弥足珍贵。战"疫"打响之后，全院上下立刻行动起来，大家取消了春节期间探亲、出行的计划，毫无怨言地坚守在各自岗位上，不分昼夜地忙碌、奔波着，为前线战斗提供了强有力的保障。

建言献策，守土有责

身为全国政协委员、民盟上海市委会副主委的朱同玉，这些年来在全国两会、上海两会等多个场合，多次呼吁政府职能部门吸取SARS教训，重视公共卫生安全设施和保障制度建设，加大资金项目投入，采取措施防止公共卫生人才流失。

朱同玉曾在2018年全国两会期间呼吁，在上海率先规划建立热带病研究中心、高等级生物安全非人灵长类动物实验平台和长三角区域性应急医学中心等公共设施。他认为，"随着全球交通的便利以及流动人口的日益剧增，传染病离我们越来越近，威胁丝毫没有降低。在热带传染病面前已无国界，人类不自觉的已变成共同体。推动乃至引领该领域全球合作，将成为助建人类命运共同体的具体措施和有效手段。"

正是有了这种超前的意识和超前的“战略储备”，尽管这次新冠肺炎疫情突如其来，但是以公卫中心为代表的上海医疗救治工作始终没有乱过阵脚。公卫中心强大的科研团队在全球第一个公布了病毒基因序列，为全世界诊断新冠病毒赢得了时间。

“上海针对新冠疫情的阻击战是全方位的，在救治病人的同时，公卫中心的科研步伐始终没有停止过。我们在科技抗疫上已经具备了很强的综合能力，有能力在72小时内破解任何未知的病毒和细菌。”据朱同玉介绍，公卫中心是国内新冠疫苗研发进度最快的单位之一，目前已经进入动物实验阶段，相信这些疫苗会为未来战胜新冠肺炎疫情发挥重要作用；而在此之前研发的抗病毒和抗炎合一的喷雾剂，已经完成了数例临床试验，结果同样令人振奋，其中的一款空气消杀剂，已经开始量产。

（原载于《人民政协报》2020年4月14日第8版）

张洪春：用仁心守初心

文／罗　韦

张洪春

第十三、十四届全国政协委员。中日友好医院保健医疗部主任、中医部主任、呼吸中心副主任，中日友好医院国家中西医结合医学中心副主任，国家中医药管理局重点学科中医肺病学学科带头人。全国名中医，首都名中医。

2003 年 7 月，由中日友好医院 13 名医护人员组成的医疗队到新疆生产建设兵团农三师医院进行医疗帮扶。当医疗队队长张洪春得知在帕米尔高原上驻扎着一支保卫国门的部队时，当即表示要去慰问。那年国庆节的前一天，医疗队到红其拉甫出入境边防检查站，为战士们体检，还为一名患溃疡性结肠炎的战士进行会诊……3 个月的时间里，医疗队一挤出时间就到附近的兵团农场连队义诊，去过最远的地方是农十师一八五团“西北边境第一连”的驻地，也就是中国地图上“公鸡尾巴向后翘”的最末端位置。

从患者身上，张洪春也经常感受到理想信念的力量。一位老红军去世时穿着带补丁的衣服，却捐献了全部财产和遗体。

这些人和事，感动人也教育人。医为仁术，必具仁心。中医药是具有悠久历史传统和独特理论及技术方法的医药学，也是一直活在老百姓生活中的传统文化，关乎每个人的身体健康。作为一名中医药人，张洪春始终坚守着那份初心——“努力提高疗效，让患者少用药、治疗更简便”。

诚　心

9月3日上午，张洪春在中日友好医院中医肺病一部7诊室出门诊。

当天来的20多名患者大多数是张洪春的老病号。一名肺癌术后患者说，她昨天逛公园走了一万多步，没有喘不上来气的感觉；一名高龄患者家属来开药，特意掏出手机展示了老人最近学水墨画的作品；一名患者抱怨医院附近停车太难，张洪春还讲起了前几年医院建立体停车楼的事，“医院院内停车楼只提供给患者使用，现在马路边上停着的车很多是医护人员的”……

患者愿意倾诉，张洪春愿意倾听。

问病史、切脉、看舌苔……张洪春清楚地告诉每一名患者，方子里准备加哪味药、减哪味药，加多少克、减多少克，理由是什么。如果涉及新近了解的药理，他还会跟患者和跟诊的学生调侃自己“现学现卖”。

当天还来了两名其他科室同事推荐过来的疑难杂症患者。张洪春与这两名患者交流了很长时间，包括术前术后、中药西药等各方面的问题，中西医结合的重要性在不知不觉中被解释得一清二楚。

一上午的门诊中，张洪春反复提及两个字——证和症。

证是指“证候”，它是对疾病的病因、病机、病位、症状等的概括。“症”是指“症状”，是疾病过程中出现的个别的、表面的现象，比如头痛、咳嗽。

中医治病，讲究“辨证论治”。中医运用望闻问切四种检查方法判断疾病是何种性质的“证候”，进而确定相应的治疗措施。在张洪春看来，“辨证”

是需要医生和患者共同完成的。他举例说，哮喘的患者体质、生活环境各有不同，他们总结好自己的“症”，对中医确定治疗方法和用药有很大帮助。

整体观念与“辨证论治”，被称作中医的“灵魂”。张洪春提醒患者既要抓住主证，也要关注全身健康，避免“头痛医头、脚痛医脚”。

中医的优势在哪？张洪春认为，在门诊和农村。

从古人提出的“上工治未病，不治已病”，到当下全社会倡导的“每个人是自己健康第一责任人”，健康理念的转变深入人心。张洪春说：“中药有适应症广、医疗成本低、易推广应用等突出优势，在门诊和农村颇受慢性病患者和疑难杂症患者欢迎，且很多看中医的患者‘认大夫’，希望通过长期调理能够缓解甚至解决病痛。”

但是，很多患者在门诊有这样的经历：明明看的是西医，医生开药时，总在西药外再配几盒中成药；或者请求医生尽量给自己开中成药。

西医开的这些中成药真的适合患者吗？张洪春说：“我国大量中成药是西医所开，但是大多数西医并不了解中药的四气五味、配伍和禁忌，多开和错开的情况非常普遍。如果辨证不准确，患者用药会出现不良反应或副作用，也浪费医保基金。”

张洪春早就注意到了这个问题。2019 年全国两会召开前，他专门到北京几家医院调研，随后提交了《关于加强西医师使用中成药的培训、考核和管理》的提案，建议国家卫健委、国家中医药管理局出台相关文件，加强西医学习中医药的培训和考核力度。张洪春说：“‘西医开中药’问题非常重要，相关部门也早已发现这一问题，并开展了一系列工作，但推行困难，未达到预期效果。”

而就在今年 9 月，传来一个好消息：国办印发了《关于加快医学教育创新发展的指导意见》，要求将中医药课程列入临床医学类专业必修课程。张洪春第一时间转发这条新闻，同时呼吁“加强中医药辨证思维意识的培训”。

潜　心

张洪春是国医大师晁恩祥在北京中医学院（现北京中医药大学）的第

一届硕士生和第一届博士生。

晁恩祥教授是新中国培养的第一批学中医的大学生，如今80多岁高龄依然坚持出门诊、带学生。

1988年，在张洪春正式拜入师门之前，晁恩祥教授给他出了一道题："为什么中医能够长盛不衰？"张洪春连续三天扎进北京中医药大学的图书馆，完成一篇3000多字的文章，从中医药的特色优势、临床疗效和传承与创新三个方面回答这个问题。后来，晁恩祥教授告诉张洪春，他比较满意张洪春的治学态度。

相应地，晁恩祥教授认真、扎实的治学态度深深影响了张洪春。张洪春说："晁老十分善于从临床中发现问题。一般人看病开方，多愿意听疗效上的好消息，而晁老则不然。他遇到疗效不好的患者，会更加认真地分析为什么出现这种情况，并在不断钻研中找到正确的方法。由于来自临床、用于临床，晁老的研究和探索总是那么扎实。"

张洪春从学生时代就养成了读经典、做临床、取众长、细观察、善思悟、写文章的习惯。

上学时，张洪春就开始跟着晁恩祥教授等出诊、抄方、记录，并利用业余时间研习这些药方。他还跟着晁恩祥教授参加中华中医药学会内科分会的活动，承担一些学术交流活动的联络和协调工作。当时的内科分会委员一共30多位，全是步玉如、路志正、焦树德、张镜人、张学文这样的大家。他们开会时，张洪春做记录。

这些名老中医的学术思想潜移默化地影响了张洪春。介绍起这些名老中医的专业领域，张洪春言语间满是尊重和崇敬，还是一副学生的样子。

其实，张洪春在考大学的时候差一点去读了农学专业。1980年，他在父亲的鼓励下考入山东中医学院（现山东中医药大学）中医系。刚上大学的时候，他觉得中医药有点"土"，附近院校的同龄人用大量时间学外语，而他却整天拿着古书背穴位、经络和汤方。

但是，慢慢地，张洪春发现中医药的魅力正在于它的朴实无华，每一张方子都凝结了中医的无数心血。

30多年来，张洪春一直致力于中医药防治肺系病的临床、科研、教学工作，围绕丰富与完善“风咳”“风哮”内涵，开展了肺系病稳定期临床疗效与机理研究、流感证候规律与方药机理研究等工作。同时，他注重科技成果转化，主持了黄龙舒喘颗粒治疗支气管哮喘病、固本咳喘胶囊治疗慢性支气管炎、调补肺肾胶囊治疗COPD等3个中药新药的开发研究工作。

“传承与创新相辅相成，传承好才能创新好。”一直以来，张洪春把传承晁恩祥教授的学术思想，当成责任与义务。据他介绍：目前，“晁恩祥国医大师传承工作室（站）”已开展相关课题研究18项，先后举办6次大规模学术思想传承活动，培养学生60余人，遍及海内外。下一步，工作室（站）将继续推进晁老学术思想整理、挖掘和传承工作，建立学术经验传承平台，并出版论文集、医案集等图书。

热　心

8月24日，张洪春收到一条报喜的消息：他的徒弟马科获得了“四川省中医药传承创新发展先进个人”的荣誉称号。

马科是四川省什邡市双盛中心卫生院副主任医师，是张洪春2018年参加北京援建什邡中医工作时收的学术传承弟子之一。

多年来，张洪春先后在青海、新疆、四川、贵州等地参加援建工作，针对慢性支气管炎、哮喘制定治疗处方，手把手培训当地中医科医生。在后续的帮扶过程中，他也留意机会把当地医生带到北京学习，加入学术组织，参加学术交流活动，助力基层医疗人员成长。

张洪春是一位热心人，每次参与援建工作，都会结识一群当地的朋友，直到现在很多人还来北京找他看慢性支气管炎和哮喘病。

20年前，张洪春在青海省西宁市大通回族土族自治县县医院中医科对口帮扶了半年时间。在那里，他看到很多人为了节省用药，将煎着吃的中药打成粉末冲着喝。

那时候，张洪春暗下决心，“要努力让每一名患者花最少的钱，达到最好的疗效。”

但是，想要真正解决基层医疗问题，光靠短期义诊解决不了实际问题，必须沉下心来长时间助力，帮助地方捋顺学科发展，培养一批能留得住的人才。

这是张洪春一直关心的问题。他也在身体力行做着有关中医药人才培养的工作——

从1991年进入中日友好医院工作至今，张洪春历任医院科教部副主任、人事处副处长、科教党总支书记、科研处处长等，在每一个岗位上，他都鼓励青年中医药人才向名老中医学习，“名老中医的病例多，他们的临床经验非常宝贵”。

作为中华中医药学会肺系病分会主任委员，张洪春筹备成立了中华中医药学会肺系病分会青年委员会，积极搭建平台，让老、中、青三代肺系病工作领域的学者、专家齐聚一堂开展学术研讨和交流，让老一辈的学术思想得到更好的传承与发扬。

2018年全国两会期间，张洪春提交提案，建议把跟师临诊作为中医住院医师规范化培训的主要教学方式，并从制度设计上对跟师临诊的时间、内容和形式作出明确规定。

传承的不仅仅是医术，还有仁心。

1962年从北中医毕业后，晁恩祥教授和同学王秀珍喜结连理，一同被分配到内蒙古中医医院，直到1984年中日友好医院建院邀请晁恩祥夫妇回京参与临床工作，夫妻俩在内蒙古一扎就是22年。

在晁恩祥教授看来，年轻时的“摸爬滚打”对于今后的从医之路十分重要。张洪春第一次参加对口帮扶支援时，刚到宿舍安顿好，晁恩祥教授就打来电话，鼓励他条件再艰苦都要好好干。

晁恩祥教授曾说过：“我很崇敬‘大医精诚’，‘精’乃‘学术精深，辨治精准，诊疗精湛’，亦即‘医精为业’；‘诚’则是‘诚心、诚信、诚意’，即‘对工作要有诚心，对中医学术要有诚信，对患者要有诚意’。”这些话，张洪春谨记于心，并经常讲给自己的学生听。

同　心

在中日友好医院援鄂医疗队的诊治中，有这样一个病例：92 岁的患者祁奶奶突然发热，体温 37.9℃，血常规异常。外科重症医学科副主任段军决定实施中西医结合治疗。两位中医大夫立即进入病房查看患者病情，并视频连线后方中医肺病专家张洪春和杨道文。他们与晁恩祥教授深入讨论，对原方药进行调整补充。祁奶奶喝了新调整的中药后，次日体温恢复正常，症状逐渐改善，五天后顺利出院。

据张洪春介绍，作为全国中西医结合诊治示范医院，中日友好医院援鄂的主管病区中西医结合诊治率接近 100%。他认为，“在抗击新冠肺炎疫情的过程中，中医药在改善病状、缩短住院天数、减少轻症向重症的发展，以及减少重症向危重症的发展等方面，都显示出良好疗效。”

接受采访时，张洪春用两张 A4 纸画图示意“辨证论治”的中医优势，思路清晰，有理有据。

张洪春认为，新冠肺炎属中医“温病”“疫病”等范畴。“国家中医药管理局组织专家制定的中医诊疗方案，是一般性指导原则。患者发病地域的不同、体质的不同、发病节气的不同，其治疗方案需要随时调整。”

疫情在哪儿，医护人员就在哪儿。在晁恩祥教授的带领下，张洪春与杨道文、陈燕、李得民等医生通过中日友好医院远程医疗会诊中心平台，或电话、微信等形式开展远程会诊指导武汉等地一线救治，每场针对重症患者开展的病例讨论至少有 40 分钟。春节期间，曾三次联合广州、深圳等地中医专家共同为武汉新冠肺炎重症病例进行远程会诊，同时开展中医病例讨论和教学查房活动。

团结一心，共同抗疫。张洪春还有诸多抗疫身份：国务院应对新冠肺炎联防联控机制科研攻关组中医药专班组成员、国家中医药管理局应对新型冠状病毒感染的肺炎联防联控工作专家组成员、作为牵头人参与黄璐琦院士主持的国家重点研发计划重点专项《中医药防治 2019-nCoV 研究》并研制中医证候调查表……

作为一名政协委员，张洪春也一直积极建言献策。1 月 27 日，他向全国政协教科卫体委员会提交了《发挥中医药优势全过程参与患者救治》的社情民意信息。今年全国两会期间，他又呼吁建立健全中医药早期参与重大疫情防控机制；在国家及各省（市）级区域内各建设一所中医药防治疫病临床与研究基地，让中医常规参与全程管理。

寥寥几句，张洪春介绍了自己参与抗击新冠肺炎疫情的经历。

谈起同事同行的抗疫故事，张洪春却感性地说了很多。再回忆起抗击非典的岁月，他又讲到了对于我国公共卫生治理体系建设的一些思考，信心满满而直言不讳……

（原载于《人民政协报》2020 年 10 月 13 日第 8 版）

刘玉村：传道者

文 / 韩　雪

刘玉村

第十二、十三届全国政协委员。北京大学党委原常务副书记，医学部原党委书记。

北京一家媒体的演播厅内，众人正忙碌着录制前的准备工作。

端庄的女主持人站在机位前熟悉着走位、练习着主持词。现场导演正竭力调动着观众的情绪，上节目的紧张氛围不时被一阵阵笑声冲淡……

这时，演播厅的门打开了，一个高大的身影被簇拥进了演播厅，挟携而来的一阵冬日寒冷气流，让场内酝酿的高温归于冷静。

“这是我的一个老学生啊，跟我一起上手术的。”朗声说话的是刚刚进来的刘玉村，1.8 米的身高优势，让他得以轻松扫视观众席并得以发现前排的熟人。因为他的健谈，有些褪温的厅内又热闹起来，其他的观众有的坐不住了，主动跟刘玉村报起了家门。这当中，有不少是日常唤他“村长”

的学生们。

一般来说，有外号的人在某些方面是有些缺陷的，但刘玉村却是个在各方面都近乎完美的美男子。

录制开始了。站在台上的刘玉村长身玉立，温雅和煦地目视着摄像机，等待一旁的主持人说完这开场白。

“对不起，打断一下。”目光齐刷刷地对准了突然开口的刘玉村，他礼貌地纠正着主持人：“德不近佛，才不近仙，断不可作医，这是裘法祖引用明朝一位老先生的话。”

诚然，“德不近佛者不可以为医，才不近仙者不可以为医”这句话因为裘法祖的传播而光大。许多人因而并不知晓，早在明朝医家裴一中所著的《言医·序》中曾有云：“学不贯古今，识不通天地人，才不近仙，心不近佛者，宁耕田织布取衣食耳，断不可作医以误世。”

比起风度十足的外形，刘玉村明朗流畅而妙趣横生的演讲更为紧密地抓住了每一个人。无人再有暇去细品那个小插曲，但正是那个插曲，向众人不动声色地示范了这位为医者的学识，为师者的品格，以及在位者曲中有直的圆融通达。

医　者

刘玉村的早年经历，有一个显而易见的矛盾——

作为国内外知名的胃肠外科专家，他本人却“挨”过两次手术，一次因为胰腺炎，一次因为胆结石。

急性出血坏死性胰腺炎发作时，刘玉村才 15 岁。被送到医院时，他肚子疼得直打滚，意识都有点模糊了，老去拧输液架子上那个调高低的螺母，总觉得是电视机开关。住院的 42 天，每天见到的都是出院入院、生与死。

有个进修的女大夫问他：“小不点，你长大要干什么？”

刘玉村开玩笑地说：“我要当大夫，长大了也剌你一刀。”没承想，病愈后的刘玉村真的学了医，考取了当时的北京医科大学（今天的北大医学部），毕业后又继续读了博士。

胆出毛病时是1994年，刘玉村结束进修回到国内。此前，这个中国第一个外科学博士，得到一个好机会，被公派到丹麦从事肝脏移植及胃肠外科的临床工作和实验研究。

一个人在国外，又不太会做饭，刘玉村就用最简单的方法，买只鸡放到锅里炖，一顿饭吃掉一整只鸡。有时摊鸡蛋饼，搁一点面再放好几个鸡蛋。两年下来，不仅体重长了很多，胆固醇也开始结晶。回国后，他开始节食减肥，不吃早餐，只中午吃一个煎饼一根黄瓜，坚持的确令他瘦了不少，却也埋下了健康隐患。一次半夜，他被疼醒了，骑着自行车到医院一照B超，果然是胆结石。再次躺上手术台的刘玉村，这一次被切除了胆。

帮助病人的医生，却难以照顾好自己的身体，这不得不说是一种无奈。

"当时，他就是孙烈医生这个年纪，30多岁，正是最辛苦的阶段。"孙烈是刘玉村的学生，目前是北大第一医院外三病房的主治医师。

在医院里，主治医师既是中级职称，也是病房终端枢纽的角色。孙烈除了周一上午出门诊，其余时间主要在病房里忙碌。"比如说我治疗组内的病人需要手术，或者说有我经治的病人需要我来主刀，我需要安排相应时间做手术，然后处理术后病人恢复过程当中的事。包括术前病人有一些特殊准备或特殊检查，也要安排处理，以及制定治疗计划。院内的会诊一般也由主治医师完成。另外还要参加值班。"

病人的日常，并不是总有非得主任教授亲自出马的重大事件，平常的大部分决策基本由主治医师完成。

相比较而言，处于主治医师下游的住院总医师又类似于病房管家的角色，要安排病人的出入院、手术顺序等，琐碎具体地负责整个病房的整体运转。"最忙的阶段，是我刚毕业做住院总的时候。"那期间，孙烈有过一星期在医院住过100个小时的记录。100个小时平摊到7天，平均每天超过了14个小时。

北大医学部办公室副主任陈子豪由于工作的原因，经常要往医院跑，能目睹到更多医生的真实和病因的莫测。"医生往往控制不了自己的生活。而且对于复杂的人体而言，医疗的有限性显而易见。"

病痛人人难免，刘玉村也有需要医疗帮助的时候。“刘书记动过两次手术，腹部不舒服时，他会来医院，我们作为学生也是专业医生，会对他进行照顾。”外三病房的这些学生们今天对刘玉村所做的，也是刘玉村曾经做过的。在刘玉村还是个病房医生时，也曾在病床前悉心照顾过老师，也曾得到老师在做人、管事等方面的指导点拨。

外三病房，不仅是刘玉村自己的起点，这里也先后走出来好几任的院长、书记。问刘玉村他怎么看待这种现象，他将这看作是一种传统：“这个地方出过领导，这种风范就会影响后面的人。管理者在成才这条路上，很容易有模板。比如你前面有一个院长，你是怎么走过来的，后边的人离他很近，老在看他，有意识无意识地就在学，然后他也会往下传。”

在谈及如何看待医生和医生的不同时，孙烈的观点里，多少可见到刘玉村管理思想的痕迹。“专注技术的医生，其实是把自己变成了一种资源。然而医院管理者是协调资源的人，一定要有非常好的德行操守，才能确保众多资源在一个正确方向上发挥作用。”

师　者

尽管外三病房在培养管理干部方面有优良传统，但每年，报考这里的医学生并不多。

连续几年都这样，刘玉村也觉得奇怪，“你们学生里就没有聪明人吗？报我的学生，以后的路一定是比别人好走得多啊。”

北大医学部八年制临床医学生张钰洋是个开朗健谈的“90后”美少女，作为外三病房为数不多的报考者，她的报考想法又和病房的传统优势相去甚远。“我为什么选村长？因为在普外科的各位导师里，他的基础科研的条件最好，有一个独立的科研小团队，我能跟着这些懂科研的师兄们进行一些研究。”

张钰洋这些医学生看重的不是社会上普遍追逐的权力、导师的行政职务和社会地位，而是学术前景和专业方向。他们看问题的方式，至少能反映出北医的一些气质。

"村长"这个别称，忘记了是哪个学生送来的，却被一届届延续到了现在。

1999年，刘玉村直接从一名医生当了北大医院分管教学的副院长。当时，他是北大医院历史上最年轻的副院长，最特殊的是，提拔前，他都没当过干部。一般在医院内，行政岗位都是副主任、副处长、副院长这样上去的。

这或许和刘玉村在1994年拿到了北京高校讲课比赛理科组一等奖有关。当年，文科组一等奖的得主是北师大的于丹教授。

别人带见习医生，白天上完课就没事了，刘玉村白天带他们，晚上有急诊还会把学生叫来看病人看手术，让他们进行持续观察。"这样，他们就有了一个完整的观察过程，而不是仅仅是看病人的一个片段。"

当了四年管教学的医院副院长，2002年底，刘玉村被调到北大医学部担任主任。人还没来得及进入角色，就赶上了SARS。校园里一片冷清，刘玉村坐在办公室里，重读了一遍他上大学时的教科书，同时，心中酝酿着教育改革的方向和路径。

"但凡成才的人一般都是主动学习来的，而不是说这东西是谁教出来的。"刘玉村后来在2004年推行的"以问题为中心"的学习方式改革，就是基于这种思路，改变灌输知识的教学方式，以小组形式进行研讨，将课堂主角还给学生，全方位培养学生的学习能力。教师只是作为参与者、评判者和引导者。

十几年前的改革红利惠及一时，到了今天，医学教育又遇到了新的课题。

也不单单是医学教育，当前，整个国家的大方向都是综合改革，北大医学部也不例外。"改革没有好改的，跟国家面对的问题是一样的。"陈子豪这个医学部办公室副主任，对改革进入深水区有着更直接的感受。

"2004年的改革是针对学习方式，主线还是以学科为主。这一次的改革，是把各个学科打散，以器官系统为中心，把原来纵向学科式改为横向勾连式。"对比着两次改革的不同，这显然是刘玉村更为感兴趣的部分，他不由调整了坐姿，原本靠在沙发的背部朝前倾了倾："比如心脏，涉及的学科需要组成一个教学团队，当中有搞基础研究的，有临床的，有搞分子的，有研究病理的，大家都在一起，注重培养的是学生的临床思维。的确在实际看病中，更需要医生运用横向勾连的思维方式，而且越广越好。”

按照这种整合基础阶段和临床阶段教育的改革思路，12 个新大类不仅得重新写教科书，还牵扯到复杂的人事制度改革，甚至具体到怎么讲课、怎么评价、怎么考试都要不断地多方研讨。组织推动这样一场涉及面广、触动利益深的教学改革，“目的，是吸引最优秀的学生投身医学，让医学教育回归精英教育。”

把人才往医生这条路上引，却不仅仅期望他们只是做个医生。医生是底色，在这基础上，医生也是要有所发展的，可以搞科研、可以做行政，还可以教学。

“我对人才的定位，无论今后走哪条路，都必须达到副高职称。”刘玉村说，“副高意味着做医生已经达标了。”

他看重的是副高背后一些固化的内容：资历。

一般的医学生本科毕业后，至少要经过 5 年的规培，成为主治医师，再有 5 年的临床，可以成为副主任医师（副高职称）。“这样的 10 年，符合一个人成才的规律，1 万小时定律。”1 万小时定律，换算成有效工作日大概就是 10 年。“经过这么多年，基本上就是一个有能力、有自信，也会被别人认可的医生。”

刘玉村的儿子也在他的“怂恿”下投身学医，目前，是一名胸外科医生。也许，这是个能反映刘玉村真实热爱的事情吧。

智　者

2013 年两会，刘玉村被推上了“风口浪尖”。

“你问了一个世界上最难回答的问题。”全国政协十三届一次会议举行的第三场记者会上，全国政协委员刘玉村在回答记者就“中国医改”“就医难”提问时，说的这头一句话，被许多报道纷纷引用。

在医患矛盾日益突出、伤医事件不断的背景下，回答好这个问题，本身就是一个难题。刘玉村从三个方面进行了回答：

——有限度的财力投入与日益增长的多元化增长之间的矛盾。

——社会评价与个体感受之间的差异。

——不同社会群体之间的利益平衡。

刘玉村称，希望人事薪酬制度改革来得更快、更彻底一些。提高医务人员的待遇，才能吸引最优秀的学生来学医。“北京一流的高中毕业生经常是选择学习经济、学法律。”

最后，机智的村长还充当了一下“记者”，反问记者：

“大家试想，如果未来中华民族的健康乃至生命，不托付给一流的群体，记者朋友们你们放心吗？”

把医务人员的待遇问题和中华民族的健康联系起来，令全场的记者不能不报给他以热烈的掌声。

这个答案可以说是“既把事说了，还叫人家听了以后不反感”。人家都有谁？按他的理解，至少有三方，“我是医生，要代表行业说话；我是政协委员，要代表百姓发声；我还是共产党员，要维护党和政府的形象。”

单一角色考验的往往是专业能力，而复合身份需要的更多是智慧。但凡留心，在刘玉村身上总能找到类似的智慧。

2020年7月，刘玉村和池慧、唐旭东三位委员做客全国政协“委员讲堂”，围绕疫情防控的比较分析进行了探讨和交流。在节目最后，显然经过深思熟虑的刘玉村，在结束语中这样讲道：

“我自己是外科医生，我们读的教科书从来都说怎么治，治疗的效果怎么样，还有哪些并发症。所以一个重大事件以后，我们积累成功的经验，同时也要汲取我们做得不足的地方和教训。如果做好了，它就会成为经典，这就是一本教材，是我们这个年代的人，交给我们后代一本历史性的巨著。”这简单的几句话，可见知识分子的良心和建言者的智慧。

看过刘玉村演讲的人，很少不被他的口才和气度所折服。他身边的知情人士却吐露：“书记其实是个内向的人，他平时不是很爱说话。”在采访张骞时，张骞也对刘玉村的话少予以了证实。

“他话不多，平时说得多的是提醒。一个人对另外一个人的影响，不在于话多少，而在于他在你心目中的位置，和他平时是怎么做的。”40多岁的张骞看起来就特别忙，又要出门诊，还要做手术，另外还有行政工作，他的现在，是刘玉村曾经一个阶段的状态。

“比起忙，我更希望是充实。忙是一个贬义词，忙说明你乱，在很多时候还需要更多的学习，让自己的思路更加清晰，需要更加聚焦。怎么把所有这些都融合在一起。如果融合好了，人会变得丰满，看事情看问题的角度和高度不一样。”张骞是北大医院泌尿外科专家，又是北大医学部医院管理处处长，他是跟着刘玉村的脚步，从医生这个底色职业扩展到行政岗位，将近3年的时间让他有了自己的感悟，“这过程中，不要去考虑得失，慢慢地重新建立自己的平衡，从忙到不忙，从焦虑到淡定，需要一个过程。”

从张骞的角度去看刘玉村的境况，“他原来当院长，突然让他当书记，他也有一个非常大的心理转变，也是需要学习的。”但有一点张骞很肯定，“他肯定也在不停地学习。”

采访外三病房那天下午，正好赶上刘玉村回来参加党小组会。毕竟是执掌北大医院10年之久的老院长，将医院带入良性循环轨道，又留下了很好的口碑。“回家”的刘玉村身边围了不少人，一时间楼道里有些拥挤。喧闹间他声音中的沉稳理性带来一种冷静：“回来做手术，一个是自己的武功别废了，另外一个也是联系基层联系群众，了解情况。像我们当干部的就是要接地气，掌握基层情况，否则的话老觉得踩不着地，不知道说的话都有谁在听。”

院长是管事，书记更多是管人。说起怎么当好这个书记，刘玉村心得已经不少，“还得找到一些语言，让大家能够听得进去。行政体系的人是带着大家干事，往前走。我得回头看，看看队伍整不整齐，别有人掉队喽，这是我的职责。”

（原载于《人民政协报》2020年12月22日第8版）

顾建文：一个医者的精神世界

文／韩　雪

顾建文

第十三届全国政协委员。技术少将。战略支援部队特色医学中心主任，神经外科教授，博士研究生导师。全军首批高层次科技创新领军人才。2020 年获第十二届“中国医师奖”，2022 年获 2022 年中国优秀医院院长及突出贡献奖。

聪明的普通人

还是年轻的管床医生时，顾建文曾管过脑外科重症监护室的病人。重症监护室里躺着十几个病人，病人大都处于昏迷状态无法自主咳嗽，需要护士操作病床旁的吸痰器，帮助病人定时吸痰，确保肺部不受感染。

一次，谢护士长从外面回来，对着管床护士劈头盖脸就是一顿批评。

等人走了，顾建文问护士长：你为啥批评她？

护士长说：她没有给病人认真吸痰。

你咋看出来的？顾建文好奇了。

每次吸痰后，储痰罐的液体位置都会升降变化。护士长在走前特意记了一下位置高度标识，回来一看，标识没变。

"这个护士长是不是很聪明？"对于工作中遇到的那些聪明的普通人，顾建文会抑制不住地表达欣赏。

"聪明"在顾建文眼里，不是机巧、不是油滑，也不仅仅是对一个人智力水平的赞肯，更是概括了责任心、意志力、自律性等良好品质，约等于智慧。

2015 年 8 月到原解放军 306 医院当院长前，顾建文在原成都军区总医院、原空军总医院两家医院当过九年的副院长，尽管站在了高处看全局，他还是常常在微末处抓工作。

刚到原解放军 306 医院（现为战略支援部队特色医学中心）上班，来来回回走了几天，顾建文留意起脚下的地。

没多久，医院就采购了扫地吸尘车，新任院长提出一项具体要求：吸尘车必须每天在医院内部来回地吸土、洗地。"一开始，吸尘车每天能吸出来 50 公斤的尘土。工作了一段时间，赶上下雨，地面原来的颜色全显现出来了。"

就诊的病人和家属踏在灰色的路面上，循着红色的标识分流去往不同的大楼。所有人都能感觉到医院的清洁变化，却又说不清楚到底哪里变了。

"无论什么样的管理，都是通过很多管理手段和管理环节实现的。拿看病来说，90% 的病不是大病、复杂病，治疗的关键就在每一个环节。"

"生命都有自己的顽强周期。"让顾建文发此感慨的是一次，他对 ICU 的休克病人进行抢救，全力升压也调不上来，血压直线下降，但降到一定程度，咔，突然就不降了。然后，血压自己开始往上升。"就好像身体遭遇到极端状态，体内的另外一套机制启动了。这种情况，作为医生已经回天无术了，只能看着病人自己的反应机制发挥作用，慢慢好转。"

30多年从事医学临床、科研创新和行政管理，顾建文作为神经外科专家，累计完成6000余例高难手术。但留给他的感受是，生命自有神奇之处，也有着太多未知奥秘，现有医学知识并不能解释得清。

这让他在遇事时更加淡泊豁达，“生生死死就是一瞬间的事。到这个时候会觉得，健康快乐地活着，比什么都好。”也促使他将目光从表面的生命监测仪上挪开，投注到对人的内在隐性系统的探索上。

医院的人都知道，顾院长喜欢随手摄影。持着手机或相机的顾院长哪里都去，书写病案的医生、俯身病床前的护士、执勤的哨兵、行走的保安以及打扫卫生的清洁工，许多普通人专注工作、辛勤付出的一瞬，都曾定格在顾院长的镜头下，出现在他的朋友圈。

“我可以在照片中发现很多员工的优秀表现和医疗管理不足之处。比如口罩帽子戴得是否合规，操作是否符合感控要求等。发朋友圈，更是起到了鼓励大家的作用。”

在某种程度上，这些瞬间的定格就是管理的细节、产品的示范，是医护人员的高光时刻。还不仅这些，医院食堂的餐饮、街边市井的生活连同科普文章、知识帖一起，不加分类地排列在一起，将顾建文的朋友圈界面拉得越来越长。

尽管，也免不了有人会借此批评他，爱人也说他：“一天到晚发那些干啥？”

但医卫领域以外的很多人，看着顾院长的朋友圈，会得到更多医学健康知识，有时也会心一笑：“原来在医院工作是这样的，医生护士也是和我一样辛勤努力的普通人嘛。”

注重规则，又时常打破

全国政协医卫界委员有90多人，每年两会期间顾委员会插空为每位委员留影。政协讲凝聚共识，医卫界委员之间也来往得比较多，探讨国家医疗卫生大政，参政建言献策，敞开心扉交流，无疑摄影也是其中的一根纽带。

“我有一种愿意和别人交流、愿意打开自己心扉的意愿。”本科毕业于第四军医大学的顾建文，曾跟随导师进入过科学研究的领域，但最终，他还是做了临床医生。

当医生，充分发挥了顾建文擅长跟人打交道的长项。“几年时间我连续担任住院总医生，既要医疗手术抢救，又要做学科管理，相当于个中间的经理人，要带着其他医生把病人管好、组织好，还要配合好上级医生的手术。”

军装的笔挺衬托下，顾建文面容威严、坐姿端正，但他却并不是一个充满紧绷感的人，言语、神态中有着游刃有余的适度松弛。

“好的医生一定懂管理，小到病人管理，大到技术管理，再大到学科管理，都需要有目标，有实现目标的方法，以及实现目标的考核标准和路径。没有这些，肯定是半途而废。”医院管理尽管复杂，但无论具体到哪一项，都有基本规则。“手术开错了，护士输液输错了，其实违反了查对制度。一个病人住进医院，永远都有个医生管他，即使这个医生休假了，另外一个医生也会马上接手。这些背后，就有首诊医师负责制度、值班交接班制度在发挥作用。医院很多问题可以全列到 18 项核心医疗制度里，认真落实就不会出问题。凡是出了错，一定能在这些基本制度里找到违反的条款。”

在原成都军区总医院工作的 10 年，顾建文年年都能赶上一两件大事。汶川地震、玉树地震、彝良地震救援，尤其 2009 年成都公交车燃烧事件发生后，他所在的医院更是第一时间承担了烧伤人员的救治任务。

四五十个重型烧伤伤员被迅速送进医院，门诊一下爆满，医院人员进入应急状态，迅速腾空病房准备专用病区和急救设备。立即按烧伤九分法与面积计算法，先检伤分类，轻的走一条通道，重的走另外一条通道。然后再组织进行评估分类，评估病人当前状态，确定由哪些团队接手，之后进入到医院救治常态。等到扛着摄像机的电视台媒体到达时，全部病人完成了包扎处置，病房的病人盖着淡蓝色床单、神情不再无助，医护及探访人员都穿着隔离服，每一步都有规范，一切有序。

当年这场救治近 50 名烧伤伤员的大型工作，基本没有先例可循，就是在顾建文与全国烧伤专家共同努力下，患者顺利渡过休克关、感染关、修复关。

在军队野战训练中，野战医院也有训练目标。但具体到怎么救治伤员、怎么埋锅造饭、洗浴上厕所这些看似细微的环节，不仅关涉着既定的规则，也考验着组织者解决问题的实际能力。

野外厕所过去全靠一个锄头、一把铁锹、一卷卫生纸。“但是作为卫生兵你不能这样啊，自己都不干净，怎么完成救治伤员的任务？”顾建文为此专门研究过野外生态厕所。他琢磨出用车载铁板搭出厕所、滑粪槽，排入简易化粪坑、混入环境化粪菌，同时把生活废水引到厕所——化粪坑，一有排泄物，生活废水将其冲到化粪坑进行分解，最后分解液排入下水沟，没有蚊虫，环境也没有污染。

野战刚训练完，云南彝良就发生了地震，顾建文到达后，发现当地也有同样的如厕问题。

地震抢救按照作战形式成立了联合指挥部，而临时的简易厕所就搭建在距离指挥部 20 米处。开会期间，飘过来的阵阵异味直熏人口鼻，加上雨季泥泞，蚊虫孳生，直接影响官兵健康。

会后，顾建文跟指挥长建议：“能不能改造一下目前的厕所？我们建过生态厕所，也是刚刚训练实践完……”

还没等他说完，指挥长就说了三句话：“马上办，立刻办，你去办！”

按照顾建文画的图纸，生态厕所很快就建好了，驻地卫生条件大为改观。“野外培训不是光遵循着现成大纲规则就行了，当中也有科学实践，需要不断思考，打破现有格局。”

一个拥有 26 项发明专利的人，日常都在琢磨什么？

病人看完医生，还想找医生怎么办？顾建文在琢磨建个医患交互平台。“不仅可以用于对话联络，病人病案系统也能够自行上传，AI 技术统一管理，既方便医患，也保护隐私。”

他还给学生出主意，制作类似自带沙发的气垫裤，起初用于方便痔疮手术后的病人。“气垫裤充气后就可以使用，把气一放就可以站起来。到了野外，还可以当成旅游裤，随时坐随便坐。做得厚一点，还可以当成滑雪裤。把气垫高度往腰部提一提，可以当个腰垫，开车时防止腰椎间盘突出。”

目前的医用防护服采用分体式，一套穿下来很费时。还得额外搭配口罩、面罩、护目镜和帽子，才能发挥完整的防护效力。这样不仅容易因为各部分间贴合不紧增加暴露风险，特别是透气透湿差导致憋闷大汗，容易诱发脱水休克。顾建文又设计了一种新型材料透气、透湿型舒适型一体式的医用防护服。但检测认证周期太长，迟迟用不到一线防疫人员身上。等得久了，他有点焦急，向全国政协提交了一份提案，呼吁对突发公共卫生事件中新技术成果转化，建立管理体系和保障机制。

仔细听，能分辨出顾建文讲话时“哎呀那个啥”当中的陕西味。小时候他在西安古城生活时，军人父母下班晚，要求他承担一部分家务，但忙碌的父母往往只给任务不教方法。这种教育方式反而锻炼了顾建文主动想办法解决问题的能力，用到工作上，就是许多的发明创造。

最近，顾建文又在研究构建一种分类器，通过研究猕猴的脑电信号，预测出猕猴手部运动的目标。对他来说，“想干的事情真是太多了。”

经常思考问题

当下，非线性物理研究很热。2000年时相关研究还比较少。顾建文以《颅内压及脑电图的非线性动力学分析对脑损伤的测定》这一课题，申请到了国家自然基金。“当时，我用理论物理的方法对颅脑创伤后的昏迷程度进行判定，发表了一些文章。现在，临床都已经有产品出来了。”

“非线性说起来也简单，比如一个房间里有五个人，要形容这五个人是站是坐是跑是跳，非线性就可以精准实现。”跟顾建文待在一间办公室，如果用非线性方法分析，他的大脑活动无疑是活跃复杂的。医学是顾建文的思考出发点，但他不仅仅谈论医学。在对历史、文化、民族、地理等具体问题分析解读的背后，有着他勤奋的脑力。

“比如，如何对待一棵苹果树。是感慨秋天到了，苹果红了，一片丰收呢，还是老老实实地坐下来，日复一日观察记录苹果的成长过程？”

顾建文无疑属于后者，他会自己实践、思考、总结、践行并获得某一具体知识。“要做一个冷静思考的独立人吧。”

要达到这个目标，必经之路一定是学习。

“养成终身学习的习惯，才能在以后的学习和工作中自觉地不断学习并吸收新知识，才能适应层出不穷的新理论新方法，找到各种新疾病的治疗方法。”这话，是说给医学生听的，又何尝不是顾建文自己的经验？

刚当医生那几年，顾建文无论医术还是管理，都算得上风生水起。有过来人好心点他：“你小子就知道做手术，不搞搞科研？”

“那我就弄两个呗。”嘴上开着玩笑，事可是入了心。

连续三年，顾建文天天读文献。几个春节，爱人带着孩子回父母家，他独自在实验室里待着、在办公室里熬着。后来发觉研究上有困难，很多实验国内没有相应条件。他联系到日本久留米大学的赤须·崇教授，对方欣赏他的研究方向，为他提供了客座教授的身份，还在当地搭建了实验平台。

在日本，顾建文受到了实验室同事的热情接待。到日本家庭做客时，他惊觉这个已有百年历史的老宅里的厕所竟然是百年的抽水马桶。而且，马桶下水有一圈口子槽，观察了半天，他确定那是用于吸风的。这样马桶的气味就被下水的通风系统带走，不会弥漫到整个房间。

“健康到底是什么？至少是不得病、得小病、晚得病吧。”现在越来越多的人认识到健康需要通过习惯的管理来实现。

第二次见到顾建文，发现他体形有些变化，问起，他坦言：“我已经有葡萄糖不耐受的早期状态，最近我改了饮食习惯，控制淀粉主食，通过生活方式的改变，改善健康状况。”

推己及人，顾建文反问：“你知道我们现在的医疗效率为什么不高吗？很多病人每隔几天就到医院看病，为啥？问题在于他没有改变生活方式。医院也没有全科医生对病人进行全面指导。”

日常在医院，顾建文总强调要开展多学科联合会诊。他也经常对医生说，“你服务的是一个人，不是服务一个病。每个病人都是综合病人，所以医生必须要有综合医生的底子、综合医生的思维、综合医生的判断，才能做好一名专科医生。”

人世间寒来暑往，医院里人生百态。无论多忙，每周顾建文都会站上手术台。在他眼里，手术台是神圣之地，那里不计纷扰不发牢骚，有的只是医者的慈悲初心。

（原载于《人民政协报》2021 年 10 月 12 日第 8 版）

后　记

2023年4月6日，是《人民政协报》创刊40周年的日子。40年来，我们不忘初心，砥砺前行，忠实地记录和报道中国经济社会发展和中国特色民主政治进程；40年来，我们得到了各级统战部门、政协组织、民主党派及工商联和广大政协委员的鼎力支持，结下了深厚友谊，留下了无数感人故事。

在创刊40周年之际，我们出版的《人民政协报新时代报道作品选》丛书（包括《新时代市县政协的新样子》《委员故事》《民意之桥》），内容为《人民政协报》在近年来刊发的专题报道及作品精选。这些文稿从不同的侧面展现了党的十八大以来中国式现代化建设取得的新的历史性成就；展现了人民政协在“赢得民心民意、汇集民智民力”方面所付出的艰辛努力和取得的丰硕成果；展现了政协委员们结合自身工作，不负重托，履职尽责的生动风采和市县政协工作的“新样子”。期望该丛书能给各地政协开展工作提供借鉴参考，能对政协委员履职有所帮助。

本次图书出版，得到了中国文史出版社领导和编辑老师的鼎力相助；多位委员和专家学者欣然作序并热心推荐；海南新宝塔控股集团有限公司给予了大力支持；报社相关部门和同事不辞辛苦，做了大量具体工作。在此一并表示衷心的感谢！

人间最美四月天。让我们继续携手同行，凝心聚力，创造更美好的明天。

编　者

2023年4月

人民政协报 新时代报道作品选

民意之桥

人民政协报社 ◎ 编著

中国文史出版社

图书在版编目（CIP）数据

人民政协报新时代报道作品选．民意之桥／人民政协报社编著．-- 北京：中国文史出版社，2023.3

ISBN 978-7-5205-4043-8

Ⅰ．①人… Ⅱ．①人… Ⅲ．①新闻报道－作品集－中国－当代 Ⅳ．① I253

中国国家版本馆 CIP 数据核字 (2023) 第 051377 号

责任编辑：王文运　梁玉梅　赵姣娇

出版发行：中国文史出版社
社　　址：北京市海淀区西八里庄路 69 号　邮编 :100142
电　　话：010-81136606　81136602　81136603（发行部）
传　　真：010-81136655
印　　装：北京瑞和祥云印刷技术服务有限公司
经　　销：全国新华书店
开　　本：787mm × 1092mm　1/16
字　　数：254 千字
印　　张：20
版　　次：2023 年 5 月北京第 1 版
印　　次：2023 年 5 月第 1 次印刷
定　　价：238.00 元（全三册）

主　编

张立伟　王相伟

副主编

许水涛　石秀燕　訾　绮

杨统连　刘劲松　刘　珊

陈祖毅

执行主编

毛立军

统　筹

李丛杉　罗公染

编　辑

奚冬琪　徐艳红

编　务

孟祥龙　位朝辉　段志海

张修涛　王　宇　廖昕朔

前　言

《人民政协报》有一个周刊叫《民意》。

《民意》创刊于2000年1月3日，随着新世纪的到来而诞生。周刊的前身是《人民政协报》的《社会》周刊，为了更集中宣传广大政协委员、民主党派成员履行政治协商、民主监督、参政议政三大职能和反映社情民意的工作，报社决定创办《民意》周刊，每周一期，每期三块版面，星期一出版。时任全国政协常委、著名书法家刘炳森特为《民意》题写了刊头。

《民意》周刊第一期《致读者》一文这样写道："《民意》周刊今天与读者见面了。民意，也就是社情民意。我们开办《民意》周刊的宗旨，是充分利用政协组织和委员的优势，更大程度地体现政协特色，最大限度地展示政协委员们的睿智、建议，充分反映社情民意，把上层关注、基层求助、群众呼声高的社会热点、百姓生活中的难点及各种问题反映出来。本刊的办刊方针是：贴近百姓生活，关注热门话题，反映社情民意。"

到2023年，《民意》周刊已经走过23年历程。周刊编辑记者牢记办刊方针，履行媒体人的责任和使命，刊登并报道大量各级政协委员和基层群众反映的最真实的社情民意，不仅切实推动政府解决了不少民生难点堵点问题，也为党联系人民群众、为助力政协委员和党派成员履职尽责搭建了一座上通下达的"民意之桥"。

在《人民政协报》创刊40周年之际，我们精选《民意》周刊创刊以来特别是党的十八大以来的优秀作品结集成书，全书分为"系列报道""记者关注""读者来稿"三个章节。其中，"系列报道”的8组文章和“记者关注”的18篇报道，每篇都以翔实的采访、生动的故事和丰富的内容打动人心，从中不仅能读出民主监督和舆论监督相互补充、相互促进产生监督合力的良好效果，更能读出新时代社会进步的足音。“读者来稿”主要精选各级政协委员和党派成员的投稿，这些稿件均含有深入的调查、严谨的思考和务实的建议等内容，体现了作者的为民情怀和责任担当。希望本书的出版，能为进一步推动各地政协开展调查研究、反映社情民意、提升民主监督工作成效有所帮助和借鉴。

序一 ‖

有一份周刊叫《民意》

文 / 陈祖芬

有些很好的词汇，只是因为被人用得太多，不再鲜活不再生动不再具有冲击力，不过“民意”这个词，什么时候说出来写出来，总感觉有一种热乎乎的分量。金奖银奖不如老百姓的夸奖，金碑银碑不如老百姓的口碑。一个人，一个部门，一份报刊，一项事业，最高的褒奖就是：民意！

《人民政协报》就有一份直截了当地叫《民意》的周刊，我不清楚是什么时候开始办的。就觉得这一周三个版的一篇篇文章，从国家大事到邻里相处无所不有，都是踩在民意这个点上，有时通览一下标题，都觉得这样想我所想、亲和贴心。有一种医疗仪器叫周林频谱仪，机器的原理就是让机器和人的频谱和谐共振。读《民意》周刊，便有一种频谱和谐共振之感。

我想，不妨把我手头的几份《民意》周刊的标题，随便码在一起，就会感到民意扑面而来。《中国的公路应该修多少》《这里农民吃水难》《药品名称需规范》《春节车票涨价，难挡百姓出行热情》《家用轿车消费调查》《停水停电百姓苦不堪言》《走近京城“黑车”司机》《面粉掺杂使假，危害民众》《希望取消电话月租费》《这里的教师三个月没发工资》《三百万元搞庆典劳民伤财》《农村浴用锅炉多为报废品》《高级宾馆是否建得太多》……

如果让相声演员把《民意》周刊大大小小的标题编排一下，或许是一个很得民意的相声作品呢。

我不会写相声，不过我很想对看到我这篇文章的人说一句：你知道吗？有一份周刊叫《民意》。

（作者系第八至十一届全国政协委员。本文原载于《人民政协报》2002 年 1 月 7 日《民意》周刊百期特刊）

序二 ‖

《民意》伴我履职

文／庄　威

我是一名老委员，从担任厦门市政协委员，到福建省政协委员，再到全国政协委员，一路走来，从未停止对社会热点、改革难点及对民意焦点的关注，《人民政协报·民意周刊》是伴我成长、鞭策我履职的良师益友。

第一次看到《民意》周刊时，我就被它的风格和内容吸引了——贴近百姓生活，关注热门话题，把弱者的呼声放大，把智者的声音传远。之后，每次收到新的一期《民意》周刊，我都抽出时间用心阅读，发现越来越多的社会热点问题，如“三农”“教育”“医疗”“环保”等被其关注刊登。不仅作者以务实、负责的态度，对问题进行冷静客观的评判、分析并提出对策建议；《民意》周刊的记者还针对一些具体、敏感的问题亲自深入调查，揭开热点话题内幕，促成有关部门重视、解决问题。

受之启发，我开始给《民意》周刊投稿。建设节约型社会的相关课题一直是我开展调研和建言的重要领域之一。2005年，针对城市车辆越来越多、空气污染越来越严重，而地下石油越来越少之现象，我撰写《城市交通与节约型社会息息相关》一文，建议大力发展公共交通、政府带头购买小排量节能型汽车、洗车店应装配中水回用设施等。该文投稿后，很快被《民意》周刊全文刊出。次年，针对全国部分城市缺水严重，而某些用水大户的企业中水回用缺乏激励机制和法规约束，呼吁《尽快制定中水回用的法律法规》，《民意》周刊也于2006年7月10日刊登。后续被《民意》周刊摘登的还有《降耗减排是政协民主监督的新领域》及《节能减排应是企业首要社会责任》。作为一名政协委员，当他以高度的责任感贴近百姓、倾听民声、体察民情、了解民意并准备好为民代言后，《民意》周刊能及时把他了解的情况和合理化建议刊登传播，这是对政协委员辛勤履职的最佳褒奖。

改革开放30多年来，社会各项事业取得辉煌成就，人民生活水平有了很大提高，但社会转型时期的各种矛盾日益复杂并逐渐暴露出来。如房价不断攀升，百姓因买房负担越来越重甚至根本买不起房；高等教育费用大幅提高而大学生毕业后就业却越来越难；餐桌上越来越丰盛而食品安全问题却屡见不鲜；政府在努力推行机构精简而有的领导秘书班子却依然臃肿庞大等。上述现象让百姓对政府颇有微词，为此我分别提出了意见建议。如针对住房问题，先后提出《居者有其屋并非居有房产》《政府拥有一定量的保障性住房是抑制房价的有效举措》《应允许用住房公积金支付房租》等建议；针对大学生就业难问题，提出“鼓励大学生到一线工作”是统筹解决“就业难”与“用工荒”矛盾，也是推进企业自主创新的当务之急；针对一些退休劳模生活困难的问题，我建议“提高企业退休劳模的退休金和荣誉津贴标准”。这些拙见，很多被《民意》周刊的编辑留意并进行报道，极大鼓舞了我的履职热情和信心。多年来，《民意》周刊已成了我工作和学习中不可缺少的一部分。特别是我担任全国政协特邀信息委员后，对《民意》周刊更是必读必看，同时它也催我笔耕不断，逐渐步入“有言有论有影响，无私无畏无止境”的境界。

我想，《民意》周刊不仅是我也是所有政协委员、统一战线朋友必有必读、必爱必耕的好专刊，也是展示我们智慧和履职风采的广阔天地。在这片希望的田野上，我们都有一份听民声、知民意、纳民言、为民说话的使命。让我们共同爱护、辛勤耕耘，让它百花争艳，春色满园。

（作者系第十、十一届全国政协委员。本文原载于《人民政协报》2010年6月14日第5版《民意》周刊500期专版）

序三 ‖

赢得民心民意　汇集民智民力

文 / 谈火生

“民心是最大的政治。”习近平总书记在第十九届中央政治局第六次集体学习时指出，加强党的政治建设，要紧扣民心这个最大的政治，把赢得民心民意、汇集民智民力作为重要着力点。

“紧扣民心这个最大的政治”，道出的是中国共产党的根本宗旨；“赢得民心民意、汇集民智民力”，体现的是我们党治国理政的永恒课题。

在某种意义上，民主政治就是民意政治，在践行全过程人民民主的征程中，要始终盯紧“民意”这个政治晴雨表，只有民意通达，才能民心所向。但人民不是铁板一块，人民是由不同的人组成的，七嘴八舌的众声喧哗并不就是“民意”，它们要成为“民意”还需要转化。而两会就是最重要的转化机制之一，通过人大代表和政协委员的议案和提案，零散而杂乱的声音被提炼成清晰而系统的政策建议，并借助人大和政协特有的直通车通道，进入党和政府的决策过程，为党和政府的科学民主决策提供参考。

在此过程中，媒体扮演着重要角色。很多边缘性议题都是首先在记者的调查中被发现，然后通过媒体的聚光灯引起全社会的关注，并成功进入政策议程。当政策出台后，媒体不仅可以发挥其受众面广的优势，让老百姓及时了解党和政府的方针政策，而且作为监督主体，它可以有效地推动相关政策的落实。

23 年前，正是看到了媒体在探查民情、反映民意、聚合民心方面所具有的重要作用，《人民政协报 · 民意周刊》迎着新世纪的曙光诞生了。在近 1/4 个世纪的岁月里，《民意》周刊关注民生、汇聚民意，通过一篇篇生动的报道，将百姓的所思、所想、所盼传递到体制之中，又将中央的精神传达到人民的心里，成为党联系人民群众的一座“民意之桥”“民心之桥”，也见证了人民政协在“赢得民心民意、汇集民智民力”方面所付出的艰辛努力和取得的丰硕成果。

在《民意之桥》这本精选的文集中，有一组关于“建筑业农民工工伤赔付难”的系列报道。这一组文章犹如大海中的一滴水，映照出了《民意》周刊在全过程人民民主建设中的作用。

在中国，建筑业农民工是一个庞大的群体，也是最沉默的群体。4000万建筑业农民工，占中国农民工总量的1/6，占中国人口的3%。他们用他们的劳动支撑起了建筑业的快速发展，但他们所面临的较高的职业风险和工伤赔付难问题却一直没有得到足够的重视。4000万建筑业农民工需要工伤保险，这是4000万农民工的心声，但这个不折不扣的民意却在很长一段时间并没有进入政府的政策议程。

这组文章的第一篇《伤不起的建筑工人》发表于2013年12月9日，并很快引起了时任全国政协主席俞正声的注意。在俞主席的指示下，2014年1月上旬和2月中下旬，全国政协副主席卢展工率领联合调查组，赴北京、江苏、湖南等地，开展专题调研。在此过程中，《民意》周刊的记者全程跟进。

以扎实的调研为基础，在2014年的全国两会上，全国政协分别以重点提案和大会发言的形式呼吁建立健全符合建筑业特点的工伤保险制度。两会后，全国政协将《关于建筑工人工伤维权有关问题的调研报告》报送中共中央办公厅、国务院办公厅，引起最高决策层对此问题的关注，从而推动了这一涉及弱势群体切身利益的议题进入相关部门的政策议程。

个体的心声，需要有人去发现，去提炼，才能最终变成民意的呼声；民意的呼声，通过特定的方式表达，才能进入政策议程。我们可以设想，如果没有《人民政协报·民意周刊》的大声疾呼，没有全国政协的扎实调研，没有在调研基础上提出的理性分析，作为弱势群体的建筑业农民工，他们的心声可能很难有机会被社会听到，更不用说出现在全国两会的平台上，出现在中央领导的案头。

这组报道的第二篇《让建筑工人伤身后不再伤心》、第三篇《全国政协推动解决“建筑工人工伤维权难问题”纪实》记述了全国政协推动解决“建筑工人工伤维权难问题”的历程。为了把好事办好，进一步提高决策质量，全国政协决定在原有的年度协商计划中加入一次双周协商座谈会，也就是第 21 次双周协商座谈会。在筹备过程中，全国政协再次开展调研活动。调研联合了民主党派和与此议题相关的四个部门，组成联合调查组，于 2014 年 8 月至 10 月份赴多个省份开展补充调研。2014 年 11 月 13 日，针对“建筑工人工伤维权”的双周协商座谈会召开，俞正声主席亲自主持。

这组报道的第四篇《为建筑工人系上“保险绳”》发表于 2015 年 1 月 5 日，报道了人社部、住建部、国家安监总局、全国总工会等四部门联合出台的《关于进一步做好建筑业工伤保险工作的意见》，并对意见的内容和亮点做了详细的介绍。从中我们看到了政协协商在推动相关政策出台方面的作用，看到了协商成果如何转化为具体的政策措施，更直观地感受到人民政协作为专门协商机构所具有的制度优势。众所周知，协商与决策之间的断裂一直困扰着西方的协商民主实践，大多数时候，西方的公共协商都只是“说说而已”，缺乏有效的机制来保障协商成果的转化。但人民政协的直通车却能有效地克服这一难题。2014 年 11 月 18 日，双周协商座谈会仅仅过去五天，此次协商的成果就以《政协信息专报》的形式报送中央政治局、国务院和相关职能部门，并获得中央领导同志的批示，从而加快了相关政策出台的步伐。

这组报道的第五篇《建筑女工心声：建筑工伤保障〈意见〉应及时落地》发表于 2015 年 5 月 11 日，在这篇报道中，记者通过调查发现，《意见》执行并不到位，在一些省份没有得到落实，因此，呼吁相关部门给出一张时间表，让农民工兄弟对好政策的期待不至于空悬。

这篇报道再次引起了俞正声主席的关注，在他的指示下，全国政协社会和法制委员会组织召开“建筑业工伤保险实施情况”座谈会，邀请四部门和财政部等有关负责人与多位全国政协委员座谈交流，了解情况。大家一致认为应该用好政协这个平台，对《意见》的落实情况进行全程跟踪。2015 年 9 月至 12 月，全国政协会同四部门分赴 10 余个省（区、市），开展两次联合督导和监督性调研。在全国政协、有关部门和各级政府的共同努力下，全国4000万建筑业农民工的工伤保险问题得到了妥善解决。

发表于2016年1月4日的后续报道和全国政协社法委驻会副主任吕忠梅、人社部工伤保险司司长刘梅的文章让我们看到了人民政协通过协商监督推动政策落实的努力，也更深刻地体会到人民政协所能发挥的独特作用。由于人民政协全过程参与了政策议程的设置、前期调研和政策选项的形成，因此，在对政策本身的理解上，政协委员具有知识上的优势，当他们与四部门的同志一起奔赴各省进行督导时，可以帮助地方深化对《意见》的理解，更深入、更准确地了解政策的意图；与此同时，政协委员作为非利益相关方，地位超脱，可以站在中立的立场对政策条款进行解释，其效果可能比政府部门自己来做更好，更有说服力。

《全国政协“建筑工人工伤维权”调研》系列和连续报道曾获得第21届全国政协“好新闻”一等奖。它们不仅让我们看到了人民政协为“赢得民心民意”所付出的艰辛努力和它在“汇集民智民力”方面所具有的制度优势，而且让我们看到了《人民政协报·民意周刊》的记者和编辑们，秉持职业的敏感和责任，通过深入细致的采访调查，在转化民声、反映民意过程中的鼓与呼。

从全国政协的重点提案，到双周协商座谈会的召开，再到政策出台后的协商式监督，系列报道参与了全过程人民民主的实践，并记录了人民政协践行全过程人民民主的点点滴滴，见证了群众路线在“赢得民心民意、汇集民智民力”中的重要作用。习近平总书记强调：“好的方针政策和发展规划都应该顺应人民意愿、符合人民所思所盼，从群众中来、到群众中去。”正是在群众路线的指引下，党和政府的方针政策与百姓的民心民意才总是能够实现同频共振。在此过程中，媒体不可或缺，尤其是主流媒体，应切实承担起这一光荣使命。就此而言，《民意》周刊是一个很好的标本。

（作者系清华大学社会科学学院政治学系副主任，中国人民政协理论研究会常务理事，全国政协参政议政人才库特聘专家，习近平总书记关于加强和改进人民政协工作的重要思想北京研究基地特约研究员）

目　录

系列报道

正定收费站系列

“面粉增白剂”系列

建筑业农民工工伤赔付难系列

记 者 关 注

读者来稿

系 列 报 道

◎正定收费站系列

这个收费站太霸道

文/毛立军

2005年4月中旬，河北省正定县的县政协委员尹沫专程来到本报，将一份精心制作的提案交给记者。提案的题目是“正定大桥收费站是制约我县发展的瓶颈，违法封堵旅游路问题亟待解决”。

提案的最后一页，是尹沫、傅志伟等106名正定县政协委员的签名。

尹沫委员向记者介绍说，河北正定县位于省会石家庄市北部，县城和省城相距仅15公里。然而，自2002年107国道正定大桥段修缮完工后，这条进入正定的咽喉要道上就设立了一个收费站，人为地将正定与省会石家庄割裂。与此同时，正定古城南门外一条有着千年历史的“进京大道”（即提案中的“旅游路”）被人为封堵，收费站附近村庄的乡村大道也都设立了路卡，阻止车辆通行，迫使所有车辆必须通过收费站交钱才能进出正定。

“建桥修路本是利国利民的好事，但这个收费站的建立不仅给居民出行带来很多不便，而且严重影响了正定县的经济发展，正定人民对此意见非常大。”尹沫委员告诉记者，为此，他和另一名县政协委员傅志伟经过几个月的调研形成了一份提案，并提交到今年正定县政协全会。会议期间，有106名委员在这份提案上签名，而正定县政协委员总人数只有210人。

卡在咽喉要道上的收费站

根据尹沫委员反映的情况，记者日前前往河北正定采访。

到了当地才知道，石家庄市距离正定县城竟是如此的近，若不是一条干涸的滹沱河横在中间，省城与县城的建筑几乎可以连成一体。

我们乘坐的汽车从石家庄向北驶过滹沱河大桥，抬头就看到了尹委员提到的收费站。“正定”两个大字高高地立在收费站上方。

关于这座大桥的修改建，记者从不同渠道了解到一些情况。

据石家庄市交通局介绍，2001 年，该局与香港创艺集团国际有限公司合作，双方共投资 1.4 亿元对 107 国道石家庄北出市口路段和 107 北滹沱河大桥进行重新改建，合资成立了石家庄市中益路桥开发有限公司，负责该收费项目的建设和收费管理。该收费项目的立项、建设由省政府批准，并由省政府于 2001 年 8 月 20 日核发《中华人民共和国台港澳侨投资企业批准证书》，明确规定收费期限 20 年。2002 年 1 月 2 日，中益公司正定收费站正式运营。因此，该项目符合国家、省鼓励利用贷款发展交通的有关政策。

中益公司正定收费站的中方代表王连奎告诉记者，这个项目曾是石家庄市政府到香港进行招商引资时推出的项目。港方占投资额的 90%。去年，收费站的收益是 4000 多万元。

路通了，心堵了，经济下滑了

据石家庄市交通局介绍，该路建成后，加强了正定与市区的政治、经济和文化交流，为改善区域投资环境发挥了重要作用，促进了正定的经济和社会发展。该项目仅收费站就为社会提供了 150 人稳定的就业岗位，每年向正定县财政上缴利税 300 多万元，相当于一个中型企业，为正定县作出了直接的贡献。

107 国道正定大桥收费站确实为正定县带来了每年 300 多万元的财政收入。那么，正定县失去的又是多少呢？

在尹洙等 106 位正定县政协委员们的提案中，列举了这样一些数据和现象。

“我县有机动车 1 万余辆，按大小车辆平均 150 元 / 月通行费计算，每年向收费站支付过路费就达 1800 多万元。仅此一项，我县每年损失上千万元。

“由于我县车辆进出石家庄均需缴纳过桥费，增加了经营成本，蔬菜、水果及生活日用品价格普遍高于附近县（市），群众生活水平受到影响。

“经营成本的增加，还降低了我县的市场竞争力。原来车水马龙的西关蔬菜市场现在门可罗雀；在我县经济中占据重要地位的砂矿业损失严重，外地来我县拉沙的几乎绝迹；全国规模最大的板材交易市场之一——正定恒山板材市场也受到巨大冲击，经营额从 2002 年的 23 亿元降至 2004 年的 20 亿元，板材生产企业从 2000 年的 230 家降到 2004 年的百十家。摊位、门店出租率急剧下降，大批商户流向外地发展。

“正定是我国 99 个历史文化名城之一，旅游资源十分丰富。但由于交通的限制，近年来我县旅游业呈现出逐年下滑的态势。有数据显示，新人文景观，2001 年的旅游人数是 9.9 万人次，到 2004 年下滑到不足 4 万人次；文物古建的旅游人数 2001 年是 29 万人次，到 2004 年下滑到 22 万人次。”

在正定记者还听说，该县的小吃“大棒骨”曾经远近闻名。过去，石家庄的很多市民经常利用空闲时间驾车来正定吃“大棒骨”。如今，来品尝小吃的常客由于无形中须多支出往返 20 元的路费，也只好“望桥止步”了。正定“大棒骨”等特色小吃的生意因此一落千丈。

收费站的设立对在正定县从事房地产开发的投资者来说，不利影响可谓更加明显。据一位来自浙江的开发商反映，因为看中古城正定深厚的文化底蕴和丰富的旅游资源，他们经过考察和专家的反复论证，决定投资 16 亿元在正定开发江南新城项目，建立一个大型社区。但是项目启动不久，他们就发现，有一道难题摆在面前：由于正定大桥收费站的存在，该项目在省会的销售已受到很大影响。这道难题如果解决不了，他们在正定的投资信心将受到严重打击。

当然，在正定也不是所有的生意都因此受到冲击，正定的一些出租汽车司机反而从中找到了新的挣钱方式。

在收费站前，记者注意到，许多乘坐石家庄牌照出租车的乘客，到了收费站前就都下来了，有的拿着东西步行通过收费站，有的则换乘停在路边正定的出租车。

在收费站前等活的出租司机们对记者说，由于他们是正定的车，可以办通行月票，小车是 100 元一张。他们在这里能拉到从石家庄过来的客人，只收 10 元钱（相当于过路费）就能送到正定县城。而如果是石家庄的车，乘客就要付 20 元的往返过路费，当然不划算了。

“这里确实不应该设收费站，对正定人来说进出太不方便了。可要不收费，我们可就没活干了。”司机们对记者说出了心里话。

收费站为何成了“华山一条路”

正定古城南门正对着的是一条笔直的大路，据当地人介绍，这条路是历史上的“官道”，已有上千年的历史，被称为“进京大道”。20年前，这条路扩建整修，成为正定县通往省会的主要干道之一，也是贯穿正定县城旅游景点的最佳线路。

然而，自从收费站建成之后，这条著名的“进京大道”就被完全封堵，途经此处的车辆无法穿过，只能绕行107国道正定收费站。

在现场记者看到，两个大水泥墩横在马路中央，只留下一个小口子让行人和自行车通过。几近荒废的马路依稀能看出往日的宽阔和热闹。

被堵的路不止这一条，记者在收费站附近的几个村子看到，通行正定和石家庄的路都设了路卡。据村里人讲，这些路卡都是收费站花钱雇人设立的，为此，收费站还一次性付给每个村20万元到30万元不等的“劳务费”。

收费站的中方代表王连奎对记者说：“为了防止税费流失，根据有关法律规定，也是根据港商的要求，对绕行逃费的车辆必须进行治理。”

记者问：“你们采取了哪些方式进行治理呢？”

王连奎说：“就是找人把附近的路封住，除了本村车辆外，其他的车辆一律不准通过。”

记者问：“哪条法律规定可以用这种办法治理逃费？”

王连奎没有回答。

记者通过查询，也没有找到任何一条类似的法律规定。倒是2004年9月国务院新颁布的《收费公路管理条例》第40条明确规定：“任何单位或者个人不得通过封堵非收费公路或者在非收费公路上设卡收费等方式，强迫车辆通行收费公路。”

封堵“进京大道”、卡住乡间公路，终于使107国道正定大桥收费站成了往返正定与石家庄的唯一通道。收费站收费年限为20年。如此看来，正定人民将长年生活在不交“买路钱”就寸步难行的阴影之中了。

取消或迁建收费站真的如此“难”吗？通过采访记者深刻感受到，收费站对正定造成的不利影响已日益严重，取消或迁建这个收费站是正定全县广大人民群众的呼声，也是石家庄市区广大人民群众的呼声。

尹沫等106位正定县政协委员在提案中呼吁：撤销正定大桥收费站，打通县城南门外的旅游路。建议政府审时度势，采取措施，为全县人民办一件强县富民的大事。

那么，这样一份表达了正定人民心声的提案又遇到了怎样的命运呢？

尹沫委员无奈地告诉记者，他刚刚得到的消息是：该提案立案后已交由县交通局办理，但正定县交通局却以“无法处理”为由，没有作任何答复，将提案直接退回到县政协。

在正定，记者想就此事采访县里有关领导，均被以“不便回答”“县里无法处理”为由拒绝。

根据尹沫委员提供的线索，记者了解到，石家庄市政协委员、正定县市场建设服务中心主任马群曾就收费站的问题在石家庄市政协全会上提过两次提案。在石家庄市政协提案委的协助下，记者看到了马群委员的两份提案。

第一份提案是马群委员在2003年提出的，题目为“关于要求拆除或迁建107国道正定收费站的建议”。

在这份提案中，马群委员列举了收费站给正定带来的种种不利影响，并建议：1. 彻底取消这个收费站，让石家庄各区之间不再有隔离物，还一个完整的石家庄市。2. 如一时难以取消，可否采取搬迁的办法，迁建后，正定城区的车照样缴纳路桥费，关于市区车进正定造成的收费减少，由正定县财政给予一定补贴。

对于马群委员的这份提案，石家庄市交通局答复说：“一时还难以成行。”

“答复”的最后一段这样写道：“取消或迁建收费站将直接影响到我局与外商合同的履行，进而影响我局甚至我市招商引资工作的信誉。我们希望也相信马委员以及正定县的广大人民群众能够理解和支持国家贷款修路的政策，共同维护我市良好的投资环境，并诚恳希望对正定收费站的运营给予监督，确保该收费项目为地方经济发展作出更多、更有益的贡献。”

马群委员在接受记者采访时气愤地说：“一个收费站已严重影响到一个县的投资环境和对外形象，严重影响到一个县人民的生产和生活，还谈何‘贡献’？”

今年石家庄市政协全会期间，马群委员又一次提出提案，建议撤销或搬迁收费站。

“从深圳到北京，最难走的路在正定。”这是记者在采访时听到正定人自嘲的一句话，面对滹沱河上那座宽阔的大桥，面对通畅的107国道，这句话道出了正定人多少的无奈呀……

“北京五环路的收费站能撤，我市南环大桥收费站能撤，这个收费站怎么就不能撤呢？”这不仅是马群委员，也是尹洙等106名正定县政协委员以及几十万正定县人民发出的疑问。

（原载于《人民政协报》2005年5月16日第5版）

河北正定：百姓进出有望不交“买路钱”

文 / 毛立军

背景

2005年4月中旬，河北省正定县政协委员尹沫专程来到人民政协报社，将一份由正定县政协委员傅志伟起草、106名县政协委员联合签名的提案交到记者手中。提案的题目是《正定大桥收费站是制约我县发展的瓶颈，违法封堵旅游路问题亟待解决》。为进一步了解情况，本报记者于2005年4月底前往正定县进行实地采访，之后撰写深度报道《这个收费站太霸道》刊登在2005年5月16日《民意》周刊头版。

这篇报道反映的问题是：河北正定县位于省会石家庄市北部，县城和省城相距仅15公里。2002年石家庄市政府通过招商引资，由港商投资1.26亿元，将107国道正定大桥段修缮完工后，即在这条连接石家庄与正定的咽喉要道上设立了一个收费站，收费期限为20年。收费站设立后，正定古城南门外一条有着千年历史的“进京大道”（即提案中的“旅游路”）被人为封堵，收费站附近村庄的乡村大道也都设立了路卡，阻止车辆通行，迫使所有车辆必须通过收费站交钱才能进出正定。

这个“霸道”的收费站，不仅增加了石家庄市和正定县几十万居民出行的经济负担，而且严重影响到正定县的经济发展和对外形象，群众对此深恶痛绝。为此，正定县106名县政协委员联名呼吁，石家庄市政协委员马群两次提案，要求政府正确处理好保护投资者利益与维护人民群众切身利益之间的矛盾，尽快打通被封堵的旅游路，撤销或迁建这个影响社会和谐的收费站。

《这个收费站太霸道》见报后，本报记者一直关注事情的进展。日前，记者再次来到河北正定，对此事进行追踪采访……

时隔一年八个月，记者再次来到107国道正定收费站。现场情景与上次采访看到的并无两样，进出收费站的车辆川流不息，但都必须停下来交费或出示月票才能通行。正定古城南门外那条有着千年历史的“旅游路”上，两块大水泥墩依然横在马路中央，昔日车水马龙的公路更加荒芜。收费站附近的村庄，村民们在收费站指派下设置的关卡一个都没少……

然而，事情还是在悄悄发生着变化。在政协委员的不断呼吁下，石家庄市和正定县委、县政府已越来越清晰地认识到，正定收费站影响社会和谐、制约地方经济发展的问题必须得到解决。记者了解到，政府对此已有一些新的构想。

在正定，记者还对提案人进行了追踪采访。通过采访，记者深深体会到，作为政协委员，只要敢为百姓利益鼓与呼，就一定会赢得群众的支持和褒奖。

重访提案人：为百姓代言，无怨无悔

尹沫委员，曾任河北省正定县文联主席，如今已退休。听说记者来正定采访，他马上赶来与记者见面。

记者至今记得2005年尹沫委员只身来到报社，将精心制作的提案交到记者手里时说的话：“我是政协委员，我要为正定老百姓办点实实在在的事。”在记者撰写报道时，曾就能否在文中写上他的真实姓名向他询问，他毫不犹豫地说：“不怕。”

尹沫委员告诉记者，报道刊出后，他受到不小的压力，县里个别领导对他进行了严厉的批评。但尹沫委员说：“为了正定的发展，为了正定的百姓，也为我自己的良心，这样做，我无怨无悔。”

让尹沫委员感动的是，《这个收费站太霸道》刊出后不久，就被网友转帖到互联网上的“正定吧”中，而且转帖了多次，每次都有众多网友在后面跟帖发言。“尹大爷，好人啊！”“我们支持你！老百姓需要你这样的政协委员。”每当看到网民这样的留言，尹沫委员都激动不已。

傅志伟委员，106 名政协委员联名提案的执笔人。傅志伟委员对记者说，在撰写提案时他考虑，从目前情况看撤销收费站恐怕还不现实，因此，他在提案中提出另一个建议是：先打通旅游路，清除封堵在这条路上的路障，还正定人民以畅通的出行道路，提升正定县的投资环境。然而，让他失望的是，正定县交通局在给他的提案答复中，只含糊地写道：“2002 年，107 国道设收费站后，对该路设置了障碍。现在要拆除旅游路障碍，应按照谁设置谁清除的原则。另外，该路不属于交通部门管理范围。”

那旅游路是谁堵的？谁应当承担清除责任？这个问题至今无人回答。

“难道横在马路上的水泥墩是从天上掉下来的吗？就算是从天上掉下来的，交通管理部门也应该有保障道路畅通的职能吧？”对于傅志伟委员多次追问，政府部门回答始终含糊其词。傅志伟委员只好在自己的博客上以《无力的提案》为题表达自己的愤怒和无奈。他写道：我在签署委员意见时，不仅“不满意”，还附言政府应当明确此段道路的管辖权，对于涉及全县人民出行和经济发展的违法堵路，行政机关却相互推诿，难怪广大市民将其看作考验政府行政能力的头等大事。

正定群众万人大签名：还我行路权

在追踪采访中，傅志伟委员向记者出示了一卷密密麻麻写满签名的传真纸。打开后，足有 20 多米长。他告诉记者，这上面都是正定群众“强烈要求拆除 107 国道正定收费站”的签名，目前签名已达上万人之多。

“万人签名”的发起人、河北正定科技馆馆长秦瑞强对记者说：“收费站对正定的经济发展太不利了。以科技馆为例，作为国内最大的一家民营科技馆，我们在 2001 年刚开业的时候，虽不成规模，但一年还能接待 15 万人。但自从 2002 年 107 国道上设置收费站以来，每年来参观的人数急剧下降到不满 2 万人，科技馆几乎难以为继。”秦馆长还指着对面的金星假日大酒店说：“这个酒店是正定县档次最高的酒店，但客人很少，没人愿意花过路费到这里来住。”他还向记者列举了正定的小商品批发市场、板材市场、餐饮娱乐市场、旅游市场等，因为收费站的设立，生意都受到严重冲击。

秦馆长有很多朋友在石家庄市里住，以前他们经常和家人或朋友一起开车来正定，游览文物古迹，品尝美食小吃，但自从有了收费站，几乎就没人来了。有时，即使他请客，人家都不来。“谁去你们‘破’正定呀，进出还收钱。我们不是花不起那点过路费，而是这钱花得不舒服、不痛快。我们宁可不去。”

看到收费站对正定的发展影响越来越大，秦瑞强馆长心急如焚，他提笔写下“正定收费站制约经济发展，企业商贸齐声呐喊拆除”的呼声，并签上自己的名字，此后短短的两周时间内，跟在后面自发签名的群众就已超过 1 万人。秦瑞强告诉记者：“如果再继续，就是 10 万人的签名都能征集到。撤销收费站是我们 40 万正定人民的共同呼声。”

最近，秦瑞强将这份“万人签名”交给了县政协委员傅志伟。他说：“我相信政协委员，我们请傅志伟委员把‘万人签名’转交给县、市有关领导，期望政府关注民声民意，使问题尽快解决。”

正定县党政部门：没想到收费站对正定县的负面影响会这么大

与上次记者采访正定县党政部门时遇到的“回避”“不好回答”的态度相比，此次采访，县里工作人员的表现坦然得多。正定县委宣传部常务副部长王保良了解记者的来意后，马上告诉记者一个好消息：在今年刚刚结束的石家庄市两会上，市政府工作报告中已明确提出：“2007 年内新建石家庄市体育大街北延至正定工程。”另外，王保良透露，还有其他几条道路正在计划修建中。过不了多久，往返石家庄与正定的老百姓就可选择多条免费路线了。

谈到正定收费站的问题，王保良说：“《人民政协报》的报道出来后，县委、县政府高度重视，县里领导也清楚认识到，这个收费站确实已成为制约县域经济发展的瓶颈。县领导多次与石家庄市委、市政府沟通，商讨解决办法。其间，县里还设想将收费站北移，并进行了选址工作，但这一方案有欠妥之处，省里和市里没有批准。”

在与王保良的交谈中，他多次用了“没想到”这个词。“谁也没想到，收费站对正定的负面影响这么大，等于自己把自己封闭起来了。”“县委、县政府早就想把这个收费站‘请’走，但还要考虑投资者利益，所以很矛盾，处理起来也很难。我认为，将来市里和县里财政收入上去了，由政府收购收费站可能是最好的解决办法吧。”王保良向记者谈了自己的看法。

“不管怎么说，106 名委员的提案和《人民政协报》的报道对问题的解决起到至关重要的作用，一定会在正定发展史上留下浓重的一笔。”王保良最后对记者说。

反思：政府该如何用好行政权力

正定收费站存在的问题在全国带有一定普遍性，而且越来越成为社会矛盾的焦点，群众反映非常强烈。这其中的深层次原因是什么？傅志伟委员的一席话很令人深思。

他对记者说：首先，在国道上用贷款或招商引资修路是否合适、合理值得探讨。与高速公路不同，国道、省道等属于国家的基础建设，是人民群众家门口的便民路，理应由政府财政投入资金建设。老百姓交了税、交了养路费，有权享受到政府提供的公共服务。可现在的情况是，不仅在国道上，有的地方甚至在省道、县道、乡道上都设立收费站。过多过滥的收费站已严重影响到政府形象，必须引起重视。其次，政府该如何招商引资值得反思。目前，很多地方的党委、政府把招商引资当作一项政治任务来抓，只要能引来资金，不管实际效果如何，都视为“政绩”。为了达到招商引资目的，一些地方政府视国家法律法规于不顾，一味满足外来投资者的不合理甚至不合法要求，以损害当地老百姓利益为代价，签订“不平等条约”。如此招商引资，给老百姓带来的不是“福”而是“祸”。由此可见，政府职能转换不是一句空话，要真正落到实处才最重要。

对于大量类似正定收费站的现象，全国政协委员梁慧星一言以蔽之："问题的根源在于行政权滥用。"在他看来，防止行政权力的错位和异化，防止行政权力恶性膨胀并引发社会矛盾，在当前是一个十分紧要的任务，必须通过立法、司法等手段对行政权力加以控制与规范。

（原载于《人民政协报》2007 年 2 月 12 日第 5 版）

107 国道正定收费站被撤销

文 / 毛立军

4 月 22 日零时，107 国道正定收费站正式停止收费，许多市民自发赶到现场，燃放烟花爆竹以示庆祝。河北正定与石家庄市隔河相望，然而横亘在 107 国道的收费站却阻碍了正定的对外交流，制约着正定的发展，承受重负的老百姓对此很有意见。2005 年，正定县政协全会期间，尹沫、傅志伟等 106 名县政协委员联名提交提案，要求政府尽快撤销或迁建这个影响社会和谐的收费站。本报记者得知这一情况后，深入现场进行实地采访，并在 2005 年 5 月 16 日《人民政协报 · 民意周刊》上刊登深度报道《这个收费站太霸道》，引起广泛关注，对这一问题的解决起到了推动作用。

在各级领导的高度重视下，在有关部门的大力支持和配合下，经过各方面的努力工作，正定收费站终于在 2008 年 4 月 22 日零时整正式停止收费。停止收费后，不仅减轻了广大群众的经济负担，而且有利于正定与省会主城区的融合，对于促进正定经济发展、加快省会建设“1+4”组团城市等都有积极意义。这一大快人心的举措，使得党和政府在人民群众心目中的形象有进一步的提升。

（原载于《人民政协报》2008 年 4 月 28 日第 5 版）

“面粉增白剂”存废之争又掀波澜

文／毛立军

全国政协委员冯平最近比较忙。多年来冯平委员一直关注并呼吁禁用“面粉增白剂”。然而，7月26日卫生部在网上公布的《食品安全国家标准——食品添加剂使用标准》征求意见稿中，作为“面粉增白剂”的过氧化苯甲酰、过氧化钙仍赫然在列。这让他感到特别的困惑，因为此前，卫生部在给他的提案答复中已明确表示，“全国食品添加剂标准委员会已审查同意，注销过氧化苯甲酰”。

卫生部这种矛盾的做法到底是为什么？于是，他动笔给卫生部部长陈竺写了一封长信……

在日前召开的一次关于食品添加剂标准制定与公共决策座谈会上，冯平委员向媒体透露，陈竺部长对他来信反映的情况高度重视，并将他的信批转给卫生部相关部门，相关部门同志已专门与他面对面进行了交流。

“面粉增白剂”存废之争由来已久

对于在面粉中是否该添加面粉增白剂，一直存在争论。主禁方以国家粮食局为主，另外还有两个代表性的人物。

一位是现担任中国粮食行业协会小麦分会理事长的王瑞元，1986年时任原商业部粮油工业局局长。王瑞元一句“在我有生之年，如果看不到禁用，我死不瞑目”，在业界广为流传。

1986年，在王瑞元的推动下，商业部在新颁布的小麦粉标准里，允许添加过氧化苯甲酰。卫生部同步将过氧化苯甲酰列入了《食品添加剂使用卫生标准》，允许每公斤面粉添加60毫克过氧化苯甲酰。在这个国家标准里，王瑞元的签字起到了至关重要的作用。

如今的王瑞元却成了面粉增白剂的最大的反对者。他多次表示，面粉中加入增白剂不仅有害健康，而且还为一些企业提供了以次充好、假冒伪劣的机会，对消费者和行业危害颇多。王瑞元后来到国外考察，发现不少国家已经禁用增白剂。

从2000年开始，王瑞元在各种粮油工业和粮食行业会议上都呼吁企业禁用面粉增白剂。在他的倡议下，全国面粉龙头企业先后四次联名写信给上级主管部门，要求禁用过氧化苯甲酰。

主禁方的另一个代表人物就是全国政协委员冯平。2008年和2010年，冯平委员先后与9名和16名全国政协委员两度提交联名提案，冯平委员还曾经专门向全国政协提交"万言书"，呼吁禁止过氧化苯甲酰、过氧化钙作为食品添加剂在任何食品中使用。

国家粮食局、国家粮食行业协会以及一些大型面粉加工企业始终站在主禁行列，近几年来一直通过各种方式呼吁禁止使用面粉增白剂。

国家粮食局于2003年后开始组织下属研究机构修订小麦粉国家标准的草案，明确要求禁用过氧化苯甲酰。

呼吁的同时，很多大型企业已经开始了禁用面粉增白剂的实际行动。2008年12月1日，中国储备粮管理总公司下发了《关于禁止使用面粉增白剂的通知》，明确要求系统内面粉加工企业禁用面粉增白剂。

据有关部门2008年的调查，全国已经有12个省份军地双方联手开展了军粮小麦粉禁用增白剂的统一行动，其中两省两市一区（吉林、上海、河南、广西、重庆）的军粮小麦粉已经彻底禁用增白剂。

反对禁用增白剂的代表人物是中国工程院院士陈君石。对于面粉添加剂，陈君石院士曾多次公开表示，"没有任何证据证明它是有害于健康的。国际食品发展委员会的食品添加剂也是允许使用的，我国也是允许使用的"。

陈君石院士的另一个职务，是全国食品添加剂标准化技术委员会主任。

与此同时，一些小型面粉加工厂和增白剂生产厂商也在"奋力抗争"。这些企业多次向国务院办公厅、国家信访办、卫生部、质检总局投诉，矛头直指禁用派"不懂科学"。面对禁用"面粉增白剂"的呼声，最近一些中小型面粉厂家和增白剂生产厂家又联合向有关部门上访。

据了解，从 2003 年起，新的小麦粉国家标准已经经过多次的反复讨论和修改，2006 年形成报批稿。但是，因为新标准在小麦粉添加剂一节当中建议取消使用“过氧化苯甲酰”和“过氧化钙”，分歧较大，迟迟没有得到批准。

存还是废？卫生部说法不一

“面粉增白剂”是存是废，最后的钥匙握在卫生部一家手中，因为卫生部负责制定食品添加剂的国家标准。

国家粮食局高级工程师杨万生曾多次发表网络文章，呼吁“禁白”。他在接受记者采访时说：“三年前，同样是卫生部网站曾对国标中是否取消过氧化苯甲酰作为漂白剂征求过意见，当时我就在网上谈了些个人的看法，也引来社会的广泛关注，部分媒体也曾做过专题报道，但结果如何——三年后的今天，问题依旧停留在原地，这到底是为什么？”

7 月底，冯平委员收到了卫生部办公厅对他今年全国政协提案——“关于再次建议尽快出台新的《小麦粉》国家标准”的答复（卫提函〔2010〕204 号）。在这份答复中，卫生部明确表示：遵循技术上确有必要且安全可靠的原则，全国食品添加剂标准委员会已审查同意注销过氧化苯甲酰，卫生部据此启动注销过氧化苯甲酰及其善后处理措施的论证。并将会同有关部门采取以下措施：一是主导过氧化苯甲酰面粉处理剂生产企业尽快转产，加快对企业技术改造政策扶持力度。二是制定舆论引导方案，解疑释惑。三是做好面粉处理剂和面粉生产企业监督检查工作等。此外，按照《食品安全法》规定，卫生部正会同粮食局等部门研究粮油产品食品安全标准整合修订工作。

冯平委员注意到，卫生部对全国政协提案的答复日期是“2010 年 7 月 8 日”，印发日期是 7 月 12 日，均在卫生部《食品添加剂使用标准》（征求意见稿）公布日期之前。

卫生部“征求意见稿”通过网站公布后，引起媒体广泛关注。而近期的发展态势更令“面粉增白剂”之争变得扑朔迷离。

一方面在公布的征求意见稿中仍然允许使用“面粉增白剂”，另一方面卫生部在近期接受媒体记者采访时表示：“卫生部正在协调有关部门，研究撤销过氧化苯甲酰作为面粉处理剂及其相关配套政策。”卫生部有关负责人还进一步解释说：“撤销工作涉及面广，为尽可能降低对相关产业和贸易的影响，需要妥善决定撤销政策过渡期、市售产品食品处置、产业影响、进出口贸易等配套政策。”

面粉添加剂之争已引起卫生部长陈竺关注

冯平委员在接受本报记者采访时透露，8 月 1 日，他以全国政协委员身份给卫生部长陈竺写了一封信，在信中，冯平委员对卫生部启动禁用增白剂的程序表示感谢，同时也提出了对答复中未解决问题的看法。很快，陈竺部长把信批转给了相关部门。

“据卫生部信访办的同志介绍，部长直接把信批转给他们还是首次。足以见陈竺部长对食品安全，对人民健康高度重视。”冯平委员告诉记者，8 月 26 日他和解放军总医院营养科赵霖研究员、北京古船食品有限公司赵凤奇高工，应邀与卫生部卫生监督局、信访办的两位处长和工作人员，就禁用面粉增白剂问题进行了交流。他们从卫生部也了解到了反禁方的一些观点。

据冯平委员介绍，目前，卫生部信访部门正在将主禁方和反禁方两方面意见进行综合，并写成详细材料上报陈竺部长。

冯平委员表示，卫生部对于“面粉添加剂”持有谨慎的态度是可以理解的，但是大的原则还是要从民众的健康出发。尤其是过氧化苯甲酰面粉处理剂在生产中一再发生爆炸事故，就更应该抓紧时间，尽快转产，减少不必要的人员和财产的损失，彻底停止生产面粉增白剂过氧化苯甲酰和过氧化钙。

（原载于《人民政协报》2010 年 9 月 20 日第 5 版）

随卫生部长陈竺
走访调研“面粉增白剂”使用情况

讲述人 / 全国政协委员冯平　　采访整理 / 毛立军

12 月 15 日，卫生部网站“通告公告”栏中悄然刊出一则公告。内容为卫生部监督局对是否禁止使用面粉增白剂又一次公开征求意见。根据征求意见的公告稿显示，自 2011 年 12 月 1 日起，将禁止在面粉生产中使用被称为“面粉增白剂”的过氧化苯甲酰和过氧化钙。

这条公告发布的当天，并没有引起多少人注意。恰好，长期呼吁禁用面粉增白剂的全国政协委员冯平在浏览网页时无意中看到了。他马上给关注这一话题的媒体记者发了短信。

9 月 20 日，本版曾刊登专访冯平委员的报道《面粉增白剂存废之争再掀波澜——委员给卫生部长写信呼吁尽快“禁白”》。在接到冯平委员的短信后，记者又一次对他进行了采访。冯平委员告诉记者，卫生部长陈竺在收到他的信后专门派人与他进行沟通，并邀请他一起赴河北调研，了解面粉加工企业使用增白剂的真实情况。

多年来，我一直关注面粉增白剂问题，曾多次提交提案呼吁禁用。然而，在今年 7 月 26 日卫生部公布的《食品添加剂使用标准》征求意见稿中，被俗称为“面粉增白剂”的过氧化苯甲酰和过氧化钙，仍然名列其中，被允许使用。对此，我感到很不理解。于是，我以全国政协委员的身份，给卫生部长陈竺相继写了两封信，表明我本人以及一些专家学者希望尽快禁用面粉增白剂的意见。很快，卫生部有关部门负责人给我打来电话，说陈竺部长非常重视我的意见，将择机亲自与我沟通。

10 月初的一天，我又接到卫生部的电话，告知陈部长决定就这一问题进行一次专题调研，邀请我一同参加。

10 月 11 日一早，我随陈竺部长、卫生部办公厅主任侯岩、监督局局长苏志等共 8 人乘坐一辆面包车出发了。在驱车前往河北保定的途中，陈竺部长和我并肩坐在一起，一路上，我们谈了不少关于面粉增白剂的问题。陈竺部长说，关于这个问题，他也亲自检索查阅了不少相关文献。他坦言，是否要取消面粉增白剂，应从必要性、安全性两方面考虑，面粉生产使用的目的主要是增白，粮食主管部门和很多专家提出这是不必要的，公众已有共识。但从安全性考虑，尚无有力证据表明其对人体健康有害，况且，国际食品法典委员会和美国、加拿大、日本等国家均允许在小麦粉加工过程中使用过氧化苯甲酰。“因此，我们先暂不对它的安全性做出否定判断。好不好？”陈竺部长诚恳地说。

走访大面粉厂：“面粉增白剂很难保证添加均匀”

我们乘车到达的第一站，是一家大型面粉生产企业——今麦郎面粉（徐水）有限公司。下车后，我们直接来到了面粉加工车间。陈竺部长向正在工作的清粉工李光详细了解面粉加工的工艺流程，询问面粉增白剂的使用情况。

由于过氧化苯甲酰在面粉中的添加有着严格的限量，使用普通的螺旋喂料器必须非常注意，由于在实际生产中面粉的流量有波动，为了保证同步，就要对过氧化苯甲酰定时取样并用天平准确称量。正规企业每小时要作一次加料现场和出粉终端的取样测定。

“你们是否有添加记录。”陈竺部长问。

“有。班班都有记录。”

陈竺部长翻看了当天的记录后，又随机调阅 9 月 3 日的记录。过了一会儿，记录拿来了，很齐全也很规范。

陈竺部长又问李光：“添加增白剂能保证稳定均匀吗？”

李光回答说：“比较困难。国家允许每公斤添加 60 毫克，我们控制的添加量比这个低。”

随行的企业负责人也表示，面粉增白剂很难保证添加均匀，他们厂没出过问题，公司里别的厂被查处过，就是因为添加不均匀而超标。

在与企业管理人员和技术人员座谈时，这家企业负责人明确表示赞成取消面粉增白剂，他认为加过增白剂的面粉会失去面香味，且长期食用对人身体无益。

小面粉厂老板：“含增白剂的面粉我们自己不吃”

我们到的第二站是徐水县金汇面粉厂，这家年产3000吨的小型面粉厂是一个家庭式工厂，只有7个工人，环境比较差，设备也很简陋。我们到来时，厂子正在停产。厂长刘汇涛说：“工人们都去收玉米了。”

陈竺部长问：“你们添加面粉增白剂有没有记录？”回答说：“有。”但拿来的只是进货出货单，不齐全也不严格。

陈竺部长于是根据该厂近年来每年的面粉产量和每年的面粉增白剂进出货单据，认真计算面粉增白剂的添加比例是否在国家允许的标准范围之内。

刘汇涛介绍说，他们厂80%的面粉添加了增白剂，20%没添加。含增白剂的面粉主要卖到当地的粮油店、馒头铺或面条加工点，还有人办红白喜事也用含增白剂的面粉，因为好看。

“没添加的卖给谁了？”陈竺部长问。

“有一些人专门来订没添加剂的面粉。还有就是卖给自家的亲戚、邻居。”

“你自己家吃不吃含增白剂的面粉？”陈竺部长又问。

“不吃。”刘汇涛回答很干脆。

这个回答引来一片笑声。随行的河北省副省长孙士彬笑着对刘汇涛说：“小伙子，你这个厂设备差了些，但你能说实话、诚信，我看你这个厂子会有发展的。”

随后，陈竺部长又与刘汇涛及其父亲讨论了撤销面粉增白剂会给企业带来什么问题。两人均表示，如果国家出台规定不让使用，他们一定会认真执行。

刘汇涛的父亲说:“陈部长，我们觉得国家应多宣传吃全麦面粉的好处，吃全麦面粉的人多了，面粉厂也就不用增白剂了，也不用担心产品销路了。”

陈竺部长当即表示一定接受他们的建议，还高兴地说:“你们生产全麦面粉后，我愿意做你们的义务推销员!”

座谈:全面了解情况

很快，就到了下午。由孙士彬副省长亲自主持，召开了由省卫生厅、工信厅、质监局、粮食局、信访局等部门负责同志和保定市人民政府、徐水县人民政府负责同志参加的专题座谈会。河北省卫生厅代表省政府和相关部门专题汇报了系列调研结果和对于撤销面粉增白剂的意见。省卫生厅称，他们为此开过30人的专家论证会，29人赞成撤销。保定市人民政府和徐水县人民政府也作了专题汇报。总的来讲，河北省各方均表示倾向于撤销面粉增白剂。

在座谈会上还谈到这样一个细节。前段时间，有来自全国的22家中小面粉企业到卫生部登记上访，坚决反对禁用面粉增白剂，其中有9家来自河北。后经河北有关部门调查，9家上访企业中有两家登记的名称不存在，剩下的只有两家的法人代表认为撤销面粉增白剂会影响他们的产品，但也表示国家统一禁用，他们也拥护。另外，省卫生厅谈道:“经调查，这些企业集中上访是某省一家企业以开研讨会的名义把他们请到北京去的。”

陈部长接着请我来发言，我本来准备了很多，但看时间不够了，就介绍了《英国医学杂志》1927年3月19日发表的关于“面粉漂白”的文章，简单地谈了一些感想。

陈竺部长最后说:“三鹿奶粉事件后，食品添加剂问题受到广泛关注，党中央、国务院做出了开展为期两年的食品安全整顿专项工作的决定。卫生部要本着对人民群众健康高度负责的态度和实事求是的精神做好面粉增白剂撤销相关工作。本次调研考察的两家生产企业以及河北省对这项工作的意见对卫生部依法决策具有重要意义。”

这次随陈竺部长走访调研,让我感受颇多。我的总体印象是“求真务实”。

陈竺部长调研不走过场、不作秀，而是以认真负责的态度和严谨科学的精神调查了解面粉增白剂的实际使用情况。看实情，听实话，才能办实事。

对于撤销面粉增白剂一直存在争论，各方有不同看法，我本人也曾对卫生部有一些偏见，但通过这次随陈竺部长调研，我认为卫生部是能认真、客观地对待撤销面粉增白剂的，我对陈竺部长和卫生部的工作表示满意。

（原载于《人民政协报》2010 年 12 月 27 日第 5 版）

社会在进步

在经过征求意见、公开讨论，深入基层调研面粉增白剂使用情况并在网站上对是否禁止使用面粉增白剂再一次公开征求意见后，原卫生部等六部门于 2011 年 3 月 1 日发布公告称，撤销食品添加剂过氧化苯甲酰、过氧化钙，自 2011 年 5 月 1 日起，禁止生产、禁止在面粉中添加这两种物质。

卫生部网站刊登的这份签署日期为 2011 年 2 月 11 日的公告还指出，有关面粉中允许添加过氧化苯甲酰、过氧化钙的食品标准内容自行废止。

公告表示，食品添加剂应当在技术上确有必要且经过风险评估证明安全可靠，方可列入允许使用范围。经审查，上述两种添加剂已无技术上的必要性。

◎建筑业农民工工伤赔付难系列

伤不起的建筑工人

文 / 韩柳洁

建筑业工人被称为中国工人中数量最为庞大，也是最沉默的群体。中国有 4000 万建筑业工人，占中国农民工总量的 1/6。占中国人口 3% 的中国建筑业农民工用他们的劳动支撑起了建筑业财富的快速积累。然而，就是这样一个对中国经济贡献着巨大力量的群体，在地产业这样一个中国最暴利的行业中，却承受着最严重的欠薪和职业灾害。农民工讨薪的问题经主流媒体的大力报道逐渐为社会所关注，相关部门也出台政策，开辟讨薪绿色通道。但是，建筑业农民工的职业灾害和工伤赔付问题却一直没有得到足够的重视。相较于其他领域的工伤与职业病维权，建筑业农民工的工伤维权显得更为艰难，工伤维权对他们来说，是一条荆棘满布、漫无尽头的路。

被驳回的起诉：坚持还是放弃

2013 年 10 月 28 日，来自山西临汾的农民工李红奎的工伤赔付案在法院开庭，结果是李红奎败诉。距离意外发生已经过去了一整年的时间，除了事故发生时施工方交给医院的押金外，李红奎没有得到任何赔付。针对开发商的起诉被驳回后，李红奎不知道还能找谁来为这场事故承担责任。

2012 年 9 月 12 日，李红奎在北京某工地做运料小工，意外被高空坠物砸中头部，造成颅骨骨折，在医院治疗了近一个月。出院后有将近半年的时间，李红奎不仅语言表达困难，左手和左脚也无法正常行动，什么重活都做不了。出院后，李红奎和妻子就尝试向施工方索赔，当时的他们不知道这是一场如此漫长而艰难的“斗争”。

“律师劝我放弃维权，要拿到赔偿很难，即使拿到赔偿可能还不够打官司的花费。”李红奎不知道自己应该放弃还是坚持，经人介绍，他找到了一个专门帮助建筑工人维权的公益组织——北京行在人间文化发展中心的负责人李大君。

“你把之前打官司的材料都带过来，不能放弃维权，我们先看看情况，再帮你介绍一位律师。”李大君试图坚定李红奎的信心。李大君从 2007 年开始对建筑业工人的工伤维权情况进行调查研究，6 年的时间里，他接触过几百例建筑工人的工伤维权案例，深知其中艰难。意外事故伤害的是建筑工人的身体，而维权过程中的重重阻碍却是对其精神的再次伤害。

“我们接触的案例中，有将近一半的人因为‘耗不起’而最终放弃维权，成功获得工伤赔偿的工人非常少，而每一次索赔背后都是血与泪。”李大君说，李红奎的经历可以说是建筑业工人工伤维权困境的缩影。

一年的维权路：只是工伤维权全程的 1/3

37 岁的李红奎老家在山西临汾的农村，家里有两个正在念中学的儿子，夫妻俩 6 年前到北京打工。李红奎一直在饭店帮工，妻子则做家政。李红奎每个月的工资不到 1500 元，眼看着两个孩子渐渐长大，花销也越来越大，一个孩子一年的学费加上生活费就将近 1 万元，他开始琢磨着换份工作。2012 年 9 月，在老乡的介绍下，李红奎到工地做起了运料小工，一天能挣上 150 元，做 10 天活就能挣到原来一个月的工资。但是，李红奎工作不到 10 天，意外就落在了他头上。

回忆起那场事故，李红奎一脸惨淡，一连串的巧合像老天开的玩笑。当天，李红奎运料车里的木块掉在地上，他俯身捡拾，安全帽滑落，一块高处落下的砖块恰巧落在头上，他当场被砸晕了过去。李红奎被送往医院后诊断为颅骨骨折，劳务公司为他预缴了 2 万元治疗费。后来，由于伤势过于严重，李红奎需要转院进行手术，但劳务公司不愿意垫付医疗费，手术迟迟无法进行，情急之下，李红奎的包工头李建华带着施工队罢工，要挟公司为李红奎缴付医疗费。当时，工程临近交工，劳务公司权衡利弊之后只得妥协，为李红奎缴了 3 万元治疗费。

这笔医疗费的代价是巨大的，李红奎出院后才知道。工程结束后，劳务公司以预付了李红奎的治疗费为由，再加上不满之前施工队以罢工要挟，拒付工人工资，带头罢工的包工头李建华本想继续跟劳务公司理论，却遭遇意外，手臂被人砍伤。

9月底，李红奎出院后打算申请工伤赔偿，劳务公司明确告诉他不能指望公司为他申请工伤认定，他只得以个人名义去申请，但是第一道程序就让李红奎犯难了——提交劳动关系证明。李红奎是在工程快结束时临时替补进去的，没有签订任何用工协议。如今，施工点早已人去楼空，所谓的劳动关系，他拿不出任何证明。李红奎和妻子找到了劳动监察执法大队，劳动监察执法大队介入调查后发现，原来李红奎打工的工程施工方没有在北京市住建委备案，属于违法施工，没有备案也无法确认工程承包责任人信息，找不到主要责任人，劳动监察执法大队也无法进一步开展工作，李红奎的工伤维权陷入僵局。

2013年1月，用了两个多月时间，李红奎的工伤认定仍然没有任何进展。出事后，他和妻子都无法工作，在北京待着，租房花钱，治疗也花钱，如此耗下去也不是办法。李红奎夫妻商量决定先回老家养伤。

李红奎在老家一待就是半年。李红奎受伤后，说话、行动都很困难，无法再工作，妻子要照顾他也不能再外出打工，大半年的时间里，家里没有一点收入，只能举债度日。今年8月，李红奎的伤势好了很多，夫妻俩决定再次到北京，一边寻找打工机会，一边继续进行工伤维权。李红奎的妻子重新做起了家政工作，他自己则在包工头李建华的帮助下到工地做零工。“其实以我现在的情况在工地上什么都做不了，都是李大哥照顾我，给口饭吃。”

转眼间，距离事故发生已经一年多，劳务公司负责人下落不明，起诉开发商被驳回后，李洪奎获赔的希望愈发渺茫，这场维权一眼看不到尽头。北京市农民工法律援助工作站主任佟丽华律师曾对现行工伤维权的法律程序进行分析指出，“要走完一个完整的工伤维权程序，总共需要三年又九个月，如果有延长，会到六年又七个月。”李红奎用了一年多的时间，走过的不到全程的 1/3 甚至可能是 1/6。

根源：建筑工程层层转包，工伤保险制度被架空

“建筑工人的职业风险非常高，但是却极度缺乏保障。我们这几年接触的建筑工人工伤案例中，没有发现一例有正规的劳动合同和工伤保险。”李大君告诉记者，在 6 年的时间里，他的团队走访的工地有几百个，发现高达 9 成的工人既无劳动合同，又无工伤保险。建筑工地成为国家劳动法律实施的真空地带，其结果是受伤的工人难以获得法律救济。

2011 年 4 月至 7 月，短短的 3 个月时间里，北京市海淀区温泉镇某工地发生了十余起工伤事故。李大君进行跟踪调查发现，在十余起工伤事件中，用人单位没有为一名工友提起工伤认定与工伤赔偿，而是想方设法阻止工人的工伤认定，最后只有 3 人冲破公司的重重阻碍走上了个人申报工伤认定的维权路。而采取依法维权的 3 名工伤工友中，截至 2013 年 11 月，只有一人结束了工伤维权，是在法院的调解下，委屈地接受了公司在劳动仲裁解决结果的基础上少了 40% 的赔偿金。另外两名工友由于不甘心工伤赔偿像商品一样打折，仍然在烦琐的法律程序中煎熬着。

建筑业工人的维权之路为何如此艰难？

“根源就在于建筑行业的劳务包工制度。”李大君颇为愤慨地说，在包工制度下，工程总包不再直接组织工人施工，而是将工程以专项施工的方式分包给劳务公司。这样问题就出现了，依据《劳动法》和《劳动合同法》的相关法律法规在建筑领域的实践，工人应该是与劳务分包公司存在劳动关系。工伤认定和工伤赔偿都应该由劳务分包公司来负责。但蹊跷的是，工伤保险却不是由劳务分包公司来缴纳。以北京为例，按照有关规定，总包企业在开工之时必须为工人趸交一笔工伤保险，但实际上与建筑工人建立劳动关系的并不是总包公司，总包公司趸交的工伤保险根本无法为工伤工人提供实质的保障。“总包公司趸交工伤保险仅仅为了取得住建委的开工证，并不考虑是否能够保障工人权益。而劳务分包公司为了节约成本，往往又不给工人缴纳工伤保险。最后的结果是，工人的权益在法律的明文规

定中反而被架空。发生事故后，总包公司缴纳的工伤保险用不上，分包公司担心工伤认定后赔付的费用由公司自己承担。如此一来，劳务公司和包工头都不愿意为工人申报工伤认定，甚至层层设阻，也就不难理解了。”

依照《安全生产法》和《工伤保险条例》的相关规定，因安全生产事故所造成的工伤，用人单位应在第一时间通知安全生产监督管理局，调查事故现场，并在一个月内为工伤员工申报工伤。但是，如果用人单位不履行，相关法律并没有规定任何处罚条款，仅仅规定：“如果用人单位没有提出工伤认定的申请，受害人本人或者是其直系亲属在事故发生当日或者自受伤之日起一年内向劳动社会保障部门提出工伤认定申请。”然而，如果本人提出工伤认定申请，首先需要提供劳动关系证明材料，大部分没有签订劳动合同的农民工甚至要经过漫长的仲裁和诉讼来证明与单位存在劳动关系。这是一个极其漫长的维权道路，烦琐的程序和漫长的时间煎熬让很多受伤的工人对维权望而却步。

程序烦琐、时间成本高还不是建筑工人维权的最大阻碍，维权过程中可能遭遇的威胁、欺诈是受伤工人放弃维权的直接原因。而实施威胁与欺诈的多是工人自己的包工头，威胁通常是赤裸裸地以拒付医药费来逼迫工人放弃维权或以少量的赔偿付给工人，而欺诈多为包工头以让工人回家养伤为由，将工人诳出工地，导致工人脱离事故现场后维权更加艰难。“李红奎的包工头能帮助他争取赔偿，这是个特例。”李大君表示，通常包工头为了顺利拿到工程款，不想破坏与上层劳务公司的关系，都是和劳务公司联合压榨工人，威逼利诱、软硬兼施阻止工人维权，更残酷的现实是，即便是亲生父亲、兄弟，在利益面前亲情都只能靠边。

今年年初，李大君曾经帮助一位名叫樊宝岐的河北工人进行工伤维权。2012 年春节前，樊宝岐不慎从高处坠落致右肾摘除，出院后，樊宝岐留在工地养伤，这原本是一个争取工伤赔偿的绝佳时机，工人就在工地，公司想赖都赖不掉，而且包工头是樊宝岐的亲哥哥，直接从劳务公司分包木工活，是樊宝岐与劳务公司存在劳动关系的证明关键。但是，哥哥不想因为弟弟的工伤事件与劳务公司闹翻，影响自己拿到工程款，他选择了与劳务公司站在一起，把弟弟哄回老家。春节后，樊宝岐要求哥哥同自己维权，得到的是这样的答复："人家给你5万元私了，你为什么不拿？肾都没了，5万元从哪里挣啊！"今年3月，在李大君的帮助下，樊宝岐成功走完法律程序，但是赔偿金他到现在都没有拿到。

委员呼吁：把"工伤拒赔"列入《刑法》，切实保护工人权益

李大君从2007年开始对建筑业受伤工人维权开展调查以来，接触过上百个案例，几乎没有一个是完全通过正常的法律渠道获赔的情况。"对于用工方而言，拒付工伤赔偿是零成本的，因此他们可以肆意张狂。但是对于受到伤害的工人而言，工伤赔偿是他们生活的最后一点希望。"李大君无奈地说，我们有相对完善的用工制度和工伤赔付制度，但是在每一个遭遇工伤的建筑工人现实的困境中，法律规定看似一把利剑，却无人能够为受伤害的工人举起。去年底，李大君以《无约束的资本，伤不起的工人》为题发布了一份建筑业农民工职业安全与职业保护调研报告，将几年来掌握的案例和数据如数公布，呼吁相关部门改革建筑业劳务分包制度，提高执法力度。希望借此为那些沉默的大多数发声，让更多的受伤工人的维权路走得更顺畅。

这份报告引起了全国政协委员李蓝的关注。2013年两会前夕，李蓝辗转拿到了李大君撰写的《建筑业农民工职业安全与职业保护调研报告》全文，报告中所披露的建筑工人工伤维权的血泪史让他倍感震惊。李蓝当即决定将建筑业农民工的工伤医保问题写成建议带上两会。

"过去对于建筑工人的权益困境只是大概知道，但是这一个个具体的农民工的经历之惨痛完全超乎想象，我觉得自己有义务为他们发声。"在今年的全国两会上，李蓝和宋镇豪委员联名提交了《关于国家应重视建筑业农民工的工伤医保问题的提案》，他们在提案中写道："'工伤拒赔'是一种性质和后果都远比'恶意欠薪'更为严重的恶意行为。遭受'工伤拒赔'的农民工不仅经济受损，其人身遭受伤害的后果更是难以用金钱来弥补。"而在这残酷的现实背后，李蓝认为建筑行业层层转包的"劳务分包制"正

是其症结所在。建筑工人与用人方的劳动关系包裹于层层转包之下，以致虽有《劳动法》和《社会保险法》的法律规定，工人的实际劳动权益仍然得不到保障。

“最大的也是最关键的一点是：他们没有用工合同。”李蓝指出，即使有用工合同，工伤伤残的认定程序又极为繁杂专业，出身农村的农民工根本就搞不明白这些事情，在时间上也拖不起。于是，一般都是在包工头和分包公司的胁迫劝诱下，随便给点钱私下了事。

在提案中，李蓝特别呼吁要尽快对包工制度进行改革，从根上解除建筑工人的权益困境，但是这并不容易。近日，在接受记者采访时，李蓝委员难掩失望：“已经收到了住建部和人社部的提案回复，没有特别实质性的内容，对于存在的问题没有提出有效的解决办法。”

李蓝委员认为只有进行建筑行业用工制度的改革，并把“工伤拒赔”列入《刑法》，才能让建筑工人摆脱工伤维权的困境。他建议：

第一，有关部门应该坚决执行国家的相关政策法令，切实监管建筑行业的工程管理问题，杜绝资质挂靠、层层分包、转包等非法行为的发生，从源头上杜绝安全事故问责无人的窘境。

第二，加强对建筑工地工伤保险参保情况的管理和督查，严肃查处发生“工伤拒赔”的用人单位，并比照“恶意欠薪”，把“工伤拒赔”列入《刑法》。

第三，如同各级妇联维护妇女合法权益一样，省、市、县各级政府的工会也应该把维护农民工合法权益的工作作为自己的职责，为遭受工伤事故的农民工提供包括法律援助在内的各种帮助。

（原载于《人民政协报》2013 年 12 月 9 日第 5 版）

让建筑工人伤身后不再伤心

——全国政协“建筑工人工伤维权”调研小记

文 / 韩柳洁

2014 年 1 月 9 日至 10 日，全国政协“建筑工人工伤维权”调研组在京开展调研。此次调研由全国政协副主席卢展工率队，全国政协常委、社会和法制委员会主任孟学农担任组长，邀请了中华全国总工会、人力资源和社会保障部、住房和城乡建设部有关负责人参加。

调研组除了听取相关部门的介绍外，还前往建筑施工现场、工伤保险经办单位进行了实地调研，并与开发企业、总包企业、劳务企业以及一线的建筑工人进行了面对面交流。

创新实践：工程项目参保，动态实名管理

北京市住建委统计的数据显示，近三年，北京市在房屋建筑与市政基础设施工程领域施工的劳务人员总量基本保持在 50 万人的规模。农民工的权益保障尤其是基本的生产安全权益维护一直是相关部门工作的重点和难点。

2006 年，经北京市政府同意，北京市原劳动保障局和建设委员会联合印发了《关于做好北京市建筑业农民工参加工伤保险工作的通知》（简称“138 号文”），改变用人单位按职工人头参保的模式，以工程项目为单位，由建设单位将农民工工伤保险费用作为专用款项在开工前一次性拨付总承包企业，再由总承包单位在开工前将保费缴纳到社保经办机构。在整个施工期内，进入参保项目工作的农民工即视为全部参保，以此来解决建筑施工企业农民工流动性大、工伤保险参保难的问题。

北京市的创新做法得到调研组的充分肯定。全国政协委员、人力资源和社会保障部副部长胡晓义表示，动态实名管理制度能够在一定程度上解决发生工伤的工人的劳动关系认定难题。但是目前的备案需要一定的时间周期，如果工人在尚未备案时发生工伤应该如何处理，备案制度需要考虑并解决这个问题。

企业反映：发挥作用有限，参保成本太高

1月10日上午，调研组与北京市多家总包企业、开发企业以及劳务企业的负责人进行了座谈。从企业反映的情况来看，趸交的工伤保险费所发挥的作用，似乎不尽如人意。中建八局（北京）党委书记杨宏选介绍，近三年，该公司的开工工程累计趸交工伤保险费500万元左右，但没有发生过任何理赔。调研组对于这一情况都感到很震惊，工程那么多，不发生事故是不可能的，为何没有理赔？

杨宏选解释，公司近三年来的工程中没有发生过重大伤亡事故，仅仅是一些“小磕小碰”，产生的费用都由公司负担，因此才没有任何理赔。

“总包公司趸交的工伤保险费，劳务公司根本指望不上。”四川省巴中市华峰建筑劳务有限公司董事长余兴国介绍，由于担心申报工伤影响资质审核和行业内的评定，总包公司在申报工伤方面并不积极。从2006年北京市下发“138号文”到2012年，总包公司以工程项目为单位趸交社会保险费之外，劳务公司还为工人参加了工伤保险和医疗保险两险，对于工人来说是双重保障。但是2012年4月1日后，社会保险必须五险全上，平均下来，一年一个工人公司要为之交1000多元，劳务公司根本无力负担。因此，2012年后，华峰公司已经没有再为工人交纳社保费，仅仅购买了意外险（属于商业险）。“参加商业险还有一个好处是申报程序简单，理赔周期短。现在工人出事故，商业保险赔偿一部分，公司赔偿一部分。”

另外，部分企业负责人表示农民工自身参加社保的积极性也不高，“让他们掏钱很难”。

“我们不仅是来了解情况，也想借这个机会向在座的企业解释一下社保

政策。”针对企业负责人反映的情况，胡晓义语重心长地说：“工伤保险实际上是帮助用人单位分担风险，企业应该正确认识参保，工伤理赔的手续设置是出于规范管理的考虑，其中可简化、可缩短时间的环节我们会进一步研究。”

工人心声：简化理赔程序，缩短鉴定周期

1月10日下午，在北京市政协的一间会议室里，11位来自一线的建筑工人与调研组成员进行了面对面的交流，其中有4位是受过工伤的工人。

45岁的李志怀是四川省江油市城建建筑劳务开发有限公司的一名木工，2013年7月22日晚上在工地加班时意外受伤，当即被送往医院治疗。

“工伤理赔了吗？”

“正在等待工伤鉴定。”

“当时住院多长时间，治疗自己花钱了吗？工伤认定用了多长时间？”

“在医院住了21天，我根本拿不出任何钱，医疗费都是公司垫付的。当时因为刚到工地一个月，还没有签劳动合同，出事后才补签的。我一个农民工什么政策都不懂，公司帮着申报的工伤。”

调研组成员细细询问，李志怀认真作答。但李志怀说到“认定工伤用了两个月时间，现在等着做工伤鉴定”时，胡晓义立即向在场的北京市人社局的相关负责人询问，能不能尽快安排这位工人的工伤鉴定，争取在过年前完成，让工人能够放心回家过年。

敬丽萍是江油市城建建筑劳务开发有限公司人事部主管，主要负责工人的备案和工伤理赔。敬丽萍介绍，公司在北京有3000多名工人，分布在10多个建筑工地。由于工伤保险费的趸交和实名备案都是以工程项目为单位，而工人流动相对频繁，很有可能出现发生事故的项目与工人实名备案项目不一致的情况，这样一来就很难申报工伤。

一同参加调研的住房和城乡建设部副部长王宁表示，北京市的实名备案管理制度是一种创新，但是在工伤认定过程中应该灵活处理，还是应该承认事实劳动关系，不能把困难推给农民工。

“工地上有工会组织吗”“是否接受了安全教育”“今年过年前能拿到工资吗”……来自全国总工会的两位全国政协委员张世平和李滨生还仔细地询问了建筑工人的日常工作和生活的情况。

参加座谈的建筑工人们刚开始都比较拘谨，但是调研组成员们的真诚和认真让他们渐渐放下了心中的紧张和顾虑，一一道出自己的心里话。比如：希望工伤理赔程序简化、周期缩短，希望解决工伤维权外也帮助工人解决“讨薪难”的问题……

对于建筑工人们的现实遭遇和心里话，调研组成员都认真地倾听，并一一做了记录。调研组组长孟学农真诚地对工人们说：“我们是带着对老百姓、对建筑工人深厚的感情来调研的，我们会将了解到的真实情况反映给党中央、国务院，进一步推动我国工伤保险制度的完善，切实为老百姓解决实际问题。”

（原载于《人民政协报》2014 年 1 月 14 日第 1 版）

全国政协推动解决“建筑工人工伤维权难问题”纪实

文／韩柳洁　毛立军

2014年11月13日，全国政协双周协商座谈会围绕“建筑工人工伤维权”这一议题开展讨论，邀请国务院有关部委负责同志、全国政协委员和相关领域专家学者一起为维护建筑工人工伤保险权益建言，会议还对人力资源和社会保障部、住房和城乡建设部、国家安全生产监督管理总局、全国总工会等四部门联合起草的《关于进一步做好建筑业工伤保险工作的意见》进行协商讨论，该《意见》将为全国近4000万建筑工人提供更有力的工伤权益保障。

习近平总书记在庆祝中国人民政治协商会议成立65周年大会上的重要讲话中指出，政协履职要重点提升四方面的能力，其中之一就是要提高调查研究能力，坚持问题导向，深入实际摸清真实情况，集合众智提出解决办法，努力使对策建议有的放矢、切中要害。

从关注建筑工人的工伤维权困境到使之成为全国政协双周协商座谈会议题，并针对存在的问题协调督促相关部门出台部门规章，这正是全国政协从实际工作出发，提高调查研究能力的体现。

坚持问题导向　关注民情民生

建筑工人的工伤维权问题如何成为全国政协双周协商座谈会的议题？

事情要追溯到2013年年初。全国政协委员、中国社会科学院研究员李蓝收到单位同事转交的一份题为《无约束的资本，伤不起的工人》的调研报告，报告由一个专门帮助建筑工人工伤维权的公益组织所撰写，主要反映建筑业农民工职业安全与职业保护方面存在的问题。报告中所披露的建筑工人工伤维权之路的艰难曲折让李蓝倍感震惊，他当时就决定“要为他们发声”。于是，在不久后召开的2013年全国两会上，李蓝和宋镇豪委员联名提交了《关于国家应重视建筑业农民工的工伤医保问题的提案》，他们在提案中写道：“‘工伤拒赔’是一种性质和后果都远比‘恶意欠薪’更为严重的恶意行为。遭受‘工伤拒赔’的农民工不仅经济受损，其人身遭受伤害的后果更是难以用金钱来弥补。”

根据委员提案线索，人民政协报社记者进一步对建筑工人工伤维权问题展开了采访调查。2013年12月，《人民政协报》刊登了深度报道《伤不起的建筑工人》，通过对相关案例的采访、剖析，揭示了工伤建筑工人这一群体的维权及生存困境。

这篇报道引起了全国政协领导的高度重视，指示对工人工伤维权问题进行专题调研，弄清主要问题，找准症结所在，深入分析原因，提出有力、有效维护工伤工人合法权益的建议。

深入实际　摸清真实情况

找准问题，接下来就要深入实际摸清真实情况。建筑业农民工工伤权益维护看似是一个小问题，其实是涉及完善农民工社会保障体系的大问题，事关社会的稳定和发展。

2014年1月上旬和2月中下旬，由全国政协副主席卢展工率领，全国政协社会和法制委员会牵头，邀请了中华全国总工会、人力资源和社会保障部、住房和城乡建设部有关负责人及多位全国政协委员组成联合调研组，就“建筑工人工伤维权有关问题”开展专题调研。

2014年1月9日，“建筑工人工伤维权”情况介绍座谈会拉开了调研的序幕。人力资源和社会保障部、住房和城乡建设部、国家安全生产监督管理总局、中华全国总工会等部门相关负责人以及多位全国政协委员作为调研组成员参与座谈，初步汇总目前中国建筑工人及其工伤权益保障基本情况，确定调研方向及重点。

参与座谈的相关部门负责人表示，建筑业工人的工伤权益保障是个非常重要的问题，但也是一道比较难解的题，涉及多个部门的协调合作。全国政协此次牵头推动，将各个相关部门联合起来探讨协商，对于解决建筑工人的工伤权益保障问题是非常有益的。

接下来，调研组先后赴北京、江苏、湖南进行调研。除了听取地方人社、住建、安监、工会等相关部门关于建筑工人工伤维权整体情况介绍外，调研组还分别与建筑企业及建筑工人代表进行了面对面的交流，倾听各方声音。不仅如此，调研组成员亲自前往工伤保险办理机构了解工伤申报流程，到建筑工地了解建筑工人作业环境及施工现场安全管理情况，掌握详尽的一手资料。

全面听取意见　平衡各方利益

调研组认为，要深入研究建筑工人工伤维权难这一问题产生的原因、寻找解决这一问题的办法，必须全面听取各利益相关方的意见。

人社部门作为工伤保险的主管部门，需要统筹考虑工伤保险和其他社会保险；住建部门作为住房建设的主管部门，需要统筹考虑建筑工人的权益和建筑产业的发展；安监部门作为安全生产的主管部门，主要侧重安全事故的预防和责任追究；工会主要侧重维护职工的权益。这四个部门职责互有交叉、关注点各有侧重，需要统筹兼顾。

在建筑业产业链中，房地产开发商居于顶端。表面上看，在将建筑工程通过招标承包给建筑商后，建筑工程的施工安全似乎与开发商再无关系。但实际上，利润微薄、竞争激烈的建筑市场有时迫使建筑商为承揽项目而牺牲工伤保险费用；开发商的付款时间也直接影响工人工伤赔付。工程总包商处于产业链的中游，理应成为工伤保险的主要责任方。但在现实生活中，为降低成本，总包方通常只向工程项目派出少量管理人员，实际施工往往转包给资质较低的建筑施工企业和专业分包商、劳务分包商。劳务分包商处于产业链的最低端，经过总包、分包企业的层层剥笋，利润所剩无几，难以支付工伤保险费用。在这一产业链中，利益关系极为复杂，一定程度上存在利润与责任的倒挂，而受伤的总是建筑工人。

在调研过程中，调研组重视倾听各方意见，平衡各方利益，提出解决问题的建议。

以工伤保险参保费用问题为例。建筑企业代表均反映让建筑行业的工人全部按照社保法相关规定购买五险一金比较困难，企业和个人负担太重。针对这一情况，北京、江苏、湖南等地均尝试将工伤保险单列，要求企业优先解决建筑工人工伤之忧。但新的问题是，工伤保险的参保费用不是小数，应该由谁来支付？劳务企业与工人建立直接劳动关系，但往往无力负担。目前，北京市的做法是规定由建筑总包企业承担，要求建筑企业以工程为单位趸交工伤保险，并将趸交工伤保险与获取施工许可挂钩。

调研组对地方探索以项目为单位为建筑工人参加工伤保险的方式表示了肯定，认为这一做法符合建筑行业的用工特点，保证工伤保险对建筑工人的覆盖。通过调研，结合各方面情况和意见达成这样的共识，即建设单位要在工程概算中将工伤保险费用单独列支，作为不可竞争费，不参与竞标。在项目开工前由施工总承包单位一次性代缴本项目工伤保险费，覆盖项目使用的所有建筑工人，包括专业承包单位、劳务分包单位的建筑工人。

总结地方经验　提出可行建议

解决了工伤保险“钱从哪里出”的问题，调研组认为另一个关键就是工伤待遇落实问题，唯有落实才能切实保障工伤建筑工人权益。

调研组了解到，以项目为单位为建筑工人缴纳工伤保险费的措施虽保证了企业参保，却不能完全保证受工伤的建筑工人能够享受相应的工伤保险待遇。主要原因是建筑总包企业认为报险理赔会带来声誉、经济两方面不良影响，因此对于工伤事件“不敢报”“不愿报”。劳务企业则因为担心影响劳务分包，往往事先与总包企业签订《事故责任书》，发生工伤事故后根据责任认定自行承担费用而不进行工伤申报。

企业“有苦不诉”，受了工伤的建筑工人却是“有苦不知如何诉”。目前工伤申报的一大困难在于受工伤工人的劳动关系认定。认定劳动关系是申报工伤的前提，但现实是，许多建筑工人没有签订劳动合同或者手中没有劳动合同，发生事故后劳动关系认定非常困难。虽然法律规定承认事实劳动关系，但是由于建筑工人在与企业的关系中处于弱势方，发生事故后，如果企业不配合申报工伤，建筑工人很难搜集到证据证明劳动关系的存在。此外，还有建筑企业和工人反映在工伤申报过程中，手续繁杂，周期过长，增加了工伤待遇落实的难度。

这种情况造成的结果是：一方面一些地方的工伤保险基金大量结余，另一方面相当一部分的工伤职工无法享受到应有的权益保障，工伤保险的效果难以得到有效的发挥。

对此，调研组成员、住房与城乡建设部副部长王宁表示，切实保障工人的权益，开发企业、总包企业、劳务企业需要达成一种共识，多一些承担，从长远来看，保障工人权益，提高建筑工人的组织化程度也是促进整个行业健康发展的基础。

全国政协委员、人力资源和社会保障部副部长胡晓义表示，会将调研发现的问题记录下来，进一步研究解决办法，完善相关规定，进一步简化工伤申报程序，缩短申报周期，不把困难推给老百姓。

全国政协委员、中华全国总工会党组成员张世平提出，在安全教育和维权教育方面，各级工会组织应该积极发挥作用。具备条件的企业工会要介入工伤事故的全过程，监督工伤职工各项权益落实。

对于部分企业谎报瞒报事故的行为，调研组成员一致认为应严格查处，应建立健全工伤赔偿连带责任追究机制。

多种方式反映成果　协商民主有益尝试

汇总调研情况及相关部门意见后，全国政协社会和法制委员会分别以重点提案和大会发言的形式反映调研成果。2014 年 3 月 9 日，李滨生委员代表全国政协社会和法制委员会、提案委员会在全国政协十二届二次会议第四次全体会议上作大会发言，将调研成果及保障建筑工人工伤权益的呼声带到了人民大会堂。呼吁建立健全符合建筑业特点的工伤保险制度；严格执法，确保各项制度落到实处；加强部门协调配合，合力维护建筑工人工伤后的权益；积极推进建筑业改革发展。

今年 4 月，全国政协社法委将调研形成的《关于建筑工人工伤维权有关问题的调研报告》报送中共中央办公厅、国务院办公厅。同时，协调人力资源和社会保障部、住房和城乡建设部、国家安全生产监督管理总局、中华全国总工会等四部门根据调研报告、大会发言和提案中反映的问题、所做分析及所提建议，起草《关于进一步做好建筑业工伤保险工作的意见》（以下简称《意见》），目前该《意见》正在修改完善之中。此次以“建筑工人工伤维权”为议题召开双周协商座谈会进一步围绕《意见》稿开展协商讨论，以期完善并推动其尽早出台。

全国政协社会和法制委员会副主任顾伯平表示，从法学角度来说，法律法规既包括全国人大及其常委会制定的法律，也包括国务院制定的行政法规、地方人大制定的地方法规和国务院组成部门制定的部门规章，上述四部门制定中的《意见》即属部门规章。这次双周协商座谈会围绕该《意见》稿进行协商讨论，是健全和丰富全国政协立法协商工作的一次有益尝试。

全国政协委员、中华全国总工会党组成员张世平全程参与调研及双周协商座谈会，她深有感触地说，从组织多部门联合调研到推动《意见》出台，这是全国政协的一项具有开拓性意义的尝试。首先，是小题目上做大文章，工作定位于服务大局、服务全局、服务民生；其次，积极促进政协关注问题的解决，将政协政治协商、民主监督、参政议政的职能落到了实处，解决了政协履职的“最后一公里”问题；最后，政协推动多部门联合调研、协商解决问题，促进部门之间的理解、沟通，有效整合资源、形成合力更有利于成果转化。

工伤保险作为社会保险制度的一个组成部分，是国家通过立法强制实施的，是国家对职工履行的社会责任，也是职工应该享受的基本权利。全国政协全程推进解决“建筑工人工伤维权”问题，既体现了全国政协领导对这一重大民生问题的关注，也反映了十二届全国政协新的工作思路和工作作风，即坚持问题导向，对涉及重大民生的政策，从提出问题开始，通过深入调查研究，找出解决问题的办法，直至推动问题解决。这种“全生命周期”参与协商的做法，相信会对今后人民政协在协商民主中如何充分发挥作用提供有益的借鉴。

（原载于《人民政协报》2014 年 11 月 14 日第 1 版）

四部门联合印发《关于进一步做好建筑业工伤保险工作的意见》

为建筑工人系上“保险绳”

文／韩柳洁

近日，人力资源社会保障部、住房城乡建设部、国家安全生产监督管理总局、中华全国总工会联合印发了《关于进一步做好建筑业工伤保险工作的意见》（人社部发〔2014〕103号）（以下简称《意见》）。该《意见》将为全国近4000万建筑工人系上一条坚实而有力的“保险绳”。

2013年底，本报记者曾深入调查采访工伤建筑工人维权困境，报道了“伤不起的建筑工人”李红奎在一次意外的工伤后的维权全过程。随后的一年多时间里，记者持续关注并跟踪多起工伤建筑工人维权案例，工伤建筑工人的维权之难让人震惊。

建筑业是事故风险较高的行业，然而建筑工人通常是在没有劳动合同、没有任何社会保障的情况下工作。一旦发生工伤，用人单位相互推卸责任，拒绝申报工伤、拒绝赔偿已成常态，受伤的工人不得不自己采取各种手段维护自身权益，但困难是超乎想象的。

值得庆幸的是，建筑工人工伤权益保障难的问题引起全国政协的高度关注。2014年初，全国政协开启了围绕建筑工人工伤维权的调研，邀请人力资源社会保障部、住房城乡建设部、国家安全生产监督管理总局、中华全国总工会以及多位全国政协委员参与。在此基础上，推动四部门联合起草《关于进一步做好建筑业工伤保险的意见》，在正式发布的两个月前，全国政协双周协商会议曾围绕《意见》初稿开展协商探讨，提出意见建议。

《意见》的出台不仅仅是全国政协关注民生、开展协商民主实践的一项重要成果，还标志着建筑工人工伤权益缺乏保障这个久而未决的问题有了实质性进展，广大建筑工人“有一份保险，受伤后能够得到合理赔偿”的愿望从中得到了直接的回应。

记者通过对《意见》中的重要措施进行梳理，发现其中有几大亮点值得关注。

亮点一：按项目参保，确保工伤保险覆盖每一个建筑工人

保障建筑业农民工的工伤权益的一个前提是保证每一个建筑业农民工都在工伤保险覆盖范围。相较于其他的行业、领域，要在建筑业实现这一点尤为困难。

全国政协调研组在北京、江苏、湖南等地开展调研时，建筑行业总包、分包企业都反映为农民工参保“不现实”。因为，根据《社会保险法》规定，参保意味着工伤保险与医疗、养老、生育、失业等四险同时参加，成本太高，企业负担太大。结果就是，多数企业未给工人参保，工伤保险被意外险替代。意外保险一次性赔偿虽然程序简便，但是却让建筑工人的权益打了折扣，尤其是那些因为工伤而劳动能力受到影响的工人，意外保险上限10万元的赔偿额度过低。

为了切实保障建筑工人工伤权益，《意见》针对建筑行业特点，作出规定：“对不能按用人单位参保、建筑项目使用的建筑业职工特别是农民工，按项目参加保险”，为了保证执行，《意见》将参加工伤保险与办理施工许可“挂钩”，规定：建设单位在办理施工许可手续时，应当提交建设项目工伤保险参保证明；安全施工措施未落实的项目，住建部门不予核发施工许可证。

事实上，据记者了解，北京市社保部门曾在2006年就出台意见，规定建筑行业按项目为农民工参保，并将其作为获得施工许可证的条件之一。但是由于这一规定与《建筑法》关于获取施工许可证条件的规定冲突，后来并未得到执行。按项目参保只能从“强制”变成了“鼓励”，结果是大量施工企业并不会主动为工人参保。此次《意见》的出台，破除了这一冲突，将为建筑工人装上“强保险”。

亮点二：工伤保险费单独列支，总包单位一次性代缴

从某种程度上来说，建筑工人参保率低与企业控制成本不无关系，对一个施工项目少则百人多则上千人的规模而言，参保费用并不是一笔小数目。而在建筑行业层层分包的体系下，为建筑工人参保的直接责任主体是劳务分包企业，但由于其处在建筑业产业链的最低端，经过总包、分包企业的层层剥笋，利润已经所剩无几，通常难以支付工伤保险费用。总包企业“有力无心”负担、劳务分包“无心亦无力”负担，那么工人工伤保障究竟应该由谁来负责呢？

一名劳务公司的负责人告诉记者，在北京的建筑工地有一条“潜规则”，在不为工人参加保险的情况下，小伤由劳务公司负责，重大伤亡则由总包公司负责。在如此模糊的责任界定下，受伤的工人想要获得赔偿，难免遭遇“踢皮球”。

全国政协委员张世平曾在调研中指出，建筑工人的工伤权益保障需要解决两个问题——“人由谁来管，钱由谁来出”。对于这一点，《意见》进行了明确，建设单位要在工程概算中将工伤保险费用单独列支，作为不可竞争费，不参与竞标，并在项目开工前由施工总承包单位一次性代缴本项目工伤保险费，覆盖项目使用的所有职工，包括专业承包单位、劳务分包单位使用的农民工。在保障参保及明晰费用源头的情况下，大量的“工伤拒赔”应该能够就此在源头得到遏止。

亮点三：规范和简化工伤认定，细化工伤待遇先行支付

无论是用人方为工人申报工伤，还是受伤工人自己提出工伤认定申请都反映了这样的问题：工伤认定程序过于烦琐、周期过长。企业“怕麻烦”、工人“等不起”最终都会选择绕过工伤保险。

全国政协调研组在湖南调研时，一名总包企业负责人表示，每年其所在企业趸交的工伤保险费上千万元，但是很少用。因为小的事故，企业为了避免申报的麻烦，都自己埋单。建筑工人反映的则是申请认定过程中劳

动关系认定难，因为多数建筑工人并未与企业签订劳动合同又很难提供事实劳动关系证据。此次出台的《意见》明确提出健全工伤认定所涉及劳动关系确认机制，规范和简化工伤认定与劳动能力鉴定程序，就优化流程、简化手续、缩短认定、鉴定时间等作出了详细规定。

另外，《意见》中一个值得关注的亮点是在完善工伤保险待遇支付政策的基础上，细化了工伤保险先行支付政策：如果未参加工伤保险的建设项目，职工发生事故，责任单位应支付而不支付的，由工伤保险基金先行支付，并由社保机构依法向责任单位追偿。在过往的案例中，工人即便拿到了工伤认定，企业一旦拒绝支付，受伤的工人便只能继续漫长的追讨，所有的时间、金钱负担都压在受伤的工人身上。《意见》对于工伤保险先行支付政策的细化，将终结这一难题。

亮点四：建立信息共享机制，多部门协力维护建筑工人工伤权益

记者最近采访了一起工伤建筑工人维权案例，事故发生在 2013 年初，造成 1 名工人死亡，7 名工人受伤，其中 4 人重伤。事故发生后，当地住建部门、安监部门均介入调查并对相关责任单位及负责人进行处罚。但是，事故中受伤的工人在经过了 24 个月的维权后到现在仍未得到任何赔偿。用人单位未申报工伤，受伤工人直接向人社部门提出工伤认定申请时仍然不可避免地面临证明劳动关系的难题。工人们心中存着这样的疑问：安监、住建部门已经进行了事故调查、出具了事故认定书，为什么还要我们自己证明是工伤呢？

试想，如果对于建筑施工安全事故，安监、住建、人社等部门以及工会组织能够共享信息，工会组织能够及时介入，为受伤工人提供援助，工人向社保部门提起工伤认定申请时能简化程序，是否能够让这些受伤的工人在维权路上少碰壁，少走弯路呢？

《意见》首次明确了建立合作机制，齐抓共管，合理维护建筑工人工伤权益。提出有关部门和工会组织建立部门间信息共享机制，及时沟通项目

开工、项目用工、参加工伤保险、安全生产监管等信息，实现建筑业职工参保等信息互联互通，为维护建筑业职工工伤权益提供有效保障。这张即将由多个部门联合织起来的安全网，值得期待。

（原载于《人民政协报》2015 年 1 月 5 日第 5 版）

建筑女工心声：
建筑工伤保障《意见》应及时落地

文 / 韩柳洁

今年 1 月 4 日，人力资源和社会保障部、住房和城乡建设部、国家安全生产监督管理总局以及中华全国总工会四部门联合印发了《关于进一步做好建筑业工伤保险工作的意见》(人社部发〔2014〕103 号)(以下简称《意见》)，针对建筑工人工伤权益出台了一系列保障性政策。《意见》涉及 4000 万建筑工人的工伤权益问题，自出台便备受关注，广大建筑工人尤其是饱受工伤维权之苦的建筑工人十分期待《意见》的落实。四个多月的时间过去了，《意见》的落实情况如何呢？建筑工人的工伤维权难题是否有所改善呢？近日，一位受工伤的建筑女工向记者讲述了她的遭遇。

四年维权，法院强制执行仍难获赔

今年 52 岁的席均华，来自四川省阆中市妙高镇，2011 年，她随丈夫一起到河北省张家口市涿鹿县县城的一个建设工地打工。一次施工事故中，席均华从操作架上摔下，从头到脚有 20 多处不同程度的软组织损伤，3 处肋骨骨折。伤势虽不算特别严重，但是由于没有得到及时有效的治疗，导致肾腔及双下肢深静脉血栓，席均华因而丧失体力劳动能力，并且长期依赖药物维持。

整个工伤维权过程“不意外”地漫长。席均华告诉记者，整个治疗期间，费用是从各层劳务老板那里挤、借获得的。为了尽早拿到医疗费用，夫妻二人本想与公司协商一次性赔偿。席均华丈夫多次找大、中、小老板以及总包公司在建筑工地的项目部协商，仅要求给 1.5 万元现金的赔偿，但最终因用工单位之间的经济利益纠葛，没有人愿意赔钱。无奈之下，席均华和丈夫只能打官司索赔。然而，没有劳动合同、没有工伤保险，手中没有直接有效的证据，维权难度可以想见。

近四年的维权过程中，夫妻二人经历了三裁八审和多次调解。“我们打给相关的政府部门和用人方的咨询电话、求助电话、催促电话200多次。遭遇的白眼、推诿、恐吓、威胁不计其数。”席均华告诉记者，去年6月在张家口市中级人民法院宣判时，总包公司党委书记和法律顾问当庭承诺于6月30日前付清赔偿款项。但是等了两个月，夫妻二人没有拿到任何赔偿，无奈之下向法院递交了强制执行申请书。然而，席均华没有想到的是，进入强制执行大半年后，赔偿仍然没有着落。执行法官解释，因为责任单位账号里没有钱，也没有财产可以抵押，公司的办公大楼是租的。除非席均华和丈夫能够向法院提供公司能够抵押的有效财产，否则很难执行。

“我们哪有那么大的能耐去了解和掌握一家注册1500万元资金的地方国企公司的财产。”苦苦四年的挣扎，席均华已经坚持不下去了。然而，当四部门联合印发的《意见》出台时，她和丈夫看到了新的希望。

《意见》出台，先行支付何时落实？

《关于进一步做好建筑业工伤保险工作的意见》第八条规定：“落实工伤保险先行支付政策：未参加工伤保险的建设项目，职工发生工伤事故，依法由职工所在用人单位支付工伤保险待遇，施工总承包单位、建设单位承担连带责任；用人单位和承担连带责任的施工总承包单位、建设单位不支付的，由工伤保险基金先行支付，用人单位和承担连带责任的施工总承包单位、建设单位应当偿还；不偿还的，由社会保险经办机构依法追偿。”

“有了这条规定，我们的赔偿是不是就有盼头了？”席均华的丈夫在今年3月16日向张家口市社会保障事业管理局的工伤保险科，要求工伤保险基金先行支付工伤赔偿，并按照要求递交了申请书和相关的材料文书，但他最后得到的答复是：“经过局里的讨论和省委领导批示，河北省还没有先例。”

当席均华的丈夫进一步追问《意见》有规定为何不能执行时，得到的回复是："实施细则也还没有出来，至于哪些钱该付，哪些钱不该付，该付的钱的比例是多少，最后这一笔钱怎么收回，还有一大摊子事儿呢！"

"《意见》什么时候才能落实，让我们能够早日挣脱出旋涡，回归正常的生活？"希望落空，席均华再次陷入迷茫之中，她不知道这漫长的等待什么时候才是尽头。

记者感言

席均华的期盼，也是广大建筑工人尤其是在工伤维权中遭遇困难的工人心声：保障建筑工人权益的"好政策"何时才能落地？能否有一张时间表，让他们的期待不至于落空？

4 月 15 日的国务院常务会议上，李克强总理批评一些部委和地方文件运转流程烦冗、拖沓。总理说，我们出台的许多政策，中央和各部门已经研究了很长时间，经过详细测算，并制定了非常具体的执行方案，但却常常因为一些流程，让一些好政策"迟迟落不了地"。

针对这一"顽疾"，李克强总理要求进一步简化流程，加快简政放权进程。4 月 28 日，国务院办公厅向各部门、各直属机构发出通知，对国务院常务会议讨论通过文件的运转时间，政策文件的公开、落实、监督提出具体要求。希望这一通知的精神能够在更大范围得到落实，尤其在涉及民生、关乎民情的政策上，让好政策能够尽早惠及老百姓。

（原载于《人民政协报》2015 年 5 月 11 日第 6 版）

建筑业工伤保险：创新之路不能停止

——全国政协社法委开展“建筑业工伤保险”监督性调研纪实

文／毛立军

“建筑工人工伤维权”是全国政协社法委从 2013 年开始一直跟踪的专题。在全国政协的推动下，国家四部委于 2014 年 12 月出台了《关于进一步做好建筑业工伤保险工作的意见》（人社部发〔2014〕103 号）（以下简称“103 号文件”）。2015 年 12 月 21 日至 25 日，全国政协社法委组织委员赴湖南、湖北两省就“进一步做好建筑业工伤保险工作”开展监督性调研。调研的重点就是“103 号文件”的贯彻落实情况。

调研组由全国政协社法委驻会副主任吕忠梅带队，邀请人力资源和社会保障部、住房和城乡建设部、国家安监总局、全国总工会等部委有关同志参加。

这是一次监督之行，也是一次解惑之行。调研组不仅对相关情况进行了详尽的询问，发现了政策执行过程中存在的一些共性问题，与相关部门共同探讨解决问题的办法，还及时地解惑答疑，指导地方正确理解“103 号文件”精神，充分发挥人民政协民主监督和参政议政的职能。

“按项目参保”落实到位，许多问题就会迎刃而解

保障建筑工人享受工伤待遇的前提，是要保证每一个建筑工人特别是建筑农民工都在工伤保险覆盖范围内。如何实现“全覆盖”？“103 号文件”有重大突破，即“按项目参保”。

我国《社会保险法》第 33 条规定：“职工应当参加工伤保险，由用人单位缴纳工伤保险费，职工不缴纳工伤保险费。”这表明《社会保险法》

的保障范围仅针对企业职工，同时也意味着非企业职工不能享受国家工伤保险待遇。建筑行业绝大多数农民工都不是建筑企业职工。但众所周知，这是一个高工伤风险行业。建筑行业涉及量大面广，多种用工尤其是临时用工更符合建筑企业生存和发展需要，不可能也不必要使所有工人都成为建筑企业职工，实践中大量存在的转包、分包、劳务派遣，使建筑行业呈现出人员流动性强、用工形式灵活、周期短等特点，如果简单按照《工伤保险法》的要求以企业职工的身份办理工伤保险，显然不现实。调研组成员、全国政协委员李蓝就谈到，他年轻时曾当过一段时间的建筑工人，还发生过两次工伤，“那时，我跟着师傅当钢筋工，一年要走十几个工地，难道要上十多次保险吗？根本做不到”。

如何解决这个问题？2014 年年初，由全国政协副主席卢展工带队，全国政协社法委组织开展多次调研，当时就了解到，北京、江苏、湖南等省市针对建筑业管理及用工方式特点，很早就探索“以项目为单位参加工伤保险，按工程总造价的一定比例缴纳工伤保险费用”。比如，2007 年湖南省人社和住建两部门就联合发布文件，明确规定省内进行建筑施工活动的所有建筑施工企业统一以工程项目按属地原则参保，工程项目施工期限为企业参保有效期限，保险范围覆盖施工现场内所有务工人员。长沙市吸纳了建筑意外伤害险的优点，实行“按项目参保、不计名”的参保缴费办法，建筑企业参保积极性明显提高。

湖南等地在建筑业工伤保险先试先行的做法，为“103 号文件”确定“按项目参保”提供了宝贵的经验。

2014 年 12 月，“103 号文件”出台，第一条就有这样的规定：“针对建筑行业的特点，建筑施工企业对相对固定的职工，应按用人单位参加工伤保险；对不能按用人单位参保、建筑项目使用的建筑业职工特别是农民工，按项目参加工伤保险。”为了保证按项目参保落到实处，“103 号文件”还规定：“建设单位在办理施工许可手续时，应当提交建设项目工伤保险参保证明，作为保证工程安全施工的具体措施之一；安全施工措施未落实的项目，各地住房城乡建设主管部门不予核发施工许可证。”按项目参保可以说是“103号文件”的最大亮点，是针对特殊行业和特殊人群，对社会保险法的有益补充，因此受到相关人士的一致好评。

然而，调研中了解到，在落实“按项目参保”过程中，各地执行情况有所差别。在湖南省四厅局转发“103号文件”后，湖南省湘潭市新开工的建筑工程项目参保率达到100%。湘潭市人社部门联合住建部门出台了适宜建筑行业参加工伤保险的实施细则。明确规定，项目开工至竣工时段工作流动人员都属于参保对象。从目前情况来看，工作取得了突破性进展，联动机制已形成。该市建筑行业参加工伤保险工作的难题得到真正破解。

而在湖北武汉，建筑业农民工参保的实际效果并不理想。该市2015年城建新开工项目2125个，在建项目近万个，从业农民工50余万人。但是，由于依然按照人员参保的传统方法进行统计，无法准确知道到底有多少项目参加了工伤保险。

“问题出在哪里？”调研组组长吕忠梅当即指出，这是因为没有认真准确按照“103号文件”规定，进行按项目参保的统计，人社部门与住建部门的联动机制尚未真正建立。“还是按过去的老办法，按用人单位参保，按人数参保，效果必然差强人意。”

听了调研组的分析后，武汉市人社局副局长张成仁点头称是，并表示：“我们对‘103号文件’学习不够，回去要认真领会文件精神，进一步改进工作措施和方法。”

“按项目参保”是安全生产必备条件，不是行政许可

如何保证“按项目参保”，“103号文件”给出了行之有效的措施——将参加工伤保险作为核发施工许可证和安全许可证的必要条件。

但此条规定在一些地方执行遇到了阻力，原因是有些人认为将办理工伤保险作为核发施工许可证的前置条件，不符合《建筑法》的相关规定。“是不是与政府简政放权相违背？”调研中，也有不少人发出这样的疑问。

对此，调研组反复强调，按项目参保是作为安全生产检查的必要条件之一，不是行政许可的前置条件。在“103号文件”制定过程中，四部门就

此问题与国务院法制办进行过衔接，该条与《建筑法》《安全生产法》的相关规定并无冲突。吕忠梅说，在全面深化改革过程中，必须要简政放权，减少行政审批是简政放权的重要内容。但行政审批并非“一减了之”，该减的必须减，不该减的坚决不能减。简政放权旨在让市场机制在资源配置中发挥决定性作用，减少行政干预，因此，减的是不能让市场机制发挥作用、为部门和地方利益设置的各种审批。但工伤保险、安全生产等，是政府应该发挥作用的地方，也是政府必须履行的职能，这样的审批不仅不能减，还要进一步加强。因此，住建部门应该把好关，切实落实这项措施，这是做好建筑业工伤保险工作的关键。

吕忠梅还表示:“全国人大启动《建筑法》修订时，我们会提出修法建议，建议把这项措施以法律的形式固定下来。”

工伤保险：真的比不上商业保险吗?

调研中了解到，“103 号文件”落实还有一个难点，就是一些建筑企业已经购买了商业保险，不愿再参加工伤保险，从而增加了工伤保险扩面征缴的难度。

调研组在湖北武汉实地调研了两家企业。中建三局是一家大型国有建筑企业，据副总经理李勇介绍，目前，该局在全国范围为农民工缴纳工伤保险项目 355 个，缴纳金额 8000 万元，涉及农民工 15 万人；同时，为农民工缴纳意外伤害保险项目 591 个，缴纳金额 9000 万元，涉及农民工 17 万人；两项保险有重复交叉。

山河集团是一家大型民营建筑企业，据介绍，该家企业没有参加工伤保险，在全国的 12 个区域公司，都是按当地规定购买团体意外险，少数项目部还购买了其他险种。该企业还在内部建立了工伤赔付基金，保证每一位工伤人员能够得到比商业保险多 30% 的赔付。

从企业的角度，中建三局建议：进一步梳理相关政策法规，统一政策，消除重复缴纳相关保险费用的规定；进一步明确按项目参加工伤保险的程序和操作方法；进一步简化理赔手续，实现快速理赔。可借鉴商业保险操作模式，以项目团体名义购买，一旦发生工伤事故，只要有证据证明该人员是项目人员，就能进入理赔程序。

针对企业反映的问题，调研组成员、人社部工伤保险司司长刘梅说，工伤保险是法定社会保险，2011 年修改后的《建筑法》第 48 条规定："建筑施工企业应当依法为职工参加工伤保险缴纳工伤保险费。鼓励企业为从事危险作业的职工办理意外伤害保险，支付保险费。"进一步明确了建筑业工伤保险的法律地位，意外伤害保险由强制险改为鼓励性保险。这方面已经不存在任何法律上的障碍。

刘梅说："工伤保险按项目参保后，在参保方式上与团体意外险已没有区别，在赔付上也一样，只要是在施工过程中遭遇了事故伤害，都可以认定。这也是对'103 号文件'正确理解的一项重要内容。在快速认定、快速理赔方面，各地要积极探索。这方面，湖南已经准备在全省出台相应的管理办法加以明确，希望湖北在这方面也进行积极的探索。"

刘梅还谈道，相对于意外伤害险，工伤保险保障性更强。以死亡为例，一般意外伤害险也就赔付二三十万元，而工伤保险仅一次性工亡补助金就是按上一年度全国人均可支配收入的 20 倍，2015 年是近 60 万元，每年都会递增。对于遭受工伤的职工，工伤保险不仅保当期，还要保长期，不仅保职工个人，还保职工的家属。因此，一定要有长远的眼光。对工伤保险的属性、优势要有更多理解。

"应当扩大工伤保险的宣传力度。把工伤保险的重要性和优越性告诉大家。""要通过宣传，强化企业参加工伤保险的自觉性。"听了刘梅的介绍后，调研组的委员们纷纷建议。薄绍晔委员还建议：工伤保险也要向商业保险学习，学习商业保险多年来积累的快速认定、快速理赔，尤其是风险源头控制等方面的经验，让少出工伤事故、不出工伤事故成为每个建筑企业的价值追求。

结余不是越多越好，工伤保险应提高统筹层次

调研中，每次听完情况介绍后，李蓝委员总会追问："工伤保险支出多少？基金结余量有多大？"

李蓝委员之所以追问这个问题，就是希望各地能真正落实工伤保险基

金“以支定收，收支平衡”的相关规定。

刘梅说，“以支定收，收支平衡”是工伤保险的筹资原则。其中要综合考虑多种因素，确定合理费率。人社部门应有这样一个意识，结余不是越多越好，要根据以往历史数据有一个合理的测算。目前，人社部已经部署了在全国开展降低保险费率的工作，以减轻企业的负担。根据总体降低费率的要求，建筑业工伤保险费率也会有所考虑。

“湖北省统筹层次是怎样的？”调研组成员、住建部工程质量安全司副司长曲琦问，当得知只是“市级统筹”时，曲琦说，费率的测算与统筹层次是有关联的，如果没有一个省级统筹或省级调剂，只在一个很少的范围去统筹，地方上的保险费率恐怕很难降下来。目前，工伤保险全国统筹还做不到，但最好能适当提高统筹层次，实现省级统筹，提高抗风险能力。

工伤维权：工会、法律援助要齐上阵

在湘潭市调研时，湘潭市总工会反映：在工伤保险事故处理中，律师代理费过高，有的风险代理费高达30%，让工伤职工很难承受。

“司法部门有援助体系，一般律所也都有法律援助义务。工会要与法律援助机构形成对接机制，把为工伤职工维权的体系整合好。”吕忠梅马上接过话来。

施杰委员也介绍说，目前，律师援助经费有保障，投入空前，力度很大。很多工会组织都与援助律师建立合作关系，要进一步把这些信息共享起来，把联动机制建立起来，还要通过宣传让被保障人知晓，让农民工有平等享受法律服务的机会。

吕忠梅说：“做好建筑业工伤保险工作，扩面征缴只是手段而不是目的，最终是要将农民工工伤权益保障落到实处。因此，还需要各部门通力合作，做好每个环节的工作，特别是解决好政策落实的‘最后一公里’问题，这是重中之重。”

（原载于《人民政协报》2016年1月4日第5版）

让民主监督“看得见”

文／吕忠梅

2014 年 11 月 13 日，我以法律专家、湖北省政协副主席的身份参加了全国政协“建筑工人工伤维权”双周协商座谈会。参会之前，湖北省政协社法委对建筑业农民工工伤维权情况进行了深入调研，并对湖北一家专门从事建筑工人工伤维权法律援助的律师事务所近五年的案件情况进行了详细分析，通过调研、分析，我切实感受到建筑业农民工存在工伤保险参保率低、维权困难等问题。在双周协商座谈会上，我着重从建筑业工伤保险降低门槛、减少环节、加快理赔等方面，提出了简化程序的建议。

2015 年 6 月，我调任全国政协社法委驻会副主任。第一个工作任务就是落实俞正声主席在 2015 年 5 月 11 日《人民政协报》上对《建筑工伤保障〈意见〉应及时落地》一文的批示精神。我知道，“加快解决建筑工人工伤维权难”问题，是 2013 年的全国政协重点提案，为了办好这个提案，卢展工副主席带队已经进行了专题调研并形成了高质量的调研报告，提出了针对建筑行业用工特点的工伤保险参保方式、保费计算、保险待遇等建议性意见。2014 年 11 月 13 日的双周协商座谈会后，四部委联合出台的“103 号文件”很好采纳了委员们提出的意见和建议。应该说，“103 号文件”是双周协商座谈会的直接成果，也体现了协商议政的本质和成效。

文件出台不是目的，俞主席指示我们继续跟踪落实情况，协助有关部门把工作做好。俞主席将建筑工人工伤维权事宜时刻挂在心上，让我们深受感动，更感责任重大。卢展工副主席专门召开四部委的座谈会，了解情况。社法委办公室的同志们与各位委员反复讨论，一致认为应用好政协这个平台，对“103 号文件”的落实情况进行全程跟踪。同时，对《人民政协报》反映的建筑工人工伤维权个案，也要通过政协了解情况，督促有关方面及时有效解决问题。

为了推动这项工作，社法委办公室多次与四部委沟通、与相关省政协联系，制定工作方案。2015 年 8 月底，《人民政协报》反映的建筑工人工伤维权个案得到顺利解决，工伤保险待遇和法院调解书全部执行到位。2015 年 9 月，全国政协社法委派委员参加了四部委组成的督导组，分赴 8 个省市区进行工作督导。我以政协委员的身份，参与对湖南省和江西省的督导。政协委员参与政府部门的督导检查，是全国政协专委会探索与政府部门建立工作联动机制、开展民主监督的有益尝试。

12 月 21 日到 25 日，社法委组成调研组对湖南、湖北两省进行监督性调研。这次调研我们邀请四部委的同志参加，他们在年底工作十分繁忙的情况下，依然派出司长、副司长全程参与，既是对这项工作的高度重视，更是对政协专委会履行协商议政职能的大力支持。事实证明，邀请部门同志共同参加调研，非常有成效。一方面，他们对情况更熟悉，有利于对地方工作进行指导；另一方面，通过共同调研，也有利于“103 号文件”涉及的各部门进一步沟通，探索协调协同机制，共同促进问题解决。这次调研，也是全国政协社法委对政协履行民主监督职能的又一次探索。过去，人们更多地把监督放在结果上，而我们认为，政协的民主监督也应该注重过程。具体到这次调研而言，我们通过对“103 号文件”落实的全过程跟踪，发现问题、寻找原因、提出解决问题的意见和建议，也是监督。事实证明，这次调研是成功的，我们和政府部门密切配合，不回避问题，不文过饰非，充分表达意见，共同探讨方案，我相信这个过程对政府职能转变、切实提高执行力一定会产生切实的推动作用。

调研过程中，我们了解到，各地对“103 号文件”的理解还存在差异。凡理解到位的地方，难题基本上能得到破解。反之，则工作较被动，执行不到位。这也从一个侧面看到，地方政府在深化改革过程中职能转变还需要助推力。

“103 号文件”出台一年了。从目前来看，这个文件的大方向是正确的，各方面都认为这是一项好政策，要把好政策落实到位，让农民工有实实在在的获得感。各级政府和有关部门也为推进这项政策的落实做了大量卓有成效的工作，取得了一定时效。正是由于工作推进的力度大，才会在短时间内比较充分地暴露出问题。在改革措施的推进过程中，问题充分暴露出来是好事，可以帮助我们以问题为导向，继续跟踪，寻找破解问题之道。

在所到之地，我都不厌其烦地讲：目前，全国有4000万建筑业农民工，他们背后有4000万个家庭，涉及中国上亿的人口，这不是一件小事。一人工伤，妻离子散，全家返贫。工伤保险是政府给他们的最基本生活保障，让受伤农民工有尊严地生活，这是政府应尽的职责，是政府为了人民福祉而必须做出的努力。

全国政协社法委还将长期关注这一问题，直至在全国形成良性运行局面，让建筑农民工说起政府的“工伤保险”都一致叫好。政协社法委要通过一件又一件这样的事情，让民主监督“看得见”，让政协专委会的基础性作用更好发挥。

（作者时任全国政协社会和法制委员会驻会副主任。本文原载于《人民政协报》2016年1月4日第5版）

全国政协的工作作风值得学习

文／刘　梅

感谢全国政协对建筑业工伤保险工作的强力推动。这个问题抓得非常好，以小见大，体现了全国政协关注民生的大情怀。尤其是在“103号文件”发布以后，继续关注政策落实的情况，全国政协细致、扎实、务实的工作作风，很值得我们学习。

正如吕忠梅副主任所言，“103号文件”是针对建筑业特点推出的带有突破性的政策，落实这个文件，单靠哪个部门的力量是很难实现的，必须依靠相关部门的整体配合。在这一点上，能有全国政协这样一个相对超脱的机构，不带有任何部门色彩，统一协调、沟通部门之间的认识，强力推动工作，实在是难能可贵。可以说，全国政协对于“103号文件”的制定和落实发挥了巨大的作用。现在客观说，文件虽然发了，从中央层面，各部门之间的认识没有太大问题，但是实际执行中，有些地方部门对政策的理解还有不到位的地方，还需要进一步提高认识，统一思想，合力推动，把这个事情解决好。

从人社部来讲，为了落实“103号文件”，我们专门下发了文件，开展“同舟计划”行动，准备用三年左右时间，实现建筑业工伤保险全部参保。下一步，我们肯定会不遗余力地继续推动“103号文件”的贯彻实施，推动“同舟计划”的贯彻实施。

这些年，在改进工伤保险各环节流程、提高服务效率和质量等方面，很多地方已经做了一些探索，现在看来还远远不够。“103号文件”在很多方面有突破，下一步，我们在经办服务方面也要有所创新，要以更加优质快捷的服务赢得企业和职工的认同。

（作者时任人力资源和社会保障部工伤保险司司长。本文原载于《人民政协报》2016年1月4日第5版）

社会在进步

2013年至2016年，《人民政协报》围绕建筑业农民工工伤维权和工伤保险进行的系列报道，是政协民主监督与媒体舆论监督相结合的一个成功范例，也是报社参与并记录人民政协践行全过程人民民主的生动实践。《全国政协“建筑工人工伤维权”调研》系列和连续报道曾获得第21届全国政协“好新闻”一等奖。

全国政协将协商民主贯穿履职全过程，推动实现了4000万建筑业农民工工伤保险全覆盖。在此基础上，到2018年，铁路、公路、水运、水利、能源、机场工程建设等各类工程建设领域农民工全部纳入工伤保险制度保障。这一成果被中国共产党历史展览馆作为发挥社会主义协商民主的重点成效收入展览。

◎继承权公证难系列

继承权公证何其难

文／奚冬琪

不久前，全国政协委员冯平收到了一位七旬老人的来信，信中讲述了她在继承家人遗产过程中，因办理公证手续而遭遇到的重重困难。老人希望冯平委员能帮她呼吁，别让老年人再为类似的事情奔波劳累、花费大量金钱。1 月 28 日，记者就跟随冯平委员一起来到老人的家，听她聊起了这段日子以来的烦心事。

五年里的三次公证

“我这次之所以特别关注这位老人的遭遇，是因为我也常听身边的人提起类似的事情。而且我国现在已经进入老龄社会，以后像这样的事情也会越来越多，我们的政府和相关部门真的应多为老年人着想。”站在北京丰台区星河苑小区王秀文老人的家门口，冯平委员这样给记者解释着他此行的初衷。

敲开房门，王秀文热情地迎接我们进屋，并执意要带我们参观她的家。和很多普通百姓一样，王秀文的家里摆满了家人的照片；同时，堆满了各种药盒的桌子也提醒我们，老人的身体很不好。而和普通人家不同的是，因为五年里独子和老伴相继过世，王秀文已经成了不折不扣的“空巢老人”。

虽然提起往事王秀文有些哽咽，但她还是给我们讲起了五年里为了获得继承权而不得不进行的三次公证。

2009 年，王秀文的独子因突发心脏病离世，这让她和老伴悲伤不已。“儿子去世对我们老两口的打击实在是太大了，但是不管怎么说，一些后事还是要处理的。就是在处理儿子财产的过程中，我第一次听说了‘公证’。”王秀文说，儿子生前一直自己创业，所以留有一处办公用房。儿子去世后，孝顺的儿媳表示自己不要这处房子，房子归王秀文夫妇。“我儿子儿媳没孩子，儿媳又不要房子，按照遗产继承顺序，我以为房子理应归我们老两口所有。可办理过户时才知道，我们家自己商量好了没用，要想继承房子，必须先到公证处公证。”

为了能让儿子的房产顺利过户到自己名下，王秀文和丈夫按照公证处的要求准备了儿子的户口本、身份证、结婚证、独生子女证、死亡证明，儿媳的身份证等材料的原件和复印件。“到了公证那天，公证处要求我们全部到场，然后翻看了我们带来的所有材料，最后叫我们老两口和儿媳在材料上签字。前前后后不过一个小时的时间，就收取了我们6000多元的费用，我真是不明白他们这个钱怎么赚得这么容易。”王秀文对冯平委员说，这次公证虽然麻烦，但好歹前前后后有儿媳开车接送，所以她和老伴倒也没受什么罪。

“第二次公证就没这么幸运了。”说到这里，王秀文不禁落下泪来。原来，因为儿子一直是自己创业，王秀文和丈夫怕儿子以后没有生活保障，就自己出钱给儿子上了社会保险。2012年，老两口想把这笔钱取出来，结果到社保所一问才知道：想取钱没问题，但还得需要公证。“当时我一听又要公证头就大了，可是没办法，不公证这笔钱就取不出来。”于是，都已年过七旬的王秀文和老伴不得不又一次踏上了办理公证的艰难之路。

为了凑齐公证需要的材料，两位老人不断奔波于北京的各个社保服务大厅和公证处。“这时候儿媳已经改嫁了，我们也不好意思总麻烦她，就只能自己跑。本来我们两人就因为儿子的去世身心俱疲，哪里还禁得住这么折腾。老伴经常是累得连腿都抬不起来，最后就只能坐在马路边休息。”看着王秀文又要流下眼泪，坐在一旁的冯平委员也不知该如何安慰。就这样，王秀文和老伴跑了大半年，这才终于取出了儿子的社保金。“这次又收了我们170元的公证费。”王秀文不理解，为什么在一家人毫无争议且儿媳以书面形式明确表示不要这笔钱的情况下，她仍需要通过公证，才能拿到这笔本就该属于她和老伴的钱。

然而，王秀文的公证之路并没有就此结束。

因为办理社保公证太过劳累，王秀文老伴的身体每况愈下，并在2014年被查出患上了肝管癌。在一个毫无预兆的早上，老伴因突发心源性心脏病离王秀文而去。“老伴去世时我还在外面给他买药，家里只有他妹妹陪着。”王秀文说，丈夫的突然离世不仅带走了她对未来的希望，更让她的生活陷入困境。“家里的钱一直都是我老伴管着，他走之前连银行密码都没来得及告诉我。而且当时我手头的现金都用来给他买药了，他这突然一走，我甚至连火化费都拿不出来。”

王秀文告诉我们，最后还是儿媳先垫付了丧葬费和买墓地的钱，这才解了她的燃眉之急。然而，让王秀文没有料到的是，当她在居委会工作人员的陪同下，拿着自己和老伴的身份证、户口本以及医院开具的死亡证明想到银行取出丈夫的存款时，却再一次因公证被挡在了银行门外。“银行说上面有规定，你拿什么来都没用，只要没有公证处的证明，这钱就取不出来。你说现在我家就剩我一个人了，为什么还要拿公证来卡我呢？而且要不是因为跑公证，我老伴也许还不会这么快就走，这公证我说什么也不想再办了。”王秀文说，时至今日，老伴的存款还在银行里没有取出来。

必须要公证吗？

听完王秀文老人的遭遇，冯平委员也陷入了深深的沉思。他告诉记者，一方面，他很同情老人的遭遇；而另一方面，他也在思考：对于这种没有纠纷的简单继承事务，公证在其中所起的作用到底是保护了当事人的合法权益，还是反而给老百姓增加了负担，成了一些单位不作为，甚至推卸责任的“护身符”呢？

据记者了解，像王秀文所遭遇的房屋、存款继承权公证，所依据的分别是1991年10月1日实施的《关于房产登记管理中加强公证的联合通知》和1993年下发的《中国人民银行关于执行〈储蓄管理条例〉的若干规定》。其中，由司法部、建设部联合发布的《通知》要求：“继承房产应当持公证机关出具的继承权证书。”因此，老百姓办理房屋继承手续，即使没有纠纷也只能先到公证处办理继承公证后才能办理过户手续。而《规定》则要求：“存款人死亡后，合法继承人为证明自己的身份和有权提取该项存款，应向储蓄机构所在地的公证处申请办理遗产继承权证明书。”

和王秀文一样，家住北京市石景山区的吴飞老人也遇到了同样的情况，而更让她不满的是，公证处让她提供的材料有些甚至已经超出了普通老百姓的能力范围。吴飞告诉记者，自己90岁的老伴去年去世了，她想继承老伴名下的房产，可办理继承权公证时，公证处居然要求她提供其父母和丈夫父母的死亡证明。“我们两人的父母要是能活到今天，都已经快120岁了，而且解放前各种档案早已缺失，这不是强人所难吗？”吴飞说，虽然她理解公证处是因为双方父母也有继承权才要此证明，但对于普通百姓来说，这实在是难以完成的任务。对此，冯平委员认为：这看似简单的公证，实际却花费了继承人巨大的时间和金钱。另外，房屋继承中要缴纳房屋价值1%—2%作为公证费的规定，也让老百姓承受了巨大的经济压力，引起了大家的普遍不满。

那么，公证到底是不是有关部门履行职责的必须依据呢？记者了解到，2014年8月，最高人民法院曾以公报的形式说明：“司法部、建设部《关于房产登记管理中加强公证的联合通知》不属于法律、行政法规、地方性法规、规章的范畴，且与《物权法》《继承法》《房屋登记办法》等有关法律法规相抵触，不能成为房屋登记主管部门不履行房屋登记法定职责的依据。”而关于银行存款的继承，在我国的《继承法》里，从未强制规定继承人继承遗产必须进行公证。法不禁止则自由，因此继承人只要能出具完整的证明，即使不是公证处出示的，根据法律，也应该能得到遗产。

“在我看来，房管局、银行等部门要求死者家属公证唯一继承人后再办事，其实是将审查责任转移到了公证部门，是一种‘懒政’行为。”冯平委员说，因此，这些部门无论是出于为自己解困，还是从服务百姓的角度出发，都应该积极提供建议或解决办法，而不是一味地给老百姓“设门槛”。

（原载于《人民政协报》2015年2月9日第5版）

法院不应成为证明机关

文 / 孙静波

“我们不想打官司，但银行非要我们来法院开证明！”当听到高先生夫妇说出这一要求时，法院的立案法官愣了一下——证明？法院只出具裁判文书，什么时候开始拓展新业务了？原来，高先生夫妇的独生子因意外事故入院治疗，并陷入昏迷状态。二老想从儿子的银行账户中取钱支付高额医疗费，却不知道密码，虽然提交了户口本、出生证等亲子关系证明以及医院诊断证明，仍被银行断然拒绝，同时被银行告知必须到法院开个证明才能取出儿子账户中的存款。无奈之下，二老只能来到法院求助。

除了将审查责任转移给公证处，现如今，法院判决也成了老百姓开具各种“证明”的渠道之一。而面对越来越多的“无争议”诉讼，法院也可谓既烦恼又无奈。

无争议，也诉讼？

实际上，近年来，像高先生夫妇这样的情况并不少见。如储户去世后，其继承人在毫无争议或仅有一名适合继承人的情况下持死亡证明、户口本、身份证明文件、对遗产无争议承诺书等相关文件到银行主张存款、票据等权益时，银行拒绝办理相关业务，并要求储户的继承人必须先到法院提起继承纠纷诉讼；邮政局的客户去世后，其继承人持上述文件到邮政局要求领取该客户遗留的储蓄存款、汇款、包裹等时，邮政局也要求这些继承人必须先起诉继承纠纷，否则无法领取相应款物；父母双亡或一方音讯全无的孩子尤其是非婚生子女需要办理户口或确定监护人时，即使能提供村委会、居委会等相关部门出具的证明文件、孩子出生证、亲子鉴定报告等材料，派出所或相关民政部门仍要求其父母或爷爷奶奶等近亲属必须先起诉抚养权诉讼、同居关系子女抚养诉讼、监护权诉讼等；部分父母希望在子女结婚前将自己名下的自有房产过户给子女成为子女的婚前财产，父母和子女对此均无争议，并且同意出具无偿赠与房屋、责任自负的承诺书或协议书等文件，但住建委等部门仍拒绝办理房产过户手续，要求其必须到法院起诉分家析产纠纷或赠与合同纠纷等。

而在这些诉讼中，法院作出的具有法律强制力的判决书或调解书就成了高先生夫妇们所希望获得的“证明”！

挤占司法资源的“护身符”

众所周知，法院是行使审判职权解决老百姓纠纷的地方。正常情况下，来法院诉讼的都应是涉案纷争的双方当事人。高先生夫妇们所提起的这些诉讼，原告和被告之间并没有任何实际矛盾，根本不需要到法院诉讼，却因为某些部门或机构毫无法律依据的“内部要求”，不得不耗费时间、人力、物力参与到一个诉讼中来，直至拿到法院出具的裁判文书后才能到这些部门办理相关业务。这些“无争议诉讼”看似让法院顺利办结了一个案子，让老百姓实现了特定目的，更让上述部门或机构轻松办理了相关业务，但这种诉讼的存在值得我们反思。

之所以会形成此类无争议诉讼，固然是由于办理相关业务的部门或机构为了保护客户的利益、避免客户的钱物被冒领，或避免户籍管理的紊乱。但是在业务申办人提供的材料已足以证明特定事实而且并无任何矛盾的情况下，仍然要求其提起诉讼，归根结底主要是因为这些职能部门或机构担心在办理相关业务过程中，一旦审查、核定申办人提交的证明文件材料，必然会因此增加自身工作量，加重自身的法律责任，更可能基于该审核行为承担引发后续诉讼的潜在风险。如可能会遇到申办人提交虚假证明材料，或因审核出错导致被投诉或被起诉等，因此希望通过将上述必需的审核义务转嫁给法院，以法院作出的生效裁判文书或者协助执行通知书等法律文书作为免除自身审核义务、法律责任的“护身符”。

此外，无争议诉讼还存在其他隐患。首先，挤占了司法资源。虽然此类纠纷并无争议，多可通过调解、快速裁决等方式解决，但仍需要经过立案、送达、调解、文书制作等法定程序，在一定程度上消耗了原本就十分有限的司法资源。其次，增加了业务申办人的诉累。对于相关证明文件本就十分齐全且各方均无争议的业务，部分部门或机构却强制性要求申办人提起不必要的无争议诉讼，无异于变相地将自身工作成本转移给后者，使后者为此额外付出无谓的应诉成本，耗时费力方才办完特定业务。最后，增加了部门机构的履责惰性和依赖性。通过无争议诉讼交由法院审查确认相关文件合法性的做法，看似稳妥，实则暴露的是部分部门和机构推卸责任、转嫁风险的自私本质，最终将导致越来越多的部门和机构将归属于自身职责范围内的业务逐步推诿给法院，形成消极不作为。

完善立法才能尽责

那么，特定文件的审核工作真的只有法院才能完成吗？显然并非如此。事实上，许多无争议诉讼中，当事人提交给法院作为证据的相关证明文件往往和其此前提交给承办具体业务的部门机构并无任何区别，只是由法院代替这些部门或机构承担了对该材料的审核环节，后者仅仅是在生效裁判文书这一半成品的基础上完成了最后的加工工序。

因此，可以考虑通过采取有效措施让有关部门或机构切实履行其审核职责，降低业务申办人办理相关业务的成本，避免这种近似于多此一举的无争议诉讼频繁启动。如完善立法，明确相关部门机构的审查义务和职能，强化部门或机构的内部审核流程，细化特定业务必须提交的证明文件，让其真正依法承担起应尽的审核职责；同时，对于提交虚假材料的业务申办人，也要课以相应的法律责任，让其为自身过错行为付出应有代价；对于确实依法履行了审核义务的部门或机构，在发生纠纷或投诉后也要依据其履责情况和是否存在过错确定其责任，而不能过度挫伤其审核工作的积极性。

（作者单位：北京市房山区人民法院。本文原载于《人民政协报》2015年2月9日第5版）

全国政协开展“无争议遗产继承权公证”调研

文 / 奚冬琪

“我女儿要出国，我是来给她办出生证明公证的。现在已经办好了。”

4月21日，在安徽省徽元公证处的公证大厅里，参加全国政协社法委“无争议遗产继承权公证”专题调研的委员们和来这里办理公证业务的市民进行了交流。

小切口：公证服务还能如何改进

作为公证工作的实践机构，一线公证处无疑是最有发言权的。

“现在很多老百姓对公证工作并不了解，以为我们就是盖个章、出个证明就完事了，还收那么多钱。其实并不是这样的，我们也要经过大量的核实，一旦出现问题，也要承担很大的责任。”安徽省公证协会会长、合肥市中安公证处副主任朱自全介绍说，公证作为一项预防性的司法制度，可以有效地预防纠纷、减少诉讼，节约司法资源，因此在当前仍具有不可替代性。

对于老百姓诟病较多的继承权公证，朱自全表示理解。“我们在具体工作中也发现，老百姓反映继承权公证办理难，其实主要是难在一些自证材料的出具上。在目前我国信息化网络还不健全的情况下，不光是老百姓，公证机构也同样存在核实难的情况。”朱自全说，继承权公证涉及财产的归属，关系到继承人及相关人的切身利益，极易产生纠纷，因此需要当事人自行出具很多证明材料，其中很多甚至是现在已经无法取得的材料。但由于公证机构只有核实权而没有调查权，公证处从服务当事人的角度能做的，就是和档案管理部门提前沟通协调，让他们配合出具相关材料，或者协助当事人收集相关证据。如果将来国家能够建立信息查询的共享平台，就可以通过信息化手段的运用，来解决公证证据材料取得难、核实难的问题。

除了材料难收集，公证收费的问题也一直是社会关注的焦点。作为工作在一线的公证员，朱自全表示，继承公证的收费标准是与继承标的的价值相关联的，但实际收费一般都低于这个标准。同时出于方便百姓的考虑，2015 年 2 月，安徽省就专门出台了《关于办理小额遗产继承公证若干问题的指导意见》，规定办理 2 万元以下小额遗产继承公证的，可以在简化程序、收取费用方面做出调整，以提高效率。

大问题：关注整个公证事业的发展

安徽省司法厅和省高级人民法院的负责人在座谈中谈到：2005 年以来，《公证法》《物权法》《不动产登记暂行条例》等一系列相关法律、行政法规，都没有规定遗产继承必须经过公证才能发生法律效力。因此，不动产登记前是否办理公证，可由当事人自愿选择。但就我国目前的情况来看，公证在确认遗产继承方面仍具有独特优势。

因此，为了贯彻落实全面推进依法治国的精神，在制度设计方面，应该承认强制公证的必要性，并出台法律或者行政法规，明确法理基础，及时清理与法律、行政法规冲突的政策性规范文件。同时，可以建立当事人申请承诺制度和遗产转移公告制度，既确保有关业务部门切实履行审核职责、降低当事人办理业务成本，又有效落实当事人责任，降低业务部门审核风险。

对于一线公证员遇到的难题和相关部门反映的问题，调研组副组长甄砚说："希望能通过这次对遗产继承公证这个小切口问题的调研，推动整个公证工作在司法体制改革中实现大发展。我们既要关注目前出现的问题，又要着眼于长远发展；既要提出一些当下可做、可行的措施，也不能就事论事，而是要将这些问题放在整个行业发展中去考虑，去献计献策。这样才能引起相关部门的进一步重视，为我国司法制度的改革尽一份自己的努力。"

（原载于《人民政协报》2015 年 4 月 22 日第 2 版）

全国政协社法委调研组建言：公证，应突出公益属性

文／奚冬琪

近年来，随着百姓财富的逐渐累积，遗产继承以及由此带来的公证问题已经涉及越来越多的普通民众。而遗产继承权公证收费高、手续烦琐等问题也一直广受诟病。今年2月9日，《人民政协报·民意周刊》刊登了《继承权公证："公正"还是"添堵"》一文，文中反映了百姓在办理继承权公证过程中遇到的种种问题。报道刊出后，引起了全国政协领导的高度重视，并指示对此问题开展调研。

今年4月下旬至5月初，由全国政协社会和法制委员会驻会副主任顾伯平带队的调研组就继承权公证问题赴安徽进行了实地调研，并在北京召开了多场专题座谈会，邀请相关部委和专家就该问题进行深入的分析和讨论。

在安徽，调研组成员深入到基层公证处，向前来办理公证业务的市民了解公证流程，同时和一线公证员交流，了解他们在实际工作中遇到的困难。在北京，调研组成员和法律专家、法官探讨继承权公证在司法实践中出现的问题，和各相关部委协商如何更好地实现信息共享，简化公证手续……

调研组认为，继承权公证目前主要存在三个突出问题。

一是"公证贵"。按照现行规定，继承权公证按受益额比例分段收取费用。对此，司法行政部门和公证机构表示，现行的收费标准综合考虑了办理继承权公证承担的风险责任和运营成本等因素，系参考法院的民事诉讼收费标准所制定。但公众认为这种计费标准不合理，收费偏高。特别是很多公证机构虽是事业单位，但自收自支、自负盈亏，有的公证处实行绩效工资，

公证人员收入高，更导致公众对公证处的非营利性产生质疑。

二是“公证难”。按照有关规定，当事人在办理继承权公证时，需要自行提供的证明材料较多，仅实事方面就细分为20项，要在社区、街道办、派出所、民政局、被继承人生前工作单位等处多次往返，还有一些证明文件难以提供，当事人因此感到不便和困扰。其主要原因是政府部门登记制度不完善，有些事项没有记录，当事人难以提供具有公信力的证明材料。部门之间的登记信息条块分割现象严重，信息未能实现共享，当事人为了收集有关材料需要分别跑多个部门，程序烦琐。

三是继承权强制公证缺乏法律依据。实践中，有关部门相继出台规定，要求当事人办理遗产过户手续时，必须提交继承权公证书或法院判决书。但现行法律法规包括《物权法》《不动产登记暂行条例》均未规定继承权强制公证。对于政府机关而言，法无授权不可为。有关部门强制提供公证书的做法与现行法律冲突，因此广受质疑和指责。

对于这些问题，调研组成员建议：

一、改革公证体制，突出公益属性

诉讼费是为了防止民事诉讼当事人滥诉，由败诉方承担，具有惩戒作用。继承权公证作为继承权实现的一种非诉途径，不存在败诉方，没有滥诉和惩罚问题，因此公证费不应参考法院的民事诉讼费标准。公证机关是国家证明机关，有关部门应研究出台公证机构体制改革方案，改变目前公证机构多种体制并存的局面，逐渐统一为事业单位，突出公证机构的公益属性。在此基础上变“自收自支”为“收支两条线”，公证费上缴国库，公证处经费由财政保障，从根本上消除公证处高收费的冲动。同时，公证机构应采取有效措施，切实提高工作效率，降低公证成本。如出台小额财产继承公证简易程序；实行系统内部全国联网，避免同一事项反复调查取证；将隐瞒、伪证者列入“黑名单”，有效控制公证机构成本和风险。

调研中，也有调研组成员提出，可以将公证机构定性为法律服务机构，修改《公证法》，打破公证只能由公证处办理的现状，推进社会力量依法进入公证领域，形成良性竞争，优化服务，降低公民公证负担。

二、完善登记信息制度，实现信息共享

政府有关部门应加快完善户籍、人口、婚姻、档案、信用等信息登记制度，确保资料完整和准确，切实做好不动产统一登记工作。建立有关部门之间的信息对接、查询、共享机制，解决当事人举证难及公证机构核实难等问题。同时，公证机构应建立绿色通道制度，为老年人、未成年人、残疾人等特殊群体提供优质、高效、便民的法律服务。

三、修改法律，明确继承权强制公证制度

继承权公证在很大程度上承担了继承权确认工作，保证了继承权的实现，保护了当事人的合法权益，减少了矛盾和纠纷，确有存在的必要性。为避免目前登记机构、银行要求当事人提供继承权公证书的做法于法无据的尴尬局面，国家应尽快修改相关法律，明确规定继承权强制公证制度。

（原载于《人民政协报》2015 年 7 月 20 日第 5 版）

北京南站：别让商业味儿
掩盖了人情味儿

文／李木元

“到过不少火车站，只有北京南站是名副其实的‘站’，候车大厅点缀性地撂几排椅子，其他地方便是快餐店、便利店和水泥地。来这个站候车要有一流的‘站功’，实在想坐，也可以求助于水泥地和自己的箱子。”这是全国政协委员、华东师范大学社会发展学院院长丁金宏2016年9月28日下午2点24分在朋友圈里发的一条微信。

事实上，对于北京南站提出批评的不止丁金宏。近段时间以来，无论是人大代表、政协委员、专家学者，还是普通旅客，都对其过度商业化、服务不到位等问题表达了不满。

5000个座位减至1600个，大量空间被商铺占据

北京南站隶属于北京铁路局，是目前北京市面积最大、接发车次最多的火车站，其高大、宏伟和现代化的设计与设施，让许多发达国家的火车站也相形见绌。旅客不出站就可以进行各种交通方式的互换，其二层高架候车厅和地下一层换乘大厅可容纳10500人同时候车。该站2008年8月1日正式投入运营。预计到2020年，每年客流量将超过上亿人次。

北京南站开通运营后，全国政协委员、天津财经大学法学院教授侯欣一一直乘坐高铁往来京津，“每周都会有一两次，方便、快捷，坐上去一张报纸没看完就到了。而且北京南站的空间很大，宽敞明亮，设施很现代，比较舒适”。这是侯欣一最初的感受。

但让侯欣一感到奇怪的是，随着乘坐高铁的人越来越多，北京南站的

候车座位不但没有增加，反而越来越少，与此同时商铺却越来越多。

10月25日16点30分，记者乘坐4号线地铁到北京南站实地采访，乘电梯一上来进入到一层换乘大厅，周围几乎全是肯德基、德州扒鸡、吉野家这一类餐饮店，感觉这里不是高铁站，而是美食广场。

出站后记者随着人流通过南部倒八字电梯来到二层高架候车大厅，已经是人流如织了。通过安检后，最先映入记者眼帘的是肯德基餐馆和对面的北京特产店。记者绕着椭圆形的候车大厅走了一圈，发现周围布满了餐馆、便利店、特产店、高档服装店、皮具箱包店等商铺。初步计算，总数多达近80家。

北京市人大代表、中国政法大学环境法学教授王灿发也曾到北京南站实地体验，他统计的二层高架候车厅商铺近90家，其中，商圈范围内共42个商店，在检票口与检票口中间也夹杂着共35家商店，而在候车大厅中央，除去一个爱心服务区，还有10家商店。曾经有一段时间，还一度出现了汽车展位。

王灿发了解到，二层高架候车大厅从南到北依次为京津城际、京沪高速、普速列车三大区域，总计5000个座位。在2008年8月启用后的相当长的时间内，二层候车大厅宽敞明亮，座椅充足，乘客比较满意。后因各种商铺挤占，目前只有大约1600个座位。

王灿发在现场调研时看到，由于座位太少，许多候车乘客不得不席地而坐，有的还坐在自己的行李箱上，有的倚在商店的墙边，甚至有的女士不得不坐在地上给婴儿喂奶。

记者在现场看到，除了一些特产店有人问津外，那些高档服装店、皮具箱包店里大都空空荡荡，一些乘客为了赶时间进站、购取票，直接从店内穿过。

“高铁站不同于机场，人流量这么大，旅客没有那么多闲情逸致去精挑细选一些高档衣物、皮具，这类商铺完全可以减少一些。”侯欣一表示。

经常在北京南站坐高铁的上海复旦大学哲学学院副教授朱晓红说：“现在的北京南站有点像美食广场和购物广场，好像商业利益是第一位的，乘客的利益是次要的。这种过度的商业化，不仅影响了北京南站的乘车环境、乘客候车舒适度，更影响了首都首善之区的形象。”

炸鸡和拉面的味道太“浓郁”了

记者从进入一层换乘大厅开始，就闻到了浓郁的炸鸡和拉面味道，一路到了二楼高架候车大厅，对于饥肠辘辘的人，这种味道足够诱人。

但在拥挤的人潮中这种无处不在的味道让人难以忍受。朱晓红在今年夏天有一次提前两个小时到达南站，人潮涌动，一直站着候车，“本来就又累又热，空气中再弥漫着油烟味儿，让人恶心得想吐，想赶快逃离。”

侯欣一也有类似经历。今年上半年，他有一次下午两点多赶到北京南站，但自己想乘坐的那趟车没票，有票的列车要等到四个小时之后。“人太多了，根本没地儿坐。而且空气中夹杂着人的汗味和强烈的炸鸡和拉面的味道，时间长了有一种喘不过气来的感觉。我只好拿着行李出了站口，在外面溜达了两个多小时。”

虽然在高铁站配备餐馆理所应当，但侯欣一认为，这种配置要有规划，不能东南西北、一楼二楼、杂乱无章全是，而且通风系统一定要好，这一点应该向机场学习，否则本来应属于人性化的服务会让乘客感到厌恶。

提前半小时到站心里都不踏实

“去程易，回程难。”这是人们坐高铁进出北京的普遍感受。

张志鹏（化名）就职的互联网公司总部在杭州，他经常坐高铁到北京的分公司开会。“我在杭州上车一般提前10多分钟完全可以取到票，甚至还能买到票，在北京提前半小时到站心里都不踏实。”

张志鹏给出的理由是，人流如潮，安检和购票时间太长。

朱晓红有同感，她从上海坐高铁，提前一刻钟到站，一般都能顺利上车。而在北京，有一次她提前半个多小时到站，因排队人太多，还是耽误了乘车。

记者从4号线地铁进入北京南站，乘电梯上到二楼高架候车大厅，按照正常步速大概需要五分钟。刚出电梯，就需要排长队过安检。由于乘客较多，工作人员拿着一个小牌进行限流，每拨放四五个过去，这一环节花了近五分钟。

在二楼高架候车大厅有两处人工售票区，全部在西侧。16点45分，记者看到两处人工售票区已经排起了长队。“人少的时候排队也需要十几分钟，赶到周末或节假日，队伍直接从窗口排到商铺门口，行人只得穿行，等上个把小时都有可能。”张志鹏说。

很多人选择网络购票、现场取票，或者直接在自动售票机上购买车票。公开资料显示，在高架层和地下一层共设有8个人工售票处和76台自动售票机。记者在地下一层并未找到自动售票机，在二楼高架候车大厅东西两侧对称的6号、5号检票口及18号、17号检票口之间，总共看到了42台自动售票机和少量的自动取票机。

可无论是丁金宏，还是侯欣一、朱晓红都反映，对于单日旅客发送量可以达到20余万人次的北京南站，自动售票机太少了。如果全部到人工窗口购票，不仅拥挤不堪，而且花费时间很长。

记者在高架候车大厅看到，1—23号检票口从南向北依次对称排列，一趟列车两侧同时检票。17点许，17点23分发往天津的列车开始检票，两侧旅客呼啦啦排起了长队，迅速连成一线，把大厅中间封死，不少旅客想到其他检票口，要么花更多时间从较远的周围环形通道绕行，要么从人流中挤过去。“为了赶时间，不少旅客会选择穿行。年轻人还可以，高峰时老人和孩子很难。”朱晓红说。

最让人头疼的地方是一层换乘大厅的安检。从公交车站或者打出租进入的旅客要在通道里折返四五次，着急乘车的旅客都是提着行李小跑来到安检口。从记者现场看到的情况，旅客至少需要折返六七十米才能到达安检口。

“每次到这儿就像走迷宫，又累又晕乎，还耽误时间。”朱晓红认为，为了旅客安全，防止过度拥挤，延长安检通道是必要的，但不宜折返次数太多。

人大代表提议案但问题未解决

“从最初的舒适到现在遭受批评，这里固然有客流量快速增加的原因，可过度的商业化以及服务意识的淡薄才是重要原因。”侯欣一表示，高铁和普通列车不同，其票价贵上一两倍都不止，旅客选择高铁出行，看重的是其方便、快捷和舒适的环境，现在北京南站显然做不到。

事实上，就北京南站过度商业化问题，王灿发在今年北京市两会上已经提交了《关于制止北京南站候车厅过分商业化、还座于乘客的建议》，呼吁有关部门对北京南站候车厅过度商业化进行整顿，恢复原先设计的候车厅空间和座椅；对现有商业承包租赁情况进行调查，公开租赁承包费用收支情况。但他表示，作为主管部门的北京铁路局在回复中既没有回答相关问题，也没有提及改进措施。

17点30分，又一大波旅客涌入二楼高架候车大厅。一位张姓旅客到山东出差，急匆匆从东门进来，到咨询台询问购票窗口和自动售票机在哪儿，咨询台上方的牌子和柜台上的牌子都有蓝底白字的标识，但是字体很小。而周围肯德基、德克士的巨大广告牌和指示箭头却闪烁着耀眼的亮光。

“北京南站是一个火车站，本质功能是服务旅客，不能让过度的商业味儿掩盖了人情味儿。”丁金宏、侯欣一发出同样的呼吁。往来的旅客们期待这种状况能有所改变。

（原载于《人民政协报》2016年10月31日第6版）

北京南站进步中的监督力量

文／李木元

“感谢媒体和社会的监督，北京南站积极整改。今天又来到北京南站，场景明显改变，候车大厅正中鳞次栉比的店铺基本不见了，增加了不少新椅子，交通功能真正成为主角。北京南站能这样做是应该点赞一下的！”这是2016年12月3日，在北京南站乘坐高铁的全国政协委员、华东师范大学社会发展学院院长丁金宏发的一条微信。

然而就在此前的2016年9月28日，在同样的位置，丁金宏发出了这样一条微信：“到过不少火车站，只有北京南站是名副其实的‘站’。来这个站候车要有一流的‘站功’，实在想坐，也可以求助于水泥地和自己的箱子。”

近几年，随着客流量快速增长，北京南站的服务却没跟上，商铺越来越多，座位越来越少，受到了部分人大代表、政协委员和旅客的批评。2016年10月31日，本报刊发报道《北京南站：别让商业味儿掩盖了人情味儿》引起社会广泛关注。北京南站对报道高度重视，迅速着手改进服务。

从丁金宏的微信来看，本报监督性报道已见成效，北京南站的努力有了明显效果。1月13日，为期40天的春运开启。据悉，在此期间，北京南站预计发送旅客408万人，日均发送旅客10.2万人，接近该站全年旅客发送量的1/10。能否让旅客感受到北京南站改进服务后的新面貌，春运将成为一块重要的试金石。为此，记者在春运首日对北京南站进行了实地探访。

旅客不再席地而坐

时间拨回至2008年8月1日。

当日，北京南站，这个当时北京面积最大、接发车次最多，被称为亚洲最大的现代化火车站正式投入运营。该消息迅速占据了各大媒体的重要位置——

“北京南站是按照世界一流标准设计和建设的现代化大型客运车站，设计使用年限为100年”“南站现代化的设计风格不同于传统火车站，而是更接近于航站楼”“北京南站设有电梯103部，其中扶梯67部、残疾人电梯36部。车站使用自动检售票机，放入车票后门闸打开，总共行走不到150米就能到达站台”……

更让人们关注的是北京南站候车大厅。

“当时，候车大厅环境优美舒适，座椅多达5000余把，有藤椅、沙发，还有高大的棕榈树和钢琴，旅客坐在藤椅、沙发上，听着音乐候车，就像度假休闲。”北京南站党委副书记梁兆钰这样回忆8年多前的北京南站。

8年后，面对潮水般的客流，人们忘记了北京南站开通时的“辉煌”，谈论更多的是北京南站商铺太多、座椅太少，很多候车旅客只能站着或席地而坐。这也是人大代表、政协委员和不少旅客诟病最多的问题。

北京市人大代表、中国政法大学环境法学教授王灿发在2016年北京市两会期间提交的《关于制止北京南站候车厅过分商业化还座于乘客的建议》中指出，过度的商业化，大量挤占北京南站的候车空间和座椅，即使在不太繁忙的时间许多乘客也不得不席地而坐，使候车大厅丧失了原有的宏大、美观、舒适和方便，引起了乘客的不满。他建议对北京南站候车厅过度商业化进行整顿，恢复原设计的候车厅空间和座椅。

全国政协委员、天津财经大学法学院教授侯欣一也表示，为了便于服务旅客，高铁站里设置一些餐馆、便利店、特产店、书店等是可以的。但高铁站不同于机场，人流量这么大，旅客没有那么多闲情逸致去精挑细选一些高档衣物、皮具，这类高档商铺应该减少一些，更突出车站的交通功能。

针对代表委员的意见建议，北京南站做出了改变。

1月13日，记者跟随春运返乡人潮进入北京南站，从北侧电梯来到候车大厅，发现中轴线区域一览无余，从北向南完全是一个开放的空间。

梁兆钰介绍，三个多月前，北京南站对候车大厅空间布局和乘车流程进行了优化，工作重点放在了“移”和“腾”。“以前从北侧电梯一上来左右各有两台安检设备，旅客要排长队接受安检，时间较长。现在安检设备全部移到地下，为了方便旅客快速进站乘车，还增加了一台设备。这一‘移’，在大厅北侧就腾出了600平方米的空地。”

为了释放候车空间，北京南站对中轴线区域的商铺进行了腾退处理。记者在15号、16号检票口前面地上看到了商铺拆除后留下的铆钉痕迹。“总共腾退了10家商铺和一个展台，又释放了600平方米的空间。”梁兆钰说，他们在腾出来的1200平方米空间里增加了几千把座椅，使候车大厅座椅数达到了5100把，而且全部更新。

同时，北京南站还压缩了部分商铺面积，在客流较为密集的检票口附近，新增了5条从东、西两侧进入中央候车区的旅客通道。

“已经不错了，北京南站能够接受代表、委员建议，恢复候车大厅座位，为他们的服务意识点赞！”王灿发表示。

侯欣一在接受记者电话采访时同样表示，北京南站能诚恳接受建议，迅速回应百姓关切，值得肯定。“希望北京南站进一步改进服务，提高旅客的满意率。”他说。

对于部分乘客反映的北京南站商铺依然过多、座椅还是不够的问题，梁兆钰表示，他们会进一步努力优化乘车环境，但对于客观存在的问题，他也有些“不是我们不明白，只是这世界变化太快”的无奈。

2008年8月1日，我国第一条真正意义上的高速铁路——京津城际高速铁路开通。北京南站正是随着京津城际高铁的开通而投入运营的。当时，高铁对于众多的普通百姓还是一个概念，真正乘坐高铁的人还不多。所以，北京南站开通时日均旅客发送量只有不到1万人，最初设计完全能够满足旅客需求。

但是随着经济水平的发展和高铁方便、快捷的优点逐步深入人心，选择高铁出行的人越来越多。特别是2011年6月30日京沪高铁的开通，让北京南站的旅客发送量快速增加。

“规划赶不上变化，去年北京南站日均旅客发送量已超过11万。所以，即便设置了 5100 把座椅，在客流高峰时还是会有乘客站着候车。”梁兆钰坦言。

商家的心态变化也印证了北京南站“成长的烦恼”。据了解，北京南站刚开通时，不少商家担心上座率低，入驻北京南站的积极性不太高。为了吸引商家，北京南站和商家签订的大都是比较优惠的长期合同。“如果把候车大厅的所有商铺全部拆除，我们的信誉没了，赔偿金也承受不了啊。所以我们对部分合同到期商家不再续签，有些未到期的，采取了置换的办法，将原来在候车大厅中央的商铺置换到周边，这样可以‘二者兼顾’。”梁兆钰说。

地下换乘层增设 7 条快速进站通道

在地下换乘层，记者见到一名叫陈睿的乘客。他气喘吁吁地向工作人员询问：“我买的是开往上海的 G125 次列车，11 点 10 分开车，现在都 10 点 55 分了，再到二楼候车大厅排队安检、取票进站来不及了，能改签吗？”

“不用，你到对面自动取票机上取票，直接从快速检票通道进站就行了。”在工作人员的帮助下，陈睿只用了六七分钟就进站了，根本不用担心耽误行程。

这是此次改进服务的创新之举。北京南站在地下换乘层开辟了 7 条快速进站通道，记者在现场听到工作人员和广播中一直在播报：“距离发车 30 分钟以内的旅客可通过快速进站通道进站。”快速进站通道从早晨 8 点到下午 5 点开放，客流高峰时开放时间将延长。

梁兆钰介绍，这 7 条快速进站通道是从今年元旦开通试运行的，今后将常态化。快速进站通道实现了车站所有始发车次全覆盖，旅客从地铁口出来直行 20 米即可到达，最快进站时间缩短至 5—10 分钟。“元旦试运行的统计数据显示，快速进站通道至少可以分流 20% 的旅客，明显缓解了二楼候车大厅的客流压力。”

侯欣一对北京南站的这一创新表示了赞许。“我基本上每周都要乘坐高铁往返京津。因为北京经常堵车，有时从地铁出来后，要跑着到二楼取票进站，累得不行。有的时候因为客流量太大，安检、取票太慢，就赶不上车了。现在有了快速进站通道，这种窘境很少遇到了。”

与几个月前不同的是，北京南站还优化了引导标识，在进站各口地面上用硕大的蓝色指示箭头重新标注了车站的各个部位，方便旅客辨别方位。为了应对春运的客流高峰，在地下换乘层出租车通道和地铁附近新增了10个标识柱，为旅客提供方便实用的站内“导航”。此外，车站还对各类引导标识、揭示揭挂进行全面排查，更换破损、废旧的标识，特别是地铁、自助售票机等旅客常用处所标识和重点旅客引导标识。

爱心服务区实现“两升级”

记者正在地下换乘层采访时，一位刚从地铁出来的老太太突然栽倒在地。“有人倒地了，快叫急救人员！”一些乘客围过来查看。

“我胸口疼得不行，喘……喘不上气来……”马上到位的站内巡查人员猜测老太太很可能是心脏病发作，特别嘱咐她平躺别动，同时用传呼机通知医疗服务点。

不到两分钟，两名急救人员推着轮椅到达现场。他们把老太太搬上轮椅，迅速送到二层候车大厅的医疗服务点。医护人员迅速为她量血压、测血糖、按摩胸口、服用速效救心丸……10多分钟后，老人恢复正常。

医疗服务点就设在二层候车大厅北侧右边，很好找。“这个医疗服务点原来设在候车大厅的东北角，4号、5号检票口后面，面积小、位置偏，不利于救治突发疾病旅客。”梁兆钰介绍，此次改进服务，他们对医疗服务点进行了升级改造，不仅将医疗服务点的位置移到了醒目位置，还邀请具备行医资质的医生长期坐诊，并提供必要的急救药品和设备设施，为突发疾病的旅客提供紧急医疗救助服务。

“现在二楼候车大厅北侧安检口撤掉了，不仅方便了旅客进站，救治突发疾病旅客也更快了。另外，旅客有什么不舒服的地方，也可以很快找到医疗服务点。”梁兆钰表示。

记者看到，在医疗服务点旁边还新建了独立的母婴哺乳室，增设了盥洗台、婴儿床，为妈妈提供更加温馨舒适的私密哺乳空间。记者采访时，来自江苏徐州的刘丹刚刚给半个月大的儿子喂完奶。“以前在南站候车时看到过有年轻妈妈坐在椅子上给孩子喂奶，当时我都替她感到不好意思。现在我有孩子了，没想到这儿建了这么好的哺乳室，还有人帮忙照看，真得谢谢他们！”

在母婴哺乳室对面是新改建的润秋爱心服务区，专门为老人、残疾人等重点旅客服务。记者看到这里不仅有几排座椅，还有饮水设备、车次信息显示系统等服务设备设施，既安静，又温馨。

记者采访时，全国劳动模范、润秋爱心服务区负责人张润秋正在给一对老夫妇打开水。这对老夫妇是山东烟台人，一直在北京给儿子照看孩子，每年暑假和春节都要回老家。“年纪大了，喜欢清静，所以每次来南站之前都会向润秋爱心服务区预约，他们既负责接送，还给买票、取票，很热心。”

张润秋对记者说，润秋爱心服务区原来在 18 号、19 号检票口中间，环境嘈杂，不利于老人、残疾人等重点旅客休息。升级后的爱心服务区迁到了东侧 2 号检票口北侧，专区候车面积增至 64 平方米，比以前大了 20 多平方米，设置了 54 个座位，服务能力有了较大提升。

记者了解到，北京南站还重点实施了“互联网 + 服务”战略。车站 48 个人工售票窗口、108 台自动售（取）票机全部投入使用，同时支持支付宝线下支付功能，避免排队找零带来的不便，让旅客享受购票线下支付新体验。

同时，春运期间，北京南站微信公众号将正式运营，该公众号将具备列车信息查询、余票查询、轮椅预约、失物招领、信息发布等模块，通过微信公众号平台，旅客可以快速浏览车次信息，预约爱心服务，让旅客体验全方位进出站智能服务，感受“指尖”春运带来的舒适与便捷。

“北京南站虚心接受意见和建议，及时改进服务，对于打造北京首善之区和国际化大都市的形象，具有典型的示范意义。如果能把应对春运的一些便民举措也运用到日常，就更好了。”侯欣一建议。

“正是因为有了代表委员和媒体的监督，帮我们回归服务者的本位，及时发现不足，尽快改进，促进车站和旅客关系的和谐。”梁兆钰对记者说。

记者感言：合力推动进步

在记者回访北京南站时，来自安徽合肥的顾先生正好返乡。看到北京南站候车大厅增加的一排排崭新的座椅和地面上张贴的硕大的指示标，他说，真没想到北京南站在三个多月的时间里有了这么大的改变。

全国政协委员、天津财经大学法学院教授侯欣一在接受记者采访时曾表示，作为政协委员，他一定要把包括自己在内的旅客的呼声反映出去。至于北京南站能否接受建议，他当时心里没底。

而记者也没想到，一篇2000余字的报道能够得到北京南站的高度重视，并加速其改进服务的进程。

这就是合力的效果。这个合力的基础是民意。

习近平总书记在庆祝中国人民政治协商会议成立65周年大会上发表讲话时强调："天视自我民视，天听自我民听。"要坚持把实现好、维护好、发展好最广大人民根本利益作为一切工作的出发点和落脚点，我们的重要工作和重大决策必须识民情、接地气。要以人民群众利益为重、以人民群众期盼为念，真诚倾听群众呼声，真实反映群众愿望，真情关心群众疾苦。要坚持工作重心下移，深入实际、深入基层、深入群众，做到知民情、解民忧、纾民怨、暖民心。

北京南站的过度商业化导致座位减少、出行不便，引发旅客不满，这是群众疾苦；代表、委员了解民意，及时通过建议、提案反映百姓呼声，这是积极履职；媒体担负起新闻舆论工作的职责和使命，及时报道百姓关切和代表、委员的意见建议，这是在发挥"瞭望者"和桥梁的作用。最终，三股力量形成了合力，推动了北京南站的改进服务，结出了皆大欢喜的硕果。

一个事物在高速发展中，难免出现各种问题，甚至跑偏。这是"成长的烦恼"，也是事物发展的一种规律。由此来看，北京南站是北京的一个缩影，也是中国社会的一个缩影。

这种"成长的烦恼"不及时消除，轻的可以导致社会各阶层、各利益群体之间的争论、摩擦，重的可以造成彼此之间的隔阂和撕裂。

如果各方都以百姓利益为出发点，以人民群众对美好生活的向往作为奋斗的目标，抱以宽容和理性的心态，加强沟通、协商，就不会有隔阂和撕裂，就能为解民忧、暖民心贡献更大的力量。

北京南站的进步中，三种合力让春运中的旅客们感受到丝丝温暖，也期待这样的合力更多地出现。

（原载于《人民政协报》2017 年 1 月 25 日第 6 版）

◎景区安全系列

年轻情侣命丧景区水潭 景区安全谁负责

文／王金晶　奚冬琪

2020年8月24日下午，李女士平静的生活被一通电话打破。电话那头是海南省昌江县公安局民警，他带来一条让李女士无法接受的噩耗：她34岁的胞妹与其男友在霸王岭国家森林公园不幸溺水身亡。

听闻噩耗的李女士第一时间从北京赶赴事发地点，才知道让两条年轻生命瞬间陨落的是景区里的一处天然水潭。李女士向记者展示了她在现场拍摄的录像和照片，从中可以看到，景区专门修建了通往山谷的楼梯，水潭四周并无围挡，也无任何明显的警示标识。

据李女士介绍，妹妹与男友一起驾车至海南昌江旅游，于事发当天上午10点20分左右买票进入景区，在“霸王石海”景点游览时，先是一人不慎滑入水中，随后另一人去施救，最终两人不幸溺亡。“现场完全看不出水潭有三四米深，也没有任何警示信息。”李女士哽咽着说，“要是在水潭周围装有安全护栏，或者能够有明确的警示标识，这样的悲剧可能就不会发生。”

据了解，此次事发的海南霸王岭国家森林公园为国家3A级旅游景区。李女士通过实地探访，发现景区旅游设施很不完备，管理人员也严重匮乏。

9月3日，记者想要通过昌江县公安局进一步了解情况，但办案民警向记者提供的公安局办公室电话始终无人接听。记者拨通海南霸王岭国家森林公园的电话，接听人员表示公园还在正常营业，他以不能确认记者身份为由，拒绝提供任何与游客溺亡事件相关的信息。李女士告诉记者，死者遗体已在当地火化，截至9月10日记者发稿时止，景区方面和昌江县旅游及安监部门均未就此事向死者家属表达过任何形式的安慰。目前，李女士已在着手通过法律渠道，向景区方面“讨个说法”。同时，她也希望通过媒体呼吁，类似的景区应加大危险水域的防范力度，增加警示标识、围栏、摄像头、救生圈等安全设施，增设特殊景点的巡防和管理人员，保障游客安全。

记者注意到，近年来景区游客溺水事件时有见诸报端。在百度资讯搜索栏输入“2020 景区溺亡”词条，就有 4.1 万多篇稿件，这些新闻背后大都是一个个悲剧。相关数据显示，溺水是世界各地非故意伤害死亡的第三大原因，我国每年约有 5.7 万人死于溺水，而其中有相当一部分发生在安全设施不齐全的景区。

对于此类事件涉及的法律问题，记者咨询了北京安理律师事务所合伙人张晓光律师。张晓光律师说，根据我国《旅游法》第 42 条规定，景区开放应当具备下列条件，并听取旅游主管部门的意见：(一)有必要的旅游配套服务和辅助设施；(二)有必要的安全设施及制度，经过安全风险评估，满足安全条件；(三)有必要的环境保护设施和生态保护措施；(四)法律、行政法规规定的其他条件。通过对现场照片进行查看，可以确定霸王岭国家森林公园的管理人在水潭附近修建了木质楼梯，楼梯尽头为陡峭的坡地，且楼梯及陡坡紧邻水潭。而公园管理人既未在楼梯及陡坡设置任何安全护栏，亦未放置任何警示标志，使通过楼梯下到水潭边的游客处于危险状态。由此可见，景区经营者对游客的死亡负有不可推卸的责任。但安全设施如此不齐全的景区是如何批准开放的？是否经过安全风险评估？对此，当地有关主管部门也负有一定的监管责任。

从侵权责任方面，张晓光律师提到，根据我国《侵权责任法》的规定，从事娱乐、旅游等经营活动的自然人、法人等，应尽到安全保障义务，否则造成他人损害的，应当承担侵权责任。李女士胞妹与其男友购买了门票，公园的经营者就对游客和行人负有“安全保障义务”，有责任采取合理必要的措施保障游客和行人的人身安全。另外，即将实施的《民法典》第 1198 条，也进一步明确了负有安全保证义务的责任人及相关场所范围。就本案而言，公园的经营者应当对李女士胞妹及其同伴的死亡承担赔偿责任。

“但再多的赔偿，也换不回鲜活的生命。希望有关部门加强对景区的管理，不要让这样的悲剧再次发生。”张晓光律师说。

（原载于《人民政协报》2020 年 9 月 14 日第 6 版）

情侣命丧景区的背后到底缺失了什么

文／奚冬琪

《年轻情侣命丧景区水潭，景区安全谁负责？》的报道在《人民政协报·民意周刊》发出后，在基层政协委员交流群里引发了热烈讨论。

湖南省长沙县政协委员连时彦认为，眼下，此类悲剧在不少景区都发生过。要想从根本上解决问题，关键是建立景点风险区域评估机制，同时制定防控标准并严格落实。“就像商业营业场所的消防配置都有规范要求一样，应具体到风险区域的范围、安防器材的最低要求、人员部署的数量、合适观景的路线设置等，且需要强制性挂钩。”

“按照《旅游法》规定，景区要通过安全评估才能开放。为什么一些安全设施不齐全的景区能被批准开放？”有委员在群里提出了疑问。

“我咨询了我们那里的文旅部门，他们说景区评定中的安全评估，只是笼统的要求，不是强制规定。没有哪个部门对景区的安全评估负责。一般都是分专业检查，比如消防、电力、水公司、质监局（有特种设备的景区）。”看到大家在群里讨论，江苏省如东县政协委员窦立毅特意到文旅部门进行了咨询，并在群里发了一条消息。

本着科学严谨的态度，连时彦查阅了一些景区风险评估报告，并将部分报告内容发到了群里。他发现，这些报告泛泛而谈的居多，几乎没什么很具体的评估线索，对景区景点的安全部署方面也规定得较为粗糙。

具体到由谁来对景区安全做评估，浙江省丽水市政协委员沈绍春说，一般是请第三方来做。连时彦接着说，以前湖南省曾有“两型办”，即两型社会（资源节约型社会、环境友好型社会）建设办公室，还搞过“两型景区”

评估。评估是通过招标的方式委托第三方介入。但还没见过专门为景区风险设置评估，或是细化到景区内每个景点的风险评估。

随后，连时彦又在群里发了一张国家标准网的查询截图，图上显示，并没有查询到有关旅游的相关标准。“国家标准网都没有，说明就是缺乏相关的评估标准，这不就是管理标准上的缺失吗？”连时彦还查询了“景区景点安全评估制度”，发现“旅游安全”只是其中的一个小项，且其中要求达到的要求，仅为推荐性标准，非强制。

“没有建设标准，就没有验收标准；没有验收标准，就没有法律责任标准。所以旅游景区的运营方、建设方、验收方都有很大的自由发挥空间。不出事则已，出事了大家也都可以找到脱罪的空子。”北京市政协常委宋慰祖说，自己要从一个旅游产业设计研究者的角度写一篇分析文章。

经过几轮讨论，群里的委员大都认为：无论如何，人的生命安全都应该被放在第一位。景区的安全提示和安全设施必须要健全，这是文明的标志。但同时，游客也要有安全意识。

“确实是这样。”湖南省岳阳市政协委员邓峰认为，单靠建立评估机制，是不足以消除隐患的。要想消除安全隐患，就必须人人增强安全意识，安全监管部门和企业要实打实地落实、落细安全生产经营监管之责和企业安全生产经营主体责任。

“要形成追责机制，犹如反腐。建立对旅游设施建设标准不敢违的高压态势。避免不花钱、少花钱的违规景区建设。”宋慰祖说。

“我特别喜欢杭州西溪湿地的做法。景区的易落水区域和每一座桥上，都配有救生圈和救人杆。先不说能不能用上，起码在视觉上就起到了提示游客注意安全的效果。”连时彦说，关于安全提示，一些景区也做了一些有益尝试。比如四川都江堰景区，就计划给游客配置感应卡，引入高科技手段关注实时流量、游客定位，以便发生危险时及时处置救援。连时彦还建议，达到一定规模的景区，其纸质或电子导览图上应该标注易发生高危风险区域，便于游客提高警惕。但遗憾的是，现在景区的导览图上除了指路就是各种广告，极少有将风险区域予以明示的。

“溺亡的那对情侣，大概率是因为景点缺乏提示和没有部署安防器械导致死亡。如果有大喇叭循环提示安全风险，有导览图标注需要防范的位置，水潭边放置救生圈和救人杆等，这出悲剧可能就不会发生。”

连时彦说，作为游客，如果接收到需要注意保护自己的信息，一定会谨慎地游玩，这也是人性使然。作为景区，不太可能有能力去贴身保护每一个人，它能做的，就是把安全提示做到无死角覆盖，并能提供现场自助式简易救援器材。“另外，量化评估标准是一切问责的前提，这个一定要提上日程。”

（原载于《人民政协报》2020 年 9 月 21 日第 5 版）

发展旅游产业
亟待建立安全规范标准

文／宋慰祖

文旅融合、乡村振兴、旅游产业特别是生态休闲旅游，正在成为全球产业发展的重点领域，并已成为引领全球经济发展的核心产业。其中，旅游产业发展“六要素”——吃、住、行、游、购、娱，游是核心。如何打造对游客具有吸引力的游览景区，是各国、各地、各城市乡村都在考虑的关键问题。特别是对生态资源的挖掘，成为乡村经济发展、形成新的产业业态的主攻方向。在这个大背景下，如何加强管理，保障游客安全，必须成为工作的重中之重。

景区安全问题频发，到底谁之过？

近年来，一批生态环境优美、文化底蕴丰厚、自然景观奇特、惊险体验刺激的景区应运而生。设计师们绞尽脑汁，挖空心思，找特点，抓险点，创造刺激点。景区建设为地方带来了游客，创造了不菲的经济收入。同时，一些旅游设施、景区的安全隐患也被埋下，并逐渐爆发。

1999 年 10 月 3 日贵州麻岭风景区缆车坠毁事故，造成 35 名乘客死伤，其中 14 人死亡。经调查，事故的发生是设计上有严重缺陷的缆车超载造成的。2020 年 8 月 19 日下午，本溪市桓仁满族自治县虎谷峡景区内，在营业期间，一处玻璃滑道发生事故，造成游客一人死亡，多人受伤。2020 年 8 月 24 日一对青年男女在海南霸王岭国家森林公园旅游时落入无安全提醒标志、无任何防护设施的水潭，不幸溺水身亡。以上悲剧的发生，反映出了旅游景区设计上存在的缺陷和问题。

这些问题的发生不断给我们提出一个问题，为什么旅游景区、旅游设施总是出现这样那样的人身伤害的安全事故？究竟问题来自何方？为什么不能提前预防？难道设计师不知道存在的安全隐患吗？谁应当为事故承担责任？是经营者、生产者、设计者，还是监管者？这样的问题在事故发生后总被提出来。但始终没有解决，仍在循环往复。为什么？

缺乏安全防护标准，景区安全审批如走过场

据笔者了解，目前旅游景区的审批注重内容，缺失对安全性的严格审核。同时，景区设计没有专业机构，多为建筑设计、环境设计、艺术设计和高校的设计师生，没有资质要求。设计的内容也多是在景观、动线和游乐内容上，很少有地质、环境方面的考量。标准也多是采用建筑标准和普通景区设计标准，甚至没有标准。因而容易造成安全设施不全、安全提示标志缺失，导致安全隐患频出，安全事故时有发生。而安全问题出现后，旅游部门亡羊补牢，只得关停一批如玻璃栈道等高额投资建成的旅游设施。不仅影响景区运营，也造成了极大浪费。

为什么会出现这样的情况？笔者认为，关键是缺少一部国家级的“旅游景区和旅游装备设计安全标准”。据资料显示，目前，只有四川技术监督局在2017年制定了一部《旅游景区安全防护设施基本规范》。规范对旅游景区安全防护设施的管理、道路交通安全、综合服务区安全、特种设备安全、滑雪场安全、游览船安全、安全监测监控设施、电气安全、消防安全、针对风雨等自然灾害的防护设施、针对野生动物的安全防护及安全标志标示作出了规定。但这也仅仅是一个规定，且对旅游景区，特别是自然生态景区的防护设施、提醒标志、装备质量、安全检查、监督管理等未制定强制性标准和设计规范。

制定国家级规范，为游客生命安全保驾护航

长期以来，旅游景区的规划设计都是延续建筑标准和生产标准。但旅游需求和日常建筑管理有着巨大的差别。特别是生态自然景区，多处于山

河林湖草地区，更多需要关注的是防火、防洪、防涝、防震、防滑坡、防泥石流、防野生动物等问题。

这些自然环境一旦变身为旅游景区，其最核心的服务对象就变为了游客。而游客对景区毫不了解，对环境极其陌生。因此虽有防范意识，却无防范的针对性。更何况旅游者是激情消费群体，一旦进入景区，主要是为了游玩与娱乐。所以，安全防范意识差，这就需要景区的设计者、管理者、运营者、监管者为游客筑起坚固的安全防线，保证旅游的安全，提升景区的防护水平。

为此，笔者建议，应尽早制定《国家旅游景区安全防护设施基本规范》。《规范》中应对旅游景区安全防护设施的设计规范、质量管理、政府监管和维护运行的职责、标准作出明文规定，包括对道路交通安全、山河林湖草不同地区的环境安全及风险防范、综合服务区安全、特种设备安全、滑雪场安全、游览船安全、安全监测监控设施、电气安全、消防安全、针对风雨等自然灾害的防护设施、针对野生动物的安全防护及安全提示标志作出明确规定。要明确政府对旅游景区审核、验收、监管、监督和安全事故发生后处理的责任。要明确景区的管理、运营、设计、建设等各方责任。要建立景区不同场景下的安全防护设施的设计规范和设施建设质量标准。建立旅游装备设计规范和标准。重点要解决长期以来没有彻底解决的企业产品质量随机、缺乏强制监督检查制度的问题。改一检定终身的送检制度为生产线上的随机抽检制度。加大对旅游装备生产企业的资质检定，制定产品安全质量一票否决制度，以保障旅游景区，特别是生态自然景区的游客生命安全。

（作者系北京市政协常委、副秘书长，民盟北京市委会专职副主委，工业设计高级工程师。本文原载于《人民政协报》2020 年 9 月 21 日第 5 版）

◎没有身份证系列

没有身份证的 20 年

文/奚冬琪　赵　爽

不久前，《人民政协报·民意周刊》接到了一个电话，电话中的人名叫史凡，自称已经 20 年没有身份证。史凡的经历引起记者的关注，将其请至报社详谈，他的形象与曾经的身份——大学讲师大相径庭，虽然容貌未现老态，却有一头白发，厚重的外套袖口、领口已有多处磨破，看不出原本的颜色。经过采访，我们将他的经历整理成文，来看看他的故事吧。

没有身份证在当下社会如何生活？“寸步难行”也许是很多人的第一反应。居住在北京的史凡今年 58 岁，而他已有 20 年没有身份证。1992 年 7 月，他从原单位北京科技大学材料科学与工程系离职后，自费前往澳大利亚留学，后辗转到美国继续求学，直到 2001 年 4 月回国。原本以为可以回国开启新生活的史凡却发现，因为不符合相关条件，因出国注销的户口无法恢复，也没有身份证，成了游离于社会之外的“黑户”。

“碰运气”的生活

史凡回国后，拿着护照来到出国前的户口所在地——北京市海淀区某派出所办理身份证。户籍民警问他：“在北京有自己的房子吗？”史凡答没有。民警继续问：“在北京有能接收你户口的单位吗？”答案还是没有。民警说，“那就没办法了。”之后，史凡屡屡往返于派出所等地寻求办法，但都逃不开这两个问题，而他的生活也因没有身份证而渐渐发生了变化。

找不到工作是第一个，也是非常严重的后果。没有用人单位愿意聘用一个没有身份证的人。不仅出于安全考虑，不能为史凡缴纳社保也会让公司陷入违法境地。没有工作也就意味着没有收入，史凡的生活来源大多为亲朋好友的接济与借款。虽然他也曾尝试着打一些零工，但因为没有身份证，每份工作都做不长久。然而，频繁又一时无力偿还的借款让朋友们避之不及，有的干脆再也不接史凡的电话。对于这些年向亲朋好友借下的钱款，史凡愧疚又无奈："如果我有身份证，就可以去工作了。有了工作，就可以把钱还上。"

随着年龄越来越大，看病又成了史凡不得不面对的新问题。2017年，史凡生了一场大病。因为没钱，加上没有身份证住院治疗也很困难，史凡一度决定放弃治疗。他的弟弟和弟妹知道情况后，劝他接受治疗，表示愿意替他出钱。最后，史凡的弟弟拿出1.1万元，还帮忙找人联系解决了没有身份证的住院问题，这才带他回了河南老家的一所医院治疗。

从2001年到2020年，20年的社会发展让人们的衣食住行都发生了巨大改变。而没有身份证的生活，也变得越来越寸步难行。

刚回国时，史凡有护照，可以暂时代替身份证。后来护照过期，身份证一直办不下来，他便在派出所用出国前的身份证号开了一个证明，在需要时临时拿出来使用。但是网络科技越来越发达，史凡的一纸证明渐渐不起作用了。飞机、高铁没有身份证，买票想都不要想。即使坐长途汽车，也要碰"运气"。如果有人查身份证，就买不成。因为公共交通出行受限，有朋友送了史凡一辆二手摩托车。结果没多久，他就在老家骑车被当地交警查扣并拘留13天，理由是没有摩托车驾照。对此史凡很无奈："我没有身份证怎么考驾照？"

20年里，史凡因为没有身份证，在网吧上网被派出所调查；因为没有身份证而无法办理银行卡、手机卡；因为没有身份证不能结婚、不能缴纳社保、不能享受各类政策补助；今年疫情，因为没有身份证，无法登录健康宝，也无法进入公共场所……史凡说，他不知道像他一样没有身份证的人多不多，但多年办证未果已经让他把能够活下去的每一天都归结为"今天运气好"……

办不下来的证

为了尽早结束没有身份证的艰难日子，史凡一直没有放弃寻求解决问题的办法。

回国初期，派出所的户籍民警告诉史凡，不符合“有房”“有接收单位”条件，可以先拿着护照到出入境管理局办理护照延期。可到了出入境管理局，工作人员却告诉史凡，他已经回国，应该去办理身份证，不能延期护照。因为事情一直得不到解决，民警也很同情史凡的遭遇，建议他在北京偏远地区买一套房子，这样就能落户了。但以北京当时的房价，没有工作的史凡根本无力承受。此路不通，民警告诉史凡，如果他有北京的亲戚朋友愿意让他落户，也能解决问题。史凡在北京没有亲戚，求助了几位朋友，但最终都因朋友的家人反对而告终。最后，民警又建议史凡，若能找到愿意给他落户的工作单位也可以。史凡的一位同学在北京开办企业，表示愿意接收他，谁知查了资料才发现，同学的企业不具备接收集体户口的资格。最终，这个办法也搁浅了。

北京的户口迟迟落实不了，有人劝他回老家河南办理，户口可以落在家里人这里。没想到史凡回到河南，却被告知出国前他的户口在北京，所以回国后也应该在北京办理，不归河南管。一句话，又把落户的路堵死了。

被来回“踢皮球”多次后，史凡已经心灰意冷，只能无奈继续过着“黑户”生活。2016 年，国务院办公厅印发《关于解决无户口人员登记户口问题的意见》，提出要全面解决登记无户口人员的户口问题，这让史凡再次燃起了希望。

拿着相关政策，史凡又一次前往派出所。没想到对方告知：他的情况不属于《意见》中提到的七类无户口人员，而属于第八类中的“其他”。但对于这个“其他”，北京市尚未出台相关细则，因此仍旧无法为他办理。至于细则什么时候出，没有人知道。

多年来，因为身份证的事，史凡也曾通过信访渠道向相关部门反映过，但最终的结果都是：材料留下了，结果却没等来。史凡说，他还想过通过法律渠道解决问题，甚至咨询了律师。律师告诉他，最可行的办法，就是起诉他原所在的学校，要求学校提供相关证明，帮助落户。但考虑到与北京科技大学的感情，史凡最终放弃了这个建议。

没有身份证的 20 年，史凡的生活成了一个莫比乌斯环，围绕着身份证形成了一个怪圈。史凡不知道应该找谁解决这个问题，也不知道靠“碰运气”的生活还要持续多久。对于未来，他期望能尽快拿到身份证，找到工作，过上正常人的生活。

（原载于《人民政协报》2020 年 11 月 23 日第 7 版）

两位“00后”非婚生子女讲述没有户口的生活

文／奚冬琪

2020年11月23日，《人民政协报·民意周刊》刊登了《没有身份证的20年》一文，报道了一位曾经的大学讲师，因在20世纪90年代出国留学被注销户口，回国后无法落户导致20年没有身份证的经历。报道刊出后引起社会的广泛关注，同时也有不少有着相同遭遇的人与《民意》周刊取得联系，希望能反映他们的诉求。

不久前，就有两位“00后”姑娘专程来到报社，向记者讲述了她们的经历。和之前文中的主人公一样，她们也是没有户口、没有身份证。但又有些不同的是，两位姑娘都是“非婚生子女”，因种种原因，她们的落户问题陷入困境，多年不能解决。

很长一段时间，“非婚生子女”因不符合我国生育政策要求，他们当中，有相当一部分人无法取得合法身份。这一问题在2016年得到很大程度的解决。2016年1月发布的《国务院办公厅关于解决无户口人员登记户口问题的意见》规定：政策外生育、非婚生育的无户口人员，本人或者其监护人可以凭《出生医学证明》和父母一方的居民户口簿、结婚证或者非婚生育说明，按照随父随母落户自愿的政策，申请办理常住户口登记。

不过，这一政策看上去实施起来并不困难，但在实际操作中，仍有一些非婚生子女想要落户却并没有那么容易。

“母亲不配合，父亲没房产，我就不能落户了吗？”

出生于2000年11月的杜文霞，家住北京市大兴区黄村镇。杜文霞的父母都是北京本地农村户籍，当年生下她和哥哥时，还未到法定结婚年龄，兄妹俩也因此成了“非婚生子女”。由于母亲和奶奶的关系不好，杜文霞还没满月，母亲就离开了家。此后，父亲常年外出打工，杜文霞就一直和爷爷奶奶生活在一起。

在兄妹俩上小学的时候，爷爷突然去世，奶奶改嫁，家里就只剩下她和哥哥两人，每天饥一顿饱一顿地勉强度日。因为无人照看，哥哥在杜文霞 10 岁时意外溺水身亡。在这样的家庭环境下，自然也没有人去关心杜文霞上户口的事。

到了年龄之后，杜文霞上了小学。在她的印象里，农村学校管得不严，因为校长和爷爷认识，所以不需要什么手续就上学了。后来初中、高中也都是正常考上去了，直到高三临近高考，老师才告诉杜文霞：因为没有户口、没有身份证，她无法报名参加高考。

无法参加高考的事实让杜文霞难以接受。此时，《国务院办公厅关于解决无户口人员登记户口问题的意见》已经出台，在了解了相关政策后，杜文霞找到派出所，希望将自己的户口落在父亲名下。但户籍警察却告诉她，由于其父名下没有房产，所以不能给她落户。

杜文霞家的房子都在爷爷名下，爷爷去世后房子有纠纷，现在处于冻结状态，因此父亲和她虽然住在此处，但却是“无房户”，杜文霞也就无法落户。父亲这边的路走不通，杜文霞又去寻求亲生母亲的帮助。但母亲早就有了自己的家庭，虽然条件符合，却因为不想和他们父女扯上关系，坚决反对杜文霞随她落户。

母亲的反对和父亲的有心无力最终还是让杜文霞错过了高考。杜文霞说，那段时间她特别难过，甚至有些抑郁。临近高考那段时间，她已经不再去学校，因为一听到大家说高考的事，她就忍不住想哭。她不理解为什么自己一个简简单单想要上学的愿望，母亲都不愿意成全她；不明白为什么上一辈的恩怨，要让她一个无辜的孩子来承担。

虽然经历了一段时间的难过和消沉，可杜文霞还是不得不面对现实，开始新的生活。但越是走入社会，她就越体会到没有合法身份带来的不便。

在朋友的帮助下，杜文霞找到了她的第一份工作。本来已经安下心来工作了几个月，却因为新来的领导得知她没有身份证，而被强制要求离职。对此，杜文霞觉得十分委屈：自己明明干得很好，为什么要因为没有身份证被辞退？后来再找工作，她就把自己的实际情况告诉对方。大多数时候仍然是碰壁，但偶尔也能找到一些临时性的工作，不过都做不长。

这几年，虽然之前上户口的路被堵死，但杜文霞一直没有放弃寻求新的解决办法。每隔一段时间，她就会上网查查国家有没有出台新政策。每次得到一点消息，她就去认真打听一下，再去派出所问问。但直到今年，她在户籍警察那里得到的回复仍是："你先去解决你家的房产问题，解决好了再来找我们。"最近，北京市拟为暂不具备市内迁移条件的本市户籍人员设立"公共户"，以解决他们的落户问题。这让杜文霞看到了一丝希望。但她查询政策后发现，她这样的情况并不在解决范围之内。杜文霞很是失望。她多么希望"公共户"政策能把像她这样因无房而无法落户的人也纳入其中。

不幸的人生遭遇让杜文霞一天天变得坚强，但她仍然期盼自己的户口问题能够早日解决，然后和正常人一样，追求幸福的生活。

"父母都不配合落户，我就应该被政策抛弃吗？"

小葵（化名）是杜文霞在网上认识的朋友，两个人年龄相仿，经常通过网络聊天。而她们聊得最多的内容，就是相同的遭遇——同为"非婚生子女"，且至今不能上户口。

小葵出生于2000年1月，父亲是北京的一名退休干部，母亲则是从浙江来到北京工作的"外地人"。父母在什么样的状况下生下了她，她不得而知，只知道因为"非婚生"，父亲根本不认她，21年里，她从来没有见过父亲一面。只有她和母亲两个人在北京相依为命。

和杜文霞一样，小时候的小葵并没有意识到自己和别人的不一样。记忆中唯一的一次，是小学老师在班上提过她没有身份证的问题。那个时候她还不懂身份证有什么用，只记得同学都说她是外星人。虽然顺利完成了九年义务教育，但好景不长。高一结束的那个暑假，《国务院办公厅关于解决无户口人员登记户口问题的意见》出台，小葵被学校勒令退学。学校告诉她，只要她办好户口，就可以立刻回来上学。从此，小葵就和户口问题开始了长达5年的“斗争”。

小葵去生父户籍地派出所申报户口，派出所告诉她，“需要父亲同意，否则就不能落户”“需要父亲拿出户口本和身份证原件”。但素未谋面的父亲坚决不同意小葵随他落户，小葵母亲也不同意她落户。在小葵看来，母亲拒绝她落户，大概是因为当年母亲不是出于主观意愿生下她，所以不想承担父亲制造的后果。对此，小葵既落寞又无奈。

回想这些年的无户口生活，小葵觉得是一种在困境中的折磨。

去年疫情期间，小葵像往常一样想进理发店理发，却被店员领到前台扫健康码。那一刻，羞愧、窘迫的情绪一齐涌上，小葵支支吾吾地说不出话来，只能用手不住地搓着衣袖直到变皱。因为找不到一个合适的借口，小葵只能在他人异样的眼光下落荒而逃。“我不是罪犯，却东躲西藏。”小葵说，可能正常人很难理解这件事情，但如履薄冰、小心翼翼一直是她生活的代名词。

5年来，小葵为上户口一直在努力着。她向北京市公安局、市人口管理总队反映问题、写信、打电话、上访，得到的总是这样的答复：“你可以去上你母亲那边。”“我母亲不同意。”“那是你母亲制造的问题。”“我父亲也不同意，你怎么不说是我父亲制造的问题呢？”“你去做你母亲的工作。”“我没有这个能力。”“那我们也没办法。”

小葵认为，作为一名中国公民，上户口本来就是她的基本权利，可什么时候变成了她父母的权利、派出所的权利？于是，在落户问题一直被各方互相推诿的情况下，2018年初，小葵将生父户籍地派出所告上法庭，提起行政诉讼，要求派出所履行法定职责，限期为其办理户口登记。

2018年9月，一审法院判决，小葵因未能按照《北京市公安局关于印发解决本市无户口人员登记户口问题实施细则的通知》中的要求，提供本市一方父亲或母亲的《居民户口簿》《居民身份证》原件及复印件、非婚生育说明等证件、证明，因此驳回诉讼请求。此后，小葵又提起上诉、申诉，并向检察机关提起民行监督申请，但最终都被驳回或不予受理。

难道因为父母不配合，就应该被政策抛弃吗？小葵说，这几年的经历已经让她不再奢望普普通通的大学生活，不再期盼着像个正常人一样恋爱、结婚，不再想象坐飞机是一种什么样的感觉。“坐飞机一定是一种很棒的体验。可以透过窗户看见湛蓝的天空和淡白的云层，可以想象着自己在天空中飞起来的感觉。就是不知道坐飞机的愿望何时才能实现。”

（原载于《人民政协报》2021 年 2 月 8 日第 5 版）

全国政协委员谢文敏：保护非婚生子女的权利是对法律和公平的捍卫

文／徐艳红

谈及非婚生子女落户问题，全国政协委员、湖北省律协婚姻与家庭法律委员会主任、湖北省首义律师事务所主任谢文敏表示，近年来，试婚、非法同居、包二奶现象日益增多，非婚生子女数量逐渐呈上升趋势。随着社会的进步，思想观念的开放，人们的婚育观念也发生了相应变化。从2001年4月28日修订的《婚姻法》到2021年1月1日实施的《民法典》，从不同角度对非婚生子女的权利保护作出了相应的规定，使非婚生子女的权利保护在法律适用上得到了加强。因此，这两部法律的变化也是顺应了我国经济社会发展的需要。

但是随着非婚生子女的增多，落户难也逐渐演变成了社会问题。非婚生子女往往会遭遇亲生父母推卸责任、规避抚养教育义务，甚至基于自身利益不愿公开承认非婚生子女的现象，以致非婚生子女落户成了难题，无法上学、高考、就业，无法乘坐动车、高铁、飞机，他们在没有身份认可的环境中艰难求生。普普通通老百姓能实现的愿望，对他们来说却是奢望。

谢文敏称，近几年，国家也注意到非婚生子女落户问题，遂出台规定予以解决，如《国务院办公厅关于解决无户口人员登记户口问题的意见》规定："非婚生育的无户口人员，本人或者其监护人可以凭《出生医学证明》和父母一方的居民户口簿、结婚证或者非婚生育说明，按照随父随母落户自愿政策，申请办理户口。其中，申请随父落户的需一并提供具有资质的鉴定机构出具的亲子鉴定证明。""允许非婚生子女随母落户"的政策，有网友评论称"是非婚生子女和婚生子女平权的最后一步"，是极大的进步。

但实际操作中，这个政策依然有不少待解难题。如非婚生子女落户政策的前提是亲生父母非常配合，可现实情况是，亲生父母一般都有了各自的家庭，都有难言之隐。再加上，各地对非婚生子女落户的具体操作细则不太相同，导致落户仍面临重重障碍。如在需要《出生医学证明》的地区，父母还需要缴纳一定数额的社会抚养费，落实计划生育政策后，凭计生部门开出的证明到公安机关上户口。非婚生子女落户手续略显复杂，在一定程度上加重了部分本不太愿配合的父母为非婚生子女落户的负担。

《民法典》第1071条规定："非婚生子女享有与婚生子女同等的权利，任何组织或者个人不得加以危害和歧视。"非婚生子女和婚生子女一样可以落户，且享有与婚生子女同等的继承权。因法律规定是权利，所以，无论孩子在《民法典》实施之前还是之后出生的，都适用《民法典》规定。

谢文敏称，保障非婚生子女的基本权利，破除围绕他们近乎一生的歧视和利益侵害，不仅需要依靠立法及制度的不断完善，还需要全社会的高度关注和关爱。当前，国家鼓励二胎政策，可以放开非婚生子女的入户条件、减免社会抚养费等。北京市公安局最近制定了《关于在户籍派出所设立"公共户"的工作意见（征求意见稿）》就非常好，解决暂不具备市内迁移条件的本市户籍人员落户问题。谢文敏认为，可以在此基础上加入非婚生子女的落户方案，不应该让他们受到歧视与伤害。

保护好非婚生子女的权利既是对法律和公平的捍卫，也是对个别不当社会观念的纠偏。基于目前非婚生子女落户难，从立法层面上，谢文敏表示应该对没有履行抚养义务也不给办理落户的父母追加法律责任，用法律来约束父母的行为。同时，基层组织、社区、街道也应该积极介入，帮扶非婚生子女的成长、教育、医疗等工作，让孩子在健康、积极、向上的环境中成长。

（原载于《人民政协报》2021年2月8日第5版）

《人民政协报》相关报道促委员形成提案

“非婚生子女落户难”提案上热搜了

文 / 徐艳红

“真没想到，非婚生子女落户的提案上微博热搜了！收获了 5200 多万点击量。这几天全是联系采访这个事的！”3 月 4 日晚上 10 点，全国政协委员、湖北省妇联兼职副主席、湖北首义律师事务所主任谢文敏给记者打来电话，言语中透露出兴奋和激动。

本报记者曾就“非婚生子女落户难”涉及的法律问题采访过谢文敏，这一问题也引起谢文敏的高度关注。当时社会上有一种观点：同居、婚外情不受法律保护，且道德上会受到谴责，过多关注容易让公众误解，误以为政府是在鼓励这种社会不良倾向。但作为法律专业人士，谢文敏认为：生而为人，就应当享有《宪法》赋予人的所有权利，连户口都没有，上学、就业、出行都成难题，又何谈其他？

作为全国政协委员，谢文敏心生将相关问题和建议写成提案带上今年两会的想法。但大家的顾虑又让她有些犹豫。一天傍晚，一位收养了 3 岁非婚生女孩的家长找到谢文敏，诉说了想尽办法孩子都无法落户的情况，并向谢文敏求助。这位家长走后，谢文敏无法入睡，坐在电脑前开始写提案。提案完成时，时间已指向凌晨 5 点 48 分。

提案初稿完成后，谢文敏立即发给本报记者，表示将带着这件《关于完善非婚生子女落户及权益保护的提案》上两会。

前往北京参加两会前，中国新闻网湖北频道在得知谢文敏要带着非婚生子女落户难提案上两会，第一时间对她进行了视频采访。谢文敏在采访中建议全社会关注非婚生子女落户难问题，特别提到如果亲生父母不予以配合，应由司法机关采取强制措施。

几天后，这段视频一经发布，点击量就直冲5000万。“我也没有想到会有这么大的影响力。”

“感谢《人民政协报》对这一问题的关注，正是你们的报道，促成了这件提案的产生。这是我们大家共同努力的结果。”谢文敏说，作为全国政协委员和一名法律人，希望提案能尽快被采纳，让每一个无户口的人都拥有原本就属于自己的权利。

（原载于《人民政协报》2021年3月9日第14版）

社会在进步

2022年12月27日，《没有身份证的20年》的主人公史凡给《民意》周刊记者发来微信：刚拿到身份证了。22年了，真不容易啊！再次感谢《人民政协报》的帮助！

《两位“00后”非婚生子女讲述没有户口的生活》刊登后不久，受访者之一杜文霞终于拿到了户口本，有了自己的身份证。而另一个姑娘小葵（化名）就没有那么幸运了，因为她的生母和从未见过面的生父仍然拒绝配合她落户，至今她还过着没有户口的生活。

家有“小胖”

文/赵　爽

Prader-Willi Syndrome，即普拉德-威利综合征（PWS），俗称“小胖威利综合征”，是由于第15号染色体基因缺失（或功能缺陷）所致的遗传综合征（第15号染色体部分片段缺失导致的先天性罕见病），患者会因无法取得饱足感而导致无节制饮食。小胖威利综合征的人群发病率仅约1/15000，目前不可治愈，也没有控制食欲的方法。早期干预、严格的饮食控制和生长激素治疗可以提高生活质量。

国内小胖威利综合征患者预估超过10万人。目前，主动联系小胖威利罕见病关爱中心并登记在册的已确诊患者有1500多人。由于各地医院及相关科室医生对该病认知程度不一，导致患者确诊过程困难、费用高昂。

来不及感受新生喜悦，即遭遇罕见病之痛

今年2月3日，河北保定，在全家人的期盼下，穆红娟的孩子降生了。但和其他新生儿有些不同的是——孩子不哭不闹吃不下东西，出生18天，体重就从6斤3两降到了5斤2两，身体软软的，且皮肤特别白。为了弄清孩子瘦弱的原因，穆红娟求诊了多家医院。最后，一位主任医生告诉穆红娟：“你要做好最坏的打算，这个孩子肯定没办法长大成人。”3月，不甘心的穆红娟带着孩子辗转北京、河北等地看病。在做了所有检查之后，医生怀疑孩子患了某种基因罕见病，并建议穆红娟给孩子做全基因序列的检测。两次检测后，孩子被确诊为小胖威利综合征。

自从孩子被宣判“死刑”，穆红娟就一直生活在煎熬中。最终确诊前，她甚至已经为孩子准备好了寿衣和棺材。“那段日子，心里只有绝望。”确诊后为小胖威利综合征后，穆红娟反倒松了口气，因为这意味着孩子能活，以后也会跑会跳，这就很好了。

然而，孩子确诊在给穆红娟带来微弱希望的同时，也给她的家庭带来了巨大的经济压力。从出生到最后确诊，一家人已花费了7万余元，后续的生长激素治疗费用则是“无底洞”，而穆红娟和丈夫每个月的收入加起来也不超过5000元。为了减轻经济负担，穆红娟想过很多办法：申请低保、咨询医保中心能否报销生长激素费用、咨询商业保险，但都无果而终。

和穆红娟的孩子一样，3月5日，山西晋城的红木哥（化名）迎来了外孙女的诞生，同样的症状和遭遇。一位儿科护师朋友告诉红木哥，她曾见过一例相似的病例，被送到郑州的儿童医院。于是，在孩子出生的第三天，红木哥和妻子带她转院至郑州。40多天后，检测结果出来，确诊为小胖威利综合征。

确诊后，孩子的母亲一时难以接受，甚至患上了抑郁症。红木哥与妻子也彻夜难眠，想起可怜的外孙女就忍不住落泪。“既然这个孩子到了我们家，就说明我们家是善良的一家。我们要悉心地去照顾她、爱她。也许这个孩子到了别人家就被抛弃了呢？”红木哥用这些话安慰自己和家人，也安慰其他的“小胖”家长。

小胖威利综合征无药可愈，而每天必须注射的生长激素随患者身高、体重增长而增加。有家长计算过，一名“小胖”一生花费在治疗和注射生长激素方面的费用，大约要500万元。这对于普通家庭来说，是无法承受的数目。红木哥说：“我们就是卖房、卖车、卖地，也要把孩子照顾好。”和穆红娟一样，红木哥连同群里的小胖家长也尝试过给国家相关政府部门、关注罕见病的政协委员写邮件，希望未来能将生长激素纳入医保。

为“吃”斗智斗勇，为入学费尽心力

2018年，小胖威利综合征被纳入我国罕见病目录，而在此之前，许多医院和医生都对它知之甚少。

张伦的第一个孩子越越（化名）于2012年2月出生，在出生地检查不出病因，后来在北京军区总医院附属八一儿童医院被确诊为小胖威利综合征。越越确诊后，张伦辞掉广东的工作到北京跑快递，一来方便照看，二来也能多赚点钱缓解压力。因为按照越越现在的身高、体重，一年打生长激素以及复查的费用就需要约 4 万元，而以后只会越来越多。张伦家在河北省的一个贫困村，2017 年村子易地扶贫搬迁，张伦一家因此搬到了县城。虽然有房子住，每个月还有几百元的贫困补助，但张伦年收入的 2/3 都要用来给孩子看病，仍然入不敷出。

由于患小胖威利综合征的孩子没有饱足感，预防肥胖及其并发症就变得极其重要。自从得知越越患的是小胖威利综合征，张伦的家里就再也没有出现过零食。而为了不让越越因吃得过多而导致糖尿病、高血脂、高血压、脊柱侧弯以及心肺功能衰竭等会对“小胖”造成致命威胁的并发症，张伦没少和孩子“斗智斗勇”。

因为患病，“小胖”通常为轻到中度智障，且易暴怒、爱争辩、顽固。有时越越发火，张伦就得立刻岔开话题分散孩子的注意力。食物不能给，道理也讲不通，就只能引导孩子把情绪疏散掉。张伦说，在“小胖”家长交流群中，经常能看到为了吃东西，孩子对父母动手、偷钥匙打开上锁的冰箱甚至偷吃垃圾桶里的垃圾情况。“在吃上和‘小胖’坚持与妥协，永远是考验家长们耐心的无限期任务。”

两年前，越越到了要上学的年纪。张伦又面临了新的难题：没有学校愿意接收。由于“小胖”的智力情况要比特殊教育学校的孩子好很多，当地的特殊教育学校建议张伦把越越送到普通学校就读，这样对孩子更有益。然而，“小胖”的智力又只有正常人的 80% 左右，再加上性格缺陷，普通学校多以影响其他孩子为由拒绝。最终，张伦好说歹说，才将越越送进当地一所小学。刚入学时，老师经常因为越越的一些特殊举动给张伦打电话，让他把孩子带回去。经过一段时间接触、磨合后，同学、老师与越越互相适应，情况才有所好转。

目前，对于越越继续读书乃至成年后的生活，张伦并没有一个确切的打算。只希望未来能够研制出控制“小胖”情绪、食欲的药物，不求根治，但求孩子以后的生活质量高一点。

报团取暖，道阻且长

记者在位于浙江杭州郊区的一栋民居中见到林晓静时，他刚刚结束一场罕见病宣传活动。

林晓静的女儿 1997 年出生后不久，就被医生诊断为“脑瘫”，但治疗后一直不见好转。直到女儿 11 岁在上海新华医院确诊前，林晓静都不知道孩子究竟得了什么病。

在女儿最终被确诊为一种名叫“普拉德－威利综合征”的疾病后，林晓静开始在网上查找各种相关资料，并得知北京协和医院的宋红梅教授曾在国外参加了相关医学会议。他立刻动身前往北京。从宋教授那里，林晓静得到了一本台湾的“普拉德－威利综合征”喂养手册。手册中提到的症状都与女儿相符。后来林晓静才得知，国内 2004 年之前都没有这一疾病的相关报道。许多像林晓静女儿一样的病例在婴儿期被误诊为脑瘫，在儿童期被误诊为单纯性肥胖症。

参考国外的做法，林晓静在 2010 年开始联络国内的“小胖”家长，组建了国内第一个“普拉德－威利综合征”病友 QQ 群，在 2012 年注册微博寻找“小胖”威利病友。在群里，“小胖”家长们互相帮助、交流心得。为了便于科普和传播，他们为这个罕见病起了一个形象易记的中文名字：“小胖威利综合征”。

“罕见病有几千种，如果都指望国家来主动关注、研发治疗药物，显然不现实，所以还是要靠我们家长的力量。”林晓静分析，在国外，“小胖”家长联合成立基金会，募集资金请科学家研究该病，推动社会、政府关注“小胖”，所以他也想在国内成立这样一个机构。2017 年 3 月 6 日，小胖威利罕见病关爱中心在浙江省民政厅注册成功。当天，林晓静的好友、中国科学院院士杨焕明给他打了三通电话，讨论机构成立后应该做什么。杨焕明告诉林晓静：第一要做小胖威利综合征的科普宣传工作，这是惠及整个群体的事；第二要联合家长的力量推动生长激素纳入医保，减轻患者家庭负担；第三要组织医疗互助，解决就诊难的问题，加强国际交流，及时分享国外最新的研究和治疗成果。“研究不一定有成果，但是不研究就永远没有希望。”杨焕明鼓励他。这三点后来也一直是小胖威利罕见病关爱中心工作的方向和重点。

此后，林晓静制作了介绍小胖威利综合征的宣传册与展架，每逢国内召开大型医学会议，他就通过专家引荐，到会场内分发宣传册、做演讲，向更多的医学界人士介绍、宣传小胖威利综合征。如今，小胖威利罕见病关爱中心的医学专家顾问团已囊括了中科院院士、全国政协常委、重点大学博士生导师（大学校长）及海外专家共28位，他们都在为宣传小胖威利综合征贡献着自己的力量。

2018年8月1日，在林晓静的努力下，国内第一所“小胖”家园成立了。因为“小胖”的特性，普通家庭在照顾时很难控制他们的饮食。于是，林晓静在杭州郊区租了一栋房子，供“小胖”与家长居住。这栋房子的厨房与起居室不在一处，且配备门锁，可以有效防止“小胖”们“偷吃”。同时，“小胖”家园每日严格控制饮食时间，并针对“小胖”体质搭配餐食，既保证营养又不会发胖。

“小胖”家园成立后，许多家长慕名前来。在家中无法控制体重的“小胖”在这里住上几个月，体重就迅速下降。但由于当地公安部门认为“小胖”家园缺少相关资质、消防安全不过关，近日已责令关停。对此，林晓静希望“小胖”家园未来能取得合法资质，并获得政府的场地支持，将其打造成示范点在全国推广，让各地的“小胖”都能顺利控制体重，给家长们一个喘息的空间。

“以小胖威利综合征的发病率来看，全国应该有超过10万人，但是目前中心找到的患者只有不到2000人。”林晓静感叹，未来要走的路还很长：宣传科普，推动生长激素纳入医保，募集资金研究病例，建立“小胖家园”“小胖课堂”，为“小胖”创造工作环境……这些都要做。

从女儿确诊开始，林晓静的人生就注定要与小胖威利综合征绑定。而对于每一个“小胖”家庭来说，尽可能长远地为孩子铺好以后人生的道路，都是身为父母者最大的心愿。

（原载于《人民政协报》2020年12月8日第5版）

Dravet 综合征患者的故事与期盼

文 / 奚冬琪

我多想，你能在灿烂阳光下自由地撒欢；

我多想，你能在愉快的课堂上脑瓜转转；

亲爱的孩子，疾病让我们的世界变小，但或许我们也可以把它变大，用想象、用爱，把它充满；

亲爱的孩子，我牵着你的手，在命运的碾轧中执拗伸展；

无论有多少苦痛，有多少不甘，我爱你，分分秒秒，月月年年。

这首小诗记录了一位母亲与 Dravet 家人相处的点滴。Dravet 综合征（Dravet Syndrome，DS），原称婴儿严重肌阵挛性癫痫（Severe Myoclonic Epilepsy of Infancy，SMEI），是一种在婴儿期出现癫痫发作症状的发育性及癫痫性脑病。大部分患者致病的原因是新生的 SCN1A 基因突变，也是到目前为止都没有完全治愈手段的罕见病症。患者癫痫发作具有热敏感、易持续等特点，猝死风险较高。同时，异常放电的脑病特征会影响患者的认知、行为和语言。

对很多 Dravet 综合征家庭来说，能拥有普通人的日常，就是他们心底最深切的期盼。

被“灾难性癫痫”截断的幸福

2012 年 4 月 26 日，河北邯郸的一个家庭迎来了他们的第一个宝贝。家里人给这个女娃娃起了乳名“双儿”。然而，4 个月时的一次疫苗注射后，双儿出现了抽搐症状。全家人都吓坏了，抱起孩子去医院，却没查出任何结果。此后，每隔 5—7 天，双儿就会发生一次不明原因的抽搐。邯郸市的医院对此无能为力，只说是癫痫，让一家人尽快带孩子去北京检查。这一年的年底，双儿在北京儿童医院被确诊为 Dravet 综合征。

从北京回到邯郸后，一家人开始尽心尽力照顾孩子的生活。然而，双儿的抽搐还是会出现：小发作、大发作、持续发作、半夜发作……由于 Dravet 综合征没有特效药，医生只能根据孩子对药的敏感情况不断调药。于是，在随后的几年里，每天吃药、住院就成了家常便饭。双儿对光敏感、热敏感，饿到了、吃撑了、休息不好、累了、受凉了，都会发作，最多时一个月住院 4 次。经常住院让双儿的爸爸不能正常上班，只能打零工，最多时一天要打 3 份工。一家人负债累累，只是为了这个承受病痛还坚持的孩子。

医生曾告诉双儿家长，Dravet 综合征发作越多对脑子越不好，可是双儿并没有出现这种情况，而且教什么一学就会。3 岁的双儿就认识很多字，唐诗会读三四十首，数字更不用说，1—100 念得很顺溜。这也成了一家人唯一能从痛苦中品到的一丝幸福。

然而，老天还是没有放过这个千疮百孔的孩子。2020 年 6 月的一个下午，双儿吃饭时突然发作昏迷。这次病情来势汹汹，抽搐不仅导致孩子咬到了舌头，连牙齿都磕掉了一个。在河北省儿童医院重症监护室，双儿手脚冰凉，瞳孔放大，呼吸衰竭，应激性胃出血，舌咬伤，持续高烧，还伴有重度肺炎并发症。医生告诉双儿的父母，孩子已经没有救治的价值了，即使抢救过来了，也可能一辈子下不了呼吸机，再也醒不过来。但是，没有一个家长舍得放弃自己的孩子。双儿妈妈对医生说，就算砸锅卖铁，就算最后变成植物人，也要尽全力救治。因为那是她的宝贝，是一家人精心呵护了 8 年的宝贝。

就这样，双儿的家人在重症监护室外面的走廊等待了 26 天。生死抉择，病情反复。直到住院快一个月时，双儿才终于摘掉了呼吸机，回到普通病房。此后，由于肌张力过高，双儿持续发烧，只能靠胃管进食。在住院 60 天后，医生劝双儿的父母带她回家。因为“就这样了，醒不过来了”。

如今，带着昏迷的孩子回到家的双儿妈妈，已经学会了吸痰、下胃管、拍背……就算不断碰到新的护理问题，她依然没有放弃。双儿妈妈说，“谁言寸草心，报得三春晖”是孩子最爱念的诗。她不需要孩子的报答，只愿“我陪昏迷的你长大，你陪我变老可好”？

护理、经济双重压力，未来路在何方

据文献报道，Dravet 综合征发病率为 1/40000—1/20000。目前，我国尚未针对 Dravet 综合征开展流行病学调查研究，但以近 20 年来中国新生儿数量比例计算，国内 Dravet 综合征患者理论上约有 1 万—2 万人。

对于 Dravet 综合征患儿来说，由于发病时容易出现癫痫持续状态，猝死风险高，死亡率达 10%。而有效预防和控制癫痫发作，就成了防止患儿死亡的首要工作。为此，成千上万的患儿家属开始了无人可以替代的漫漫护理路。

王慕楠是一位患有 Dravet 综合征的 13 岁男孩子的姥姥。外孙新新在 10 个月时因为感冒发烧，第一次出现单侧手脚抖动现象，半个月后再次出现相同症状，并由原来的单侧手脚抖动发展为全身大发作。在经过基因检测和一系列检查后，最终被确诊为 Dravet 综合征。

自从新新出生，就一直由王慕楠照料。患病后，孩子的病情由有热时发作到无热时发作，又转为睡眠时发作。为此，王慕楠白天要照顾新新的一切生活起居，晚上还要观察他的睡眠状况。一旦感觉新新呼吸不对了，王慕楠都会马上醒过来。

新新抽搐发作时，会导致无法呼吸，发作时间长了有因为缺氧导致脑损伤的可能，因此需要及时发现并立即给予院前止惊药物，必要时还需要急救车送往医院。一次发病还可能出现多次发作，此时护理者必须片刻不离，直到多次发作结束为止。而这样的“串发”，现在王慕楠 4 天左右就要面临一次。

常年的 24 小时照料，让王慕楠睡眠严重不足，担惊受怕、紧张恐惧的情绪更是填满了她的每一天。多年的体力透支，让她患上了乳腺癌，使得这个家庭的护理工作雪上加霜。如今，新新身高、体重与智力发展不均衡，认知障碍和运动功能不协调，语言能力与生活技能也渐渐出现下降与退步的趋势。而 70 岁的王慕楠已经年老力衰，重疾缠身。“这种疾病的照料目前全部由家庭成员去承担和消化，有时甚至超出了家庭的承受范围。”让王慕楠担忧的是，如果有一天她动不了了，不知道新新的路要怎么走。

除了照护上的疲惫，Dravet 综合征用药带来的经济压力也是难题。

2017 年 12 月 13 日，深圳宝宝小靖迫不及待地来到了人间。7 个月大时，小靖出现了第一次高烧抽搐，11 个月大时因为洗热水澡又诱发了一次半小时的发作。在前往深圳儿童医院住院检查后，小靖吃上了第一个抗癫痫的药物。在控制了 5 个月后，小靖又开始越来越频繁地发作，药物怎么加量都没用。在其他病友的建议下，小靖妈妈带着她踏上了去北京的求医路，并开始同时吃两种药物。在确诊为 Dravet 综合征后，为了控制病情，医生又冒着风险建议小靖吃一种在国外已经上市的药物。

就这样，一个一岁 5 个月的孩子每天需要吃 3 种抗癫痫药。可即使如此，小靖的病情还是没有得到有效控制。2020 年 7 月，医生又给小靖加上了第 4 种药。“3 岁的孩子已经吃上 4 种药了，每个月的花费越来越高，真不知道还能撑多长时间。”小靖妈妈说，因为孩子这个病时时刻刻都离不开大人，所以自从小靖出生后，自己就再没上过班，现在整个家庭的经济重担都压在了孩子爸爸一个人身上。

“我们不想放弃，我们也盼着看到阳光。”是每一个 Dravet 综合征患者家属的愿望。“如果孩子情况好一些，最好能在学习和就业方面得到社会的包容和帮助，成为自食其力的劳动者。如果情况不好，能有个收留他们的地方，以备家人们在有困难和离世之后解决他们的生存问题。”王慕楠希望国家政策能向患者家庭倾斜，进一步完善社会福利，建立更加完善的具有一定医疗资源的照护或喘息服务机构。

目前，我国医疗保险及大病统筹无法覆盖罕见病，罕见病治疗和用药医保报销比例低，缺少针对罕见病的商业保险，社会救助力量微弱。同时，由于我国罕见病用药的研发生产水平不足，绝大部分药物依赖代购或进口，价格昂贵。对此，小靖妈妈最希望未来能用可预期的保险支付体系吸引境外药物早日来中国上市，同时也能把罕见病急救和治疗纳入医保，切实减轻患者负担。

为了治愈，携手同行

平均 1/30000 的发病率，250 万人的人口基数中的一个……如果有亲人不幸患上了 Dravet 综合征，该找何人诉说痛苦？该去哪里寻求帮助？该从何处得到力量？和很多罕见病一样，Dravet 综合征患者家属为了能够抱团取暖，也在进行着他们的努力。

2016 年，甜甜降生在北京的一个普通家庭，但又有一点不普通的是，甜甜的爸爸妈妈都是毕业于中国顶尖医科大学的高才生。看着刚刚降生的女儿，夫妻俩曾畅想着“将来孩子一定得上比我们更好的医学院”。然而，让一家人始料未及的是，甜甜出生没多久，就被确诊为 Dravet 综合征。

在经历了“承受痛苦、接受现实、勇敢面对”一系列心理挣扎后，夫妻俩决定用一切努力照顾好甜甜，并希望能用自己的专业知识为这个罕见病群体做点什么。

甜甜妈妈发动了几位 Dravet 综合征患儿家长，大家决定一起做一个专门服务 Dravet 综合征的患者组织。定章程、学经验、发动群里英语好的家长翻译英国患者组织编写的《Dravet 综合征家庭指南》。2018 年 5 月 4 日，第一篇微信公众号文章的发布，标志着这个以“为了治愈，携手同行”为宗旨的 Dravet 综合征患者组织正式成立。他们用疾病发现者——法国 Dravet 医生名字的读音，将组织取名为“卓蔚”。

英国手册打开了他们的眼界，也坚定了参与疾病管理的信念。Dravet 综合征是罕见病，新手家长甚至是基层医院都不了解该如何急救和护理。手册是家庭护理的工具，涵盖了疾病介绍、治疗用药、家庭护理、社会资源等丰富内容。编译手册并免费提供，可以帮助家长在孩子确诊的第一时间了解疾病、更好提供照护。

在经历一段时间的磨合之后，2020 年，“卓蔚倡导”迎来了收获的一年：5 月，“卓蔚公益服务中心”在民政部门正式注册。10 月初，在首届罕见病公益创新大赛上提交的《行稳致远计划：帮助 Dravet 综合征患者改善蹲伏步态》项目获得创新大赛最高奖，得到了基金会 10 万元项目支持资金。10

月末，获得企业捐赠、定向支持《皮卡丘爱心包公益项目》，帮助 Dravet 综合征患者家庭早日确诊并接受疾病、了解治疗干预措施。11 月，启动“监测指环需求调研与市场分析”，并联系医疗器械企业共同开发在孩子癫痫发作时,可以第一时间通知家属的血氧和心率情况的医疗级穿戴设备。12月，启动“喘息驿站”项目的策划，希望能够借鉴国外互助喘息的模式，让照护者在长期的紧张生活中得到一丝轻松，让孩子体验普通孩童的童年乐趣。最近，大家准备编写一本服务中文世界所有 Dravet 患者群体的家庭照护手册，目前正在进行“最希望被解答问题”的前期调查。

“卓蔚倡导”取得的成绩让所有参与者在获得成就感的同时，也对组织未来的发展有了很大信心。甜甜妈妈介绍，国外的一些罕见病患者组织的运作非常成熟，作用也很大，甚至能够推动相关新药的研发。这也是他们非常羡慕和希望有朝一日达到的。

因为拥有药学背景，甜甜妈妈一直非常关注 Dravet 综合征的研究和药物研发。她认为，我国罕见病药物研发工作进展缓慢，很大程度上是因为研究罕见病可以给医学进步和产业发展带来的价值并没有被充分发现和重视。在她看来，罕见病家庭面临的困境不是几个家庭的困境，而是某一天可能很多家庭都会面临的困境；攻克罕见病也不仅仅是解决几个家庭的问题，而是可以帮更多人排除风险、解决后顾之忧。蹲伏步态的研究也好、血氧监测手环的开发也好、癫痫持续状态急救体系的建立也好，探索研究、审评以核酸药物为代表基因疗法等，它所帮助的可以是更广大的受众。前两天，就有另外一个罕见病患者组织向他们询问血氧心率监测设备的事，希望大家能一起合作。

“我有时觉得，罕见病其实也是上天给人类的特殊礼物。正是因为有了对这些疾病的不断研究和攻克，我们对生命的认知才会不断进步和提升。”甜甜妈妈说，只要患者不放弃，在医生、科学家、企业和政府等利益相关方的积极推动下，Dravet 综合征才会有可以期待的未来。

（原载于《人民政协报》2021 年 1 月 18 日第 5 版）

一位一线医生的心声：将罕见病用药纳入医保体现国家关怀

文／奚冬琪

1月18日，《人民政协报·民意周刊》报道了“Dravet综合征患者的故事与期盼”。文章刊出后，得到了社会各界的广泛关注，《人民政协报·民意周刊》微信公众号的阅读量更是达到了1.3万次。首都医科大学附属北京同仁医院神经内科主任医师郭燕军也在朋友圈里看到了这篇文章，并留言：“有媒体能关注罕见病，真是太好了！”同时，她也希望国家能尽快将罕见病用药纳入医保，让百姓享受国家发展带来的红利。

作为一名从事神经内科临床和科研工作20余年的医生，郭燕军的专业特长就是神经类疑难罕见疾病的诊治。在她的行医生涯中，经常需要和患有自身免疫性脑炎、多发性硬化、视神经脊髓炎以及克雅氏病等罕见病的患者打交道，对他们的诉求也非常了解。

“这些病的特征就是本来好好的人，却突然发病，且容易复发。对于患者和家属来说，简直就是晴天霹雳。”郭燕军说，罕见病确诊难、易引发后遗症、病人治疗个体化需求大。特别是治疗药物昂贵，一个疗程大多以万元计算且几乎不能报销，这些都给罕见病患者带来了极大的精神和经济负担。“对于这个群体来说，最迫切的愿望，就是罕见病用药的引进和纳入医保。”

近年来，随着药品集中采购工作的逐步推广铺开，药品、高值医用耗材价格虚高、使用过度的“水分”被挤出，药品价格已经大幅度“跳水”。而由此节省下来的医保资金，是否可以考虑向罕见病患者倾斜呢？

将罕见病用药纳入医保也要逐步推开。目前，罕见病用药中有大量是免疫抑制剂，同样的药物在用于器官移植等治疗时可以纳入医保，但在用于罕见病时就不被纳入。“这类药一般都是专用药，适用人群很小，基本不存在滥开滥用情况。如果在特殊用药中再添加病种限制，就显得不太合理，同时也给医生的临床操作带来困扰。”郭燕军建议，将罕见病用药纳入医保，可以先从这部分药开始，取消病种限制，让罕见病患者也能享受报销的政策。同时，郭燕军建议，可以在医保基金中设置“罕见病专项”，就像目前肿瘤病人报销的那样，设置单独的报销比例。这样既可以减轻罕见病患者的负担，也便于国家调控医保资金。

对于罕见病患者比较关心的罕见病药物引进，郭燕军认为，如果是在国外已经上市并明确疗效的药物，应加快审批和引进速度。这样不仅医生在给患者用药时选择余地更大，同时也能提高患者的生活质量。

“一个国家对于罕见病关注的程度，是一个国家综合实力的体现，也是改善民生的亮点。”郭燕军说，作为医生，她希望国家能多给罕见病患者一些政策，让更多的人得到救治；作为普通百姓，她希望每个人都能拥有更多的幸福感和获得感。

（原载于《人民政协报》2021 年 2 月 1 日第 7 版）

全国政协委员丁洁：关注罕见病　职责所在

文／奚冬琪

作为北京大学第一医院的儿科教授，丁洁开始关注罕见病，正是源于成为全国政协委员后，有人请她帮忙反映相关问题。此后，随着对罕见病相关情况越来越了解，丁洁连续多年提交有关罕见病的提案。从提请制定《罕见病医疗保障制度》《罕见病患者救助条例》《孤儿药法案》，到《关于尽快成立中华医学会罕见病专科分会的建议》《关于制定切合我国实际的罕见病医疗保障相关策略的建议》，再到《关于建立中国罕见病医疗保障“1+4”多方支付机制的建议》……今年两会，她更是一口气带来了三件关于罕见病的提案，分别从慈善救助、商业保险、谈判药品政策落地等方面，提出具体建议。

丁洁介绍，如今，国家对罕见病越来越关注，特别是近两年，有一大批专家群体为推进罕见病各项政策落地，做出了大量努力。这个专家群体不仅仅是指患者和医务工作者，还包括经济学、医保、保险等多个领域的专家，他们站在更高的政策角度，通过调研、研讨等方式研究这一问题，也让提出的建议变得更有可实践性和可实现性。

丁洁提到，去年受到关注的《关于建立中国罕见病医疗保障“1+4”多方支付机制的建议》，就是在九三学社北京市委会原副主委、北京医学会罕见病分会副主任委员王琳等专家的共同研讨下提出的。今年她准备带上两会的提案，是根据相关部委对去年这件提案的答复展开后续调研后撰写的，直接针对了新发现的问题和需要进一步落实的政策。

在今年的提案中，丁洁希望能解决患者用药“最后一公里”的问题。

她提到，目前，近半数地市没有全部将特药和罕见病谈判药品列入门诊特殊用药，患者仅能住院才能获得药品。同时，由于医疗机构药品配备和考核制度问题，医院没有进药或进药数量不足，社会特药定点药店的药品也配备有限。希望国家能完善药品管理，简化相关手续，让患者在门诊和药店就能买到罕见病用药，而不是像现在这样“望药却步”。

对于很多罕见病患者都十分关注的慈善救助问题，丁洁指出，有关部门已经提出“应把慈善作为化解重特大疾病风险的重要手段，积极探索建立医疗救助与慈善事业的衔接机制”。建议试行罕见病高值药的医疗保障省级统筹，整合好慈善资源，特别是要做好慈善工作、社会互助与医疗保障制度的衔接。

另外，丁洁认为，未来在罕见病救治方面，只有建立多方支付、多层次的医疗保障机制，才能彻底解决罕见病高值药的支付问题，而商业健康保险是多层次医疗保障体系的重要组成部分，将大有可为。她提到，目前很多省市都在尝试由政府主导的商业医疗保险，随着我国医疗保障体系的不断完善，完全可以发挥商业保险在罕见病高值药多方共付机制中的作用。可以先试行省级统筹，经验成熟后进行国家统筹。同时，建立商业保险与医疗保障制度的衔接机制。

关注罕见病多年，在全国两会上提交相关提案已经成了丁洁的一份责任。今年，她也会带着这三件提案，邀请同样关注这一问题的委员们进行联名，希望能有更多的人关注罕见病、帮助罕见病患者。

（原载于《人民政协报》2021 年 3 月 1 日第 5 版）

促进罕见病药物创新 提升患者用药可及性

文／凌振国

中央在“十四五”规划的建议中把科技自立自强作为国家发展的战略支撑，首次提出科技要“面向人民生命健康”的要求；《“健康中国 2030”规划纲要》也提出要完善罕见病用药保障政策，系统性探索建立罕见病医疗保障机制。作为社会福利和社会保障界的委员，在两会召开前夕，我专门围绕“促进罕见病药物创新，提升患者用药可及性”问题，通过手机文字、语音和视频信息及参加相关座谈会等方式，向有关全国政协委员、地方政协委员及各层级关心罕见病诊治的医院院长、科室主任、一线医务工作者等做了专门调研。

调研发现，目前我国一些欠发达地区、边远山区，罕见病医疗救治状况更为堪忧，且现有的治疗罕见病药物大都存在可及性不高、价格昂贵等问题。全球 88 种上市的“孤儿药”中，在我国上市的仅有 35 种，其中 24 种还属于价格较为昂贵的特效药，且国家医保只纳入了其中 9 种，覆盖率低于 40%。由此可见，罕见病药物科技创新能否有所突破，能否尽快在罕见病药物领域研发出治病救人的新的良药，已成为我国罕见病药物创新、提升患者用药可及性的关键问题，也可以说是“卡脖子”问题。

面对我国罕见病药物创新和用药需求状况及全球性医疗卫生健康领域竞争格局的深刻变革态势，急需要强化国家医疗健康战略科技力量，推进我国在罕见病医疗健康领域科技自立自强，这是从根本上破解罕见病缺良药、治愈难、看病贵、负担重等一系列问题的钥匙。

依据调研了解到的一些中西医专家和专业人士的意见及罕见病药物领

域实际现状，我重点围绕强化我国罕见病药物研制战略科技力量、赋能罕见病药物科技创新支撑、不断提升患者用药可及性等问题，提出几点建议：

一是结合我国国情，制定罕见病药物战略科研行动实施方案。

二是重视加强顶层设计和关键核心技术攻关。把我国强大的领导力、号召力、动员力、组织力优势运用到攻克各类罕见病新药物中来，集中骨干力量开展关键核心技术攻关，力争早日解决罕见病药物中的“卡脖子”难题。

三是要重视系统思维，注重优化工作布局，加强全面协同推进，调动起各方力量协同发力，构建更加系统、更加完备、更加高效的罕见病药物科技创新体系和多层级医疗保障体系。

四是坚持集思广益、开门问策、深入调研。问计于中医、西医一线临床医生，问计于基层科研人员、专家教授和民间名医、大医师、大药师。

五是高度重视从罕见病药物科技服务临床实践和罕见病药物科技产业发展中凝练出罕见病药物科技成果问题，解决好罕见病诊疗医治中对症药物的关键核心技术攻关和底层医疗医术互动问题。

六是建立健全有利于罕见病药物科技创新研发应用的多渠道资金投入保障机制。

七是强化罕见病药物需求侧管理，不断提升我国治疗罕见病药物供给能力。

八是完善罕见病药物鉴定机构和专家库建设。

九是从推动构建人类卫生健康共同体的高度，重视和加强对罕见病药物科技创新的国际交流合作。

十是注重发挥各层级各类别企业特别是医疗卫生企业的主体作用，使各类罕见病药物科技创新主体都能充分释放创新潜能。

（作者系第十三届全国政协委员，全国政协人口资源环境委员会原驻会副主任。本文原载于《人民政协报》2021 年 3 月 1 日第 5 版）

记者关注

一件提案让中国现代远程教育工程提早启动 5—10 年

文 / 张　敏

1998 年 3 月，全国政协九届一次会议上，一份题为“面向 21 世纪构建我国现代远程教育的开放体系”的提案和大会发言，引起了国务院总理朱镕基的注意。很快，主管教育的国务院副总理李岚清也看到了这份提案，迅速转批教育部研阅。3 月下旬，教育部部长陈至立批示教育部，迅速将已开展的现代远程教育研究进入实际运作阶段。随后国务院先期投入 4 亿元人民币，我国的现代化远程教育工程由此正式启动。目前，全国已有 67 所高等学校开展了现代远程教育试点，45 所试点学校已开始招生……

2002 年 10 月，这份提案成为九届全国政协优秀提案之一。

谈起这件事，撰写这份提案的全国政协委员、湖北开放学院（原湖北函授大学）院长游清泉教授仍然很激动，他向记者讲述了提案落实的过程。1998 年 3 月，全国政协大会期间，游清泉委员的这份提案提交到大会提案组后，经过秘书组筛选，同时作为大会发言提交大会，报送中央有关领导。这份报告受到党中央、国务院高层领导的高度重视。

很快，教育部在北京召开了“关于发展我国远程教育专家座谈会”，由当时的教育部副部长韦钰主持。韦钰副部长特意邀请游清泉委员赶到北京参加座谈会，9 所高校（北京 6 所——北京大学、清华大学、北京师范大学、北京航空航天大学、北京邮电大学、中央广播电视大学；外地 3 所——南京大学、浙江大学、湖北函授大学）同时出席了座谈会。会上，游清泉委员作了题为《建立我国现代远程教育开放体系的几点思考》的发言。

“1999 年 3 月 25 日，远程教育试点在清华大学、浙江大学等 4 所高校正式启动。当年，国务院先期投入4亿元，开始第一批的现代远程教育基础建设，作为教育部实施‘面向21世纪教育振兴行动计划’的启动金。到目前为止，国家已先后为此投入资金10多亿元人民币。”

说到这里，游清泉委员不无遗憾地补充了一句：“美中不足的是，传统的函授、电大、自学考试等一批在教育部中占有最大量教育信息的院校，没有进入现代远程教育工程……”

游清泉委员强调，他提这份提案，是希望引起教育部的重视，提醒他们不要光把眼光盯在全日制高校上。其实，只要把相当一部分的财力、物力、人力放在远程教育上，就能让全社会都享受到教育的公开、公正、公平。把有限的教育投入放入远程教育中，将能起到事半功倍的效果，解决全民受教育的问题，使更多的人接受良好的教育。

在这份提案中，游清泉委员提出：“现代远距离教育是符合中国国情的一种有效的教育形式，应进一步发挥现代远距离教育的特点和优势，尽快建立能与世界接轨的我国现代远距离教育的开放体系。”他提供了一个数字：20世纪90年代，我国的高等教育毛入学率低于发展中国家的平均水平（发展中国家的平均毛入学率为8.3%，我国为7%），每10万人口中大学生人数为470人，在亚太地区仅高于巴基斯坦、孟加拉国、老挝、越南、柬埔寨和阿富汗等几个不发达的国家。为此他认为，由于我国长期在计划经济的体系中运转，我国的教育一直是沿用与计划经济体制相适应的体制，用人单位重全日制大学、重名牌大学，严重约束了多种形式的人才培养模式。作为全日制教育补充的远距离教育，如函授教育、无线电教育、广播电视教育、自学考试教育等，必然也打上计划经济体制的烙印。随着我国改革开放、市场经济的确立，社会对各类人才的需求成倍增长，同时，人们对获得高等教育、终身教育的需求也日渐提高，原有的全日制教育已远远跟不上人们的需求。进一步发挥远距离教育的开放性、现代性、社会性、适应性、多样性、灵活性、效益性、大众性、竞争性、容量大、范围广的特点，构建我国现代远距离教育的开放体系，是我们必须面对的现实课题。为此游清泉委员在这份提案中提出，现代电子信息技术的发展，给远距离教育乃至整个教育所带来的深刻变化是巨大的。应把我国目前远距离教育的几种形式，如传统的函授教育、量大面广的无线电教育、不断发展的电视教育、有特色的自学考试教育等有机地结合起来，探讨广播电视教育、函授教育和自学考试优势互补的综合效应，切实地把我国现代远距离教育推进到一个新的水平。

游清泉委员建议：第一，国家和有关主管部门应加大对发展现代远距离教育倾斜的力度，不仅要加大资金的投入，而且在政策上要给予积极的扶持。逐步放开对远距离教育招生计划的控制，使现代远距离教育真正成为一个开放的教育体系。第二，统筹规划，切实把现代远距离教育作为我国高等教育的一支生力军看待，在办学规模和学历文凭的授予权上给予应该的定位和定向。第三，我国目前最大规模的远距离教育的学校是电视大学，此外还有 3 所独立建制的函授大学（学院）是经国家教委批准备案的学校。建议以这些学校为依托，按区域规划组建跨区域的开放大学，给这些试点学校较大的办学自主权，使这些试点学校真正在开放性和现代性上形成特色和优势。

从现代远距离教育工程开始试点至今，游清泉委员的建议，已逐步变成了现实。对此，游清泉委员深感欣慰：“对这次提案的办理，说实话，连我自己都没想到，会这么受重视，并办理得这么快、动作这么大。”游清泉委员说，他当初提这个提案的初衷，只是想把自己在国外看到的对现代远程教育的重视及成效在国内加以呼吁。从国外的成功经验中，他认识到：作为教育，现有的全日制高校，已很难满足国内日益高涨的各种形式的教育需求。他认为，必须运用远程教育这一信息量大、面对群体面广、适合中国国情的方法。因为它最大限度地利用了现代先进的信息技术，合理配置、使用现有的教育资源。南非开普敦大学，由于拥有发达的现代远程教育资源，其教育质量、规模已跻身世界教育 300 强，远远超过我国历史悠久的北大、清华……

“教育部的同志告诉我，我的提案，进一步催生了我国现代远程教育计划，实际上把我国的远程教育建设早启动了 5—10 年。这对我来说，是一件非常令人欣慰的事情。因为，现代远程教育由此在中国从想法变成了现实。”

最后，游清泉委员心有所想地说：“通过这件提案，我觉得自己对我国现代远程教育的建设、发展，起到了催化剂作用。我认为，这10多亿元用在远程教育建设上，比投入全日制高等院校的实际效果要好得多……”

记者手记

在电话采访完游清泉委员后，记者又到全国政协提案委员会了解到：九届一次会议以来，全国政协委员中提出加快现代远程教育的提案，并不在少数，尤其是一、二次会议期间。记者还从教育部获悉，目前全国已建成了教育、科研的主干网；卫星电视教育已成为我国教育事业的重要组成部分；已拥有3个卫星频道，104个省市教育电视台，上万个卫星地面接收站，形成了一个世界上最大的覆盖全国的远程教育网络。现已开通的中国教育电视台卫星宽带多媒体传输平台已具备播出8套语音、20套以上IP数据广播的能力。实现了卫星网与CERNET的高速连接，初步形成了天地合一、具有互动功能的现代远程教育网络……

九届五次会议上，游清泉委员又提交了《统筹规划，规范管理，制定标准，促进现代远程教育发展》的提案，并再次受到教育部的高度重视。教育部认为：游清泉委员的提案，“认真分析了远程教育的现状和存在的主要问题，非常中肯……”并针对游清泉委员提出的意见，准备采取“进一步明确现代远程教育的指导思想；采取有效措施保证教学质量；加强对校外学习中心（点）建设和管理的力度；加快现代远程教育国家技术标准的制定工作”等四条具体的改进措施……

记者从游清泉委员那里获悉，2000年8月1日，教育部正式下发了《关于加强高校网络教育学院管理提高教学质量的若干意见》。同时，教育部加快了现代远程教育国家技术标准的制定工作，成立了教育部教育信息化技术标准委员会，制定了《现代远程教育技术规范（教学资源相关部分）》《现代远程教育标准体系和11项试用标准》和《现代远程教育资源建设规范》等重要技术标准，并根据标准开展了网络课程建设、数字化博物馆建设及网络教学平台的建设……记者还从教育部的国家教育网上获悉：在此之前的2000年，教育部制定了《关于支持若干所高等院校建设网络教育学院，开展现代远程教育试点工作的几点意见》2001年1月，教育部办公厅发出《关于现代远程教育校外学习中心（点）建设和管理的原则意见（试行）的通知》；2002年3月，教育部办公厅发布《关于做好西部中学现代远程教育工程项目和西部中小学现代远程教育培训中心教师培训项目实施工作的通知》……

这一切，都是令人振奋的消息。我们相信，通过不断的努力，我国的现代远程教育将日趋成熟，让全社会都能享受到教育的公开、公正、公平，获得高等教育、终身教育的权利。

（原载于《人民政协报》2003年1月13日第5版）

免费师范生政策需重新审视

文 / 韩柳洁

“国家培养了大量免费师范生，却无法如政策预期地下到基层，支援农村地区教育。免费师范生政策亟须作出调整。”近日湖北省武汉市政协委员、湖北省武汉市武昌区教育局副局长谭艺琴在一份题为《及时调整免费师范生就业安置政策》的社情信息中急切地发出呼吁。

免费师范生教育从2007年在6所部属师范大学试行以来，对于这一政策的意见和改革呼声越来越大。免费师范生政策旨在通过试点，积累经验，建立制度，为培养造就大批优秀中小学教师和教育家奠定基础，但是在落实过程中存在一系列问题。多位政协委员曾在提案和社情信息中呼吁重新审视免费师范生教育制度，及时调整免费师范生政策。

试行7年的免费师范生政策具体面临哪些困境，委员们又有怎样的意见建议？近日，记者采访了部分免费师范生和政协委员。

免费师范生：“政策限定过死，就业很无奈”

今年刚刚从北京师范大学毕业的刘景，在经过一番挣扎和思考后，不得不放弃报考社会学研究生的念头，回到老家安徽的一所中学任教。放弃的原因是作为免费师范生的他必须履行毕业后回户籍地从教10年的义务，如果违约不仅要赔付学费150%的违约金，还会计入诚信档案。“违约的成本太大，从诚信道德的角度来说，既然签了协议还是应该遵守。”刘景告诉记者，免费师范生政策对就业的种种限定让大多数免费师范生毕业面临就业时都免不了这样一番挣扎。

刘景来自安徽省安庆市枞阳县辖属的一个小镇，用他的话说是“糊里糊涂”填报了北京师范大学的免费师范生班。“报志愿时看到免费师范生提前招生、优先录取、免学费就报了。”刘景直到收到录取通知书时才知道免费师范生除了免学费以外还有10年的定向服务义务。这项规定一开始并没有让他觉得负担，反而很高兴——能够从农村到大城市读书，还不需要父母负担。但是到了大学后，刘景的想法逐渐发生了变化。

刘景在大学里一直热衷于社会公益活动，读社会学专业的研究生、博士生，从事公益事业一度成为他的梦想。但是当梦想不断壮大时，刘景愈发感觉到免费师范生定向就业规定的“束缚”。临近毕业时，违约的念头在刘景的心中反复酝酿，最终因为不想在诚信档案中留下记录，他不得不暂时搁置梦想。

“免费接受高等教育，对于像我这样的农村学生而言，给了我们希望，但是当我们有了实现理想的能力时，它却变成了束缚。”刘景表示，选择免费师范生时对教师行业、相关政策都不了解，当我们对自身的兴趣和相关政策有一定认识后，却没有重新选择的机会。免费师范生身份变得“鸡肋”，如果能给我们一次再选择的机会就好了，这样可以吸引真正有志于从教的人，而不至于让政策落空。

缺乏退出机制以及高昂的违约代价，让无心从教的免费师范生倍感纠结与痛苦，“限定过死”的就业政策，让有志于从教的免费师范生也有颇多意见。

相关政策规定，免费师范生必须回到户籍省份履行10年定向任教义务，其中2年须到基层支教。因为这一限定，如今在四川省某中学任教的陈松当初差点为此动了违约的念头。陈松来自四川省广安市，是西南大学（学校位于重庆市）2012届的免费师范生。由于父母都在重庆打工，陈松毕业后想留在重庆任教，能够跟父母一起生活。

根据政策规定，免费师范毕业生一般回生源所在省份中小学校任教，遇到去往配偶、父母户口调入的异地、边远贫困和民族地区，以及其他省教育厅愿意接收的特殊情况，允许免费师范生去异地任教。但是，陈松父母虽在重庆打工，但是户籍不在重庆，他必须回到户籍所在的四川省内就业。

“重庆和四川的教育条件差不多，我在重庆或者四川从教都是为国家作贡献，为什么要限制户籍地？”陈松拿着自己的理由多次到学校和教育部门争取，最终也未能如愿。陈松最终到了四川一所中学任教，另一位与他情况差不多的同学则选择了违约。

安置难、留不住，免费师范生太“烫手”

湖北省武汉市武昌区教育局副局长、武汉市政协委员、民盟武汉市委常委谭艺琴说起安置免费师范生就业直呼头疼，“不管学生水平如何必须安排工作，学生还不珍惜，缺乏契约精神，让我们的工作非常难做。”

今年5月，谭艺琴委员就工作中发现的免费师范生就业安置中的问题写了一份社情信息，呼吁及时调整免费师范生政策。这份社情信息报呈至全国政协信息局，记者获悉后联系谭艺琴进一步了解情况。

了解记者来意后，谭艺琴的话匣子一下子打开了。据谭艺琴介绍，免费师范生享有毕业后有编有岗的优待，这意味着他们的就业最终由政府兜底，生源地教育部门安排就业。政策制定的初衷是向师资匮乏的地区输送教育人才，事实上免费师范生中农村学生比例很小，许多学生就业安置都落在了教师资源充足的城市。以武汉市武昌区为例，教师岗位、编制供不应求，安置免费师范生就业反而占据了有限的教师编制。由于免费师范生的质量总体不如公开招聘层层选拔的教师，地方教育部门和学校对于接收免费师范生这样的“特保儿”都不情不愿。

“安置一个免费师范生，我们得跟学校反复做工作、说好话，在这样的情况下，有的学生还把安置就业当备胎，找到更好的工作就直接违约，让我们十分为难。”谭艺琴苦恼地说。今年，她就遇到5例违约的情况。一名从华中师范大学毕业的免费师范生在分配到武昌区的一所小学后，学生反悔，想到武汉市另一个区公办学校就业，谭艺琴一方面跟上级部门以及学校发公函，要求配合工作拒绝悔约，另一方面跟学生、家长反反复复进行了不下20次沟通后，坚持把学生留了下来。

这种做法似乎不近人情，就像陈松在接受记者采访时所说：在哪里从教不都一样吗？谭艺琴表示，地方教育部门也有苦衷。免费师范生与其他教师的招聘程序不同，编制和岗位是预留的，如果已经安置就业的学生反悔，就会出现缺编，而且无法通过公开招聘递补。到了第二年还可能影响编制配额。因此才有了地方教育局怕安置免费师范生，安置后又死活不能放的情况。

谭艺琴告诉记者，不仅仅是武昌区，目前武汉市其他区都视免费师范生为烫手山芋，为了免费师范生的就业安置头疼不已。就在今年7月，湖北省教育厅专门就免费师范生就业安置召开座谈会，各地方教育部门和学校都有吐不完的苦水。

总结起来有三方面的问题：

一是免费师范生学科结构与需求存在差异。由户籍所在教育主管部门负责安置免费师范生，而毕业生学科构成与本地实际需求情况有较大差异。一方面要接收相对饱和学科的免费师范生，一方面有缺口学科教师又进不来，长此以往，教师学科结构不平衡，超编却不够用的现象将日益加剧。

二是免费师范生的“铁饭碗”与现今就业能力要求存在差异。免费师范生“毕业即就业”，部分免费师范生一方面把教师职业当作保底，另一方面四处求职，只有四处碰壁后才回到教师岗位，一定程度上加大了安置难度，或安置后迅速流失，影响学校正常教育教学秩序。更有部分城市毕业生，上免费师范生后思想就相对放松，学习不刻苦，学业不精通。在实际工作中，免费师范生德能勤绩诸方面普遍不如公开招聘的教师，极个别甚至无法胜任教师工作。

三是免费师范生人数逐年增多与安置现状存在差异。免费师范生数量呈稳定上升态势，接收免费师范生，大量占用了公开招聘计划，且鉴于已经接收的免费师范生的实际情况，学校更愿意公开招聘教师，不太愿意接收免费师范生。

鉴于以上问题，谭艺琴特别呼吁及时对免费师范生政策作出调整。主要围绕向农村、基层等师资匮乏地区输送教育人才的初衷，在招生时向农村地区倾斜，而就业安置的政府兜底至少在省内统筹而不是到区级部门强行兜底，从而优化教师资源配置。

全国政协委员马敏：免费师范生教育政策有待进一步完善

华中师范大学是试点免费师范生教育政策的6所部属师范大学之一，对于免费师范生的培养和就业安置，全国政协委员、华中师范大学党委书记马敏一直非常关注。马敏指出，自免费师范生教育试点以来，培养了数万名免费师范生，其中绝大多数在中西部地区的中小学任教，极大促进了中西部地区基础教育的发展。但与此同时，这项工作在招生形式、培养环节、就业和读研政策、学生应尽义务等方面都还存在一些亟待完善的地方。

2013年的全国两会期间，马敏就提交了《关于完善师范生免费教育政策的提案》，提出了一系列改进和完善的建议。近日，在接受记者采访时，马敏遗憾地表示，由于没有选择“必须回复”而一直没有收到任何回应。但是，他一直在持续对免费师范生的培养及就业情况进行跟踪、调研。

“当初，我们的初衷是希望他们下基层，特别是到农村去，但从2011年首届免费师范生就业以来，现实与初衷差距很大。”马敏指出，简单的“从哪里来、回哪里去”的就业原则以及过长的服务年限让学生对于就业非常迷茫，也影响了政策目标的实现。今年华中师范大学有500多名湖北籍免费师范生要回到湖北省就业，到现在有近1/5的学生工作尚未落实，有的由于安置就业地没有适合的教学岗位，有的因为学生想跨省、区就业等。

马敏认为，在安置免费师范生就业方面，政策应当更加灵活。根据马敏的调查，相当一部分同学对毕业后只能回生源省份工作感到不理解，认为这不符合人才流动和配置的市场导向大趋势。因此，他建议可适当放宽这方面的限制，允许其在中西部跨省就业，鼓励免费师范毕业生可首先在中西部地区按双向选择原则自由竞聘教师岗位，没有找到合适工作岗位的，则可由所在生源省行政管理部门提供编制和岗位兜底解决。这样，既可减轻行政部门的工作负担，又可促进优质教师资源在中西部地区的合理流动和优化配置。

另外，马敏还特别指出，10年服务教育战线和2年服务农村期限过长。不利于整体规划自己的人生和选择多样性工作、生活方式，最大限度地发挥自己的潜能。而根据对台湾地区享受类似补贴毕业后到偏远乡村地区中小学工作的师范生服务年限的了解，一般规定为5年，5年后则可不受限制地自主择业或继续深造。新加坡对享受新加坡政府奖学金的外国留学生毕业后在当地服务的年限规定，也是3—5年。一方面，1年农村服务期对大多数免费师范毕业生而言，已经可以起到了解农村、了解基层、锻炼自己的目的。另一方面，对于在城市中学工作的免费师范毕业生而言，设定1年农村服务期，也有利于所属学校进行轮岗安排，使服务农村落到实处。

“免费师范生的政策初衷是为农村、基层输送教育人才，当政策表现出不适时，希望相关部门能够加以重视，及时作出调整。让这一政策更好地落实，让免费师范生同样拥有阳光的未来。”马敏说。

（原载于《人民政协报》2014年8月18日第6版）

社会在进步

这篇报道引起时任全国政协主要领导高度关注，批示教育部研究解决。

2018年3月，教育部等五部门印发的《教师教育振兴行动计划（2018—2022年）》提出，改进完善教育部直属师范大学师范生免费教育政策，将“免费师范生”改称为“公费师范生”，履约任教服务期调整为6年。

“宝贝回家”志愿者濮存昕

文 / 毛立军

从 2009 年 4 月 9 日开始，我国警方开展了 21 世纪以来最大范围的一次“打拐”行动。很少有人会注意到，以往“打拐”的全称是“打击拐卖妇女、儿童犯罪专项行动”，但此次却变成了“打击拐卖儿童、妇女犯罪专项行动”。儿童第一次被列为“打拐”行动中的首要救助对象。

推动此次打拐的一支重要力量，是由全国两万名志愿者组成的民间“寻子团”。这些分布在全国各地的志愿者，依靠一个小小的网站相互联系，这个网站有一个温馨的名字，叫“宝贝回家”。

在两万多名“宝贝回家”志愿者当中，有一个人大家比较熟知，他就是全国政协委员、著名演员濮存昕。

一张字条，让濮存昕成为“宝贝回家”志愿者之一

2009 年 2 月的一天，濮存昕正在北京王府井图书大厦为他的新书《我知道光在哪里》签名售书。两位陌生的读者请他在书上签名后，给他留下了一张字条。虽然只是一张小小的字条，但两位读者充满期待的目光深深印在他的脑海里。

给濮存昕递送纸条的其中一人叫张志伟，是北京市百瑞律师事务所律师，他的另一个身份是“宝贝回家志愿者协会”的法律顾问和志愿者。张志伟是在办理一起案件当中，接触到“宝贝回家”的志愿者们并被深深触动了。这个团体开始是由一些丢失孩子的家长自发组成，在网站论坛中，家长们彼此交换着有关孩子的所有信息，任何蛛丝马迹都不放过，他们在漫长的“寻子”途中，互相安慰、互相鼓励，很多人最终没能找到自己的孩子，却帮助别人的家庭骨肉团圆。陆陆续续，很多像张志伟这样的年轻

人也加入其中，并逐渐发展到志愿者有两万人之多。志愿者们在两年多的时间里不仅解救出了50多名被拐儿童，还自发整理、撰写了数万字的反映全国被拐卖儿童、流浪乞讨儿童现状的文字资料和报告，收集了数千张被拐儿童及被强迫乞讨儿童照片。除此之外，志愿者们还提出许多可操作性的意见和建议。

如何才能把了解到的情况和建议反映给中央领导和相关政府职能部门，志愿者们想到了政协委员和人大代表。于是，张志伟就和另一名志愿者一起，趁着让濮存昕签名之际，给他递送了一张纸条。

“著名演员、人艺副院长、全国政协委员、艾滋病防治宣传员、无偿献血形象大使、爱心基金发起人，濮存昕作为拥有众多头衔和光环的公众人物，愿不愿意答应我们的请求，通过全国政协会议提出严厉打击拐卖儿童犯罪、救助流浪乞讨儿童的建议？”把纸条交给濮存昕后，张志伟充满期许又忐忑不安。

让张志伟惊喜的是，第二天他就接到了濮存昕打来的电话，表示非常关注此事，并愿意和他们见面聊。很快，张志伟和几名志愿者与濮存昕在一家小餐厅里见了面。濮存昕翻看着志愿者们提供的一些资料和照片，那些被当成乞讨工具并被服了药终日昏睡不醒的孩子、那些在街头被强迫卖艺乞讨的孩子……看到这些孩子的惨状，濮存昕的心被深深地刺痛了。

“从今天起，我要在任何场合，通过各种渠道不间断、重复地呼吁这个问题。”濮存昕当即表示，他要成为一名“宝贝回家”志愿者，他要利用自己的“名气”，要尽一名政协委员的职责，呼吁全社会都来关注拐卖儿童这一社会问题，关注流浪乞讨儿童。

一份社情民意，引起高层领导关注，“打拐风暴”骤起

2009年3月，濮存昕委员带着厚厚的资料和百余张照片、带着两万名“宝贝回家”志愿者的期望参加政协全会。为了让材料更直接、更快速地上达中央领导，濮存昕选择了政协的社情民意渠道。全国政协办公厅接到材料后，很快编发了信息专报并报送中央有关领导参阅。两会还没结束，濮存昕委员

递交的社情民意信息就得到中央有关领导的重要批示。

两会结束不久，也就是 2009 年 3 月 31 日，中央综治委全体会议决定由公安部部署全国打击拐卖儿童、妇女专项行动，2009 年 4 月 9 日全国打拐专项行动拉开序幕。紧接着的 4 月 26 日，国家反拐部际联席会议办公室暨公安部刑侦局召开反拐座谈会，并与目前拥有 2 万多名反拐志愿者的“宝贝回家”志愿者协会进行沟通，展开紧密合作，动员全社会参与反拐行动。到目前，宝贝回家志愿者已向公安部打拐办提供了近 3000 件案件线索。

在与公安部领导沟通时，志愿者们反映了这样一个问题：当家长们发现孩子失踪之后赶到派出所报案时，基层民警往往以失踪时间不满 24 小时为由，拒绝立案，从而错失了拯救孩子的最佳时机。

警方很快出台相关举措。此次打拐专项行动中，公安部明确要求各地公安机关接到儿童失踪报警必须第一时间立为刑事案件立案侦查；对一些影响比较恶劣、情节严重的，公安部、省公安厅还会列为部级、省级督办案件进行督办。立案制度的变革，赢得了最宝贵的“黄金 24 小时”，使不少被拐儿童得到成功解救。

志愿者们还发现，此前公安机关建立的失踪人口信息库，主要以照片作为比对标准；但是随着年龄的增长，失踪儿童的相貌发生很大改变；如果利用 DNA 作为比对标准，准确率会更高。

听取了志愿者们的建议后，公安部在此次打拐行动中建立起全国联网的打拐专项 DNA 数据库，并要求对已经确认被拐卖儿童的亲生父母、自己要求采血的失踪儿童亲生父母，解救的被拐卖儿童、来历不明或疑似被拐卖的儿童、来历不明的流浪乞讨儿童必须采集血样进行 DNA 检验。到目前，已采集失踪人口及其家属的 DNA 数据 6 万余条，实现了数据远程比对，成功使 500 多个破碎家庭重获团圆。

据公安部门最新数据显示，2009 年 4 月 9 日打拐专项行动以来，截至 2010 年 2 月 23 日，全国公安机关共破获拐卖案件 9970 起，抓获犯罪嫌疑人 11156 人，解救被拐卖儿童 4060 人、妇女 7844 人，移交民政部门 640 人。

“公安部门确实是抱着替老百姓解决问题的想法，工作力度之大超出我们的想象。”张志伟发出这样的感慨。

一份提案，呼吁建立打拐长效机制，从根源上解决拐卖现象

一年时间以来，濮存昕委员与“宝贝回家”紧密联系在一起，他不仅参加“宝贝回家”志愿者的各种活动，还通过电视、广播、报纸等新闻媒体不断呼吁全社会关注并救助被拐卖儿童。

2009 年 6 月，濮存昕在内的多名“宝贝回家”志愿者和部分被拐卖儿童家长受公安部刑事侦查局邀请参加座谈会，共同探讨反对拐卖儿童、妇女工作。濮存昕畅谈了自己作为志愿者的感受，并就反拐工作提出了信息共享、法律支持、争取更多的社会力量和从根源上解决拐卖现象的建议。

会后，两位被拐卖儿童的家长代表广大失踪儿童家庭向濮存昕委员赠送了“人民的艺术家”的字幅。

为了继续呼吁打击拐卖犯罪现象。今年两会前，濮存昕和“宝贝回家”志愿者们一起，对全国范围内的打拐专项行动和目前拐卖犯罪现状又进行了深入调研，经过多次认真探讨后，提出了建立长效机制、完善法律、遏制买方市场、打通收养渠道、搭建信息平台、加强流浪乞讨儿童救助工作、建立快速反应机制、杜绝自生自卖、关注农民工子女、调节人口比例失衡等 10 项建议。

日前，濮存昕委员已向政协全会提交了相关提案，在提案的结尾，濮存昕委员写下了这样一句话——

祝福祖国未来，打击拐卖儿童！

（原载于《人民政协报》2010 年 3 月 8 日第 21 版）

北京香山遇到环境问题

文／刘兴元

北京香山山峦起伏，风景秀美，树木茂密，空气清新，是著名的皇家园林。清代著名的“三山五园”之一的静宜园，就是此处。

香山是北京的骄傲，更是首都环境的名珠。然而，近年来香山地区出现了一些令人担忧的环境问题。在今年2月召开的北京市政协九届四次会议上，北京市政协委员董宝玮、李森恺、黄辉明等呼吁：香山的环境保护管理刻不容缓。

记者近日在同董宝玮委员通电话时，董委员急切地说：他和几位委员关注的香山环境问题一直没有落实。而且随着北京四环路的贯通，去香山更加方便，香山的环境问题有日渐严重的势头。

为了解董宝玮等委员关注的这一问题，记者与董委员按约定时间会合后，一同趋车前往香山实地考察。董委员的夫人、北京协和医院的毛秀英教授听说我们要察看香山的环境问题，也放弃参加单位的运动会，陪着我们一同前往。

从五棵松出发时，天还没亮，街上行人及车辆都不多。但随着香山脚下的临近，路上的车辆逐渐多了起来，公共汽车、小公共及各种型号的小轿车从四面八方一起向香山进发。只见马路上车轮滚滚、车灯闪烁、喇叭声声，显得非常热闹。

到香山脚下时，天已大亮。放眼向山上望去，山的轮廓清晰入目。初冬的香山已无红叶可赏，但山间小路上满是涌动着的向顶峰行进的人影。大人呼，小孩叫，山上山下，遥相对应，宛如一个热闹的大集市。

董委员带着记者从香山公园东门北侧约300米远一个叫公主坟村的地方进山了。在村头一块荒地上，停满了登山者停放的小轿车。

这里虽不属公园游览区范围，但和公园仅一墙之隔，山上的风景和游览区内同样秀美，因此登山的人也同公园内一样，人来人往，络绎不绝。

通往山顶小路的四周，满是密密实实的树木，有高大的槐树、松树、柏树及枫树，也有许多低矮叫不上名字的各种灌木。在一些粗大的松树、柏树的树干上，还钉着标有“古树”及编号的方形小铁牌。

由于从此处登山没人管理，环境和公园内大不一样。废弃的塑料袋、饮料瓶等随处可见。越往山深处走，路旁的垃圾越来越多，只要路边有一块大一点可供游人休息的石头，就有废弃的垃圾。

据董委员介绍，前些年，每天早上自己都到东单体育场跑步，后来回家一咳，从嘴吐出的都是黑东西，于是从四五年前开始爬香山，一般每个星期都要爬一次，换换肺，心情特别好。当时从公园外爬香山的人不多，从山上到山下也碰不到几个人。近两年，爬山的人多了，比以前多了几十倍。

董委员认为，崇尚自然，回归自然，爬爬山出出汗，是好事。然而带来的问题是，有部分游人缺乏环境意识，不讲公德，在休息和野餐后，留下大量垃圾，各种果皮、废报纸、塑料袋、金属饮料瓶随处可见，大刹风景，登山时的那种好心情也受到影响。

登到半山腰时，董委员说：“头几年我们登山时，这些地方都长满了密密麻麻的大小树木。现在不一样了，你看，从这里往上有许多树木和草地都死了。”

顺着董委员手指的方向望去，尽管大部分树叶已随着季节的变化落光了，但死掉的树仍能清楚地看出来：有的树皮已经脱落，有的树干已经倒在地上开始腐烂，树下有一堆干枯的树枝。死掉的大部分是碗口粗细的槐树。香山干旱少雨，在这样的气候条件下长成这么大的树，至少需要几十年时间，这些树一旦死去，再种植不太容易。

再向上走，又可看到一块块死掉的草地，像斑秃一样。

看着成片死去的树木和草地，董委员心疼地说：“这些树木和草地为什么死了？有关林业专家应对香山的植被做一次调查研究，分析原因，找出解决对策。”

整个香山景物非凡、建筑多样，各式的亭台楼阁、廊轩馆榭、牌坊、庙宇等分布在山峦坡坎之上。我们走的尽管不属游览区，但在路上也见到一些人文景观，如静福寺、新文化运动倡导者之一刘半农墓等。静福寺早已塌坍，剩下的只是残破的庙门及两块断裂的石碑和寺庙四角的基石。断碑上清晰可见“大清光绪二十九年重整玉皇宝顶静福寺”等字样。

在静福寺上方10多米远山涧处，有一山泉。董委员回忆，几年前，这儿的泉水还较旺，爬山口渴时喝上一两口，清凉沁脾，登山的疲劳顿感消去大半，体力好时还带回一桶喝。

当我们来到这里时，只见从泉眼处的大石头缝中钻出一个手提塑料水桶的白发老太。记者开玩笑说：“老奶奶，我们渴了，给我们喝口水吧？”这位老太白了记者一眼，说：“我从早上天一亮就在这接水，好不容易才接了这一桶，想喝自己去舀。”

记者也钻进这个大石头缝中，看见里面只有一个拳头大小的沙水坑，根本看不出有水浸出。

登山到半山腰时，董委员从自己的背包中拿出一罐可乐让记者解渴。董委员叮嘱：喝完的空罐别乱仍，放在我的包里带回去。

记者观察了几位在路旁休息的游人，他们都能自觉地把香肠皮等垃圾收起来。

在静福寺墙壁上贴着的一张纸，上面写道：“保护环境、爱护环境，人人有责。一人做坏，大家受害……”

在望京楼下几十米的一棵树上，挂有一个书本大小的木牌，上面也写了一些呼吁保护环境的话。

董委员说：“要相信北京市民及游人的觉悟和素质。只要有人去具体负责管理，一定会一呼百应，香山的人为污染很快能得到控制。起码可以提倡爬山的人，每人带下一塑料袋，一只饮料罐。”

董委员还建议：有关部门应调查研究香山公园以外游人情况和趋势，建立必要的入口管理点和停车场，以山养山，既不增加游人的经济负担，又不加重国家负担。

在香山山坡上已开筑的一级防火道和二级防火道，有部分坍塌的山坡，董委员建议应用石块加固。

9点25分，记者和董委员一行登临香山最高点之一——望京楼。

极目远眺，整个京城尽收眼底。

11月17日，京城大地艳阳高照，是一个难得的好天气，可站在望京楼上看去，香山像一条分界线，把北京大地分为两部分，城区完全埋在一片灰雾之中，只有中央电视发射塔等几个高层建筑物露出上半部分。而香山的西部，一望千里，远处公路上行驶的车辆、行人清晰可见。

香山公园仅占整个香山的一小部分。香山红叶闻名中外，许多外地游人到北京时，即使在没有红叶的季节，也要到山上看一看。只有保护好公园以外的环境，才能让游香山的人不留遗憾地欣赏红叶，让香山优美的环境和清新的空气给人留下美好的印象。

（该篇文章获得第11届全国政协“好新闻”三等奖。本文原载于《人民政协报》2001年11月26日第5版）

人民公园应当“零收费”

文／毛立军

2002年春，四川南充著名的北湖公园取消门票，接着推倒了公园围墙。2004年9月29日，随着沈阳中山公园南门和售票房的拆除，沈阳市18个公园的围墙及经营性项目全部拆除，建成绿地。杭州西湖，经过长达四年的西湖综合保护工程后，免费开放的公园景点总面积已超过2000公顷。上海、甘肃兰州、山西太原、四川成都、广东中山、珠海等诸多城市，城市公园也基本上实现了“零票制”。身处首都北京的市民不禁要问——北京的公园，栅栏围墙何时拆？

委员建议：人民公园应该零收费

何为公园，记者在《现代汉语词典》中查到的解释是这样的：供公众游览休息的园林。由此可以看出，公益性、开放性、非营利性应为公园的基本要义。

然而，记者在北京很多城市公园看到的情况却是——高大的围墙、铁栅栏将大面积的绿地、湖水严严实实围住，人们要想进入公园游览或休息必须买门票。在北京朝阳公园西门外，一位从公园散步出来的老人对记者说：“朝阳公园的门票是5元，查票可严了，逮游客就跟抓贼似的。”

在北京丰台区的世界公园外，一位老人对记者说：“我们就住在附近，我和老伴都快70岁了，世界公园的大门还没进去过。我老伴说她要等到70岁才去，因为门票很贵，70岁以后就不收费了。”记者了解到，世界公园的门票高达65元。

其实，城市中的很多公园，是普通市民尤其是老人小孩休闲娱乐的主要场所。这样的公园该不该如此圈地收费？该收多少费？全国政协委员、北京市政协委员李晓林，通过提案表达了自己的看法。在今年1月召开的北京市两会上，李晓林委员提交了一份提案，名为《关于人民公园应以从零盈利逐步向零收费转变为基本取向的建议》。

在提案中，李晓林委员认为：目前，公园的市场化改革出现了一些值得重新考量的问题，主要是收费增长幅度大大超过了人民群众收入的增长幅度，公园出现了“贵族化”消费的不良走向。以北海公园为例，“文革”前门票5分钱一张，如今进大门先收10元，如上山顶再收10元，共20元，上涨近400倍。而北京市民的收入增幅只有平均40倍左右。许多市民已因门票太贵而很久不去往昔常常光顾的公园了。如果任由一些公园再竞相提价，普通家庭及青少年去公园游玩将变成一种更沉重的负担。对此，群众意见较大。

李晓林委员建议：城市公园作为广大人民群众在日常生活中随时随地直接受益的公共设施，在我们正步入小康社会的今天不但应该而且有条件从已实行多年的“零盈利”逐步向“零收费”过渡。

应把这一政策取向作为政府诉求目标，早酝酿，早规划，早听证，早执行。人民公园应从零盈利转向零收费。

北京园林局一工作人员称：目前这个问题没有讨论价值

对于李晓林委员的提案内容，相关部门和公园有什么看法呢？记者为此进行了采访。

北京市园林局新闻宣传处一位工作人员对记者说：“关于‘公园免票’其实很早就有人提过，我们认为这个问题目前没有讨论价值。”她还说，虽说公园属于公益事业，但也要与中国国情相结合，目前，政府的财政能力还无法支持让公园免费。

北京朝阳公园开发经营公司办公室王主任在接受记者采访时说：“从长远来看，城市公园应走向免费开放。但就朝阳公园来讲，目前还达不到免费开放的条件。”他认为，免费开放应至少具备四个条件：一是资金平衡；二是政府补贴到位；三是部分职工走向社会，减轻企业负担；四是公园的设施要相对完善。这其中，政府的资金投入是必不可少的。

据王主任介绍，朝阳公园始建于 1984 年，是经国务院批准的《北京城市总体规划》中确定的重点项目之一，位于北京市朝阳区的中部繁华地段，总面积为 288.7 公顷（约 5000 亩），其中水面面积 68.2 公顷，绿地占有率 87%，是北京乃至亚洲最大的城市公园。王主任还给城市公园下了一个定义：在城市范围之内，现代、时尚的公共园林。

王主任说，朝阳公园是北京朝阳区区属公园，交由北京朝阳公园开发经营公司实行公司化运作，属于开发利用公园。政府没有投入一分钱，只给土地、政策和贷款方面的支持。目前，公园用于拆迁和建设的费用已超过 30 多亿元。而公园一年的客流量不到 200 万人，门票收入一年大概是 700 万元，每年的亏损约有 3000 万元。

采访后，记者顺着朝阳公园外长长的栅栏围墙一路走去，透过围栏看到偌大的公园极为空旷、冷清，半天见不到几个游人。行人在公园围栏外匆匆走过，仿佛这个公园与他们毫无关系。公园西门负责收门票的工作人员告诉记者，除了节假日，平时逛公园的人很少，大部分是附近办了月票或年票的退休老人。

这时从公园里走出几位老人，记者便上前与他们攀谈起来。老人们说：“我们都是花了 50 元办的年票。我们就住在附近，也没别的地方可去，马路上都是废气，我们进公园没别的目的，只是散散步，遛遛弯，呼吸点新鲜空气。可这年票，到过节或黄金周还有办活动的时候就不管用了。”聊到政协委员关于公园免票的提案，老人们一致认为，提案提得好，为老百姓说话。“我们纳税人一年得交多少钱呀，就应该享受免费的公园。听说上海早就免票了，北京为什么就不行？”“该政府掏的钱就应该政府掏，游客的那点门票才有多少呀。”老人们纷纷谈着自己的看法。

李晓林委员：不是钱的问题，而是观念问题

那么，对于北京园林局和公园的态度，李晓林委员又是什么看法呢。在接受记者采访时，李晓林委员谈到，园林局和公园的看法都存在一定的

误区。公园免费并不是让园林局和公园出钱，而应当由政府埋单。从北京公布的数字看，近几年北京的财政收入状况非常好，政府财政完全有能力担负起这笔费用。

李晓林委员特别指出，就公园免费来说，北京目前面临的不是钱的问题，而是一个观念问题。在我国的体制下，人民公园并不是商品，而是由政府投资为公众建设的公共产品，市民完全应该免费享用这些公共资源。目前，即便在公园的运营中适当采纳一些市场经济法则的变通做法，如对国家财政拨付不足的部分以门票收入作为补充，但丝毫不能改变公园作为社会公共设施的全民共有属性。如果采取了零收费制，公园的拨款形式上是由政府财政负担，实际上还是人民自我承担的一种转移方式。但这一方式的变革，对社会公平形象的树立却是无价的。

李晓林委员还说："目前，逛公园的大部分是老人和孩子，公园收费无疑加重了他们的生活负担。我们并不是让故宫、颐和园等皇家园林也免票，因为那是文物，但用于公众休闲、休息、娱乐的城市园林就应该无条件开放，这是不容置疑的。"

"打开公园围墙，让利于民，还园于民，并不是一件小事，它对于改善国家和城市的人文关怀形象，对于提高政府执政能力，对于构建社会主义和谐社会都将起到很好的促进作用。"李晓林委员进一步强调说。

（原载于《人民政协报》2005 年 2 月 28 日第 5 版）

社会在进步

北京市园林绿化局称，截至 2022 年，全市公园免费率已达 90% 以上，大部分公园免费向市民开放。另外，该报道提到的朝阳公园，已于 2021 年 2 月 11 日起面向社会免费开放。

违法违规的报刊亭应该清理

文／毛立军

近日，关于北京“72 座报刊亭遭强拆”的报道引起媒体和公众的普遍关注。北京市市政市容委 8 月 12 日召开新闻发布会对此进行了回应，称对 72 座报刊不存在“强拆”行为，是“移改”。北京市朝阳区环境办副主任韩军介绍说：“经过我们的排查调查，报刊亭存在很多问题。比如，有些报刊亭设置在宽不足 5 米的街道，报刊亭箱体大于 6 米，占压盲道，占压市政管线等。”

报刊亭既然存在这么多问题，那么，当初是怎样建造起来的？

梳理有关报道得知，1993 年，北京市政府开展了“为老百姓办实事”项目，报刊亭工程曾 3 次被列入政府为市民办的 60 件实事。1999 年、2000 年进行大批量的集中建设。

1999 年，北京市政管委会《关于北京市书报亭建设有关问题协调的会议纪要》指出：“根据市领导的部署和要求，本市今年将建设 800 个新式书报亭，由市政管委组织协调落实。”这份会议纪要同时指出：“书报亭要设置在重要、繁华的街道和地区的较显著位置，以展示首都形象，切实发挥舆论宣传阵地的作用。”2000 年，北京市人民政府办公厅批准了报刊零售亭的建设，并提出了共建原则。这就意味着，报刊亭的设立是政府部门牵头主导，批准设立的，具体到每一个报刊亭的选址和经营，并非个人行为，都经过了政府部门的审批。

由此，很多人认为，报刊亭的建设是政府批准的，是“合法”占道。如今，在人们纷纷为报刊亭被“强拆”抱不平的时候，可否有人关注到它的建设是否符合有关法律规定，是否是政府好心办了违法的事。

我们都知道，城市建设是以规划为依据的。而城市道路红线就是城市建设管理的依据之一。所谓城市道路红线，是指规划的城市道路路幅的边界线。道路红线宽度组成包括：通行机动车或非机动车和行人交通所需的道路宽度；铺设地下、地上工程管线和城市公用设施所需增加的宽度；种植行道树和绿化带所需的宽度。1992 年 10 月 1 日起施行的《北京市城市规划条例》第 33 条明文规定:“任何单位或者个人不得占用道路、广场、绿地、高压线走廊和压占地下管线进行建设。”这里的“道路”不仅仅指机动车道，而是指道路控制红线内的所有部分。

北京从 1999 年开始大规模兴建报刊亭，绝大多数都建在人行道上，还有一部分占压市政管线和绿地。这明显违反了《北京市城市规划条例》的有关规定，报刊亭因此成了政府批准的违法建筑。而类似的违建可不只是报刊亭，如今，我们走在北京的大街上，稍微留意就能看到同样的情况还有许多，如公共卫生间、治安岗亭、城管执法岗亭等，有不少是建在了本来就不宽畅的人行道上。很显然，这些建筑物都是政府相关部门批准建造的。政府应该是法律的维护者，却反而成了违法者。

记者曾在 2006 年采访过第十届全国政协常委、时任北京市城市规划设计研究院总建筑师王东，并撰写报道《城市道路红线谁来把守》。对于类似侵占道路红线的行为，王东认为这是侵犯了本该属于我们每个人的公共空间。道路红线就是法律线，任何单位、个人都不能违反法律线。

在这篇报道中，王东谈到，美化城市，方便出行，是城市建设最基本的功能。在欧洲一些国家，除城市绿化外，就是宽阔的人行道。中国的国情，就是人口众多，大城市人流如潮。所以人行道的重要性更不待言。就北京市而言，本身道路面积就不够，发展也不平衡，过去道路建设每年只以 2% 的速度增长，现在快了一些，但每年汽车数量却以两位数增长，人口增长数量就更快了。在这样的不平衡情况下，加强管理就显得尤为重要。然而，现实的情况是，我们的城市建设虽已达到先进国家的水平，在建筑技术、效率、速度方面都令国外同行惊叹，相比之下，建设后的城市管理水平、管理理念相对西方发达国家却明显滞后。城市道路属于在这个城市生活的公众所有，如何当好公众利益的“守门人”，是值得我们各级政府认真思考的问题。

王东的这席话，到现在仍然值得我们深思。再回到报刊亭清理这个问题上，由于先天的选址不当及缺乏规范化的管理，投入使用十几年后，大部分书报亭出现问题不可避免。如占道经营，常常使本来就不宽的人行道更加狭窄，成了交通瓶颈。还有一些报刊亭存在转租倒手的情况。从功能上看，有不少存在违规行为，比如违规使用电冰箱、烤肠机等电器，私拉电线，超范围经营，等等。由此可见，北京市此次清理72座报刊亭完全是有必要的，还有必要继续扩大清理、迁建范围。这不仅是还路于民、还路于行人的举措，还是对自身违法行为的一种纠正，媒体和公众应该理解、支持。

不可否认，有人认为报刊亭的存在是一个城市文化的标志，但它的设置必须科学、合法。比如，可以让报刊进入路旁小超市，而不是让占道的书报亭演变成小超市。

书报亭的清理整治，牵涉到部分从业人员的利益，势必带来阵痛，如何平衡各方利益，需要相关政府部门认真协调解决。拆除前，应充分做好解释说明工作，赢得媒体和公众理解。像72座报刊亭这种忽然“强拆”的做法是不值得提倡的。

习近平总书记多次重申：“依法治国是党领导人民治理国家的基本方略，法治是治国理政的基本方式。”党的十八届四中全会将首次聚焦“依法治国”。依法治国的关键是依法行政，政府必须在遵守法律、敬畏法律方面起到带头作用，绝不能带头违法违规。从北京报刊亭存在的问题可以看出，一些地方的政府官员在工作中不同程度地存在人治大于法治的思维定式。一个“会议纪要”就可以置一部地方性的规划条例于不顾，盲目批准“合法”占道经营。类似的情况还有很多，虽然其中有不少是民生工程，但民生工程同样不能违法，必须合乎诸如规划、土地、环保等各项法律规定。

“依法治国”绝不只是一句口号，只有我们每一个人，包括政府公务人员、公民以及媒体工作者真正理解“依法治国”的深意，并切实为之奋斗，国家才能真正走向法治的道路。

（原载于《人民政协报》2014年8月18日第5版）

艾克拜尔·米吉提委员：草原生态要科学保护

文／杨　桦

“草原生态已经到了不得不关注的时候了！”2010年9月24日，当记者采访哈萨克族全国政协委员艾克拜尔·米吉提时，他如是说。

艾克拜尔·米吉提的童年是在新疆霍城县乌拉斯台的牧场上度过的，小学毕业后在草原上当了一年的羊倌，初中毕业后又到伊宁县红星公社插队过一段时间。工作后，他几乎每年都会去几次草原，感受着草原生态日积月累的变化。今年夏天，艾克拜尔·米吉提就去了新疆阿勒泰和伊犁等地。

“我看到了草原，我熟悉草原，所以我就要写草原的事儿，反映草原的问题。”艾克拜尔·米吉提告诉记者，自2008年成为第十一届全国政协委员后，他始终把草原生态作为自己议政建言的重点之一。

超负荷的载畜量

新疆有着7.2亿亩的可利用天然草原。然而，在多年来的经历中，令艾克拜尔·米吉提委员感受最深的一点，就是这些草原的逐步退化。

“新疆高山草原近年来植被退化普遍严重，其成因是多方面的，例如全球性气候变暖、降雪量减少、干旱频仍、鼠害、旱獭成灾、滥采中草药、植物入侵、植物变异、水土流失、为获取山羊绒盲目发展山羊等。”艾克拜尔·米吉提委员介绍说，“其中很重要的一条，那就是载畜量超负荷。”

艾克拜尔·米吉提委员注意到，每年夏季，农区和城镇畜群大量进入草原夏牧场，与牧民的畜群夺食草原，造成草原植被严重退化。

农区和城镇畜群进入草原还造成另一个恶果：农区和城镇畜群从夏牧

场回来后会进入温暖的畜圈饲养，业主已经储存了足够的秸秆、谷物等饲料，只要圈养一段时间，哪怕是在冬季里，照样能够出栏变现。何况农民还有农业收成，这仅是其副业而已。城镇居民还有不同的收入，他们的总体收成远在牧民之上。而牧民的畜群在短暂的夏牧场时光内本应抓足了膘，以便受胎和度过寒冬，却因与农区和城镇的畜群争食牧草，没能抓足膘。因此，牧民的畜群受胎率和越冬率下降，畜群增长率和出栏率跟着下降，致使牧民收入难以增长。

为此，他在2008年提出了《关于禁止农区城镇畜群进入草原放牧减少草原载畜量的提案》，引起了农业部等部门对草畜平衡制度的进一步关注。如今，许多地方在牲畜转场到夏牧场的途中设置路卡，严格按照核定的载畜量清查上山牲畜数量。

铁丝围栏的是与非

2007年夏天，艾克拜尔·米吉提委员在新疆出差时，路过天山附近的一处高山草原。他惊奇地发现，夏牧场被用铁丝围栏分割成一块块，一大群家畜被关在铁丝围栏里啃吃草根，青青的绿草已经被啃噬殆尽。不远处，一群牧民用小铲子挖着一株株毒草，而在艾克拜尔·米吉提委员的记忆中，这些毒草原来根本不曾如此蔓延过。有的围栏已经被损坏，可以想象，将来的维护费用也将耗费巨资。

原来，自2003年起，国务院启动了在天然草原以围栏建设为主要内容、实行草原禁牧休牧区轮牧的退牧还草工程。如今，如果你在百度上搜一下“铁丝围栏”，会发现它已经形成了一种产业。

“用围栏放牧的确是国外的经验之一，我国20世纪六七十年代也出现了这种做法，我最近在内蒙古一些地方也看到了大量的铁丝围栏。然而，那些地区和新疆高山草原的状况并不相同。”艾克拜尔·米吉提向记者剖析说，内蒙古部分地区沙漠化严重，在这些地方成片的草原实际上很少，所以在那里用铁丝围栏有利于草原的保护。而新疆草原面积广大，用铁丝围栏将一部分草原围起来，并任由过度放牧，反而会加速被围起来的草原的退化。

他还介绍说，澳大利亚等国外一些地方也大量采用铁丝围栏，但那里的气候、自然条件都与新疆高山草原不同。澳大利亚一年四季适于牧草生长，被畜群吃完的围栏内的牧草会重新生长，以迎接下一次的牧放。另外，围栏还可以防止袋鼠等食草类野生动物与畜群争夺牧草。而新疆的高山草原只有一季长草，其他时间不是被白雪覆盖，就是被寒霜打黄，无法生长恢复，更没有那么多的野生食草类动物来争夺牧草，因此也就失去了轮牧的意义。

在和一些牧民朋友的聊天中，艾克拜尔·米吉提委员也感到，他们对铁丝围栏的使用并不满意，认为这打破了不同季节使用不同草场的放牧方式。

于是，在2008年两会期间，艾克拜尔·米吉提委员提交了《关于撤销新疆高山草原铁丝围栏的提案》。虽然有关部门的答复认为："草原围栏是草原保护、建设和利用最基础性的设施，是恢复草原植被和改善草原生态环境的一种行之有效的重要措施。"但他认为还应继续探讨。

动物的饮水也成了问题

草原生态退化的另一个原因，是大量工程项目的匆忙上马。

艾克拜尔·米吉提委员在多年来的走访中发现，这些年，随着国家投资的加大，以及东部沿海地区民间资金的涌入，一系列工程项目在草原地区迅速上马并动工实施。然而，由此造成的生态破坏却很少受到关注，特别是重金属企业和化工企业。

2007年，艾克拜尔·米吉提委员在新疆发现，当地的引额济乌635水利工程虽然设计施工都较为完善，但现有渠系缺少野生动物饮水池和家畜防护栏。由于两岸坡度和流量流速原因，野生动物和家畜为了饮水，经常不慎掉入水中，发生溺亡。

为此，他在2008年的全国两会上提出了《关于新疆引额济乌635水利工程应当尽快配套完善生态措施的提案》，建议应当尽快配套完善生态措施，在不同地段沿渠设立野生动物饮水池或饮水槽，同时对没有桥梁的地段修建防护栏。

从收到的答复中，艾克拜尔·米吉提委员了解到，当地已经采取了一些措施解决动物饮水问题。例如，投资 50 万元建设了 10 处饮水设施，在野生动物经常出没地段修建了 3 处饮水池，并定期抽灌水。

然而，这些措施在他看来还远远不够："那么长一条渠系，只有几处象征性的饮水池，怎么够呢？应该是每隔两三公里就有一个饮水池，这样才能满足野生动物和家畜的饮水需要。就像国家级的工程——青藏铁路能为野生动物专设生命通道一样，地方性的工程也应力争摆脱短视与局限性，充分考虑到当地的野生动物和生态环境。"

不能用管理农业的经验简单管理牧业

"现在的草原生态问题，已经不仅仅是涉及某一个乡某一个县的小事情。"为此，艾克拜尔·米吉提委员在 2008 年提交了《关于对污染企业西移问题进行一次专题调研的提案》。当年上半年，环保部就组织专家开展了控制污染转移的政策调研工作，之后又对污染转移比较突出的省份和地区进行了调研，并向有关部门提出了政策建议。

在 2010 年的全国两会上，艾克拜尔·米吉提委员又提交了《关于对足以影响环境、气候大型项目上马前要充分听取跨学科专家意见的提案》。环保部不仅积极采纳其建议，还表示将进一步规范大型项目上马前的公众参与："《公众参与暂行办法》的修订工作已经启动，我们正组织制定《环境影响评价技术导则》。也有'公众参与'的具体条款。"

艾克拜尔·米吉提委员表示，他对环保部的答复和落实很满意："但更重要的是基层的落实情况。我跟很多普通牧民都是好朋友，他们世世代代生活在草原，都知道生态保护的重要性。强化当地政府官员的生态意识尤为重要，特别是地、县一级政府官员的生态意识，应当与科学的政绩观衔接起来。"

"牧业和农业是不同的，千万不能用管理农业的经验简单管理牧业。"艾克拜尔·米吉提委员告诉记者，他为一些来自农区的干部用管理农业的经验来管理牧业而心痛。例如，近年来愈演愈烈的草原开垦之风，就成为草原生态恶化的主因之一。由于粮食价格上涨和国家各种惠农补贴的落实，很多人都有弃牧从耕的计划。

但这并不是最根本的，最根本的问题是当地政府和干部管理牧业的方式。艾克拜尔·米吉提委员告诉记者："围栏放牧就类似于农业管理上'把责任田落实到人'的做法。这或许适用于农业生产，却并不完全适用于牧业生产。千百年来，牧业生产自身形成了一套最佳方式，要认真研究和总结归纳提升。"

在采访的最后，他感慨地说："草原是生态环境链条的重要一环，对于保持水土、抵御风沙、净化空气发挥着不可替代的作用。要科学保护草原生态，让我们的子子孙孙共享这份绿色的美丽。"

（原载于《人民政协报》2010 年 9 月 27 日第 5 版）

茶马古道上的脱贫呼声

文 / 李木元

迪庆藏族自治州是滇藏茶马古道的主要经过区域，位于云南省西北部，也是典型的少数民族聚居区，地处横断山脉和三江并流腹地，因地质复杂，不少地区自然条件恶劣，加上基础设施建设落后、百姓居住分散等原因，历来是我国比较贫困的地区。5月初，记者赴该州德钦县和维西傈僳族自治县采访，了解了一些当地少数民族的生活状况和精准扶贫面临的困难。

从云南迪庆藏族自治州香格里拉市出发，沿着滇藏公路赴德钦县霞若傈僳族乡，两岸高耸的山脉裹挟着金沙江奔腾而下，记者的思绪似乎回到了遥远的年代："叮当、叮当、叮当……三月里来三月三，赶着骡马进茶山，普洱茶好人人爱，驮起茶叶到远方……"滇藏茶马古道上马铃声悦、山歌清脆，云南大理的茶叶从这里运往西藏。

迪庆州政协秘书长彭跃辉在接受记者采访时表示，滇藏茶马古道直到新中国成立后的一段时间仍在沿用。如今交通改善、车辆如梭，马铃声消失，滇藏茶马古道也走入历史。

茶马古道从丽江进入迪庆州，贯穿该州所辖的香格里拉市、德钦县和维西傈僳族自治县三个县，不仅带动了三县发展，也留下了一段悠久的历史。

三县少数民族众多，因为处于横断山区、三江（金沙江、澜沧江、怒江）并流腹地，资源丰富，景色优美。但不少地区自然环境恶劣，交通不便，生产条件落后，地质灾害频发，百姓生活比较贫困。据了解，云南目前有73个国家级贫困县，居全国第一，迪庆州下辖三个县全部为国家级贫困县。"特别是德钦和维西两县，由于基础设施薄弱，自然条件恶劣，历史欠账过多，贫困程度更为严重。"彭跃辉介绍。

“我们最需要一条像样的路”

霞若傈僳族乡位于德钦县东南部，白马雪山国家级自然保护区及三江并流世界自然遗产核心腹地。从香维路转到其霞路（唯一通往霞若乡的公路），盘旋20多公里就能到达该乡。沿途层峦叠嶂，森林葱郁，路旁清可见底的珠巴洛河欢快地淙淙流淌。

在霞若乡流传着三句话：“一山三河贯全境”；“傈僳住山头，藏族住河谷”；“山顶蜂蜜甜，山腰药材香；河谷核桃绿，河里鱼儿游。”

霞若乡党委书记斯那扎史说，一山是指白马雪山，三河除了珠巴洛河，还有施坝河和各么茸河；由于民族历史和风俗习惯不同，傈僳族大都住在山上，过着刀耕火种和狩猎生活，藏族主要住在河谷地带，以种养殖为生；最后一句是指霞若乡物产丰富，根据海拔不同，生产不同的产品。

不过，这些资源除了养育了各族百姓外，并没有让所有人过上富裕的生活。

“我们乡有2009户，8200多人口，傈僳族和藏族分别占到51%和48%。其中，贫困户达到684户，2996人，贫困率接近37%。”霞若乡副乡长和继春介绍。

施坝村是霞若乡较大的行政村，下辖16个村民小组，300户，1091人。和继春4年前担任该村村支书，他说，施坝村的贫困户超过一半，是全乡贫困程度比较严重的行政村。

交通落后是影响村民脱贫致富的重要障碍。施坝村下辖的同么自然村距离霞若乡不到10公里，只有一条晴通雨不通的土路可以到达，路面坑坑洼洼，夹杂着碎石，弯多坡大，路边就是深谷沟壑。“开车上山一定要小心翼翼，稍不留神就可能跌入深谷，车毁人亡。”31岁的施坝村村主任余新红表示。

“现在这条路宽了一些，基本上可以通农用运输车了，以前都是羊肠小道，上山下山全凭脚力。”44岁的傈僳族妇女蜂三英说，以前她到镇子里去基本上要花一天时间，山里的核桃运不出，种植的药材、养的猪和牛没人来收购，化肥和种子都是肩扛背驮一点一点运上来的。

交通不便还加剧了村寨的空心化。蜂三英有两个儿子，大儿子已经入赘到山下，二儿子在香格里拉打工，也谈好了对象，不准备回来了。只剩下她和丈夫种点玉米、药材，养几头牛维持生计。“我们这里路这么差，又这么穷，谁家有了姑娘，都远嫁了，有了儿子也会倒插门，剩下的年轻人很少了。”蜂三英说。

迪庆州财政局精准扶贫工作队驻村干部余康介绍，目前霞若乡 91 个村民小组中，仍有 41 个村组公路通达条件差；180 个自然村中，仍有十几个村子未通公路。

“无论哪个人担任乡干部、村干部，首要任务就是改善交通，这是通往富裕之路的敲门砖。”余康说。

在施坝村以南 100 多公里的维西县新华村有个耶起哭村民小组，该村村民对改善交通更加渴望。

迪庆州政协副秘书长、维西县攀天阁乡新华村驻村扶贫工作队队长李志荣介绍，耶起哭村是绝对贫困村，共有 75 户 338 人，都是傈僳族。目前全部为建档立卡贫困户，其中有 23 户为重度贫困户。全村多数居民还住在古老的木楞屋（傈僳族传统房屋）里，居住条件很差，而且该村至今未通公路，群众生产生活全靠人背马驮。

该村村民皮腊家里养了一头猪，连续养了三年，总想着把它卖了换一些生活用品，但一直都没有人来收购，最终这头猪因为太肥了，把猪圈弄坏后滚到村子下面的河沟中摔死了。如今，皮腊每年都要外出打工半年以上，每次回家都要爬上几个小时的山路，他既恼火，又无奈。当李志荣带着工作队到他家走访时，皮腊说得最多的一句话就是：“我们最需要一条像样的路。”

“最难的是改变观念”

脱贫最重要的不是物质脱贫，而是思想脱贫。“在迪庆州的山区，一些村民的思想落后，缺乏自主意识、竞争意识。”余康对记者说，现在各级政府下拨的补贴款较多，比如林改、草改、种粮补贴等，加在一起多达数千元。有些村民“等、靠、要”思想相对严重，有了这些补贴，不再外出打工，发展种养殖也不够积极。

49 岁的同么村村民王志保就是这样一个典型。记者到达他家门前时，他正悠然地吸着旱烟。他一直未婚，孤身一人住在父母留给他的老木楞屋里。屋子破败不堪，和周围邻居的白色土木结构房屋显得很不搭调。

走进王志保的木屋，漆黑一片，因为交不起电费，屋里一直没安电灯。凭着从屋顶缝隙透进来的丝丝阳光，隐约能够看到一张木床、两个水桶和一个脸盆，地上堆着用来取暖的木炭和一些杂物，几个盛米面的袋子放在角落里。而他最值钱的家当，就是一个老式的手机。

记者问他是否每年到外地打工，他说自己有高血压，经常头晕，干不了重活，而且下山后语言不通。余新红告诉记者，王志保从年轻时就一直懒散，从来没有外出挣过钱。老母亲是个哑巴，因为儿子没钱赡养，最后是邻居给她送的终。家里有十几亩地，租出去几亩，其他都荒着。

王志保的收入不算太低，他家的地多，林改、草改等各种补贴加上土地租赁费，一年差不多有一万余元。“钱都让他吃了、花了，一点积蓄都没有。”余新红说。

斯那扎史说，傈僳族是直过民族，新中国成立后，直接由原始社会跨越几种社会形态过渡到社会主义社会。历史上，他们一直在山上过着刀耕火种和狩猎的生活，基本上是靠天吃饭，和外界接触少，加上普遍受教育程度较低，思想保守，缺少进取意识。这也是傈僳族人比较贫困的一个重要原因。

对于自然条件恶劣、扶贫难度过大的村子，只能异地搬迁。同么村、下该村等村子都在此列。“我们已在珠巴洛河河谷地带选好了一块土地用于异地搬迁，可有些村民不愿离开世代生活的村落。”余康表示。

在下该村，记者见到了 82 岁的傈僳族老人卓玛。她有三儿一女，女儿远嫁他乡，一个儿子出车祸死了，另外两个儿子因肺结核去世，只剩下她和 12 岁的孙子与老屋为伴。“卓玛属于我们重点帮扶的对象，但我们谈了好几次，她一直不同意异地搬迁，她说舍不得老屋和山上的田地。没办法，她不同意，就不能搬迁啊！”余康无奈地表示。

持续精准脱贫急需产业带动

李志荣介绍，维西县新华村有485户，1868人，截至2014年末，全村经济总收入598万元，年人均总收入3205元。如果仅按数字，新华村村民人均收入已经超过了国家贫困线。但除去政策性惠农收入和物价成本后，该农村居民人均纯收入仅有1760元，距离脱贫线还有较大一段距离。

“靠国家补贴，只是‘输血’，到了2017年底的最后期限，即便脱贫也是数字脱贫；只有‘造血’，大力发展产业脱贫，才是真正的、可持续的脱贫。”李志荣坦陈。

但对于自然条件恶劣、交通等基础设施薄弱的山区来说，发展产业，何其难也！

难在哪儿？

一是种养殖规模小。在霞若乡，适合种植附子、当归等中药材及白芸豆等经济作物，养殖的牲畜主要是牛、羊，但由于村民居住分散，每家每户种养殖数量很小，难以形成规模，收益有限。蜂三英在向阳坡地上种了一亩多附子，去年的收入只有1800多元。“都是一些小商贩来收，卖不上价，可不种更没有收入啊！”

二是市场信息不灵敏。藏族和傈僳族村民普遍文化程度较低，很多都是目不识丁，加上信息落后，根本无法及时获取市场信息，都是人家种什么，他就种什么。耶起哭村的傈僳族村民余志全前年听说玛卡市场价格很高，还有企业收购，很多农户都种，去年他也托人买了种苗，种了三亩。没想到玛卡市场价格急转直落，因无人收购，最后全部烂在了地里。加上种苗、农药和人工费，余志全一年亏损上万元，就连今年的生产发展资金都没了着路。

三是缺少深加工企业。在迪庆州低海拔山区，自然生长和种植最多的经济林木是核桃。在霞若乡同么村的山路旁边、门前屋外全是核桃树。和继春介绍，山上比较粗大、叶子细长的都是野核桃树，结的是甜核桃，皮厚仁小，一斤也就一元钱左右；近年来，地方政府帮忙引种的新核桃树结出的是泡核桃，皮薄仁多，一斤差不多能卖三四元钱。“可最大的问题是没有销路，一些大的核桃露生产厂家离此较远，因为运输成本太高，不愿意来此收购。用来榨油，人们吃不习惯，也不愿意买。现在，我们最希望的是在县里或乡里能有个核桃加工厂，这样山核桃的销路就不愁了。”

对于精准扶贫驻村干部来说，除了要摸清贫困户的情况，帮助村子建立健全村委会以外，一项最重要的任务就是协调扶贫项目落实。“对于产业扶贫，我们只能引荐和指导，不能强推，以前帮村民推广过红豆杉、玛卡等经济作物，后来遇到市场价格波动太大、企业难以收购，村民意见很大，会增加干群矛盾。”李志荣道出了驻村干部的难处。

精准扶贫需要思想先行

“少数民族山区脱贫困难确实很多，但我们有信心。”余康表示，目前从中央到地方都在大力支持精准扶贫，州里的贷款将很快到位，各乡村都在紧锣密鼓地改善交通等基础设施；在产业扶贫方面，他们驻村工作队正在和云南白药集团等企业接洽，力争签订长期的收购合同。

为了帮山区村民解决种养殖产品的销路问题，余新红一直在琢磨线上线下同步销售的问题，第一步是解决物流难题，目前有一家快递公司已经在霞若乡建点。“这是个开始，我们还要建一些网店，在网上直接销售。”

这个点子与李志荣不谋而合。“山区的农产品都是绿色的，基本上没有污染，在城市很受欢迎，如果能够通过线上渠道销售出去，也是个很好的路子，还能降低成本，提高村民收入。”李志荣说。

余新红向记者坦言，目前在少数民族地区，尤其是条件艰苦的山区，乡村干部的文化水平亟待提高。国家应该鼓励更多的大学毕业生扎根西部，让他们在更广阔的天地实现自己的价值。

听了村干部们的想法，记者的心由沉重变得轻松起来。老少边穷地区的精准脱贫任务艰巨，但众人齐心，其利断金，有了地方干部和百姓的勠力同心，再大的困难也能克服。

采访回去的路上，记者看到其霞路部分路段改造工程已经启动，挖掘机巨大的轰鸣声震耳欲聋。伴随着这催人奋进的声响，云南茶马古道沿线地区即将展现新颜。

（原载于《人民政协报》2016 年 5 月 16 日第 5 版）

精准扶贫：在收获中期待

文 / 李木元

习近平总书记在2017年新年贺词中说："小康路上一个都不能掉队！一年来，又有1000多万贫困人口实现了脱贫。"这表明2016年我国在实施精准扶贫战略、确保贫困人口到2020年全部脱贫的道路上又迈出了坚实一步。这一年，精准扶贫取得了哪些收获？又有哪些新期待？记者对部分政协委员、基层干部和贫困户进行了电话回访，让我们听听他们的心声。

贫困户李生荣：生态养鸡赚钱啦

我家在甘肃省陇南市成县鸡峰镇草滩村。村子位于秦巴山区，没有任何产业，这么多年，村里人就靠着种地和打工过日子，全村97户360多口人，很多都是贫困户。

我们家五口人，老伴患哮喘，常年吃药，孙子上学，20来亩坡地一年的产出也就万八千的，虽然儿子在外打工，可收入不高，全家的日子一直过不上来。

穷惯了，我也没啥法子。2012年，省里搞起了"双联"（单位联系贫困村、干部联系贫困户）扶贫。在驻村扶贫干部的启发下，我开始试着通过发展生态农业脱贫致富。

当年，我在山坡地上栽了300多棵核桃树，建成了核桃园。去年是第一年挂果，收入不高，有6000多元吧。加上10亩烤烟卖的钱，一年下来地里收成差不多有4万元吧。这可是这么多年来第一次有这么好的收成。

去年年初时，有位驻村扶贫干部跟我讲："你那核桃园是个天然的养殖场啊，在树底下养点鸡收成岂不更好？"我觉着他的话挺有道理，就搞起了生态养鸡——除了粮食和山坡上的野草，不使用任何饲料，半年出栏。但第一年不敢多养，在技术员指导下我养了两批，差不多有500只。没想到城里人很喜欢这种鸡，说这样的鸡安全、肉更香。一年下来收入有1万多元。没想到这个路子能赚钱啊！

新年愿望

有了第一年的尝试，我的胆子变大了，想法也多了。一个礼拜前，我又买了500只小鸡儿，往年这个时候猫冬了，啥也干不了，现在忙得不行，每天待在鸡舍里。一开春就要把鸡放养到核桃园了。我想着今年扩大养鸡规模，核桃园那么大，养上它1500—2000只。

我在想，既然生态养鸡能挣钱，生态养猪也能行。眼下，我们全家在盖猪舍，开春再买上30来头猪崽儿，蹚蹚路子。

我盘算好了，扩大养殖规模后，今年儿子、儿媳和我一起干，全家发展生态农业。估计到今年底，收入能上10万元，脱贫致富没啥问题！

眼下农闲，不少村民都找我取经，我就这点道道儿，全给大家伙说了。开春一起甩开膀子干，不信富不起来！

现在村里在搞电商扶贫，我年纪大了，玩不转啊。可村干部把我的鸡在网上一卖，了不得，一百二三一只哪，这可是个好销路。希望今年县里、镇里能多搞点这个培训，我也能弄个门清儿，那挣钱就更有保障了。

驻村扶贫干部李志荣：追加投资让异地搬迁户按时住进新房

我是云南省迪庆藏族自治州政协副秘书长、维西县攀天阁乡新华村驻村扶贫工作队队长。元旦前，新华村格坡洛十组的贫困户余春亮给我打了个电话，他说："要子里移民点的新居已完成粉刷、装好了窗门，我们全家终于快住进新房啦，我还当了护林员，今后日子有盼头了，谢谢您的帮忙。"

听了这话，我感到很高兴，因为驻村整整一年了，我的工作有了一些成绩。

我2016年3月初到达新华村，与村两委干部一起花了近四个月时间完成了全村贫困户的精准识别工作。全村10个村组共485户1898人，贫困户有175户649人。其中，23户因自然条件恶劣、饮水困难、交通严重不便等原因，需就地对房屋进行改造加固，12户需异地搬迁。

格坡洛十组是新华村最边远的一个傈僳族村寨，位于半山腰上，山路崎岖不平的，雨季的时候经常暴发泥石流，所以，易地搬迁户大部分集中在这个村组。村民们思想保守，加上故土难离，很多人不愿意搬。所以做好这个村组的工作，新华村的异地搬迁就完成了一半。

我和村两委干部挨家挨户谈，有的一谈就是半天，有的一次不行，就谈两次、三次，经过几个月的拉锯最终统一了意见，12户易地搬迁户全部迁至8公里外的要子里。

新年愿望

到2016年底，23户就地改造户已全部住进新居，可如今12户易地搬迁户的新房还留了个尾巴。

原来按照2016年6月的规划，国家给每户易地搬迁户基础设施建设补贴5万元，房屋建设补贴8万元，个人贷款6万元，可后来材料费快速上涨，水泥由原来的400元一吨上涨至520元一吨，钢筋由原来的2900元一吨上涨至5000元一吨，这样最后每户房屋建设所需费用由最初规划的19万元增至近25万元。

现在大门、卫生间装修等费用还没有着落呢，3月底贫困户就要迁入新居，已经有人催了，我也是干着急。希望政府部门尽快修订易地搬迁户规划，追加投资，让易地搬迁户及时住进新房。

还有一个建议想说说。去年我们做的一项基础工作就是精准扶贫数据采集，目前已全部录入国家精准扶贫数据平台。但在工作中，各个部门都要求采集数据，我们干了很多重复性的工作，有时甚至引发贫困户的不满。精准扶贫要发挥大数据平台的作用啊，国家精准扶贫数据应尽快实现共享，这样有助于整合各方面的扶贫资源，按需投入，最终实现精准扶贫嘛！

村主任兼农业合作社负责人余新红：帮大家尽快脱贫致富是我的首要职责

云南省迪庆藏族自治州德钦县霞若傈僳族乡施坝村是个极度贫困的山村。302 户 1093 人，155 户为精准扶贫建档立卡户，贫困率超过 50%。作为村主任，帮助大家尽快脱贫致富是我的首要职责。

施坝村位于白马雪山国家级自然保护区内，不允许搞工业开发，只能依靠发展特色农业脱贫。但是这里山高路遥、交通闭塞，商品交换率比较低，农民生产出来的东西卖不出去，这是个老大难问题。

贫困户四吃茸家就是个典型的例子。他家六口人，全家就靠养几头牛和在几亩山坡地上种点玉米、中草药维持生计。由于不了解市场，加上种植规模小、村里山路难行，商贩们要么不来收购，要么出价太低，他种的附子、当归等中草药经常是丰产却不丰收，有时甚至烂在地里。

从去年初开始，我多方奔走，跑了两三个月，终于和迪庆州一家药厂谈妥了，采取订单收购的方式帮施坝村民解决中草药销路问题。

我还邀请技术人员到村里指导百姓种植中草药，又用国家下拨的精准扶贫资金为村民购买了三台过滤和脱须机器。尽管去年全国附子价格低迷，可我们村因为有订单保障，附子大的仍卖到了 4.5 元 1 斤，小的也能卖 1.5 元 1 斤，全村 100 多户种植户共卖出附子 113 吨，收入 50 余万元，户均增收近 5000 元。

至今还记得，当四吃茸拿到卖附子的 2 万多元钱时，他都不相信自己种了这么多年的中草药，能有这么好的收成。他成了村里的致富明星，街坊邻居都说他今年赚大了。

要想让更多的贫困户受益，就得增加中草药的种植规模。去年 5 月，我组织村民们成立了农业合作社，计划今年把所有村民都纳入进来，增加中草药种植品种，进一步拓宽订单农业的扶贫路子。

去年还有一件高兴的事儿，是 8 个需要搬迁的村组中，有 3 个村组 83 户已完成搬迁。今年将重点推进剩下 5 个村组的搬迁工作。

新年愿望

产业扶贫是基础，村民住进新房，口袋却瘪瘪的，照样过苦日子，所以这些搬迁户将成为今年重点发展订单农业的对象。但现在最大的困难还是山路崎岖，车难进货难出。要想富，先修路。目前，施坝村修路规划已经完成，只等开春动工了。等所有村组的路修好了，脱贫致富的路也就顺畅多了。

全国政协委员、农业技术专家王海波：给贫困户当“参谋”为精准扶贫多建言

作为全国政协委员、河北省农林科学院副院长，我做农业技术扶贫多年了。要说感情最深、收获最大的地方，还是革命老区河北省阜平县。去年我去阜平县六七次，平均每两个月就有一次。

2014 年年初，我到阜平县刘家沟驻村，很多贫困户仍然是脚踩泥土路，抬头望太行，山水全是宝，脱贫缺主张。难怪聂荣臻元帅留下这样的遗愿——阜平不富，死不瞑目。

没有产业，扶贫就是一句空话。我和河北省农林科学院的其他专家一起经过深入地调查分析，认为阜平县发展香菇栽培比较合适。

经过近两年的探索，到 2016 年，阜平县的香菇产业进入快速发展阶段。截至 2016 年底，阜平县投资 6 亿元在全县 11 个乡镇 61 个行政村 6300 亩土地上建设了百亩以上园区 46 个，建成菇棚 3100 个，可带动 7500 户贫困农民发展食用菌栽培，户均增收在 2 万元以上。

让我更感到高兴的是，很多阜平县贫困户有了脱贫的内生动力，从“要我脱贫”逐步转向了“我要脱贫”。

刘家沟村民李保田就是这个例子，他一开始不太同意搞香菇栽培，现在他老跟我说，走香菇栽培这条路算是走对了。他租了 11 个香菇大棚，去年收入近 20 万元，相当于他之前在运输公司上班十几年的收入。

另外，我找到了一个不错的致富带头人。他叫李向文，虽然只有 30 岁出头，可踏实肯干，带领刘家沟全村百姓在香菇栽培道路上越走越坚实。他负责的食用菌专业合作社建设的 70 余个香菇大棚，年产香菇近 60 吨，产值近 700 万元，日常吸纳农村劳动力超过 100 人。

产业雷同是不少贫困县的通病。随着香菇产业的快速扩张，阜平县扶贫产业结构单一、产品附加值低的问题初露端倪。我觉察了这一问题，并及时向阜平县有关领导提出了建议。去年，针对阜平耕地少、蔬菜供应有限的情况，我和其他农业专家指导李向文带头发展浅水藕栽培。2016 年底，100 亩的浅水藕种植基地已完成土地平整和水池建设工作，只等开春下种藕了。

新年愿望

扶贫要扶产业，更要扶人。新的一年，我希望阜平县能够再多扶持几个致富带头人，拉动更多百姓脱贫。而我也会继续为阜平县的精准扶贫提供方法论。比如帮助当地优化产业结构、延伸产业链等。

距离今年全国两会的日子越来越近了，我已经开始结合去年一年的产业扶贫实践，思考今年全国两会的提案了。扶贫攻坚是国家战略，作为一名农业专家和政协委员，既要当好技术“参谋”，也要多建言献策！

扶贫站干部张璇：帮农户网售农产品创纪录

我从甘肃农业大学毕业后在一所大学当起了英语老师，2012 年辞职后通过考试来到甘肃省成县鸡峰镇当扶贫站干部兼长沟村党支部书记。

鸡峰镇地处陇南，不同于干旱贫瘠的陇中，这里全年降水充足，山上到处都是树，景色很美，而且没有任何工业污染，空气很好。可是看一看农民兄弟的生活，心里就凉了半截，不少人家的日子还很穷啊！有些农户开始发展生态农业，可种的水果、养得挺好的家禽家畜卖不出去，增收难啊！

随着甘肃“双联”扶贫的推广，电商扶贫成为成县一大扶贫特色。镇里的领导觉着我有文化、熟悉互联网，让我专门负责网上农产品销售这一块儿。几年来取得了一些成绩。

比如，我帮扶了一个叫谈继宏的农户。他今年 53 岁了，老伴死得早，大儿子患有严重的精神病，常年需要治疗，在外打工的二儿子一直未婚，是村里有名的贫困户。2014 年年底的时候，村里举办了几次养蜂培训班，我动员老谈过来听听，试着养蜂，卖蜂蜜。老谈从未干过这活儿，加上没有启动资金，他拒绝了。

“你就在技术员指导下放开手脚干，我给你找贷款，销路包在我身上，咋样？”我一番苦口婆心地劝说，老谈终于同意了。

经过 2015 年的摸索，去年老谈实现了大丰收。全年蜜蜂产蜜 200 斤，网上销售每斤 60 元，一年下来收入 1 万多元，加上卖核桃的 4000 多元和卖粮食的 1 万多元，全年收入近 3 万元。

我还向镇里、县里汇报了老谈大儿子的情况。最后县里安排他的大儿子到天水市精神病医院住院治疗，费用全部免除。老谈没了后顾之忧，安心养蜂种地。他一直琢磨着攒钱，尽快给老二娶个媳妇。

在鸡峰镇，像老谈这样走上脱贫致富路的贫困户越来越多。全镇 27 个山村结合本村实际开展了核桃种植、土鸡养殖、中草药栽培等多种形式的生态农业扶贫。我的工作重点就是帮着农户在网上销售产品。在大家共同努力下，全镇建了 26 家网店，不仅产品销路有保障，还解决了 5 个人的就业，带动贫困户 154 人实现了创业就业。

销售业绩也是节节攀升。前些日子，我和几个小伙伴们算了算账，376 万多元，2016 年电商销售额再创历史新高，这可是我们做电商扶贫以来销售额最大的一年啊！

新年愿望

随着镇里电商扶贫的推广和农产品加工基地的建立，我有个更长远的打算。我们的核桃和土鸡在网上卖得不错，可是价格还是偏低，为啥？主要是重数量不重品牌！今年，我会帮农户重点打造一两个特色农产品品牌，并请相关专家多做一些这方面的培训。我是学英语的，营销和品牌知识很欠缺，也需要及时充电了。

（原载于《人民政协报》2017年1月9日第5版）

“无公害农业梦”如何圆

文 / 毛立军

孙京亮对自己的产品充满自豪，但无奈即将放弃。

虽然创业碰得头破血流，虽然不被人认可，但孙京亮并不后悔，他认为自己攻克了农业科技难题，冲击了不可能，他很有成就感。

就在几天前，山东省商河县玉皇庙镇的孙京亮给母亲过 80 岁生日。饭桌上，老母亲流着泪对孙京亮说：“儿呀，别再干了，你如果再这么干下去，我死不瞑目呀。”

这一刻，坚持了 8 年“无公害农业梦”的孙京亮决定放弃了。

四年实验，成功种出“物理韭菜”

孙京亮出生于 1974 年，1995 年从山东银行学校毕业。本来有机会到济南、青岛等大城市工作的他，因为不想远离父母，最终选择了回到家乡。在基层乡镇政府部门从事了财政、民政等几份工作后，2010 年，孙京亮被任命为玉皇庙镇演武办事处主任，主抓农业和计划生育等工作。

当时，为了帮助办事处下辖的 21 个村形成长期主导产业，孙京亮联系了几个比较开明的村支部书记，到胶东、泰安等地考察后，决定成立合作社，搞蔬菜大棚和特色农业种植。就在大伙儿租赁了土地准备大干一场的时候，孙京亮被调整到了镇文化站工作。

地租了，钱也交了，孙京亮不甘心自己辛辛苦苦弄起来的大棚就这样浪费，于是，他决定自己来干，试种有机蔬菜。没想到，就是这个决定，让他“陷”进去了。

很多人都喜欢吃韭菜，但韭菜却是农药残留最严重的蔬菜之一，而且农药残留非常不易排出体外。爱动脑、喜欢挑战的孙京亮下决心先从最难种的韭菜开始，研究不施任何农药的无公害蔬菜。

要想种出“零农残”的韭菜，关键是要解决韭菜根部易生韭蛆的问题。为此，孙京亮咨询了许多省里的农业专家，但专家都表示除了施药，没有更好的解决办法。面对专家的结论，孙京亮没有放弃，而是不断看书、查资料，向老一辈的庄稼人学习请教，一次一次做试验，尝试各种办法。为了搞科研，他经常整天整夜不合眼，坐在实验田里，打着手电，拿着放大镜，观察韭蛆的适合温度、活跃程度，以及采用各种物理技术手段和“中药”以后的反应。经过4年时间，历经几百次失败，他终于运用物理的电磁电场、沼液加中药、温控等技术成功试种出了不含任何农药的“物理韭菜”。

为了保证韭菜的品质，孙京亮还在播种前对土地进行改良，运用高温处理等方式降解土地里的农药化肥残留，再加施富含多种微量元素的生态肥料，土地达标后才播种。同时，锄草、收割全部使用人工。经省、县农业局农产品质量检测中心的农药残留检测，孙京亮的韭菜连续5年被认定为“检测结果合格”，农药残留均为零。

“物理韭菜”种出来却卖不出去

实验成功后，孙京亮开始大面积种植“物理韭菜”，并于2015年获得大丰收。然而，让孙京亮万万没想到的是，他经过几年苦心研究，成功种出的“物理韭菜”却卖不出去。即使他做出发现农药残留一概赔偿万元的承诺，销售状况仍没有改观。那一年，他种植了20个大棚的“物理韭菜”，收割了1.5万斤，却只销售出2000来斤，其余都烂在了地里。

销售不出去的原因主要是老百姓不认可。老百姓都喜欢购买长得壮实、水灵、颜色为深墨绿色的韭菜，殊不知这样的韭菜是施高浓度农药的，对人体毒害极大。而“物理韭菜”的叶子有点发黄，品相不好看，即使价格降到与普通韭菜同样的价格，即使反复宣传农药零残留也少人问津。有一次，一位老大爷购买了孙京亮的韭菜，第二天特意跑来告诉他：“小伙子，我终于吃到30年前韭菜的味道啦。”听到这句话，孙京亮差点哭了。

孙京亮的韭菜也曾卖过高价。2015年，有媒体对他进行了专题报道，天津的一个老板联系到他，以 25 元一斤的价格收购部分韭菜，然后卖到天津的高档超市里，商场可以现场检测农药残留，由于供应量少，价格就上去了，最高曾卖到 100 元一斤。但没过多久，就开始有人冒充“物理韭菜”，孙京亮跑到天津“打假”后，这一合作也就中断了。

虽然经历了 2015 年韭菜卖不出去的打击，但 2016 年，孙京亮还是咬牙坚持，扩大了种植面积，希望能争取到一些政府补贴。结果，与 2015 年同样命运，仍然没有卖出去多少，孙京亮干脆就没有收割，让韭菜一直在地里长着。而补贴也一分钱没拿到。

2017 年，在山东一些媒体的宣传报道和帮助下，一些企业和个人表示愿意对孙京亮的韭菜进行预订，但孙京亮已经没有能力完成订单了。

债台高筑，不知路在何方

这些年，为了种植“物理韭菜”，孙京亮租赁土地、建大棚、买种苗、采购矿物质、肥料、中药等等，全靠自己掏腰包。除了技术和原料，人工也是一笔不小的开支。如果用农药除草，一个工人一天能干 20 亩，可他的大棚全部靠人工作业，一人一天干不到半亩。工人每人每天最少 70 元，如果一个大棚两个工人，每天光人工费就得 2000 多元。还有最大的一次损失，是遭遇恶劣冰雹天气，20 多个大棚全部被砸毁，当时也没上保险，一次就损失 200 多万元。

8 年来，孙京亮先后投入了 400 多万元，大部分是借朋友钱和银行的贷款。由于韭菜销路一直不稳定，收入极其微薄，孙京亮只能卖掉自家房子偿还欠款，至今还有 140 多万元的欠款没有还清。母亲过生日那天，两个姐姐和姐夫们商量帮他凑钱，先把 7.4 万的工人工资和一部分被追得紧的欠款还上。

实在没有钱了，孙京亮将租赁的 4 块地已经退掉了 3 块，这几块地都进行了土壤改良，让孙京亮很是舍不得。在仅剩的一块地里，孙京亮仍然进行着各种实验，他将自己的研究成果又进行了改良，实现零农药残留 + 富硒，成功种植出了高品质的白菜、黄瓜、西红柿、葡萄、油桃等农作物。他的白菜能生吃，能吃出水果般香甜的味道。

虽然创业碰得头破血流，虽然不被人认可，但孙京亮并不后悔，他认为自己攻克了农业科技难题，冲击了不可能，他很有成就感。

虽然已经决定放弃了，但孙京亮还是希望把自己的物理种植技术推广出去，希望国家能够重视这种种植方法，让老百姓都能吃上没有农药残留的蔬菜。

记者感言

孙京亮这个人是全国政协委员王树理介绍采访的。开始我还以为是一个成功的农业企业家，没想到采访到的是一个梦碎的草根农业科技人员。

在孙京亮简陋的基地办公室里，墙上还挂着他自己创办基地的宣传板。宣传板上赫然写着："物理农业生产基地庄严承诺：检出药残，赔偿万元！"

我问孙京亮，你搞"物理韭菜"是想卖40元一斤的高价韭菜，还是将你的技术推广普及，让老百姓能买到4元一斤的韭菜。他毫不犹豫地说，4元一斤。

回到北京后，我把孙京亮的故事告诉好几个朋友，令我悲哀的是，竟然没有一个人相信他的技术，都问："谁来证明他的韭菜无公害？"甚至觉得他是在"忽悠"，是自恋。还有一个朋友说，赔了400万元不算什么，她认识的一个人投了4000万元搞生态农业也失败了。也是因为没人相信，卖不出去。由此可见，信任危机已经影响到无公害农业企业的生存和发展，影响到无公害技术的大面积应用和推广。相关制度建设刻不容缓！

我们每个人都希望吃得绿色，吃得健康，但真有人倾家荡产，怀揣梦想，努力为我们提供健康产品时，我们怎么就不能给他们一些信任和帮助呢？帮助了他们，就是帮助我们自己，就是帮助我们的子孙后代！

（原载于《人民政协报》2019年6月24日第5版）

谁来帮帮孙京亮！

文 / 王树理

去年冬天，老家商河县几位退休赋闲的老同志，到济南找我啦呱。一位给他们开车的年轻人拿着两棵有帮无芯的白菜说，尝尝我的白菜吧，不要单看样子，尝了才知道品质。果然，那白菜炒熟之后，完全不像平时的白菜，又软又香，非常可口。得到大家一致好评。

这个叫孙京亮的年轻人介绍说，这是他自己研发的白菜，这种白菜不光炒着好吃，做馅也很好，不用挤水，必要的时候还得加点水，这种白菜还可以当水果菜生吃，甜脆适口。它最大的好处是环保洁净，整个生产过程没有施用任何化肥、农药，是自己研制的农家肥。大家一听，都问他研究的还有没有其他品种。没想到，年轻人一口气给我们数说了包括韭菜、芫荽、茄子、辣椒、西红柿和油桃、葡萄、杏、西瓜在内的十几个果菜品种。并且有几个品种在全国、全省产品质量评比中获得很好的名次，《济南时报》《齐鲁晚报》等媒体也都对他研究蔬菜、果品的事迹进行过报道。

孙京亮为了研究最环保的果菜，付出了巨大的财力和脑力劳动。为了筹集科研经费，他卖掉了自己270平方米的住宅楼，承租了200多亩土地，欠下了400多万元的债务。如今科研工作也遇到不少困难。我们感到纳闷，像这样一位热爱农业科技、又有不少成熟科研成果的青年人，为什么得不到社会的广泛认可与扶持呢？经过与当事人座谈，我们发现，孙京亮除了埋头农业科研，本身也存在着性格比较封闭的问题。如果他的科研成果能够转化为生产实践，让农村大田里的作物真的成为无公害、无污染的食品，那该会出现一个多么让人喜出望外的局面。

为此，建议农业部门、科研部门、财政部门、发改部门以及许多正在从事农产品经营的企业，伸出手来帮一帮这个潜心于农业科研的“草根”。

最近，我利用端午节放假的时间，去看了孙京亮的科研基地，他埋头科研、锲而不舍的精神让我深深感动。作为一名政协委员，我也有责任帮他一把。但是，我又不懂科研，只能呼吁有关方面和人士，出把力帮他一把。

（作者系第十二、十三届全国政协委员。本文原载于《人民政协报》2019 年 6 月 24 日第 5 版）

一个村庄的留守故事与思考

讲述人／张卫鹏　　采访整理／奚冬琪

近年来，随着社会的发展，留守老人和留守儿童一直是备受关注的话题。日前，全国政协就相关话题展开了远程协商议政。在此，《民意》周刊以一个普通村庄为切入点，通过驻村扶贫干部眼中的留守老人和留守儿童，来剖析这一社会现象，也为委员的参政议政提供参考。

2018年9月，根据全国政协机关的安排，我来到安徽省阜阳市颍东区挂职实践。先后挂任颍东区向阳街道桃园社区党总支副书记、颍东区枣庄镇李庄村党总支副书记。在近两年的基层工作中，留守在农村家中的老人和孩子给我留下了深刻的印象，而他们的无奈又矛盾的境遇，也总是引发我的思考。

负担、孤独、隔阂——农村留守群体的三个“关键词”

去村子里走走，到老百姓家里聊聊天，了解他们的需求和困难，是我经常要做的工作。这天，我刚刚走到李振田家门口，就被一家人聊天、说笑的声音吸引。李振田和老伴都年近古稀，两个儿子一直在江苏苏州打工，他们就带着四个孙辈留守，是颍东农村最为典型的留守儿童和留守老人同居家庭。

记得以前来李振田家走访时，家里可没这么热闹。我问他平时白天都干什么，他说就是接送孩子上学，给他们做做饭、洗洗衣服。其他也没什么事情做，不是坐在屋外晒太阳，就是偶尔看看电视。我也问过孩子，平时和父母的交流多不多。孩子说平时基本上都是父母给他打电话，他很少主动给父母打电话。谈话内容上也是父母嘱咐得多，自己说得少，几乎不讲学校里发生的事情。

在我的印象中，这一家人的生活平时比较沉闷，因此这次来听到屋里热闹起来，还有些惊讶。走进屋子才知道，原来是李振田的大儿子从苏州回来了。闲聊中我得知，平时他按月或按年给家里寄送孩子的生活费，到了暑假就把孩子接过去住一段时间。今年因为疫情，他回家的次数就多了些。没想到，疫情虽然阻碍了他外出，却意外地获得了更多和家人相处的时间。一家人交流多了，老人和孩子的心情也变得开朗起来，脸上一直洋溢着笑容。

仅仅是家人之间的相互陪伴，就能让李振田一家的精神状态有如此大的变化，这让我颇为感慨。因为来李庄村的 9 个月里，入户走访时接触最多的就是留守老人和留守儿童。而他们在我眼里，如果用关键词来概括的话，就是负担、孤独和隔阂。

在我所挂职的枣庄镇，60 岁以上的老人有近 7000 人，其中留守老人大约占到 5%；16 岁以下的儿童有近 1 万人，留守儿童占比约 8%—9%。虽然近年来根据市里的要求，针对留守老人和儿童的配套政策不少，但总体来说落实的效果并不太好。

负担。对于留守老人来说，虽然子女不在身边，但他们最接受的方式还是居家养老。大部分老人仍然是依靠在农村种地、养殖的收入生活，平时遇到生病或小事，最常求助的是村里的邻居和亲戚，只有在迫不得已时，才会和子女联系。

73 岁的魏文侠是留守独居老人，两个儿子、一个女儿都在外打工。老人肺不好，有一次生病，自己不会打电话，只能请邻居帮忙叫救护车，儿女都是事后才到医院。我问她，生活中遇到困难不是先和自己最亲近的人联系吗？她回答：“大事他们回来处理，小事我也不告诉他们，不愿意麻烦小孩，他们在外面打工不容易。以后养老的事，走一步看一步吧。”

而在亲情和生计面前，子女们也往往不得不把经济收入放在前面。“我们也不想把年迈的老人留在农村，但带到城市，条件又不允许。而且他们不习惯，也不愿意来。”这是我在和外出打工的年轻人聊天时，他们给我的答案。

孤独。每次和留守老人、留守儿童接触，“孤独”是他们给我的共同感受，但又有所不同。

对于老人来说，身边有留守孙辈的陪伴，会让他们觉得自身还有价值。而且在外的子女因为孩子的存在，也会经常和老人联系，因此总好过孤身一人。75 岁的李洁（化名）有三个儿子，大儿子一年能回来一次，二儿子几年没回来了，小儿子也很少回来，家里平时只有他和老伴两个人。收入主要是老人自己的养老金和微薄的土地种植收入，经济比较拮据。我在李振田家走访时，正好李洁也在。看得出，李振田一家老小其乐融融的样子，让李洁很是羡慕和向往。

而对于孩子来说，虽说身边也有同龄人，但因为缺少和父母的沟通，往往不够开朗和自信。在我了解看来，留守儿童往往容易走向两个极端：一类是遇到问题既不和父母讲，更不会和祖父母说，久而久之就形成了沉默寡言的性格；一类是任性、缺乏管教，很容易成为“问题儿童”。

隔阂。因为沟通障碍而带来隔阂，也是留守老人和留守儿童群体面临的问题。其直接的后果，就是很多隐藏的问题不容易被发现，并最终演变成悲剧。比如，近年来被关注的校园欺凌问题。

我在和枣庄镇王庄中学的小瑞（化名）聊天时，曾问过他如果在学校被欺负了会不会和家里人讲。他说自己在学校确实被“小混混”欺负过。“很多人跟着他混，我尽量躲着，也不招惹他。”“‘小混混’家里也没人管他，听说他爸爸现在都不搭理他。”我问他被欺负了会不会跟父母或者爷爷奶奶讲，他回答“不跟他们说”。而我问带孩子的老人同样的问题时，老人们会说：“有时候看到孩子回来不对劲，可问他发生了什么，又什么都不说。”其实，父母在孩子思想成长的关键时期长期缺席，并不利于健康人格的形成。这也是“留守群体”最让我感到忧虑的一点。

“出去”还是“留下”，有矛盾更要有办法

当前，脱贫攻坚一直是各级政府工作的重中之重。我作为全国政协机

关定点帮扶安徽颍东的挂职干部，最重要的工作就是帮助李庄村实现脱贫目标。然而在扶贫的过程中，我也发现：解决农村留守老人和留守儿童问题，和解决农民收入问题，似乎成了一对可不两全的“矛盾”。

一方面，我们希望村里的年轻人能留在老人和孩子身边，一家人一起快乐生活。而另一方面，面对脱贫和农民增收的压力，我们又得不停地组织和各种工厂对接，开行农民工专车，让年轻的富余劳动力尽快转移出去，增加收入，防止返贫。

近年来，我所在的乡镇虽然也开办了一些扶贫车间，让农民在家门口就可以就业，但毕竟收入有限。加之颍东区人口多、能够吸纳就业的企业少，农民要想脱贫增收，主要还是得依靠外出打工。因此，在面对“出去”还是“留下”的矛盾时，作为扶贫干部，我思考得更多的是如何从目前存在的问题入手，在现有政策的基础上，尽可能地解决留守老人和留守儿童面临的困境。

我在平时的工作中发现，如今各级政府对留守老人和留守儿童都十分关心，也出台了不少政策。但往往政策有了，却因为人员和经费的不足，而导致难以落实。比如虽然每个村都有针对老人的“日间照料中心”和服务儿童的“儿童之家”，但实际使用率并不高。这些场所往往硬件条件不错，却缺乏专业的人员和机构管理，也没有认真运营、维护，最后往往变成了流于形式，无法取得原本的效果。另外，现在不同部门举办的关爱活动不少，但大都以“点”的形式出现，缺乏系统性和长效性的活动，能够取得的效果也不明显。

在我看来，要想解决目前留守老人和留守儿童遇到的问题，还是要多在体制机制上下功夫。要提高关心关爱活动的质量，由专门的部门进行统筹协调。尤其是不能仅仅关心他们物质上的需求，而是要多关注他们精神层面的需求。

发挥政协优势，让留守老人、儿童体会关爱

在颍东挂职的两年里，除了在村里工作，我同时还被颍东区扶贫开发局借调工作。在此期间，在全国政协机关的关心和帮助下，我们也尝试着

为留守儿童和留守老人做出一些力所能及的改变。

2019年和2020年，全国政协机关直接捐赠了部分扶贫资金。我们在考虑资金使用方向时，特别关注了农村留守儿童和留守老人问题。两年间，投入资金共计110万元，用于“孝善村”建设项目和关爱贫困家庭儿童的“梦想学院”项目，占全部投入资金的1/3。

“孝善村”建设是一个扶志扶智扶贫项目，主要是开展群众性精神文明创建活动。依托“孝善村”活动场所，开展移风易俗、弘扬时代主旋律活动，强化农民群众的社会责任意识、规则意识和奉献意识，以政策宣传和文明户、孝善之家、好媳妇、好婆婆等评选及孝道教育为重点，通过开展扶志扶智培训，营造“讲文明、树新风、除陋习、比奉献”的新时代风尚。

颍东区老庙镇李土桥村的一位村民以前和婆婆关系不怎么融洽，参加扶贫扶智孝善文化培训活动后，她对患上心脑血管疾病、生活不能自理的婆婆日夜守护、精心照顾。现在村里人都说她是个孝顺儿媳妇。除此之外，“孝善村”建设还有饺子宴，融入社会主旋律教育的文艺演出、集体讲学《弟子规》等活动。特别是召集村民志愿者，为留守老人、孤寡老人送饭，组织教学太极拳、广场舞等，更是让留守老人不再孤独，同时还培养了村民的奉献意识。

“梦想学院”项目是由“团干部+社工+志愿者”组成公益团队，利用平时或周末以互动性与实践性兼具的形式，为城乡贫困家庭子女、外来务工家庭子女、农村留守儿童等青少年群体提供心理疏导、艺术启蒙、安全自护等多个方向的教育引导与帮扶服务。

白屯回民小学五年级学生祥祥（化名），祖父母行动不便，父母常年在外务工，他自己也性格内向，不爱说话。参加了“梦想学院”的心理健康课和舞蹈课后，祥祥从开始的不说话到逐渐能和老师沟通，性格也慢慢发生了变化。2019年中心校举办讲故事比赛，祥祥获得了很好的成绩。今年，他又报名参加了红色经典朗诵，让老师和家长看到了他的变化。

……

我所在的李庄村虽然只是中国千千万万个村庄中的一个，但它所呈现出来的留守儿童和留守老人的问题，却又有着中国农村的共性。希望我的一点点思考和各方共同努力做出的一些探索，能为相关问题的解决提供借鉴。同时也愿所有留在农村的老人和儿童，都能随着社会的不断发展，拥有更加幸福的生活。

（原载于《人民政协报》2020 年 7 月 13 日第 5 版）

来自关坝村的思考

文／杨　春　杨　雪

关坝村驻村第一书记／段振鹏

关坝村地处甘肃省陇南市西和县，人们常用“山大沟深”来形容这个甘、陕、川三省交界处的深度贫困村。

10月27日至11月6日，《人民政协报》记者与甘肃省政协派出的第一书记“同吃同住同劳动”，近距离观察了这个陇南山村在扶贫攻坚战收官阶段的工作，并与镇政府的扶贫包村干部、第一书记、村社干部进行了交流。

在此过程中，大家发现了几个当地难以解决的政策性问题，值得在今后制定乡村振兴相关政策时加以关注。

电子商务：呼唤企业出手

王桃花是关坝村的妇联副主任，她的家在村口大路边上，因此成了村级物流转运点：几大物流运营商负责将外来的快递送到她家，由她负责分发，同时为运营商收集村民向外发的快递。

最初的热闹过后，这个快递点很快归于沉寂。在采访时，除了中国邮政，“三通一达”等几大物流运营商已经几个月不登门了：从外地寄给村里的快递只能到镇上去取，村民往外寄的快递也只能到镇里寄。

到底是什么原因让村里的快递业务半途而废？无外乎村里的快递业务量很小，物流运营商成本大于收益。因此，快递分拣中心从村里移到了镇里。只有村级物流转运点的牌子孤零零地立在村口，提醒着人们这里曾经是这个小山村与山外世界的联系点。

采访的当天，正逢甘肃农业大学的专家刘敏来村里调研。他们提供了城市中快递转运点的经验：城里小区里的小卖部为邻居代收快递，收费1元，当邻居来取快递时，也可以随手买些东西，扩大了小卖部的销售额，弥补快递业务的不足。

这一模式能否复制到关坝村呢?

王桃花不愿意。“都是本村人，帮着收发个快递还收人家一块钱?多难为情!”农村是熟人社会，不像城市，每种服务都可以明码标价。所以，即使快递公司不来了，王桃花还是每隔两三天就开着自家车去镇里取快件，顺便再稍带邻居们的快递去镇上寄。“还要搭着汽油钱!”

最近，县里的物流扶贫部门已经出台文件，由县财政资金按快递件数补贴给村级物流转运点。希望能维持山里与外面世界的联系。但是，用财政资金补贴商业企业运营是否合理?一个深度贫困县的财政资金能否长期补贴下去?这都是需要考虑的问题。

建议：可以考虑将“最后一公里”的转运费附加在价格里，由物流企业收取，再由物流企业雇佣“王桃花们”分发并付费。这样，既可以避免难以启齿的熟人收费问题，也可以延长快递企业的业务链条，占领广大农村快递市场。

感悟：市场的问题，还应该用市场的手段解决，这样才能长久。

驻村帮扶：呼唤“压茬”制度

甘肃省政协主席欧阳坚曾经谈过一个感受：驻村第一书记的经历是对年轻干部最好的锻炼机会，让很多机关的年轻人对基层情况更加了解，改掉了身上的“骄娇”二气，回机关后工作更务实了，做人更谦恭了。

驻村第一书记大都是第一次有了“独当一面”的机会，对工作都很“拼命”。但他们大都是30多岁的年纪，是典型的“上有老、下有小”夹心层家庭的顶梁柱，长期离家对于他们来说，也带来了一系列问题。

关坝村驻村第一书记段振鹏在驻村日记中曾有过这样的记载：晚上接到妻子的电话，根据上周的各类检查报告和周五下午的穿刺活检报告，确诊为良性。喜极而泣。

在离关坝村不到12公里的另外一个村，驻村第一书记王植本家中孩子做心脏手术，作为父亲的他，如果不去医院，无论如何也不能原谅自己。但最后却因“擅离职守”而被通报批评。

这只是极端的例子。但驻村第一书记和帮扶工作队队员们的付出太多，他们的家庭更是付出了本不应该由他们承受的代价。

与机关相比，驻村第一书记的工作环境、条件相对艰苦，又要长时间离家。机关单位的年轻干部生活压力大，很多家庭不支持，而且对个人成长没有“硬碰硬”的好处，所以，很多同志不愿意报名参加，造成人手紧张。

建议：既然乡村振兴阶段人员不撤，那么是否可以建立相应的配套政策。比如，将驻村第一书记的基层工作经历作为干部任用方面的“硬杠杠”，将大批机关干部“逼”到乡村振兴的第一线锻炼。其次，是建立“压茬”制度。可同时派两位第一书记在岗，前一任第一书记驻村一年左右，可以选派一位副书记进村，前一任书记开展工作的第二年，也是下一任第一书记熟悉工作的第一年。两人交替“压茬”推进工作，既能保证工作的延续性，又可以减轻个人生活方面的压力，增强工作后劲，有利于工作持续开展。

感悟：政策有温度，工作才会有进度。

政策宣传：呼唤填补空白

关坝村村民雍赵红家的老房子是新中国成立前建的，因为用了极好的材料，因此修好后就被国民党政府征用。新中国成立后，人民政府把房子归还给了雍家。直到今天，这栋房子仍然是村里数得上的好房子。

和村里的很多旧房子一样，因为当地人喜欢用炭火盆煮罐罐茶，因此房子虽好，却被熏得黑黑的，成了扶贫工作中的“黑房子”。为了消除这种“视觉贫困”，村上组织粉刷处理了雍家“黑房子”。

其实，“黑房子”在关坝村不在少数。近年来，村里对每一户“黑房子”都进行了装修粉刷。仅2020年，村里就为一户人家刷过三次房子。但去采访时，离第三次刷房刚刚过去两个月，房子就又被熏得黑乎乎了。

“农民的生活习惯不是一天两天能够改变过来的！”康河村的驻村第一

书记马期远说，很多传统的思维习惯，产生了很多困扰农民生活的问题。采访中也发现，喝罐罐茶造成“黑房子”只是其中的一个典型例子。类似的现象还有：很多村民到新疆打工，对新疆已经有了相当的了解，但动员他们移民新疆时，还是遇到相当大的困难，最终只有三户人家成功移民。与此相对照的是，外出打工的村民用赚来的钱在山坡上建房子，每当遇到连续大雨，就有滑坡和地基塌陷的隐患，造成财富浪费的死循环。

不仅农民的传统思想观念改变起来困难，对于很多政策他们也没有理解的能力和时间。

村里的年轻人都外出务工，留守在家的不是老人就是有家事缠身的中年农民。他们接收政策性信息的渠道闭塞，甚至有人听不懂普通话，主要靠乡镇干部和帮扶工作队员的口头传达和讲解。这种方式效率低下，效果一般。

为此，关坝村利用了传统的乡村大喇叭，把扶贫政策用当地方言编辑录制出来，定时定点向农民循环播放，传达国家扶贫政策，在理顺农民情绪方面效果不错。

建议：目前，农村的政策宣传工作方面还有很大的提升空间，在充分利用新媒体、新手段的同时，也不要摒弃从前行之有效的宣传媒介。

感悟：用软宣传改变硬思想。只有改变了思想，才能从根本上改变贫困。

心理失衡：呼唤政策平滑

据陇南西和公安微信平台报道：洛峪镇的康河村，一位本村的醉汉闯进村委会，没有提出任何具体诉求，进门就挥舞斧头砸村委会的电脑和办公设备。驻村第一书记马期远回忆，当时醉汉挥过来的斧头离他只有一尺，如果再前进一步，后果将不堪设想。几位驻村第一书记事后分析，这是典型的政策差距导致心理失衡，从而出现极端行为。

2013 年建档立卡之初，村民的收入水平差别不大，村民对建档立卡并不热心，甚至觉得被评为贫困户是件丢脸面的事。但随着近年来扶贫力度的加大，大量的补贴和政策优惠接踵而至，贫困户的经济条件迅速改善，农村的财富结构翻转。特别是一些建档立卡时差别不大的非贫困户，开始心理失衡。这种心理反映在工作中，就是不配合扶贫工作的开展、给扶贫工作出难题，甚至出现极端事件。

关坝村的雍赵红，因腰伤不能干重活，加上父母年迈、子女还小、妻子出走，生活条件很差。但他贷款买了辆汽车谋生，就因“四有”人员的相关政策限制，不允许享受低保，影响到他的致富积极性。

类似情况在关坝村不止一户。大量因心理失衡导致的工作难题，看不见、摸不到，但在工作中却无处不在、无法绕开。

有部分第一书记和帮扶工作队队员反映：目前的政策出自不同的行政部门，部门政策之间互相缺乏协调，没有照顾早先通过自己奋斗脱贫的家庭的利益。但同时，这部分人又是最有自主发展能力和带动能力的，政策的不完善导致这些人创业致富的积极性受到挫伤。与此同时，贫困户的优惠政策和扶持资金较多，部分贫困户没有用来专心搞生产做产业，而是用于高层次消费。

> **建议：**在政策出台前，各相关部门应相互协调配合，细化分类受益群体，加大政策的覆盖面和涉及面，尽量使政策阶梯平滑一些，以加强正向激励作用。如果可能，建议邀请有驻村帮扶经验的第一书记参与，使政策更接地气、更益民生。
>
> **感悟：**绝对贫困是沉疴，需要“猛药”硬攻。进入乡村振兴阶段后，相对贫困是癣疥之疾，需要阶梯式、和风细雨式的政策支持。

合作社：呼唤政策储备

为了解决贫困农民增收问题，国家扶贫政策会将一部分扶贫资金注入农业合作社，由能人来经营，年终给贫困户分红。这一模式既增加了农民的财产性收入，也弥补了农民经营能力差的问题。如清水村的张建波是个养鸡大户，由他出面组织了一个养鸡合作社，政府按每户贫困户 1 万元的规模向合作社配股，同时与大型养殖企业德青源公司合作，开展工业化育雏，然后将雏鸡散养在农户家，农户成为“鸡保姆”。成鸡出栏之前，再集中到养殖场，统一检疫、屠宰和运输，进入公司销售链。在这一项目中，贫困户除了可以挣取“鸡保姆”的钱，还可以在合作社分红，起到了带动村民脱贫致富的效果。康河村的鑫源中药材种植合作社也是按照这一模式，参加合作社的贫困户除了种植收入外，每年都会有一笔资产性收入——合作社配股分红。

但在采访中也发现：“每村至少一社”的模式造成了重数量、轻质量的问题。有些村合作社数量多，但成立得比较匆忙和被动，制度、架构不完善，不能正常、规范经营运作，带贫能力不强。还有些种植合作社季节性用工特征明显，工作时间与农民务农时间重叠冲突，解决就业人员有限。

同时，合作社经营范围基本同质，加之数量众多，后续发展压力较大。以西和县为例，花椒栽植总面积已达到18万亩，南部的大桥、蒿林、太石河、洛峪、西高山五乡镇花椒面积将近占全县花椒总面积的一半。在陕、甘两省，花椒产业已逐步成为一个高度同质化的产业。再过 3—4 年，新栽植的花椒树进入盛产期，“椒贱伤农”的现象恐怕难以避免。

建议：长远来看，每村至少一个合作社的模式将会面临兼并重组的问题，在制定乡村振兴阶段的相关政策上，应该有战略性制度安排。

一是要强大合作社的支撑力，对因政策或等待享受各种补贴、设立而不运营的合作社予以注销。对运营不规范、带贫能力弱的，进行兼并合并，坚决按市场原则优胜劣汰。打破每村必须设立合作社的思维，集中政策和资金打造精品，在一小时交通圈内留下实力强的大型合作社，为周围的群众提供工作岗位，也为易地安置创造良好就业环境。

二是要鼓励互助形式发展模式，贫困户与非贫困户、贫困村与非贫困村协同，先富带动后富，有能力的带动有体力的、有资金的带动有时间的，改变原有分散和孤立的发展格局，提高贫困地区的农民组织和协作程度，有效提高贫困地区产业发展的实际成效。

感悟：“每村一社”是行政思维，市场调节才更有效果。

（该作品获得第24届全国政协“好新闻”二等奖。本文原载于《人民政协报》2020年12月21日第5版）

丝绸路上幸福花开

——新疆维吾尔自治区博尔塔拉蒙古自治州棉花产业见闻

文 / 李丛杉　叶　璞　赵　爽

被誉为“边陲明珠、塞外江南”的博尔塔拉蒙古自治州位于新疆维吾尔自治区西北边缘。在这块形似海棠叶的土地上，高原明珠赛里木湖澄澈碧蓝，途经这里的丝绸之路传承千年。如今，这个位于丝绸之路经济带“中通道”重要连接点和进出口过货关键节点的地区，贸易新城正在崛起。作为新疆优质陆地棉产区之一，一条从种植到加工、生产、贸易的棉花产业链正在被完整打造，一朵朵洁白的棉花为博州人民带来了红火的日子。

习近平总书记在第三次中央新疆工作座谈会上强调，当前和今后一个时期，做好新疆工作，要完整准确贯彻新时代党的治疆方略，牢牢扭住新疆工作总目标，依法治疆、团结稳疆、文化润疆、富民兴疆、长期建疆，以推进治理体系和治理能力现代化为保障，多谋长远之策，多行固本之举。在新时代党的治疆方略的引导下，博州正在焕发着新的光彩。4 月 12 日至 18 日，我们深入博州，从即将播种的棉田到忙碌的纺织车间，采访一线棉农、棉纺企业工人、行政管理部门人员，了解和展现真实的新疆。

广袤大地遍开致富花

4 月正值棉花播种的季节，在博州博乐市贝林哈日莫墩乡决肯村，一望无际的棉田里，棉农们刚刚清理完去年残留的地膜，准备播种。维吾尔族青年居玛洪骑着摩托车呼啸而至，停在田里一台大型播种机旁。

居玛洪是决肯村村民，种植着 100 多亩棉田，年纪轻轻已经是 10 年的“老棉农”了。谈起两年前买下的播种机，居玛洪直夸赞：“现在种棉花都靠机械作业，播种机一天能播100多亩地。到了秋天，二三百亩地的棉花用机器一天一夜就能采完，而且机械采棉平均每亩要比人工采棉节省七八百元。”

机械作业节省了大量时间、人力和精力，100多亩棉田的种植和采摘靠居玛洪一个人就足够了。除了种棉，居玛洪还种植十几个大棚的蔬菜，到了夏天可以去夜市摆摊赚钱。被问到收入，居玛洪笑起来，既害羞又自豪地说：“一年大概能赚20万到25万元吧！”

居玛洪只需要定好档位，安装了GPS导航系统的播种机就能自行在棉田上画出一道笔直的线条，精准地膜播种一气呵成，一粒粒棉种被植入土中，等待着秋天的丰收。

播种机的马达声轰隆作响，农技人员正在播种好的棉田里作细致的检查，博乐市农业局种业发展中心主任黎玉华十分熟悉这种场景。2018年，黎玉华任决肯村第一书记，靠自己的农技专业知识帮助村民，和村民建立了很深的感情。作为远近闻名的明星村，决肯村近年来的变化堪称焕然一新。一走进村子，就能看到两层楼的幼儿园，旁边是养老院。在村委会东侧，郁郁葱葱的林木掩映着村民们居住的一排排独栋小楼，更远处矗立着几十座蔬菜大棚。

决肯村从20世纪80年代中期开始种植棉花，是靠种植棉花走上致富路的。2009年，决肯村成立了博乐市拓垦专业合作社，按照“带地入社、按股分红、风险共担、利益共享”的模式，开始探索规模化种植道路。2015年，合作社大力整合土地，不断扩大种植规模，并实现“四个统一”：统一贷款、统一品种、统一管理、统一销售，既降低种植成本，又保证棉花优质优价。

土地整合，让一大批村民有机会探索新的致富路。2015年，在惠农政策补贴下，决肯村建起了30座蔬菜大棚，种植绿色、无公害蔬菜让村民的腰包又鼓了一些。有的村民开起了农机配件店、五金店、服装店等，有20多户村民在博乐市买了商品房，过上了农忙在农村、农闲住城里的生活。

除了种植棉花，决肯村一直没有放弃探索致富新思路，这其中，民宿旅游为村子带来了勃勃生机与巨大商机。“邀请三五好友，避开闹市，在乡村民宿的天台上吃烧烤、赏风景，晚上还可以数着星星入睡。”这是黎玉华对决肯村发展民宿旅游的美好畅想，如今农家乐、采摘园、荷花节……一个个游玩项目都能创造可观的收入。决肯村在集体致富的道路上越走越宽广，村民的日子也越过越红火。

民族团结催开产业之花

丰富的棉花资源推动着新疆的纺织行业不断发展。在博州，政府对棉纺织企业给予了多方位的扶持，棉纺织业为保障社会稳定、拉动经济增长、创造就业岗位、致力脱贫攻坚等作出了巨大贡献。

走进位于博乐金三角工业园区的一家棉纺织企业车间，机器轰鸣声不断，一眼望去，一组组纺织机器整齐排列，有序运转，基本无需工人操控。企业负责人李斌介绍，这里约有 1000 名员工，年上缴利税 1000 万元左右。2014 年 5 月，第二次中央新疆工作座谈会强调，对口援疆是国家战略，必须长期坚持，把对口援疆工作打造成加强民族团结的工程。湖北省与新疆博州是对口支援单位。为贯彻落实会谈精神，李斌所在的湖北某纺织集团决定在博州办厂。有湖北与新疆两地政府大力支持，纺织厂很快投入生产。

企业员工中有 80% 左右是少数民族，包括蒙古族、维吾尔族、哈萨克族、回族等。在工业园区食堂，28 岁的纺织工人阿米尔江正在吃饭。面对摄像镜头，他毫不怯场地用流利的普通话聊了起来。今年是他在这里工作的第三年，每月工资 5000—5500 元，这对他来说是一笔不小的收入。收入有保障，让他能在节假日经常带上家人去外地游玩，饱览祖国大好山河，开阔眼界，增长见识。

4 月 9 日，全国政协第 47 次双周协商座谈会召开，围绕“推动民族地区多渠道就业”协商议政。会议指出，产业发展是促进民族地区经济发展和保障就业的关键所在。

事实上，作为博州重要产业之一，棉纺行业带动就业的潜力巨大。李斌介绍，企业员工的工资在 4000—7000 元，招工基本“零门槛”。“只要愿意通过劳动脱贫致富，都能在公司找到工作岗位。有些轻度残疾的，只要有劳动能力我们也都接收。”李斌还特别提到，因为部分员工文化水平较低且语言不通，企业的培训周期相对较长，政府还提供了相应的培训补贴。李斌说：“有的员工掌握了一技之长，回到家乡求职更有竞争力；有的员工工作几年攒钱，直接在博乐市扎根；还有的原本是普通农民，如今已经是企业的管理人员了。”

近几年来，由于地理环境优越，棉花品质上乘，生产设备自动化程度高，产业链完整，新疆的棉纺织品在国际市场竞争中呈现出越来越强的态势。

“棉棉用力”幸福花开

棉花种植业是博州的传统主导产业，现已成为博州的重点产业之一。2014 年，博州只有一家棉纺织企业，如今已有 16 家，行业龙头企业也纷纷落户博州。棉纺织业的飞速发展为博州带来的社会效益和经济效益非常明显。作为劳动密集型产业，棉纺织企业已为博州带动就业 3000 余人，这自然少不了博州政府的扶持和帮助。对此，博州政协委员、州工业和信息化局行业管理科科长胡华丽深有感触。

结束了手头的工作已经是下午两点多钟了，胡华丽才吃上了这天的第一餐。她一边吃饭一边接受采访说：“今年 3 月汪洋主席在新疆调研时强调，要完整准确贯彻新时代党的治疆方略，进一步夯实新疆社会稳定和长治久安基础。作为基层干部，在政策扶持方面，我们都会第一时间落实国家和自治区针对棉纺织业的政策，制定规范流程，第一时间给企业审批到位，保证企业的正常高效运行。在为企业纾困解难方面，博州建立了‘包联制’，州县领导一对一对接企业，帮助解决棉纺织企业经营过程中遇到的困难。”

2020 年 1 月，博州的一家纺织企业复工在即，部分外地工人和技术人员却因疫情无法及时返厂。得知这一情况，该企业的帮扶人员立刻联系包机，统一将员工接回。在州政府的帮助下，返程一路“绿灯”，企业顺利复工复产。针对一些经营困难的企业，帮扶干部则协调呼吁本地产品自产自销，将政府采购部分优先考虑经营困难的企业。

保障棉纺织企业用工也是政府关注的重点。博州一方面建立为棉纺织企业专门输送人才的机制，一旦企业缺人，通过人社部门的平台就能及时为企业输送，满足生产需要；另一方面多措稳岗，除了落实相关政策，还通过岗前培训补贴、社保补贴、稳岗补贴等优惠政策为企业减轻负担，给予员工奖励。同时，政府还帮助企业营造良好的人文环境，定期组织举办民族团结活动、党建活动、企业文化活动等，提升凝聚力。通过这些举措，博州棉纺织企业的员工稳岗率达到90%以上。

谈到稳岗的作用，胡华丽不无感慨："员工稳岗对于棉纺织企业来说非常重要，关系到生产稳定，生产稳定则企业效益提高，员工的收入就更有保障，这是一个互相影响的关系。"日常工作之余，胡华丽也不忘履行政协委员的职责，今年她提交了一件关于提高本地棉花就地转化率的提案，希望进一步推动博州棉花产业的发展。

博州棉纺织业的飞速发展带给胡华丽工作、生活的变化也很大，最明显的就是工作越来越忙，压力越来越大，但是想到肩上的责任，想到博州日新月异的变化中有自己的一份贡献，胡华丽表示："虽然辛苦也甘之如饴。"

丝绸路上幸福花开。大力扶持和发展棉纺织业，将其打造为博州的支柱产业，正是贯彻落实习近平总书记重要讲话精神的具体举措。深入博州这片充满生机与活力的热土，处处都能看到各族人民努力建设团结和谐、繁荣富裕、文明进步、安居乐业、生态良好的新时代中国特色社会主义新疆的美好画面，令人难忘。

（原载于《人民政协报》2021年4月23日第2版）

千年梯田守护者的新生活

——走进云南省红河州元阳县哈尼梯田核心区

文／毛立军　赵　爽

红河哈尼梯田文化景观于2013年6月22日被列入联合国教科文组织世界遗产名录，元阳梯田是红河哈尼梯田的核心区。近年来，元阳县以绿色发展为底色，聚焦产业培育，推动产业转型升级、农村产业融合发展，有效促进了农业增效、农民增收、农村增绿，助推乡村振兴，巩固脱贫攻坚成效。

6月19日，《人民政协报》记者抵达云南省红河州元阳县哈尼梯田核心区，壮丽的梯田和幸福闲适的田园生活让人惊艳。2020年5月17日，元阳县顺利脱贫摘帽，但脱贫摘帽不是终点，而是新生活、新奋斗的起点。为拓展脱贫攻坚成果同乡村振兴成果有效衔接，云南元阳县坚持以产业发展为抓手，精准选派驻村队伍人选，持续拓宽群众增收渠道，激发乡村发展活力。在元阳县的见闻，正是云南落实乡村振兴战略的美丽缩影。

“稻鱼鸭”+千年梯田，“活了”

傍晚，在元阳县新街镇大鱼塘村外，340亩的稻渔综合种养示范梯田层层铺展，红米水稻长势喜人，梯田里的鸭子们被农妇一一抓回去，排着队赶进鸭舍。梯田中约半米宽的鱼沟不时冒出大水泡，说明有一尾梯田鱼刚刚游过。这里是元阳县呼山众创农业开发有限公司以当地农民手中流转的梯田打造的示范区之一。

为了更好地保护哈尼梯田，让哈尼文化得到更好的传承，在元阳县委、县政府的支持下，2017年，该企业在新街镇大鱼塘村和黄草岭村流转700

亩梯田，建设成“国家级稻渔综合种养示范区”和“全国稻渔综合种养试验示范区”，涉及158户农户，其中建档立卡户27户，并在实践中摸索出“公司+合作社+基地+农户”的模式。与当地多个合作社签订收购协议，从农户手中以保底价回收农产品，覆盖专业合作社农户412户。该企业生产部门经理朱征荣介绍，将梯田流转出去的农民不仅每年能收到每亩1200元的租金，还可以到示范区梯田做农活，根据工作量每天工资在100元到200元不等。若是能带上耕牛来，一人一牛一天的工资能达到300多元，领着工资干农活，收入大大提高。

今年47岁的李正福是新街镇大鱼塘村的村民，他和妻子目前都在公司工作。李正福负责基地里的稻田管理、养鱼、养鸭等工作，月工资3000元，妻子则负责公司的保洁工作，月工资2400元。年轻时，李正福也曾外出打工，他说：“家里只有2.5亩地，亩产的300多公斤红米稻就是全部经济来源。为了增加收入，我22岁就出去打工，做的是拎沙灰、砌砖头的苦力活，一年最多就8000元的收入。”如今除了每月的工资外，李正福还有每年的土地流转费用收入，他又将2019年贷款建的楼房租给公司做体验店，每年还能获得4.2万元租金，算下来一年能有10多万元的纯收入。“放在以前，想都不敢想！”李正福感慨连连。

从2017年建成水稻种植示范基地至今，该企业通过对自有品牌“哈尼哈巴”的建设，将梯田鱼、梯田鸭（鸭蛋）、梯田红米等农副产品串联为稻渔综合种养产业链，顾客还可以实地体验田园生活、哈尼文化。体验店的二楼是公司的新媒体部门，里面摆放着一些直播器材和包装好的农副产品。绿色、有机的农副产品在北上广等一线城市比较受欢迎，但公司在尝试进一步打开市场的过程中遇到“酒香也怕巷子深”的问题。朱征荣说：“在电商平台上搜索‘梯田红米’，价格、品类不等，有些只卖到10元1公斤，甚至更低。而我们的红米1公斤约50元左右，消费者不懂其中的差别，自然愿意选择便宜的。怎么更好地宣传我们的产品价值，是目前的难题，我们正在尝试用直播打开销路。”

依据时间节点在水稻梯田中养鱼、养鸭的“稻鱼鸭”模式，使稻、鱼、鸭三者形成平衡，种养殖过程绿色、环保、无污染。稻渔综合种养模式对于当地产业发展与生态保护好处多多，具有稳粮增效、节肥减药、种养结合、循环发展等特点，符合农业供给侧结构性改革和绿色生态可持续发展的总体要求。朱征荣告诉记者，过去单纯种植水稻的梯田亩产值只有不到2000元，如今采用“稻鱼鸭”模式的梯田亩产值已突破万元。他希望示范基地能为当地的农户树立一个好榜样，带动大家积极效仿，不仅能增加收入，对于保护这片传承了千年的梯田与农耕文化也有重要意义。

民族刺绣保增收，“美了”

来到元阳县南部，攀枝花乡猛弄村的民绣传承实训基地里，5位哈尼族与彝族绣娘正坐在窗边刺绣。5位绣娘中彝族妇女李世芬是当地远近闻名的绣娘，在加入合作社之前，李世芬就凭借精湛的绣工时不时接一些绣品订单赚钱，只不过都属于“零打碎敲”的模式，销路也基本都在周边的村子，只能补贴家用。

在县政府的引领下，猛弄村采取“公司＋合作社＋传承基地＋绣娘”的发展模式，将本土民族特色与时代流行元素相融合，加快民族刺绣衍生产品开发，帮助当地农村妇女不离乡土、不离家庭就能增收。目前，猛弄刺绣农民专业合作社已发展社员200余人，有彝绣专业村2个、彝绣协会1个、彝绣营销大户4户，从业者1000余人。

“猛弄民绣”走出大山，绣娘的收入也逐渐提高。李世芬向记者算了一笔账，她目前全职在合作社工作，做绣娘每个月基本工资是1500元，还有订单提成。加上合作社宣传推广，有些游客在景点游览、体验，或去她家做客时被绣品吸引，都会当场下订单求购，算下来一年能有约4万元的收入。李世芬不仅自己是刺绣能手，还把女儿培养得青出于蓝而胜于蓝。她说当地许多妇女都是刺绣能手，大家经常聚在一起互相学习、改进绣工，才有了精美绝伦的绣品。

“猛弄民绣”已经被合作社成功注册申请为商标，引进上海穆驰实业有限公司，共同开发刺绣产品。共同开发的第一批产品约2000件，产值达40

余万元。

在猛弄村的民绣传承实训基地里，两层楼的展厅中摆满了各式绣品，文具袋、手提包、现代服饰、挂画……不乏将传统刺绣与日用品结合的创意设计。设计师刘玲芝介绍，将传统民族刺绣融入现代生活，关键在于保持刺绣背后的文化传承，以哈尼族刺绣为例，绣娘们将赖以生存的梯田用一针一线绣在衣服上，绣出了具有民族特色的图案。同时，为了拓宽销路，打开知名度，合作社正在尝试以直播带货的形式推广“猛弄民绣”。

攀枝花乡猛弄刺绣合作社的负责人李林昱告诉记者：“除了像李世芬这样的‘全职绣娘’外，更多绣娘平日里操持家务、干农活，闲时则通过合作社做绣品赚钱。农村妇女人数众多，如果能够调动她们在农闲时参与到民族刺绣工作中来，将是脱贫攻坚与乡村振兴衔接的有效突破口。这样一来，不仅能增收致富，还能有效缓解留守儿童、乡村空心化等一系列问题。”

登上高考卷的阿者科村，“火了”

今年的高考成绩开始陆续揭晓，每年的高考都是牵动万千人心弦的大事，而今年的高考试题意外地将阿者科村带入了全国人民的视野。

阿者科村位于元阳县新街镇，在红河哈尼梯田的核心区，是核心区内保存最完好的哈尼族村寨之一。车子不能进村，经过村口售票处，走过一段青石板路，映入眼帘的便是一栋栋圆润古朴的蘑菇房，土黄色的墙壁和茅草铺就的屋顶错落排列。村内道路整洁，孩子们成群结队，无忧无虑地玩耍。村民都十分热情好客，记者途径一户正在吃饭的村民门口时，还被热情邀请一同用餐。

因为相对封闭的交通区位、传统低效的稻作农业方式、低层次的文化教育水平及保护与发展间的矛盾，阿者科村长期以来一直是贫困村。村子里一半以上的劳动力外出务工，村落空心化现象明显。

在红河州委、州政府的大力支持下，元阳县委、县政府邀请中山大学旅游学院保继刚教授团队专门为阿者科制定了“阿者科计划”，根据计划，阿者科全村实行内源式村集体企业主导的开发模式。由中山大学派驻的研究生，协同政府派驻的青年干部，共同驻村领导村民成立了村集体旅游公司，对村庄进行整体改造并收取门票，收入归全体村民所有。村内还开展各种原生态的文化体验活动，如长街宴、哈尼家宴、打褙子、织布、梯田捉鱼等。经过几年不懈努力，阿者科成为中国旅游脱贫致富的典型示范案例，为哈尼梯田遗产区内其他村寨的旅游发展提供了经验借鉴。

对于高考试卷中那道地理题的答案，在阿者科驻村的中山大学在读研究生李慕芳有自己的理解。李慕芳今年1月23日来到阿者科，她认为："阿者科村实行村集体企业主导的旅游开发模式，其优势在于村民主导、村民受益，村民拥有对村庄旅游开发的知情权、决策权、管理权、监督权。如果引进外来资本，也许村民会因文化水平、业务能力等原因被边缘化，到时景区虽然发展起来了，但是贫困人口没有受益。"李慕芳是第五批驻村研究生，她的工作是协助村集体公司管理运营日常事务，还包括对村民进行能力培训、辅助儿童教育以及将自己的实践与所学结合，完成论文写作，可以说是名副其实地将论文写在了祖国大地上。

驻村研究生都居住在游客中心的二楼，一楼是售票处，研究生与村民同吃同住，感情深厚。李慕芳亲切地称在一楼工作的售票员高美华为"阿嫂"，高美华是阿者科村民，在村集体旅游公司工作两年多了。说起这两年家中的变化，高美华感慨颇深。

高美华家中有六口人，三个儿子里最大的今年17岁，上面还有一个年迈的婆婆，身体不太好，丈夫在外打工。高美华曾经跟着丈夫一起外出打工，由婆婆一人照看孩子。那时工作辛苦，赚的钱却不多，高美华心中还时刻牵挂着家里，每晚都要打电话回家，询问婆婆的病情如何、孩子有没有回家、有没有认真做功课等。"现在在村里的旅游公司上班，能够照顾家里的老人和孩子。"高美华说起售票员的工作，忍不住喜上眉头。做售票员每个月基本工资加提成能有2000多元，除此之外还有村民分红。

在阿者科村的检票亭处立着一块牌子，上面写着村集体公司的分红细则：公司收入归全村所有，村集体公司留存30%用于后续运营，村民分红占70%。同时村民分红按传统民居40%、梯田30%、居住20%、户籍

10%执行。以“房、人、田”为标准划分旅游分红，鼓励了村民保护传统民居、保育梯田以及保留村籍。自2019年2月正式运营以来，村集体公司累计分红4次，共计分红47.1万元，实现户均分红7254元，直接带动村内23户建档立卡户实现精准脱贫。

阿者科村蒸蒸日上，村民们的生活越来越好，收入越来越高，谈到未来的发展，共青团委副书记、新街镇党委副书记（挂职）徐雨晨告诉记者：“下一步，阿者科村将继续坚持‘科学规划、适度开放、永续利用’的发展理念，以‘让村民富起来，让村落美起来，让传统文化留下来’为目的，把阿者科打造成为民族原生态文化旅游村，以遗产保护与旅游发展为抓手，实现全面乡村振兴。”

（原载于《人民政协报》2021年6月28日第5版）

跨国扶贫记

文 / 吕金平　李茜茜

金秋十月，缅甸雨季还未结束，但世代生活在内比都市敏彬村和埃羌达村的村民却不再感到困扰。他们对这个以往烦人的季节有着全新的感受：路不再泥泞，水变得洁净，新建的村小学牢固坚实，村卫生室门类齐全，示范户的庭院里农作物生机勃勃……

这一切的变化，都得益于中国援缅甸减贫示范合作项目（以下简称“中国援缅项目”）的实施和一批来自“邻居”专家的真情帮扶。云南省政协委员、省人民政府扶贫开发办公室国际扶贫与发展中心副主任姚倩便是其一。

两度赴缅调研，把脉精准献策中国方案

2014 年，李克强总理提出了开展东亚减贫合作的倡议。即由中国政府提供资金和技术支持，借鉴我国扶贫开发的工作经验，在老挝、柬埔寨、缅甸三国六个项目村开展社区综合发展示范项目，并将其命名为“东亚减贫示范合作技术援助项目”。

作为离缅甸最近的中国省份，这一国家援外重任落到了姚倩所在的云南省扶贫办国际扶贫与发展中心。“这是我国首次在国际上实施农村综合扶贫项目，也是推广中国扶贫开发理念、讲好中国扶贫故事、树立负责任大国形象的一次重要机遇。”作为该中心的负责人，姚倩挑起了国家援外工作组组长的重担，于 2015 年 7 月、8 月，两次率队赴缅甸开展项目的可行性调研。

至今，姚倩还记得第一次踏入敏彬村和埃羌达村时的情景：当时也是下雨天，村里的泥巴路混着猪粪牛粪，没地儿下脚，车也开不进去，只能挽起裤腿，艰难步进。当地村民大多住在木板房或竹编房里，村里缺乏农

业灌溉设施，就连饮用水都要靠手动泵从地下抽取。最让人揪心的是孩子们在阴暗潮湿、漏雨的泥土房里学习，学校后边还有个垃圾场，环境十分恶劣。

姚倩将这一切都如实地反映到调研报告里。她带领工作组克服高温天气、水土不服的困难，白天坐着颠簸的小火车、踏着泥泞崎岖的小路进村现场勘查，入户调查收集信息，开展项目需求评估，晚上加班加点撰写调研报告。在历经了一个多月的艰苦工作后，最终完成了工作任务。

缅甸之行，让姚倩对国家援外项目有了更多的思考与启发。2016 年，结合自身工作实际，她与同伴共同完成了《关于我国对外援助应更多下沉到民间的建议——以对缅甸开展减贫项目为例》信息专报。专报深度分析了缅甸扶贫工作现状以及我国对缅援助存在的问题，并提出了通过大力开展惠及百姓、贴近民生的项目，花小钱，办大事，办好事，从而加强中缅两国减贫合作交流的建议。

该信息专报获云南省政协采纳后报送全国政协，经全国政协转报国务院扶贫办和商务部，得到了上级部门的认可。

在各方推动下，2017 年 11 月，中缅双方签署了中国援助缅甸减贫示范合作项目实施协议。项目为期三年，旨在通过中国减贫经验，因地制宜，因贫施策，以当地发展需求为导向，实施精准帮扶，改善当地生产生活条件，多样化贫困农户的收入途径。

见证中国扶贫经验走向世界

自 1996 年加入扶贫队伍以来，姚倩在扶贫领域一干就是 20 余年，是位名副其实的扶贫老将，但跨国扶贫对于她来说也是头一次。中国方法是否适用？中国标准能否通行？中国模式能否奏效？顶着压力，姚倩快速调整好状态，带领全中心干部职工，加班加点完善工作方案，确保各环节不出一点差错。

2018 年 1 月，随着首批中国扶贫专家的到来，安全饮水工程，学校、卫生室、村内道路等土建工程项目，太阳能路灯项目，环境治理等一系列项目在敏彬村和埃羌达村快速落地实施。

埃羌达村是一个由4个村庄搬迁成立的移民村，村里有483户2274人，由于水源匮乏、用水紧张，不仅没有农业灌溉水利设施，村民也只能饮用地下水或雨水。因此，“喝上健康干净的水”就成了村民们最大的心愿。项目实施后，埃羌达村从3公里外的水库引水进村，建设水塔、蓄水池并铺设管网到每家每户，村民们实现了“喝水自由”。

改善教育条件也是减贫示范合作项目内容之一。项目实施后，村里的孩子告别了泥土地教室，搬进了明亮整洁的新教学楼，还有了随时可以看书的图书馆。

与此同时，水稻花生芝麻示范种植，庭院经济种植，养猪、养鸡示范项目等产业扶贫项目也随之落地。村民昂梭温告诉姚倩，他此前主要靠外出打工收入维持生活，如今，在专家指导下，他已是蔬菜种植能手，周边很多村民都会来买他的菜。

……

三年来，从基础到产业，从扶贫到扶智，发生在敏彬村和埃羌达村的变化，让当地人知道了一个新词：中国精准扶贫。

“国之交在于民相亲，民相亲在于心相通。”对于姚倩来说，更高兴的是项目既切实解决当地村民迫切的民生需求，又向世界展示了中国扶贫经验，得到了国际的认可。她介绍，缅甸将埃羌达村列为2019年11月“第十一届东盟农村发展与减贫部长级会议”的实地参观村，来自东盟10国及联合国粮农组织等国际组织共90余名与会代表进行实地考察后，纷纷称赞这是一个标杆式的国际减贫项目。

关键时刻毅然“逆行”，以行动书写委员担当

自中国援缅项目实施以来，云南省扶贫办先后派出三批共12名常驻缅甸专家和20余名短期专家赴缅甸开展工作。今年是项目实施的最后一年，也是关键的收官之年，但是受新冠肺炎疫情影响，原计划2月中旬前往缅甸的第三批中方常驻专家不能按时成行。作为第三批专家组组长的姚倩主

动扛起责任，积极协调中国驻缅甸大使馆，申请“绿色通道”，顶着疫情没有完全消除的风险率领组员赴缅坚守在工作第一线。

姚倩介绍，今年剩余的工作量主要包括两个项目村的供电工程、支持组建村集体经济组织、开展生计发展项目、开展培训活动、项目的总体竣工验收总结等，工作任务重，时间却有限。“尤其8月底缅甸突然暴发的第二轮新冠肺炎疫情，日均新增1000余例确诊病例，对现场的工作产生了非常大的制约。”目前，专家组以分散办公、线上讨论、办公室集中协商等形式努力推进项目的实施。

自2018年成为云南省政协委员以来，姚倩积极参加政协组织的各项履职活动，建言献策。此次全程参与中国援缅项目，她也有诸多感受。她认为，当前国家援外减贫项目仍存在着管理机制不够健全、运作方式不够切合当地实际等困难和问题。

对此，姚倩建议，国家对外援助应将消除贫困、改善民生作为优先领域，通过开展农村综合扶贫发展项目，改善贫困地区生产生活条件，带动贫困人口的收益，惠及更多的普通民众，更好促进民心相通；面对不同的国情、不同的文化、不同的制度、不同的模式，中国的减贫经验只有和受援国的发展实际相结合，才能产生良好的效果，提升受援国百姓的实际获得感。

“尽管目前困难重重，但我们一定攻坚克难，全力以赴，完成好国家、省委省政府交给我们的光荣任务。”姚倩说。

（原载于《人民政协报》2020年11月9日第7版）

应全面停征教育附加等税外费

文 / 奚冬琪

近日，《人民政协报·民意周刊》收到第十届、十一届全国政协委员，民革厦门市委原主委庄威发来的一篇建议稿。他在建议中呼吁：全面停征教育费附加和地方教育附加。

因为有着多年地方经济工作经验，在担任全国政协委员期间，庄威就曾提出过《出台消费型个人所得税有助于拉动消费》《应免征微型企业一切税费》《要充分发挥公积金在保障性住房运作中的独特作用》等一系列和经济、民生密切相关的提案。如今，庄威虽然已不再是全国政协委员，但他依然希望能尽自己的一份力量，为经济、民生做点实事。在电话里，他向记者谈到了撰写这篇《建议全面停征教育费附加和地方教育附加》建议的背景和初衷。

教育附加征收费率显著提高与《企业法》精神相悖

教育费附加是国家为扶持教育事业发展而计征的政府性基金。1986 年，国务院颁布国发〔1986〕50 号文《征收教育费附加的暂行规定》，从当年 7 月起，以各单位和个人实际缴纳的增值税、营业税、消费税总额的 1% 计征教育费附加。1990 年 10 月，教育附加费上调为三税总额的 2%；2005 年 10 月，国务院决定再将教育费附加率提高到 3%。

地方教育附加是各省级行政区开征的一项地方政府性基金。起初各省、市在地方教育附加是否开征，费率多少存在不同做法。2010 年前，各地征收地方教育附加的费率多为 1%，但不少省市并未开征。2011 年 6 月，国务院发布《关于进一步加大财政教育投入的意见》，要求各地全面开征地方教育附加，并统一费率为 2%。

“很多企业，特别是民营企业，都认为现在国家的税负是比较高的。在税收之外，像教育费附加和地方教育附加这样的税外费，还要由企业来承担，而且在2005—2011年的六年间显著提高了征收费率，这样做与《企业法》的精神相悖，是不适宜、不合理的。也有违当下中央一再重申减轻企业负担，减免税外费的要求。”庄威告诉记者。

教育附加是刚性支出，加重了企业负担

几年前，从原来的工作岗位上退下来之后，庄威就在厦门老科技工作者协会担任会长。“协会下面有一个民营科技企业家联谊会，所以经常会和民营企业家接触；另外，我们协会还承担了不少政府部门下达的企业监理工作，在这个过程中，我们要和企业对接，对于这些企业的效益、他们对税收的贡献，以及企业遇到的问题和困难都比较了解。”庄威告诉记者，对企业而言，教育附加是一项刚性支出。教育附加的征收，以纳税人缴纳的增值税、消费税、营业税税额为计税依据，作为流转税附加，它不论企业经营状况、是否盈利都要缴纳。这是企业在缴纳正税之外的很大一块支出，必然加重了企业负担。庄威在福建厦门某卫浴企业了解到：该企业2015年税收支出约8740万元，其中教育费附加和地方教育附加合计就近437万元，而该企业当年的利润总额仅为1.82亿元。

庄威谈到，近年来，随着经济下行压力的加大，国务院，包括李克强总理，都提出要减轻企业的负担。但从厦门老科技工作者协会拿到的一些企业数据，包括一些产业园区中民营企业的数据来看，虽然像教育费附加这样的税外费只占到企业三税总额的3%—5%，但是对于企业来说，仍旧是很大的负担。“因为不管企业赚钱不赚钱，它都要交这笔钱。因此，在当前的这种经营比较困难情况下，企业是颇有意见的。”

庄威告诉记者，在从企业了解到相关情况后，他也进行了研究分析，认为企业的意见是有道理的。“我担任过两届的全国政协委员，知道当时国家开征教育费附加是因为在国家财政力量有限的情况下，要实现教育投入占GDP4%的目标。所以，从整个的历史沿革中也可以看出，开征教育费附

加只是一个暂行规定，是一个权宜之计。但是没想到，这一暂行，就暂行了 30 年。”庄威提到，以前国家财力有限，所以企业对征收这项税外费也都能理解，也都在执行。但是现在经济环境已经与当初有了很大不同，很多企业，尤其是实体制造业，经营都相当困难。“所以我的观点是：这个税外费是不合理的，到了该取消的时候了。国家应该出台一个比较普惠的政策，切实解决企业的税外费负担。”

停征教育附加等税外费，让企业更好地发展

庄威表示，今年国家已决定全面实行“营改增”，2016 年预估可减少企业 5000 亿元的税赋，但其受益面有限，对实体制造业而言，需要有比较直接有效的减轻其负担的举措，而停征教育附加等税外费应该是首选之策。以厦门市为例，2013—2015 年三年，全市征收教育费附加和地方教育附加年平均为 20.5 亿元，如果停征两费，每年可为企业减少支出近 20 亿元。

2015 年 1 月起，国务院决定月销售额和营业额不超过 3 万元的微型企业免征教育费附加、地方教育附加。2016 年 2 月起，国务院决定将免征此两费的范围扩大到按月销售额或营业额不超过 10 万元的缴纳义务人。“这对减少微型企业的负担是重大利好。面对当前多数实体经济的困境，政府还应当继续采取果断措施，帮助企业渡过难关。”

为此，庄威提出三点具体建议：一是近期停征所有企业教育费附加和地方教育附加，作为落实“三去一降一补”的普惠政策。二是由国务院适时作出决定，在全国范围取消教育费附加和地方教育附加。三是停征后对部分地方因此造成的教育经费投入缺口，由中央财政转移支付给予解决。

庄威认为，企业只要依法纳税，不应再承担政府的社会责任，但可自愿赞助或投资教育事业，这样才能真正做到政企分开，才能有益于企业结构调整和现代企业制度的完善。

采访结束前，庄威告诉记者：目前，企业最大的成本还来自劳动力成本。对此，政府今年也做了一些调整，比如将企业社保缴费比例降低 1—2 个百分点。但相比较于降低社保缴费比例，企业对税外费的调整会更为敏感，

可以说，如果停征，会马上看到效果。所以，他还准备写一系列关于调整税外费征收的建议。“比如，现在企业意见比较大的，还有城建税和残疾人就业保障金等，今后我也会一步一步地再提一些建议，希望国家能够尽快取消这些税外费，为企业减负，让企业更好地发展。”

（原载于《人民政协报》2016 年 5 月 23 日第 5 版）

醉驾入刑10年
案底可否有条件封存或消灭

文/徐艳红

“危险驾驶罪”被吸纳在《刑法修正案》（八）中，并于2011年5月1日起正式实施。“醉驾入刑”10年，据公安部数据显示：醉驾入刑在遏制酒后驾驶行为方面的效果是显著的。2020年，每排查百辆车的醉驾比例比“醉驾入刑”前减少70%以上。10年间，在机动车、驾驶人数量增长1.81亿辆、2.59亿人的高速增长情况下，酒驾醉驾肇事导致的伤亡事故相比上一个10年减少了2万多起。换个角度说，如果没有醉驾入刑产生的威慑、教育作用，因醉驾引起的交通事故会比现在严重得多。醉驾入刑可谓功不可没，“喝酒不开车，开车不喝酒”的理念逐渐深入人心。

但是，有些人的生活因醉驾而完全改变，我们听听他们的故事。

一次醉驾，一世懊悔！

岳小强的生活轨迹自去年那晚聚餐后就开始偏离正常的轨道了。

就职于某国有大型地产公司厦门分公司的工程管理部经理岳小强（化名）今年39岁，大学毕业已15年。经过十几年的打拼，他在厦门安了家立了业，收入相当不错，妻子做账务工作，女儿10岁，日子过得很是惬意。

2020年9月2日晚，已离职准备谋得一个更好职位和收入的岳小强驾车与原公司领导及同事在厦门某大排档聚餐，席间喝了5瓶啤酒，散场后已是3日凌晨。由于代驾APP登录慢，加之夜已深，也有想省下代驾费的小心思，再出于侥幸心理，他驾车上路了。开出3公里后被设卡的交警查获。经鉴定，其血液酒精浓度为114.13mg/100mL。岳小强主动认罪认罚，于11月4日被法院以危险驾驶罪判处拘役1个月，缓刑3个月，处罚金2500元，接受3个月的社区矫正。2021年2月16日，他被解除矫正。

3月，岳小强通过笔试、面试等层层环节，拿到了厦门某国有开发公司工程管理部的入职通知书，岗位为机电项目经理。令岳小强始料未及的是，入职当日，已在公司上了半天班的岳小强被人事部门要求提交无犯罪证明。到派出所一问才知，因醉驾有刑事案底，无法开具无犯罪证明，岳小强只得灰溜溜地卷铺盖走人。刚就业即失业，他没有时间难过，上有老下有小的中年人，还有机会找到工作吗?

之后，他又应聘了厦门两家上市地产公司的中层岗位，面试都已通过，公司人力却称通过第三方机构背景调查，他有不良记录，无法录用。无奈之下，为了生计，通过朋友介绍，岳小强于5月进了一家较小的工程管理公司，岗位为水电工程师，月薪只有原来一半左右。岳小强懊悔极了，他只想将时针拨回那天，绝不喝酒，更不会酒后驾车。

与岳小强同岁的段涛（化名），是一位在某机场从事地勤工作的国有企业员工，他毕业于中国民航大学，硕士学位。醉驾前为部门经理，副科级干部，中共党员。

2020年10月，白天参加完从小将其抱大的姨娘的葬礼后，段涛心情非常沉重。晚上，几位朋友相邀出去吃烧烤，他知道要喝酒，就没有开车。但喝了大概两个多小时的白酒加红酒后，不知道什么时候、什么情形下，他抓起朋友的车钥匙，并与他一起上了路。不久即被交警查获。因没有事故、没有其他从重情节，2021年5月，段涛被判处拘役1个月，缓期2个月，2021年7月底完成司法矫正。

随后，地方公、检、法及纪委第一时间将段涛的事情及判决结果报送到了单位。按照规定，单位要对他严肃处理。但因段涛平时表现较好，曾带领本部门取得了“全国青年文明号”的荣誉，领导拟按照开除党籍、免除职务、保留公职处理。可他们属于分公司，最终决定权在总公司，能不能保留工作还是个未知数。

醉驾已过去10个多月，段涛每天在恍惚中度过，时刻担心被开除，后悔和自责令他严重失眠，一度靠安眠药才能勉强入睡，甚至出现轻度抑郁症状。段涛家庭不算富足，但平淡稳定。妻子没有稳定工作，9岁儿子患有轻度孤独症，交流障碍，学习思维能力差。段涛是整个家庭的经济支柱和精神支柱……

人到中年，遇到这样的变故，段涛实在承受不起。“我该怎么办？我还有机会吗？”段涛时时问自己这个问题。

“我们确实触犯了法律，但希望国家能给我们一个改过自新的机会，我们还年轻，能做的事还有很多。”这是岳小强和段涛的共同心声。

委员：可为情节轻微的醉驾者设立前科消灭制度

醉驾者刑事案底对他们的生活影响非常大，案底能有条件地封存或是消灭吗？可否区别对待？本报记者采访了第十一届、十二届全国政协委员、四川鼎立律师事务所首席律师施杰和全国政协委员、湖北首义律师事务所主任谢文敏。

要建立起一条“喝酒不开车”的高压线，并让这一意识成为社会共识

谢文敏表示，醉驾者要付出的代价，从法律成本上讲，包括罚金、吊销驾照、拘役，若成立其他的犯罪则按较重的罪处罚；经济成本包括事故损失和赔偿，并且保险对醉驾造成的事故不予赔偿。对职业生涯也会有巨大的危害，医师证、律师证会被吊销，公务员会被双开，企业有权与醉驾者解除劳动合同；子女报考公务员、入党、上军警学校、出国留学签证都会受到影响，最最严重的是还有可能夺走醉驾者的生命或其他人的生命。

作为一名执业律师，谢文敏办案过程中见过不少事后彻彻底底后悔的醉驾者。看守所彻底失去自由的异常煎熬的日子，拘役结束后还有更多的痛苦在等着他们：5年不能开车，名下申请贷款、办理签证都无法做到，有

些行业会因为醉驾而永远失去进入的资格；失业、解约、合作伙伴悄悄与之划清了界限……

施杰称，“侥幸心理”不是醉驾者逃避犯罪后果的挡箭牌。醉驾者的一次侥幸很可能是几个家庭的破碎。与其在事后追悔莫及，更应在事前就恪守法律底线。之所以强烈呼吁将醉驾纳入《刑法》，是要建立起一条“喝酒不开车”的高压线，并让这一意识成为社会共识。

完善前科制度，每个人独立承担各自行为的法律责任和后果，减少醉驾者对家庭、子女的负面影响

案底是国家专门机关对犯罪人员情况的客观记载，醉驾会留有刑事案底，一切触犯《刑法》的犯罪行为都会留有案底。当然，刑事案底对醉驾者及其家庭的影响都是巨大的，这是醉驾者对自己犯罪行为付出的较高代价。我国危险驾驶罪是典型的抽象危险犯，不以结果论罪，除醉驾外，还有很多犯罪也是行为犯，也都会留有案底。

谢文敏表示，依据我们《刑法》中罪责刑相适应原则，刑罚给予的处罚应该是“重罪重罚、轻罪轻罚、罪行相称、罚当其罪”。醉驾者大多只是危险犯，不是实害犯，没有产生实际的损害，没有很强的主观恶性。结合国内外情况，谢文敏表示可以对“醉驾入刑”做必要的完善。

对于情节轻微的醉驾案件，可通过施行附条件不起诉的方式，比如在一些地方，检察机关、公安机关和相关的公益组织，积极探索犯罪嫌疑人自愿接受交通安全教育、从事交通劝导等社会服务，作为决定是否起诉的考虑因素。对于醉驾情节极其恶劣、屡教不改的，则在必要的情况下适度提升法定刑，加大震慑力度。可以提高罚金刑的适用率，尽量用经济惩罚替代监禁刑；完善与此相应的前科制度，每个人独立承担各自行为的法律责任和后果，减少醉驾类犯罪对家庭、子女的负面影响。

谢文敏认为，治理酒驾醉驾，单靠刑罚来规制还不够，应当多管齐下、综合治理。如可考虑加大对酒驾醉驾的行政处罚力度；在酒吧、KTV、饭店等场所设置禁止酒驾的安全提醒标语；对代驾行业进行规范，要求代驾将车辆停泊到停车位、将客户安全送到小区内；餐饮娱乐场所免收、少收酒后客人的车辆过夜停车费等，这样有助于从源头上减少酒驾、醉驾案件的发生。

情节轻微的醉驾者可考虑采取附考验期的案底留存模式，给醉驾者改过自新的机会

有学者提到："醉驾入刑使得行为人会因为犯罪记录被纳入信用记录，导致个人贷款、消费受限，子女工作的政审很难通过，正常生活受到影响。一人犯罪，连累全家，以《刑法》规制醉驾带来的负面影响太大，各方面受到歧视和不公平待遇后，可能引发的隐形社会风险，包括仇视社会、报复社会等恶性案件，成为新的社会问题。" 施杰表示，这的确是值得思考的问题。因为醉驾是行为犯罪，存在大量醉驾者并未造成危害结果却要因此背上犯罪记录，负面影响波及本人及其子女的日后生活就业，犯罪成本过高，和其造成的危险后果不平衡。可以考虑在醉驾入刑后对案底留存进行分级分情形处理，对于没有醉驾前科、酒精含量不高、未造成危害后果、驾驶路段时间车流量人流量少等情形，即对危险性低的醉驾行为，采取附考验期的案底留存，通过考验期案底消灭。

前科消灭制度长久以来都有争论，近年来更是有人大代表、政协委员、律师等建议设立前科消灭制度。施杰说，前科制度影响的不仅仅是未成年人、醉驾者，前科制度给犯罪人员带来的负面效应无限放大，犯罪人员遭遇各种资格、权利、机会的限制或剥夺的歧视性待遇，使其进一步被孤立和边缘化，甚至连工作的权利都被剥夺而面临生存问题。施杰认为，解决问题还需要从源头入手，若能增设成年人犯轻罪的前科消灭制度也是对我国犯罪记录制度的完善，更是对社会边缘人士的人文关怀。对于情节轻微、主观恶性不大、有悔改表现的初犯、偶犯、轻微犯罪等，则尽可能给他们改过自新的机会，设立轻罪前科消灭制度就很有必要，且有域外数据显示，设立轻罪前科消灭制度有助于前科人员再就业，可减少再犯。

虽然建议为社会危害性较小的轻罪设立前科消灭制度，但针对某些特定职业，施杰认为仍应分类限制前科人员从事，如醉驾前科人员不得做网约车、公共交通工具的驾驶员；有性侵儿童前科的不得成为幼儿园老师；

有过金融类犯罪前科的行为人不得就职会计、审计、证券等金融类职务……简而言之，需要具体考虑前科类型与职业的关联性，既不能随意扩大打击面也不能对该限制的职业采取不作为的放任态度。此外，犯罪前科的负面影响不仅仅是犯罪人本身的就业问题，更会波及子女，施杰建议，消除前科制度的株连效应，祸不及子孙。对于犯罪行为人的子女就业、学业，不应受到歧视或限制。

目前，成年人的轻罪前科消灭制度设立还存在司法困境，如与现行法律规定的前科报告义务存在冲突，而设立前科消灭制度尚未形成社会共识。因此在前科消灭制度完善前，可以前科封存制度作为过渡，严格限制前科查询的主体及范围，减少就业歧视。

为此，施杰表示，设立轻罪前科消灭制度，对醉驾者入罪后的刑事案底分情况选择留存或是消灭一定程度上可以使社会利益与醉驾者的就业需求达到平衡。但他仍强调，这种前科消灭制度的设置需要细化且完善，必须附带严格的法定程序、考核标准以及考验期间，避免轻易打开醉驾案底可消灭的突破口。让醉驾者有漏洞可钻，只会助长其侥幸心理，让醉驾行为死灰复燃，被害人及社会公众的人身安全又将岌岌可危。把握好刑罚及案底消灭的度，对醉驾者本身以及公众利益都是至关重要的。

（原载于《人民政协报》2021 年 9 月 13 日第 5 版）

中小城市限行限号有必要吗

文 / 徐艳红

北京自2013年开始实行车辆尾号的限行措施，之后，全国不少城市跟进，采取了跟北京一样的限号举措。

刚刚过去的国庆假期，从北京回老家探亲的张宁（化名）夫妻在一座小县城里遭遇限号而被罚款扣分，这引发了记者对中小城市进行限行限号这一基层治理方式的思考，并邀请委员专家对此现象进行剖析。

回趟家因县城限号被罚款且扣3分

因双方老人均年事已高，再加上这两年疫情影响很少回家，张宁夫妻俩就趁着国庆节请了几天年假，在老家多待了几天。10月13日他们自驾返京。

回京第二天，张宁收到一条短信，一看是“您的车辆在某交叉路口××米，被交通技术监控设备记录了‘违反禁令标志指示’的违法行为（记3分）”的消息赫然进入眼帘。他很是奇怪，不知道这是什么意思，更不知道自己违什么法了，截屏发给家人后才得知，13日是周三，县里对尾号3和8限行，他的尾号是8，是违反限行规定了。“限号！”他吃惊得张大了嘴巴，一个小县城什么时候拥堵到跟北京一样需要限号的程度，他竟全然不知。况且，北京限号也只是罚款，不扣分啊。家人这才说，老家限号已近三年了，工作日从8时到19时，实行尾号限行。

“不可能，不可能”，他依然不相信。张宁老家的概况大致是这样的：总面积500多平方公里，据第七次人口普查数据显示，2020年，全县常住人口为27万多人，常住城镇人口为16万多人。全县人口密度为448人/平方公里。家人还告诉他，该县限号是因为上级市H市统一实行了限号政策，

H 市是从其他市分出来的，也是全省面积最小的地级市，共管辖 3 个区、2 个县。

在网上没有搜到张宁老家的县及 H 市 2020 年的汽车保有量，能查到的是 2020 年全国机动车保有量达 3.72 亿辆，其中汽车 2.81 亿辆。也就是说，如果按 14 亿人口计算，全国每 5 个人拥有一辆汽车！汽车保有量最多的是北京，603.2 万辆。即便按全国平均数来算，张宁老家全县车辆最多也就 6 万辆。用得着限号吗？

当地的经济情况是这样，2020 年 H 市 GDP 为 900 多亿元，张宁老家所在县的 GDP 是 200 多亿元，大概粗算下全县人均 GDP 是 8000 元。再看北京，2020 年 GDP 总量为 3.6 万亿元，人均 GDP 是 16.49 万元。

张宁回忆说，当天县城里车辆并不多，丝毫没有拥堵状况。张宁同学蒋玲蔚（化名）在县城住了多年，她说县城并不拥堵，听说是为了环保达标才要对车辆限号。

蒋玲蔚说，县城不仅限号，还在某条有所小学的路段采取全天四个时段限行的举措。7 时 40 分至 8 时，10 时 30 分至 12 时，13 时 40 分至 14 时，15 时 50 分至 17 时 50 分对所有车辆限行，这是夏季限行时间，冬季限行时间又有变化。至于是不是因为这里有所小学，蒋玲蔚说，或许是，但这并不是县里最好的小学，其他路段均没有限行，只有这条路。至于为什么，她也不得而知。

蒋玲蔚家开了间电动自行车门店，她说，原本想在这条街道上再开一家，考虑道路限行影响生意，就放弃了。

全国各地的限行限号举措不统一

全国到底哪些城市限号？网上也没有详细汇总，记者初步了解一下，河北省全省、天津市因京津冀一体化，实行了与北京一样的且车号尾数也同步的限号政策。距离北京较近的山东省下辖城市没有限号，济南市曾于 2020 年 12 月 9 日发布了关于城市快速路、经十路、旅游路交通高峰期限制部分车辆通行的通告，外地号牌，即非鲁 A、鲁 S 的机动车在工作日 7 时至9时、17时至19时限行。不少城市采取了跟济南相似的限行政策。如深圳市，在工作日的高峰时段7时至9时，17时30分至19时30分，禁止外地车辆驶入，本地车辆不限。上海市不限号，限行政策也是针对外地牌照，限制进入几座高架桥；安徽省、辽宁省没有实施限号举措。四川省除成都实施长期限号出行政策外，其他城市多是针对强污染天气等特殊原因实行短期的限号举措。广州市、福州市、厦门市、泉州市都没有限号，厦门只有召开大型会议如贸易洽谈会时才会限。

“外地中小城市限号且尾号跟北京不统一真的是挺麻烦的，旅游本来挺开心的，可回来后收到几张罚单就有点扫兴了。小城市限号真的让人太难以理解了。以后再出去，还得先从网上查查，当地城市是否限号，限什么号。”老黄夫妻两人退休后喜欢全国各地自驾旅游，领了几次罚单后，他们说再出门就得小心了！

政府在作出涉及民生等问题的重大决策前有必要举行听证会

全国政协委员、四川省律师协会副会长李正国表示，目前大部分城市出台限行限号政策的依据为《道路交通安全法》及《大气污染防治法》。《道路交通安全法》第39条规定：“公安机关交通管理部门根据道路和交通流量的具体情况，可以对机动车、非机动车、行人采取疏导、限制通行、禁止通行等措施。遇有大型群众性活动、大范围施工等情况，需要采取限制交通的措施，或者作出与公众的道路交通活动直接有关的决定，应当提前向社会公告。”《大气污染防治法》第96条规定：“县级以上地方人民政府应当依据重污染天气的预警等级，及时启动应急预案……县级以上政府在特殊情况下启动应急预案的权力，符合法定情形下，可以采取限制部分机动车行驶措施。”据此，李正国说，各地方政府可依据上述法律法规的立法精神制定符合当地实际情况的限行政策。

“但是，对于一地政府来说，实施限号政策绝非脑袋一热就可以推行的，不同的城市有不同的交通情况，政府必须结合本地的机动车数量、道路建设情况、交通运行情况包括环境污染情况综合考量，论证是否有限行限号的必要、实施限号是否能够解决当前的问题。”李正国表示。

目前从法律上来说，举行听证并非实施限号的必要条件，政府为作出重大决策而组织的听证，不同于行政机关实施行政许可或行政处罚时利害关系人所要求的听证。目前政府出台政策前是否必须举行听证会，在国家法律规定上尚未明确规定。但为了最大限度地限制行政主体公权力的滥用，在公权利与私权利之间找到一个最佳平衡点，李正国建议，政府在作出涉及民生等问题的重大决策前要举行听证会，使出台的政策更加成熟。

“国家层面并没有对限行或限号出台法律规定，但各中小城市采取限号限行政策，如果涉及时间长、对群众影响较大、影响范围较广，就确有举行听证会的必要，或采取其他比较严格的正当程序，如网上征求民意等方式之后，再行决策。由于限行或限号通常都是基于维护城市的公共利益而做出的，所以一般都具有正当性或合法性，但政府正确的做法应当是依据各地情况，‘限号’‘限行’之前广泛公示和征求民意。否则会有侵犯公民财产权之嫌。”中央财经大学法学院教授、博士生导师陈华彬表示。

可因地制宜地匹配交通设施供给与管理政策

“当前国内城市采取的车辆限号方式存在较大的弊端。”全国政协委员、北京交通发展研究院院长郭继孚毫不客气地说，随着机动车保有总量以及新能源车的增加（新能源车不限行），限号的效果持续弱化。而且，由于我国不同城市发展阶段、城市规模、人口密度不同，应从不同区域交通需求和可能提供的交通资源实际状况出发，因地制宜地匹配交通设施供给与管理政策。

“中小城市不要动不动就限号限行，要在交通管理、道路建设、城市建设上改进，在行人的交通安全素质上入手，这才是根本。”全国政协委员、安徽省律师协会副会长周世虹说，国家一直提倡治理体系和治理能力的现代化，基层治理要因地因时而异，一味简单模仿不是基层治理的上策。

李正国称：“政府若是仅仅为了限行而限行，毫无疑问是花了更大的社会代价而收获很少的实际收益。如果是为了缓解交通，与其单纯地限制私家车出行，不如先加强道路建设，打造完善的公共交通网络；如果是为了减少环境污染，可引进高科技产业，推动电动汽车、新能源汽车发展。”

政府政策及行政措施的调整涉及很多人利益，即使这种调整是必要的也是合法的，但在作出决策前或政策调整时应该有充分的公开、公示的过程。此外，民众的认可度也是必要的。

李正国还建议大力发展公共交通。此外，还可以利用互联网创新出台一些便利出行举措，李正国以成都为例，成都市创新实施接送学生车辆的预约出行措施。学生家长通过微信线上完成“接送学生车辆预约出行”的申报流程，申报成功后的接送学生车辆在车辆尾号限行日上下午的接、送学时段，学生家长可以根据实际需求，自行选择通行时段，在预约的通行时段内接送学生不受尾号限行。此类措施非常具有代表性，建议出台更多的在限行政策下的利民、便民政策。

（原载于《人民政协报》2021 年 11 月 1 日第 5 版）

读者来稿

全社会都要关心单亲家庭

编辑同志：

我在全国政协九届三次会议上，提交了一份《全社会都要关心单亲家庭》的大会发言，很希望引起社会特别是有关部门的关注。希能刊发一下，在这个问题上造一点舆论，我认为对单亲母亲是很有好处的。我们的社会需要也应该付出这份爱心。

全国政协委员　王贤才

2001.4.20

20世纪80年代初，有过一部很有影响的小说，后来拍成同名电影——《被爱情遗忘的角落》，写的是农村的事。重提这部影片名，是因为我觉得：在城市里，在我们生活的机关、单位、社区、街道，在我们身边，就不乏“被爱情遗忘的角落”，还没有引起我们特别是某些领导的重视。我说的是近年来不断增加而且肯定还会越来越多的单亲家庭，即由于丧偶、离异、分居和其他种种原因而造成的不完全家庭，典型的模式就是由一位青年或中年妇女和一名未成年子女组成的家庭。

先说一件我遇到的事：一位女药师离异后调入某医院，她有个刚上小学的女儿，本来是可以安排到一家经济效益更好的医院，这样母女可以生活得稍好一点，但那医院较远，为了照顾女儿，她就同意分到离她住地较近的某医院。不想报到之后，领导要她到离此甚远的分部去上班。不去就下岗。女药师哭诉无门（因为这是“正常”的工作分配，并不违背任何规章制度），只好勉为其难地去了。她不能下岗，任何涉险下岗的事都不能做，万一下岗了，女儿和她怎么生活呢？这其实是一件普通得不能再普通的事，怎么摆弄天也塌不下来。但它使我感到她属于一个非常弱势的群体，软弱得甚至不敢陈述自己的困难和要求，更遑论维护自己应有的权益和尊严的群体。因为她们太经不起风险和波折了。但是迄今为止，却很少听见为她们说话的声音，也没有看见为维护她们的权益、改善她们的处境而制定的任何法规条例。而这无论从人道主义的角度、从同志的情谊，还是从保护妇女和儿童的道理来说，都是非常必要的。

单亲母亲的困难，可能是我们过着正常家庭生活的人难以想象的。按时上下班，是基本的劳动纪律，不算很高要求，做起来也不难。但是对单亲母亲来说，做到这点未必很容易，至少要比常人花出更多的辛劳。她要送孩子上托儿所、幼儿园，去得太早，还未开门；去得稍迟，自己就会迟到。原来这些单位为接送孩子制定的规章制度，都是以健全家庭为依据的。当然还要及时把孩子接出来。出差、值班，也是很正常的事，但对单亲母亲来说，可能就很困难。即使在本市，走得远一点，或下班迟一点，孩子就要挨饿，甚至进不了家，只能在外流浪。给孩子挂钥匙，这年头又不安全。经济上的困难更不待言。现在两个人工作养活一个孩子，都不轻松，单亲母亲的不堪重负，可以想见。孩子还免不了有个病痛，即便是看门诊，单亲母亲又如何上班?

这里我只是随手写下一些单亲母亲在日常工作和生活中可能遇到的困难，实际上她们遇到的困难一定比这些麻烦、复杂得多。应该通过深入、细致的调查，为她们制定一些特殊的规章条例，尽可能为她们解决实际困难，使她们生活得好一些，容易些。比如规定：机构改革、减员增效的任务再重，也不能让单亲母亲下岗。在出差和值班之类的事上，也要有个妥善的规定，有困难就不要勉强。工作安排总要以方便对未成年子女的照顾为原则。我们都是实行 8 小时工作制，但对有未成年子女的单亲母亲，是否实行 6 小时工作制，让她晚来半小时、早走半小时，有更多的时间照顾孩子。每季给她 2—3 天带薪事假，并可积累使用，不影响考勤奖。学校和幼儿园、托儿所放寒、暑假，要帮助她们把孩子安置好。这事好像很难，但领导推开不管，单亲母亲们不是更难吗？在经济上，也要有个补助办法。比如人均月收入不到多少钱的，应给予固定补助。年节发钱发物和日常工会福利，都要向单亲母亲倾斜。我还希望立个法：单亲母亲免征个人所得税。学校、医院、托儿所、幼儿园和各种公用事业，对单亲母亲也都要有优待的办法。

现在对教师、学生、老人和残疾人，都有一些优待，应该把这类服务和优惠延伸到单亲母亲及其子女身上。单位行政领导和工青妇组织，要注意倾听单亲母亲的要求，还应定期（每年 2—3 次）访问单亲家庭，帮助解决具体困难。

据统计，单亲母亲约占已婚妇女的 10%—15%，这个数字不算小了，值得引起我们的重视；但就社会整体而言，它又是很小的一部分，因此是有可能给予特殊关注和照料的。有道是："只要人人都能献出一点爱，世界就会变成美好的人间。"让我们就从身边做起，尽快消除身边这个"被爱情遗忘的角落"吧。

说明两点：第一，单亲家庭的家长，当然不只是单亲母亲，也有单亲父亲，甚至单亲叔叔、单亲奶奶、单亲阿姨，处境大都类似，同样应予关怀。提出单亲母亲来说，只是因为这种情况更多也更典型些。第二，有些单亲母亲与自己的父母同住，情况会好一些；有一些抚养费之类的补偿，经济上也会好些，但这都不能取代社会和组织对他（她）们的关心和责任。

（作者系第八、九届全国政协委员。本文原载于《人民政协报》2001 年 4 月 30 日第 6 版，为王贤才委员在全国政协九届三次大会上的发言，略有删节）

清宫戏不可过多

文／陈祖芬

现在只要打开电视机，就会在不止一个频道看到清宫戏，而且大都是所谓“戏说”。有的很好，像《雍正王朝》。但是长时间满眼的长辫子和自称“奴才”、口喊“喳”“喳”的声音，实在有很大的负面影响。

一、不懂历史的青少年，对长辫子和“奴才该死”这类中国历史上的丑陋部分淋漓的展现，会让他们以为古人、自己的祖先就是这种样子，产生不了荣誉感。

二、不少外国人实际上很不了解中国，清宫戏的这种渲染，也会使外国人看了产生误解，以为中国的文化传统只有这些东西，从而有损国家形象。

三、我国唐、宋时期的服饰美丽、绚烂，日本服饰就吸收了中国唐宋服装的特点。清代实行剃发易服，改变了中华固有的文化传统，其服装未必好看。到底什么是我们的优良文化传统？我们应该继承什么样的传统？很值得深思。

四、过多地称颂清朝皇帝，也违背清朝300年的历史事实，正是在清朝统治时期，中国近代史成为充满耻辱的历史。

清宫戏不是不可以演，主要是过多、过滥，有负面影响，希望有关方面加强管理，有所节制。

（作者系第八至第十一届全国政协委员。本文原载于《人民政协报》2002年3月4日第13版）

书法教育在悄悄地退出小学课堂

文／沈　鹏

社会已经进入电脑化的今天，还要谈书法的重要性，岂非南辕北辙？殊不知，正因为文化环境有许多新的特点，诸如京剧、书法等传统艺术的可持续发展，就格外值得引起重视。

小学教育是人的一生受教育的基础。如果说从儿童开始学习英语，便于培养良好的说、听、写的能力，打好一门智育的基础，那么自小学时代学点书法，便是从美育这个领域里培养人的良好素质的开始。

学书法不仅是一种技能，而且培养学生严肃、认真、刻苦的习惯，培养学生高尚的审美情操，由学习书法还可以了解中国文字、历史、古典诗词……通过正确的书写习惯形成手眼脑的配合、心无旁骛的状态，对少年儿童的身心发育都有益处。

目前，国家要求小学设置书法课，但实际上只有很少部分学校能够落实，每周一课时的书法课被主课和英语课挤掉了。仅有的少数受过专业书法训练的教师，改教别的课程，造成师资浪费。

在美育课程中，书法具有音乐、美术不可替代的作用。取消了书法课，也就是取消了美育（扩大到传统文化教育）的一个重要组成部分。

以下是书法工作者和教育工作者的呼吁：

1. 请国家教育部门对书法教学给予应有的重视，将书法课列为小学必修课程，加强书法课美育教育的功能。

2. 组织有教学经验的专职书法教师和书法理论工作者，针对儿童学习书法的实际要求，修订编写全国统一教材，使书法教学科学化、规范化、系统化。

3. 大专院校增设书法专业或建立书法学院，以及附属中学和附属小学，逐步形成书法教育体系，以解决书法专业人才的培养及书法教学师资问题。

陈云同志生前说过，书法要从小学抓起，现在是到了应当落实的时候了。

（作者系第八至第十二届全国政协委员。本文原载于《人民政协报》2003 年 3 月 10 日第 13 版）

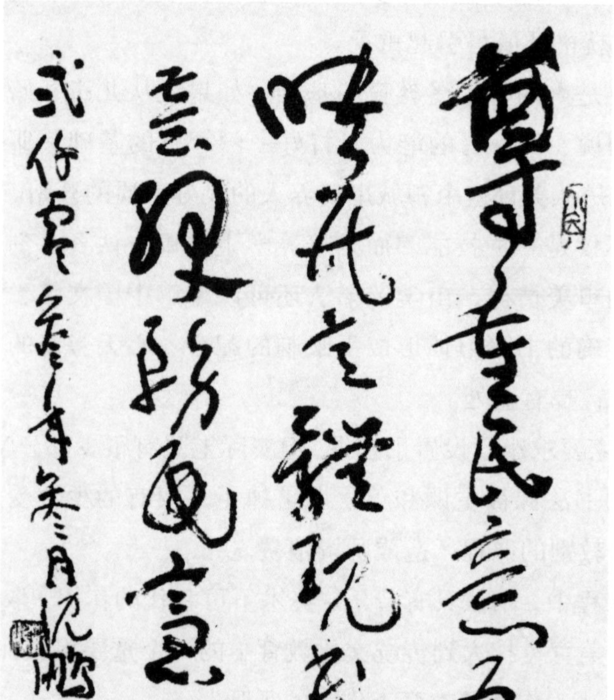

沈鹏先生为《民意》周刊题字：尊重民意、反映民意、体现民意、服务民意。

县级公立医院取消药品加成需政府托底

文/刘　林

根据国家五部委《关于推进县级公立医院综合改革的意见》和《湖南省推进县级公立医院综合改革实施意见》精神，湖南省沅陵县从2015年4月7日零时起，在县属五所公立医院正式启动药品“零利润”销售。

5月下旬，笔者走访了沅陵县城区三所县属公立医院和部分群众，详细了解了一个多月的运行情况。笔者了解到，取消药品加成后患者平均每天减少医疗支出30—50元，群众得到了实惠。但同时医院政策性亏损也明显增大，给县级公立医院发展带来了巨大压力。

医院收入明显减少

据调查，沅陵县城区三所县属公立医院取消药品加成一个月共减少药品销售收入267.26万元，如果加上大型设备检查费用下调减收部分，三所医院总计减少收入近300万元。虽然诊查费、床位费、护理费及普通手术费等医疗服务费用按政策进行了上调，但仍不足以弥补取消加成前的药品销售差价。

如沅陵县人民医院4月7日至5月6日减少药品加成和医疗设备检查费用收入190万元，虽然通过医疗服务价格调整增补回来97万元，仍减少收入93万元。经财政、物价、卫生部门核实，沅陵县中医院2014年药品销售差价为1462.6万元，按照国家和省文件精神，将通过调整医疗服务价格、财政补贴和内部消化三个途径按照8：1：1的比例进行弥补，但根据怀化市物价局最终核定的医疗服务项目收费标准测算，医院通过调整医院服务价格仅能增加收入822.5万元，占弥补药差损失的56.23%，距离80%的补偿标准，尚有 23.77% 即 347.7 万元的缺口。

债务化解难度加大

过去由于地方财政投入严重不足，县级公立医院大多不得不采取内部职工借资、引进风险投资公司进行设备融资等方式负债发展。

以沅陵县人民医院和县中医院为例，据不完全统计，截至 2014 年底，两家医院资产总额达 3.4638 亿元，其中医疗用房面积近 60000 平方米，设备总值达到 1.5 亿元。与此同时，两家公立医院的负债也达到了 1.695 亿元左右，医院平均负债 8475 万元。沅陵县第二人民医院、县精神病医院、县妇幼保健院也都不同程度存在着负债问题。

五家县属公立医院负债总额约近 2 亿元人民币，每年需要向风投公司、职工和施工单位支付上千万元的本金、利息和工程款，分期化解债务。取消药品加成后，医院收入骤减，正常运转面临压力，债务化解困难加大。

职工工资或受影响

沅陵县属五家公立医院除妇保院外，过去一直采取差额拨款，医院职工工资福利主要依靠医院业务收入。取消药品加成后，医院业务收入减少已成定势。在县级财政补偿难以足额及时到位的情况下，医院职工的正常收入势必会受到较大影响。在沅陵县政协调查时，由于患者的医疗费用中部分含有药品加成的因素，对职工收入的影响尚不是十分明显，但一些受访的医院负责人表示，6 月以后，这个影响或会逐步显现出来。如何留住专业技术人才，调动医护人员工作积极性，已成为医院决策层颇为头痛的现实问题。

此外，由于业务收入减少，医院重点学科建设、人才培养经费难以为继，这将对医院未来发展，对保障群众健康产生诸多不利。

县级公立医院改革呼唤政府“托底”

笔者建议：公立医院取消药品加成，政府要积极作为，加大投入，主动托底，帮助公立医院化解困难。

一要切实加大对公立医院投入。政府要根据地方财力实际，对公立医院的基本建设、大型设备购置、重点学科建设等实行财政全额投入，并建立与财政状况相适应的财政投入增长政策。对公立医院政策性亏损补贴，履行公共卫生任务和紧急救治、支边、支农等公共卫生服务经费应由政府负责投入，人员工资以及其他正常运转费用，可以在业务收入不足以支付的情况下由政府补足。

二要多方化解公立医院现有债务。各级政府要依据国家《关于清理化解基层医疗卫生机构债务的意见》，按照“制止新债、锁定旧债、明确责任、分类处理、逐步化解”的原则，将公立医院的债务化解工作列入政府工作计划，对县内公立医院历史债务，清理核实后，统一打包剥离，由财政设立预算专户，单独列支，根据债务多少，分轻重缓急逐年偿还；政府应严格控制医院的盲目举债建设行为，公立医院新项目建设和新设备购置要严格审批程序，对不符合规划设置或资金未落实的项目不予审批。项目实施过程中不得随意扩大建设规模，提高建设标准。对盲目搞建设、上项目、借新债的医院，应严格追究有关单位领导和相关人员的责任。

三要依据实际建立科学的补偿机制。县级公立医院医疗服务项目有限，通过调整医疗服务价格来消化80%的药品差价过于理想，难以实现。根据县级公立医院取消药品加成一个多月的运行情况，笔者认为下调至60%比较符合实际。而各级政府作为公立医院的举办者，应适当增加其在补偿机制中的占比，上调为30%左右，余下部分由医院通过加强内部管理，挖潜节流来实现。在建立科学补偿机制方面，财政部门在对医疗机构进行补偿测算时，除应以具体年份业务收入为基数外，还应考虑医院的业务增长比例，比如某医院2014年业务收入为1640万元，较2013年度实际增长了12%，则该医院2015年药品差价损失基数应核定为（$1640\times0.12+1640=1836.8$）1836.8万元。

取消药品加成，实行药品零差价销售，事关医患双方利益调整。群众得实惠，医院得发展，应该是本次县级公立医院综合改革的目标所在。在不违背国家五部委文件精神的前提下，出台配套政策，兼顾各方利益，加大扶持力度，应该成为各级政府推动公立医院改革的重中之重。

（作者系湖南省沅陵县政协常委、提案委主任。本文原载于《人民政协报》2015 年 6 月 8 日第 5 版）

取消乡镇卫生院“药占比”为基层松绑减负

文／刘　刚

当前，国内所有公立医疗机构都受到“药占比”考核指标的严格约束，乡镇卫生院也不例外。所谓“药占比”，指药品收入占医院业务总收入的比重。考核“药占比”的初衷是希望降低患者医药费负担、缓解医保资金紧张、压缩辅助用药及高价药的使用空间等。然而事实上，“药占比”明显下降的同时，医疗总费用上涨的势头却更强劲，导致医保基金支出压力依然很大，且药品使用量也并没有因此而明显减少。

“药占比”考核指标导致新一轮基层医疗机构看病贵的问题已经凸显，同时“药占比”还困扰着基层医生，甚至迫使医生为了“药占比”选择性接诊，抑或一边看病一边计算“药占比”的比例账。当前，农村高血压、高血脂、高血糖、高尿酸及冠心病、脑梗塞、肿瘤等患者骤增，人均寿命也在不断延长，患者对于慢性疾病的治疗和生命延续的需求逐步升高，治疗用药首当其冲。要使“药占比”降下来，不是减小“分子”，就是加大“分母”，在药品无法少开或者不开、乡镇卫生院医疗设备和检验项目相对匮乏的前提之下，医生只能通过重复、过度检查、化验和治疗来加大“分母”控制“药占比”，以守护自身的绩效考核不扣钱、少扣钱。这不仅增加医疗保险基金的风险，加大患者的经济负担，稀释新医改以来政府的财政投入，也使得农村居民感觉到在乡镇卫生院看病越来越不容易。

针对上述问题，笔者建议：

杜绝“乱用药”，重点考核“合理用药”。1 月 30 日，《国务院办公厅关于加强三级公立医院绩效考核工作的意见》正式对外发布，明确规定对三级公立医院绩效考核取消“药占比”指标，乡镇卫生院也应该立即全面取消“药占比”指标，通过加大合理用药的考核力度，细化合理用药相关指标取代单一“药占比”指标，把医务人员的每一张处方的合理性和病人用药的质量安全放在更加突出的位置。

杜绝“乱检查、乱治疗”，出台流程有章可循。国家卫健委应委托中华医学会、中国医师协会尽快出台《临床常见、慢性疾病的诊疗流程》，让乡镇卫生院基层医生按照流程规范诊疗，杜绝乱检查、重复检查和过度治疗。

考核“人均处方值”“人均日均总费用值”。各级卫健委相关科室不定期组织对乡镇卫生院处方、病历、诊疗过程飞行检查，同时要把人均处方值和人均日均总费用值作为绩效考核的重中之重，让农民患者不仅仅受益于“合理用药”少花钱，更重要的是相关其他检查、治疗、耗材等综合日均总费用要降低，让农民真真切切感受到新医改所带来的福祉。

（作者系江苏省扬州市政协委员、扬州市邗江区方巷中心卫生院全科医生。本文原载于《人民政协报》2019 年 11 月 25 日第 6 版）

新农合个人缴费标准不宜再涨

文 / 吴晓红

新型农村合作医疗制度作为一项关系广大农民群众切身利益的民生工程，为提高农民群众的医疗保障水平，防止精准扶贫中出现因病致贫、因病返贫发挥了积极和重要的作用。但据了解，新农合个人缴费从刚实行试点时的 10 元，之后缴费标准逐年上涨，2020 年新农合的缴费标准每人同比上涨 30 元，2021 年每人缴费标准同比又上涨 30 元，达到了 280 元。随着新农合个人缴费不断上涨，目前许多乡（镇）村出现了与新型农村合作医疗制度相矛盾的问题。

一是新农合缴费标准逐年上涨，少数人缴不起。在经济欠发达地区的农村，按一个家庭正常四口人计算，要年缴 1120 元才行，家里孩子多的缴得更多，这对“面朝黄土背朝天”的农民来说，是一笔不小的支出负担。二是农民参合意愿不强，有的人不愿缴。受自身文化素质和家庭经济状况影响，大部分农民缺乏健康意识和风险意识，加之对新农合政策变化掌握不清，以及门诊补偿额度较低等因素，大多数农民得不到利益驱动，参合积极性不高。有群众反映，之前缴了也没有什么用，缴了钱也白缴。三是农民的逆向选择，新农合征缴难。资金筹集是以农民自愿参合为前提，高风险者如老弱病残的参合意愿强烈，尤其是因病致贫对象，但他们经济来源有限，收入低，长期服用药物，导致缴费能力有限；低风险者即年轻健康者收入虽然高，但参合积极性不高，且大量外出务工人员因单位统一缴纳或者因全家外出无人代缴，给税务部门在征缴中带来了很多难度。

为此，建议如下：

一是缴费涨幅要降低。对经济欠发达地区，建议新农合个人缴费标准保持现在的基数，来年不宜再上涨，或是涨幅不宜提高。

二是宣传引导要到位。各乡镇要将新农合政策的宣传作为一项常态化工作来抓，利用多种形式将新农合政策中的门槛费、分段报销比例、报销药品目录等作为重点宣传到户到人。同时，要切实做好公示工作，用事实引导农民自觉参合，有效增强农民群众的互助共济意识。

三是医技水平要提高。进一步加强乡（镇）村卫生人员的学习培训力度，提高解决常见病、多发病的医技水平，方便参合农民的门诊报销，遏制“小病花大钱”现象发生。

四是新农合政策要深化。逐步探索新农合与城镇居民医保相接轨机制，真正解决疾病治疗和预防等方面的需求，不断扩大新农合的受益面和普惠度，让农民群众在乡村振兴中有更多获得感。

（作者系湖北省竹溪县政协文史和学习委员会主任。本文原载于《人民政协报》2021 年 8 月 23 日第 6 版）

医保筹资要避免“以收定支”转变成“以支定收”

文 / 骆沙鸣

我国城乡居民医保实行个人缴费与政府补助相结合为主的筹资方式，并结合经济社会发展、医疗费用增长和医保待遇水平情况，每年进行动态调整筹资标准。由于城乡居民医保筹资基金提高，相应提高财政补助和个人缴费标准，给基层参保扩面工作造成较大压力，主要存在的问题有以下几个方面：

城乡居民医保筹资问题。居民参保意识有待增强。2020 年居民医保基金征缴工作移交税务部门并实行网上缴费后，在农村，因村干部无法直接跟群众收费，难以督促全户参保，再加上部分村民选择性参保，导致参保率有所下降。

筹资工作机制不健全。近年来，国家医保局等三部门联合在每年 6 月发文规定国家最低筹资标准。自 2018 年国家医保体制改革以来，城乡居民医保筹资标准年年增长，2018—2021 年国家规定城乡居民医保最低人均筹资标准分别为 670 元、740 元、800 元、860 元，其中个人最低缴费标准为 180 元、220 元、250 元、280 元，呈现逐年稳定增长趋势。同时，因文件滞后，各统筹区难以在上年度末按照国家要求部署下年度居民医保参保缴费工作，全国各统筹区筹资标准不均衡，难以体现我国公民享受基本服务均等化。

中央、省财政分级补助不合理。中央、省、市财政对参保居民的补助标准不统一，有的补助高，达到 80% 以上；有的补助很低，比例不足 30%。上级财政补助低的县（市、区），其本级需要配套的补助资金多，加上当地财政困难，组织城乡居民参保缴费的积极性就会受到影响。

参保率统计口径未明确。目前国家、省医保部门没有统一发布参保率的统计口径，大部分统筹区对作为分母的“应参保人数”无法把控，且参保群众流动频繁，全国参保信息未互联互通，无法准确统计参保率，影响绩效考核工作。

医保基金平衡压力问题。2019 年，全国城乡居民医保基金收入 8575 亿元，支出 8191 亿元，分别比上年增长 9.3%、15.1%，存在筹资增长比例与支出比例不对等的情况，每年支出部分比筹资补助多出 5.8 个百分点，在若干年后，居民医保基金将出现穿底的情况。医疗费用快速增长给医保基金管理带来巨大的压力，一些统筹区次均医疗费用增长达 15% 左右，群众医疗费用负担持续加大，群众就医获得感不明显，对国家的居民医保筹资增长机制意见较大。

为此，建议：

进一步固化居民医保“以收定支”的工作原则。城乡居民医保筹资要避免将“以收定支”转变成“以支定收”，造成每年筹资标准的不确定性。坚持“基本医保”保障基本医疗定位，医保筹资要与经济发展水平同步。我国经济发展处于平缓增长的新常态，基本医疗保险筹资水平的增长将受制于经济发展速度。要坚持“以收定支”原则，确定医保“三目录”，确保基本医疗保险制度可持续发展。

进一步强化居民医保筹资机制设计。要确保居民医保的筹资总水平与经济发展水平相适应，居民个人缴费和政府补助的分担水平与其各自的承担能力相适应。建立以基金收支动态平衡为依据的居民医保筹资水平控制指标的动态调整和管控机制。筹资的总体水平应根据基金收支状况进行一个时期调整，避免频繁调整。每年要对基金收支情况进行分析，并观察一定年限内的收支走向，如果基金结余（或赤字）率连续扩大，再考虑对筹资水平进行调整；或设定累计基金结余（赤字）阈值，当超出阈值时应当考虑调整。

构筑城乡居民医疗保险筹资支持体系。加快实施全民参保登记计划。国家医保部门要出台科学的参保率统计口径，医保信息系统全国联网并对各统筹区开放查询权限，支持各统筹区摸清参保底数，为提升全民医保质量夯实基础。做好政策和法治支撑。国家相关部门要在各统筹区开展城乡居民参保和征缴工作的上一年度出台文件明确筹资标准，指导各统筹区开展新年度的城乡居民医保基金征缴工作。同时，建议加快制定基本医疗保险条例，通过国家立法形式增强医疗保险筹资的强制性，实施全户参保，做到依法扩面征缴，推动全民持续参保和不间断缴费，防止选择性参保现象的发生。

推进信息共享互促机制。通过政府部门、企业、个人信息等共享和交换，为城乡居民参保缴费提供可靠、便利、全面的支持，减少征缴成本。

（作者系第十一、十二、十三届全国政协委员，第十、十一届台盟中央常委，台盟中央参政议政委员会主任，泉州市政协一级巡视员。本文原载于《人民政协报》2022年3月21日第5版）

新农村建设中需重点关注的四个问题

文 / 任玉岭

粮食主产区——不能越来越穷

新农村建设中，最突出的问题还是在粮食主产区。粮食主产区农业人口最多，致富的门路最少。

因为粮食是社会稳定、国家自力的基础，所以国家对粮食主产区要求十分严格，限制性政策较多。同是平原地带，有的县已经退出了粮食生产，经济收入已经达到了很高水平，而有的县被圈定在基本农田范围内，除了种粮食，不得有其他改变。这些承担粮食生产任务的地方同不承担粮食生产任务的地方相比，经济发展水平悬殊，百姓收入普遍偏低。

一般来讲，粮食主产区，存在着三差三少。三差是道路差、基础设施差、公共服务差；三少是资本少、信息少、致富的门路少。为了改变这种状况，国家应适度调整基本农田的有关规制，不应该使一些地方全部进入基本农田，也不应使有些地方一点也不承担粮食生产任务。不能让个别有影响的经济学家关于主张“东部地区退出农业”的理论过分影响决策层。我们要统筹区域发展，不能让不承担粮食生产任务的地区富上加富，而粮食主产区越来越穷。

国家决定把基础设施投资方向重点转向农村的时候，一定要把粮食主产区放到重要地位，要加大投入支持粮食主产区的道路建设、基础设施建设和公共服务建设。要向粮食主产区提供更多财政支持和更多银行贷款，要加大粮食主产区的信息网络建设，搞好信息服务。为此，还应适度放活粮食主产区的土地使用，允许其搞一些非粮作物和向这些地方引进一些发展农产品加工等工业项目。

农村居民点——规划宜早不宜迟

目前，我国农村已有 1.5 亿人成了城、乡之间“两栖类”，其中至少有 8000 万人已经长期住在城镇里。这样，农村出现了很多空巢家庭，也有少数地方出现了空壳村。基于这种情况，又考虑到我国土地的过于紧张，我们完全有必要也有可能实行人居并村。所以，要用发展的眼光在新农村建设起步之时，首先搞好发展建设规划，早确定农村重点发展的村庄。对可能撤掉的村，要限制建房；可以扒掉的村庄，应使其土地复耕，解决城镇发展需用土地的“占补平衡”。有些可能腾空的居民点，也可以将原有的房子保存下来，用于发展畜禽养殖或用于农产品加工。对规划决定了的居民集居点，应完善基础设施，吸引农民到集居点定居。规划早作比晚作好，早作可以减少农民因建新房固化资产，造成拆迁浪费。

农村拆旧房建新房，每年都有不少数量。对凡需拆旧房建新房的农户，应及早统一免费提供图纸，并做好与图纸相应的建材和装饰材料的供应。各个地方，要结合自己当地经济条件和文化习俗，统一设计 10 种左右的图纸，避免房屋建设千篇一律，使建筑物更美观、更实用。有些地方，农民已经不需要在家中养鸡、养鸭或自备农具的，可以考虑建设公寓楼，不一定每家都搞独门独院，造成居住面积过大、占用土地过多。发展公寓楼有利于减轻农民负担和节约建房用地。

示范村建设——并无推广价值

我们很多工作，都习惯于示范和试点。在推动新农村建设中，也不例外。一些地方正在倾财政全力进行新农村的试点和示范。两个月前，我看到一个村庄，由县、乡出资金 1100 万元，对一个有 73 户人家的村庄进行改建。这里除了用去相当多的资金把民房外观全部改为徽南建筑模式外，大队部维修用 20 万元，健身公园用 36.8 万元，硬化沟渠用 42.5 万元，排水管网与停车场用 47.2 万元，太阳能用 41.8 万元，绿化用 33.3 万元，道路用 57.8 万元，广场建设用 35 万元等。这样的示范村，农民实际不花钱，该村的农民很高兴。

另外，还看到一个村，这个村规划了生活区、农业区、工业区，新村规划搞了个“五统一分”，即统一房屋式样、统一正负零、统一楼层、统一墙面装饰、统一原材料购进、分户建设。189栋别墅式民居建设现已完成，每家住房不少于250平方米，但很多家中只有两三口人。

像这样的示范村，除了可供上级领导参观外，并无推广价值。一是广大的农村并无这种能力来建设，二是这样的“五统一分”并不能方便群众。因此，没有推广价值的示范村，还是不示范为好。社会主义新农村，是“以人为本”的农村发展方略，一定要立足于最广大人民群众的根本利益。不要把钱都花在少数几个村子上，搞出几个展览品。更不能只重视“锦上添花”，不顾“雪中送炭”，造成富的更富、穷的更穷。这样做还很容易在群众中产生某村“走后门”、某干部不廉洁的猜测和推想，有损党和政府的威信和形象。

农村合作企业——还需大力发展

发展经济、致富农民，是新农村建设的宗旨，也是搞好新农村建设的必要条件。为了发展农村经济，除了引进良种种好粮食外，还应该大力发展农业的产业化经营，特别要重视畜牧、水产养殖业和园艺业的发展。

在农业产业化经营模式方面，这些年大多是由村外引进龙头企业，进行加工和营销，对农村发展起到了一定作用。但是，这种模式没有真正地建立起农民与企业的利益联结机制，往往造成企业对农民的盘剥，农民致富的路子十分有限。我在山东看到一家企业，冷冻草莓出口价每斤10元，而从农民处的收购价仅有6角。巨大的利润是企业的，农民的效益是很低的。

在国外，很多农业龙头企业是农民自办的，是农民合作经营的，如奥地利米里咪公司，是养奶牛的农户共同兴办的，开始为了规范挤奶，把奶卖出去，大家共同入股，成立股东会、董事会，办起了挤奶车间。公司除了为奶牛养殖户提供挤奶、卖奶服务外，还为奶牛养殖户提供牛犊、提供饲料、提供免疫等。后来这个公司富起来了，不仅农民可以分红，而且公司有了积累，以后又盖了宾馆大楼，发展旅游产业，进一步带动了农民致富。

在社会主义新农村建设中，要大力推进农村合作企业，建立农民入股的龙头公司。一是由外来企业领办，农民以农产品加工权益占干股或把向企业提供的土地不采取出让办法，而是将土地价值分解成股权分给农民，扩大农民股份。二是由农民遴选带头人或动员外出打工有成就的青年人，引进技术，引进市场，回家乡领办龙头企业，让农民集资入股。这样的企业可以发展“一乡一品”“一村一品”支柱产业，开展加工和营销，也可以合作兴办有特色的地方产业。这样的公司不管干多大，赚了多少钱，都与入股的农民直接相关，因此，可以真正地把利益联结机制建起来，实现农民与企业的利益互动，共同发展。

为此，需要放宽农村合作经营企业的发展政策，要搞好带头人的培训，加大财政同这种龙头企业的对接，搞好融资贷款的扶植，实行税收减免。

（作者系第八届全国政协委员，第九、十届全国政协常委。本文原载于《人民政协报》2006 年 9 月 25 日第 5 版）

让农村创业青年“回得来”“留得住”

文／李红岩　秦凤明

近年来，随着农村经济、社会保障、基础设施、文化环境的不断改善及提高，加之“大众创业、万众创新”政策的感召，农村青年返乡创业的热情进一步提高。他们不忘初心，回到生于斯、长于斯的土地，用自己的资本、经验、技能、智慧去改造家乡故土，涌现出了众多的创业新星及典范，在一定程度上缓解了农村人才、新技术、新信息缺乏的“短板”，成为农村基层改革与发展、乡村振兴的中坚力量。但是，在这些可喜成绩的背后，农村青年返乡创业成功率却依然较低，也是不可回避的事实。

返乡创业热潮兴起

近几年，很多农村青年在春节、春种秋收等时节返乡聚在一起时，谈论越来越多的是，怎么合伙办企业、搞合作社、搞现代农业项目，还会主动打听一些相关惠农政策，创业愿望非常强烈。

在山西省壶关县，很多乡镇个体、合伙的小企业集群、合作社等，是由返乡创业青年农民先搞起来的。如去年壶关县成立了电子商务服务中心，与京东、北京佳仕百年教育科技有限公司、火车头先锋社签订了《农村电子商务合作项目》，一大批在外打工的青年农民工返乡做起了网店。该县盛产土豆、核桃、旱地西红柿，但由于以前存在信息和物流瓶颈，土豆、旱地西红柿难以卖到好价钱，大量土特产烂在地头，而如今通过这些网店老板的努力，当地近 50 种土特产可以快速地送到全国各地。由于减少了中间环节，农民收益明显增高。

据调查，以前多数农民工流出地农业的生产、加工、流通、服务薄弱，种田的大多是 50 岁以上不能外出就业的农民，其生活方式是“两个月种田，十个月空闲”，如这样长期下去，“谁来种田”将成为一个紧迫的问题。而很多返乡青年农民工创业从种养、加工、流通环节切入，大力发展多种经营、特色农业等土地流转开发项目，这有利于促进农业结构调整，实现传统农业向现代农业的转变。他们创办的小企业，大部分是办在小城镇和县城，为小城镇发展和人口城镇化提供了推动力。

青年农民创业发展仍然不易

从整体上讲，农民工回乡创业尚处于自发、起步阶段，创业难度大，持续发展也不容易，一些地方还出现了青年农民工创办的企业生存困难、曾经满怀希望返乡创业的他们再次踏上打工路的现象。

如全国优秀大学生村官、壶关县北兑川村村委主任王宁创办的园区，就出现了大量创业青年农民工企业生存困难、重新出去打工的情况。多年前返乡创业的王宁对此十分惋惜：“雄心勃勃回到家，灰头土脸又出去。”王宁认为，创业青年农民工企业生存困难的原因之一就是一些扶持政策仅仅是“看上去很美”。

以创业普遍面临融资难问题为例。曾有一段时间，农村信用社“无硬件抵押也可贷款”，一些无金融知识的青年农民兴冲冲地拿到贷款，才知道不仅利率高于其他商业银行，“按季度付利息”的做法更是苛刻。有的企业贷款厂房还没建起来，就要还利息了。王宁说，这些青年农民创业就很难做到“钱生钱”，最后沦为为利息奔波，为银行打工。

“开始创业的时候难以贷款，创业成功了，银行反倒给提供资金。换言之，家庭积蓄仍是农民工返乡创业的资金来源主渠道，农民工返乡创业的初次资金投入一般是以家庭自有资金为主。”平顺县的返乡青年农民王振国说，他前几年靠养殖美国獭兔挣了钱，今年准备扩大规模，成立养殖合作社，可是，尽管资金不足，他宁可选择民间高利贷也不愿选择银行贷款。因为银行审核手续非常复杂，并且还需要国家工作人员做担保，最终能否贷到款还不能确定，耗不起精力。

不仅如此，缺少持续性的政策也让返乡创业的青年农民工无所适从。

上党区西池乡青年农民马利介绍说：前几年当地招商门槛不高，不少青年农民回乡选择了技术、资金要求低，收益快的石灰加工行业。近年来地方对生态环境要求提高，绝大部分石灰企业无力提高治污能力，只能停产关门。

多方出手解困，留住农村返乡创业者

近年来，政府对农村各种投入及政策支持相当之大，农民生活有了非常大的改善，但青年农民返乡创业、建设家乡的热情及成功率依然非常低。要解决农村青年返乡创业难问题，需从以下几个方面思考：

一是改善金融服务，为农民工回乡创业提供信贷支持。为缓解回乡创业融资难、资金供给短缺、贷款利息高等问题，应为回乡创业青年农民提供额度不大但期限长、利息低、覆盖面广的贷款。农村信用社要加大对回乡创业农民工的信贷支持力度。放宽农村地区抵押物的范围，解决回乡创业农民工的抵押贷款要求。

二是建立健全农民工回乡创业辅导和培训服务体系。建立青年农民回乡创业者指导（服务）中心和中小企业情报中心，为回乡创业农民工提供创业培训、市场信息、开业指导、管理咨询、融资指导、企业诊断等服务。同时，加强对农村青年的技术培训力度，切实组织广大在家的青年农民参加农业技术、实用技术、创业理论、农村政策法规、操作实践等方面的科技培训，让他们掌握现代农业技术及相关技能，了解国家相关政策。

三是继续改善农村基础设施条件。

保持信息畅通，加大通信网络建设，积极改变农村信息闭塞状况，让在农村创业的人及时了解外界情况，促进事业发展。

（作者李红岩系山西省长治市政协委员、农工党长治市副主委；秦风明系农工党长治市委会参政议政部部长、山西省壶关县石坡乡中心校教师。本文原载于《人民政协报》2019 年 4 月 8 日第 6 版）

建立系统性抗洪机制　确保民生安全

文／汪　芳

今年入汛以来，全国范围的大面积高强度持续降雨，导致江河水位上涨，防汛抗洪形势严峻。以江西省为例，长江、鄱阳湖已迎来多次洪峰，九江、宜春、上饶等多地长时间高水位、超警戒水位。南昌县作为滨湖农业大县，共有圩堤15座，总长度880多公里，保护着百万亩的耕地和百万人口，历年汛期防汛抗洪工作压力都比较大。作为政协干部，笔者参与到抗洪一线，亲历了巡堤查险、排除内涝、核查物资等工作，体会到防洪的艰险和辛苦。同时，通过一线抗洪的经验总结，发现建立系统性抗洪机制是确保民生安全的有效办法。

首先，建立科技防洪预警机制。目前防汛抗洪仍以人防为主，技防的作用还不明显。虽然安排了专业技术力量，也组织了省、市专家现场指导，但在巡堤查险过程中，还是大多强调清草除杂，人员值班。巡堤人员按每公里6人配备，日夜值守，肩挑手扛，眼观脚量。甚至在部分点位，查看水位都是人工肉眼来观察标尺。现在农村老、妇、幼人员较多，防汛人手严重不足，经验也不够丰富。过于依靠人力，势必影响防汛的效率和效果。所以，对险情多发点位和防线较长堤段，应运用可视设备和大数据分析，进行实时监测，及时预测预警。同时需要加强专业培训，提升堤防人员技术水平。

其次，完善圩堤管护执法机制。部分地方出现圩堤管理汛期紧、平时松的情况。一方面河段私挖滥采沙石屡禁不止，既破坏河床构造，重型运送沙石车辆也严重损毁堤顶公路路面，导致部分路段坑洼难行。另一方面，防汛物资配备和管理还存在更新不及时、保管不规范、安保不严密等问题。防汛物资一般按照每公里麻袋4000个、沙石200方的标准配备。汛期调配的麻袋、沙石等如果没有及时使用，有些会就近堆放在堤顶，但基本是露天，也没有安排日常巡防，容易被偷盗，造成浪费和损失。对于这一现象，相关部门必须组织常规性联合督查，对各大圩堤存在问题明确责任，及时解决，防患于未然；对防汛物资进行及时盘点和清理更新，确保按照数量和质量配备保管；对一些保管难度大、运输成本高的物资，如沙石、木方等，可考虑市场化运作，按需配备，据实结算。

最后，实现圩堤养护与乡村振兴的双效机制。要对圩堤进行管养用结合，确保长治久安。目前看来，有些圩堤建设标准不高，多年没有修缮、提标，存在堤防隐患；有些圩堤野草杂树丛生，破坏两面护坡。事实上，部分圩堤连接村庄，是重要的乡村通道，有些还水草丰美，景致宜人，是采风观景的好去处。建议加大圩堤升级改造投入，有计划有步骤地对圩堤进行全面提标加固；对堤顶公路架设固定路灯、改造周边环境，进行亮化、绿化、美化，甚至景区化，成为乡村振兴的一部分。

（作者时任江西省南昌县政协副主席，现任江西省南昌县副县长。本文原载于《人民政协报》2019年8月5日第5版）

入股分红式扶贫或存后遗症 建议慎重对待并给予有力引导

文／沈绍春　吴志鹏

入股分红式扶贫（以下称分红式扶贫）是我国扶贫过程中的一种重要模式，主要是以帮扶资金或者实物入股参与分红，以分红或孳息去持续帮扶扶贫对象，取得了一定的成效。但随着扶贫工作的不断推进，部分地区的分红式扶贫变得简单粗暴，导致出现“包养”后遗症，助长了贫困户“坐等分红”的惰性，与中央实施扶贫政策的初衷渐行渐远。如某香菇扶贫基地，63 户贫困户中有 55 户交由业主代管理，完全不参与栽培或加工；西部某个贫困县选择中蜂养殖进行扶贫，全县 3000 余箱的蜂群仅有 300 箱是贫困户自己养殖，参与度不到 10%；更有甚者，一些地方为了单纯性争取扶贫项目而建项目与当地产业缺乏关联性，最终导致贫困户得不到分红。

这种简单的入股分红式扶贫存在几方面的问题：

一、只输血，不造血，往往只能暂结“富果”，难除“穷根”。贫困地区发展产业，关键是要让贫困户参与进来，让有劳动能力的贫困户有就业或创业的机会。但简单的分红式扶贫，贫困户参与较少甚至完全不参与，不接触产业技术，无法提高自我发展能力，与通过产业扶贫激发贫困户内生动力的初衷相违背。长此以往，贫困户普遍容易养成“等、靠、要”思想，安于现状，甚至有的两眼向上，坐等救助。对于贫困户来说，如果在项目实施中深度参与不够，缺乏对市场风险的足够认识，将入股视作“稳赚不赔”的买卖。一旦扶贫项目难以为继，极有可能引发新的不稳定因素，影响到脱贫攻坚的进程。

二、入股分红操作虽然简单，但是产业选择上往往随意，时有“水土不服”的现象。精准扶贫首先要明确扶贫对象，摸清致贫原因是解决贫困问题的关键。部分简单的分红式扶贫无非是将扶贫资金变相地直接“塞进”贫困户口袋，所以选择的产业往往比较随意。某些贫困地区为什么越扶越贫，很大程度是因为所选择的项目“水土不服”。如某地区本身缺乏林木资源，却选择了香菇（木腐菌）产业作为扶贫项目，这无疑增加了生产原料成本，大大降低产业优势。有的贫困乡镇蜜源植被贫乏，却选择中蜂养殖。如果盲目地选择扶贫产业，单纯将扶贫资金入股扶贫产业项目，必然无法保证产业的长效性，同时存在项目业主因经营不济“圈钱跑路”的风险，使得扶贫资金“打了水漂”。

为此，建议：

一、增强风险意识，慎重对待简单化的入股分红模式。分红式扶贫不能简单地等同于“分果果”，低收入农户都有份。类似于直接“送钱送物”、只为完成数字考核的“分红”，应慎重考虑。在政策和项目资金扶持期间，每年固然有一定的分红收益，达到了考核上的脱贫指标，一旦扶贫政策到期，这些贫困户将极有可能再次返贫。建议对现行的入股分红模式进行一次梳理排查，掌握情况，了解相关项目存在的风险、问题，随着本轮（2018—2021）精准扶贫临近收官，应更多地考虑项目的长效性，特别是在后续资金管理上，要提早出台政策，做好相关指导，增强干部群众对入股分红的风险意识，有意识地推动扶贫工作上新台阶。

二、分类实施入股分红模式。入股分红模式并非一无是处，合理使用可最大限度地避免风险。第一，宜在失去劳动能力的贫困户中实施。通过较稳定的分红模式，以低保等救助体系为兜底，以分红模式作为增收。即使分红中断，生活仍然有保障。第二，扶贫先扶志，有劳动能力的家庭必须参加生产式扶贫分红。参与产业劳作获得收入，又能够强化利益一致、风险共担的意识，同时能学到一技之长，提升发展的能力，从而实现产业扶贫高质量地推进。

三、实施产业脱贫，必须科学规划产业项目，因地制宜、因人制宜。精准扶贫就要培育和发展与当地环境资源禀赋相适应、有良好市场前景的产业。产业扶贫要结合实际，坚持因地制宜、项目精准的原则，发展特色产业，才能真正发挥产业扶贫的“造血”功能和贫困地区的内生发展动力。

（作者沈绍春系浙江省丽水市政协委员；吴志鹏系浙江省龙泉市农业农村局干部，挂职四川省广元市昭化区农业农村局产业办副主任。本文原载于《人民政协报》2019年12月2日第5版）

一口破土窑孕育的乡村振兴经

文 / 徐宗俦

乡村振兴需要支点，这个支点在于理念创新。

这是笔者近日参与九三学社重庆市沙坪坝区委“沙区乡村振兴”调研的最大感受。而这一感受来源于一口破土窑。

这口破土窑坐落在重庆市沙坪坝区文丰街道办事处所辖的三河村。该村处于缙云山脉，海拔较高，现有两个自然村，即八社、九社，户籍人口780余人，常住人口380余人，在家的不过200余人，其中60岁以上老年人占70%；耕地面积600余亩，人均不足一亩；饮用水、灌溉用水至今没有根本解决；电力供应不足；没有天然气，以烧柴为主；通信覆盖率低、效果差。用丰文街道办事处主任李代林的话说：“缺少产业、基础设施差，是三河村增收致富的最大障碍。”

村民要富裕、村子要振兴，三河村人有足够多的理由向上级伸手要钱、要政策。但调研组看到的是他们通过创新点燃了山村振兴的梦想，答案就在这口破败的陶器土窑里。

这口陶器土窑在三河村八社，于20世纪80年代修建，后来衰微破败了，无人问津。2016年，三河村与重庆大学建筑城规学院建筑系一拍即合，把这口残破的土窑精心构思、设计一番后，变成了一个文化创意与休闲度假之所，人们在这里既能观赏陶器制作又能撸起袖子一试身手，在寻找乡愁的同时，还能喝咖啡、吃简餐、品农家菜，真可谓雅俗并存、老少咸宜。土窑也有了充满诗意的名字——“远山有窑”。“远山有窑”不仅吸引着附近大学城的学子学者们，还通过网络空间招来了各方宾朋。2017年，“远山有窑”网络点击量已超过数十万，堪称“网红”。双休日时来此度假的人络绎不绝，车辆排成了长队。

“随着该项目中后期将启动民宿、彩色稻田以及各种互动项目，在扩大游客的文创体验、提升休闲内涵的同时，势必对当地及周边农民增入大有裨益。”李代林说。

“远山有窑”项目解决了一些村民的就业，已经有了纯收入，正在按部就班地开展后续规划与建设；与此同时，三河村九社也引进了企业，以黑夜观赏“萤火虫”、耳闻蛙叫蝉鸣、湿地与山林配套为主要内容，正在紧锣密鼓实施“萤火虫休闲项目”。

虽然刚刚起步，但三河村已经找到了乡村振兴的支点。调研组行走一路，也悟出了一些启示：

一是实施乡村振兴战略理念要创新。乡村振兴既要和中央政策保持一致，又不墨守成规；既要有敢于人先的气魄，又不能一窝蜂似的盲目上项目；既要善于因地制宜做到“人无我有，人有我优”，又要立足眼前，着眼长远。这就是三河村“远山有窑”典型案例的最大启示。

二是要有想干事、能干事、有点子、有魄力的基层农村干部。有了这一条，三河村八社、九社发展的休闲、文创项目，才会很快落地“开张迎客”，成为村民致富的招牌。

三是政府要跟进，做好服务工作。从调研情况看看，制约像三河村这样偏远农村发展的“瓶颈”，就在于水、电、气、通信等基础设施的落后。不解决这些问题，建设美丽乡村、实现乡村振兴就是空喊口号。解决这些问题需要政府树立“一盘棋”意识，整合各种涉农资金，精准投放到最需要的地方和项目，提升帮扶效率。

四是广泛吸引各方面人才，为乡村振兴贡献智慧。各级党委、政府应出台引进、留住参与乡村振兴的人才优惠政策措施，调动社会各界参与乡村振兴的积极性，有力出力、有钱出钱、有知识出知识、有点子出点子。同时要让参与者依法获得利益回报，使推动乡村振兴成为全社会的行动。

（作者系九三学社重庆市委思想建设与理论研究中心副理事长。本文原载于《人民政协报》2018 年 4 月 23 日第 5 版）

更改羊屠宰方式　增加牧民收入

文／吴春龙

又到了一年一度售羊的季节，内蒙古自治区固阳县多年前热闹的皮毛交易场景早已不见，只有零星一两个收羊皮的小贩，在路边高声与卖皮的人喊道："10元一张，卖不卖！"卖皮的看着没有往日收皮人竞价式的收购，只好依照小贩喊出的价格卖给小贩。

笔者驻足看了很久，上前问道："今年羊皮收购怎么这么便宜？印象中没有这么低的价。"通过与小贩的闲聊，笔者得知了羊皮收购的现状：如今，由于羊皮用途范围缩小，已经很少有人收购。即使收购，也是回家褪毛，卖羊毛。而羊皮由于在褪毛时沾染了化学药水，因此不能再食用，只能扔掉。

当下，一斤带骨羊肉都能卖到30—40元，而一张重6—13斤的羊皮，却只卖到8—15元，而且还被大量丢弃，这是何等的浪费。其实，羊要是也能和屠宰猪一样，采用环保的褪毛方式，羊皮同羊肉一起卖，至少也卖个肉价。而且羊皮的胶原蛋白营养其实比猪皮更高，如果单独售卖，价格会更高。因此，建议在羊皮价格与羊肉价格比例差额较大的情况下，调研改革羊屠宰方式，引导羊肉连皮卖，增加牧民收入。政府可以引导建设现代化羊屠宰厂，一来能增加牧民收入；二来能禁止私屠乱宰，提供健康放心合格的肉品，避免疾病传染、传播。同时，屠宰场在电子眼和电子数字计数的监控下，能足额代扣代缴屠宰税，保障财政进项资金。屠宰场除了屠宰费收入，还有褪下来的羊毛、羊血、羊废物等收入，屠宰场效益好，就能增加就业，帮扶救助困难群体。

（作者系第十、十一、十二届内蒙古自治区政协委员。本文原载于《人民政协报》2019年12月23日第6版）

新型农业经营主体融资难题待破解

文／马桂祥

近年来，伴随着乡村振兴战略的深入实施，大力扶持和培育新型农业经营主体已是各方共识。特别是今年以来，为缓解新冠肺炎疫情带来的不利影响和冲击，各地政府高度重视新型农业经营主体复工复产工作，金融监管部门也制定了一系列措施推动政策落地。以江苏省南通市为例，近日，市供销总社对部分有代表性的新型农业经营主体进行了电话调查，结果显示，政、银、企通力合作，有效缓解了融资难题，但受制于农业本身投入大、见效慢、风险大的特点，加之全面复工复产、农业生产秩序的逐步恢复，新型农业经营主体融资难问题依然突出。

一是涉农信贷产品规模小。近年来，涉农金融机构虽然加大了对“三农”的信贷支持，但大多数融资产品在额度、用途、时限上都有很多限制，新型农业经营主体的融资需求很难得到满足。调查显示，成功获得贷款的新型农业经营主体额度大都在50万元上下，贷款时限基本上为一年，信贷规模与资金缺口不匹配、贷款期限与投资期限不匹配问题明显，大额资金贷款难成为制约其发展壮大的主要障碍。

二是抵押物件难获认可。对于新型农业经营主体来说，可供抵押的权益只有流转到的土地使用权、设施大棚和大型农机农具等财产所有权等，但这些物权由于缺乏相应的政策和制度支撑，其抵押价值难以得到金融机构的认可。调查显示，包括供销合作社系统内的几家新型农业经营主体在内，尽管投资较大，但受限于固定资产没证（玻璃温室、设施大棚、水利设施等），银行不认可为抵押担保标的，极大地限制了其获得融资的能力。

三是涉农贷款成本高企。对于金融机构来说，新型农业经营主体这类服务对象分散，数量多，规模少，企业信息不透明，内控制度不健全，金融意识普遍淡薄，存在贷前评估难、贷后监管难，违约风险高等问题。而对于新型农业经营主体来说，与自身所处农业行业较弱的盈利能力相比，金融机构贷款年化利率相对偏高，在一定程度上也抑制了新型农业经营主体的金融需求。

四是政府扶持力度有限。目前，各地对于新型农业经营主体的财政扶持力度明显不够，首先是专门针对新型农业经营主体的扶持资金较少，大多数的扶持资金仍是针对传统农业的经营特点；其次是资金扶持方式与新型农业经营主体的需求不相符合。多数扶持资金是以补贴和贴息的方式下发的，这对于在生产之初就面临资金压力的新型农业经营主体而言显然不够及时。

疫情当前，新型农业经营主体迫切希望政府能够完善相关政策，破解融资瓶颈制约。因此建议：

建立风险分担机制。可以由政府设立风险保证金、准备金、补偿金等担保基金，根据新型农业经营主体每批贷款总额度向指定金融机构缴纳一定比例的政府风险保证金，以此弥补新型农业经营主体的信用不足，发挥财政资金“小钱撬大钱”的杠杆效应。大力支持供销合作社等组织以系统龙头企业为载体，与专业合作社、家庭农场等新型经营主体融合发展。

探讨放开抵押限制。积极地探讨农村土地经营权抵押的放开，推动厂房、生产大棚、大型农机具、农田水利设施产权抵押贷款和生产订单、农业保单融资。

加大融资纾困力度。建议制定出台相关政策，包括金融机构对疫情防控相关及受疫情影响的新型农业经营主体适当下调贷款利率，或是对疫情防控期间的贷款利息给予一定比例的财政贴息补助，或是减免一定比例的担保费等措施。

优化农业信用环境。推进基层职能部门会同金融机构建立农户信息共享平台，尝试建立新型农业经营主体信用评价体系。

（作者系南通市崇川区政协常委、南通市供销合作总社副主任。本文原载于《人民政协报》2020年6月8日第6版）

以三产融合促进牧区“三生”统一

文 / 盖志毅

实现我国牧区的生产、生态和生活的“三生”统一是今天牧区发展的重要目标，但是“三生”之间存在着许多矛盾和问题。比如牧民多饲养家畜，暂时的收入上去了，但是超载过牧又会破坏草原生态环境。造成“三生”不能统一的一个重要原因就是牧区产业单一，没有使第一产业如养殖业与第二产业如畜产品加工业、第三产业如草原生态旅游和畜产品销售融合在一起。

首先，从量的角度讲，三产融合兼顾了生产、生活和生态的统一。三产融合使牧民向第二、三产业转移，可以减少在牧区第一产业就业的人口，这样就能增加人均草原面积，减少载畜量，保护草原生态环境。减少从事一产的人口，在人均草原面积扩大后，可以实现现代畜牧业，实现牧区畜产品高产、高质、高效的均衡发展，走一条绿色有机、少养精养、品牌名牌和高质高价的发展路子，增加了牧民收入。

其次，从质的角度讲，三产融合可以加速牧区人力资本积累，提高牧民素质，从而使牧民不完全依赖草原，还能增加牧民收入，提高牧民生活水平。从事第一产业的高素质的牧民可以大大提高草原资源的产品产出，不再是以粗放消耗草原生态环境为代价，从而可以不依赖草原环境提高生活水平。比如阿巴嘎旗的廷·巴特尔就是优秀代表。他很好地将生产与生态保护结合起来，提高了生活水平。廷·巴特尔提出了牧区发展的“四点平衡”——养什么养多少收入最高、支出和成本最低、劳动强度最小、生态效益最好。在三产融合过程中，高素质的牧民从事适度的第二、三产业，对草原生态环境的破坏较小或者不破坏草原生态环境，如从事蒙古族刺绣、经营电商等。

为什么三产融合可以加速牧区人力资本积累，提高牧民素质呢？

因为，学习从事第二、三产业，实现从单一从事畜牧业生产向经营第二、三产业转移，在分工分业中就会提高素质。三产融合，就要大力发展牧区现代工商业，从事现代工商业可以让牧民成为现代人。现代人易于接受社会的改革和变化，头脑开放，时间观念强，守时惜时，讲求效率，生活节奏快。

同时，牧民要和经营第二、三产业的现代化企业打交道，谋取共同利益，人与人关联度增大也反映了素质的提高。三产融合使人与人之间产生一种社会互补性，从而增加整个社会的学习能力。牧区地广人稀，一个人每天交往的人极为有限。牧区单一的畜牧业生产，使牧民只是在他们之间进行交往，狭窄的交往范围造成个人知识贫乏，导致“目光短浅，孤陋寡闻”，自然不利于牧民素质的提升。

此外，还要认识和保护由于多年文化传统而产生的牧民在三产融合方面的特殊优势。2015年，留学日本的布仁与爱人澈乐木格回到锡林郭勒草原，利用互联网推销他们发明的新产品“羊尾脂手工皂”，他们利用在日本工作生活8年多的“优势”，将产品率先打入日本市场。2018年8月，笔者随自治区政协副主席董恒宇赴呼伦贝尔市鄂温克族自治旗，考察太阳姑娘文化发展有限公司。该公司利用鄂温克族传统文化，在不损毁生态环境的前提下，以牛羊皮毛下脚料为原料制成太阳姑娘饰品，成为自治区级非遗项目，国家旅游部门还把这一产品列为全国旅游景点重点推荐产品。公司这一产品增加了牧民收入，提高了牧民生活水平。类似这样的案例在牧区还有很多。

总之，实现促进牧区“三生”统一，需要拓宽视野，从传统的牧民、牧业和牧区中走出来，将现代化的第二、第三产业与第一产业耦合，在结构的变化中实现牧区的新功能。

（作者系第十二届内蒙古自治区政协委员，第十二届内蒙古自治区政协农牧委副主任，内蒙古自治区政协智库专家，内蒙古农业大学教授。本文原载于《人民政协报》2021年8月30日第6版）

完善选派管理制度
让科技特派员发挥更大作用

文/黄为雄　靳万禄

始发于福建省南平市的“高位嫁接，重心下移，上下互动，一体运作”科技特派员制度，于1999年实施。经过20多年的探索实践，取得了良好成效，涌现了一批优秀的科技特派员，在服务乡村振兴方面发挥了积极的引领和带动作用。但目前，各地科特派工作机制还存在一些突出问题，必须着力加以解决。

选派对接机制方面。一些科技特派员虽具备中级以上职称，但技术水平不高、实际操作指导能力不强。有的人申报担任科技特派员主要是为了评聘职称需要，并没有经常深入派驻单位开展工作。基层县市普遍存在农民专业合作社、家庭农场数量多，但运转正常能发挥带动作用的数量较少等问题。一些合作社名存实亡，有些合作社、家庭农场规模较小，难以承接先进的技术，有的合作社只顾自己利益，不想搞技术推广。据农业部门反映，目前组织开展花卉、蔬菜、农产品加工、流通、营销，以及农业信息化、农村经济管理等培训，难以找到老师授课。

考评管理机制方面。目前，省市县三级科技特派员的划分是以财政支出科特派专项经费为标准，属省财政支出的即为省级，市财政支出的为市级，无法列为省、市级的为县级。实行科技特派员网上积分考评过于形式化，要求省市级科技特派员必须在平台上回答咨询、发短消息、开展培训、上传微视频、每日登录等，并将其作为对县考评的重要依据，凡服务积分排名后100位者，不能作为下期科技特派员人选。对此，众多科技特派员都认为不合理。

为进一步完善科特派工作机制，为乡村振兴提供强大的科技人才支撑和保障。笔者建议：

一、完善制度，选优配强队伍。要完善科技特派员的进退机制，对工作不主动、派出时间无法保证的，不再纳入科技特派员队伍。对近年退休的行业带头人、技术骨干，要继续发挥他们的作用。就农业农村实用技术而言，有些乡土人才具有较高的实践水平，如能纳入科技特派员管理，可以更接地气，有利于农产品产供销一体发展。

二、精准对接，发挥团队作用。下派科技特派员时要充分了解其专业特长，同时要做到精准对接。围绕乡村振兴和产业急需技术、紧缺人才，梳理一批科技创新和科技人才支持项目。根据科技需求和承接能力，着重将科技特派员派往渴望技术需求、具有一定规模和规范化管理的龙头企业、成长型企业，及重点合作社、家庭农场。多下派团队，既可对派驻单位进行多方面的技术指导，又可解决科技特派员本职工作时间上的矛盾，还可以老带新培养一批年青技术骨干。

三、改革创新，提高管理效能。建议相关部门出台科技特派员的管理和考评办法，将各县选派的科技特派员管理权限下放县级管理。各级派出单位应将接收单位作为联系点，确保科技特派员有足够时间和精力从事科技创业和技术服务。改进考评办法，要以成效论英雄，减少不必要的条条框框，以派驻单位的满意为标准。

（作者单位：福建省南平市顺昌县政协。本文原载于《人民政协报》2021年8月16日第6版）

从国际认证看农业强国建设

文／李云才

认证，一件看上去并不起眼的事，但却能直接影响农产品的出口。在社会主义现代化建设的新征程中，建设农业强国意味着我国农业不仅要“引进来”，还要“走出去”；不仅要形成内循环，还要形成以国内循环为主体、国内国际双循环格局。但目前我国农产品要走向国际大市场，首先要让买家认可，其重要一环就是“认证”。

发达国家主导认证标准，中国农产品受限多

一个企业的产品通过了认证，即证明是被公认的、有效的，可使企业或组织树立起良好的信誉和品牌形象，同时让顾客和消费者也通过认证标志来识别商品的质量好坏和安全与否。笔者向从事农业企业出口产品认证管理工作一线的工作人员了解，发现其中涉及到的问题不少。

目前，认证工作主要分为三部分：标准执行、检查和评定。企业先按照标准制定各项指标、执行相应的工作、完成对应的材料；再邀请认证机构认可的检察员进行项目检查，检察员现场核查取证，完成检查报告，上传给评定机构；评定机构根据检察员的证据评定是否发证。出口产品，即需要满足国外设立的标准，并由国外评定发证。所以标准设立是否科学公正，将影响整个认证工作的质量和开展。

以茶叶认证为例：首先，发达国家多采取技术性限制措施限制我国茶叶出口。如欧盟不断增加茶叶农残检测项目，提高农残限量标准，检测项目已达500多项，且很多农药检出限量都为无限量。有些有限量的要求可谓朝令夕改，如2020年上半年是对脂溶性农药做出要求，茶农改用水溶性农药，结果到了下半年茶产出的时候，标准又对水溶性农药做出限制，那

生产的茶叶就不能按照之前的价格销售，或者只能改销其他地区。为保障出口茶质量，与一些主要茶叶生产出口国进行竞争，企业每年都需要支出高达数百万元的基地建设、有机认证、茶农培训、绿色防控、技术改造、产品研发等费用。

其次，欧美一些国家或地区，还冠冕堂皇地设立了很多与产品本身性能关联度低的标准，且大多数标准都是对出口商和供应商做出要求，涉及对进口商或进口国的条款少之又少。仍以茶叶为例，想要销往欧美市场，除了满足当地农残标准，还需附加两三个其他认证标准。取得一张认证证书需要大量的人力物力，且耗时长，供应商的成本不断升高，但买家并不一定会为认证的产品而出更高的价格，更不会承诺长期订单。

最后，某些标准内涵偏离中国国情，操作难度大。曾经有项标准在农场信息板块要求小农户组织需额外将每个农户家的地块都在卫星地图上画出来。我们不是国外农场主经营模式，中国农民有自己的特点，大多是一亩三分地，想要把每一小块地在电脑上画出来，不仅十分耗时，且实操意义不大，最后经过三番五次由企业和中方代表一起与对方总部争取，才将标准改为：小农户组织将面积超过 15 公顷的地块在卫星地图上画出来。

“抱团取暖”参与国际大循环，为农业强国打牢基础

认证是把双刃剑。不做认证，产品卖不出去，做了认证，虽可区别于其他供应商，但人力物力代价高。由于中西社会和文化差异，很多出口产品的标准似空中楼阁，实操落地难。欧美社会不仅用低价收购农产品原料，还在认证费上大赚一笔。而这也让我们看到了当前我国农产品出口面临的种种挑战与启示。

在笔者看来，“抱团取暖”参与国际大循环不是权宜之计。茶叶在农产品出口份额中占比虽然不大，但反映了一些农产品出口面临的问题。如何能在众多国际组织中争取更多的中国话语权？“抱团取暖”成为必然选择，不抱团无声音，无品牌不获利。中国茶叶，如果仅作为原材料出口，由于门槛较低，不仅国内竞争激烈，在国际上，也面临其他人力成本更低的供

应国竞争。茶路要更宽敞，标准、品牌、话语权一样都不能少。茶业如此，农产品其他行业何尝不是如此。

因此，充分发挥行业协会组织的作用就显得很有必要。行业组织应在制定产品标准、弥合国际国内市场、加强行业自律、维护企业利益、发出我方声音等方面提出主张与规范；或由相关资本牵头，组成跨国龙头企业，参与国际标准的制定，带动产品出口，并不断塑造中国品牌。

当前，正值世界经济下滑，国外不少中小企业关门，中国经济率先实现正增长。在如此背景下，可积极与国外相关优质企业展开更多的合作或并购，既为抢占市场份额，争取国际话语权，带动国内相关产业出口做准备，更为构建国内国际双循环开启新的窗口，为建设我国农业强国打基础、争取战略时空。

（作者系第十三届全国政协委员、九三学社湖南省委会原副主委。本文原载于《人民政协报》2021 年 2 月 8 日第 6 版）

让更多农村中老年妇女加入养老护理队伍

文／蔡永飞

据报道，民政部数据显示，“十四五”期间，我国老年人口将突破3亿，现有2.54亿老年人和4000多万失能半失能老年人，而截至2020年6月底，全国养老机构总数为22万个，床位仅790多万张（其中民办养老机构的床位和数量均突破50%），养老护理员仅有50万余名。对此，民政部提出，到2022年底前，要培养培训200万养老护理员。

那么，200万养老护理员从哪里来呢？民政部养老服务业专家委员会委员乌丹星认为：“现在养老护理员队伍的主要问题是三个，第一个是招生难，第二个是留人难，第三个是职业通道不通畅。应该加大鼓励年轻人，让他们往这个行业里来，多部委协同合作解决市场上的难点、痛点问题。”笔者认为“年轻人进入这个行业”有一定难度，不如另辟蹊径，加大对农村中老年妇女的培训力度，让更多的农村中老年妇女进入养老机构就业。

首先，现阶段养老护理员事实上已经较多由农村中老年妇女担任。据报道，目前我国养老护理员的平均年龄是40—50岁。据哈尔滨市卫生学校实习就业办副主任刘宇介绍，“2017年，我们进入养老和养老相关机构的人员占毕业生就业率的1.74%，2018年是2.23%，2019年呈上升趋势，是2.41%。”尽管护理员进入养老机构的人数在“上升”，但毕竟才占2.41%，许多地方采取的是“老老互助”的办法，即进入养老机构的老人互相帮助。从调研了解的情况看，实际上（即使不都是来自农村的）也是中老年人特别是中老年女性在发挥作用。笔者曾在一家民营养老机构中看到，老板的母亲80多岁了，因为身体很健康，还在养老院里做一些服务工作。

其次，农村中老年妇女非常适合担任养老护理员。养老护理员最重要的素质要求是爱心和耐心，而不是工作技能，虽然也有技术含量，但稍加培训即可承担。现实中，农村中老年妇女长期受中国优秀传统文化的影响，普遍怀有敬老爱老的感情，在家庭生活中她们始终承担照顾家人的责任，而长期比较艰难的物质生活条件也把她们磨炼得具有一定的耐心。相比之下，现阶段的年轻人经历相对简单，家庭条件相对优越，且多是家庭中被呵护的对象，与农村中老年妇女吃苦耐劳等精神相比，他们显然是有差距的。媒体也有报道，到养老机构担任护理员的年轻人流失很快，最多不会超过三年。

再次，在许多农村地区，特别是刚刚完成脱贫攻坚任务的乡村的农村中老年妇女，迫切需要像养老护理员这样的就业岗位。农村中老年妇女在劳动力市场上几乎完全不具备竞争力，她们多是在家做一些技术含量较低的农活，但她们在城市里却是养老护理员这一就业岗位上最具竞争力的群体，是极为宝贵的劳动力资源。据了解，一线城市家庭请一位养老护理员一般月薪都在 1 万元左右，即使是收入水平较低的养老机构护理员岗位，月薪也有 3000—6000 元。据笔者调研了解到，在贵州许多易地扶贫搬迁安置点，有大量的中老年妇女赋闲在家，如果能够积极推动养老护理员市场向她们开放，培养 200 万养老护理员的任务应该很快可以完成。

为此笔者建议：一是各级政府应采取各种积极措施，大力推动养老机构向农村区域布局。尽管现阶段有条件进入养老机构接受服务的主要是城市老年人，但随着我国交通状况的极大改善，从城市到农村所需时间与市内也差不多，而农村自然环境远胜于城市，再加上现阶段老年人大多出生在农村，对农村有着天然的情感，养老机构建在农村可能更符合老人们的需求。

乡村振兴战略的实施，农业农村的发展、农民的就业也需要养老产业进入农村。更为最重要的是，如果养老机构较多布局在农村，也能够成为乡村的支柱性产业，将极大方便农村中老年妇女进入养老机构就业，从而形成一举多得、互利多赢的局面。

二是政府民政、卫生健康、人力资源和社会保障等部门可以联手支持养老机构承担养老护理员培训任务。应降低养老护理员岗位的进入门槛，应当实行无门槛直接入职、在岗培训的办法，由一名专业的护士带若干名新员工，应该很快就可以培训出相对熟练的护理员。同时，可以将培训费用直接发给养老机构，比如一名养老护理员培训经费1000元，由卫生健康部门负责评估培训成效。如果评估达到初级工、高级工、技师的水平，政府再给予一定的奖励。据报道，江苏省还规定如果护理员取得资格的话，还会给予每人3万—6万元的入职补贴。职业学校仍然可以加大培训力度，但主要应当培养养老护理员带头人、养老机构中的养老护理员培训师，而不是护理员本身。

三是国家应动员社会组织组织社会成员到养老机构开展志愿服务，特别是大中小学校一定要组织学生定期到养老机构提供无偿的志愿服务。有关方面应推动志愿服务机构以组织志愿服务人员到养老机构中开展养老护理服务作为一个工作重点。大中小学校可要求每生每学期必须到养老机构服务两个小时以上，并且必须做一些能够体现爱心耐心的工作，如为失能老人翻身、擦身子等，以此培养敬老爱老的社会风尚，也为年轻人进入养老服务业打好基础。

（作者系民革中央“三农”委员会副主任。本文原载于《人民政协报》2021年4月19日第6版）

脱贫致富进小康　怒江花开心向党

文 / 高　峰

2020年，云南怒江傈僳族自治州全面脱贫，这一振奋人心的成绩已经永远定格在怒江州发展的历史长河中，怒江州各族群众脱贫后发自内心对中国共产党的热爱、对中华民族共同体的认同和每个人脸上洋溢的灿烂笑容，时时浮现在我的眼前。

怒江冷暖，牵动大国之心

怒江傈僳族自治州位于中缅滇藏接合部，是我国人口较少，然而民族最多的自治州。全州55万人口，5个“直过民族”占比83.9%。高山峡谷占国土面积的98%，可耕作土地十分匮乏，绝大多数耕地坡度都在25度以上，2014年，全州贫困发生率高达56.24%。州内基层设施建设薄弱，无高速路、无机场、无铁路、无航运，近300公里的大峡谷中，只有一条主路蜿蜒前行。几千个村寨零零星星地散落在崇山峻岭之中。出门一片山、抬头一线天，行路难、过江难，群众生产生活中的困难如影相随。

怒江州是全国深度贫困“三区三州”之一，是全国脱贫攻坚的“硬骨头”“上甘岭”。党的十八大以来，怒江州脱贫攻坚工作全面提速。2014年1月，习近平总书记给怒江州独龙江乡群众回信，祝贺独龙江公路隧道贯通。希望乡村们以积极向上的心态迎战各种困难，科学组织和安排生产生活，加快脱贫致富步伐，早日实现与全国其他兄弟民族一道过上小康生活的美好梦想。2015年1月，习近平总书记亲切会见独龙族干部群众代表，提出“全面实现小康，一个民族都不能少”！2015年11月，党中央、国务院随即下发了《关于打赢脱贫攻坚战的决定》。

一时间，脱贫攻坚的号角震彻怒江百里大峡谷，一项项好政策、一批批大项目源源不断地落到了怒江。党和国家领导人及中央有关部门领导，先后多次深入怒江州调研指导脱贫工作。中共云南省委、省政府先后召开了 7 次怒江州脱贫攻坚专题会议，坚持问题导向，细化措施方法，加强统筹调度，扎实推进工作。

怒江脱贫，汇聚万众之力

云南省级部门和怒江州、县、乡抽调近万名驻村第一书记、扶贫工作队员，走千村，进万户，推动产业发展、开展东西合作、对接央企帮扶、开展易地搬迁……截至 2020 年底，占怒江州总人口 60% 的 32 万“直过民族”群众脱贫摘帽，全州实现了从贫困到小康的伟大跨越。10 万困难群众搬出大山，住上新居。17 万人口的农村危房改造全面完成。保泸公路、独龙江公路相继通车，139 座各类跨江大桥使高山峡谷“天堑变通途”。

成千上万名党员把“为人民服务”刻在了闪光的党徽上，把“立党为公，执政为民”融入了鲜艳的党旗，把“不忘初心、牢记使命”的庄严承诺送到了千家万户。2015 年以来，怒江州先后有 40 位扶贫工作者永远倒在了脱贫攻坚战场上。

2015 年 8 月，按照中共云南省委统一安排部署，我挂钩联系怒江州泸水市脱贫攻坚工作。2016 年 9 月开始，我又带领民建云南省委会开展怒江州脱贫攻坚专项民主监督工作。5 年间，我把“挂牌督战”变为“举牌参战”，把“民主监督”变为“全力帮扶”，和深入基层一线的各级党员干部、政协委员、民建会员们共同参与和见证了怒江州的沧海巨变，共同目睹了边疆干部群众奋斗的汗水和幸福的笑脸。

怒江花开，沐浴党的光辉

怒江脱贫，是在中国共产党领导下，把社会主义制度优势转化为深度贫困地区脱贫成果的伟大实践。今天，边疆人民用他们最朴实的语言和行动，感恩新时代、感谢共产党。

饮水不忘掘井人，致富不忘感党恩。泸水市傈僳族群众常说的一句话就是，“共产党的恩情，我们傈僳人民子子孙孙都要记在心上”。兰坪县群众自发地将“感恩共产党，感谢总书记”编成“拉玛开益”等民族曲调，在田间地头劳作时传唱。许多傈僳族、普米族、怒族群众讲不好普通话，但当寨子里和搬迁安置区的大喇叭响起《我和我的祖国》的旋律时，许多群众都会情不自禁地跟着哼唱。

泸水市片马镇一带的村寨，以前因为贫穷，部分边民出走国外。现在，他们带着家眷陆续返乡，当地党委政府给他们安排了保洁员、护林员、护边员等公益岗位。他们感慨地说：“以前在国外的时候，吃得也不好。现在不仅吃得好，还有新房住。过去生病没钱看，忍着病痛祈祷，现在生病有医保。回到祖国，一切都像梦一样。共产党真好，社会主义真好，伟大祖国真好！”

脱贫摘帽不是终点，而是新生活、新奋斗的起点。怒江州各族群众纷纷表示，一定牢记习近平总书记的嘱托，在党的坚强领导下，再接再厉，奋发图强，同心协力建设好家乡，守护好边疆，努力创造边疆和谐发展更加美好的明天。

（作者系第十四届全国政协常委、第十一届民建中央副主席，第九届民建云南省主委，第十二、十三届云南省政协副主席。本文原载于《人民政协报》2021 年 5 月 10 日第 5 版）

农村宅基地执法监管体系亟待理顺

文／苏光华

农村宅基地执法监管事关耕地保护。目前，农村宅基地执法监管体系存在执法界限不清、部分地区没有合理规划宅基地等实际问题，农村宅基地执法监管体系亟待理顺。

一是职能边界未厘清。由于土地管理法第 78 条对宅基地的认定和违法查处范围没有进一步细化明确，导致基层在执行的过程中出现职能边界不清等实际问题。在宅基地的认定上，农业农村部门认为宅基地是农村村民用于建造住宅及其附属设施的集体建设用地，包括住房、附属用房和庭院等；自然资源部门则认为宅基地应从主体、性质、用途三方面去判定，对应村民、集体土地、住宅三个关键要素。在违法查处范围上，农业农村部门认为非宅基地类违法行为不属于农业农村部门查处范围；自然资源部门则认为只要是农村村民在集体土地上违法建住宅的，不管是在建设用地还是在基本农田等农用地上，一律由农业农村部门查处。

二是遏制新增成效不佳。一方面，土地管理法第 78 条未赋予农业农村部门恢复土地原貌行政处罚权，仅能作出“责令退还非法占用的土地，限期拆除在非法占用的土地上新建的房屋”的行政处罚，对于乱占农用地（特别是耕地和基本农田）违法建房行为，不能责成当事人恢复耕地原貌，不利于土地保护。另一方面，农业农村部门没有行政强制权，只能根据土地管理法、《农业行政处罚程序规定》开展宅基地执法，对农村宅基地违法案件按照农业行政处罚程序处理，时效长，效果差，震慑力不强，不能在违法行为初期拆除当事人违法修建的房屋，依法按程序查处对遏制新增效果不佳。

三是土地利用规划待开展。部分地区没有规划农村建设用地，有些村级集体经济组织内甚至全是基本农田，这些地区农村村民不能在本村集体经济组织内选择到宅基地，不能保障他们住有所居，直接导致部分村民为了住有所居而非法占基本农田建住宅的案件发生。

四是存量案件查处难度大。多数农村宅基地存量案件违法行为都发生在两年以前，根据《行政处罚法》第29条违法行为在两年内未被发现的，不再给予行政处罚的规定，农业农村部门不能依法查处这些存量案件。

为此，笔者建议：

一是在职能职责上。建议《土地管理法实施条例》在修订过程中，明确非法占地建住宅所占土地的性质；明确农业农村部门对农村宅基地违法案件的查处区域范围；赋予农业农村部门恢复土地原貌的行政处罚权；由自然资源主管部门在非法占地（或非法转让土地）违法行为发生初期可依据第74条、第77条进行前置违法行为查处。

二是在执法权限上。按照中央深化行政执法体制改革精神和有关文件要求，探索按照法定程序和要求逐步将农村宅基地执法权赋予乡镇人民政府实施（广东、甘肃、江西已下放到乡镇、街道实施），由乡镇街道综合执法机构负责执法监管，县级农业农村执法部门负责开展业务指导和查处跨区域、典型性违法案件。乡镇、街道执法机构还可以按照《城乡规划法》第65条从快查处，有效遏制乱占耕地建房新增案件。

三是在空间规划上。对于未开展农村宅基地规划布局的区域，必须统筹安排农村宅基地用地规模（指标）和布局，满足合理的宅基地需求，保障农村村民住有所居，引导农村村民合法修建住宅，以利于农村宅基地的管理。

四是在监管成效上。鉴于农业农村部门开展农村宅基地执法程序复杂、历时长等缺点，建议地方依据《土地管理法》，研究制定或修改配套的地方性办法和规定，多部门联合协作，探索农村宅基地执法快速查处机制，有效遏制新增，保护耕地。

（作者系重庆市政协委员，民盟重庆市委会委员，重庆市彭水自治县民族宗教委主任。本文原载于《人民政协报》2021年5月24日第6版）

批量制造“医生”规范短视频平台迫在眉睫

文／沈绍春　唐淑珍　周　誉

如今，随着互联网快速发展，短视频等行业也迅速崛起，并成为每个人生活中不可缺少的存在。然而，伴随着快速发展，短视频中出现的问题也在不断增加。尤其是医生这个职业，在短视频平台上搜索“寻医问药”，一个个白大褂、身前挂听诊器的人，就成了一个“经验丰富”的“主治医生、主任、院长”了；再讲解一些能预防各种疾病的小妙招，就成了包治顽疾绝症的“神医”。笔者认为，如此批量制造“医生”，容易造成以下几方面危害：

一是造假途径多，假医生成泛滥之势。不法商人利用各视频平台用户门槛低的优势，在视频平台上利用贩卖“特效药”等行骗手段，赚取非法钱财。例如，靠抄袭、直接搬运医生的内容，迅速走红；混迹于医生大V的评论区，与前来求医问药的患者搭话、私信荐药；滋生了专业办理假认证的组织，为他们的行骗账号盖上“官方认证”。

二是真假辨别难，网上行医秩序混乱。假医生在短视频平台上制造的科普垃圾被点赞、转发，在一定程度上导致真医生的流量越来越少、声誉也逐渐受影响。然而，当短视频上的医生群体出现劣币驱逐良币的现象，“敢说敢讲”的骗子流量必将更加火爆，而严谨科学、认真负责的医生却门可罗雀。

三是造假成本低，维权之路困难重重。一方面，假医生通过一些非官方的平台认证或者没有经过任何资质认证，就能通过发短视频、评论等实现网上行医。另一方面，真正具备官方认证的医生则反映医生在短视频平台的维权越来越难。如果想举报投诉骗子账号，每次都需要交一堆材料证明自己的身份，并提供对方违规操作的证明。即便维权成功，最终的处理结果一般都是封号，但骗子往往都还有很多备用号等待启用。

医生对人民的健康安全具有重要意义，药物的使用也极大地影响着人民的健康，而错误的方法和信息可能会让一条生命就此逝去。为此建议：

公开证件信息，规范网上行医秩序。建议所有公共视频平台上的“网上医生”都要在显著位置展示自己的医生职业资格证、职称证书及所在单位等信息。同时，建议各大医院推选医生驻扎短视频平台，定期讲解医学小知识，帮助人们认识医学，提高辨别骗子的能力。这样既可以从源头上扼制假医生的出现，也可以使病患安心在网络上看病。

严格审查清理，确保宣传内容真实。建议国家卫生健康委组织行业内专家对涉及医药的宣传和展示的内容进行审查清理，对不符合法律法规、疗效虚假夸大的宣传责令停止，画面要强制出现“此内容未经专业审核，仅供参考”字样，必要时对虚假宣传进行澄清、道歉说明，消除不良影响。国家广播电视总局也需加强监督管理，严禁夸大、虚假宣传等。建议有关部门出台更细致的下架规定，平台可通过加强自我管理和监督、及时下架违法视频、主动向主管部门报告等方式，减轻执法部门压力。

提高违规成本，重拳打击短视频平台假医生。有关部门要加大对假医生的打击力度，一旦发现假医生，要在封号的基础上将其移交公安部门进行处理，对其通过欺骗手段赚取的钱财予以顶格处罚；对于再次行骗的假医生可视情节加重处罚，通过提高违法成本，让假医生绝迹于短视频平台。

加大宣传教育，全民共同抵制假医生。要加大医学知识的宣传教育，提高群众辨别医学信息和医生真伪的能力；鼓励、引导群众对于发现的虚假信息进行举报，将诈骗行为产生的影响降低至最小。

（作者沈绍春系农工党党员、浙江省丽水市政协委员，唐淑珍系农工党金华市综合二支部主委、浙江省金华市婺城区罗店卫生院全科医生，周誉系浙江省云和县政协委员、副秘书长。本文原载于《人民政协报》2021年8月23日第5版）

办一批食堂　解几多愁盼

文 / 谢荣雄

“岛中风景明如画，池上鸥飞甚款徐”，福建省古田县因新中国成立初期兴建古田溪水电站造就了美丽的翠屏湖，也因当年移民的重大奉献而成为闻名全国的重点库区。2019 年 7 月，我带着福建省政协主席崔玉英关于“要带着感情做好济困帮扶工作，衔接好脱贫攻坚和乡村振兴战略”的嘱托，开启了到古田挂职副县长的历程，有幸参与了闽东特色乡村振兴之路的探索实践。

探索：孝老食堂引爆乡村振兴暖色风尚

初到古田，我分管民政、人社、民宗、残联等民生类工作，在走村串户调研和阅览县政协转来的委员社情民意信息时发现，山下山上近 300 个建制村，基础条件不同，对党委政府多办实事的呼声很高，而点多面长财政资金有限，项目不好策划；同时，广大农村群众对吃、住、行、医、娱以及精神关怀、急难救助等生活的方方面面，都充满了期盼。然而，从哪方面切入，才能起到提纲挈领的作用，却是难题。寻求一种能“以一治多”的载体显得急迫而必要。

如今，随着经济社会转型，农村人口外出务工经商上学，绝大部分老人为了减轻下一代负担，选择留守山村。如何给他们提供生活和急难救助，成为迫切之需？经过反复调研，我认为解决“吃好饭”问题是改善乡村民生服务的很好切入口，因为一头衔接脱贫攻坚的养老兜底、返贫防范和生活救助，一头撬动乡村振兴的乡风文明建设，也让子女安心创业奋斗，轻装上阵。

回福建省政协机汇报时，我的这个思路得到了相关领导的肯定和支持，随后又得到了县委、县政府主要领导的认可。于是，2020 年，我开始试点建设互助孝老食堂。

吉巷乡崎坑村，公路弯弯曲曲，从县城到村里行车要两个多小时，全村户籍人口 656 人，现有常住人口 50 多人，基本是一人一栋老屋，都是清一色留守老人。自从县里推动办起了“互助孝老”食堂后，全村老人得以聚在一起用餐。94 岁的张春发老人说，食堂让他感受到了从未有过的温暖。利洋村有一位年过八旬的老人，原来每个月轮流在孩子家用餐。有了食堂后，老人主动要求加入，这样一家人就不用为了相互适应而频繁调整作息了。在桃溪村，自从食堂开了后，一位年近九旬的老人经常在这里蹲点，每天都是直到打烊才离开。因为她不仅可以在这里就餐，还可以和其他老伙伴们聊聊家常。薛后村把食堂办成了集养老和种养叠加的自助综合体，食堂之外又建立农场，构建微循环，基本可以自给自足，食物富余，还捐赠邻近村食堂。

推广：建设更规范、服务更完善

互助孝老食堂的成功引起了社会各界关注。2020 年 9 月，省市县三级委员联合组织对农村养老进行协商调研，认为“举办互助孝老食堂深受群众欢迎，聚焦‘办好办久’是关键”，县委县政府充分采纳了委员意见，由我负责进一步推进办好办实。

群众的期盼、委员的希望，就是我的使命。在福建省政协相关专门委员会的帮助下，我的工作得到了省民政厅等部门的指导和支持，目标和路径也更加明确。

首先是解决承办主体和基本建设资金问题。明确由村党支部承办，由县财政投入开办费，并将运营费与人头挂钩给予补助。创新开发养老护理乡村公益性岗位，配备食堂服务人员，确保有人管事，责任到人。

运营管理上，建立四项制度。一是探索建立分级分类、梯度价格体系，收费由村民代表大会决定。二是规范财务收支。制定下发《收支管理实施细则》，明确会计科目设置、核算以及财务公开规定。三是建立食品管理制度和食品留样、抽检制度，推行人身意外险。四是注重考评提升，出台五个等级的食堂评定标准，每半年评估一次，将慈善资金的投放与食堂服务质量挂钩。

提高服务品质上，引入四类资源。一是引入慈善资源。成立了孝老爱心促进会，推行时间银行工作机制，设立基金作为存储爱心和兑换的载体，政府以福利中心等养老设施的空间换取志愿服务时间和爱心资金。二是引入专业化服务资源。开展困难老年人家庭适老化改造，将居家养老服务由城区扩大至全县，把养老院床位“搬”到农村。三是引入康养资源。食堂配建村卫生保健室建设，落实医养结合。四是引入精神文化资源。开展中小学校、党政机关、企事业单位与“食堂”共建活动。

经过一年探索提升，确立了“政府搭台、村居承办、居民互助、个人自愿、梯度收费、社会参与”的运营模式和“运营标准化、互助社会化、孝老常态化”长效运作机制。

共识：走一条闽东特色的乡村振兴之路

互助孝老食堂创始于古田，随后开始在福建省全面推广。目前，宁德全市有 200 多个食堂，仅古田县就已有近 80 个。如今在宁德，很多地方不比建“祠堂”而比办“食堂”，互助孝老蔚然成风。2021 年 6 月，崔玉英主席来古田调研时充分肯定了互助孝老食堂建设，指出这是落实习近平总书记给下党乡亲回信所希望的“走一条闽东特色乡村振兴之路”的精彩一笔，要扎实推动。

短短一年多，互助孝老食堂能够被迅速推广，并获得社会肯定，得益于互助精神和孝老文化的有机融合。互助孝老食堂在村落共同体中体现为基于血缘和地缘关系的互助共济精神，这是互助孝老食堂得以组建的原始性社会资本，蕴含着深刻的儒家文化。关于家与孝的人伦关系内核，使得天然存在差序格局的乡村熟人社会便于传承诸如“富之，教之”“见老者，敬之”此类传统的道德规范。在人口老龄化时代命题下，食堂的地位在农村日益凸显，产生了人们心意相感、信义相守的教化作用。

互助孝老食堂具有保障和发展的功能特征，是新时代党联系群众的好途径。食堂具有养老、济困的经济功能，通过满足农村老人“做饭难、吃饭愁”这一基本家庭经济生活功能，作为一种嵌入在乡土社会特定结构和文化中的组织，起到替代家人履行责任的作用。食堂成为农村社会网络的中心，不仅维系村内现有老人和村民，还连接着在外子女和乡贤，一些邻里事务在茶余饭后得到沟通协调，增进村社群感情联络，在孝道文化的感召下，有利于实现社会团结。

互助孝老食堂还是解决城乡二元结构导致的社会权力和机会不平等的治理实践。从城乡基本公共服务均等化和乡村社会治理实践来讲，互助孝老食堂这种载体不仅实现“温饱”在食堂，而且将慈善资金等反向对接至农村，在县域内实现时间银行通存通兑，激活慈善力量，促进三次分配落地见效，更加丰富了乡村振兴的元素内涵。由于采用制度化的互助方式形成国家支持、集体共担的互济互惠机制，实现了农村社会生活的现代升级，因此，互助孝老食堂诠释了新时代山区老人对美好幸福生活的向往，诠释了乡村建设的治理逻辑。

（作者系福建省政协港澳台侨和外事委员会办公室主任。本文原载于《人民政协报》2021 年 10 月 11 日第 7 版）

老妈妈“新两岁”时的思考

文 / 栗文忠

民间有个说法叫“久病床前无孝子”，深究其实践中的困难，我们不得不说是有一定道理的。但失能老人是急难愁盼的民生问题，会影响群众的幸福感、社会的平稳，影响中青年人的工作。党和政府下决心对其破局，在未来五年，真正形成“久病床前有孝子”的新局面。

当代社会，中青年人上有老，下有小，中间经济压力大。面对失能老人、有病老人、嗷嗷待哺的孩子，任谁都不可能持续做伺候失能老人的孝子。老人很容易因无奈无助而被逼垮，中青年人在久病的老人及婴儿的啼哭声中很容易崩溃。

在一位失能老人的康复过程中，我们深刻认识到家庭协助、传统美德的传承以及科学照护的重要性。在陪伴失能老人康复实践的两年中，我们看到了解决此类困难的路径。

课题加实践的日子

“妈妈两岁了！”护工黄四娟在心里刻上了难忘的岁月。

黄四娟两年时间写下了560篇工作日志，它们记录了失能老人康复实战的全过程。有精神疏导，有音乐康复引导情绪，还有每天两次20分钟的体能肌肉康复以及老人的营养配餐记录，每次记录都有专人提示、批示、启示。

如果说2020年1月11日老妈妈在石景山医院手术成功是“重生”的话，现在老妈妈已经“重生”两岁了。老人从卧床不起50多天，到现在每天能走500多米。

两年来，我们从失能老妈妈的康复过程中，从精神到文化的适用，再到机制体制的探索，遂形成了课题加实践的万字建议方案。《人民政协报》《中国房地产报》发动记者走基层，到社区、到企业、到养老院、到研究人员中去做调研。结合我们身边的失能妈妈的康复试点，“发现当天的问题，解决问题在当天”。做好护工思想工作，在用热心、细心、耐心为失能老人服务时，引导护工向先进典型学习，学护理知识的标准文本，学希尔心理学的十六问。同时站在全社会应对老龄化的角度，促进社区养老、居家养老政策完善、行动规范，弘扬中华民族孝道文化。

公开数据显示，我国老年人存在长寿不健康的问题。目前，约 1.9 亿老年人患有慢性病，超过 4000 万的失能老人需要照护。预计到 2030 年，我国失能老人将超过 7700 万，将会影响 2 亿多人的生活与工作，失能老人经历的失能期也将延长到 7.44 年。

中国老龄协会副会长吴玉韶此前表示，人人都有老去的那一天，帮助今天的老年人，也是帮助明天的每一个人。走出一条符合国情的养老之路至关重要。

养老不再是“一家之事”，而是全社会的责任共担。两年来的调研发现，养老中最难啃的“骨头”是“一人失能，全家失衡”。要进一步推动解决全国“一老一小”群体所面临的“老有所养、幼有所育”的社会性难题，急需创新机制，走出一条及时、科学、综合的应对养老托育之路。“一老一小”优养驿站的提出，将强化“一老一小”领域公共产品和服务供给。

“一老一小”优养驿站是破局的关键

目前，“一老一小”优养驿站是社区名副其实的“短板工程”。90% 的老人在社区，90% 以上的婴幼儿在社区，社区配套“优养驿站”已是刚需。

一位在养老界做了十几年研究与实践的资深专家，对《人民政协报》和《中国房地产报》联合提出的“关于推进全国社区‘一老一小’优养驿站建设”的建议给予了高度评价。

让老年人有一个幸福美满的晚年是“家事”，亦是“国事”。

对此，《人民政协报》和《中国房地产报》针对社区居家养老提出了五点建议：

一是探索“一老一小”优养驿站建设统筹谋划机制。

组建市级专班指挥协调是必需的组织保障。第一年试点引路，将自选项列入国家级、各级财政投入的基础项，市级城市选择1—2个进行试验。扩大长护险试点，开辟失能险试点纳入全员试验。0—3岁幼儿的托育管理可向上海市学习，纳入教育管理体系。

二是探索建设“一老一小”优养驿站可持续模式。探索建立政府引导与委托运行并行，市场运作和公众参与同行的模式。从政策扶持、产业对接到服务跟进等多角度为“一老一小”产业升级及其纵深发展提供动力。

三是探索适合中国国情的“一老一小”优养驿站建设配套制度。创新产业土地规划、开发建设、财税、金融等相关配套政策。打通产业平台中各环节之间的通路，实现资源互补，方便养老领域的市场主体参与到产业发展的进程中。

四是将老人日间照料与托儿照料融合，实行可分又可独立的综合体建筑，这是优养驿站建设规划的重点。

五是建立示范性的优养驿站统筹集团。可由一家央企牵头地方国企及民企共同组建。未来五年，要让“银发浪潮”成为新消费蓝海与“长寿红利”。

未来五年应做到的工作

一、打破不作为思想是重中之重。“一老一小”事业潜力足，韧性大，市场大，活力强，空间特大，深层逻辑严密，建议党中央国务院将其列入年度巡视、整改工作范围，奖优罚劣。

二、应实现基础配套设施改造的提升和完善。由政府完善公共服务设施，包括托幼、养老、食堂、文化等设施，实现智能化政务服务平台，做到智能预警应急救援救治，提升精细化管理水平，助力“一老一小”服务效率，延展“一老一小”服务配套功能。

三、做好资源密集搭配、技术要素整合。

利用线上和线下资源，延伸养老服务产业链，给有需求的老年人提供贴心的便捷服务。以养老为轴心，“养老 +”思维不断破题，从单维价值创造向多维价值创造转变，从提供功能化产品向改变生活方式转移。

四、“一老一小”优养驿站不仅是做公益，也是银发经济、活力老人的互助点。中国社科院人口与劳动经济研究所所长张车伟认为，人口老龄化既是挑战，也是寻找经济增长新动能的突破口。在党中央国务院领导下，一定会在高服务标准、高质量产品、高浓度情感互递中，创造性地解决中国的老龄化问题。

（作者系中国房地产报社社长、社委会主任。本文原载于《人民政协报》2022 年 1 月 17 日第 5 版）

给心理咨询师找个“娘家”

文／王程祥

目前，心理咨询行业也存在不少问题，相关机构和从业人员亟须规范，主要表现在：

一是心理咨询行业缺乏主管部门，导致监管真空。2017 年，心理咨询师职业资格经国务院批准被取消，使得执业者中有不少人没有进行规培、登记和规范执业。如有的在营利性机构“执业”，有的在社会组织“执业”，有的以个人名义“执业”，有的自称“心理医生”“心理治疗师”“家庭治疗师”等。收费也无统一标准，有的每次几百元，有的则动辄数千上万元。

二是各类机构借机争抢市场导致各类心理咨询师证件的滥发。国家取消心理咨询师职业资格后，境内外各类机构纷纷争抢这一市场，组织各种形式的培训和考试，颁发各类所谓的资格证书、培训证书、职业证书等。全然不顾国家的明文规定，有的甚至声称自己进行的是“国际认证”。2019 年，央视《焦点访谈》节目就曝光了由美国认证协会（ACI）为发证机构的注册国际心理咨询师（CIPC）实为骗局，所谓的国际证书其实严重损害了我国心理咨询行业的发展。

为此建议：明确心理咨询行业主管部门，并引导在心理咨询师职业资格取消前取得合法证书的人员规范执业。鉴于目前取得社会工作师这一资格证书进行考试的内容范围包含了心理学内容，且社会工作师的工作内容已完全涵盖了此前心理咨询师的工作内容，建议明确社会工作的业务主管部门民政部为心理咨询行业的业务主管部门，并会同人社部对在心理咨询师职业资格取消前取得合法证书的人员进行专项考试，对考核合格且在社会工作服务机构实习满一年的人员参照社会工作师给予登记并颁发登记证书。

明确把心理咨询纳入社会工作范畴。建议由民政部牵头，进一步加强对社会工作师进行专门的心理学方面的培训；鼓励有关单位和部门以政府购买服务的方式协调社会工作服务机构提供心理咨询服务；规范和支持社会工作服务机构以市场方式开展相关服务。

全面加强职业资格监督管理。建议由人社部牵头，会同民政部，严肃查处违规开展或变相开展的心理咨询师职业资格许可和认定活动，重点监管更具欺骗性的冠以中国、中华、全国、国家以及国家部委下属单位等名义机构开展的心理咨询培训活动；严厉打击有关机构开展培训活动颁发的培训证书上使用心理咨询师、职业资格或人员资格等字样和国徽标志的行为。

（作者系民盟盟员、第二届青岛市市北区政协委员，第十七届青岛市人大代表，同明书坊社会服务中心主任。本文原载于《人民政协报》2020 年 7 月 13 日第 6 版）

APP过度收集个人信息谁来管

文／连时彦

人们在第一次安装和使用某款新的手机APP时，一般都会看到“隐私保护条款”。但很少会有用户去仔细阅读该条款，也不知道条款中都包含了哪些个人信息收集内容。在快速点击“同意”的同时，可能自己的信息已被对方收集。

随着移动互联网的快速发展，各种手机应用软件（简称手机APP）呈爆发式增长，手机APP成为生活中不可或缺的应用。目前，我国市场化运营的手机APP超过1700万个，普遍存在过度收集个人信息的问题，给用户和国家安全留下重大隐患，需引起高度重视。

一是个人信息被过度采集。用户个人信息是互联网大数据的重要来源，为实现特定功能，提升用户体验，手机APP不可避免要收集、使用一些用户个人信息。但当前，许多手机APP在超出产品功能目的范围之外大量收集用户个人信息，有的甚至是在未明确告知用户的情况下偷偷收集。

中国消费者协会发布的《100款APP个人信息收集与隐私政策测评报告》显示，超九成APP涉嫌“越界”，过度收集个人信息，位置信息、通讯录信息和手机号码是收集的重点内容；部分APP还涉嫌过度收集个人财产、生物识别等敏感信息，这将给用户个人甚至国家经济安全埋下“地雷”。

二是隐私条款避重就轻。隐私条款是APP收集、处理、使用用户信息的公开声明，也是面向用户的承诺合约。然而数据显示，超三成APP没有隐私条款，近半数APP隐私条款不达标，其中包括支付宝等知名APP。

这类不达标隐私条款或对用户信息用途含糊其词，或设置冗长文本将关键条款层层遮掩，或将隐私政策设为默认勾选同意，甚至存在让用户自行承担风险等免责条款和不同意就无法使用的霸王条款。隐私条款俨然成了空头支票和避责条款，掩盖了商家过度获取用户信息的非法性，侵犯了用户的正当权益。

三是安全风险多重叠加。手机APP过度采集和非法使用用户个人信息将带来用户隐私数据泄露的多重风险。一方面，手机APP开发商的安全防范技术与管理机制参差不齐，在面临网络攻击、黑客窃取、内部人员泄露等内外多重风险的情况下难以确保信息安全。另一方面，相关监管规制和行业自律的缺失，导致个人信息买卖、网络电信诈骗等乱象频出，不仅侵扰网络空间良性秩序，同时带来诸多社会问题。此外，部分APP在用户注销、卸载后并不删除留存的用户信息和历史信息，由此将带来用户信息二次泄露的风险。

四是法律惩戒力度小，效果差。目前我国虽然有《网络安全法》《电信和互联网用户个人信息保护规定》等法律法规对居民个人信息进行保护，但对于个人信息的侵权行为仍然制裁不力，对手机APP过度过滥非法收集个人信息的打击力度不足，未露出保护个人信息法律的“钢牙”，致使APP运营商非法收集个人信息有恃无恐。此外，个人信息保护的主管机关目前还未确定，公安、工信、网信、司法等多家部门都在管，但都没管到位。

为此，笔者建议：

建立隐私信息提取备案制度。无法保护用户敏感数据的厂商就没有搜集用户数据的权利，建议建立隐私信息提取备案制度，要求软件厂商向有关职能部门书面报备、说明用途和证明自己综合处理大数据能力后，经过批准方可对相关数据进行采集、储存、利用等，同时职能部门建立联动监管机制，倒逼企业提高为获取利用大数据的综合投入与能力。

建立信息获取明示制度。APP必须在显著位置提示获取权限的种类、数量，并要向应用商店后台说明理由。只要后台在定期或不定期自查中发现问题就强制下架，同时引入第三方网络安全企业辅助查找漏网之鱼。

加快个人信息保护法的立法工作。立足于保护、防范个人隐私被滥用的方向立法，减少有动力获取个人隐私的相关知名企业的参与程度，明确部门监管职能的同时确保法律的一致性、可操作性和威慑力，对保护、阐述、适用范围、数据的所有权、使用权、管理权、交易权、享有权、处罚等关键问题的处理应有顶层设计。

（作者系湖南省长沙县政协委员。本文原载于《人民政协报》2020年11月2日第5版）

社会组织应享受中小企业同等优惠政策

文／王　意

2020 年 2 月 20 日，经国务院同意，人力资源和社会保障部、财政部、税务总局印发的《关于阶段性减免企业社会保险费的通知》（人社部发〔2020〕11 号）（以下简称《通知》）中明确指出，“以单位方式参保的个体工商户，参照中小微企业享受减免政策”。人力资源和社会保障部发布的数据显示，截至 2020 年 9 月底，1129.9 万户中小企业享受到阶段性减免养老保险、失业保险、工伤保险三项社会保险费政策，减免额 9107 亿元，缓缴社会保险费 616 亿元。此外，降低社会保险费率政策减少企业缴费 2322 亿元，合计减少企业成本 12045 亿元。党中央出台一系列措施支持和帮助中小企业和社会组织渡过难关，让全国数以万计的中小企业和社会组织得以迅速的复工复产，为中国经济的复苏注入动力。

近日，部分城市认为《通知》文件精神，是为中小企业尽快有序复工复产“量身定做”的帮扶政策，而民办非企业单位、社会团体等非企业单位不在享受政策范围内。此时，现正筹划补收社会组织等非企业单位在 2020 年已享受的社保减免费用。然而，在 2020 年 2 月 28 日，人力资源和社会保障部、财政部、税务总局有关司局负责人就《通知》的有关具体贯彻实施工作回答记者提问，明确指出“民办非企业单位、社会团体等各类社会组织可参考大型企业减半征收三项社会保险单位缴费部分”。多地政府在出台配套工作实施细则中也将民办非企业单位、社会团体等各类社会组织纳入政策享受范围内。对此，有社会组织认为，按照企业划型标准，大部分社会组织的规模属于中小微企业类型，此次在享受优惠政策时参考大型企业，和当前社会组织实际情况不符。有社会组织统计，“如果按照小微企业可享受免征5个月的标准，人均可享受免征3889.4元的社保费，如参考大型企业，则人均只享受1944.7元的社保优惠”。目前，全国共有社会组织86.6万个，吸纳社会各类人员就业1037.1万人，按这个数据计算，社会组织则需多承担社保费用207.4亿元。

广大社会组织在推动经济社会发展、促进民生福祉改善、开展慈善公益活动、助力脱贫攻坚、协同社会治理等方面作出了重要贡献。特别在2020年的抗击新冠肺炎疫情工作中，全国各地的社会组织在党中央和政府的领导下积极参与到疫情防控中，主动担当作为，彰显社会责任，在助力企业复工复产等方面作出了积极贡献。当前，全国各地都在打造营造良好的营商环境。此时，有些地方要补征收2020年社保费用，会让本就举步维艰的社会组织更是雪上加霜，同时也不利于推动社会组织健康有序发展。

综合以上，社会组织于情于理应平等享受2020年中小企业减免社保费的政策。希望政府部门在今后出台相关扶持政策时，明确社会组织可同等享受中小企业吸纳就业的扶持政策，包括税收减免、房租减免、社保补贴、稳岗补贴、创业担保贷款等同等政策待遇，进一步为社会组织生存发展营造良好的政策环境，使之更好地参与基层社会治理，为中国经济的发展贡献新力量。

（作者系第十五届武汉市江岸区政协委员，武汉市江岸区科协挂职副主席、武汉市青年创新科技服务中心主任。本文原载于《人民政协报》2021年6月7日第6版）

委员呼声有回应　稳岗政策得落实

文／王　意

6月9日，《人民政协报》第6版《民意》周刊刊登了笔者撰写的《社会组织应享受中小企业同等优惠政策》一文。文中提到2020年的抗击新冠肺炎疫情工作中，社会组织在党中央和政府的领导下积极参与到疫情防控中，主动担当作为，彰显社会责任，在助力疫情防控和企业复工复产等方面作出了积极贡献，却无法享受中小企业同等优惠政策。建议政府部门在今后出台相关扶持政策时，明确社会组织可同等享受中小企业吸纳就业的扶持政策，包括税收减免、房租减免、社保补贴、稳岗补贴、创业担保贷款等同等政策待遇。

同时，笔者将该建议报送到民革武汉市委会，市委会转报到市政协和民革省委会。

文章刊登后，《人民政协报·民意周刊》微信公众号也同时予以刊发，笔者将其转发到江岸区政协委员微信群和微信朋友圈。

很快，笔者反映的问题得到市、区两级领导的高度重视，有关部门当天就找到笔者了解具体情况并做了相关解释工作。

8月12日，笔者从湖北省人力资源和社会保障厅获悉，经省人民政府同意，8月9日省人社厅发布《省人社厅 省发改委 省教育厅 省财政厅 省退役军人厅 省乡村振兴局 省军区动员局 人民银行武汉分行关于深化实施部分减负稳岗扩就业政策措施的通知》（鄂人社发〔2021〕24号），明确社会团体、基金会、社会服务机构、律师事务所、会计师事务所、以单位形式参保的个体经济组织参照实施大中小微企业享受普惠性失业保险稳岗返还政策。

笔者看到这份文件时，十分欣慰自己的参政议政成果能在政府的相关政策中得以体现。在这里，要感谢《人民政协报》为基层政协委员提供建言献策的平台，使得建议能够得到相关部门的重视并落实。下一步，笔者将继续结合自身专长和优势，积极履行政协委员职责，积极参加调研视察和协商议政，为政府出实招、谋良策。

（原载于《人民政协报》2021 年 8 月 16 日第 5 版）

城区道路隔离栏太多
有碍观瞻有损文明

文／丁学东

在很多城市，出于维护交通秩序及减少安全隐患的考量，往往会在人口集聚、过往行人较多的路段设置隔离栏。交警部门提供的相关数据表明，在部分交通繁忙路段安装设置隔离栏，对规范交通秩序、降低交通事故发生率起到了较大作用。然而，笔者在观察、调研中却发现，城区道路隔离栏安装过多、过繁、过滥，“为隔离而隔离”“为安装而安装”的现象普遍存在，几乎“无一个路段不设置”，“没一条马路不安装”。

城区道路隔离栏安装过多、过繁、过滥，在造成较大浪费的同时，还带来了其他负面影响。比如，因道路建设有先有后、隔离栏出自不同的生产厂家，导致城区道路所安装的隔离栏在形状上千姿百态、高矮参差不一、料质不尽相同、色彩五颜六色：有方形的、弧形的；有的高达 1.5 米，密不透风，有的低至六七十厘米，形同虚设；有的选用铁质材料制作，有的用塑料制作；有的是黑色，有的是绿色……有些隔离栏在遭到损坏后，得不到及时的更新和修复，破损、倾倒、零乱、歪扭的情形常常会持续多日，影响城市形象。此外，在部分路段，由于设置不合理，花巨资安装的隔离栏并没能真正起到规范交通秩序的作用，行人翻越隔离栏的现象屡见不鲜。

笔者认为，城区道路大量安置的隔离栏，从某种程度上说，是相关部门在执法过程中过度依赖设施、“懒政”不作为的体现，既影响市容，有碍观瞻，又有损形象，与倡导市民自觉遵守交通规则、自我提升文明素养的文明城市创建的初衷相悖。

要想解决这一问题，笔者认为，必须做好以下三方面的工作：

一、科学规划，合理安装。相关交通管理部门，应本着务实、节约、精简、高效的原则，不搞一刀切，不求大而全，要在对人流量、合理性进行全面统计、充分论证的基础上，在部分重点路段有限安装隔离栏（或者以绿化带取代隔离栏），以规范交通秩序，减少交通隐患。在未安装隔离栏的路段，除了在道路中间划定醒目的分道线、在相关点位设置警示标志外，应在交通电子屏上滚动显示“严禁横穿马路”“严禁逆向行驶”等标语，并加大对违章司机及行人的处罚力度，用严厉的扣分、罚款，坚决杜绝变道行驶、乱穿马路等交通违法行为，从而在司机及行人的心中筑起一道无形的道路隔离栏。

二、注重美观，统一款式。因需要而必须设置的隔离栏，相关交通管理部门应对不同的生产厂家提出统一的外形、规格、款式、材质、色彩等要求，以契合城市的个性、风格和文化，尽可能做到美观、大方、精致、实用，并及时更新、修复遭损坏的隔离栏，让道路隔离栏成为城市的一道风景线。

三、文明引领，养成自觉。一座城市，假如市民连“过马路走斑马线”“不逆向行驶”这些最起码的交通规则都遵守不了，那么就称不上是一座文明城市。相关部门在文明城市的创建过程中，应突出市民交通文明这一重点，紧盯重点人群、重点时段、重点路段，借助电子眼、无人机、电子屏等设施，充分发挥交警、辅警和志愿者的力量，多管齐下，多措并举，引导广大市民自觉遵守交通规则，自觉杜绝交通隐患，让“不乱穿马路”“不逆向行驶”入脑入心、深入骨髓，让文明出行、文明交通成为常态。

（作者时任江苏省张家港市政协副主席，现任江苏省张家港市人大常委会副主任。本文原载于《人民政协报》2021 年 8 月 30 日第 5 版）

道路交通还是多“护”少“栏”为好

文／窦立毅

城市道路设立隔离护栏，目的是维护道路交通安全。但据笔者观察，一些有隔离护栏的路段事故率并不比没护栏的少：有两车剐蹭的，有汽车撞到护栏的，有因为要到调头放慢速度被后面的车追尾的……夏天阳光强烈时，有的护栏还直晃眼睛，反而影响了视线；还有在有连续护栏的路段，要调头的车辆都集中到一个路口，造成车辆拥堵，通行指数大大降低。最危险的是，安全意识差的人，为了少走几步路，逆行或直接翻越隔离护栏。

笔者询问隔离护栏道路两边的商户，一位女士说，隔离护栏看似安全，实则不然。比如内急时要到对面公共厕所，如果顺着路口走过去，至少要绕行 1000 米，因此周边商户基本都是从护栏中间挤过去，有的人甚至直接翻越护栏。而一般行驶的车辆看到这个路段有护栏，基本上不减速就直接飞驰而过。此时若有人“不守规矩”地去过护栏，危险系数就会大大增加。笔者和这位女士说话的同时，就看到好几个开电瓶车的路人从桩形的隔离护栏间强行挤过去。可因为桩形的隔离护栏间距比较小，电瓶车也大小不一，导致有的电瓶车轻易地过去了，有的则进退两难。而车辆被卡住后，有一半留在超车道上，一旦有车辆经过，就非常危险。

笔者认为，以“栏”治路，以“栏”防堵，如果不能科学设置，就会适得其反。道路交通还是多“护”少“栏”为好，要以“护”为宗旨，全力“保护”人民群众的生命安全，“维护”道路的交通秩序，“守护”城市的经济动脉。

（作者系江苏省南通市如东县政协委员、民盟南通市参政议政工作委员会委员、民盟南通文化支部副主委兼宣传委员。本文原载于《人民政协报》2021 年 8 月 30 日第 5 版）

后 记

2023 年 4 月 6 日，是《人民政协报》创刊 40 周年的日子。40 年来，我们不忘初心，砥砺前行，忠实地记录和报道中国经济社会发展和中国特色民主政治进程；40 年来，我们得到了各级统战部门、政协组织、民主党派及工商联和广大政协委员的鼎力支持，结下了深厚友谊，留下了无数感人故事。

在创刊 40 周年之际，我们出版的《人民政协报新时代报道作品选》丛书（包括《新时代市县政协的新样子》《委员故事》《民意之桥》），内容为《人民政协报》在近年来刊发的专题报道及作品精选。这些文稿从不同的侧面展现了党的十八大以来中国式现代化建设取得的新的历史性成就；展现了人民政协在“赢得民心民意、汇集民智民力”方面所付出的艰辛努力和取得的丰硕成果；展现了政协委员们结合自身工作，不负重托，履职尽责的生动风采和市县政协工作的“新样子”。期望该丛书能给各地政协开展工作提供借鉴参考，能对政协委员履职有所帮助。

本次图书出版，得到了中国文史出版社领导和编辑老师的鼎力相助；多位委员和专家学者欣然作序并热心推荐；海南新宝塔控股集团有限公司给予了大力支持；报社相关部门和同事不辞辛苦，做了大量具体工作。在此一并表示衷心的感谢！

人间最美四月天。让我们继续携手同行，凝心聚力，创造更美好的明天。

编　者

2023 年 4 月

图书在版编目（CIP）数据

人民政协报新时代报道作品选 . 新时代市县政协的新样子 / 人民政协报社编著 . -- 北京 : 中国文史出版社 ,2023.3

ISBN 978-7-5205-4043-8

Ⅰ . ①人… Ⅱ . ①人… Ⅲ . ①新闻报道 – 作品集 – 中国 – 当代 Ⅳ . ① I253

中国国家版本馆 CIP 数据核字 (2023) 第 051378 号

责任编辑：王文运　梁玉梅　赵姣娇

出版发行：中国文史出版社
社　　址：北京市海淀区西八里庄路 69 号　邮编 :100142
电　　话：010–81136606　81136602　81136603（发行部）
传　　真：010–81136655
印　　装：北京瑞和祥云印刷技术服务有限公司
经　　销：全国新华书店
开　　本：787mm × 1092mm　1/16
字　　数：289 千字
印　　张：18.5
版　　次：2023 年 5 月北京第 1 版
印　　次：2023 年 5 月第 1 次印刷
定　　价：238.00 元（全三册）

主　编

张立伟　王相伟

副主编

许水涛　石秀燕　訾　绮

杨统连　刘劲松　刘　珊

陈祖毅

执行主编

梁春武　赵　彤

统　筹

李丛杉　罗公染

编　辑

李　恒　牛忠磊　王　琰

孙　权　白　杨

编　务

孟祥龙　位朝辉　段志海

张修涛　王　宇　廖昕朔

前　言

习近平总书记在中央政协工作会议上指出，要为政协组织开展工作创造有利条件，选优配强政协领导班子，重点解决市县政协基础工作薄弱、人员力量薄弱的问题。

为进一步贯彻落实习近平总书记重要讲话精神和中央政协工作会议精神，《人民政协报》在要闻一版特别推出“新时代市县政协的新样子”专栏，大力宣传我国市县两级政协破解“两个薄弱”问题的好经验、好做法，以期给市县两级政协开展工作提供有益参考。

专栏开设三年多，共推出相关稿件200余篇，报道了一大批市县政协结合自身工作实际开展的探索创新，推出了一篇篇冒着泥土气息的新闻稿件，受到各级政协的欢迎。

不少地方政协同志来电表示，“两个薄弱”是制约市县政协提升工作质量的瓶颈，也是影响其发挥专门协商机构作用的短板，具体要怎么做，在实践中也有不少疑惑。“新时代市县政协的新样子”专栏推出的其他政协的做法，为他们进一步开展工作提供了有益参考，在学习互鉴中开拓了思路、碰撞出了火花，进一步加强和改进了当地政协工作，全面促进了政协工作的提质增效。

回首三年多来的报道，“新时代市县政协的新样子”专栏硕果累累。今遴选部分内容结集成册，一方面是便于读者对我们三年来的探索有个全景式的了解，另一方也期望能给各地新一届政协开展工作提供借鉴参考。

目　录

辑　一

辑　三

辑　一
JI　YI

把履职之根植入乡村振兴

——天津静海区政协在推动乡村振兴战略中彰显担当作为

记者／张　原　李宁馨　　通讯员／王善海

与群众贴得越近，越能体现基层政协的价值。近日，天津市静海区政协组织各界别委员深入乡镇、村街、社区，就疫情防控、农村环境综合治理等群众关注的问题开展协商座谈，切实把协商议事室打造成党委政府“好帮手”、人民群众“连心桥”、委员履职“新平台”。区政协充分发挥专门协商机构作用，统筹协调政协组织和委员力量，综合运用多种履职形式，在推动乡村振兴战略中彰显政协担当作为。

延伸履职触角

静海区政协党组和主席会议多次精心研究部署，列入工作要点，将助推实施乡村振兴战略作为长期任务常抓不懈，引导政协委员把履职之根植入乡村振兴主阵地、把为民尽责融入乡村振兴主战场。

区政协以“搭平台、促发展”为主题打造基层协商平台，健全18个乡镇委员活动室，9个村街、社区委员联络室，打通基层协商覆盖“盲区”，解决“最后一公里”问题，将履职触角向基层延伸。委员们深入乡村收集社情民意，提出巩固拓展脱贫攻坚成果同乡村振兴有效衔接意见建议，为全区因地制宜发展特色产业、扎实推动乡村振兴战略深入实施献良策。

发挥政协委员智力密集优势，多措并举打造静海农产品品牌是区政协下功夫最多的。政协委员中，既有懂技术的“田秀才”，也有经验丰富的“土专家”，还有善经营的“农创客”。区政协创新协商机制，将区委、区政府关于乡村振兴战略的决策纳入年度协商计划和工作要点，组织农业界别委员深入开展调查研究，提出《关于地下水压采后有效解决农业灌溉问题的对策建议》《培育打造农产品品牌，带动起农民增收致富》《加快高标准农田建设，促进粮田变良田》《培育优质麦种，打造粮食“芯片”》等调研报告，为区委、区政府科学推进乡村振兴战略提供可行性决策依据。

“我们组织委员深入乡村一线开展全方位、多层面、多角度调研视察，就乡村振兴产业发展、人才支撑、文化繁荣、生态保护、组织建设、城乡融合等与乡镇党委政府、村两委、乡村老党员、乡村致富能手、企业家等座谈交流，在协商中提炼出更加符合静海农业现代化发展、更加贴近农村基层实际、更加体现农民主体意愿的意见建议，为乡村振兴战略发展提出新观点、新思路、新举措。”区政协主席窦双菊兴奋地告诉记者。

为乡村解难题

区政协发挥联系广泛优势，助力中小微企业融资，解决企业招工难问题，协调专家结对认亲，帮助部分村制定发展规划，整治村街环境，改造基础设施，区政协荣获天津市结对帮扶先进集体。

如何助力《中华人民共和国乡村振兴促进法》转化为新时代“三农”工作总遵循？区政协创新民主监督机制，坚持“监督寓服务”原则，组织有关专委会、乡镇委员活动组先后提出《关于帮助台头镇农户放宽贷款政策》《关于对杨成庄乡西寨村、梅厂村内桥梁维修》《关于解决府君庙涵洞排水问题》等事关农业发展、农民增收的提案、社情民意40余件。特别是，区政协党组、主席会议成员牵头，各相关专门委员会跟踪督办，确保重点提案办得严、办得实、办得准，解决了一批农民群众急难愁盼问题。围绕发挥都市型农业作用、实施“菜篮子”工程、解决设施农业用水、推进农村学前教育三年行动计划等进行监督性视察调研，对发现的问题及时提出、及时商量、及时整改，将可能出现的问题解决在萌芽状态。

“开展乡村振兴政策宣传、思想政治引领工作至关重要。”在窦双菊看来，必须使乡村振兴的思路、目标、任务和实践深入人心，获得群众理解和支持。为此，区政协坚持开展文化、法律、卫生“三下乡”活动，现场向群众发放科普宣传资料，法律专家解答群众提出的法律难题。小十八户村村民赞扬说，政协把为群众办实事办到田间地头，办到农民家门口，让我们更多地了解惠农政策，我们更有信心把产业做强，把日子过得更幸福。

区政协鼓励广大委员运用岗位和专长优势，在乡村振兴战略中作表率，委员们有的长期无偿帮助困难群众，有的带动村民发展当地产业，有的利用先进农科技术带动农民增收，特别是党员委员发挥先锋模范作用，知民情、晓民意、察实情，把“为民办实事”办到群众心坎上。

（原载于《人民政协报》2022年6月13日第1版）

委员联络组解决“大”事情

——河北省石家庄市新华区政协推动协商向基层延伸

记者／高新国

“现在，晚上能睡个踏实觉了，出行也方便多了。”家住河北省石家庄市新华区北后西区9号楼的李彦萍说，没想到在街道政协委员联络组的协商推动下，一直困扰小区居民的噪声问题得到有效解决。

噪声来自新华集贸市场——物流大货车晚上装卸货物，常常工作到凌晨，周围居民对大货车占压便道影响通行同样反应强烈，相关部门采取了多种措施，但总有反弹。新华路街道政协委员联络组组织20多名委员通过前期调研、实地走访，多次召开座谈会及现场会，对大货车扰民问题进行解剖。委员们提出疏堵结合、规范标准的可行性意见，还联系各方资源，找到一块闲置土地集中停放物流大货车，相关部门同步跟进规范管理，解决了困扰居民20多年的老大难问题。

推动协商向基层延伸，助力基层社会治理，石家庄市新华区政协不断加强委员联络组建设，出台《关于加强街道社区政协委员联络组工作的意见》，调整全区15个街道和民族路湾里步行街管委会16个政协委员联络组组织机构，由街道办事处和管委会主任任联络组组长，做到履职网络全覆盖，并按属地原则、就近原则，将全区235名委员分到16个联络组，同时吸纳本辖区政治上有影响、社会上有贡献、参政上有能力的各界代表人士参加。

联络组坚持问题导向，围绕中心工作，找准基层薄弱环节，有针对性地提出意见建议，解决难点、堵点问题。

4 月 23 日，东焦街道政协委员联络组召开“老旧小区物业管理”协商座谈会。区政协常委、石家庄冀和物业有限公司总经理姬建超介绍了企业代管小区物业的情况。“老旧小区物业费收缴难是一个普遍问题，可与移动、联通业务联系，联合开发物业费收取新途径。”政协委员高军建议。“政协委员们的建议，为老旧小区物业管理工作打开了新思路，提供了解决问题的新办法。”东焦街道办事处主任张福香收获满满，把政协委员联络组当作“大家的事情大家来商量”的新平台。

除了助力解决民生问题、协商群众关切事情，政协委员联络组还为助推经济发展牵线搭桥。2022 年 1 月，区企业家恳谈会后，新华路街道联络组的政协委员们组织座谈会，邀请企业、学校、集贸市场、银行、北大街海鲜市场等代表和相关部门参加，开展政银企各方对接。会上，小林数码的牛绍强委员与农业银行对接得到低息贷款解决了企业燃眉之急，北大街海鲜市场也与金圆大厦签订了供货合同。

2021 年 7 月新华区政协换届以来，各街道委员联络组共组织协商座谈 32 次，视察活动 23 次，反映社情民意信息 27 条，解决民生问题 31 项。政协委员与群众的距离越来越近，联络组成为办事处摸到实情、得到金点子、解决问题的重要渠道。

赵陵铺路街道政协委员联络组召开城中村改造项目工作座谈会，委员们对拆迁改造积极建言。合作路街道政协委员联络组到仓澜孵化基地开展视察调研，委员们就基地发展积极献策。杜北街道政协委员联络组组织委员围绕“拥河发展”开展调研座谈，提出针对性建议。其他街道政协委员联络组，围绕常态化疫情防控、经济发展、社会稳定、交通治理、垃圾分类、公益宣传、社区文明等开展座谈，或围绕辖区重点工作进行深入交流。

联络组活动带动政协委员更加主动履职。电动车上牌、疫情防控、疫苗接种、信访稳定……政协委员更加积极联系群众，广泛收集社情民意信息，发挥专长和优势，帮助基层群众想实招、办实事。政协委员的身影越来越多地出现在百姓中间，政协委员的界别资源优势逐步转化为辖区发展优势。

为进一步规范委员联络组工作，新华区政协出台《街道政协委员联络组工作制度》，促进委员与街道、群众加强沟通，更好发挥主体作用。“联络组的建立，在区级层面形成街道联络组为块、委员界别小组为条、条块结合的政协工作新格局，打通了政协委员联系群众的最后一公里。”新华区政协主席胡立新说。

“政协委员就在身边，人民政协离我们很近，人民政协为人民。”辖区居民对政协组织越来越熟知，对委员作用越来越认可。

（原载于《人民政协报》2022 年 5 月 18 日第 1 版）

“真”协商产生高“言”值

——河北省保定市政协强化主责主业提升协商实效

记者／高新国

“接线员是窗口岗位，建议加强培训，通过安排他们到各个部门体验工作，提高回答问题的能力，帮助做好群众心理疏导工作，以利于解决问题，化解矛盾。”

“这个建议好，可以有计划安排接线员到各部门体验工作。”

2022 年 2 月，河北省保定市政协围绕“政务服务和 12345‘接诉即办’改革”主题举行首次双月协商会。会上，闫克军委员临时被“点名”发言，常务副市长张贵宝当场回应。没有完全按“剧本”来的高“言”值，是会议“真”协商的体现，也是保定市政协重视协商实效的体现。

搭好平台　定好选题

强化主责主业，提升专门协商机构效能，是今年保定市政协加强和改进工作的主要内容。

如何强化、提升？搭好协商平台是发挥好专门协商机构作用的重要基础。市政协结合年度协商计划，推出“1126+N”的协商平台体系，即：年内召开 1 次全体会议、1 次市政府市政协联席会议、2 次专题议政性常委会会议、6 次双月协商会，召开若干次市县政协联动协商、界别协商、对口协商、远程协商和微协商。同时，指导县级政协搭建“1124+N”的协商平台体系。

市委提出在“绽放新颜值，跑出加速度”中贡献政协力量，市政协谋划协商议题将市委要求落实到位，确定了“大格局 小切口 有支撑”的协商工作思路，以深入调研、精准建言，助力党委政府决策部署落实。

市政协研究室主任赵世忠说，年初征集到300多个议题，经过梳理减至100个，然后再上主席会议研究、与市两办沟通，精简了大、虚、空议题，最后确定30个协商议题。“什么事上什么平台，谁来组织、谁来答复，都有制度规定。”赵世忠说，平台多了，委员参与协商机会多了，并且每个程序都有规范要求，促使协商质量不断提升。

首次双月协商会由市政协财经委牵头，财经委二级调研员张宝对闫克军、张贵宝的对话记忆犹新。“委员提问、部门回应，市政府主管领导全程参加。”财经委主任张志定说，首次双月协商会肩负着“打样”的重任，有压力，但“照章”组织，效果很好。

深入调研　认真筹备

在“1126+N”协商新格局中，如何更好汇集智慧力量？保定市政协对深入调研这一“必修课”提出严要求。发现问题、总结经验，做足协商前的功课。

“进步很大。”吴琼是连续四届的老委员，她说，现在不仅学习多了，视察调研参加得也多了，并且要求严格。她参加过旅发大会、人才建设、城市更新等几次主题调研。“手机都要静音，喝水、去洗手间的时间都很紧张。”吴琼对市政协视察调研的认真程度有着深刻感受。

“最初认为，政协都是围绕政治大事开展协商的。”许雅晴是新委员，她参加了几次调研和会议后，对政协有了重新认识。“能了解政府部门工作，也能实地发现问题。”许雅晴说，政协调研内容更多与实际生活、社会问题紧密相关，能真正参与保定市建设，“很有收获”。

黄曦华委员参加了数字经济发展协商议题调研，对市政协调研的“认真劲儿”也深有体会。“港澳委牵头，到10余家企业调研，召开企业负责人座谈会，详细了解企业经营现状，每位委员都要发言。”他说，作为新委员已由第一次参加全会时的激动、新鲜，转变为如何围绕议题开展调研，在抓住问题的同时提出高质量意见建议。

“开会几个小时，大量工作做在前面。”市政协社法民族宗教委副主任刘振忠对双月协商会前期筹备工作深有体会。围绕“加强城市更新基层治理，全力打造新颜值”主题，委员会不仅组织集体调研，还让委员自主调研。“委员律师发放问卷调查，做到有事例、有数据。”刘振忠说，大家都想在双月协商平台上有高质量发言。

真正协商　推动工作

通过调研发现问题、总结经验，经过协商提出建议、推动工作，是保定市政协强化主责主业、追求协商实效的重要目的。

参加工作就与政协有过交集的雷彦民委员说，现在真切感受到意见建议“提了不白提”。在一次常委会会议上，雷彦民结合在市文联工作实际，在“提升文化软实力打造文艺新高地”发言中提出意见建议，结果当时就被市文旅局回复，推进了“书香之城”“名家工作室”建设。

“是否针对问题，建议是否可行，能否推动工作？”新委员孙振铎说，首次参加政协全会提交大会发言，市政协让改了多次。“非常受益，提高了建言质量。”在养老服务体系建设双月协商会上，市民政局领导一一回复他关于独居老人养老机制建设的建议，使他有了作为一名政协委员的自豪感。

薛冰委员是市科技局科学技术信息研究所所长。“没想到通过政协平台能推动工作。”她说，结合实际工作提出的意见建议在政协平台上可以进一步得到完善提高，确保更加精准，并且在协商会上能与相关部门直接沟通，便于有效调动资源来推动工作。

在市政协带动下，县级政协“1124+N”的协商氛围也浓厚起来。莲池区政协通过打造委员之家和委员工作室，使政协协商走向基层、走近群众。“拆迁过程中，几名委员可以有效做通群众思想工作，化解矛盾。”莲池区政协常委王勇对通过委员之家开展“微协商”作用十分认可。结合企业如何克服疫情影响、康养产业如何发展，区政协委员陈根全、孔庆瑞，同样对基层协商推动工作开展深有感触。

搭建平台，健全机制，选好主题，保定市政协主责主业“大戏”，越唱越精彩，越唱范围越广泛。

（原载于《人民政协报》2022年8月29日第1版）

凝聚更大共识　汇集更大力量

——河北省沧州市政协着力做好“五聚”工作促进大团结大联合

记者／高新国　　通讯员／庞树生

2022 年以来，形成的会议发言、协商专报、社情民意等 40 余篇建言成果，实现领导批示率、承办部门反馈率、市政协向委员反馈率“三个 100%”。这组数据，是河北省沧州市政协着力做好“五聚”工作，促进大团结大联合的重要体现。

如何更好凝聚共识、汇集力量？沧州市政协把每位委员都作为加强大团结的重要分子，引导委员把所联系的界别群众团结好，通过学习、协商、合作、联系、宣传“五聚”工作，在更广社会范围内凝智聚力。

理论认同、思想认同是大团结大联合重要基础。“通过学习聚共识增团结”成为沧州市政协“五聚”工作之首，将强化政协党组理论学习中心组学习，打造“书香政协”和“政协讲堂”两大平台，作为学习重要抓手。

每季度至少组织一次习近平新时代中国特色社会主义思想座谈会、委员学习座谈会，是学习首要内容，以经常性、机制化的学习研讨交流，筑牢团结奋斗的共同思想政治基础。在两大平台建设方面，沧州市政协新建“书香政协”专属平台 540 多平方米，经评议确定荐读书目 25 本，首批赠送委员图书 536 册。同时，建立 25 个读书群，进行线上导读共读、交流分享，并在沧州政协公众号开设读书专栏，刊发每周悟语、精短体会，让读书成为委员履职新常态。在“政协讲堂”设置省政协视频辅导、外聘高层次专家讲座、委员讲堂三大板块，已组织开展年轻干部大讲堂和学习交流会4期，诵读红色经典2次。

商量出办法、出共识、出感情、出团结。“通过协商聚共识增团结”是沧州市政协“五聚”工作重要内容之一，着力以同心同向的真诚协商，推动形成自内而外、由知到行的工作格局。

2022年1月召开市政协十二届二次会议，市委主要领导对大会9篇口头发言逐篇批示，并在市委常委会议上研究批转有关部门采纳，成为协商聚共识的重要体现。此外，2022年已组织召开的议政性常委会会议、专题协商会、提案交办协商会等，分别对加快全市化工产业转型升级、深化职业教育改革、完善社会治安体系等积极建言献策，形成推动工作开展共识。

除了各类协商会，“提案 + 调研报告 + 社情民意信息”全链条直连直通协商，为推动全市经济社会发展起到重要作用。2022年市政协全会期间，共有331名委员提交提案501件，经审查立案482件，遴选的20件重点提案中，主席、副主席领办5件，提案委会同市委、市政府两办共同督导15件。同时，确定了“关于创新提升基层社会治理效能”等9个调研课题，广泛搜集社情民意信息，促进委员在履职中增认同、集众智、聚群力。

“通过合作聚共识增团结”，沧州市政协注重用好统一战线这个法宝。为搭建合作交流平台，市政协创办“委员会客厅”，充分激发委员履职热情。15个委员领办的会客厅，总面积1100多平方米，团队成员103人，联系界别群众515人，目前已开展活动27次。

为更好合作共事，市政协建立健全并切实落实党组成员同党外委员谈心交流、主席会议成员走访看望委员、专委会联系界别委员等制度，探索加强对党外知识分子、非公有制经济人士、新的社会阶层人士、少数民族人士、宗教界人士团结引领的新路径，认真听取意见建议，及时了解思想动态，提高团结联系工作质量，把更多的人团结在党的周围。

如何帮助委员不断延伸履职触角，扩大“朋友圈”、汇聚正能量、提升影响力，让群众真切感到政协离自己很近、委员就在身边？沧州市政协把“通过联系群众聚共识增团结”作为“五聚”工作重点。落实“1+3+5”党员委员联系党外委员和界别群众制度，引导委员与群众面对面联系、心贴心交流，灵活开展宣传政策、倾听民声、反映民意、为民办实事等活动，做好统一思想、理顺情绪、化解矛盾、增进团结的工作。

2021 年 9 月，市政协成立 7 个功能型党支部，并创新开展“创五好支部、聚共识合力”活动。目前，各功能型党支部已开展活动 10 余次，有效增强委员与群众直接联系。此外，建立议政咨询委员会扩展联系面，来自各行业、各领域、各方面的58位议政咨询委员，既是政协组织的“思想库”“智囊团”，也是为党委政府出解难题实招、谋前瞻性策略的助手，更是联系群众收集社情民意信息的重要力量。

引导委员正面发声，努力争做党的政策宣传员、思想政治引领者、界别群众贴心人。在“五聚”中，沧州市政协将“通过加强宣传聚共识增团结”作为一项重要内容。在确定了邀请相关部门通报情况、解读政策和组织开展党外委员专题视察制度基础上，持续创新政协宣传思想工作手段载体，有机整合政协组织宣传平台建设，综合运用新媒体等网络技术传播共识，讲好中国共产党治国理政的故事，讲好政协履职的故事。

（原载于《人民政协报》2022 年 8 月 3 日第 1 版）

“向我看齐，跟我前行”

——河北枣强县政协开展委员示范企业、示范岗创建工作记事

记者／高新国　　通讯员／王　菲

“我们这块牌子编号是2021009，是县政协李红星主席来给挂上的。”河北省衡水市枣强县政协委员韩宝君对企业门口那块“政协委员示范企业”牌子非常珍惜。与韩宝君一样，在农业农村局工作30多年的县政协常委尹红珍，对自己的“政协委员示范岗”标牌同样十分重视。

树立委员示范企业、示范岗，是新一届枣强县政协加强委员队伍服务管理的一项重要举措。“全县211名委员，是重要资源。”县政协主席李红星一上任就思考：如何带好这支队伍，在全县经济社会发展中起到更好的引领带动作用。

选树典型　经得起检验

政协委员队伍中，岗位能人多、行业翘楚多，县政协在发挥好委员示范带动作用上寻找突破口，开展“向我看齐，跟我前行”创先争优活动。在企业家委员中创建“政协委员示范企业”、在党政部门委员中创建“政协委员示范岗”。

“企业党建有特色，诚实守信、依法纳税、安全生产，创新引领高质量发展，积极参加公益事业，在支持参与政协工作中发挥表率作用。”

县政协对创建“政协委员示范企业”列明5项基本条件。同样，创建“政协委员示范岗”也有5项严格标准：在政治素质、宗旨意识、工作能力和工作作风、社会公认度、热爱支持政协工作方面做表率。

宁缺毋滥，经得起检验，是县政协选择“示范”的基本原则。委员企业和党政部门政协委员，对照创建条件、标准自主申报。县政协邀请县环保、安监、金融、税务、市场等部门人员参加评审，从不同方面对申报委员企业进行考察；对申报“政协委员示范岗”的委员，邀请组织、人事、纪检等部门人员参与考察、筛选、测评。最后，确定10家候选“政协委员示范企业”、10个候选“政协委员示范岗”，在县融媒体中心进行公示，接受社会监督。

动态管理　非一劳永逸

宁缺毋滥选出的“政协委员示范企业”“政协委员示范岗”并非一劳永逸。

“实行动态管理。”牵头“政协委员示范企业”创建活动的县政协提案委员会主任孟春红说，第一年为创建年，年底评估验收，第二年为巩固提升年，其间被主管部门批评通报或违规经营的企业将直接摘牌并进行公告。

负责“政协委员示范岗”创建的县政协社会法制和民族宗教委员会主任李素贤介绍，“示范岗”委员年终要向县政协创建活动领导小组述职，年度内考核合格由县政协党组向其所在单位党组织通报嘉奖，不合格的同样要摘牌。

为发挥好引领示范作用，县政协经常开展走访活动，督促委员在单位发挥先锋模范作用，督导企业发挥行业引领作用。同时，为企业发展解难题，向委员所在单位反映委员履职情况，辅助发挥好“示范”作用。走访示范企业时，县政协协调金融机构为急需流动资金的2家企业提供低息贷款1500万元。还联合财政、税务等部门及时送去惠企政策。10家示范企业累计享受留抵退税、减、缓等政策红利3422万余元，缓解了企业运转压力。

珍惜荣誉　更增加压力

县政协委员万厚东将一家濒临倒闭的电力设备热镀锌企业，经营成行业龙头，走出高质量发展新路。“企业入选，是荣誉，更是责任。”万厚东说，“政协委员示范企业”的牌子对员工也是一种激励，大家要共同努力维护这个荣誉。

有哪些优势入选“政协委员示范岗”？县政协常委、县中医院党支部书记康瑞向记者介绍了他的优势和工作情况，但他更重视如何兑现向社会公示作出的承诺。“‘政协委员示范岗’不仅是个人的荣誉，也是单位的荣誉。”康瑞说，自己在岗位工作上提质提效，也会影响和带动同事们创先争优，不断提升中医院整体服务水平和社会美誉度。

“有了榜样的身份，就要起到榜样的作用。”县政协常委宋鹏飞是一家复合材料企业负责人，他说，成为“政协委员示范企业”后，自己在履职态度上有了很大转变，更加具有大局意识，有了“向我看齐，跟我前行”的责任担当，不仅带领企业注重研发创新，而且积极参与公益事业。

县政协常委、枣强县融媒体新闻中心主任马华从公示到为入选企业、委员拍摄专题片全程参与。“大家对待这项荣誉都很认真。”马华说，这些企业、委员在当地具有典型引领作用，具有宣传推介价值，通过专题报道在社会上起到弘扬正能量作用，很有意义。

县政协秘书长钱玉兵介绍，开展创先争优活动以来，委员们不仅积极参加政协履职活动，还主动承担社会责任，自发捐款捐物支持全县抗疫工作，展现了新时代政协委员的新担当、新风采。

向我看齐，跟我前行。委员们争相进入“示范”行列，让越来越多的人感受到政协委员就在身边，也更加激发起广大委员敬业爱岗、昂扬向上、无私奉献的责任担当，凝聚起更强促进全县经济社会发展的力量。

（原载于《人民政协报》2022 年 8 月 20 日第 1 版）

“中国式商量”的故城样本

——河北衡水故城县委重视发挥政协协商平台作用记事

记者／高新国

“学校门口有一段明水渠，可否改成暗道？如果水走暗道，学校东围栏外可围起大约3亩地，用作学校劳动基地。”7月29日，河北省衡水市故城县政协组织召开双周协商会，群众代表、郑口第四小学校长李爱茹提出的问题马上得到县委书记王立峰回应：“学生加强劳动实践很重要，住建部门去看看，如果可行，抓紧落实。”

此次协商的议题是“凝心聚力推动教育教学高质量发展”，县委书记和县委常委、办公室主任及主管副县长、有关部门负责人，与政协委员、群众代表、专家学者围坐在一起“商量”计策。话题既有校门口交通安全、教师编制管理等具体问题，也有教育资源布局、双减政策落实等全局问题，还有职业教育发展、普惠幼儿园建设等利县利民问题。有问有答，县委书记不时插话交流，记者在现场感受到浓浓的“商量”氛围。

这样的“商量”活动，在故城县已持续一年多，除疫情影响外，其他时间正常进行。“发扬全过程民主，政协作为专门协商机构作用巨大，要充分利用起来。”王立峰说，县委通过政协双周协商平台直接收集民意、汇集民智，敢于听取批评，更利于化解矛盾，更能有效促进发展。在“中国式商量”道路上，故城探索自己行之有效的路径。

跟大家一起“商量”事

双周协商是故城县政协打造的协商议政平台，王立峰任县长时就经常对双周协商成果作出批示。“意见建议很有参考价值。”由县长转任县委书记，王立峰想近距离听听委员怎么说，便给自己加了任务——参加县政协双周协商会，跟大家一起“商量”事。

“县委书记高度重视政协协商活动，现在都是由县委办通知有关部门来政协开双周协商会，县长对协商成果亲自安排部署、抓好落实。”故城县政协主席史立朝说，县委专门印发实施意见，对建立政协双周协商会制度提出明确要求，进一步强化了部门来政协协商意识。“年度有经县委批准实施的协商计划，也有临时增加的协商议题。”史立朝介绍，实施意见对会议的组织也提出明确要求，会议方案经过县委审批同意后，县政协组织召开。

“畅通社情民意反映和表达渠道”，是县委实施意见出台的重要目的，强调委员要在其工作单位、居住社区或村组开展活动，了解、掌握、反映人民群众的意见和要求。同时，扩大参与范围，视情况邀请相关领域专家学者、群众代表列席会议。真正听到来自基层的声音，成为双周协商会的主要特点。

县委重视用好政协双周协商平台，县政协出台工作细则，促进这一平台发挥更大作用。“围绕事关全县经济社会发展的重大问题和涉及群众切身利益的实际问题，选择内容具体、针对性强的议题深入调研，提出意见，协助党委、政府解决问题、改进工作。”县政协突出问题导向，要求牵头专委会提前组织深入调研，确保建言质量。同时，强调与会人员发言不照本宣科、不照读稿件，直奔主题，讲真话、说实话。

“马上”不只是表明态度

“给我留个电话，散会后我就去现场看看，有什么情况咱们沟通。”与李爱茹反映的问题马上得到回应一样，县政协委员、县特教学校校长李云反映校门口左拐弯问题，立即得到县交警大队负责人回应。

除了会场积极回应，记者与参加过双周协商的委员、群众交流发现，“直通车、短平快”，成为大家形容意见建议转化落实用得最多的词语。

“我们学校是直接受益者。”已连任四届政协委员的郑口第二小学校长宣平侠说，她在一次双周协商会上，反映校门口交通拥堵问题，县委书记当场回应“马上改进”。在宣平侠的意识里，“马上”可能是一两个月时间，但令她没想到的是，第二天早晨王立峰就去校门口“摸底”，县长邢亚超带领主管副县长和有关部门负责人也来到现场。很快，交警大队、城管大队和学校分工负责，形成“学校 + 公安 + 城管 + 家长”的“四位一体”学生放学过马路模式。这一模式还被运用到商圈、医圈交通整治中，让城区交通秩序大为改善。

故城县城区大转盘路口有一条 200 多米的斜支路，坑坑洼洼不好走。彭昌明委员在双周协商会上提出，能不能修一修？县委书记马上拍板，让有关部门落实。彭昌明觉得，“马上”只是县委书记表态。但第二天早晨，他接到电话，说县委书记要去现场看看，请他一起去。走到半路，又接到电话说县委书记临时有事来不了了。彭昌明想“马上”可能就是态度，但没多久，又接到电话，说书记处理完事情已来到现场。彭昌明快速赶过去，听到好多人劝书记别往里面走。为看清现状，王立峰蹚着泥泞走过去。“马上修。”他在现场再次亮明态度。不到一个星期，这段“绊脚路”就变成“顺民路”。

“商量”办事发挥出应有作用

县委书记参加协商，有些委员觉得是个当面反映问题的机会，刚开始，站位不高，强调个人问题、部门利益现象突出。放眼全县发展、推动行业进步、维护大众利益、化解隐患矛盾，县政协引导委员们增强大局意识，提出有针对性、可操作性强的意见建议或具体问题。

“提案、社情民意都是促进问题解决的有效途径，但在双周协商会上意见建议吸纳转化落实更快。”参加过3次双周协商会的胡冰委员说，不论是委员，还是群众代表，都不能只来听会，这促使大家做好调研，说到点子上，提出高质量意见建议。

故城县将营养餐计划推广到城区中小学校。实行一段时间后，郑口中心学校校长郭卫发现，城区孩子吃不了“一盒奶、一个鸡蛋、一块面包”营养餐，有浪费现象，一些家长还担心把孩子吃成小胖墩儿。一次，郭卫作为群众代表把这一问题带到双周协商会上。县委书记当场要求教育部门、学校配合政协开展调研。一周后，政协提交调研报告。从2021年秋季开始，城区中小学生的营养餐减至一袋牛奶，得到家长认可，每年为县财政节约经费700多万元。

围绕加快民生实事工程建设议题，县政协组织委员、专家深入棚户区改造现场、家属院改造现场和学校宿舍楼建设现场调研视察。在双周协商会上，委员们提出的18条意见建议全部被有关部门吸纳。诸如此类，县政协围绕高质量发展、高品质生活主题，就项目建设、优化营商环境、乡村振兴战略实施、城建交通、教育卫生事业发展等进行双周协商，提出意见建议200多条，邢亚超召开调度会、现场推进会20多次，督促协商成果转化落实，推动交通拥堵、车辆乱停、农村污水、师资优化、医共体建设等问题得到解决或完善。

听真话、真解决问题，成为故城县政协双周协商会直接效果体现。现在政协委员、群众代表都愿意到会上与县委书记“商量”事儿。这种民主协商的氛围，促进社会和谐，潜移默化中助力经济社会发展。一年来全县信访案件减少一半、2022 年上半年经济指标在全市实现领跑、129 家企业落地雄安—故城产业生态城，都印证了故城良好的经济社会环境。其中，“商量”办事，发挥出作用。

“书记那么忙，能不能每次都参加？”面对记者质疑，王立峰说：“再忙，两周内总能抽出 2 个小时听听民声民意。”白天没时间可以晚上开、工作日没时间可以周末开，双周协商在故城县雷打不动。

“书记亲身参与、部门及时参与、委员全员参与、群众有序参与。”在“中国式商量”道路上，故城县找到党委重视、政府支持、政协主导、群众参与的民主协商路径。在这条路径上，“直通车”跑得更快，“连心桥”更加稳固。

（原载于《人民政协报》2022 年 8 月 12 日第 1 版）

委员活力是这么来的

——河北邢台市政协党建引领履职的探索实践

记者／高新国　通讯员／陈少行

“线下”17名党员委员在履职党支部活动室参加会议，“线上”45名党外委员通过手机APP参加会议。5月31日，河北省邢台市政协教科卫体委员会召开履职党支部扩大会议，第一次采用“现场＋远程”相结合的形式，实现党内委员和党外委员参会全覆盖。这是履职党支部活动室“互联网＋”功能首秀，也是履职党支部活动室、委员活动室、界别协商活动室“三位一体”运行，统筹发挥作用的体现。

如何实现党建引领履职？邢台市政协突出加强党的组织建设，以专委会和县级政协为依托，设立了8个履职党总支，26个履职党支部，按照界别、地域将党员委员统筹编入各履职党支部服务管理，构建形成党建引领组织体系。在此基础上，打造40余个品牌突出、特色鲜明的履职党支部委员活动室，为党建工作开展创造更好条件。

党员委员联系党外委员，界别委员联系界别群众。结合政协工作特点，邢台市政协教科卫体委员会将3个履职党支部委员活动室功能，拓展到委员活动、界别协商活动，高标准建设“三位一体”的履职平台，做到各项标牌、制度“12个上墙”；党旗、国旗、政协会徽“3个悬挂”；书柜、报刊取阅架、学习资料“3个配备”，为委员学习、活动、协商提供保障。“这是一次积极的创新。”市政协主席邱文双要求将此做法作为亮点典型在全市推广。

在加强组织、平台建设的同时，邢台市政协把党建引领推动履职实践、履职成效检验党建工作作为提质增效的目标。学习是凝聚思想共识的重要前提，市政协强化理论武装和政协知识学习，进一步完善学习培训制度，依托政协网站、微信公众号、委员讲堂，打造党员学习教育新阵地，通过“每日一学”，让学习形式“活”起来、热情“高”起来、效果“实”起来。同时，出台履职党总支、履职党支部工作办法和委员履职考核管理等系列文件，建立健全委员履职报告、考核、档案管理等制度，引导委员高质量完成“作业”。市政协委员、邢台市热力公司总经理孙志谦说：“进了政协的门，就应该多学学这些文件、制度、办法和要求，不然就不会说政协话，干不了政协事，也成不了真正的政协人。”

“感谢市政协委员的指导，我们进一步增强了做好冰雪事业的信心。”邢台市滑冰馆负责人黄振勇表示，市政协体育界别委员就后冬奥冰雪项目快速发展进行调研后，提出加大宣传力度、加强和学校合作、积极承办各项赛事、不断延伸冰雪产业等具体意见建议，很有参考价值。在今年的市政协十四届二次会议上，50 名委员的发言，得到市委、市政府主要领导批示 61 件次，印证了党建 + 履职产生“1+1 ＞ 2”的效果。

履职党支部活动室、委员活动室、界别协商活动室“三位一体”运行，有效促进党建、履职工作同谋划、同部署、同落实、同考评，更加充分激发委员活力。“市政协探索的党建工作新机制，值得学习借鉴。”邢台市市长宋华英对此充分肯定。

（原载于《人民政协报》2022 年 6 月 20 日第 1 版）

这里的协商到家了

——辽宁省铁岭县以“炕头协商”打通联系群众“最后一米”

记者 / 王金晶

初冬的辽宁省铁岭县李千户镇西催村，村道边还残存着积雪。

一大早，铁岭县政协委员王军、徐振江相约到村民冯淑芹家。每月一次的“炕头学堂”又要在这里开课了，他们此行的目的是向村民们宣讲党的二十大精神，同时听一听村民们还有哪些需要协商解决的问题。来到冯淑芹家时，东屋的大炕上已经坐了10多位村民，其中大部分都是村里歌舞队的阿姨，她们今天是带着“扩建文化广场舞台、增设休息长廊”的愿望来的。

按照李千户镇“炕头学堂”的活动流程，要“明确一个主题、齐唱一首歌曲、诵读一句金句、反馈一件实事、开展一次学习、进行一次讨论、征集一个需求、观看一部短片”。这一期“炕头学堂”主题是“学习党的二十大精神　说说我们这十年”。政协委员的参与使得“炕头学堂”不仅是宣讲党的思想政策的阵地，也成为收集社情民意、联系基层群众的重要平台。“反馈实事、进行讨论、征集需求”在政协委员的参与下将基层协商与政协协商有机衔接起来。于是，“炕头协商”脱胎于“炕头学堂”，实至名归。

到离群众最近的地方去好好商量

2022年以来，铁岭市新一届领导班子提出“实实在在为经济社会发展做点事，实实在在为增进百姓福祉做点事”的工作理念，“两个实实在在”理念与辽宁省政协今年提出的“辽事好商量 聊事为人民”的活动宗旨高度契合。铁岭县政协则结合东北农村群众喜爱聚堆唠家常的实际情况，以村民炕头作为收集协商议题的主阵地。

在炕头上、大树下、广场中、大田间……只要是群众可以聚集的地方都能够成为协商议事的场所。不设主席台、不设发言席，参会人员随意围坐在一起，像亲戚朋友一样拉家常、谈问题、想办法。据铁岭市政协委员委主任孟茜介绍，近一年来通过不同形式的基层协商，共收集各类问题500余件，直接参与的群众达1万余人。

2022年年初，李千户镇协商议事工作组在西催村开展“炕头协商”时，了解到催阵堡主街每逢大集时，道路两旁交通堵塞、环境卫生脏乱，严重影响村民出行。工作组通过与各个部门协调联系，确定对催阵堡主街进行改造，重点整治大集，并派专人管理。铁岭县政协副主席马艳秋告诉记者，在改造大集的过程中，有部分居民拒绝配合，工作组又多次开展“炕头协商”，最终照顾到各方诉求，改造工程顺利完成，既规范了市场、美化了环境，又满足了村民的出行需求。

不建机构建机制

以“不建机构建机制”的工作方式推进政协协商和基层协商的有机衔接，既是辽宁省政协对这一工作的要求，也是铁岭市、县政协的具体实践。“我们坚持不增加基层负担、不另起炉灶的原则，整合原有载体，打造群众‘家门口’的协商平台。”铁岭市政协主席冯智如是说。

具体到铁岭县政协实践的“炕头协商”，就是依托铁岭县县委此前延伸“新时代文明实践中心”在全县推广的“炕头学堂”，将382名市、县政协委员组成100个协商议事工作组，确保全县14个乡镇和2个街道的协商议事工作全覆盖。孟茜说，在铁岭探索的“炕头协商”基本已经形成了收集问题、研究问题、解决问题、反馈问题“四步走”的协商程序。

铁岭县政协委员委主任杨丹补充道，“炕头协商”的工作具体反映在三张表上：记录群众反映问题的“协商议事登记表”；协商议事工作组每季度汇总的“协商议题汇总表”；基层协商未能解决，而上报专业协商工作组的“专业协商议题表”；通过这些具体流程来推动议题内容不闲置、议事工作不搁浅，并助推协商成果转化，真正做到“话有处说，事有人办”。

解决群众的“急难愁盼”是目的

“对于简单、具体、个性化的问题，当场协调马上解决；相对复杂的问题，由协商议事工作组联系相关部门和群众代表召开协商会议协商解决；具有典型意义的重要问题则通过社情民意信息、政协提案和大会发言推动协商解决。”孟茜说。

对于三类问题的协商，在马艳秋口中就成了“微协商”，如个别农产品滞销、老年人体检等问题；“特协商”，如腰堡镇友谊村 8 公里路面硬化工程、蔡牛镇蔡家坝黑臭水体改造口袋公园项目等；还有“大协商”，如推动榛子产业高质量发展、加快农业现代化示范区建设等。

群众提出的问题，经过协商办理后，协商议事工作组会将进一步协商成果带回“炕头”，向群众公开、接受监督，推动“炕头协商”闭环运行。据介绍，截至目前，铁岭县协商议事工作组共开展“炕头协商”活动 130 次，收集群众意见建议 75 条，形成《关于加强疫情防控形势下春耕生产的建议》等建议 17 条，向铁岭市政协报送《关于加强铁岭地区专家人才队伍建设的建议》等建议 6 条。通过县政协报请县委、县政府协调解决的各类问题，进一步增强了群众的获得感、幸福感、安全感。

党的二十大报告提出，要“推进协商民主广泛多层制度化发展”。铁岭市政协正在以“炕头协商”为抓手，努力贯彻落实党的二十大精神。冯智说，铁岭市政协将继续坚持发展全过程人民民主，围绕中心工作，实现区域内村屯“炕头协商”全覆盖，努力使“炕头协商”与基层社会治理相融合、与乡村振兴相融合，打造出“辽事好商量　聊事为人民”的铁岭品牌。

（原载于《人民政协报》2022 年 12 月 16 日第 1 版）

话有人听　事有人办

——江苏徐州铜山区探索“同您协商、领办实事”记事

记者／江　迪

雨水时节，江苏省徐州市铜山区棠张镇跃进村的农田里无人机、植保机穿梭田间，黑麦等农作物长势正旺。

陇海铁路沿线的大许镇，学习公园里梅花绽放，居民们又多了一个好去处。

这都是徐州市铜山区建立“同您协商、领办实事”工作机制的成果。

开放平台联各方

2021 年 5 月，徐州市委领导在铜山区调研中注意到“有事好商量”协商议事工作在基层受到干部群众广泛欢迎，在铜山提出：把基层协商议事工作和铜山区的“四个领办”党建工程相融合，实现协商事情有人领办，领办事情是老百姓盼望的事情，建立机制，打通“有事好商量”与“四个领办”的“中梗阻”环节，充分发挥优势提升为群众办实事水平。

此前，2021 年初，结合党史学习教育，铜山区在全区全面实施支部领办集体产业、支书领办致富项目、党员中心户领办公共事务、骨干党员领办民生实事“四个领办”党建工程，以党建高质量引领保障发展高质量。

铜山区委组织部和区政协沟通将“有事好商量”与“四个领办”相结合，得到区政协积极响应。

“政协搭的协商平台，必然是开放的。各方都可以在这个平台上平等、有序协商。我们也希望协商的成果能够有制度化的方式保障落实。”铜山区政协主席杨传金表示。

2021年6月29日，铜山区委常委会讨论通过了《关于建立“同您协商、领办实事”工作机制的实施意见》。《意见》明确提出：借助人民政协的制度优势，建立健全为民办实事长效机制。总结推广融合“四个领办”“有事好商量”工作载体，系统推进为民办实事实践活动经验做法基础上，建立“同您协商、领办实事”长效机制。

协商就是岗前哨

铜山区提出将“有事好商量”协商议事工作作为征集民生实事的岗前哨，从群众需求出发精准发现问题、剖析问题、识别需求。

棠张镇是“四个领办”的“首创地”，也最早将“有事好商量”与“四个领办”相融合。2021年，棠张镇跃进村就壮大集体经济召开“有事好商量”协商议事会。会上，村民们谈得最多的就是卖粮问题。

跃进村一季稻一季麦，水稻年产200万斤，小麦年产160万斤。到了收获季节，大家都赶着去卖粮食，经常一等就是两三个小时。粮食集中上市，卖不上好价钱。往返一趟，油费还很贵。

协商议事会上，大家达成了建仓库、上烘干设备等共识。会后，村党支部领办了集体产业，建成占地面积约2000平方米的仓库。

“烘干后的粮食可以推迟上市，价格卖得高。周边镇村的居民也把他们的粮食拉到我们这来烘干。我们还能挣加工费。这样预计两年就可以收回投资成本。”村支书马杰说。马杰领办了致富项目，投资30万元打造农文旅综合体，目前已开始接待游客，解决本村剩余劳动力就业

26人。

协商贯穿全过程

铜山区提出，深入推进“有事好商量”协商议事工作，把协商议事作为为民办实事的关键一环，依托镇村协商议事会议和协商微平台，在最大范围内凝聚共识。让基层党组织在为民办实事过程中唱主角，推动基层党组织和广大党员当好基层协商民主建设的组织者、乡村产业项目的推动者、群众利益的维护者。

大许镇区的陇海铁路北沟是镇区南部的主要排洪渠道。北沟两侧曾经是违建乱搭、垃圾遍地、污水横流。北沟附近居民既有铁路职工，也有地方居民，由于权属不同，治理一度混乱。

大许镇依托“有事好商量”协商议事室，由党员中心户和骨干党员领办，发起协商议事活动，共同探讨铁路北沟两侧环境整治。协商议事会上，有居民提出了整治环境、建设公园的想法。之前镇区已经有一个公园，是否还有必要再建一个？

“那个公园，小树林多，老头们喜欢在那吹拉弹唱，下棋打牌。我们老太婆带孙子孙女得有个宽敞点的地方。”居民们的建议得到了基层党组织的认可。

会后第二天，大许镇就开始宣传动员居民参与清理铁路北沟。开始有的居民并不积极，“乱了那么多年了，这次就能清理掉吗？”

党员中心户和骨干党员领办了清理整治工作。住镇的政协委员也参与其中。拥有52年党龄的老党员李克红是当地的党员中心户，他发挥铁路老职工的优势，上门和不肯拆违的部分居民做工作。张洪艳、邱小位两位区政协委员也各自和基层干部一起做宣传解释。

经过各方努力，居民们逐步认同了整治。不过有的居民还是撂了话：

“要是不能把环境整治好，你怎么拆的，我还怎么建回来。”

铜山区要求，各领办主体要把所领办的实事项目作为对群众的承诺，注重与群众沟通协商，确保信息渠道畅通，高质量按时办结。

在公园建设过程中，设计公司最初拿出的方案有一段是白墙，李克红在与群众沟通过程中，注意到很多群众认为白墙不好看，希望建仿古墙。李克红将建议提给镇里，得到采纳。

公园靠近陇海铁路，设计公司原计划是在护路斜坡上种花草。居民们反映，公园附近缺少停车场，希望能够将斜坡改造成停车场。“这涉及和上海铁路局的沟通，显然不是党员中心户、骨干党员能够领办的。于是，镇党委政府出面向上海铁路局提出用地清理整治的申请，获得批复。”负责公园建设的大许镇人大主席张厚新介绍。

“在协商、领办的过程中，要强化党对基层工作和各类组织的全面领导，倾听民意、剖析需求、加强引导。对于无法实现的群众需求，我们也做好解释，得到了群众的理解。”大许镇党委书记张传明说。

最终铁路北沟的公园定名为“学习公园”，占地30余亩，由初心广场、樱花园、金石园、常春园、好人园等5个主题片区构成，同时植入了“连心亭”等“有事好商量”协商议事工作元素，成为当地居民又一个好去处。

“我区在总结推广融合‘四个领办’‘有事好商量’工作载体、系统推动为民办实事实践活动经验做法的基础上，建立‘同您协商、领办实事’工作机制。各镇（街）通过充分凝聚党群共识，精准识别群众需求，有效抓实领办路径，办成了一批实事项目，破解了一批发展难题，涌现了一批先进典型。推行‘同您协商、领办实事’工作机制对于加强党的全面领导，推动基层治理、提升服务群众能力，解决群众急难愁盼，有着急切而重大的现实意义。”徐州市副市长、铜山区委书记龚维芳表示。

（原载于《人民政协报》2022年3月21日第1版）

“商量”是把“好钥匙”

——江苏省南通市推进协商议事工作常态长效记事

文／通燮萱　记者／江　迪

江苏省南通市是全国首批市域社会治理现代化试点城市。“推进‘有事好商量’协商议事工作，推动政协协商与基层协商有效衔接、政协协商与基层社会治理有机融合、政协协商民主与基层民主政治建设有序实践，不仅能够化解矛盾、增进共识，更能够以基层协商的规范化、制度化激发基层社会治理的活力和效能，为加快市域社会治理现代化提供重要支撑。”不久前，中共南通市委召开全市“有事好商量”协商议事巩固提升工作推进会，通过视频方式开到村一级，对打造协商议事工作升级版提出明确要求。这是继2021年底市委印发《关于推进“有事好商量”协商议事工作常态长效的意见》后，再一次专题部署推进协商议事工作的制度化实践。

“大事要事商量着办，就能找出‘金点子’”

“感谢‘访企问需解困’专题协商议事活动，让企业负责人能有机会与政府部门坐下来面对面谈一谈我们的急难愁盼。”6月14日下午，如东经济开发区和网源电器有限公司董事长林永清等8位企业家，应邀参加了协商议事活动并表达自己的心声。

与会的政协委员也纷纷直抒己见，建言献策。县政协委员廖旭红将这些意见归纳形成了条目式的《协商建议清单》，按程序提交开发区党工委研究。

如东经济开发区是如东县经济发展的重要板块。为响应县委、县政府号召，高效统筹疫情防控和经济社会发展，如东经济开发区出台了一系列助企纾困文件，如何促进这些政策更好落地见效，此次“有事好商量·访企问需解困”专题协商议事活动应运而生。

“紧紧围绕党政主推的大事要事，开展协商议事，为全市发展减阻力、添助力、聚合力。”南通市委书记王晖要求，“围绕中心、服务大局是协商议事工作的出发点和落脚点。要真正做到中心工作推进到哪里、协商议事活动就跟进到哪里、特色优势作用就发挥到哪里。”

南通市委一直高度重视协商议事工作，将其作为党委工作的重要组成部分，不仅把方向、交任务，而且建机制、解难题。

市委、市政府《关于推进市域社会治理现代化建设实施意见》《关于全面推进乡村振兴加快农业农村现代化建设的实施意见》《关于培育全市基层党建工作示范点的实施意见》等一系列文件，都明确把协商议事工作纳入工作职责和督查考核中；南通市市域治理现代化指挥中心把协商议事应用系统纳入市域治理指挥中心平台建设项目之中。党政部门已将协商议事平台作为开展工作的有力抓手，推动政策更加完善、方案更加优化、思想更加统一。

县镇村三级党组织书记更是扛起第一责任人职责。各县（市、区）围绕“高效统筹疫情防控和经济发展”“自己的河道自己管护”“国考断面水质稳定达标”等议题，开展县镇村三级联动“有事好商量”协商议事活动，注重与党政工作高度契合、与基层治理深度融合、与政协履职有机结合，发挥了助发展、惠民生、聚共识、促和谐的独特作用。

“协商议事机制已经深度融入经济社会发展的各方面。”南通市副市长、启东市委书记李玲感慨地说，“让各层面意见建议充分表达、各方面真知灼见充分交融，有利于将迸发的‘金点子’转化为党政决策。”

“好说好商量，难事也不难”

当前，基层社会治理呈现出服务对象多元化、价值取向复杂化、利益诉求多样化、工作环境多维化等新特点，仅依靠老办法，很难解决新问题。

为建设更高水平法治南通、文明南通，配合全市行政执法机关“厚植为民情怀，提高执法水平”主题教育活动，南通市政协自2022年初开展了“厚植为民情怀，提高执法水平”专题协商议事活动。全市共开展协商议事活动1521次，提出意见建议3246条，其中，整改落实2629条，转化为提案、社情民意信息140份，专题协商议事活动取得实实在在的成效，得到党政好评、群众点赞。

南通主城区自去年开始为期三年的老旧小区更新改造和整治行动。在改造过程中因涉及面广、施工期长、改造标准不一、执法力度把控不准等原因，极易引发居民业主和施工方、执法部门间矛盾。

市政协民盟界协商议事室以“在拆违工作中‘厚植为民情怀，提高执法水平’”为议题，召集市民代表、街道社区代表、施工建造方代表以及相关部门职能处室负责人进行协商。

“老小区改造，我们大力支持，但在改造过程中也应考虑群众诉求，及时就改造时间、方式等与居民沟通。”银花苑小区的王阿姨说，“以前遇事去上访，现在有事请我来商量，情况明了、意见听了、气也顺了，面子里子都有了，打心眼里感谢政协。”

“通过协商，让我们了解到群众的诉求，明白了执法对象的困难。”

市城管局相关处室负责人一边整理记录一边说。

坚持“众人议真商量”，通过“请进来、走下去、联起来”，其中群众代表不少于1/3，充分体现平等协商、充分听取群众意见、充分开展有效沟通，营造既畅所欲言、各抒己见，又理性有度、平等包容的协商氛围。

“大家一起好说好商量，把话说开、把事理清、把理讲透，让难事不再难办。”参加协商议事的市政协委员吴芫表示。

全市近3000名各级政协委员全部编入相应界别和分片联系的协商议事室，采用横向“分组挂钩联系”、纵向“分片挂钩联系”的“纵横交织”的联系方式，确保每个协商议事室至少有1名政协委员联系。在协商议事过程中，委员身份“亮”起来、力量“沉下去”、活力“热起来”，协商议事已成为委员双向发力的“新平台”。

“商量出来的实事，就是不一样”

“小荷才露尖尖角，早有蜻蜓立上头。”微风轻拂、藕香荷韵，这是如皋市城北街道平园池村的夏日景象。与过去垃圾、污水、厕所导致臭味熏天的情况，形成巨大反差。

“干什么、干与不干、如何干，村民一起来协商。”平园池村党总支书记、协商议事室召集人刘炜建介绍，2022年以来，村里向群众征集协商议事选题，开展专题协商议事7场，内容包括农业产业配套、垃圾分类处理、集中居住区改造、景区硬件提升等。

协商议事工作，坚持以人民为中心这个最鲜明的底色，努力以协商惠民的实际成效赢得群众真心点赞。

有事好商量，就是听取百姓意见、尊重百姓意愿的一种表现。“商量出来的实事就是不一样，我们说的话干部听进去了，村里议出来的事看着就顺眼。”已经参加过好几次协商议事活动的平园池村张老汉笑着说。

正是一桩桩实事的办成、一个个问题的解决，密切了党群干群关系、和谐了邻里乡亲关系，商出了民生幸福感、提升了百姓满意度。

“在发展全过程人民民主中彰显更多政协作为。”南通市政协主席黄巍东说，“在全国政协和省政协的指导下，在市委坚强领导下，我市‘有事好商量’协商议事工作经过3年多的创新发展，丰富了制度化实践新举措、探索了协商民主新路子、践行了新时代群众路线新要求，使‘有事好商量’真正成为助力市域社会治理现代化的一把‘好钥匙’”。

（原载于《人民政协报》2022年7月27日第1版）

“专门协商机构”破解“专项重点课题”

——江苏省如皋市委重视支持政协工作纪实

记者／江　迪　通讯员／陆　双　刘　霞　李　军

“生态环境好不好，就看鸟儿往哪里飞，鱼儿往哪里游。”12月5日清晨，站在江苏省如皋市磨头镇丁冒村6—9居住河边，顺着村党总支书记、协商议事室召集人顾平手指的方向望去，冬日暖阳斜洒河面，坡岸上一群白鹭正在悠闲地觅食。

6—9居住河曾是一条臭水沟。2022年以来，该村借力“有事好商量”协商议事平台，推进河道整治和管护工作，让一条“臭水沟”变成了鱼翔浅底的“桃花源”。

变化离不开如皋市政协承担的“加强农村人居环境整治提升”专项工作。这是如皋市委交办给市政协的一个专项重点课题。

2021年以来，如皋市累计投入7.9亿元，对域内三四级农村河道进行高标准整治，全市水环境有了极大改观。但政协委员在常态化巡河中发现，仍有群众沿河倾倒垃圾、破坏河坡、乱栽乱种，“前整治、后污染”现象依然存在。如何发动群众参与共治，形成全民自治常态和长效管护机制显得尤为迫切。

如皋市政协经过调研，向市委、市政府报送了“自己的河道自己管护”的社情民意，建议村民自己的河道，应由村民自己管护，并提出了“宅间河道跟宅走、田间河道跟田走、林间河道跟林走、鱼塘河道跟塘走、企业河道跟企走、其他河道跟组走”村民管河护河“六个跟着走”责任制模式，得到市委、市政府高度重视和采纳。

如皋市以“自己的河道自己管护”为议题，集中开展协商议事活动。全市1000多名党代表、人大代表、政协委员和5800多名基层群众，共商土办法、新机制，真正让群众深度参与管河、护岸、优习惯，600余条三四级河道由“乱”到“治”，面貌焕然一新。如皋“自己的河道自己管护”被水利部列为“全国基层治水十大经验”。

“党的二十大报告提出，增强城乡社区群众自我管理、自我服务、自我教育、自我监督的实效。我在学习枫桥经验时，对一句讲解印象深刻：‘老百姓的事情要老百姓自己商量着做，政府为老百姓做的事情要老百姓监督着做。’我们真心实意与老百姓一起处理好每一件急难愁盼。凡是老百姓自己的事儿，我们都与老百姓商量着办。”如皋市委书记何益军说。

同下“一盘棋”，共唱“一台戏”。2022年，如皋启动农村人居环境整治提升攻坚工程。市委将“加强农村人居环境整治提升”这道“必答题”交给政协，深度推广“自己的河道自己管护”管护经验，将河道整治的长效管护机制及成效向道路拓展，向庭院延伸，向村庄覆盖。

为高起点推进市委点题任务，如皋市政协十五届一次会议审议通过了推进农村人居环境改善大会建议案，并列为重点提案。市政协将重点提案督办和现场调研督查、专题协商议事同步实施、相互赋能。

市政协组织四个督查组，每月常态化深入基层开展现场督查。全年各镇村聚焦村容村貌、人居环境综合提升等热点话题，集中开展专题协商议事活动900余场次，万余名群众参与，形成相关建议1000余条。

“诸葛会”聚民智、“乡土情”聚民力。各协商议事平台充分发挥协商优势，组织创业能人、社会贤达出谋划策，出钱出力，反哺乡愁，不断健全完善人居环境治理市镇村三级组织推进体系。首批100多家企业与村结对，全面参与人居环境整治提升“主战场”，持续激活乡村振兴新动能。

一次次协商议事激发群众共治新热情，一轮轮现场监督推动整治短板快补齐。市委、市政府高度重视并吸纳政协全过程协商调研成果，何益军充分肯定市政协报送的《关于农村人居环境整治提升工作督查报告》，并要求将督查报告印发至各镇（区、街道）参考落实。

通过经常性的协商议事活动，加强协商成果跟踪落实。市政府相继制定出台农村环境管护办法和考核奖惩制度，健全全市长效管护工作机制，把农村人居环境整治提升同乡村治理、文明创建等活动紧密结合，引导推动群众从“站着看”到“跟着动”、再到“抢着干”的华丽转变。

如今，漫步如皋农村，除了河道“水清岸绿”，一座座农家小院也是错落有致、干净整洁，缕缕炊烟勾勒出一幅绝美的田园乡村美景。

农村有“颜值”，城市有“气质”。如皋是长江三角洲最早见诸史册的历史名城。2022年，如皋从传承地方历史文脉、塑造城市特质，打造城市软实力、提升城市竞争力的现实需求出发，吹响国家历史文化名城申报“集结号”。

作为市委点题的另一个专项重点课题，如皋市政协“受命”深度参与“国家历史文化名城申报”，研究工作方案，开展“我为如皋国家历史文化名城申报献一计”活动。组织调研、座谈、外出考察等活动20余次，提出建议、意见650多条。政协意见、建议分类汇总后报送市委和市政府相关部门，得到市委书记何益军的批示肯定。

“市委决策部署到哪，政协建言就跟进到哪；群众需求在哪里，政协协商就推动到哪。”如皋市政协主席张元健表示，要以破解专项重点课题为抓手，发挥专门协商机构作用，高质效推进协商议事新格局、高水平打造凝心聚力新载体、高起点构建民主监督新模式，在全过程人民民主的基层实践中，助力党委、政府中心工作“出新出彩”。

“县域治理面临着许多新课题、新挑战，任务繁重艰巨。人民政协智力密集、位置超脱、主体多元、视角多维，政协领导多是从党政转岗，工作经验丰富。党委可以通过赋予政协更多工作平台等方式，全过程支持政协建言资政、凝聚共识双向发力。如皋市委根据中心工作，精选政协所能、群众所盼的议题，希望通过这种基层创新的制度化安排，久久为功，精心推进好每一项群众期盼、社会关注的重点工作，为争当长三角北翼高质量发展排头兵更好更多发挥政协作用。”何益军说。

（原载于《人民政协报》2022 年 12 月 26 日第 1 版）

山海之间聚力量

——江苏省连云港市政协助力“一带一路”建设记事

记者／江　迪　　通讯员／刘　沛　尹　侠

连云港，“一带一路”建设的战略支点城市。2013年以来，中国国家主席习近平与哈萨克斯坦国家领导人四次见证中哈（连云港）物流合作项目签约及启用仪式，与俄罗斯总统普京共同见证田湾核电站7、8号机组开工建设。

从“一带一路”倡议提出以来，江苏连云港政协人牢记嘱托见行动，在山海之间，为“一带一路”建设贡献政协智慧，凝聚各界力量。

全程献良策

2022年8月17日下午，油轮“大明湖”号经30万吨级航道缓缓驶离连云港港徐圩港区。连云港港30万吨级航道二期工程徐圩航道顺利通过交工验收。至此，连云港港30万吨级航道全面建成。这是我国乃至世界上在开敞海岸淤泥质浅滩建设的等级最高的人工深水航道。

“连云港也因此成为江苏唯一一个具备30万吨级航道深水海港、国家级铁路枢纽及高速公路网、4D级空港、覆盖苏鲁豫皖内河网络等海陆空兼备的全国性综合交通枢纽。这对于促进沿海产业的集聚发展、服务中西部地区和促进江苏‘一带一路’交汇点建设具有至关重要的意义。

近年来，看着我们当年依托政协平台，就 30 万吨级航道、中欧班列、连徐客专、自贸区等提出的建议均已实现。我感到非常欣慰。”连云港市政协原主席仲琨说。

“一带一路”倡议刚提出，连云港市政协就组织政协委员进行研究。自 2014 年起，连云港市政协连续 9 年把“一带一路”建设作为年度重点议题。多次受到上级领导称赞和表彰。

近年来，连云港市政协从“提升港口功能，促进区域合作”“加快综合保税区发展”“紧抓自贸试验区建设契机，打造‘一带一路’强支点”等不同切口进行专题协商，先后召开专题协商会 100 余场次，800 多条建议被市委、市政府采纳。

7 月 19 日，连云港市政协围绕“打造国际枢纽海港，做强‘一带一路’标杆示范”议题召开专题议政性常委会会议。

“建设东方大港是习近平总书记对连云港的殷切嘱托，也是港城人民的百年夙愿。本次议政会的议题涵盖了‘一带一路’和‘国际枢纽海港’两个核心元素，旨在深入贯彻落实习近平总书记重要讲话指示精神，为加快连云港新时代的‘后发先至’聚合力添助力。”连云港市政协主席王加培说。

8 月 5 日，连云港市委书记马士光对市政协报送的专题协商情况报告批示肯定，要求全力以赴抓好贯彻落实。

全员共参与

连云港广大政协委员也关注着“一带一路”建设，他们带动着更多的政协委员和各界人士一起，为“一带一路”建设贡献智慧和力量。

早在 2017 年，市十三届政协致公党界别委员周立岩提出了《关于推动中欧班列健康有序发展的建议》。致公党江苏省委会进一步开展深入调研。由此形成的提案在2018年初，由全国政协委员，时任致公党江苏省委会主委麻建国带到了全国政协十三届一次会议上，并被列为重点提案。

“后来全国政协连续两年由外事委重点跟踪调研督办这件重点提案。两年的调研督办我都参加了。许多建议都被有关部门采纳形成政策。有的问题现场就得到解决。”麻建国说。

连云港市政协人资环委和民盟界别联合提出的《关于建设连临城际铁路的建议》，得到了全国政协委员，连云港市农科院院长徐大勇的注意。经进一步调研后，提交全国政协。后该铁路被列入江苏省、山东省中长期综合交通规划。

连云港港是连云港参与“一带一路”建设的前沿和重要平台。市政协委员、连云港港口控股集团战略投资部副总经理吴治明一直在思考如何在政协的平台上促进港口更好服务“一带一路”建设。

“我在2021年的市政协全会上作了《关于加快建设连云港港口型国家物流枢纽》的大会发言。提出的连云港港口型国家物流枢纽选址方案、功能安排和运营模式等建议在连云港市申报方案中得以体现，并最终获批国家‘十四五’首批国家物流枢纽。”吴治明说。

凭借国家物流枢纽地位和中哈物流基地建成，港口班列已经布局阿拉山口、霍尔果斯、二连浩特、喀什4个过境口岸，实现对中亚地区主要站点的全覆盖，至土耳其、波兰、德国和日中蒙、中吉乌等班列线路稳定运营，班列满载率基本达到100%。

看到建议落实，也进一步激发了吴治明的履职热情。他在省政协发展·民生专题协商座谈会上提出了“推进5G技术应用，助力智慧港口建设”建议。目前连云港港智慧码头建设事项纳入省委常委会2022年工作要点和省市重点工作。

全城同发力

在连云港市政协带动下，连云港全市政协积极投身“一带一路”建设。连云区政协发起倡议设立有事好商量服务“一带一路”强支点建设协商议事室。议事室围绕重点园区和重大项目，以服务“一带一路”园区建设，服务“一带一路”重大项目建设，服务“一带一路”企业发展为主要工作。

议事室实行“3+3+X”服务矩阵，即重点服务上合物流园、中哈物流园、连云港自贸区3个重点园区和连云港港口集团、江苏核电公司、连云港亚欧“一带一路”供应链基地有限公司3家龙头企业和辖域内若干家外贸物流企业。

2022年2月，议事室围绕服务“一带一路”强支点建设开展调研，组织上合物流园等企业（园区）议事成员，赴江苏雅仕一带一路供应链基地有限公司调研，听取企业发展规划。上合物流园和雅仕供应链基地达成合作共识，出资参股雅仕供应链海外仓项目，双方共建共享哈萨克斯坦阿克套海外仓，实现双方优势互补利益共享，扩大中国企业海外业务，推动连云港企业走出去投身“一带一路”建设。

2021年12月连云港花果山机场通航。这座国家一类航空口岸、苏北地区国际航运中心位于灌云县小伊镇境内。近年来，灌云县政协围绕加快构建“一带一路”空中快速通道、加快空港产业园规划建设、发展特色产业等议题，多次组织委员开展专题视察、专题调研，还邀请部分全国和省市县政协委员走进灌云，由省政协副主席阎立、王荣平分别带队开展“四级委员看灌云”活动，在深入调研空港产业园建设发展情况的基础上，形成建议案报送县委县政府。

围绕加快空港产业园建设，县政协多次召开座谈会、协商会、会办会，力促保障重大项目建设和周边群众民生改善双赢。在县政协建议下，县委县政府着力做好“新城、产业、民生”三篇文章，围绕加强组织协调和规划指导、建立多种合作开发方式、融入自贸区建设、加快连云港保税物流园建设等方面积极加强空港产业园建设，推动全县高质量发展。

“习近平总书记要求连云港打造‘一带一路’合作倡议的标杆和示范项目，这是从国家对连云港的发展定位出发，赋予连云港的重大历史使命。我们要牢记习近平总书记嘱托，唱好连续剧、打好组合拳，持续助力‘一带一路’建设，携手书写好新时代的西游记。”王加培表示。

（原载于《人民政协报》2022 年 9 月 13 日第 1 版）

一入政协门　当好政协人

——江苏省淮安市政协加强委员履职管理小记

记者／江　迪　　通讯员／王成虎　张　剑

“没料到2月20日上午报到，下午就参加市政协组织的专门委员会入委委员会议和履职党支部会议，随后还有长达4小时的委员培训。委员身份的荣誉感、责任感、使命感一下子就提升了……”江苏省淮安市政协“90后”新委员、金湖县小水滴志愿服务协会会长陈菲感慨地说。这也是淮安市政协利用换届契机，加强委员履职管理的一个缩影。

把好“入口关”

已连任两届淮安市政协委员的市图书馆副研究员宋江红，得知市政协继续推荐她为九届市政协委员时，心里有说不出的喜悦和感动，这不仅是市政协对她的信任，更是对她履职尽责成绩的一种充分肯定。

宋江红立足岗位工作，积极参与图书馆“城市阅读一卡通”“城市书房”“月季小筑”“建党100周年红色主题阅读进社区”等活动，连续五年履职考核均在96分以上，2019年被市政协表彰为“优秀政协委员”。

为打造一支高素质的委员队伍，换届前，淮安市政协积极对接市委组织部、市委统战部做好九届市政协委员人事安排，对界别设置提出科学建议，并根据上一届委员的履职情况，对连任委员名单提出合理化意见，尤其是对于平时积极参加政协各项活动、工作认真负责、成效显著的委员打破届数限制，让真正想干事、能干事的委员看到希望。在新委员产生上，认真落实中央、省委、市委和有关文件精神，严格按照政协章程和程序产生九届市政协委员，严格把好委员入口关，尽可能把在各个领域有较大影响又热心政协工作的优秀人士吸收到政协队伍中来，力争使政协委员既有代表性，又有社会影响和参政议政能力。

凝聚“向心力”

“我刚接到成为市政协委员的通知，随后就接到了市政协文化文史委工作人员的电话，邀请我加入文化文史委履职党支部群，一下子有了一种找到组织的感觉。”新委员、江苏创尧科技集团有限公司董事长陆尧说。

为加强对政协委员履职管理工作的领导，淮安市政协注重完善委员履职管理工作的组织支撑，推进党的工作对政协委员的全覆盖。加强政协党的建设，建立7个专门委员会履职党支部，委员名单确定后第一时间吸纳委员加入履职党支部，完善组织关系不在政协的党员委员参加政协党组织活动的有效办法，实现党的组织对党员委员的全覆盖。建立市政协主席联系党外副主席，党员委员联系党外委员经常性工作机制，听取意见建议，宣传党的主张，贯彻党的部署，加强团结联谊。九届一次会议期间，组织中共党员动员会议和专门委员会委员履职党支部会议，强化党员委员履职担当“头雁作用”，教育引导党员委员时刻牢记自己的第一身份是共产党员，第一职责是为党工作，主动在政治引领、发扬民主、合作共事、廉洁奉公等方面发挥表率作用，主动弘扬主旋律、传播正能量。

练就“真本领”

加强学习是人民政协的优良传统，也是提升委员履职能力的有效途径，淮安市政协在研究九届一次会议方案时，就明确提出实施委员“能力素质提升”工程，以“书香政协”为抓手，第一时间将所有新一届政协委员分成7个读书群，推选群主、招募领读人，在智慧政协系统设置了“读书摘要”“好书推荐”“读书感悟”等栏目，将读书由“个人学”变成“全员学”，在委员中形成“重视学习、崇尚学习”的良好时代风尚。与此同时，积极构建1+2+3+X委员培训机制，即在九届一次会议期间，利用半天时间，组织新任政协委员的“岗前”入门培训；每年组织两期委员“岗中”履职能力提升培训；每年组织三期市“政协讲坛”，邀请全国或省知名专家学者，为委员讲授政协理论和业务能力知识；X是根据委员全员入委要求，由市政协各专门委员不定期组织开展委组成员会议、专题视察等形式多样的活动，达到以会代训、以活动代训的效果，不断提升委员的政治把握能力、调查研究能力、联系群众能力、合作共事能力。

设置“硬杠杠”

“市政协的委员履职管理考核标准越来越高、评分规则越来越细、考核项目也越来越科学。”作为省、市、区三级政协常委的樊维明对履职管理考核感触最为真实，在刚刚结束的市政协八届二十六次常委会上，他进行了履职述职，并接受了所有常委打分。“平时如果不好好履职，到年底述职这一关真不好过。”樊维明说。

为加强委员履职管理考核，淮安市政协修订出台了《政协淮安市委员会委员履职管理及考核实施办法》《政协淮安市委员会关于强化委员责任担当意见》等规章制度，建立6+N考核法，要求每名政协委员每年必须参加“六个一”活动，即参加一次全委会、撰写一件提案、反映一条社情民意信息、参加一次“委员之家”活动、参加一次协商议事活动、参加一次调研视察，N是不限次数参加市政协组织的集中学习培训、政协讲坛、大会发言、专题协商会等活动。依托智慧系统建立委员履职电子台账，对会议出勤、履职尽责、品行守纪等情况进行目标量化考核。设置委员履职考核预警制度，当年考核分值低于60分的委员，由市政协对其进行约谈；连续两年分值低于60分的委员，市政协按照规定程序劝其辞去委员职务。通过建立考核机制，增强了委员履职的责任感和使命感，为政协委员履好职尽好责树好形象提供了根本遵循。

“让新任政协委员在当选的第一时间就认同委员身份，知晓委员职责、掌握履职本领，目的就是让广大委员不忘初心、牢记使命，迈好政协履职第一步，争做一名‘懂政协、会协商、善议政’优秀政协委员。”淮安市政协主席戚寿余说。

（原载于《人民政协报》2022年3月17日第1版）

主动接轨　深度融入

——江苏淮安市政协围绕融入长三角一体化发展履职记事

记者／江　迪　　通讯员／王成虎　葛玉锦

“淮安地处长三角一体化、大运河文化带、淮河生态经济带等国家重大战略交汇叠加区，具有和合南北、连接东西的独特区位优势，‘公铁水空’立体高效的交通优势，红色文化、运河文化、美食文化等多种文化交融和生态资源丰富的文旅优势，目前，全面接轨上海已迎来最佳黄金期……”

不久前，江苏淮安市政协召开“主动接轨大上海　加快建设新淮安”专题议政性常委会会议，市政协调研组的精彩发言，赢得了与会常委们的热烈掌声。这也是淮安市政协围绕融入长三角一体化发展开展协商议政的一个缩影。

以一体化的开阔视野选题

2020年8月，习近平总书记在扎实推进长三角一体化发展座谈会上强调，要紧扣一体化和高质量抓好重点工作推动长三角一体化发展不断取得成效。淮安市委市政府积极响应，将全方位融入长三角一体化发展，作为事关全局的重大政治任务抓紧抓好，制定《长三角区域一体化发展规划纲要淮安实施方案》。2021年9月，淮安市第八次党代会提出聚焦

“绿色高地、枢纽新城”，全面建设长三角北部现代化中心城市奋斗目标。

2020年底，淮安市政协围绕长三角区域一体化发展，组织专题调研，撰写大会发言。2021年初，市政协将“主动融入长三角 聚力发展新淮安”列入主席会议专题协商议题，并以建议案形式报送市委，得到市委书记陈之常批示肯定，要求相关部门认真研究吸纳建议案相关建议，推进淮安更高水平的开放和发展，更深程度融入长三角一体化发展。

全面接轨上海是淮安融入长三角的重要方向，2022年初，经淮安市委批准，市政协将“主动接轨大上海 加快建设新淮安”列为年度常委会专题协商计划。为高质量完成调研工作，市政协成立1个专题调研组和18个微调研小组。专题调研组多次召开市直相关部门座谈会，实地走访相关企业，多方听取意见建议。克服新冠肺炎疫情影响，赴部分长三角城市进行实地考察，部分进行线上调研，并委托市政府驻沪联络处和上海淮安商会协助调研，了解相关情况，学习借鉴先进经验做法，最终形成专题调研报告。

“只有紧紧围绕党委政府中心工作，以一体化的开阔视野选题，开展调研视察、资政建言活动，协商议政才具有靶向性，才能与党委政府同频共振，取得较好效果。”淮安市政协主席戚寿余说。

以一体化的开放思维建言

随着长三角一体化发展加速推进，如何主动对接融入“长三角”，借势借力加快淮安高质量发展，走出具有淮安特色的现代化发展之路？淮安市政协召开了专题主席会议协商议政，提出完善工作机制、促进产业融合、增强创新能力等5个方面20条意见建议，其中加强与上海、苏南等地开展干部人才交流、产业融合发展、基础设施互联互通等建议写入市委八届二次全会报告和政府工作报告。

上海是长三角一体化战略中的龙头和枢纽，也是淮安全面接轨长三角中心城市。淮安市内水运通达，拥有航道 1483 公里，淮安港作为 36 个全国内河主要港口之一。2021 年初，市政协将由市政协常委、物流专家庞进亮撰写的《聚力打造内河集装箱枢纽 加快推进“枢纽新城”发展》提案列为淮安市委主要领导领办督办重点提案。

提案提出加强淮安港与上海港的联动协调发展，加快组建合资公司，力争在运输组织模式、航线设置、联运技术、无水港布设、通关模式等方面取得实质性突破，促成当年市政府与上海国际港务集团、江苏省港口集团签署战略合作协议，联手打造全国性内河航运中心，淮安港口物流集团焕发勃勃生机，2021 年港口货物吞吐量完成 7373 万吨。

淮安目前已形成新一代信息技术、新型装备制造、绿色食品 3 个制造业主导产业，如何主动承接长三角发达地区尤其是上海产业转移？

2021 年和 2022 年，淮安市政协连续两年将加快推动制造业长三角一体化发展方面提案列为重点提案，提请市政府主要领导领衔督办，从规划编制、主体培育、动能激发、环境优化等方面着手，推动提案建议逐项落实，推动淮安市产业深度嵌入长三角产业创新链、人才链、价值链。

2021 年 7 月，淮安市政协召开“培育壮大现代产业集群 推动淮安制造业高质量发展”议政性常委会会议，提出着力构建与长三角高端产业融合配套的现代产业体系，加快形成与长三角地区产业互补协调的发展格局等建议，获得与会的市领导和市直相关部门充分认可，并以建议案形式呈报市委市政府主要领导。

长三角一体化发展战略规划涉及三省一市共 41 个城市，战略机遇面前，如何用好自身优势？2021 年 9 月，淮安市政协组织召开“发挥生态优势 推动淮安农业产业高质量发展”专题协商议政性常委会会议，提出发挥淮安粮食主产区综合优势，大力发展文化旅游、大健康、农产品深加工等特色产业，着力建设长三角重要旅游目的地、生态康养基地、优质农产品供应基地等建议，得到淮安市委主要领导批示肯定，也推动了淮安大米、“淮味千年”、盱眙龙虾、淮扬菜预制菜等淮安特色农产品进入上海、杭州等长三角中心城市。

良好的营商环境是吸引企业投资的关键，围绕打造省内领先、全国一流的营商环境，淮安市政协借鉴上海优化营商环境“专项行动计划”等外地经验做法，先后举办2次政企协商座谈会，邀请市政府主要领导参加，与企业家委员面对面座谈交流，提出深化营商环境综合改革，积极推动长三角政务服务数据资源共享共用等建设性意见，得到市领导及相关部门认可采纳。

以一体化的融合观念聚力

淮安市政协围绕助推长三角一体化发展，走出去广交深交朋友，不断扩大“朋友圈”，在与各兄弟城市政协越走越近、越走越亲的同时，也在不断推动长三角地区更高层次、更广领域、更大范围的深度融合。

“近三年，我们围绕促进长三角一体化发展，组织相关专题调研11次，先后到上海、湖州、南通、安庆等31个长三角城市实地考察调研，每到一处我们都广泛开展联谊活动，深入推介淮安，广泛凝聚共识，在推动长三角一体化发展生动实践中加强联动。”淮安市政协副主席肖天奉介绍道。

与此同时，先后共有30多家省、市政协到淮调研、考察，就推进长三角更高质量一体化建设，采取联合调研、共同研讨等多种方式，提出对策建议，共同促进调研成果转化为服务经济社会发展的实效。

在加强与兄弟城市政协互联互通的同时，淮安市政协还积极参与长三角一体化协作机制，协助江苏省政协开展长江大保护突出问题整改、长三角区域污染防治协作机制落实三级联动民主监督活动，选择重点区域、关键领域开展监督性调研视察。注重采取“走出去”“请进来”等办法，组织市县政协委员和政协机关干部到浙江大学、上海交通大学培训，并利用市“政协讲坛”平台，邀请浙江大学专家教授就加强长三角一体发展作专题辅导，开拓大家长三角一体化视野，培育一体化融合发展观念。

“推动长三角一体化发展，是习近平总书记亲自谋划、亲自部署、亲自推动的重大国家战略。我们要加强与长三角区域政协的互动，当好淮安与长三角各地沟通交流的桥梁纽带，推动更多优质资源要素向淮安汇聚，在助推长三角更高质量一体化发展中体现好政协担当，贡献好政协力量，共同交出淮安深度融入长三角一体化发展的过硬答卷。”戚寿余表示。

（原载于《人民政协报》2022 年 8 月 23 日第 1 版）

刚柔并济促发展

——江苏省淮安市清江浦区探索协同监督见实效

记者／江　迪　　通讯员／胡　军　王成虎

入夏，江苏省淮安市清江浦区前进小区的居民三五成群地坐在整治一新的院子里纳凉、聊天。一年前，这里却是远近闻名的脏乱差小区。

京杭运河淮安水上服务区的职工们也不再担心今年即将到来的雨季了。一年前，他们还曾蹚着过膝的泥水上班。

改变，离不开协同监督。2021年以来，清江浦区探索政协民主监督与纪委监委专责监督贯通融合，打造协同监督新模式。

联动互补添优势

清江浦区政协主席叶蓓曾在纪检系统工作。到政协工作后，面对工作实际，如何提高民主监督水平成为她思考的重要内容。

“党的十九大提出，健全党和国家监督体系，增强监督合力。政协民主监督在专题视察调研、社情民意研判、广泛联系群众上有‘柔性’优势。纪委专责监督在执纪问责、跟踪督办、推动整改上有‘刚性’优势。刚柔并济，可以形成监督联动、职能互补的综合优势和整体效应。”叶蓓发挥自己熟悉两种监督的优势，提出了思路。

叶蓓向区委汇报工作思路后，得到大力支持。区委书记朱海波多次在月度工作交流会上对协同监督工作提出要求。

清江浦区政协和区纪委监委成立领导小组，由区政协主席任组长，区纪委书记、监委主任和区政协分管副主席任副组长。每季度至少召开1次联席会议。

在开展常规的民主监督和专责监督的同时，清江浦区确定“优化营商环境”及“小区物业服务”两个选题开展协同监督。

“这两个选题是通过分析委员提案、社情民意信息、纪检监察线索、政务热线、信访反映问题等内容共同确定的，都是党政关注、群众关心的热点问题。”区政协副主席张增元说。

“这两个选题，在政协和纪委监委之前各自安排的工作计划里也都有体现。协同监督，不仅提高了监督实效，也整合了监督力量，减轻了被监督单位的负担。”区纪委副书记周正波说。

清江浦区从区政协委员、区机关部门中选派政治素质高、业务能力强、情况掌握明的23人组成2个工作专班，负责项目监督推进和跟踪督办。对两个题目制定了30条任务分解清单，从阶段内容、责任单位和监督时效等方面细化监督条块。

东方花园小区多年来因为停车位紧张，业主毁坏绿地停车现象严重，小区环境脏乱差。为了缓解小区停车矛盾，小区物业将部分绿化改建成停车场，引得不少业主反映。“小区物业服务”协同监督工作专班根据群众反映，对该小区进行监督，专班中的纪委同志对物业进行了询问，对居民进行了走访，均未发现问题根源所在，而一位熟悉物业领域的政协委员结合自身特长，指出了物业在修建停车场工作中未严格按相关条例征求意见，在程序上存在瑕疵。

“纪委监委向群众了解情况，不免让人有紧张感，需要反复做通工作，打消对方思想顾虑。而政协委员生活在群众中就像是群众身边的朋友，群众更愿意向政协委员说心里话。最终针对程序瑕疵的问题，政协委员出面做了群众工作，化解了矛盾。纪委监委则启动了容错纠错机制。”监督专班成员、区纪委党风室盈利说。

前进小区曾经违建常见、飞线遍布。清江浦区政协通过“码”上议平台，请群众扫码，广泛征求意见；召开“有事好商量”协商议事会，达成了拆除旧式封闭车棚、增设电动车充电桩、移栽树木等共识。

以前进小区为典型，工作专班分类汇总群众反映物业领域 3 大类问题；实地走访住宅小区 32 个，排查小区各类问题 63 个。清江浦区纪委监委严肃查处物业管理领域存在的腐败和作风问题。截至目前，约谈相关单位责任人 29 次，发现违规接受物业公司吃请、违规审批小区停车场、虚假上报小区消防安全问题等 4 个问题线索，印发通报 2 期，制发纪检监察建议 1 份，立案查处 8 人。

凝智聚力增共识

清江浦区化工路向西通往京杭运河淮安水上服务区的道路，常有重载货车经过。在建设周边苗圃时，道路受到影响，路面坑洼不平。又因此地是已拆迁地块，基础排水功能存在问题，一到暴雨天，积水甚至没过膝盖，“晴天一身灰，雨天一身泥”更是常态。

周边企业投诉多次，却发现有的部门没权修，有的部门没钱修。在“提升全区营商服务环境”协同监督中，专班发现了这个问题，建议由区政协委员、浦楼街道办主任席珊珊出面组织“有事好商量”协商议事会。

“在商前调研中，大家都感受到了道路破损给周边企业和居民带来的不便，增强了解决问题的紧迫感。经过协商，最终达成一致意见，此条道路由区城投公司负责彻底整修，并且承诺新修道路不低于该条道路损坏之前的标准。”席珊珊说。

“我们并非不愿意修路，而是因为经费没着落。有了协同监督的介入，经过协商，我们就可以向出资人申请修路。作为区国资平台企业，我们也承担着改善营商环境的责任。最终，这条不到600米的道路，我们花了300多万元，按照重载道路的标准，把路面和下水都建好了。”淮安清浦城市建设投资开发有限公司副总经理薛磊说。

“城投修路夜以继日，十分辛苦。我们就请他们在企业食堂一起用餐。大家关系处得很好。”淮安市京杭运河水上服务区工会主席袁安平说。

“在修路过程中，纪检监察部门全程检查督促，促成道路保质保量按时完工。”阳光清江浦服务中心副主任侍轩说。

在水上服务区道路问题上，协同监督是前后出场。在有的问题上则是同步发力。

2021年10月22日，清江浦区“优化营商环境”协同监督专题质询评议会召开。会上，包括区政协委员在内的专班工作人员，对6家责任单位主要负责人进行询问。被询问单位主动认领，逐题表态。与会人员还现场进行评议，并现场公布评议结果。

“会前调研时，我们征求了多位政协委员的意见。很多委员就是企业负责人，对营商环境的问题看得很准。委员们事先指出的问题、提出的建议，在后期的调研和监督中得到了印证和落实。政协委员中聚集着各行各业的优秀人才，既是专业工作的带头人，又具有较强的社会影响力，在协商议事、化解矛盾中具有特殊优势，也有力提升了监督质量。”区纪委书记、监委主任陈克富说。

“通过调研和质询评议会，我看到了全区上下为改善营商环境付出的努力和成果。作为律师，工作中接触的委托人难免会有一些怨气。我会把自己看到的各界努力讲给委托人、同行等听，努力凝聚共识。”区政协委员、江苏联盛（淮安）律师事务所主任季锐表示。

“在协同监督中，我们切实做好‘聚’的工作，努力实现优势互补、协同发力；切实补好‘学’的功课，努力做到学用相长、共同提高；切实建好‘长’的机制，努力形成完备制度、常态长效，实现了‘1+1>2’的效果。今年，我们选择农村人居环境整治和土地流转两个题目继续探索协同监督。目前各项工作进展顺利。”叶蓓说。

“在区委领导下，区政协和区纪委监委以刚柔相济的方式、项目化的做法，稳步探索协同监督新模式。站在全区发展大局的高度，紧紧围绕党政主推的大事要事，组织开展协同监督，为全区发展减阻力、添助力、聚合力。围绕群众关心关注的操心事、烦心事、揪心事，精准选题、深入议题、积极破题、有效解题，推动解决一批事关人民群众切身利益的现实问题。为提高区域社会治理现代化水平，为全区经济社会高质量发展贡献了政协力量。”区委书记朱海波表示。

（原载于《人民政协报》2022 年 6 月 9 日第 1 版）

“点、线、面、体”的有机统一

——江苏省盐城市政协探索委员联系服务界别群众新路径

记者／江　迪　　通讯员／商中兵

11 月 14 日，中共江苏省盐城市委常委会召开会议，研究通过《关于加强和改进新时代全市政协工作的实施办法》。《实施办法》贯彻落实了党的二十大关于发展全过程人民民主的部署，对全市各级党委支持政协更好发挥专门协商机构作用，各级政协不断提升工作科学化水平提出要求。

11 月 15 日，盐城市政协党组会议审议通过市政协委员学习宣传贯彻党的二十大精神工作计划，要求把学习宣传贯彻党的二十大精神与联系服务界别群众结合起来，组织市、县政协委员结合下沉协商议事开展各类专题活动，为民解困，在助力解决人民群众急难愁盼问题的实践中深入学习宣传贯彻党的二十大精神。

盐城市政协主席陈红红表示，“我们将通过联动赋能、创新赋能、开放赋能、数字赋能，努力实现政协委员这个‘点’、界别渠道这条‘线’、政协组织这个‘面’和全社会这个‘体’的有机统一，把党的二十大提出的要完善委员联系界别群众制度机制要求落到实处、做出实绩，写好盐城市政协发展全过程人民民主的实践篇章。”

搭建线下线上的联系服务平台

党的二十大提出，要提高深度协商互动水平。盐城市政协坚持工作重心下移，在密切委员与群众的联系中加强互动，在推动政协协商与基层协商有效衔接中深度协商，取得了助发展、惠民生、聚共识、促和谐的明显成效。

市政协委员、江苏零距离律师事务所主任刘咏桦连续多年在全市政协委员履职积分排名中位居前列。他下沉街道社区后，主动在当地设立委员工作室，开展义务法律宣讲 32 次，免费为居民提供法律咨询 160 多次，化解矛盾纠纷 7 起，提交社情民意信息 60 多篇。

不仅是刘咏桦，盐城市政协依托全市的镇（街道）、村（社区）、市级以上园区、界别共建立 2693 个协商议事室，与委员工作室、社情民意信息收集点三位一体，将 3005 名省市县三级政协委员全部下沉，并编入有事好商量协商议事室，推动委员融入式、下沉式、叠加式集成履职。要求每位委员每年至少走访联系 30 名群众、参加 2 次协商议事、提交 1 条有价值的社情民意信息、为群众办 1 件实事。2022 年 1—10 月份，基层协商议事室通过协商，共推动解决群众“急难愁盼”问题 5436 个。

盐城市在全省率先建设“你扫码大家议”线上议事平台。平台采用“一室一码”模式，全市所有协商议事室都有独立的“议事码”。通过推进二维码进服务大厅、进协商议事室、进公示橱窗等，群众可随时“扫码说事”“扫码商量”。目前，基层群众普遍感到，政协就在身边，时时可以联系。

12345 政务热线中，群众反映的问题集中。为此，盐城市政协建立了与 12345 的联动机制，从 12345 平台中筛选涉及面广、多年悬而未决的民生难题开展协商，取得了解决一类问题团结一批人的效果。

响水县玲珑小区因开发商擅改规划方案，所有业主七年未办房产证，2021 年以来业主向 12345 反映多次。县政协接手解决这个问题后，经过多次协商，业主拿到了房产证，小区业主纷纷竖起大拇指，政协协商解决了我们的大难题。

丰富意见表达的方式方法

党的二十大提出，要提高意见充分表达水平。盐城市政协进一步扩大群众参与度，努力让群众的意见充分表达，使决策和工作更好顺乎民意、合乎实际。

2022 年盐城市政协确定的 16 项重点协商课题中有 6 项来自向群众公开征题。6 个题目的背后是 350 多条群众建议。

求题之后再问计。2022 年盐城市委常委会会议专题研究政协关于完善高新技术企业培育机制的建议案，这在盐城尚属首次。市委常委会会议认为建议案“准深实”，要求把建议案变成工作方案落地落实。这些建议，很多来自群众智慧。在前期调研时，政协调研组先后召开 8 个座谈会，实地走访了 5 个县（市、区）和 6 个重点园区，向 100 多名企业负责人当面听取或书面征求意见，许多基层和企业的意见被吸纳进建议案。

监督、评价同样少不了群众参与。2022 年围绕推动疫情防控措施落细落实，按照市委市政府要求，市政协成立 6 个民主监督小组，每个小组吸纳 3 名群众代表等参加，连续一个月每天明察暗访社会面疫情防控，共检查各类基层点位 800 多个，发现薄弱环节现场督促整改，报送社情民意信息 200 多条。盐城市政协还邀请群众代表参与提案督办，参加提案质量和办理质量双向评价，促进了提案工作质量提升。

如今在盐城，政协在基层调研协商的会议，往往是哪里群众多、哪里群众方便，就在哪里开，由此出现了田头议、工地议、庭院议、茶馆议、广场议、视频议等多种形式，协商活动有了更多的“泥腿子”参加，有了更多的“泥土味”建议。

打造群众走近政协的开放载体

党的二十大提出，提高广泛凝聚共识水平。盐城市政协在推动政协工作和政协委员往下沉的同时，还不断打造面向群众的开放工作平台，在开放中凝聚各方共识。把群众请上来、让群众走进来，成为政协组织各类活动的规定动作和基本要求。

“民生论坛”是盐城市政协重点打造的面向群众的协商平台，每年举办两期。每次论坛场内参与人数在100人左右，其中群众代表有30多人，场外通过视频参与的群众达数千人。论坛常设“群众席位”，采取群众提、部门答、共同议的办法，论出思路、谈出办法、议出共识。对于部门的答复，群众认为“好”就表示“满意”，认为“不好”就说“不满意”。一位参加过论坛的部门负责人说：“参加政协民生论坛压力很大，为了答得好，会前我做了充分的准备。”9月26日，建湖县高作镇大成家庭农场农场主夏思成在参加“发展农村电商”民生论坛后激动地说，“民生论坛让我们能够参与这样高层次的协商，直接向相关部门反映问题，是政协让我们基层的声音搭上了‘直通车’”。

11月8日，由江苏省盐城市政协和盐城广播电视总台联合拍摄的《同心圆·协商汇》节目《百姓的梦想“合伙人”》，在盐城新闻播放。片中，市政协委员、江苏好百邻家庭服务有限公司董事长王兰和新弄里协商议事室召集人王媛，帮助困难群众解决就业问题的故事，在东进社区书记王友文，以及应开林、蔡学红、刘迎霞等受助人的口中娓娓道来……

这是盐城市政协加强委员联系界别群众的一个缩影。2022年以来，盐城市政协拍摄《同心圆·协商汇》，栏目紧扣全过程人民民主的盐城实践，展示盐城市政协发挥专门协商机构作用的创新实践，讲述委员联系服务群众的生动故事，每期10分钟，两周一期，在盐城新闻黄金时段播出。节目播放过程中，群众真实感受各抒己见而又乐于互动、求有差异而又善于求同的生动协商局面，在谈心说理和换位思考中，汲取协商方法，进一步拉近了委员与群众的距离。节目播出后，群众反响热烈，称赞政协工作做到了心坎里。

（原载于《人民政协报》2022 年 11 月 21 日第 1 版）

红色激荡协商智慧

——杭州市钱塘区政协创设协商议事红色联盟履职记

记者 / 李　宏　鲍蔓华

“建议优化服务站设施设备，增加服务项目，条件成熟时引入自助检查的健康小屋，为蓝领工人提供良好就医环境；进一步扩大员工宿舍电梯安装范围；增设周边公交线路；放宽蓝领工人子女就读公办学校条件；增加羽毛球、乒乓球等健身场所……”近日，在杭州市钱塘区白杨街道的邻里社区，被居民称为“大管家”的党支部书记、居委会主任张敏华梳理着之前围绕“助力邻里社区打造共富样板社区　提升居民幸福指数”主题协商时汇集的红色联盟成员单位及委员的建议。她发现，不少建议都可以嵌入未来社区的项目改造中，将会让来杭州追梦的年轻人更加暖心。

作为协商议事红色联盟的成员单位代表，张敏华表示，红色激荡的协商智慧让一个阵地发挥了多种功能作用。

“协商议事红色联盟”是钱塘区政协拓宽党建工作形式、丰富党建工作内涵，创新打造的以区政协为重要平台，红色联盟为牵引，不断推进党建与履职深度融合，将党建目标化虚为实、工作方法去粗取精的党建品牌。2022 年 6 月挂牌后，坚持协商议事红色联盟党建阵地建设与民生议事堂、委员工作室、社情民意信息联系点建设共同谋划、一体推进，同步建设率实现 100%。

坐落在长三角南翼、杭州东部的钱塘区，一边是“繁华都市”，一边是“田园牧歌”。为进一步打造“田城汇”休闲农旅线金名片，区政协委员、红盟单位代表对街道的休闲农旅项目和文旅项目进行专题调研。在街道召开的“请你来协商·文农旅融合助推共同富裕”专题协商活动中，6家红盟单位受邀参会，4家企业当场决定落户河庄街道农旅线文伟村板块，“钱塘小雅”文旅项目进行现场签约，并与红盟单位成员之一的浙江理工大学签订“历史与影视研究学院”共建协议，促进该项目走深走实。

区政协委员、河庄街道党工委副书记徐建伟告诉记者，“河庄街道‘江城汇’协商议事红色联盟联合高校、民革钱塘区支部等力量资源，在新围村打造约150亩的‘同心共富试验田’，用好红色联盟的党建、专家、科技资源等优势，由新围村负责种植收割包装，各方力量提供技术支持和销售，深挖生态农业系统文化内涵，联合开发了‘小袋米’‘共富稻认养’‘智慧助农实时直播’等文创礼品和衍生产品，助力乡村走出一条可持续、群众可感的共富新路子。”

前进街道是钱塘区智能制造产业的核心片区，随着街道内一批知名企业入驻，“红矩阵”协商议事红色联盟把关注的目光瞄准产业人口集聚情况下改善群众工作生活环境，增强群众幸福感和获得感，联合区级部门、企事业单位等23家单位资源，成立了数字改革、共富先锋、乡村振兴、基层治理、文化传承5个红盟小组。

随着协商议事红色联盟在钱塘建设推进，与百姓联系也越来越密。义蓬街道强化“政协委员履职小组+区级部门+优质企业+结对高校+社会组织+属地村社”多方联动的协商队伍建设，建成涵盖28个村社的政协协商驿站，政协委员下沉“协商驿站”带领与议题相关联的红盟成员单位代表深入村社广泛收集社情民意，开展“微协商”活动，推动各方资源和服务力量向基层一线集聚。“红莲蓬”协商议事红色联盟牵头人——区政协委员、义蓬街道党工委副书记俞燕萍形象地将这一协商议事红色力量，比喻成颗颗莲子集结成一个丰硕的红色莲蓬头。“同心相向，紧紧包裹，合而有力。”俞燕萍说。

8个红色联盟，32个红盟小组，汇聚成员单位251家，平均1名党员委员带领2名党外委员和4个红盟成员单位，对口联系120个村社，村社覆盖率100%。红色联盟组建后，党员委员积极履职成为常态，做到了履职考核平均分明显高于党外委员，履职月均得分同比提高13.2%。2022年以来，在红色联盟牵引下开展活动79次，参与人员725人次，助推问题解决320余个。区委常委、组织部部长吴勇看着协商议事红色联盟的发展速度，欣喜地表示，“协商议事红色联盟”作为政协党建工作的创新载体，站位高、定位准，体系强、机制全，方向明、工作实，为全区党建工作打开了新思路，作出了新表率。

切实发挥党员委员在政协各类会议、协商监督活动中表率作用，推动党员委员“常亮相”“常出镜”，有更高的“出勤率”“出彩率”，对于明年的工作，区政协主席金志强也早有谋划。他提出，要紧紧围绕贯彻落实党的二十大精神，深化“协商议事红色联盟”品牌建设，进一步推动多方议事、多元共治，以建言资政和凝心聚力的实际成效，服务党政决策、增进民生福祉、助推基层治理，形成以红色联盟聚共识、增团结、促民主、惠民生的良好局面。

（原载于《人民政协报》2022年12月14日第1版）

为民沉下去　“芯”路现出来

——宁波海曙区政协奋力助推建设共同富裕样板区记事

记者／李　宏　鲍蔓华

“每次来政协协商，都受益匪浅。协商活动让我们更深入地了解委员所思、居民所想。”日前，宁波市海曙区政协“全面塑造‘江南翠柏里’创新品牌”“请你来协商”活动现场，区委书记徐强与政协委员、居民代表面对面协商，点赞大家建言的精准高质。

此次活动前，徐强还走进委员工作室宣讲党的二十大精神，希望委员们主动担负起时代赋予的使命责任，把党的二十大精神学习好、宣传好、贯彻好，为卓越城区建设贡献更多力量。

4 天两场区委书记与委员的高频互动，是海曙区党委重视支持政协工作的一个缩影。

海曙区委出台《关于新时代加强和改进人民政协工作的实施意见》等 12 份文件，将政协重点协商活动实施情况列入督查事项，纪组宣统等部门给予有力支撑，形成了“党委重视、政府支持、政协主动、各方配合”的工作格局。

党的二十大报告提出，要深入实施创新驱动发展战略，开辟发展新领域新赛道，不断塑造发展新动能新优势。海曙区委按照创新驱动要求，率全省之先打造创新街区——翠柏里创新街区，区政协就聚焦老城换“芯”路径解法，组建调研组，历经 25 次实地考察形成 4 份调研报告，组织近 150 位委员在线协商梳理出 118 条有效建议。

小时候就生活在翠柏里，以政协委员的身份回到故里，给家乡发展出谋划策，让“80 后”海归梅森感动且自豪。作为调研组成员，梅森领题之后，每日常做的一件事便是骑上单车，绕着老街转上一圈又一圈，又与调研组成员一道访问了街区新老居民、行业专家学者，努力将老街的美好与现代街区的时尚有机结合，提出了重塑老街活力、打造亲民空间的发展思路。

海曙区把关注的目光聚焦在环境脏乱差重点区域，大力推进着文明城市创建，为此，区政协民主监督小组就将发力点定在城乡环境整治提升上。委员们深入城乡接合部、拆迁地块等重点区域，查问题、出方案，并按整改进度开展“回头看”，建立监督、反馈、整改全链式民主监督闭环。“拆迁地块环境改善费劲得很。政协委员来监督，对凝聚各方力量推进这项工作助力很大。周边群众看在眼里，都给我们点赞。”委员们在开展民主监督时，都会与相关部门负责人协商互动，有效推进整改落地。

政协履职为民要沉下去，才能把真的问题提上来。秉持这一理念，区政协主席会议成员聚焦“共富”大场景，找准民生小切口分批带队，深入企业车间开展“助企纾困”活动，扎根山乡田间开展“六送”惠民活动。

“乡亲们，区政协副主席可是宁波市眼科医院的专家，到乡里来坐诊了。”一阵吆喝，地处四明山东麓的龙观乡文化礼堂广场上，热闹了起来，村民们有序排队问诊。区政协侨台界还联动市政协医卫界，签订沿山共富项目，组建高山医疗巡回队，定期为四明山村民提供“家门口”优质医疗服务。

“家门口”的共富产业也被委员们引进了山——章水镇燕麻村新建

的70亩松茸菌菇种植基地便得益于委员的牵线落地。在章水联委会民生议事堂活动上，村民诉苦国内花木市场饱和，加之“两非”综合整治，地里不能种花木，闲置的土地不知该怎么办，陈志诚委员一听，计上心头：燕麻村海拔较高、环境优渥，对食用菌种植较为有利。在镇党委与联委会的合力推动下，牵线闽禾农业投建松茸菌菇种植基地，10余位村民当即“入职”，将第一批孢子下地，随着松茸菌菇钻出稻草、木屑，村民们收获了第一桶金。“首批试种亩产可超1000公斤，零售价每公斤约80元。”松茸菌菇基地负责人翁子炎介绍。每位基地上岗的村民每月可收入4000—5000元，喜获丰收的松茸菌菇也被乡亲们唤作“致富菇”。

为持续提升协商履职“含金量”，区政协品质驱动，着力打造“一委一品牌”“一界一特色”“一室一亮点”，推动基层协商民主实践提质增效。集士港镇深溪村村中央的茅草屋，成立了海曙区首个民生议事堂、委员工作室、协商驿站的“三合一”协商平台，首个议题便是商定村内闲置老厂房向文旅综合体转型的发展路径；南门联委会打响“‘五心’为老·南门享老”品牌，聚焦城区老年居民，开展一系列民生议事堂活动，相继推出“爸妈餐桌”“共享厨房”等服务项目，解高龄老人用餐之忧；共青团和青联界别抓住“双减”政策推进痛点，委员合力推出“公益托管进社区”特色服务，破双职工家庭接娃之困……一批美美与共的政协品牌相继生发，履职实效频频推出。

“区政协将以数字化改革推动‘共富’领域拓面提质，努力实现‘委员一件事、履职一件事’，将‘品质政协’理念向数字端延伸，为海曙高质量发展建设共同富裕样板区贡献更多政协力量。”展望未来，区政协主席张宁辉信心满满。

（原载于《人民政协报》2023年1月4日第1版）

引领聚合力　增信齐奋进

——宁波市江北区政协搭建凝聚共识大平台记事

记者／鲍蔓华

近日，记者从宁波市江北区发改局获悉，在前期扶持政策基础上，该区加码制定了阶段性举措——《关于促进现代服务业稳进提质的若干措施》，以更大力度保持服务业平稳发展。政策出台之快、扶持力度之大、受惠企业面之广，让不少辖区服务业企业看到了江北助企纾困的决心。

同期，在区内的主要企业和委员企业里，活跃着一支由政协干部组成的专题调研组，梳理出一批区内企业关于业务开展、物流运输、资金需求、场地需求等普遍存在的共性问题和一些特殊困难，提出可用管用建议，对政策的落地兑现开展民主监督，助力经济加快企稳回升。

翻阅着《当前我区企业反映的突出问题诉求》送审稿，区政协主席邹宇明觉得加强思想政治引领、广泛凝聚共识有效助力江北区高质量发展的效果越来越好，同频共振、同力奋进让江北区社会经济发展动力更加强劲的蓬勃新姿就是政协履职应有的新样子、好样子。

近年来，江北区委常委会每年两次以上研究政协工作，出台了《关于新时代加强和改进人民政协工作的实施意见》。区委书记、区长每季度一次与政协主席“个对个”交流。政协班子分年度与区委工作部门（纪委监委、组织、宣传、统战、政法）班子开展对接交流，并联合出台有关文件……区政协不断打造更多务实管用的凝聚共识载体，积极探索基层政协目标体系、工作体系、制度体系的系统性重塑和整体性变革，通过“同心向党、双周协商、委员议事、学习调研、积分履职”等“五张清单”为主要体系的区县政协工作模式，让政协想干事、善干事、干好事动力十足。

双周协商　商出好未来

日前，在工信部公示的第三批建议支持的国家级专精特新“小巨人”企业名单中，蓝野医疗等江北区3家企业入围，成为拉动全区经济社会发展的新增长极。

区政协常委、宁波蓝野医疗器械有限公司总裁徐步光发现江北在鼓励企业加大科技创新投入力度、充分提升自身竞争“力度”的同时，也着力聚焦服务保障，推动在建项目竣工投产发挥效益、引导企业上规模、上档次、上效益。而每件大事、要事的背后都有政协组织及委员参与的影子。

两年前在前洋经济开发区由区政协召开的一场围绕打造产业发展的硬核力量的专题协商，徐步光至今记忆犹新。那场协商会后，区委、区政府吸收政协的“金点子”，江北的营商环境、公共服务、创新生态圈等软硬环境越来越优。区政协搭建了“请你来协商·双周协商”平台，每年不低于20场次的频率，有序开展政协组织的议政性活动。迄今为止，已累计举办53场次。通过政协凝聚共识平台，委员们与相关部门有了更多沟通交流的机会。

在创新发展企业的同时，委员的责任担当让徐步光在宁波全市启动一级应急响应的第一时间迅速将爱心送到了抗击疫情的最前线。在徐步光看来，凝聚了共识，整个社会都在守望相助，奋力相救，作为当地医疗机构，支援助力防疫一线是义不容辞的事情。

委员议事　议出真本领

2022年2月，在江北区双东路的祥星幼儿园旁，一条备受家长和学校期待的校园安全步行通道终于建成。“祥星幼儿园校方和学生家长非常希望能够纳入校园安全步行道的建设规划当中，并希望与相关部门沟通交流，群策群力，结合师生出行的特点，制定有针对性的解决方案。”教师张夏波回忆当时校园旁的拥堵，很是感慨。

区政协委员、宁波市民用建筑设计研究院副院长潘虹是校园安全步行通道建设的发起人，经过多次调研、协商，校园安全步行通道的最终改造方案确认。但这个方案到底能不能过，还需要群众说了算。通过近距离委员议事，共识在“民生议事堂”凝聚，校园安全步行道建设工作获得更广泛的关注，推进得更加有力，有效缓解了学校周边上下学拥堵，为创建儿童友好型城市打下良好的硬件基础。

针对小区里没有专门的电瓶车停放点，电瓶车充电存在安全隐患，区政协委员陈君芳联合数名委员举行了一场针对电瓶车停放安全隐患的委员议事，推动了小区电梯内安装电瓶车报警设施，为电瓶车推入地下车库设置便民通道，小区地面也安装符合相关安全标准的电瓶车集中充电设备。

每一场“委员议事”都在协商共识的基础上形成议事纪要，报区委、区政府签批落实意见，部门做好办理落实并反馈，结果纳入政府年度绩效考评；委员通过跟办、民主监督，真正做到民生项目“推动一项、落实一项”。

在江北，不论大事小情，政协的参与度、委员的履职积极性非常高。通过凝聚共识平台，汇了民声，连了民心，人民政协为人民在基层有了鲜明的体现。区政协专门出台了《政协宁波市江北区委员会关于加强和促进人民政协凝聚共识工作的实施意见（试行）》，“我们将凝聚共识融入各项履职活动中，广泛吸收委员参与调查研究活动，同时，邀请专家学者、党政部门负责人和一线干部群众参与调研，深入基层、深入群众。今年，江北文史馆、政协书画院、政协之友联谊会等平台将‘融’在一起，成为一个团结联谊的大平台，茶文化促进会也在筹建，将构建江北政协凝聚共识的大平台。”区政协相关负责人说。

在对标先进中，区政协履职不停步，在实现区域发展蓝图中贡献政协的担当与作为。

（原载于《人民政协报》2022 年 8 月 18 日第 1 版）

助企共富“巨轮”再起航

——宁波市北仑区政协精准发力服务企业高质量发展

记者／鲍蔓华　　通讯员／徐桂凤　黄　宇

“宁波力劲科技有限公司有一批货非常急，但司机被管控了，货送不出去，怎么办？”2022年秋天疫情袭扰时，宁波市北仑区政协“同心向党·臻心汇”助企委员工作室在了解到企业需求后，第一时间对接街道和专班，就“白名单”企业提交的货运司机名单从速审核，仅用了不到3小时，就解了企业燃眉之急。

这是北仑区政协搭建服务“连心桥”，助力企业稳预期提信心、稳经营提质效、稳投入提后劲的一个生动例证。2022年以来，区政协着力在助企纾困“大场景”中找准履职“小切口”，聚焦企业“急难愁盼”，主动靠前服务，做到凝心聚力依此展开、协商议政由此着眼、民主监督向此发力，同心护航共同富裕的“巨轮”行稳致远。

助推模具园区小微企业，按下加速键

北仑，因工业而兴。11月的北仑，在习近平总书记两年多前亲临考察的大碶高端汽配模具园区，企业生产快马加鞭、建设工地热火朝天、生产一线繁忙有序……奏响特色产业发展“交响曲”。

位于园区的宁波润轴汽配有限公司是一家专业研发、制造汽车关键

零部件的企业。前不久，企业在进行“专精特新”申报时，遇到了“卡壳”问题。“需要有协会证明我们企业的行业排名，但是我们不清楚具体由哪个协会出具，简单咨询了一些部门，也没有问对方向。”此时，区政协恰好组织开展一场“专精特新”中小企业发展委员集体视察活动。在现场调研几家“专精特新”制造业企业，详细了解产业发展、技术优势、员工待遇等情况后，“同心向党·臻心汇”助企委员工作室的委员们还邀请了一批园区企业家共同开展面对面交流，区经信局等相关职能部门负责人到场协商。得知企业遇到的问题后，职能部门负责人当场给予解答，并允诺会后持续跟进。“那次活动简直是给我们的申报按下了快进键，我们现在同时申报‘专精特新’和制造业单项冠军！”润轴汽配的技术部副总任艳面对采访时，难掩欣喜之情。

“同心向党·臻心汇”助企委员工作室是十届北仑区政协新创建的委员工作室，成员主要来自工商界、经济界、科技界等界别，以大碶高端汽配模具园区为常设活动场所。作为区政协服务企业的“滩头阵地”，自 2022 年 3 月组建以来，协同北仑区、开发区各部门、各片区、各街道力量，搭建统一的企业服务平台，建立企业困难问题快速响应、帮扶解决的闭环机制，全方位多层次做好企业服务。截至目前，累计提供组团服务 150 余次，帮助企业解决问题近 60 个。

助力港航物流企业，打造新引擎

港口是经济发展的晴雨表，港口也是北仑最大的资源。在宁波舟山港稳中有进的发展过程中，始终活跃着北仑政协人扎实调研、倾力建言的身影。

“2019 年，通过会客厅载体，宁波舟山港采纳了港口数字化提案，打造了临港数字化‘智慧大脑’，率先在全国实现无纸化和物流节点可视化，大大节约了物流、人力等成本，每年省下几个亿。”北仑港航政协委员会客厅牵头委员周浩慈说。为了进一步加大数智化对港航物流的提升作用，会客厅牵头邀请来自阿里巴巴等企业的专家进行高端对话，并带领一线人员实地考察数字化项目，用委员们的“辛苦指数”，换取集港通数字化物流服务项目、智慧港航建设学术论坛建设项目、集卡司机全生命周期服务标准化试点等港口发展的“动力指数”。

除了关心企业的发展，区政协同样将目光关注到企业员工。北仑辖区内集卡超2万辆，仅在霞浦物流工业社区，3平方公里就聚集了120家物流企业，每天有超过6000辆集卡往来穿梭。“如果说数智化是企业发展的引擎，那周到细致的服务就是让集卡司机消除后顾之忧、全力加速的保障。”会客厅充分发挥纽带作用，积极联系市交通运输协会，协同建立开发区物流协会，深入打造“红蚂蚁”集卡司机驿站，让司机从“睡车上”到“睡床上”。“驿站里吃穿用住一应俱全，而且全部免费，特别是疫情防控期间，真的帮了我们大忙。”集卡司机朱瑞申说出了心声。

在区政协主席王建波看来，发挥国内大循环的战略支点和国内国际双循环的战略枢纽作用，事关“国之大者”，积极建言献策、凝聚共识，助推港口和临港产业高质量发展，政协责无旁贷。

助力化工企业，当好中转港

深秋的晚上，北仑戚家山青峙化工园区依然有不少车辆进出。一辆核载25吨丙烯的槽罐车停靠在园区外，刷脸、自动信息录入等“智能化体检”查验一气呵成，2分钟就完成了原本需15分钟的“五必查”，顺利入园。

青峙化工园区是北仑主要化工产业集聚区块，实行封闭化管理，年危险化学品进出量超过1000万吨，日均出入园区封闭化卡口的危险化学品运输车辆超400辆。北仑区政协戚家山街道联络委主任谢翠丰在走访企业时了解到，查验时间长、道路早晚限行、车辆通行证难办，给企业生产带来了一定影响。

区政协围绕“青峙工业园区危化车辆交通运输问题”开展专题协商，为企业送去惠企政策“及时雨”。政协委员、企业代表、职能部门负责人等内挖潜力、外通“经络”，共同促成园区取消了危化车辆高峰限时出行，优化了《专用通行证》办理流程，规范了企业外来车辆报备制度。

2022年以来，围绕园区无异味企业创建、周边环境治理、员工停车、员工参与公益活动等，委员们集思广益、共谋良策，给企业解决了实实在在的困难、带去了实实在在的便利，是北仑区政协助企纾困的一次次生动实践。

党的二十大报告提出，建设现代化产业体系，坚持把发展经济的着力点放在实体经济上。区政协着力围绕“六促六优”等党委中心工作，开展“助企全年稳”六大专项行动，开足马力做好政策“宣讲员”、打好政策“组合拳”、当好企业“店小二”。主席会议成员带队深入一线，累计走访企业300余家，同时，广泛发动各界委员线上线下同步建言献策，累计提出建议3000余条，大批建议得到高效转化。

在优化营商环境、推动经济高质量发展等方面，北仑区政协持续精准发力，为助力打通惠企助企政策落地“最后一公里”，留下了坚实、深刻的履职足迹。

（原载于《人民政协报》2022年12月22日第1版）

余村里的商量

——浙江安吉县“三位一体”协商制度在基层的探索实践

记者／李　宏　鲍蔓华

仲夏的浙江省安吉县余村，正是一派江南好风景。中午时分，共享食堂里的人满满当当。子女都在外工作的村民曹水根是这里的常客，花费几块钱，吃上一顿饱餐，还能跟老兄弟聊个天，这样的惬意对80多岁的他来说是一份打从心底里满意的福利。

看着这个村上的大福利——红红火火的共享食堂，村委会主任俞小平觉得这个源于民生议事室商议的新生事物再正确不过了。

余村一直在“商量”中办着大事，聘请法律顾问、设立“巡回法庭”、修编《村规民约》……2021年10月，安吉绿色发展政协委员会客厅落户天荒坪镇；2022年，村里又挂牌议事室，省、市、县三级政协委员“入驻”余村，带来了高质量的“余村协商”。这些变化让俞小平看在眼里、喜在心上，对在余村就能看到中国农村未来的好模样信心倍增。

俞小平对余村发展的美好想法与安吉绿色发展政协委员会客厅牵头委员王学芳和何倩君的履职思路不谋而合。

安吉绿色发展政协委员会客厅落户天荒坪镇后，结合地方实际大胆创新，突出“两山”味、政协味，协商内容不断丰富，在推进委员会客厅建设的同时，依托会客厅场地推进“民生议事堂”建设，成立由镇党委副书记任组长、县委党校副校长任副组长的14人委员履职小组，形成了“安吉县委员会客厅”“天荒坪镇民生议事堂”“余村村民议事室”三位一体、三级联动的服务基层履职平台体系，在最基层充分发挥建言资政和凝聚共识双向发力的功能。

春天萌动着一年最好的希望，2022年初，安吉绿色发展政协委员会客厅就开启了新一年的履职路。10多名委员集聚余村，将关注的目光放在乡村振兴、区域品牌建设和民生关怀。

周镇委员是土生土长的报福镇彭湖村人，多年来，他一直奔走在乡村旅游发展的第一线。在他看来，乡村经营的关键就是让专业的人做专业的事。

民宿产业是安吉也是余村的特色产业，蓝晴霞委员希望能进一步加强对民宿产业的专业指导，加大周边配套业态布局，推动差异化发展，培育和引进民宿管家，推动民宿产业高质量发展。而周烽委员针对安吉民宿产业目前存在的“两头好、中间差”现状，提出构建安吉民宿大品牌，打造各具特色的乡镇子品牌等诸多建议。

一片叶子富了一方百姓，讲的就是安吉的白茶，在富了的当下，安吉白茶如何进一步发展？“加大智慧茶园建设和产品研发力度，让茶叶变礼品。”余磊委员围绕如何打造安吉白茶百亿产业提出了一条条好建议；许万富委员则提出，要借助数字化改革，做好茶产业的“技术、茶农、品牌”三篇文章；陈全胜委员建议挖掘茶文化，做好茶事，带动老百姓致富。

“借助杭州亚运会，增加安吉‘曝光率’”“数字化赋能林业碳汇研究”……委员们为乡村振兴献上“金点子”。

民声从余村汇集，共识也在余村凝聚，通过委员会客厅、民生议事堂围绕“‘政’在读书，‘协’手同心”“走入余村，微议‘共富’之路”主题开展的议事活动，共收集意见建议23条，为党委政府决策提供参考。

2022年以来，在余村村民议事室开展3场协商活动，议事11件，其中，由村委会列支为60周岁以上老年人免费接种23价肺炎球菌多糖疫苗协商一致通过，除部分老人身体不适宜接种外，完成接种率89.6%，成为湖州市第一个为村民免费接种23价老年肺炎疫苗的村，共享食堂也在议事中应运而生，得到老百姓一致好评。

“我们履职小组重心下移、视角下沉、脚步向下，不断优化选题、制订方案、组织调研、开展协商、报送成果、跟踪督办、存档备案的完整闭环工作流程，在推进中不断完善制度、提炼经验，切实提高协商活动的规范性。”安吉县天荒坪镇党委副书记、民生议事堂牵头委员何倩君表示将牢记习近平总书记的殷殷嘱托，把政协委员会客厅的“聚识”、民生议事堂的“集智”和村民议事室的“民意”有机融合，主动扛起推动绿色低碳发展责任担当，用更有力度、更具温度的协商推动全过程人民民主在“两山”理念发源地的生动实践。

如今，安吉县政协正在推进余村村民议事室和“两山”协商驿站的无缝衔接，让更多的委员在基层“登堂入室”开展协商。在不断“商量”中，余村走向更美好的未来。

（原载于《人民政协报》2022年7月21日第1版）

议百姓事　办暖心事

——浙江嘉兴市政协不断将“民生议事堂”建设引向深入

记者 / 李　宏

6 月 25 日，浙江嘉兴海宁长安镇举行的浙江数字政协·协商在线子场景“三位一体”上线暨“长安长寿”幸福养老协商会上，协商树、三叶草，亮丽的数字化模型令人耳目一新，“一码通商、一平台通用、一图通览”——“三位一体”子场景试点建设正式亮相，引起广泛关注。

“作为‘三位一体’的重要组成部分、重要载体，浙江‘民生议事堂’起源于嘉兴，是嘉兴政协的一个品牌，必须持续迭代升级，久久为功推进其建设和发展。”6 月 27 日召开的全市“请你来协商·民生议事堂”建设现场推进会上，嘉兴市政协主席陈利众强调，要深入推进全市政协组织“民生议事堂”建设，向村（社区）有序延伸建设“协商驿站”。

共富惠民　议百姓事更有烟火气

“感谢政协委员牵线搭桥，现在我们不再单打独斗，有联合党支部、联合工会，有长期稳定合作的企业，终于安心了！”这几天，位于平湖的浙江森鸿农业科技有限公司副总经理陈博笑容满面，逢人就夸。

原来，平湖市政协新埭镇委员履职小组的委员们在网格走访中了解到，主打上海及周边地区花卉市场的旧埭村今年以来普遍遭遇产品运输难、销售难等困境，涉及种植面积1500多亩。履职小组多方奔走协商，仅一周就促成新埭镇花卉产业联合党支部、联合工会、共富联合体成立，跨区域联动履职的“七个一”共富计划启动实施。

“‘民生议事堂’富有‘民生’味，老百姓很欢迎。”桐乡市洲泉镇委员履职小组组长王寅苹深有感触。洲泉镇工业园区流动摊贩占道经营难题在“民生议事堂”推动下得到有效解决，镇里通过设立集中供应点、开展专项整治等举措，既让流动摊贩有了“家”，也满足了园区内群众的餐饮需求。

从“请群众到政协协商”到“走出去与群众商量”，文体活动场所扰民问题、集聚点封闭式围墙建设问题、拆迁小区物业管理问题……通过“民生议事堂”的协商助力，让老百姓的烦心事、操心事变成了暖心事。

近期，嘉兴市还将开展“助力共同富裕典范城市建设专题协商议事月”活动，全市100多个“民生议事堂”共同发力，围绕共同富裕集中开展协商议事活动。惠农增收、乡风文明、民生“七优享”金名片、幸福一“嘉”人品牌建设……这些百姓关注的共富话题，将陆续走进“民生议事堂”，在“一把蒲扇一杯茶、板凳桌椅到农家”中为民解忧、助力共富。

强基凝合　破解“两个薄弱”难题

“前几天听说二院要开通公交车，想不到这么快就实现了，这下可以少走20多分钟路。”嘉善县西塘镇西街社区居民阎阿婆坐在公交车上连连称赞。西塘镇委员履职小组在走访中了解到，嘉善二院新址因未设置公交站点，周边群众就医不便，在“民生议事堂”的助力下，仅用一周时间就促成了临时停靠站点落地、人行道改造等，大大方便了百姓就医。

嘉善县政协将每月25日确定为“网格服务日”，委员们纷纷来到联系网格，走民情、访民意。在陆明委员的召集下，大家围绕“镇东村林家埭沿河护岸整理”找难点、寻共识、定方案，逐步解决了村民呼声最高的17个自然村的河道修筑难题，村貌焕然一新。

“我们小区没有地下停车场，最烦恼的就是停车问题了。”秀洲区新城街道委员履职小组在走访中，了解到群众反映强烈的停车难问题。在“民生议事堂”协商活动助力下，通过修建地下停车场、利用桥下空间、共享停车等方式新增了1700多个车位，受到了百姓好评。

通过“双联”“三听三转”“分工联界别、组团联镇街、委员联村社”等工作机制，政协履职活动延伸到一线，在一定程度上缓解了市县政协基础工作薄弱、人员力量薄弱的问题。

红色根脉　展协商民主实践新风貌

“现在村里老百姓遇到事情，‘协商协商’已经成为口头禅。”一位村支书深有感触地说。随着“民生议事堂”“协商驿站”平台建设成效不断凸显，政协协商与基层协商相衔接、与基层社会治理相结合，有效激发了协商民主的活力，也整体提升了政协工作的影响力。“有事好商量，众人的事由众人商量”在中国革命红船起航地蔚然成风。

习近平总书记说，嘉兴“历史文化和革命文化源远流长”。如何进一步发挥“两个文化”资源优势，助力中心城区共同富裕，成为位于嘉兴中心城区的南湖区建设街道极为关注的问题。为此，街道委员联络室组织了一场“盘活红色历史资源，助力中心城区共同富裕”专题协商会，政协委员、界别群众、第三方社会组织等参会人员到嘉兴子城遗址公园踏看，围绕如何“串联成线”和“人气带动”等畅所欲言。目前，建设街道打造的“子城流霞”文化品牌影响力正不断提升，子城已经成为百姓重温城市记忆的重要打卡点，众多活动和文创产品进一步增强了市民的城市归属感和自豪感。

在海盐县，“民生议事堂”协商平台衔接“睦邻客厅”基层自治平台，许多针对性强、与群众切身利益相关的议题由“睦邻客厅”收集而来，成为“民生议事堂”的议事主题。海盐望海街道一位政协委员在走访北荡社区时，有居民向他反映社区老人锻炼难、儿童玩耍场所少的问题。在随后召开的“民生议事堂”协商会上，“打造家门口全龄运动文化公园”成为中心议题，推动街道将公园建设纳入规划。

一场场协商活动，从协商之前的党委政府点题、委员荐题、群众出题，到协商时的面对面沟通协商、线上线下互动协商、场内场外联动协商，再到协商后的成果采纳、落实、反馈，越来越多的基层群众参与到协商之中，发出自己的声音。嘉兴正依托“民生议事堂”建设基础，进一步探索数字赋能“民生议事堂”、委员工作室、社情民意信息联系点“三位一体”建设，实现“民生议事堂”的蝶变跃升。

在日前召开的浙江省第十五次党代会上，浙江省委书记袁家军在报告中强调，要充分发挥人民政协专门协商机构作用，打造“同心向党”“民生议事堂”等特色履职品牌，进一步丰富有事好商量制度化实践，不断健全协商民主体系。这让“民生议事堂”的发轫地嘉兴，进一步坚定了擦亮这张“金名片”的信心和决心。

（原载于《人民政协报》2022 年 7 月 7 日第 1 版）

守好红色根脉

——浙江嘉兴市政协清廉型政协机关建设小记

记者／鲍蔓华

“参加今天的廉政警示教育，既看到触目惊心的违法案例，也看到清廉模范的先进事迹，这是一次预防腐败的洗礼，让我们更加清醒地认识权力和名利……”在近期浙江省嘉兴市政协机关开展的廉政教育活动上，一位机关干部深有感触地说。

嘉兴市政协机关深入实施廉政风险预警工程，多形式开展党风廉政教育，涵养风清气正的政治生态，为服务全力打造“争当新时代加强和改进人民政协工作排头兵”的实践高地提供坚强保障。清廉、清朗、清新，成为市政协机关的鲜明底色。

抓班子：紧盯领导干部关键少数

临近年底，又到了总结和盘点的时刻。在嘉兴市政协机关，每位班子成员在总结业务工作的同时，还要做好“一岗双责”履责情况的汇报。

“每年财政资金下达的时候，我们常被大家开玩笑，称为‘最有钱’的专委会。那是因为每年都要申请的文史出版专项资金。”市政协文化文史和学习委负责人在汇报中说，“虽然数目不算太大，但也存在一定廉洁风险。所以在项目执行中，我们主动邀请机关纪委监督指导，严格遵守财经纪律，规范使用资金，确保每一分钱都花在刀刃上，用得清清楚楚。”

对照落实党风廉政建设主体责任的要求，市政协机关党组强化组织领导，层层压实责任，特别是针对领导干部这个“关键少数”，着力打造知责明责、履责督责、考责问责的责任闭环。于是，就有了这张机关年度党风廉政建设工作进度表：年初召开党风廉政建设大会，层层签订责任书，年中开展督查和研判，年底进行履责情况汇报，一整套责任落实闭环机制，有力督促班子成员更好地扛起“一岗双责”。

带队伍：为年轻干部成长保驾护航

学历水平高、学习能力强，但基层一线工作经验相对不足，是许多政协机关年轻干部的特点。为此，机关为年轻干部量身定做“成长计划”：每月一次基层调研，每季度一篇学习心得，每半年一次座谈交流，每年一场技能比武……让年轻干部在忙忙碌碌的同时也收获满满。

人人都要下基层、人人都是服务员，在市政协机关已经成为共识。2022年助力经济稳进提质，全市政协组织全员参与，走访企业500多家，收集问题和意见建议880多条，助力企业解决了一大批实际问题。特别是年轻干部深入一线，在助企服务中了解基层实际，收获自身的成长。

紧抓不懈的廉政教育，为年轻干部的成长保驾护航，其中被广为称赞的是“入职第一课”制度。在去年机关党组、派驻纪检监察组联合开展的机关科级干部提任交流集体谈话会上，市政协主席、党组书记陈利众寄语年轻干部，要保持“蓬勃朝气”，积蓄“深厚底气”，增强“无畏勇气”，秉持“浩然正气”，诚以待人、静以修身、严以律己，清清白白做人、干干净净做事。2022年以来，市政协党组和机关党组负责人对新进机关、新提拔和转任的干部谈心谈话50多人次，帮助他们扣好履职“第一颗扣子”。阳光、正气、正能量的年轻干部队伍，让红船旁的政协机关充满生机、活力和希望。

强基础：紧抓廉政风险防控体系建设

“政协机关虽然不是权力机关，但是要防止利用政协影响力、利用委员资源谋取私利……”市政协秘书长、机关党组书记章剑和班子成员研究党风廉政建设，强调要服务好委员，构建亲清政商关系。

深入开展廉洁风险排查，完善廉政档案，定期开展廉政谈话，全面落实廉政报告制度，规范重大事项报告、外出学习考察调研备案等制度，构成了行之有效的廉政风险防控体系。

“刚开始听说要搞廉洁风险排查，还不太理解。后来才知道不仅是和钱相关，一次外出调研，一笔差旅费报销，或是和政协委员的交往，看似不起眼的小事，都存在着廉洁风险……”换届后开展的全覆盖廉洁风险排查，让大家深刻地认识到自己的廉政责任。

和刚性的制度约束相辅相成，廉政文化的滋养润物无声。“廉以修身，俭以养德”“廉泉让水”……机关办公楼里，一篇篇书法作品、一幅幅清雅的水墨画，以其无声的清廉之美，构成潜移默化的“能量场”。政协委员和基层的同志们明显感到，市政协机关调研督查的队伍更精干了，调查研究更实了，履职更接地气了。

党的二十大强调，全面从严治党永远在路上。嘉兴市政协机关将以更加坚定的信心、有力的举措，推动党风廉政建设全面落地落实落深，以实际行动守好党的红色根脉。

（原载于《人民政协报》2023 年 1 月 30 日第 1 版）

跑出“共富”加速度

——浙江平湖市政协建设“五型机关”打造动车型团队记事

记者／鲍蔓华

6月27日参加浙江省嘉兴市政协“民生议事堂”现场推进会，6月28日至29日赴青田开展跨区域联动履职活动……直至7月2日周六，参加完书记专题会议、市委常委会会议，忙碌了一周的平湖市政协主席何健回到办公室，回顾上一周工作后，对下周工作安排展开了思考。

平湖市政协围绕中心、紧扣主线，聚焦“高质量、特色化、影响力”关键词，致力推动“动车型”团队建设，在助力推进高质量发展建设共同富裕示范区中不断探索实践，在上一届政协工作基础上进一步深化出台了《关于建设“五型机关”打造动车型政协团队的实施意见》，将“五型机关”和“动车型”团队建设拓展至整个政协组织和全体政协委员，形成了政协领导带头、政协机关干部和政协委员活动组各司其职、齐抓共担、协力推进的工作格局。2022年履新市政协主席岗位的何健一刻也不敢松懈，在他看来“动车型”团队需要每一节“车厢”共同努力奋斗，作为“车头”的自己更要学起来、做起来，带领本届政协委员共同履好职、起好步。

毗邻上海的浙江平湖，是个晨跑手机都能漫游到上海的地方。3月13日起疫情打破平湖宁静以来，何健就以单位办公室为家，不分昼夜指导督促重点区域当湖街道的疫情防控工作成了他的日常，平湖市政协副主席们也都承担了疫情防控专班工作协调、市级集中隔离点及联系镇街道的疫情防控工作的督促指导。机关干部群众、委员们则在参与疫情防控的每时每刻都协力守护。疫情防控常态化后，市政协以理念凝聚思想、指导创新实践，全面激发政协履职活力和效能。

高速运行的动车来源于电力工程牵引带，“动车型”政协团队靠什么提供动力？5月24日、25日，平湖市政协举办了2022年度委员履职能力提升培训班，开班第一课就是《高质量发展建设共同富裕示范区》专题讲座。除集中学习培训外，各专委会还分别牵头各委员活动组和全体政协委员，成立了6个委员学习小组，定期学习共同富裕各专业领域最新知识，并将学习成果通过履职服务拓展到界别群众中。新委员、平湖市景兴包装材料有限公司总经理胡忠华在聆听讲座后感触颇深，回去后即与政协委员工委、曹桥街道委员履职小组商议成立“胡忠华助残服务委员工作室”，重点关注残疾人等特殊群体的共富通道，通过开展残疾人技能培训、提供稳定就业岗位、让产业工人入股等方式，助力低收入人群就业增收，打造了“共富车间”。在推进“共富车间”建设的同时，曹桥街道委员履职的品牌阵地“1+1”委员连心角也从村社区延伸拓展到了企业内。通过发挥连心角组团履职的职能，借助结对联动的医药卫生界别活动组委员资源，并结合“胡忠华助残服务委员工作室”优势，聚焦企业残疾人员工就业、生活保障等问题，定期开展委员驻点接待活动，聚民情、解民忧，实现了残疾人员工各类问题诉求面对面反映在车间、及时解决落实在车间。

位于新埭镇的花农则在新埭镇委员履职小组的帮助下听到了花开的声音。几个月前，新埭镇主打上海及周边地区市场的花卉企业遭遇了产品运输难、销售难等困境。新埭镇委员履职小组邀请委员进网格面对面与花农座谈交流，了解花农遇到的问题与困难。借助“网格·新融合”委员创新履职载体，通过市级政协牵线搭桥、基层委组跟踪监督，首场“政协委员进网格”活动的协商成果得到了及时转化落实。新埭镇花卉产业联合党支部、联合工会两个组织揭牌，同时还成立了“红船旁”花卉产业共富联合体和新埭助农服务团。平湖市政协委员、新埭镇委员履职小组组长朱雅玲介绍说，“眼下，新埭镇正在谋划花卉产业整合提升文章，打造平湖花卉电商产业园，加快建设一条可行游、可乐购、可研学的花卉产业美丽风景线，6月份共富专享班车已经开通。”

站在新埭镇花卉基地，看着花繁枝茂的美丽场景，平湖市政协副主席许静很是感慨，打造动车型政协团队以来，每一名机关干部和政协委员自觉把“责任”扛在肩上、放在心中，努力学习、深入群众，成为自带动力的“动车组”。

为了让动车团队跑得又快又稳，平湖市政协把数字化改革作为动力源，坚持常学常新，以学促行。6月9日，市政协党组理论学习中心组会议安排了一堂关于数字化赋能基层治理的课程。把“数字化改革推进情况”三级政协联动与党委政府半年度监督联动相结合，由市政协主席、副主席带队，各专委会和部分有专业专长的委员分6个专项集体民主监督组开展活动。此外，随着经济稳进提质攻坚行动的深入推进，平湖市政协在服务发展大局上精准发力，围绕港口经济发展、独山港集疏运体系建设、全市“两创中心”建设等开展专题走访，并持续开展“助力百日攻坚服务企业发展”专项活动，走访行业企业69家，收集问题及意见建议86个，通过创新打造“请你来协商·企业家说”等平台，拓宽政企双向对话渠道，广泛凝聚企业家共识。

在“红船”指引共富的跑道上，平湖市政协跑出政协“加速度”。

（原载于《人民政协报》2022年8月11日第1版）

“小”试讲带来“大”成效

——浙江绍兴市政协大会发言连续五年获市委书记逐篇批示的背后

记者／鲍蔓华　　通讯员／徐翱翔

“我的大会发言内容是助力新业态新就业群体青年创新创业促共富，会后不久，市委改革办、组织部负责人就上门沟通，他们表示会联合其他十余个部门尽快拿出实施方案。”近日，浙江绍兴市政协新委员王飞看着首次代表总工会界别发声就得到市委书记批示倍感振奋及自豪。

在 4 月结束的绍兴市政协九届一次会议上，绍兴市委书记盛阅春对 13 篇大会发言进行批示，这已经是绍兴市委书记对大会发言逐篇批示的第五年。

大会发言是委员行使话语权、建言资政的重要形式。近年来，绍兴市政协通过“统筹选题、充分调研、试讲点评、打磨提升、现场演练”“五步工作法”使大会发言质量高、成效好成为常态。

“五年来大会发言书记批示率是 100%，得到部门积极回应并推进具体工作的比例是 100%，转化为提案后被评为重点提案、优秀提案的比例是 100%，委员、部门、界别群众的满意度也是 100%。”市政协相关负责人表示，试讲点评发挥了显著作用。

五年前尝试开展试讲点评，具体方法是形成发言初稿后马上试讲，邀请相关领域专家和部门领导，以两到三人负责一篇发言的形式进行会前审稿和现场点评。听上去是件小事情，找谁来点评、如何来点评却要花很大心思。

懂政协、会协商、善议政的委员是点评人的首选。屠剑虹委员连续五年履职考评排名第一，又是浙江省政协绍兴越文化委员会客厅牵头委员，今年她负责点评“激活绍兴‘宋韵’，织实‘融杭’纽带”的发言。“推进宋韵文化传世工程，要结合省委、省政府提出的在共同富裕中实现精神富有、在现代化先行中实现文化先行的要求，充分利用绍兴独特的资源和优势，展示宋韵文化，突出精品和亮点打造，服务经济社会和文化产业发展。”屠剑虹的点评让发言人金伟国连连点头。民盟绍兴市委会“打造区域一体化城市网络化空间支点”的大会发言不仅得到批示，还被市委书记明确为领办重点提案，这离不开点评人赵秀芳委员的贡献。“赵教授擅长从经济学视角点评，建议我们都采纳了。”发言人单磊告诉笔者。

绍兴市政协协商智库是点评人的重要来源。周煦朝和杨健经常执笔全市重大课题，每年都受邀参加点评。从宏观领域“打造全省高质量增长极”到贴近一线的“实施居住小区满意物业工程”，他们深厚的理论研究和实践思考功底对提升发言质量发挥了积极作用。

在日常调研中，绍兴市政协就特别留意机关单位的复合型人才作为点评人储备。曾在市公积金中心工作的“80后”缪华，受邀从大数据抗疫角度点评“从‘疫情大考’谈社区治理能力的提升”。两年后，已在市大数据局任职的缪华感慨万千：“那时候为试讲思考的事情，不少就应用在了今年的疫情防控精密智控上，由此可见政协工作的前瞻和踏实。”同为“80后”的孔琴娜清楚记得，她关于“推动更高水平建成绍兴大学”的发言，点评人是2位担任市级部门领导的博士：“他们来自清华和浙大，从多年高校工作、生活经历出发，对我考虑不周的地方进行了纠正，效果很好。”

参加试讲点评，仿佛置身大会发言现场。台下坐着几十位点评人，以“突出政治性、把握实践性、注重实效性”为原则，围绕“选题是否准确、阐述是否透彻、演讲是否生动”提出修改意见，还帮助发言者感受氛围、增加底气。曾有慕名采访的记者说过，一次点评就是一次头脑风暴，没有寒暄客套，全是干货。

“台上一分钟，台下十年功。要做到商以求同、协以成事，组织、筹备工作同样很重要”，绍兴市政协主席魏伟说，“近年来，绍兴市政协始终牢记习近平总书记‘发挥好人民政协专门协商机构作用’的谆谆嘱托，努力把每场协商活动都打造成精品，切实提高协商成效。大会发言试讲点评正是我们众多工作的一个缩影。”

（原载于《人民政协报》2022 年 5 月 14 日第 1 版）

同读书　共建城

——安徽芜湖打造“书香政协”助建“书香城市”

记者 / 胡方玉

芜湖，依长江而生的安徽东南部城市，半城是山，半城是水。

依山傍水，孕育了城市的诗书气华，“有山有水有文化，大江大湖大梦想”，是芜湖人对现实和未来的描绘。

近年来，芜湖倾力而建“书香城市”，广大党员干部和市民“共读一本书，共建一座城”，在学思践悟中凝聚城市发展的磅礴之力。

在此过程中，一缕来自人民政协的书香，助力擦亮着这座历史名城的文化底色。

城市书房中的双向发力

8 月 11 日，江城芜湖的室外，骄阳尤甚。

在芜湖城市书房的悦享书吧内，交流的热情和气温交相呼应——芜湖市政协经济委组织的“论中国经济：挑战、底气与后劲”读书沙龙活动正在进行。

进入信息化时代，经济社会加速发展，新产业新模式层出不穷。如何才能及时发现机遇、抢抓机遇，6 名市政协委员各抒己见。随后，这些意见被梳理归纳，并与其他读书活动的碰撞火花一起汇编成册。

这样的主题交流活动，每周举行一次。

芜湖市政协研究室副主任王华向记者介绍，2022 年以来，沙龙已开展 30 余次，形成委员读书笔记近 300 篇，“其中，我们择优推荐在媒体上刊登，部分意见建议还转化为提案、社情民意。”

自 2021 年开始，芜湖大力推进城市书房建设，并广泛开展“悦读芜湖”读书会分享交流活动，旨在培养全民阅读的良好习惯，让整座城市有书香、有气质，继而实现城市与个人的全面发展。

在此期间，人民政协同频共振。

芜湖市政协秘书长江汛介绍，市政协以走进城市书房为抓手，在组织读书沙龙的同时，开展“我为人民城市建设商一事”活动。“我们选派了 27 名机关干部担任界别组读书联络员，引导各界别把城市书房作为活动的重要载体，组织界别委员在真读真思真用中建言资政，在交流交锋交融中凝聚共识。”

2022 年各界别围绕 56 项与人民城市建设密切相关的议题开展协商，有效促进了全市部分公共场所配置自动体外除颤器、老旧小区改造、公交车线路优化调整等工作的推进。

每个周六，“芜湖市党政干部共读计划”都会线上线下举行活动，委员们也积极参与其中。在 2022 年第 24 期“悦读芜湖”读书会上，刘永政委员结合《伟大的中国工业革命》阅读体会，提出关于促进全市工业发展的建议，得到市委主要负责同志的肯定。

市县（区）政协联动

同频共振也体现在市县（区）政协的联动之中。

5 月 10 日，芜湖市大阳埠湿地公园的蒹葭书院内高朋满座。芜湖市鸠江区政协“书香政协 · 委员讲堂”读书活动在这里举行。

在这个曲径通幽的城市书房里，区政协常委、中国作家协会会员王玉姐作为主讲人，以《中江文化，鸠江一脉》为题，线上线下和委员们分享芜湖的城市底蕴，以及鸠江的发展脉络。

自2021年9月以来，鸠江区政协已开展6次读书分享活动。在近一年的实践中，读书分享活动一直以“委员讲、委员听、委员评，让政协委员唱主角”为特色，促进委员读书氛围的营造，扩大了人民政协的影响力。

对此，无为市政协办公室委员联络室主任马燕也感同身受。近年来，无为市政协同样让委员们唱主角，致力于“委员讲坛”的推进。这项工作已成为委员们自我提升、相互交流、展现才能的平台和政协履职创新的品牌。

在委员的高度参与中，读书学习的氛围日益浓厚，区域文化的认同感也不断加深。

“作为一名土生土长的南陵人，南陵的水土养育了我；今天，我就以‘故乡故人故事’为题进行汇报……”七一前夕，南陵县政协开展了一次读书沙龙，南陵籍学者谈正衡结合亲身经历，将故乡故事与大家分享。

南陵的民风民俗，李白、杜牧笔下的南陵，抗战时期新四军一支队、三支队在南陵的战斗历程……一段段往事，讲述人娓娓道来，听众感受着岁月峥嵘。

2022年以来，南陵县政协积极推动“书香政协”建设，制定了“‘南’琅书声，与‘陵’共读”读书活动实施方案。“读书交流不但可以促进委员系统地学习，更好地履职尽责，也可以激励委员和群众铭记历史、不忘初心、勇毅前行、建设家乡，这也是凝聚共识的重要平台。”县政协主席夏冰馨说。

“有作为，有创新！”

如今，芜湖市所辖7个县（市、区）中，书香政协建设已实现全覆盖。

市政协在各专委会和处室建立委员读书活动轮值制度；同时，按照“一委一群、自主选题、专题交流”的方式，由各专委会牵头组建线上委员读书群。此外，还引导市政协委员工作室根据自身实际成立工作室读书群，更好地实现读书促履职。

一套组合拳之后，溢出效应开始显现。

“我们舞蹈学校也要打造书屋，陪伴家长，涵养书香气质。”在6月10日芜湖市政协主题读书沙龙上，市政协委员、艺术教育机构负责人唐婧表达心声：“作为一名艺术工作者，我从读书活动中获益良多。为此，我想尽自己所能引导家长和孩子爱上阅读，这也是政协委员在书香城市建设中的职责所系。”

说干就干！在其舞蹈培训中心，一座占地200余平方米的书屋，正紧锣密鼓地装修，计划于国庆前夕正式开放。

无独有偶，茅红星委员的书屋也即将完工。而在市政协常委杨潘的企业里，“委员书屋”业已开放，“我们以‘委员书屋’为学习阵地，经常开展读书活动，让‘委员书屋’变成‘职工学习之家’。”杨潘表示。

据不完全统计，目前由全市各级政协委员建成或在建的“委员书屋”已超200个。

“芜湖市政协以‘书香政协’助推‘书香芜湖’建设，既扩大了政协委员读书活动的影响力，又助力提升了市民的文化修养和城市文明程度，有作为有创新！”6月23日，“书香政协·芜协书屋”揭牌暨省市政协委员联动共读沙龙活动在芜湖举行，出席活动的省政协副主席郑宏这样评价。

在芜湖市政协主席张峰看来，书香社会建设，对于强化文化认同、振奋民族精神、促进公平正义等诸多方面意义重大。在此过程中，人民政协责无旁贷。“人民政协是书香社会的建设者，也是书香社会的引领者。”张峰表示，芜湖市政协将继续组织引导广大委员，努力在全市成为各行业的阅读推广人，为书香社会建设贡献政协力量。

（原载于《人民政协报》2022 年 8 月 25 日第 1 版）

打造党政需要、群众欢迎的协商品牌

——安徽铜陵市政协扎实推进全市基层协商民主建设小记

记者/胡方玉　　通讯员/王明星　姚　嘉

一件本地出土的古代酒器，演化成双人起舞形象的雕塑作品，成为安徽铜陵的城市标志。时至今日，这件名为“起舞”的铜塑作品，深受群众的喜爱。

今年伊始，一则创意于这件铜塑的政协工作标识，也同样渐入人心——铜陵市政协探索打造了市县（区）一体的协商平台“同您（铜陵）协商”，扎实推进基层协商民主，厚植协商文化。

深度　精度　温度

家住铜陵市郊区桥南办白鹤家园的居民们，正感受着协商带来的便捷与高效。

“我们楼栋前的大树太高，严重影响了家里的采光，不知道怎么解决？”2022年7月，铜陵市郊区政协住桥南办的委员们在社区驻点收集社情民意时，有居民反映诉求。

“群众的难题，就是我们的课题。”住桥南办的区政协委员活动召集人秦剑，随即召集委员和社区工作人员一道开展调研，发现这样的树木有近百棵，不仅影响住宅采光，还存在安全隐患。

调研后，委员们和业主委员会、物业、居民代表及相关人士，组织召开协商会。经过充分讨论，建议由社区联系专业机构，消除小区树木过高过密带来的安全隐患，解决影响居民室内采光的问题，并对小区环境进行美化。

很快，100余棵树木枝干得到修剪，9棵树木被移栽，小区居民室内采光明显提升。“明媚的阳光不仅照进了居民的厅堂，更照进了我们的心中。”白鹤社区的居民袁凤华说道。

2022年以来，为深入贯彻落实中办《关于加强和改进新时代市县政协工作的意见》精神，充分彰显新时代人民政协协商的特色和优势，铜陵市政协在市县（区）政协中积极打造“同您协商”履职平台和品牌，全力推进全市基层协商民主建设。1—10月，仅铜陵市郊区政协就开展基层协商71次，推动解决52个问题。

铜陵市政协主席刘亚东表示，作为立足专门协商机构职能定位打造的工作品牌，“同您协商”致力打造委员建言资政凝聚共识的全新平台，在双向发力的同时，持续提升协商的深度、精度、温度。

双向的过程

扎根基层、服务群众是“同您协商”履职品牌最鲜明的底色和独特魅力。

在品牌打造过程中，市县（区）两级政协均注重将协商融入为民解忧、为企服务全过程，常态化开展协商调研，协同参与解决群众普遍关心的热点问题和要求迫切的难点问题，并组织委员、群众、企业面对面座谈交流，让群众感到“政协离我很近，委员就在身边”。

国庆前夕，住枞阳县义津镇的县政协委员共同参加了一场微协商，就义津镇老街的亮化问题和社区负责人及居民代表共商良策。2022年以来，枞阳县在落实“同您协商”平台建设的过程中，依托乡镇及经开区政协工作召集人工作室、委员工作室等资源，延伸政协工作的触角。截至国庆，先后组织54次协商活动，收集83个问题，助力解决33个问题，答复35个，正在解决15个。

“在基层治理中，政协工作对党政部门能起到很好的助力作用，帮我们发现问题，并有效化解矛盾。”在枞阳县义津镇镇长吴凡看来，这种延伸到基层的政协工作，对于政府工作助力作用是明显的。

围绕房屋拆迁、村居环境整治、公共设施建设等主题，住各个乡镇的县政协委员开展了形式各样的调研和民主监督活动，在为党委政府提供意见建议的同时，也化解了很多基层矛盾。

这是一个双向的过程。“在履职平台上，县区委员的履职深度和广度得到提升，更多的履职成果转化为促进社会发展和稳定贡献了力量，强化了委员的身份认同和荣誉感，同时激发了委员的履职热情。”枞阳县政协委员王雪松说。

一委一品

相比较于县区政协在服务基层上的用心用力，市政协各专委会则在“一委一品”上精耕细作。

9月27日，铜陵市中小企业局、市地方金融监督管理局、铜陵银保监分局等单位有关负责人，与30余家省市“专精特新”企业、市政协委员企业，共同参加了一场银企对接会。

这场活动组织者之一是市政协经济委，目的是为搭建银企对接交流合作平台，持续精准服务专精特新企业发展。

作为政协工作的重要组成部分，专委会优势发挥与否折射着政协工作的成效。在协商品牌打造过程中，铜陵市政协提出了“一专委会一精品”的工作要求，以此为抓手擦亮“同您协商”的品牌底色。

经济委当好委员企业的“贴心人”和“娘家人”；教科卫体委持续将委员们的专业特长转化为实实在在的惠民福利；文化文史和学习委不断拓展着双向发力的渠道；提案委逐渐探索成型深化提案工作“321”机制……目前，市政协9个专委会均形成了各具特色的工作抓手。

与此同时，铜陵市政协还积极推进履职品牌与界别委员工作室建设有机融合。此外，全市所辖的4个县区政协也分别形成“有事交（郊）给我”“枞情民意”等子品牌，协商品牌的矩阵效应初步显现。

“打造‘同您协商’工作品牌是铜陵政协履职工作的创新所在、活力所在。”刘亚东表示，将进一步提高政治站位，加强组织领导，增强精品意识，坚持在制度化、程序化、常态化上下更大功夫，把平台搭起来，协商议起来，努力将“同您协商”打造成为党政需要、群众欢迎的区域性协商品牌。

（原载于《人民政协报》2022年11月7日第1版）

“微协商”火了　民心“暖”了
——厦门市思明区政协“好商量”工作室为群众办实事

文／郭秀萍　记者／照　宁

“公共晾晒架太好用了，被子经常晒得暖和和的，这是我们区政协委员的功劳。”12月11日，厦港街道巡司顶社区居民林美玉，一边拍打着被子一边对记者夸道。这是厦门市思明区政协开展“微协商”的又一成果。

将293名政协委员全部下沉至“一线”，发挥人力、智力、物力优势，助力破解一个个基层治理难题……2022年，思明区政协在辖区内的街道、社区陆续打造出56个政协“好商量”工作室，办实事解民忧。

为推动“有事多商量、遇事多商量、做事多商量”有效开展，2022年年初，思明区政协走访街道社区，通过座谈会、个别访谈的方式，围绕“委员进基层您有什么期盼”“委员能为群众做什么”等话题展开调研，认真倾听意见、建议。之后，区政协理清思路并大胆尝试，经过近1年的探索与实践，一个个政协“好商量”工作室，已成为委员有效参与基层治理的重要发力点；一次次的“微协商”，让人民群众真切感受到政协就在身边、委员能办实事……

零距离，微协商

“社区农贸市场整治后，街道拓宽了，我们原计划增设一些休闲长椅，而政协委员在走访时，居民纷纷反映，厦门梅雨天气多，老房子阴暗潮湿，增设晾晒架更实用，委员们及时将情况反馈给了我们。”厦港街道办事处副主任赵闽琴告诉记者。

在巡司顶社区政协“好商量”工作室，委员们和社区工作人员、居民群众开展了一场“微协商”，经无记名投票，“增设晾晒架”的票数胜出。很快，33个晾晒架陆续在55栋楼合理空间内安装完毕，其中部分晾晒架是委员捐赠的，惠及周边三四百户居民。衣物晒“暖”了，民心更“暖”了。

“华侨中学门口的废品收购站，经常拆解大件废品，大货车经常占道装货，居民和学生来来往往很不安全，我们找了老板好多次都没用，不知道怎么办？”2022年7月，贺春旎、李佳、郭常斐委员在南华社区政协“好商量”工作室值班时，有居民反映了这一问题。3位委员马上实地察看了废品收购站的经营状况，并与南华社区工作人员一起找到出租屋的房东，经反复协商，房东与经营者调整了业态，还居民和学生一个安全宽敞的通道。

“文明创建过程中，垃圾分类怎么督导？”“老旧小区怎样能腾出老人、孩子的活动空间？”“传统绿化带能不能升级为口袋公园？”一个个“？”在政协“好商量”工作室，变成了群众称赞的“！”。

零距离，微协商。一系列内容丰富、形式多样的“微协商”活动，为民解忧，为基层治理注入新的活力。“推动政协协商与基层协商有效衔接，打通政协协商参与基层治理的末端堵点，推动委员融入基层治理，不断提升政治把握能力、调查研究能力、联系群众能力、合作共事能力。”思明区政协主席苏德本表示，“这就是设置‘好商量’工作室的初衷。”

有温度，真帮忙

“今年6月，厦港新村25—35号居民告诉我，楼道长期没有路灯，夜间出行很不方便。”陈丽丽委员说，得知小区整体用电线路老化、改造难度较大，第二天陈丽丽委员就带着公司的施工队，协调社区，把6盏不需要改造线路的太阳能路灯免费安装到位。

刘洋委员在走访中了解到，不少老人对财产继承问题不大清楚，于是，一场《财富传承的法律智慧——我的财产我做主》精彩法律知识讲座在下沃社区政协“好商量”工作室举行。

张晨昀委员是一名心理医生，她来到蜂巢山社区政协“好商量”工作室，为居民传授日常心理减压方式，帮助大家更好地放松身心。

周正委员利用自身资源优势，为嘉莲街道龙山片区改造提升和产业升级献计献策，并主动为招商引资穿针引线。

有温度，真帮忙。思明区政协“好商量”工作室为委员搭建了履职平台，打通了服务群众“最后一公里”，真正做到广泛服务群众、帮忙而不添乱、付出而不计报酬、工作灵活而富有弹性，实打实解决问题，在协助招商、帮扶济困、改善公共民生设施、爱心义诊等方面取得良好的社会效应。

亮身份，敢答题

“我是律师，群众如有涉法问题，尽管来找我！”“我是负责天使创业投资的，企业有需求可跟我对接。”“我是滨东小学校长，孩子教育问题可找我咨询。”

10月28日，在政协筼筜街道联络组活动现场，气氛十分热烈。原来，这是筼筜街道联络组委员们与街道、社区负责人首次正式见面会，刁梅、张均杰、王跻等20多名委员正在“推销”自己、“亮”专长。

在嘉莲街道，政协委员们根据自身专业特点和资源优势，在政协“好商量”工作室框架下，成立了“嘉事好参谋”“嘉事来协商”“嘉事大讲堂”三个子品牌，三个小组围绕发展经济、保障民生、安全稳定定期开展活动，受到群众和企业普遍欢迎。

“亮明身份，敢于答题”是政协“好商量”工作室的一大特色。

“年初，我们按照生活和工作属地原则，同时根据委员的学识和专长，将全部政协委员编配到辖区内的10个街道。大街道划成为几个片区，在相对集中的位置设立政协‘好商量’工作室；小街道则直接把‘好商量’工作室设在社区。”苏德本介绍，“好商量”工作室已制度化，有固定场所、相关的规章制度保障和委员的基本信息，同时采取委员定期轮值和灵活报到相结合的方式，方便基层和群众联系委员，也方便委员了解民情就近就地开展协商。

思明区政协还将把委员参与基层治理纳入履职考核，通过“晒、比、评”等方式激励委员走进群众，推动街道党工委“点题”、群众“出题”、委员“答题”的多向发力和互相赋能，让政协协商常态化真正融入基层治理，成为街道和社区可信、可靠的助手，成为居民群众的“贴心人”。

（原载于《人民政协报》2022年12月24日第1版）

厚起来的履职档案

——江西省抚州市政协激发委员活力小记

记者 / 张　园

“谭小平副主席问了我生活工作上的困难，并把委员证交到我手里。讲心里话，很感动。”回忆起江西省抚州市政协副主席谭小平的拜访，市政协委员、市人社局就业中心主任蔡礼明眼里泛起光，“基层工作很需要温暖，我们也把政协当成了家。”

那还是2022新年前夕，抚州市政协领导班子成员穿梭在大街小巷，看望每一位政协委员，并郑重递上一张委员证，一套《习近平谈治国理政》和一块“委员牌”。

抚州市政协主席贺喜灿说，政协多联系委员、服务委员、管理委员，委员就更有动力履职建言。

委员看变化，一路走一路议

市政协常委、企业家吴世伟从市委常委、统战部部长郭新春手里接过“委员牌”后，就挂在了公司墙上，每一名员工、来访者都能看见。“这是一种自豪，也是一种责任。”每次抬头看到它，吴世伟都不忘提醒自己：“履职尽责、做强企业、奉献社会！”

2022年夏天，吴世伟参加了市政协组织的“喜迎二十大·委员看变化”活动。所到区县，农业增收，工业创新，人人实干，行行争先。这让来自各条战线的政协委员们倍感振奋。

“这两三年的变化，更加坚定了我扎根抚州的信心。”吴世伟在抚州拥有江西胜菱科技有限公司等多家企业，2022年他又建设了新的智能制造中心，希望带动抚州工业的智慧化发展。“信心最关键，在转折机遇期来临之际，我们基层民营企业，一定要相信党和政府。”

这一路，无论农民还是工人都有一种“坐不住、等不起、慢不得”的紧迫感。委员也深受鼓舞，一路走一路议：“出台吸引并扶持乡贤返乡创业的具体意见，做大做强乡村产业。”“加快培育数据要素市场，招引一批数据开发和应用的企业落地抚州。”走在现代农业产业园、互联网产业园，委员们一条条建议层出不穷，有的委员已经在构思该如何撰写提案了。

委员有动力履职，政协帮委员提高履职能力。7月，市政协围绕“工业创新发展”组织了60名委员到浙江大学培训，这让委员们高兴不已。据悉，市政协还将在西北农林科技大学办一期“乡村振兴”主题培训班。

贺喜灿特别提到，培训资金都是由市财政拨款。“市委、市政府很支持我们，我们是针对具体问题培训，目的是助力抚州实现高质量发展。”

兼职副主任，一人领一项目

“我当过市社保局局长，现在是人社局就业中心主任。”市政协社会和法制委员会兼职副主任蔡礼明介绍，社法委7名兼职副主任，分别来自检察院、人社局、教育局、红十字会、残联等相关单位或组织。

基层政协人员力量薄弱，一到开展活动时，总是面临人手不够的窘境。“政协委员里不乏政府各部门负责人、各行业领头人。”市政协一合计，让委员兼职专委会副主任，既能保证协商活动的专业性，又能提升委员的荣誉感。

市委采纳了市政协建议，为每个专委会配备了 7 名兼职副主任。为了让兼职副主任真正发挥作用，专委会按项目制原则，每项履职活动由两名副主任带组，根据兼职副主任的专长，自己画钩认领。

项目制既不过多占用每位副主任时间，也让每组委员铆足了劲证明自己。蔡礼明摩拳擦掌："别的组干得好，我们组也不能落后！"

不久前，蔡礼明负责组织有关就业服务的协商活动。前期调研阶段，他带头设计出 7 种不同的问卷，分别收集了企业员工、在校学生、外出务工人员、退役军人等群体的诉求。他还请市工信委、退役军人事务局等部门负责人参加协商会。

"兼职副主任各有专长，组织协商更有针对性。"蔡礼明说，社法委几位副主任分别负责社会保障、法律等方面的履职活动。

就业服务协商会后不久，抚州市各部门综合群众需求，组织了 5 场大型招聘会，帮助本地 2 万余人在家门口就业，还根据企业需求，每月在文昌里文化街区固定举办人才招聘夜市。全程参与的蔡礼明比谁都高兴："说真的，当了兼职副主任后，工作更忙了，但也是越干越有劲！"

履职质量提升后，市委常委也经常到中共党员委员工作站参加协商，并领衔督办提案。市政协提案委副主任甘军根介绍，市委书记夏文勇专门到提案委工作站，了解领办的《新能源汽车头部企业发展》《壮大村级集体经济》两件提案办理情况。日前，市委副书记、市长高世文面对记者采访时自豪地说："我领办了《落实政务'一网通办'，提高服务效率》《关注健康养老，建设幸福抚州》这两件提案！"

如今，抚州市政协委员履职时更有动力，也更专业了。中共党员委员工作站里，每天都有委员组织微协商、参加读书活动。这些履职活动，各专委会都记在了每位委员的履职档案中。社法委办公室主任邹芳从中共党员委员工作站文件柜中抱出一摞厚厚的履职档案，请大家阅览。翻看着写满履职经历的档案，市政协同志纷纷点头、露出了笑容。

（原载于《人民政协报》2022 年 11 月 8 日第 1 版）

百年老街里　焕发新活力

——青岛市市南区政协助推城市更新和城市建设

记者／陈小艳　通讯员／陈笑蔚　魏训环

夜幕降临，青岛市南区中山路百盛大厦外墙上一块超1400平方米的巨幅裸眼3D大屏、地标性建筑天主教堂光影秀同时点亮，酷炫的光效与百年中山路碰撞，让纵横交错的街区沸腾起来。曾经逐渐陷入低迷的老城区，如今老饭店内座无虚席，网络流量占据同城榜首！面对中山路的新变化，青岛市民不禁感慨："中山路像被施了魔法一样，一下子毛细血管全打开了，人流量甚至远超2000年的'千禧年'之夜。"

城市历史文化遗存是前人智慧的积淀，是城市内涵、品质、特色的重要标志。要妥善处理好保护和发展的关系，注重延续城市历史文脉，像对待"老人"一样尊重和善待城市中的老建筑。作为青岛城市更新和城市建设三年攻坚行动的主战场之一，推进以中山路区域为主的历史城区保护更新，是青岛面向未来谋划部署的一项历史性工程。

2022年年初，在政协第十四届青岛市市南区委员会第一次会议上，市南区委书记王锋希望区政协和各位委员发挥独特优势，紧紧围绕全区中心工作，特别是城市更新和城市建设三年行动，唱响"政协声音"、彰显"政协智慧"、贡献"政协力量"。

市南区政协把"城市建设和城市更新三年行动"列入今年专题议政性常委会会议协商议题，把"历史城区复兴发展"等作为季度协商座谈会主题，围绕“城市更新和城市建设工作进展情况”等进行专题调研和视察考察。2022年以来，市南区历史城区6条攻坚战线31项任务齐头并进，十大战区90个项目建设全面展开，58个“品牌示范+流量导入”项目落地，老街里逐渐修缮，基础配套设施逐步完善。中山路区域历史文化街区作为青岛市唯一入选省级历史文化保护传承示范案例，通过专家评议。老城区复兴开始按下“快进键”。

近日，市南区政协组织召开“全面提升城区功能品质 打造更新建设骨干区”专题协商座谈会，13位政协委员通过前期实地调研、聚焦难点热点，分别围绕推动老旧小区更新建设、加快开展全领域数字化转型等问题，采取口头和书面发言的形式，通过“小切口”，各抒己见、畅所欲言。

“近期，城市更新和城市建设项目在市南区不断落地生根、开花结果，但城市更新不仅仅是改造物质环境，还需要构建社会经济文化充分融入的生态圈。”袁静委员建议围绕构建历史老城区“有机生态圈”、人民城市“共享生态圈”、城市更新“法制生态圈”进行探索和创新。

“文化创意产业作为一种高附加值的知识密集型新兴产业，其惊人的财富创造力和就业潜力，可以成为城市更新中的当红产业、支柱产业。”王苑清委员建议，优化文创产业发展政策软环境、营造文创产业发展生态圈；加强政企合作，鼓励多种经济成分参与文创产业平台建设，打造老城区自己的文化IP和主题场景。

潘峰委员认为，着眼前沿先进技术，建议在实施西部老城区城市更新和城市建设中，积极推广应用建筑数字技术，包括应用BIM技术构建老城区全生命周期管理系统、应用智慧消防技术构建老城区消防安全系统、智慧运维技术构建老城区绿色低碳能耗管理系统等，以此精准助推西部老城区城市更新和城市建设高质量落地。

政协委员与市南区政府及其有关部门面对面地协商座谈、充分沟通，针对历史城区助力区域经济发展、西部城区停车场建设规划等问题与职能部门进行互动交流。

“各职能部门应召开专题会议，明确责任和时限，对委员建议进行认真研究、充分吸收。”市南区委常委、区政府副区长傅跃鑫对委员们提出的专业性的建议表示感谢。

市南区政协党组书记、主席管寿果表示，要持续发挥政协智力密集、人才荟萃的优势和专门协商机构作用，深入做好“容、融、通”文章，跟踪做好推动协商成果落实的“后半篇”文章，用心用情用力用智支持城市更新和城市建设三年攻坚行动。

（原载于《人民政协报》2022年8月30日第1版）

踏准“双向发力”的工作节拍

——山东威海市政协加强和改进新时代政协工作记事

通讯员／王警卫　孙宏强

2022年以来，山东省威海市政协以开展贯彻落实中央政协工作会议精神进展情况“回头看”为契机，围绕习近平总书记关于加强和改进人民政协工作的重要思想，在全市各级政协组织深入开展大学习大讨论，对标对表中共中央决策部署和省委、市委工作要求，踏准“双向发力”工作节拍，迈出加强和改进新时代市县政协工作的崭新步伐。

把准方向，夯实调研基本功

2022年3月，威海市各个区市政协都收到一份调查表，10大类49项情况调查，涵盖政协机构设置、人员配备、理论学习等方方面面。每年协商活动的类型及次数、界别活动的开展方式、党政主要负责同志参加政协活动的次数和方式等具体问题，一一摆到了桌面上、阳光下。

随着源源不断的信息反馈，威海市政协把目光聚焦到各区市政协工作中存在的共性问题上。他们兵分四路，由主席、副主席带队调研，查原因、寻对策。针对乳山市政协在城区街道党群服务中心建立的协商议事室，调研组透过表面想得更多更远：“推进政协协商向基层延伸确实十分必要。可以按照‘不建机构建机制’原则，组成委员履职小组，在基层和群众身边灵活开展‘接地气’的政协协商活动，但要注意做好与基层协商的衔接，把握好与基层协商的边界。”

6月13日，全国政协“加强未成年人权益的综合保护”调研组与山东连线开展视频调研，威海市政协、威海市环翠区政协在威海分会场参会，环翠区政协作交流发言。8月4日，山东省政协联合省委外办共同举办纪念张锡九先生暨推动鲁韩民间交往座谈会，威海市政协与张锡九先生亲属、市外办有关负责同志在威海通过视频连线参加会议……多年来，威海市政协与上级政协和威海辖区内各区市政协之间密切协同互动，每年开展多场联合调研、视察等履职活动，形成工作合力。

同时，他们眼睛向下谋突破，针对下级政协到上级调研较少，各区市政协之间对调视察情况不多等情况，组织各区市政协到威海国家级开发区调研视察，引导各区市政协之间和委员企业之间开展相互观摩考察，把市县政协联动引向深入。

平台赋能，做好凝心聚力文章

威海市古陌路78号，是“韩强·李冬霞政协委员工作室”所在地。7月12日，山东省政协来这里调研，工作室开始被外界所关注。8月5日，全市政协“界别同心汇”创建工作推进会走进该工作室，探寻平台赋能秘诀，让它再度“火”了一把。

“工作室成立初期，我们每周抽出固定时间，为群众和企业提供法律服务，同时收集和反映社情民意信息。”韩强介绍，“后来，工作室又吸纳13名市、区政协委员。针对在业务办理或走访调研中发现的问题，邀请党政有关部门和当事方到这里协商，共同寻找解决办法，凝聚共识也就成了工作室的主要工作目标。”

“韩强·李冬霞政协委员工作室”是威海市政协转变履职思路的一

个缩影。“党政决策需要集思广益，而政策实施在很大程度上取决于社会对政策的认知和支持程度，共识度越高，政策实施就越有效。”市政协主席高旭光说，“建言资政是围绕中心服务大局，引导社会凝聚共识同样是围绕中心服务大局。”

基于这一认识，威海市政协改变过去偏重一端的情况，以参与创建全省“界别同心汇”聚识平台为契机，推动政协工作深化拓展、创新升级、品牌重塑。市政协工商联界别组“界别同心汇”，组织界别委员开展“民营企业助力乡村振兴”“万企兴万村”等调研、交流活动，推动界别委员思想同心、目标同向、工作同力、落实同步，是省政协首批试点创建的 20 个“界别同心汇”之一。

8 月 12 日，威海市政协成立“巾帼同心汇”，这一组织打破了界别和行业界限，是更好发挥委员群体作用的新尝试，进一步丰富和发展了“同心汇”的内涵。高旭光表示，准备在委员中成立“青春同心汇”“新阶层人士同心汇”等，真正实现建言资政、凝聚共识双向发力。

聚焦主业，种好“协商责任田”

“调研发现，我市制造业企业普遍缺少与智能化改造密切相关的专业人才，尤其缺少数字化产业工人，我市在破解这一关键问题上有什么对策？”

“银行等金融机构对支持企业智能化改造有热情，也有相关业务产品，但却面临着融资需求信息不够畅通、企业对信贷产品了解不够等现实问题。金融监管部门更好推动金融服务实体经济方面有什么打算？”

8 月 10 日，威海市政协十四届常委会第二次会议围绕“先进制造业智能化改造”进行专题协商。会上首次设置的互动交流环节，与会常委、委员和市直有关部门负责同志频繁互动。一问一答间，疑惑被一一解开。

威海市政协聚焦协商主责主业，大力改进专题议政性常委会会议举办形式，邀请市委、市政府主要负责人出席会议并作专题报告，坚持调研与协商一体设计、一体推进、一体落实，强调大会发言、互动交流等规定动作“一个不能少”，推动协商成果以建议案、提案、社情民意信息等多种形式呈现……一系列改进措施，有效提升了建言资政质量和成效，政协协商与中心大局扣得更紧。

（原载于《人民政协报》2022 年 11 月 12 日第 1 版）

阳光下协商

——山东日照市政协聚力打造协商品牌小记

记者／张文敬　　通讯员／迟　敬

“太好了，对我们实体企业来说，最提气的就是签新合约。”山东中大体育董事长徐美芳手里拿着几份刚刚签约的合同高兴地说。前不久，中大体育分别与咪咕文化科技、日照移动、日照新华书店进行了云签约，相关合作得到有效落实。

促成合作签约的背后是日照市政协经济委将“阳光协商”协商议事会开在了中大体育现场。

2022年以来，新一届日照市政协坚持“搭建平台、畅通渠道、汇聚民意、协商解决”原则，着力打造“有事多商量·阳光协商”品牌，更好发挥专门协商机构作用。

好商量要有好平台

“有困难，找老滕。”在东港区秦楼街道碧霞湖社区，有个老滕工作室。

工作室的主角叫滕雪莲，是东港区政协委员。随着社区协商议事平台建设，滕雪莲把多年的工作经验和切身感悟，融入政协的协商议事活动，创新提出了访民情、问民需、汇民意、集民智、解民忧的“五步工作法”，牵头组织破解了关系业主和物业的业委会“成立难、运行难、换届难”问题，研究出一套成熟的业委会运行新模式——“秦楼模式”。

政协搭台，委员唱戏，群众受益。打造“有事多商量·阳光协商”品牌的初衷，就是让“阳光协商”平台成为金点子的“发源地”。

“群众的事，就是大家的事，最重要的是建立协商平台，让群众既有地方协商、更方便参与，街道每次开展‘阳光协商’活动，都深受老百姓欢迎。”在东港区石臼街道金港社区“阳关协商”议事室，市政协委员联络委主任刘波介绍说：“当社区居民群众遇到难以协调解决的问题困难时，由‘阳光协商’议事室收集相关议题，群众可以根据不同议题，从16名市、区政协委员中推举协商议事召集人，再由召集人组织群众代表和相关部门单位，进行面对面协商，通过协商来解决问题。”

目前，日照市政协正按照“六有”标准，在全市分层级搭建“协商议事室”“社情民意信息工作站”“人才智力库”“法律服务团”四位一体的“阳光协商”平台，并同步建立网上协商平台，为协商议事提供信息化支撑。全市年内力争通过市县政协组织的协作努力，“阳光协商”平台覆盖率乡镇街道达到100%、乡村和社区达到80%，省级以上园区达到90%，企事业单位达到70%。

“考虑到市、区县、镇街三级政协委员总体数量偏少，我们积极倡导在‘阳光协商’品牌下，市县一体、履职共推、品牌共育，鼓励政协委员以个人名义或共建方式，建设委员工作室，形成以市、区县政协协商为主体、界别委员广泛参与的‘1+n’协商格局，目前，4个区县政协立足各自实际，加快打造独具特色的协商品牌亮点。”市政协秘书长费立志表示。

多商量须有好机制

岚山区政协建立了“主席会议成员—专委会—界别活动组—委员—

群众”纵向联系、面上拓展、系统指导的网络，让委员力量下沉到基层，破解了“怎么组织协商”的难题；邀请政协委员、利益相关方代表、人大代表、部门负责同志和专家学者参与，最大限度拓展参与面，破解“由谁来协商”的难题。

“我们协商议事向基层延伸工作启动较早，在搭建‘阳光协商’平台过程中，边实践、边总结、边提升，努力突破‘协商流于形式、建议止于批示’的怪圈，真正做到以‘协’成事、以‘商’求同、以‘专’提质。”岚山区政协主席周力说。

委员的履职能力是政协组织的根基。围绕“阳光协商”品牌的打造，市政协第一时间制定出台了《市政协常委会关于加强自身建设的意见》，对常委提出加强自身建设、当好表率的具体要求。为全面贯彻落实省委、市委关于加强专委会建设的部署要求，将除主席会议成员、办事机构负责人外的324名委员全部编入各专委会，充分发挥委员主体作用，进一步形成专委会工作新局面。

同时，健全联络机制，引导委员依托协商平台，深入基层，开展协商议事、民意收集、政策宣讲等活动，各级政协委员，向社会公开联系方式；健全信息公开机制，各级协商平台的办公地点、开放时间以及协商计划安排提前告知政协委员和社会公众；健全管理运行机制，制定出台相关工作方案、实施意见和操作办法，确保运行规范化、制度化。

“我们制定出台了今年市政协工作要点和《‘阳光协商’工作方案》，明确了工作目标任务、责任主体和完成时限，形成了齐心协力打造‘阳光协商’品牌、推进政协工作高质量发展的良好局面。”市政协副秘书长、研究室主任顾法高说。

会商量要有好点子

走进五莲县幸福树大阅读书房，环境雅致、书籍齐备，读者们正享受着阅读时光……

建设“城市书房”是五莲县实施的文化惠民工程，这一总面积1400平方米的独栋三层建筑，是集阅读学习、学术交流为一体的大型公益服务场所，也凝聚着县政协的智慧和力量。

“教育界委员在联系走访群众中发现，城市书房图书利用率总体不高，日常入馆阅读的人比较少。于是，委员们联名提交《关于充分利用城市书房，营造书香氛围的提案》，县政协组织有关部门深入调研协商，推动科学合理规划建设城市书房。”县政协主席高子孟介绍，“我们还适时发出开展‘书香政协’读书学习活动倡议，依托城市书屋，建立委员‘学而书吧’，号召委员们爱读书、读好书、善读书，强学习、提能力、促履职，共建‘书香政协’。”

会不会商量，根本在于有没有好点子。“阳光协商”平台充分发挥协商阵地、联系纽带、沟通桥梁的作用，建立健全“双向发力”的工作机制，围绕党政关注、群众关心的热点难点堵点问题，开展专题协商活动，组织委员、政府部门负责同志、乡贤代表、群众代表沟通交流和协商议事。协商平台活动与政协开展的协商议政、调研视察、提案办理、界别活动等履职活动有机结合。

船的力量在帆上，人的力量在心上。“市政协将把打造‘有事多商量·阳光协商’品牌作为发挥专门协商机构作用的重要抓手、实现全过程人民民主的重要形式、参与基层社会治理的重要渠道、服务人民群众的重要实践和体现委员价值的重要平台，坚持党建引领、市县一体、专委示范、委员跟进、各方协同，在着力打造‘阳光协商’品牌中推进工作落实，努力干出新时代政协新样子，以优异成绩迎接党的二十大胜利召开。”市政协主席杨留星说。

（原载于《人民政协报》2022年6月15日第1版）

干字当头　实字为先　出新出彩

——山东省高唐县政协“亮强晒树”四措并举激发委员履职活力

通讯员／王天元　赵金超　王　青

“县政协着眼提升制度效能，坚持严管和厚爱结合、激励和约束并重，创新开展‘亮身份、强履职、晒业绩、树形象’活动，以履职‘组合拳’激发委员干字当头、实字为先、出新出彩。”1 月 7 日，在山东省高唐县政协全会上，高唐县委书记杨新胜对县政协“亮强晒树”活动给予高度评价。

亮身份，彰显委员责任担当

2022 年是新一届高唐县政协履新之年，在全体 225 名委员中，新委员有 151 名。经过多频次学习培训，广大委员对政协“是什么”“干什么”“怎么办”有了明确认知。此时，一份详单化的《政协委员履职规定》和一张佩戴方便醒目的委员证一起发到每位委员手中，要求政协委员在履行职责、服务群众、志愿活动等工作中统一佩戴，亮明委员身份，接受监督。

“小小‘身份牌’，凝聚大责任。”高唐县政协委员郭飞谈起“亮身份”活动深有感触。作为云木紫藤种植专业合作社的牵头人的他切实感到，挂牌亮明委员身份后，社会影响力和群众认可度持续提高，“委员身份无时无刻不在提醒我、鞭策我，以创业干事促发展的精神、良好的公众形象和示范作用，影响和带动群众为高唐经济社会发展献一份力、发一分光。”如今的合作社，规模由原来的 32 人发展到 120 余人。

委员身份“亮”出来，将委员履职放在社会监督之下，一方面增强委员荣誉感、使命感，另一方面也使周围群众感受到政协就在身边。自 2022 年“亮身份”活动开展以来，县政协共组织委员开展调研 30 余次，联系服务群众 400 余人次，解决实际问题 80 余件。

强履职，服务大局有为有位

围绕中心、服务大局是政协工作出发点和落脚点。新一届高唐县委确立了“加速崛起、再速辉煌”目标，为政协干事创业提供了更广阔舞台。

聚焦县委提出“九大攻坚突破”工作任务，县政协确定 24 个协商议题、9 个调研课题，召开不同层次协商会议 50 余次，提出合理化建议 110 余条，有 60 余条意见建议被相关部门直接采纳。

接过县委交付的重任，县政协投身经济社会发展的主战场，牵头干部常态化挂包企业工作。一年来，有 8 家企业被认定为省级“专精特新”企业，12 家企业被认定为市级“专精特新”企业，各挂包干部为企业协调解决涉及土地证、融资、用工、用电、物流等困难问题 200 多件。被挂包企业高唐县中农智慧冷链物流产业园负责人张斌锋表示：“多亏了县里的好政策和政协领导的挂包协调，帮助企业实现了项目当年立项、当年开工建设、当年开盘预售，为服务当地经济发展搭建了平台。”

晒业绩，激发委员“比学赶超”

晒业绩的过程，就是“比学赶超”的过程。2022 年底，各专委会、联络室收集的一本本厚实的“委员履职作业本”中，记录了一年来委员们履职的足迹。这得益于委员工作室探索“三晒”促履职的举措。

年初晒任务。县政协为每位委员发放一本“委员履职作业本”，列出委员履职任务清单，包括出席会议、参加学习培训、协商调研、报送提案、联系服务群众、“双岗”建功等9方面，让广大委员“作业在手中，任务一门清”。

年中晒进度。2022年6月底，县政协将委员履职作业本集中收缴，对每名委员履职情况进行检查汇总，下发《高唐县政协委员履职评价情况通报》，并召开调度会议，督促委员年度履职评价争取好成绩。

年末晒业绩。2022年12月底，县政协采用实地查看、委室测评、社会评价等方法，综合评定每位委员履职业绩，并作为评先树优、批评督导的主要依据。通过三个阶段的激励和鞭策，使“晒业绩”成为推进政协工作落实的重要一环，贯穿委员履职全年度。

2022年的县政协城建环保专委会总结会议上，县政协委员、县市场监管局杨屯所所长宋庆洋的履职作业本被争相传看。委员们纷纷表示，“一定要以先进为榜样，做好‘委员作业’，书写好为民履职的合格答卷。”

树形象，争先创优展现风采

政协整体形象来自一个个具体而细微的行动、来自一个个全心履职的委员。

典型树起来。县政协以首届聊城市“最美政协人”马长英命名的委员个人工作室为窗口，建章立制，探索建立内接外联的工作机制，拓宽了联系服务群众渠道，办事效率和服务水平大大提高。有了“头雁”领航，创先争优的干劲在委员中迸发。

服务强起来。县政协以设立在12个镇街的委员工作室为平台，创新设立“线上＋线下融合工作室”，实现“码上反映、马上解决”，为民办实事 30 余件，在服务群众同时展现政协形象。

风采展出来。县政协倡导政协委员“双岗建功”，一方面鼓励委员在本职工作岗位发挥模范带头作用，另一方面充分发挥委员智力优势，让委员在民主监督、参政议政上勇于作为、展现风采，在联系群众、服务社会中奉献力量。2022 年以来，委员走访慰问困难群众 500 余户、帮助解决实际困难 310 余件，参与文明城市创建、普法宣传等志愿活动 2300 人次。

（原载于《人民政协报》2023 年 2 月 7 日第 1 版）

辑　二

JI　ER

根深才能叶茂　本固方得枝荣

——河南开封市政协聚焦主责主业守正创新记事

记者／王有强　靳　燕

刚刚过去的“五一”假期，对于河南省开封市政协办公室工作人员来说，又是一个忙碌的“工作周”。为减少对正常工作的影响，他们利用假期加紧改造视频会议室，全力推进“智慧政协”二期建设。

这样的工作状态在开封市政协屡见不鲜。市政协深入贯彻落实中央和省、市委政协工作会议精神，带领市县两级政协组织紧紧围绕党政中心工作，进一步明确职能定位，聚焦主责主业，坚持建言资政和凝聚共识双向发力，为开封勇做全省新时代高质量发展开路先锋贡献智慧和力量。

始终坚持以党建为统领，行稳方能致远

开封市政协党组把坚持党的领导作为“定海神针”，坚持正确政治方向，始终与市委、市政府同向发力、同频共振、同题共答，着力聚焦全市工作大局，选好“突破口”，把准“发力点”，主动接受市委对政协工作的领导，政协年度协商计划、常委会工作报告、全体会议、党组重要工作等事宜及时向市委常委会请示报告。

2019 年，在深入贯彻落实中央和省委关于加强政协党的建设工作决策部署的基础上，开封市政协党组协助市委起草出台《关于加强新时代

人民政协党的建设工作的实施意见》。自2020年起，该市正式将县区党委支持政协工作情况纳入年度综合考核、将党委抓政协党建工作情况纳入党委书记抓基层党建工作述职评议，全面加强对政协工作的领导。

为实现“党的组织对党员委员的全覆盖、党的工作对政协委员的全覆盖”，市政协党组及时研究成立了各专门委员会党支部，按照“组织关系一方隶属、参加双重组织生活”的原则，将150多名中共党员委员全部编入各专门委员会党支部，与市政协党组、机关党组、机关党委、机关党支部一道，形成了纵向到底、横向到边、有效覆盖、上下联动、系统发力的政协党组织体系，把协商议政与学习教育有机融合，把发挥党员先锋模范作用与履行委员职能有机融合，使协商议政所有活动，成为既是建言资政、履职尽责的过程，也是统一思想、凝聚共识的过程。

不忘初心，方得始终。在党史学习教育中，市政协党组始终坚持“统筹协调、有机融合、一体推进”的原则，认真安排部署各项工作任务，确保学习效果高质量、工作效果不打折，力避业务学习“两张皮”现象。一年多来，市政协组织召开党组理论学习中心组学习6次，机关党组学习8次，专题讲座等集中学习活动8次，开展现场教学等各类主题教育活动26次。深入社区、农村，开展疫情防控、基层党建等双联双创活动22次，达到了学史明理、学史增信、学史崇德、学史力行的目标要求。

始终坚持发挥委员主体作用，同心才能聚力

5月15日，正值第32个全国助残日，省政协委员袁渊和市政协委员王建松、曹亚伟等近20位委员，自发到开封市特殊教育学校，捐款捐物、慰问师生……面对来势汹汹的新冠疫情和“7·20”特大洪涝灾害，开封市各级政协委员闻令而动、冲锋在前，仅住汴省市政协委员就累计捐款捐物达1521万余元，用实际行动诠释了新时代政协委员的责任与

担当。

破解民生“八需八难”是开封市委、市政府近年来贯彻落实“以人民为中心的发展思想”的具体举措。委员们聚焦“出行难”“监管难”“办事难”“住房难”等问题，深入开展督导调研。围绕破解“出行难”问题，市政协就组织开展相关活动20多次，参与视察调研活动的委员、专家学者、职能部门相关人员200余人次，形成了阶段性民主监督工作报告、调研报告20余篇，提出了“规划引领，做优顶层设计”等10个方面切合开封实际、可操作性强的对策建议，为市委、市政府提供了决策参考，有效推动了道路改造、公交线路调整、停车场升级、交通拥堵等一批重点难点问题的解决。

始终坚持专门协商机构主责主业，根深才能叶茂

兰考县桐乡街道王庄社区“议事堂”围绕美丽乡村、乡风文明等走访调研，通过10多次“议事”，把原来不足3米宽的主街拓宽到15米，拆除两边门楼配房58座；把反映强烈的道路积水、小胡同未安装路灯、改厕等问题全部妥善解决。现在的王庄社区道路宽了、胡同净了、路灯亮了，群众的心里也更敞亮了。

市政协依托“有事好商量”协商议政平台，围绕“健全工作制度、提升协商水平”，不断加强对县区政协工作的指导，将乡镇政协工作召集人、委员之家、委员工作室等平台和载体有机结合，坚持“党建+协商民主”模式，积极探索推进政治协商与基层治理深度融合，认真践行全过程人民民主。截至目前，市县政协委员联络机构和乡镇政协工作召集人制度均得到落实，基层基础工作得到进一步加强，破解“两个薄弱”问题取得明显成效。

在近日召开的市政协十二届三十七次主席会议上，经个人认领、会

议研究通过，2022 年市政协 27 件重点提案全部由党委政府政协领导班子成员进行领办。市委书记、市长带头领办督办政协重点提案已经成为每年提案办理工作的一道亮丽风景线，今年，是该制度实施后的第 3 个年头。市县两级党政领导班子对此高度重视，通过会议汇报、批示指示、现场督办等不同方式开展提案督办工作，足迹遍布黄河大堤、工厂企业、田间地头，有效带动了提案办理工作整体水平的提升。

全会集中协商、常委会会议专题协商、双月重点协商、界别对口协商、提案办理协商、基层灵活协商……越来越多样的协商议政形式、越来越完善的协商评价体系，正成为市政协履职尽责、民主协商的左膀右臂。

“要始终做到心中有党，以更高站位守好政治‘圆心’；要始终做到肩上有责，以更强担当绘就出彩‘华章’；要始终做到团结有力，以更多智慧凝聚‘人心’。”在市政协十二届五次会议闭幕会上，新任市政协主席曹忠良谋划的新一年工作蓝图，正在徐徐铺展。

（原载于《人民政协报》2022 年 5 月 21 日第 1 版）

一个黄河岸边村庄的蝶变

——河南兰考县政协打造村级“有事好商量”平台记事

文／李军涛　陈冰清　　记者／王有强

“老吴家搬进村里盖的新房了”“俺家也能种阳光玫瑰了”……

1月20日，是二十四节气的大寒。河南省兰考县闫楼乡郭西村“协商议事室”里，村干部和村民代表正在梳理2021年“有事好商量”平台开展以来的经验和做法，谋划着今年要办的几件事。这个位于黄河岸边的村庄，室外寒风呼啸，室内温暖如春。

在郭西村新时代文明实践中心广场，有一个十分醒目的“幸福郭庄”的影壁墙。这面墙蕴含了郭庄村群众对美好生活的向往和期待。原来的空心院化身乡风文明广场游园，废弃坑塘变成了垂钓湖，农家小院也摇身变为“梦中花园”，引得摄影家、网红纷纷前来拍照打卡。“俺村的变化离不开县政协搭建的‘有事好商量’平台，这个平台解决了许多群众急难愁盼的问题，家风、村风、民风都发生了很大变化，村党支部的工作也好做多了。”村支书吴扎根高兴地说。

2021年9月，兰考县政协在郭西村开展“有事好商量”试点工作，成立了由乡党委书记任组长，副书记任副组长，政协委员和乡民政、城管、扶贫等站所负责人为成员的“有事好商量”工作小组。建立了“有事好商量”协商议事室，构建起“党委领导、政府支持、政协搭台、群众参与”的大团结大联合大协商工作格局。

“通过‘有事好商量’协商议事会这一平台，进一步推进基层协商民主建设，实现从做群众工作到由群众做工作的转变，探索基层社会治理新路径，全面助力乡村振兴。”兰考县政协党组书记刘广亮表示。

让闲置农房“活”起来

在村里实施宅基地改革有多难？陪同采访的兰考县政协副主席郭渊和县委统战部副部长杨静向记者讲述了郭西村村民吴德世家“两拆两进”的故事。

2021年春季，郭西村由脱贫攻坚向乡村振兴强力推进，首先推行的是宅基地改革，提升村容村貌，改善村民人居环境。但在实际推行过程中，第一户就遇到了很大的阻力。

按照工作计划，第一批宅基地改革涉及几十家农户，如果群众思想工作做不通，改革是无法实施的。刘广亮和乡党委书记、政协委员、统战成员、村支部书记、村党员干部、村民代表一起沟通，化解村民心里的“疙瘩”。乡、村干部就利用“有事好商量”平台与群众面对面唠家常，心连心解难事，一次又一次地进行协商。

“可以先选一户试点进行整改提升，这样大家更容易理解和接受。”乡党委书记王彦博找准了这项工作的突破口。经大家共同商量，决定先做村里威信高的吴德世的工作，让吴德世带个头。“把院墙、大门拆了，再把院里的杂物一清理，院子干净了，心情也好了。”“厨房和厕所进主房，除了方便生活之外，腾出来更多的地，可以在院里建个花园、菜园，种点果树和青菜，不光家里吃，多的还可以卖钱，这是一举多得的事。”大家纷纷劝说吴老汉。

吴德世家是郭西村第一家进行宅基地改革、实施“两拆两进”“一宅变四园”的农户。衣食起居方便了，院落变美了，院子一半种花、一半种菜，再加上一棵山楂树，偶尔约上几个邻居老友，一起喝喝茶、聊聊天、晒晒暖。家里四季有花香、处处有欢笑，成了吴德世的生活常态，尝到甜头的吴德世在村里当起了“宣传员”。其他几十户群众看到吴德世的幸福笑容，不约而同到“协商议事室”商量着也要进行宅基地改革。2021 年 12 月，村里 30 户空心院经过改造变成了小游园，旧房子打造成了农家书屋……

让群众腰包“鼓”起来

“咱们村要想彻底改变贫困面貌，还得发展产业……” 2021 年 11 月 11 日，在郭西村新时代文明实践广场召开的以“发展阳光玫瑰种植产业”为主题的“有事好商量”协商议事会上，吴扎根和县政协委员海朝霞、村务监督委员会成员、村党员代表、乡贤代表、群众代表围坐在一起，就郭西村发展阳光玫瑰种植产业相关事宜进行协商。

会上，吴扎根汇报议事主题确定、前期调研等会议筹备情况，海朝霞就协商主体提出具体商议内容，参会代表围绕阳光玫瑰种植项目建设事宜展开热烈讨论并达成一致意见。乡党委书记王彦博根据群众商讨的意见，表示将积极与相关职能部门和省农科院沟通对接，为阳光玫瑰项目争取政策与技术支持，以解决村民们的后顾之忧，让他们全力以赴搞发展。

为进一步巩固脱贫攻坚成果与乡村振兴有效衔接，增强群众产业发展信心，帮助群众增收致富，县政协依托“有事好商量”协商议事平台，召集农业、水利、电力、交通等部门负责人同郭西村村民代表共同协商，确定在村里发展 200 多亩阳光玫瑰种植产业，亩产葡萄 2500 多公斤，原来种植传统农作物（小麦、玉米）一亩地一年可以收益 1500 元左右，现在种植阳光玫瑰每亩一年可收益 3 万—4 万元，产业发展让群众逐步富裕起来。

让老人生活“美”起来

郭西村村民吴德银，今年76岁，腿脚不便，两个儿子常年在外地打工，一次，老人不小心从床上掉下来，好几天没人照看，直到村干部走访时才被发现。

这件事坚定了吴扎根实施集中养老的决心。2021年12月14日，他召集村“有事好商量”协商议事会成员，共同商量着建设幸福养老中心，利用村内闲置宅基地打造一座符合农村老年人生活习惯、生活设施健全的原生态农村养老中心，让一批有养老需求的老人在“不离村”的情况下，延续最熟悉的生活方式，真正实现老有所依、老有所养、老有所乐。

商量好了就干，吴扎根想方设法筹集资金340万元，通过宅基地改革腾出土地18.4亩。很快，一座拥有标准化独立卫生室、共享食堂、老年人活动中心、无障碍设施、一键式电话、全区域监控等现代化养老设施的村级养老中心建成。“凡是年龄在65岁以上的老人都可以入住，足不出村就能享受高效、优质、便捷的养老服务。”吴扎根说。

“有事好商量”更贴近群众，更接地气，商量出了乡村振兴的“和美”乐章。“话说开了，事儿捋顺了，问题解决了，心里敞亮了，好日子啊，还长着呢。”说到村里的变化，吴大爷笑得合不拢嘴。

（原载于《人民政协报》2022年2月10日第1版）

切实回答好商量“答卷”

——河南洛阳市偃师区政协深化“有事好商量”协商议事工作记事

文 / 宋国平　　记者 / 王有强

2022 年七一，河南省洛阳市偃师区伊洛街道高辛社区、后庄社区一场场文艺演出活动精彩纷呈，前来观看的群众络绎不绝。在场的蔡老伯说：“不出社区就能观看精彩的节目，真好！希望以后多办这样的活动。”

演出活动的成功举办，缘起偃师区政协联合伊洛街道政协工作联络处开展的“文化进社区”——“有事好商量”协商议事会。议事会上，区政协文艺界委员与相关职能部门负责人、街道干部、群众代表商定在七一前组织文艺界委员举办“文化进社区”活动，庆祝党的生日，丰富社区文化生活。“通过政协搭台，各方参与，真诚协商，取得共识，保证了活动的顺利进行。”区政协文艺界界别组长、区文联主席田俊辉说。

2022 年 4 月换届后，偃师区政协将深化“有事好商量”协商议事活动作为“能力作风建设年”活动的重要抓手，实现建言资政和凝聚共识双向发力的重要途径，建平台、强载体、巧布局，不断推进政协协商向基层延伸。

严格把关精选题

“选准题”是“商量好”的前提和关键。偃师区政协依托 10 个界别“委员之家”和13个镇（街道）政协工作联络处，建立了23个“有事好商量”协商议事平台。区政协副主席史书通在参加新一届政协各界别首次活动时，将如何选好“有事好商量”议题作为必讲内容，要求各平台严格议题审定，把党政点题与委员荐题、群众出题结合起来，选取切口小、群众关注度高的民生议题开展协商。

省道539山化段建成通车后，因沿线红绿灯等交通设施不完善，过往车辆多、车速快，给沿线村民出行带来交通安全隐患，群众对此反映强烈。山化镇政协工作联络处及时将此作为“有事好商量”议题，会同区政协机关邀请职能部门与群众代表面对面协商，推动该问题快速解决。

一些纳入医保的慢性病药物很难买到，且有的无法报销，患者家属对此意见较大。区政协组织委员实地调研后，召开“慢性病药物供应及报销”协商议事会，政协委员、患者家属代表纷纷发表意见，区医保局、药物供应机构负责人现场回应，表示尽快研究政策，疏通堵点，消除障碍。

“有事好商量”协商议事会秉持“百姓关心什么，政协就协商什么”的理念，进一步激活了政协工作的神经末梢。

调研先行真协商

每次议事会前，偃师区政协都组织委员进行调研，在此基础上提出有针对性、可操作性强的意见建议，开会时“当面锣、对面鼓”，做到平等协商不强加于人，有序协商不各说各话，真诚协商不偏激偏执。

在农业界“家庭农场发展壮大”协商议事会上，区政协委员张占胜经过前期充分调研，提出加大技术指导和资金扶持、集中购买农资节约成本、树立品牌意识等建议，道出了广大家庭农场主的心声，得到区农业农村局的认可。

餐饮油烟扰民问题是城市管理的一大顽疾。社会科学界将“城区餐饮油烟治理”作为协商议题后，区政协社法委组织该界别的部分委员，历时1个多月反复研究相关政策法规，在议事会上提出了加强源头治理、规范管道设置、整治露天烧烤等意见建议，与会职能部门当场采纳。

“坚持不深入调研不协商，问题研究不透不协商，建议含糊不清不协商，这不是空洞的口号，只有通过调研，做到心中有数，议政建言才不会跑题、偏题。”区政协社法委主任马洪亮认为。

规范程序保实效

“件件有回音，事事见成效”，是“有事好商量”协商议事的终极目标。偃师区政协进一步完善“有事好商量”活动实施办法，规范议题确定、参加范围、基本程序、成果运用等流程，通过会前调研、会中建言、会后问效的闭环管理，促使协商更加科学、合理、有效。

城区至首阳新区的102路公交车早高峰时段发车频次不足，造成等车时间长、人员密集，给前往新区办事的群众带来不便。民宗台侨界邀请群众代表、机关工作人员代表和区交通局负责同志参加议事会，同政协委员一道，就加密早高峰公交车频次开展协商。会后，区交通局迅速制定调整方案，合理安排车次，将早上7点40分至8点10分这一时间段的发车频次，从每10分钟一班调整为每5分钟一班。

针对岳滩镇镇区管理不规范问题，岳滩镇政协工作联络处组织住镇区政协委员及商户、群众、镇村干部等，与职能部门负责人面对面摆问题、谈设想、定措施。如今，借助文明典范城市创建的东风，岳滩镇区车辆乱停乱放、流动商贩取缔、“蜘蛛网”线路整理等问题正积极推进整改，镇区形象大为改观。

截至目前，新一届偃师区政协开展“有事好商量”协商议事活动22场，参与313人次，其中委员参与156人次，整理意见建议58条，30余条意见得到相关部门的充分采纳和及时办理。“下一步，我们将坚持‘以人民为中心’的理念，切实回答好‘商量什么’‘与谁商量’‘怎么商量’的问题，努力打造政协协商向基层延伸的‘偃师品牌’。”区政协主席刘红波表示。

（原载于《人民政协报》2022年7月23日第1版）

唯有书香方致远

——河南省焦作市政协开展“书香政协”建设记事

记者／王有强　靳　燕　　通讯员／布财勇

河南省焦作市政协让奋斗定义时间，让时间酝酿书香，久久为功，终得其果。“书香政协”建设已经成为助推焦作市高质量发展的源泉和动力。

读书提升颜值

云台山水闻名天下，焦作市厚重历史可见一斑。

基于这样的共识，2020年4月，焦作市政协借助全国政协开展的委员读书活动的春风，高站位谋划，倾力以“书香政协”建设，推动焦作市“山水富城，文武福地”建设。

为此，市政协及时制定下发《住焦省政协委员及市政协委员读书活动实施方案》，市县两级政协在第一时间均成立了委员读书活动指导组，统筹指导委员读书活动，并建立起定期指导、督查、反馈的工作机制，为推进委员读书活动走深走实提供机制保障。

“火车跑得快还需车头带。”市政协主席团成员从作风建设着手，率先垂范，严于律己。为形成机关良好的浓厚读书氛围，自2021年6月1日起，市政协开始举办“政协讲坛”，除机关干部上台演讲外，还定期邀请市级领导和有关专家作报告和专题讲座。

此外，市政协本着委员就近读、方便读的原则，高标准建设“一室一家”。3个月内，共建起市县两级“政协委员工作室”98个、“政协委员之家”78个。同时依托“一家一室”建立委员读书屋、读书角，以“一家一室”为单位成立委员读书群组，方法灵活地开展读书活动。

读书成为活水

焦作市政协把善读书作为政协组织开阔思路、破解问题的良方秘籍。

“政协邀您来商量”是市政协2019年7月开启的履职新平台。为此，市政协要求政协机关和各专委会同“善读书”相结合，用“善读书”的方法，化被动接受为主动商量。

“政协邀您来商量”活动开展3年来，市政协组织委员、市民观察团代表和有关部门负责人先后带着“安全出行，方便市民”“聚焦乡村振兴，积极建言助力”等8大主题走进市公安局、农业农村局等8家单位，以履职尽责的态度，提高共同协商提案办理的积极性。

围绕“四水同治”这一主题，2021年6月至9月，市政协成立11个调研组，由主席团成员带队协商议政。各调研组成员每组实地走访不下10家单位，召开大小座谈会30余次，先后形成11份调研材料，共计17050字。在此基础上，经修改完善形成6份发言材料，约7700字。协商议政会议后，又经总结提炼形成2720字的高质量的调研报告。

此外，市政协还围绕医养结合、太极拳申遗后发展、公共卫生服务体系完善等主题召开协商座谈，就非物质文化遗产保护情况、生态保护和乡村振兴等主题开展视察活动。实现了让书香落到笔头，变成资政的金句子；落到心头，化为创新的金点子；落到实处，变成履职的“金钥匙”。

经典融入精神

焦作是“特别能战斗精神”的发源地，也是新时期南水北调“焦作精神”的发轫处。把读书精神的激励与城市精神的弘扬相结合，成为市政协又一崭新探索实践。

2020年6月21日，一场“不忘初心、牢记使命”诵读会在焦作市举行。能容纳400人的大会议室座无虚席，《赵一曼的一封家书》《半条被子的故事》等8个经典篇目，经11位分享人声情并茂地诵读，让参会者切身感受到经典篇目的魅力，在全市政协组织点燃了诵读经典的高潮。

为庆祝中国共产党成立101周年，今年6月29日至30日，市政协创新推出《信仰之光——读书汇分享》，活动举办后好评如潮。《播火者——李大钊》《方志敏和妻子的血色忠诚》等13个经典篇目通过多种手段展演，为大家奉上视听盛宴、精神大餐，成为“书香政协”建设的一大亮点。

书籍滋润心灵，情操得以升华。在抗击新冠肺炎疫情中，全市政协组织共计捐款捐物2376.2万元；在助力脱贫攻坚行动中，共计捐款936万元; 在2021年7月特大汛情中，筹集救灾资金和物资价值5000多万元。

书香滋养沃土

焦作市文脉久远，司马懿、韩愈、李商隐、许衡、朱载堉等诞生于此。这里是“竹林七贤”隐居和汉献帝刘协谪居之地，也是太极拳的发源地。

面对全市文化资源沉寂的状况，早在2019年2月，市政协积极响应市委、市政府关于“创建全国优秀旅游城市”的号召，提出《让焦作告诉世界》丛书编撰设想，以合众之力，传承千年文脉。

在全市62名特约文史专员的参与下，全市政协组织经过1年的努力，稿件征集完成，内容涉及“工业史话”“文物遗迹”“寺观盛迹”“传统村落”“非遗瑰宝”“风味名吃”“地名缘起”“怀庆方言”8个专题，为“文化是城市的灵魂”增添了有力注脚。

随着城市化步伐的加快，面对乡村文化的日益缺失，市政协敏锐觉察到：体现乡村特质的文化如果不及时收集整理，将成为历史文化的一个断层。2021年初，市政协及时提出编撰《乡村记忆》丛书计划。1年多来，经全市政协组织共同努力，一套12卷本的大型丛书即将付梓。这不仅是市政协赋予城市灵魂的又一力作，也必将引领读者在字里行间唤起“乡愁”记忆。

读书引领方向，书香方能致远。焦作市政协散发的缕缕书香，正在伴着美丽的云台山水展露芬芳。

（原载于《人民政协报》2022年8月4日第1版）

立足“帮”与“促” 务求“真”与“准”

——河南焦作市温县政协创新开展民主监督工作记事

记者／王有强　靳　燕

“众力并则万钧举，群智用则庶绩康。”河南省焦作市温县政协紧扣“重要决策的贯彻、发展规划的落实、群众关注的解决”等发展与民生难题，通过委派民主监督员、开启民声留言板等形式促进监督常态开展，通过探索政协监督与纪律监督、法律监督、舆论监督、群众监督相结合的有效办法促进监督创新开展，通过组织、引导、培训每名监督员真正承担起责任、发挥好作用促进监督理性开展，真正使民主监督“监”到点子上、“督”在关键处。

“专项监督摆问题出实招，提案监督抓跟踪问成效，专项督察系民生促落实。当好讲责任的调研员、求实效的评议员、敢担当的监督员，寓支持于监督之中，寓监督于协商之中，以监督促落实、以监督促整改，为温县高质量发展留下‘政协足印’。”县委书记杨磊用短短的几句话，充分肯定了政协民主监督为全县各项事业进步作出的贡献、取得的实效。

拓宽监督视野　促进和谐发展

除通过委员视察、委员提案、专题调研、对口协商等方式履行民主监督职责外，温县政协还将委员组建成 27 个民主监督小组，委派至 27 家单位开展民主监督。

针对民主监督员反映的资金使用政策变化较快，各部门对政策把握不准确，容易出现违规现象，县审计局通过印制发放《领导干部经济责任审计资料汇编》等方式，帮助各部门及时准确掌握政策；针对民主监督员反映的拥军优属政策群众不知道、享受不及时，县退役军人事务局将相关政策印制在优待证上发放，申领率迅速提升至 88%；针对民主监督员反映的农产品销售渠道单一、销售额偏低，县商务局立即行动，通过安排爱心消费券、连线云签约、主播培训等方式，拓宽产品销售渠道……

“问题找得准，办法提得实。”县医保局党组书记、局长王国庆说，“监督员责任心强、政策水平高，不仅给我们传递了民情民意，还及时反馈一些热点、难点、焦点问题的解决思路，推进了群众异地就医直接结算等便民项目的落地进程。”

坚持围绕中心、服务中心，着眼大局、融入大局，已成为温县政协的自觉行为。

聚焦企业关切　着眼长远谋划

“现在我们企业通信信号畅通无阻，网络整体运行正常有序。”2022 年 10 月 13 日，位于温县境内的河南哥润食品有限公司董事会成员吴红林高兴地说。原来，该企业之前一段时间由于移动网络信号差，影响了对外联络和正常经营。

政协民主监督小组第 23 组的范不井等委员发现该问题后，马上向县科工信局提出解决建议。县科工信局相关负责人深入实地了解核实后，及时与移动公司对接并向市工信局、市无线电管理部门反映，经现场检测，系附近驾考公司一考场安装有屏蔽器干扰所致。在协商、监督、解决的全流程跟进下，相关部门通过技术支持适当调整降低屏蔽器干扰范围，很快解决了该公司移动网络信号差的问题。

“接地气、近民生、见实效”是企业对温县政协民主监督的直观感受。仅 2022 年下半年，县政协民主监督推动涉及问题快速解决 15 件；监督员提出关于持续加强法治保障、数字赋能、作风建设、要素保障、人才引进等方面改革的意见、建议 18 条，有力推动了企业的发展。

紧盯民生切口　解决“急难愁盼”

2022 年 3 月，温县异地就医业务处理平台启动，有效解决了群众异地就医“跑腿垫资”的急难愁盼问题。通过对排查出的异地参保职工逐一告知线上办理流程，113 名职工享受异地就医直接结算带来的红利；人民大街南延、北延，慈胜大街北延，振兴路贯通 4 条道路通车放行；古温大街南延、工业路东西贯通、振兴路向东贯通、育才街南延 4 条道路通车……

“民生事”解决、“民心路”畅通的背后，与一次次民主监督、一件件政协提案密切相关。

为最大程度释放效能、提升民主监督的“温度”，县政协积极探索政协民主监督与党内监督深度融合的路径，推动资源共享、优势互补、联动协作、同向发力。

在顶层设计上，县政协与县纪委监委、县委巡察办开展工作联动，在借助外力、增强内力、提升合力的过程中，提升综合优势与整体效能；在沟通协作上，定期召开联席会议，通过定期会商、情况通报、工作反馈等方式，确定监督方向、制订监督计划、追加监督重点、破解落实难点。在提升质效上，把委员与承办单位的满意度进行大数据分析，作为民主评议结果纳入年度考核；在民意研判上，广泛收集和反映具有倾向性、苗头性、预警性的批评建议，有效提升发现问题的针对性、情况了解的全面性、结果运用的实效性。

据统计，2022 年县政协开展各类调研 126 次，举办协商、座谈、培训、反馈等会议 133 次，不断发掘好的经验和做法，为民主监督工作打下良好基础。

“民主监督追求的不是说了算，而是说了对；政协工作不是看‘做什么做多少’，而是看‘做出什么成效’，带着感情、带着责任、带着敬畏认真履职尽责，才能激发民主监督智慧，促进发展提质增效。”县政协主席周胜利表示。

（原载于《人民政协报》2023 年 1 月 11 日第 1 版）

龙都新韵生

——河南省濮阳市政协助推文旅文创融合发展记事

文／魏文正　　记者／王有强　靳　燕

九曲黄河，浪淘风簸。盛夏时节，位于河南濮阳台前县的孙口渡口，开展研学的青少年络绎不绝。1947 年，刘伯承、邓小平率领晋冀鲁豫野战军在此突破黄河天险，千里跃进大别山。孙口渡，由此得名“将军渡”。

“如今，黄河文化与红色故事相辉映，将军渡黄河游览区闻名遐迩，成为濮阳市推动文旅文创融合发展的生动写照。”7 月 18 至 20 日，河南省辖市政协协商研讨会在濮阳召开，作为东道主，市政协主席徐慧前向大家深情讲述着这座城市的悠长韵味。

而这也是濮阳市政协常抓不懈的重要课题。围绕“黄河流域生态保护和高质量发展”“推进文化旅游产业发展”“加快文旅文创重点项目建设”“博物馆建设推进情况”等课题，市政协组织调研组多次沿着黄河大堤，深入金堤河国家湿地公园、将军渡黄河游览区、八里庙治黄碑刻等地开展调研协商，推动文旅产业转型升级、出新添彩。

建好城市“会客厅”

城市为躯，文化为魂。作为城市的“灵魂客厅”，博物馆于方寸间一览千年。“濮阳市博物馆建设与厚重的文化、悠久的历史不相匹配，亟待提升。”2021 年，市政协将博物馆建设作为重点调研和常委会会议协商课题，组织政协委员、专家学者深入调研、反复论证，形成《关于加快博物馆建设，推动文化旅游产业发展的调研报告》。

报告从加强顶层设计、突出品质提升、加强重点建设等方面提出针对性的意见建议，得到市委主要领导批示。“这份调研报告促成了《濮阳市文旅文创融合战略三年行动计划》的出台，班家小镇就是《行动计划》中确定的重点文旅项目之一。”市政协副主席邵希斌说。

“博物馆现有 6000 余件老物件，陈设着黄河流域不同时期的各种生活、农用、纺织等工具，这都是自己一点点搜集的。”在黄河民俗博物馆，馆长范发文自豪地向调研组展示馆藏物品，并道出了博物馆面临的维护成本高等现实问题。这引起了市政协的关注。随后，市政协主要领导带队，走遍了中原民间纺织文化博物馆、广顺兴瓷板画博物馆等民间博物馆，细致了解运行情况。

“民间博物馆特色鲜明、藏品丰富，但也存在起步晚、规模小、运行不规范、社会效益不够显著等问题。”6 月 2 日，濮阳市政协专门形成《关于促进非国有博物馆发展的建议》，以社情民意的方式报送市委、市政府，建议制定出台支持非国有博物馆建设的意见和办法，促进民间博物馆发展。

建议提交后，濮阳市委书记杨青玖、市长万正峰先后作出批示，要求逐条研究落实。相关部门积极与市政协对接，特别将“关于扶持非国有博物馆建设奖励政策”内容加入草拟的《关于扶持文化旅游业高质量发展的奖励办法》。

业广惟勤，久久为功。加强对重点提案办理的跟踪、监督工作，今年，市政协再次将《关于加快博物馆建设的建议》列为重点，由徐慧前督办，为推动博物馆建设持续发力。

打造文化新地标

濮阳地处黄河中下游“豆腐腰”段，新中国成立前，“三年两决口，十年一改道”已成常态，河道的变化为濮阳留下了多条故道、残堤与沙岗，构成了濮阳独具特色的地理文脉与历史图景。

“张委员，您眼中的全域旅游是什么样子？”面对镜头，濮阳市政协委员、市文广旅体局局长张玉民娓娓道来：龙文化、杂技文化、红色文化，为这片土地增添了无穷魅力；在“中华第一龙”的出土地西水坡，将建设国家考古遗址公园、中华龙源景区……

7 月 12 日，濮阳市政协“政协委员说”栏目正式推出，委员们就黄河生态保护、文旅文创融合发展等话题出镜访谈。观看节目后，市政协委员、文史委主任景力文颇为兴奋，“今年两会，我提交了《关于规划建设西水坡国家考古遗址公园的建议》，获悉这一项目申报工作有了重大突破，很有意义！”

2022 年，濮阳市确定 18 个文旅文创融合战略项目，着力打造“中华龙源地 · 世界杂技城”城市文化品牌。围绕市委、市政府中心工作，市政协专门制定“关于开展文化重点项目建设监督性调研方案”，明确由主要领导带队，前往中华第一龙遗址公园、国际杂技文化产业园等项目现场开展监督性调研，促进项目建设尽快落地见效。

“濮阳历史文化资源非常丰富，文化底蕴非常深厚，但由于这些文化多是上古时期，所以可说起来的多、可看的比较少。”5 月 27 日，市政协组织召开文旅文创融合发展座谈会，大家从编制规划、项目谋划、资源挖掘等方面深入分析、建言献策。

文旅相融合，古城呈新韵，“濮阳生态旅游优势明显，人文历史魅力独特。”徐慧前表示，要扎实推动文化旅游产业融合发展，切实形成以文化旅游业带动和促进经济社会协调发展的新格局，真正把地域资源优势转化为发展优势、经济优势，让群众乐享文旅成果。

（原载于《人民政协报》2022 年 8 月 9 日第 1 版）

建强专委会　激活履职力

——河南省漯河市政协创新破解“两个薄弱”小记

记者／王有强　靳　燕　通讯员／刘　勇

近日，河南省漯河市传化集团（漯河）二期智慧物流产业园项目开工建设，为该市打造郑州都市圈综合物流副中心提供有力支撑。这一重点项目落地与市政协经济委、农业和农村委联合提交的《关于我市建设郑州都市圈综合物流副中心的提案》息息相关。而这，正是漯河市政协建强专委会、激活履职力的一个缩影。

2022 年以来，漯河市政协抓住贯彻落实中央政协工作会议精神进展情况“回头看”时机，在河南省政协的有力指导和漯河市委的大力支持下，整合优化力量，创新思路举措，打出“班子扩容、协同办公、外脑支持、委员赋能、多极联动”的组合拳，对破解市县政协专委会工作力量薄弱问题，进行探索和实践。

动力：班子扩容专起来

仲夏的漯河，麦浪滚滚，满眼金黄，一派丰收景象。与之相对应的，位于漯河食品职业学院的河南省食品实验室项目建设现场也是一派繁忙。市政协委员联络委科技专家组组长、市科技局局长效国强一边加强同以任发政院士为首的创新团队联系对接，一边就“食品实验室研发 +

中试熟化 + 孵化园区 + 产业转化”的全链条科研转化体系征求相关业内人士意见建议，忙得连午饭也没顾上吃。

作为市政协专委会专家组组长，效国强立足自身专业优势和职责，积极为省食品试验室建设鼓与呼，配合市政协委员联络委开展工作，不仅提升了政协组织的美誉度，也反映出市政协借助专家力量加强专委会建设的质效。

2022 年以来，市政协积极向市委汇报有关情况，主动与组织部门协商对接，按照“力量均衡、专业对口、结构合理”原则，配齐秘书长班子，调整充实了 6 位专委会主任。

在此基础上，按照“三邀请三列席三参与”的模式，市政协探索做好“专委会主任 +”的文章。及时调整充实工作力量，邀请住漯省政协委员列席市政协对口专委会主任会议，参与工作谋划，发挥省政协委员对市政协专委会工作的引领指导作用；健全专委会主任会议制度，邀请市政协委员中市直单位主要负责同志列席专委会主任会议，参与专委会重点工作；在专委会建立由专家学者和相关界别委员参加的专家小组，邀请组长或专家组成员列席专委会主任会议，参与专委会协商活动。

通过调整优化，一批部门领导、专家学者、政协委员参与到专委会工作中来，既充实了人员力量，又提高了工作质量，市政协专委会实现了由“小”到“大”、由“弱”到“强”的“华丽变身”。

随风潜入夜，润物细无声。在市政协的指导下，县区政协积极争取同级党委的支持，切实加强专委会工作力量，推动相关工作开展。

协力：联合办公动起来

“市政协社会法制委‘加快居家养老服务体系建设’协商活动之所以圆满完成，得益于我们推行的‘1+N’协同办公模式。”市政协秘书长袁国亮介绍，“1+N”即由联系该专委会工作的副秘书长牵头，分别组织相关专委会专职副主任、办公室主任和若干机关工作人员，组成专委会功能性联合办公室。

“我们不建机构建机制，立足8个专委会，整合机关有关力量成立了2个联合办公室，每个联合办公室负责4个专委会工作。”袁国亮说，联合办公室在秘书长会议领导下开展工作，是专委会工作服务保障机构，不改变原有机构、编制、职数，主任由市政协副秘书长担任，副主任由各专委会专职副主任担任。平时各专委会办公室主任负责本委的服务保障工作，遇有重点任务和重大活动时，其他专委会办公室协同配合，集中力量开展工作。

教科卫体委办公室原有1名人员，仅靠自身力量，很难完成即将召开的“加快规上企业研发平台建设，构建一流创新生态”专题议政性常委会会议这一重大任务。

成立不久的联合办公室接到任务后，市政协副秘书长郭宏毅迅即召集教科卫体委、提案委、文化和文史委、港澳台侨委专职副主任和4个专委会办公室主任及工作人员，召开联合办公室会议，制定工作方案，组织各方力量参与调研活动。明确教科卫体委办公室负责起草报告，其他3个专委会办公室负责调研联系、查阅资料、组织专家论证等服务保障工作……一个个昔日令人“望而生畏”的重大任务转眼之间变成了各专委会工作人员紧密协作、各展其能的平台。

除此之外，为确保协商成果高质量，市政协实行“委员议、专家议、部门议，委室主任会议审、秘书长会议审，分管副主席定稿”的“三议两审一定”工作模式，努力打造调研精品。

一子着地，满盘皆活。随之，市政协指导县区政协探索成立由办公室有关负责同志牵头，整合工作力量推进的“1+N”联合办公室模式，专责服务专委会工作。

活力：内外资源用起来

如何激发专委会履职热情？“外脑支持、委员赋能、多极联动。”市政协在实际工作中找到了“芝麻开门”的密钥。

开通专业网站账号增强调研成果的专业性，加强对口联系提高协商的精准性，广泛联系社会各界人士、界别群众及新媒体代表提升建言议政的广泛性……为下好外脑支持这盘棋，实现倍增效应，市政协一直努力着。

“今天，市政协举办月协商座谈会，请专家组成员按时参加，并做好发言准备。”5 月 31 日，市政协港澳台侨委联合相关专委会围绕“做大做强功能食品产业，推进现代化食品名城建设”课题，组织漯河发展智库成员、专家学者、社会知名人士等“外脑”，对漯河现代化食品名城建设把脉问诊、献计出力。

从开发委员履职量化考评系统到出台专委会通则；从建立“专委会轮值”“专委会委员读书交流群”等10项学习机制，到开展“集书、漂书、荐书、赠书、奖书”等委员读书活动；从“同心联络室”到“项目为王聚共识”……市政协着力赋能委员履职，加强专委会建设。

跟着上级干，做给县区看。争取上级政协对口专委会指导，省市县三级协同联动；借鉴省政协经验，组织县区政协干部到市政协培训锻炼；探索党员委员 + 非党委员、政协常委 + 政协委员、市政协委员 + 县区政协委员“3+3”履职模式……市政协联合县区政协整合多种履职载体和资源，做好多极联动这篇大文章。

通过“班子扩容、协同办公、外脑支持、委员赋能、多极联动”等一揽子措施，漯河市县政协专委会存在的“一人委”、工作力量分散等“两个薄弱”问题基本得到解决。

“建强专委会，激活履职力。”漯河市政协党组书记王克俊表示，下一步，将进一步总结经验、查找不足，优化力量、固化措施，切实给专委会安上敢揽“瓷器活”的“金刚钻”，以专委会工作高质量推动政协工作高质量。

（原载于《人民政协报》2022 年 7 月 14 日第 1 版）

有活动　有事干　有创新

——河南社旗县政协破解“两个薄弱”的出彩答卷

记者／王有强　通讯员／申鸿皓　李春晖

“群众反映的问题得到了解决，人家认可你，自己很有成就感！”河南省社旗县政协委员祁义党说出了大家共同的感受。

社旗县政协按照党的组织、党的工作、政协组织、政协工作和委员之家“五个全覆盖”工作要求，紧紧围绕习近平总书记关于政协工作“重点解决市县政协基础工作薄弱、人员力量薄弱的问题”的指示精神，探索实施定内容、定任务、定时间、评优劣“三定一评”办法，“两个薄弱”问题逐步得到破解，政协委员动了起来、干了起来、忙了起来，政协工作实了起来、严了起来、活了起来……

定内容，委员之家活起来

“今天的宣讲让我深刻认识到：过去我们为什么能够成功、未来我们怎样才能继续成功。”2月8日，社旗县政协开展“委员之家”联组活动，县委党校讲师张天业关于党的十九届六中全会精神的宣讲报告，让李营委员格外激动，“报告精神振奋人心，作为政协委员，我要致力于打通服务群众的‘最后一厘米’”。

在社旗，像这样的委员活动，几乎每周都在进行，而“委员之家”

是重要阵地。

2021年以来，县政协坚持“八有标准”建“家”，“九项制度”管“家”，“六个活动”活“家”。县政协班子、专委会、界别委员，围绕思想政治引领这一中心环节，坚持建言资政和凝聚共识双向发力，确定了委员之家学习培训、调研视察、提案督办、反映社情民意、团结联谊、艺术创作、参加社会公益等活动内容，深入开展“小讲堂”“微协商”“深走访”三项活动，推进了全县政协系统思想大武装、能力大提高、作风大转变、质效大提升。

2021年全年，全县22个委员之家开展各类活动200余（场）次，政协工作呈现出全面开花、蓬勃发展的可喜局面。

委员履职有舞台，政协工作有抓手。群众也表示认可：“政协离得很近，委员跟俺们很亲。”

定任务，联组活动实起来

转社区、串村组，进工厂、下车间，访医院、巡学校，宣传党的政策主张、开展协商议政、收集社情民意……放眼社旗城乡，处处都有政协委员的身影。

为进一步规范履职活动，县政协专门印发《关于做好县政协领导班子、机关委办联系乡镇（街道）政协联络室工作的通知》，通过给班子成员、机关委办和政协委员定任务、压担子、明重点、提要求，推进“小微深”等履职活动全面展开，工作网络越织越密，组织根系越扎越牢，实现了让每一位政协委员都能就近有一个开展工作的平台，让每一名群众都能就近找到政协组织。

在领导层面，县政协6位班子成员人人分包乡镇、落实任务指标、积极参与活动，推进了政协委员之家活动的常态化、制度化、规范化。

在机关委办层面，通过联合专委会、乡镇（街道）政协委员之家举行联组活动，落实每个委员之家每年至少组织3次“小讲堂”集中学习、开展2次公益活动、整理4次社情民意、进行1次“深走访”调研视察和2次“微协商”活动，推动了政协工作上水平、出实效。

在政协委员层面，按照“懂政协、会协商、善议政，守纪律、讲规矩、重品行”的要求和“四个一”制度，每位委员每年至少撰写一篇调研报告、提交一件提案、办一件实事、每季度至少搜集一条社情民意，广大委员带着任务，服务在“一线”，助力在“一线”，作为体现在“一线”。

2021年，县政协共收到委员上报的调研报告137篇、社情民意326条、提案208件、办实事信息256条，其中，《关于农村小学生源流失情况的调研报告》等一大批关系群众切身利益的实际问题得到县委、县政府主要领导的批示交办并妥善解决。

定时间，政协委员动起来

“家长入企进厂务工，子女随迁就近入学，真好！”说起孩子就近就读县城实验学校，在上市企业“森霸传感”上班的唐庄乡官营村群众孟凡云一脸幸福，“多亏政协组织牵线搭桥，为我解决了后顾之忧。”

孟凡云的幸福，源自县政协经济委于2021年8月底会同政府办、开发区管委会、教体局、优化营商环境办等职能部门，就解决企业员工随迁子女入学问题开展的专题调研协商，随后，76名适龄学生入学问题得到了妥善解决。

为着力提升委员履职质量和成效，县政协印发了《关于进一步规范委员之家、乡镇（街道）政协联络室、各界别活动的通知》，明确规定每季度每个月的第2周，分别开展委员之家、政协联络室、界别活动，实现了政协组织月月有活动、政协委员天天有事干、政协工作时时有创新。

仅在2021年，民法委组织民法典等普法宣讲21次，实现普法宣传教育常态化；委员企业结对72个贫困村，8000余人直接受益；各委员之家举办公益活动近20次，捐款捐物价值160多万元……

“委员动起来，工作更出彩；委员有担当，政协有力量。”县政协主席黄静向记者介绍说，县政协抓住委员这个“核心竞争力”，通过各层次、多样化、高频次的履职活动，培养起了“想干事”的激情、“会干事”的本领和“干成事”的能力，“政协委员成了群众身边的忙人、红人、贴心人”。

评优劣，履职管理严起来

“去年，通过对评选出的35名优秀政协委员、20篇优秀调研报告、18件优秀提案、22条优秀社情民意、5个先进委员之家、6个乡镇（街道）联络室予以表彰，委员履职积极性空前高涨。”政协工作的新变化，让黄静感触颇深：“四评四创等活动的开展，激活了委员履职的一池春水。”

翻看2021年政协活动清单，验证了黄静的感触：民法委先后5次组织36名委员积极参与政法队伍教育整顿“开门评议”座谈会；文化和文史委收集整理的大型文史资料图册《百年赊店》已经编辑成书；提案委组织举办了“我为党旗添光彩”庆祝中国共产党成立100周年演讲比赛；经济委组织界别委员围绕优化营商环境开展专项民主监督；教科卫体委积极开展“送文化、送科技、送医疗”活动……一系列丰富多彩、形式多样的活动，实现了委员之家有特色、乡镇（街道）政协联络室有亮点、界别活动有成效。

此外，县政协全面加强履职考评管理，把“五个全覆盖”、调研视察、提案、反映社情民意、新闻宣传等工作纳入年度评价体系，对政协委员完成“作业”、政协常委完成“作文”、政协机关委室和乡镇（街道）政协联络室完成“作品”情况进行量化评价，在开展评选优秀政协委员、优秀调研报告、优秀社情民意反映、优秀提案“四评”的同时，还组织了专委会创精品、委员之家创特色、政协委员创亮点、政协联络室创品牌“四创”活动，营造比学赶超、创先争优氛围，展示了新时代政协新形象、委员新风采。

破解“两个薄弱”，社旗县政协给出了精彩答卷。

（原载于《人民政协报》2022 年 2 月 17 日第 1 版）

把党的二十大精神传递到百姓心坎里

——河南信阳市浉河区政协叫响“茶园协商”品牌

记者／王有强　靳　燕　通讯员／付　瑜

河南省信阳市浉河区政协立足大别山革命老区和“中国十大最美茶乡”这片亦红亦绿、半城半乡的山水田园，推进政协协商向基层社区村组茶园延伸，打造出独具地域特色泥土气息的茶园协商品牌。

“截至目前，全区建立区、乡镇街道、村社区三级‘有事好商量’协商议事网络，拥有各类协商议事平台、议事室、协商广场、协商文化公园 39 个，基本实现了‘有事好商量’协商平台的全覆盖。”浉河区政协主席何怒涛满怀深情地说，以协商为媒，把党的二十大精神传递到老百姓的心坎里。

探索赋能新路径　延展协商大格局

何谓“茶园协商”？即在茶乡茶园、城市广场开展富有茶香味、人情味的协商议事活动。

坚守初心使命，浉河区政协以“能力作风建设年”为契机，精心打造“一家一室一平台”，即“政协委员之家”、政协委员工作室、“有事好商量”协商议事平台，使其成为委员的学习之家、履职之家、民主之家。

强抓手，区政协始终以“六个起来”工作机制为抓手，“学起来、做起来、实起来、新起来、严起来、比起来”，构建多层次、规范化的政协协商格局；定流程，统一印制《“有事好商量”协商议事工作台账》《“有事好商量”协商议事会议记录本》，通过确定协商议题、组织商前调研、确定协商主体、开展协商活动、协商成果运用等5个程序，做到“有场所、有标识、有制度、有组织、有活动、有成效”；精选题，聚焦群众身边的烦心事、揪心事，以“小切口”微协商撬动“大民生”；构体系，区委出台《关于构建“有事好商量”协商议事机制 助推现代化幸福美好浉河建设的意见》，区政协研究制定《“有事好商量”协商议事规则》《“有事好商量”协商议事平台建设工作方案》《“有事好商量”协商议事活动月工作方案》，区政协领导班子成员包片联乡督导“有事好商量”协商议事平台建设和协商议事活动。

至此，以政协全会为龙头，以专题议政性常委会会议、专题协商会议为重点，双月协商座谈会、协商性民主监督会议、提案办理协商座谈会为常态的“六位一体”广泛多层协商平台体系在茶乡悄然成型。

董家河镇政协联络组探索开展“政协委员接访日”活动，每月定期在协商议事室接待群众、倾听民声、解决民困，努力擦亮茶园协商品牌。“这是一次成功的实践创新，履职同时为群众办了实事，真正做到惠民利民。”区政协副主席朱晓波表示。

下沉一线走基层　协商为民办实事

“现在有问题解决不了的，直接在夜话会上说出来，街道社区马上跟进！”社区居民肖先生所感叹的，正是金牛山政协联络组打造的“金牛夜话”协商议事平台，已形成品牌效应，成为听民意解民忧的知心会。

浉河区政协正是通过茶园协商擘画最大同心圆。

聚焦党政中心工作和群众关切，协商议题进一步丰富。区政协紧紧围绕全区工作大局和人民群众高度关注的热点难点问题，通过由党委政府“出题”、向委员“征题”、从提案“筛题”、从社情民意中“破题”等形式，精心确定协商议题。

密切联系群众，协商场所进一步拓展。协商活动走进田间地头、农家院落，将协商从“会场”向“现场”延伸，从会议室搬到田间茶园、百姓庭院，实现了和茶乡群众零距离。

引导委员参与，协商主体进一步活跃。政协委员通过有效协商，商出办法、商出共识、商出团结，形成政协委员、群众代表、党委班子、部门负责人“齐参与、共谋划”的良好局面。

探索阵地建设，协商基础进一步夯实。各乡镇街道政协联络组至少选择一个村（社区）建设“有事好商量”协商议事广场或协商议事室。

协商议事小广场，解决民生大问题。十三里桥乡政协联络组在社区协商议事广场开展居民协商议事活动，共同探讨如何更好地开展疫情防控形势下的社会面管控及镇区街道疫情防控工作，推动协商议事与人民群众同频共振。

发挥作用亮品牌　行稳致远再出发

协商议事平台搭建在绿色茶园里，协商民主之根深扎在红色老区中。近年来，浉河区政协完成协商工作报告 50 多篇，形成各类意见建议 200 余条，围绕群众急难愁盼问题开展协商议事 80 余次，政协委员、群众代表等 700 余人次参与，解决实际问题 80 多个，以“茶园协商”弹奏出“美好生活看信阳，幸福家园在浉河”的最美旋律。

近日，浉河区政协“有事好商量”协商议事工作观摩学习交流会召开。何怒涛带队观摩了15个“有事好商量”协商议事平台建设、使用情况及亮点工作，“政协委员要当好基层协商议事员、社情民意收集员、书香政协读书员、社会矛盾调处员、志愿服务战斗员，推动政协协商与基层治理有效衔接，让党的二十大精神在茶乡落地生根。”何怒涛表示。

（原载于《人民政协报》2022年12月15日第1版）

以书香涵养气质

——河南驻马店市政协创新开展委员读书活动

记者／王有强　靳　燕　　通讯员／车灵艳

"人生到了一定阶段，开始生活得越来越简单，才能体会到大道至简的真意。""你敢给自己未来的人生打100分吗？"近日，河南省驻马店市政协与樊登读书会联合开展"让书来书往　创书香支部"读书交流活动，委员们在活动中相互分享自己的读书感悟。像这样以读书滋养初心、以书香涵养气质的活动，在驻马店市政协已成为一种常态。

习近平总书记指出：读书可以让人保持思想活力，让人得到智慧启发，让人滋养浩然之气。自全国政协委员读书活动启动以来，驻马店市政协以建设"书香政协"为抓手，把委员读书活动作为政协工作的"主打产品""拳头产品"，创新活动形式，培育读书文化，涵养政协气质。

"领头雁的作用可真好"

"领导干部大讲堂"是驻马店市政协委员读书活动的一大特色。政协领导定期为委员解读党和国家的大政方针、经济形势，解读人民政协的理论研究和关于政协知识的重要讲话精神等，提高委员政治站位，领悟政协委员在推进民族复兴伟业汇聚磅礴力量的使命担当。《新阶段新理念　新格局　新征程》《深刻理解和把握坚持以人民为中心的发展思想》《浅谈如何做好政协专题调研》《对中共中央关于人民政协工作系列文件解读》等课程是驻马店市政协读书活动的“明星”课程。

“政协领导的授课不仅拓宽了我们的视野，也增强了我们对党的政治认同、思想认同、理论认同和情感认同，更激发了我们履行职能的内在动力。”聆听过讲座的委员纷纷表示。

把知识讲到了村里

“这些民法知识真实用，以后我们也懂得用法律武器保护自己了！”“大医院的专家到咱村义务问诊，咱们不用进城就能看病了！”

驻马店市政协组织委员走进社区和乡村授课与义诊后，群众发自肺腑地感叹。像这种把知识讲进社区、讲进乡村是市政协委员读书活动的另一大特色。组织委员到帮扶村为群众普及法律知识，到乡村宣讲党和国家的方针政策，“健康知识进社区”“急救知识进校园”等活动，已成为市政协的常规动作。

2019 年以来，驻马店市政协通过委员党支部、“委员之家”组织开展“知识下乡、进社区”活动 32 次，实现了读书与政协履职、为群众办实事的紧密结合。

“能够为人民群众带来知识和健康，是我们作为政协委员的光荣和使命。”参与“知识下乡、进社区”活动的委员激动地说。

委员大讲堂是个好平台

“今后要进一步加大科技研发投入力度，把制造业高质量发展作为主攻方向，做大做强优势主导产业，全面挺起先进制造业脊梁。”2021 年 3 月，驻马店市政协委员、市科技局局长胡晓黎在“委员大讲堂”中，向委员们介绍科技研发投入促进制造业高质量发展情况，通过她的讲解，委员们对全市制造业的科技研发投入有了更直观的了解，同时对下一步的协商调研也有了方向和目标。

自 2019 年以来，驻马店市政协各专委会每年都会开展一期“委员大讲堂”活动，邀请在本专业、本界别有思想、有贡献的专家委员在讲堂上分享自己在政治、经济、文化、社会等方面的心得和感悟。截至目前，“委员大讲堂”已成功举办 36 期。

“‘委员大讲堂’用‘委员讲、委员听、委员议’的方式深度学习、互动交流，既开拓委员视野，激发委员活力，又提升委员履职能力和水平，是广大委员展现才能、沟通交流、履职建议的新平台。”市政协秘书长李家平介绍说。

智能读书真便捷

“想看什么书，一搜一点就能迅速打开，还不用付费，智能读书真便捷！”“每天利用碎片化时间，我既可以看书，也可以听书，真方便！”在 2022 年驻马店市政协全会上，掌上阅读引起与会委员的热议。

让阅读触手可及，打造线上线下委员读书平台，是驻马店市政协近年来积极探索委员读书的新路径。依托市政协网站、“履职通”APP 和“智慧政协”平台为载体，驻马店市政协搭建“掌上图书馆”系统，设置了委员书库、理论研究、文史春秋等模块，搭建起了具有政协特色、互动性强、操作方便的线上阅读交流平台。

线上晒读书清单、录制读书音频视频，线下分享读书心得、开展读书演讲，驻马店市政协以灵活多样的方式调动委员读书积极性，帮助委员培养学习习惯。

“下一步，我们将陆续开展喜迎党的二十大读书系列活动，让‘灯火不熄，书卷常开’成为全市政协委员的新面貌。”市政协主席陈锋表示。

（原载于《人民政协报》2022 年 5 月 7 日第 1 版）

跬步千里　持久必成

——河南省驻马店市政协持续创新提案工作

文／曹蔚华　记者／王有强

在河南省各级政协组织率先建立市领导阅批督办重点提案制度，率先出台《提案质量评价办法》《提案办理质量评价办法》，率先将重点单位办理清单提交市政协全会接受全体委员审议，率先建立提案办理成果新闻发布会制度……一系列创新举措，使河南省驻马店市政协提案工作焕发光彩。“提案工作在全省政协提案工作中有地位、在全市经济社会发展各项工作中有影响，已实实在在成为市政协的拳头产品、窗口和品牌。”市政协主席陈锋说。

以质为先，打造标准“度量衡”

每年驻马店市政协全会前夕，面向社会公开征集、梳理、发布提案线索目录，成为市政协提案工作的重头戏。四届政协以来，市政协紧密围绕全市发展的重点和社会关注的焦点，发布了近 2000 条提案参考题目，其中 70% 以上都转化为提案或社情民意。

如何从提、办两个环节发力，实现提案质量和办理质量的双提升，推动提案工作高质量发展，是市政协重点探索的课题之一。为此，市政协先后出台了《提案质量评价办法》和《提案办理质量评价办法》，标志着市政协提案工作有了一个比较全面、完整的评价体系，向规范化、程序化、制度化迈出了新的步伐。

高位推动，筑牢办理“压舱石”

“全市各级党政主要领导要带头落实好阅批督办重点提案制度，扎实做好督办政协重点提案工作，推动我市提案办理工作规范化、制度化建设，发挥好提案助发展、惠民生、促和谐、聚共识的最大效益……”2022年6月21日，市委书记鲍常勇就重点提案督办现场办公，强调要以提案办理工作推动“中国药谷”建设再上新台阶。

这已经是市政协建立市级领导阅批督办重点提案制度推行的第4个年头。

抓住提案中的“关键少数”，就是抓住了整体提案办理的“牛鼻子”。为此，市政协建立了市级领导阅批督办市政协重点提案制度。在此基础上，市政协以“两重”为抓手，坚持并不断完善市级领导阅批督办重点提案制度、市政协主席会议组成人员督办重点单位制度。四届政协期间共遴选重点提案141件，累计遴选重点办理单位83家，涉及提案1800余件，占立案总数的85%以上，发挥了抓重点带全局、聚合力解难题的示范效应。

硬核评议，加装责任“增压器”

提案办得好不好，群众满不满意，评议就成了检验办理成效、查找问题不足、推动阳光办案的“镜子”。

通过党政督查部门考议，重点督办、暗访督办、跟踪督办等方式，督促提案办理单位真抓实做；通过网络媒体公议，推行提案内容、办理过程、办理结果全公开；通过常委会会议专议，在每年第三季度市政协常委会会议上听取和审议提案工作，进一步压实工作责任；通过委员和专家面议，建立提案办理单位重要成果新闻发布会制度，每年组织一次承办单位提案办理述职述评会，办理单位上台展示、述职，评议代表台下阅卷、打分；通过政协全会审议，每年遴选3—5家重点单位向全会提交提案办理成果清单，由全体委员审议，激发各承办单位办好提案的动力。

深度协商，织密服务“保障网”

协以求同，商以成事。市政协积极拓展、搭建广泛深入多层次的“提案+”协商平台，织密服务保障网，最大限度地释放提案工作新动能。

《关于沿淮生态经济带建设的建议》是市级领导领衔督办的重点提案之一。为做好提案督办的“后半篇文章”，切实把委员的意见建议落在实处，市政协副主席郑玉林随后又带队开展了“加快推进沿淮生态经济带建设”专题调研，调研组走访了两个县4个乡镇7个行政村和8处河段，与当地干部群众代表80余人开展座谈，撰写出了高质量的调研报告。随后，这个课题又作为市政协双月协商课题再次进行挖潜追踪、成果转化。

市政协创新出台专委会服务市级领导提案督办工作服务联络方案，以专委会为依托建立了联络服务组，在服务领导重点督办活动、服务督办成果跟踪问效、服务办理总结反馈等保障作用上又加了一把“火”。提案办理协商与专题协商、对口协商、界别协商的有机融合，进一步提升了建言资政和凝聚共识双向发力的质量。

（原载于《人民政协报》2022年12月30日第1版）

下沉一线好协商 夏粮颗粒要归仓

——湖北省襄阳市政协把协商会开到田间地头

记者／毛丽萍　　通讯员／熊丹青

麦浪滚滚，满目金黄，又到了夏粮收获的季节。

“襄阳熟，湖北足。”作为全国十大夏粮主产区，襄阳是长江流域、中南地区首个百亿斤粮食生产大市，也是全国夏粮大规模收割的第一站。

疫情当前，不见“麦客”——农机咋弄？

“再有一个星期就要开镰了，往年这个时候，河南、江苏的农机收割队已经过来了，今年因为疫情，到现在一台都还没来，万一误了农时，可咋办哟！”5 月 9 日，摸着颗粒饱满的麦穗，襄阳市襄州区黄集镇彭梁村的村民艾光明向前来走访的襄州区政协委员、黄集镇委员活动组组长石闪闪道出了心头的焦虑。

同样的担忧也在石闪闪的心里不断浮沉：小麦的适收期只有 3 至 5 天，如果收获不及时，不仅会造成产量损失，也会影响下茬作物播种。如何确保不误农时、颗粒归仓？问题很明显：缺农机。

石闪闪迅速联系她所在的襄州区政协，借助襄阳市政协打造的“协商在一线”平台，邀请区农业部门相关负责人来到黄集镇彭梁村，与村民们现场协商、解决问题。

“收到委员和村民们提出的问题后，我们提前进行了谋划，今天我先代表襄州区农业农村局给各位委员和村民送来个好消息！在对全区现有的5500台收割机做好维护、调试和检修的同时，我们利用跨区作业信息平台联系了周边各省收割机过来跨区作业，从目前联系情况来看，可以确保投放7000台左右的收割机，让全区小麦及时收割完毕。另外，今天收到的部分村组收割机还没有安排到位、希望收到实时天气预报等问题，我也将带回去、安排好，一定让大家满意！”襄州区农业农村局负责人的一席话，让在场的村民放下了一直悬着的心。

疫情防控，流动不畅——没人咋办？

在夏收的关键时期，襄阳宜城流水镇黄冲村遇到的则是缺人问题。

2018年，黄冲村通过实施高标准农田建设，将村里的3000多块零星田改造成200多块大面积机耕地，提高了土地利用率和产出率。但也正是由于村里的水田种植面积大，每年一到插秧季节，就有邻近县市的100多名农机手到黄冲村打季节工。

“今年因为疫情管控，不仅这些季节工可能没法过来，本村在外务工的村民也不能及时返乡，村里人都怕误了农时。”黄冲村支部书记王朝富说，因为村里是“小田并大田”，经过几年的发展，农机化水平已经很高，机械化收割不成问题，难就难在需要大量农机手来机插，因为一台插秧机一般需要2人进行操作，1人在前面驾驶，1人在后面喂秧。

得知这一情况，5月13日，宜城市政协组织农业活动组、流水活动组委员及涉农部门有关负责人，在流水镇黄冲村就“插秧用工难”问题开展“协商在一线”活动。

协商现场，宜城市农业农村局、农技推广中心、流水镇负责人详细解答了政协委员和村民提出的问题，并商讨出了解决办法：调配无人驾驶插秧机增援黄冲村，这种安装了智能设备的插秧机可每台减少 1 名驾驶员，仅需 1 人喂秧，能大大缓解黄冲村农机手短缺的问题，确保插秧进度，不误农时。

南橘北枳，因地制宜——种子咋选？

“襄阳的农机化水平较高，但由于农民种植的品种不同，常常导致成熟时间不一致，影响机械化收割的效率。同时，农业种植讲究因地制宜，向农民推广适合本地气候条件的品种，才能让农民获得更大的收益。”5 月 12 日，襄阳市政协委员熊万东联系了几名专业对口的政协委员、农技推广中心相关负责人以及部分种粮大户，前往湖北扶轮农业科技开发有限公司，开展“协商在一线”活动，他们的关注点很明确：选种。

“小麦最怕的就是赤霉病，以前襄阳用的都是外地种子，不适合本地的气候条件，经常暴发严重的赤霉病，我们现在主推的‘扶麦 368’高产攻关单产达 651.2 公斤，创下湖北小麦单产最高纪录，‘楚襄 1 号’小麦单产达 641.9 公斤，创湖北强筋小麦单产最高纪录，这些产量高、品质优、抗性好的品种，很适合向咱们本地农民推广。”在扶轮农业的试验田里，副总经理孟俊峰的一席话，说进了种粮大户黄朝海的心坎里。

“你看看这麦穗鼓鼓囊囊的，前些天刮那么大的风，这麦秆也没有倒伏，确实不错！今年秋种的时候，我就选这个‘扶麦 368’了。”黄朝海是附近有名的种粮大户，流转了 120 亩土地搞粮食种植，前些年就因为种植外地的小麦品种暴发了赤霉病，收成只有平时的 60%，辛苦几年赚来的钱一下子打了水漂，听说有政协委员组织活动帮忙选种，他第一个报名要来看看。

经过实地探查、认真比对，大家选定了适宜推广的小麦品种，也为来年的夏粮丰收埋下了期待的种子。

把协商会开到田间地头，让共识在一线凝聚、问题在一线解决、委员作用在一线发挥。自2020年全面启动“协商在一线”工作以来，襄阳市政协通过“面对面”倾听民意、“零距离”团结各界，解决了一大批民生问题。

2022年，襄阳市政协已明确把深入推进“协商在一线”作为工作重点，形成“党委领导、政府支持、政协搭台、各方参与、服务群众”的工作机制，切实为群众解决了一大批“急难愁盼”的操心事、烦心事、揪心事，打通了政协委员联系服务群众的“最后一公里”。

（原载于《人民政协报》2022年5月23日第1版）

两“专”合一

——湖北省宜昌市政协以专家协商促专门协商机构建设记事

记者/毛丽萍　　通讯员/何新华　易玮玮

“政协开展的社情民意调查，很接地气，很有针对性……要进一步提升山地机械化应用水平，帮助库区群众依靠柑橘长久安稳致富。”7月28日，湖北省副省长、宜昌市委书记王立对市政协报送的“三峡库区柑橘下山难应引起重视”社情民意信息批示道。接到反馈后，宜昌市政协农业和农村委员会主任罗泽旌迅速将批示精神传达到专委会全体委员。

这已经是该专委会2022年以来协商调研成果第3次获得市委主要领导批示。成果的背后，得益于全市政协开展学习大研讨活动，明确建成三个平台——提供决策参考的智库平台、广泛凝聚共识的协商平台、推动高质量发展的干事平台，充分发挥政协联系广泛、智力密集优势，切实增强建言资政的“靶向性”和“含金量”。其中，打造智库平台，将专家协商融入协商议政全过程，真正起到了以“专”提“质”的作用。

对此，罗泽旌深有感触地说：“‘隔行如隔山’，本地专家全程参与支持的同时，还帮我们对接到领域内顶级专家，专委会工作力量更大，视野更宽，情况更清，建言更准，底气更足。”

“智库”引来的力量

市县政协专委会工作人员力量薄弱，专委会主任、副主任成了仅有的工作人员。2022 年，宜昌市政协建立首批协商议政“专家库”，聘请创新和产业发展、农业和乡村振兴、文化建设、生态环境与城市建设、科技教育卫生、社会治理和民族宗教、对外开放等 7 个领域的 48 名专家为专家库第一批成员。

市政协港澳台侨和外事委员会结合专委会全年协商计划，从共青团、青联、工商联、民主党派中提名了 10 位专家库人选，牟俊就是其中的一位。

作为留学归国人员，牟俊现任职于宜都市高新技术产业园区管委会。他说：“政协专家协商平台让我们有了归属感，全程参与协商对留学人员也是极大的锻炼。”在 5 月 31 日召开的“大力培育外贸市场主体、推动宜昌高水平开放”双月协商会上，受专委会委托，牟俊还邀请到中国意大利商会首席财务官视频连线参与协商活动，从外方的视角审视宜昌营商环境和对外开放水平。

“到会的分管副市长张金安给予充分肯定，认为协商会带来很多新的信息和前沿资讯。”该专委会主任余学军说。更让她备受鼓舞的是，这次双月协商会情况报告得到市委书记王立和市长马泽江的“双份”肯定。余学军感慨：“智库平台让协商力量更强大，专家协商确实是提高建言科学性的好制度、好方法和好机制。”

专家融入协商议政全过程

2022 年初，三峡大学经济与管理学院旅游管理系教授阚如良收到邀请函，成为市政协协商议政专家库成员之一。2 月 23 日，阚如良参加了市政协组织的双月协商活动开题会。

三峡大坝、葛洲坝、西陵峡，宜昌市旅游资源丰富。以“两坝一峡”为重点推动宜昌建设世界旅游名城已经有了基础共识。协商会如何聚焦，短周期内如何破题，在阚如良看来，管理多头、市场主体多元、统筹乏力的体制机制障碍是难点。为此，开题座谈会后，市政协双月协商会将议题进一步聚焦到破解“两坝一峡”体制机制障碍上。

在随后的会前调研协商中，阚如良也作为调研组成员向大家讲解分享国际国内旅游管理体制机制的案例，进一步帮助大家理清如何处理有为政府、有效市场和有序社会三方面的关系问题。4 月 12 日，市政协召开双月协商会，围绕“破解‘两坝一峡’体制机制障碍，加快建设世界旅游名城”，5 个课题组及政协委员们纷纷建言，阚如良作为专家现场发言。

“我感觉非常荣幸，政协搭建平台把非政协委员的专家凝聚到一起，这不仅有助于我们参与到相关课题研究，也体现了地方大学服务区域经济社会发展的价值。”阚如良说。

作为一名老委员，李能虎感受最深的是，专家的全程参与对提升委员建言质效影响启发很大。目前，他正在为拟于 9 月召开的市政协常委会会议准备发言：“虽然‘培育农业产业化龙头企业，加快构建农业全产业链’这个课题破题难度很大，但有相关领域专家随时指点迷津，我有信心做好调研和发言。”

“从开题引导到实地调研，从会前建言到协商交流，从专业研审到形成报告，把专家协商贯穿市政协各项重点协商活动全过程，帮助引导委员找准赛道，做到协商方向不偏、重心不破、力量不散，确保协商的科学性、时代性。”市政协主席王均成对此深有思考，“过去我们专家参与侧重在‘冷研究’或者协商的某个环节，今年我们开始探索专家‘热协商’参与政协年度协商和监督调研全过程各环节”。他说，“积极开展专家协商”已列为今年宜昌市重大改革项目之一，由市政协牵头实施。

“几何效应”正在显现

宜昌是 2018 年习近平总书记考察长江、视察湖北的首站之地。做好长江大保护必答题，是宜昌市今天和未来的重任。近期，湖北省委提出新目标，要求宜昌全力打造长江大保护典范城市。

6月16日，一场以“磷石膏无害化处理和资源化利用”为主题的“委员e家”协商活动在中心城区的一处建筑工地举行。协商会现场，企业代表、行业专家、部门负责人、分管副市长、政协主席冒着烈日酷暑，全程网络直播，与场内外7万余人次互动，共话长江生态保护和磷化工产业高质量发展。

见证全过程的市政协委员、市住建局副局长叶帮斌说：“部门工作既供给专家，也需要专家，此次协商也让我们尝到了政协协商与部门工作融为一体的甜头。”他介绍，目前，市政协关于建设领域磷石膏技术攻关和综合利用的4件提案正在落地。

不仅如此，在专家智库平台的支撑下，抓好农村人口流出后的规划治理、新就业形态劳动者权益保障问题、做好农村妇女“两癌”（宫颈癌、乳腺癌）筛查……一系列意见建议被吸收进党委政府科学决策中。据统计，上半年市政协呈报市委、市政府的12份调研报告得到100%批示，报送的54期社情民意信息，得到市领导批示53次。

6月28日，在听取市政协常委会会议协商建议时，王立高度肯定市政协工作，认为“市政协坚持党的领导，发挥政协专门协商机构作用，以打造‘三个平台’，建设‘三个机关’为抓手，思想破冰、协商议政、履职尽责成效好，充分展现了新时代人民政协的新形象”。

王均成表示，专家的“专”与专门协商机构的“专”深度融合，实现了意想不到的“几何效应”。接下来，还将进一步完善制度机制，让这种全过程的专家协商更好服务于长江大保护典范城市的建设。

（原载于《人民政协报》2022年8月5日第1版）

协商，沿着群众呼声推进

——湖北省秭归县政协深入开展“协商在一线·共同缔造”行动

记者／毛丽萍　通讯员／邹　媛　谢　军

新春伊始，湖北省秭归县政协全会上传来消息，2023年县政协将组织开展“一线协商·共同缔造”行动，每个乡镇政协界别活动联组和每个专委会至少组织开展一次协商活动，助推秭归县构建共谋共建共管共评共享的社会治理格局。

谈起这项活动，秭归县政协帮扶村杨林桥村第二任驻村书记龚瑞麟深有感触。“2022年全村春茶收入近百万元，随着茶林的不断成长，茶农的收入越来越好，这离不开县政协多年联系本村助推开展基层协商工作的助力。”

2022年6月，县政协再次来到杨林桥村，发现村民普遍关注茶产业发展问题。在此之前，县政协以此推进“协商在一线·村落夜话”活动，帮助村民理清了产业、民生等多个问题。

面向群众，倾听民意，县政协立即组织了家门口的协商会。“希望对采茶进行规范化、标准化培训，保证茶叶品质。”“希望政府支持建设有机肥施肥管道到茶园，让村里养殖污染物变废为宝。”……村民们建议。

2022年6月23日，县政协组织该村20多名茶农到九畹溪镇丝绵茶厂考察培训，学习茶叶加工收购和机采机修等先进经验，让茶农既“富口袋”又“富脑袋”。

2022年以来，县政协积极搭建请上来“开门协商”、走下去“现场协商”、连起来“线上协商”平台，将“村落夜话”协商活动拓展到县、乡、村（社区）、村落（小区）等社会治理各领域，解决了一大批急难愁盼问题，赢得了群众的认可和称赞。去年以来，“协商在一线·村落夜话”参与群众达1800多人次，收集问题50多个，收集意见建议270多条。

面对面听民声，才能发现真问题。结合湖北省委全面推进的共同缔造活动和省政协推进“一线协商·共同缔造”行动安排，县政协已将34名省市政协委员和169名县政协委员编组到乡镇，要求群众的呼声在哪里，社会治理难点堵点在哪里，“协商在一线”就推进到哪里。

（原载于《人民政协报》2023年2月6日第1版）

不求风风火火　但求实实在在

——湖南省长沙市岳麓区政协委员工作室联系服务界别群众记事

记者／刘　洋　王　双　通讯员／栗　霖

在位于湖南省长沙市岳麓区银盆岭街道的一间律师事务所内，有一个有趣的现象：一些群众进门不找律师，而是点名要找政协委员，这是为何？近日，记者来到岳麓区基层社会治理政协委员工作室一探究竟。

“委员工作室就要建在群众都能找得到、进得来的地方。”作为委员工作室第一召集人，岳麓区政协常委、湖南正湘律师事务所主任陈刚告诉记者，这个身处闹市之中的委员工作室选址别具“心”意，正是为了更方便联系和服务群众。为此，陈刚拿出事务所原本打算用于出租的部分门面，用作委员工作室的活动阵地“开门迎客”。

岳麓区基层社会治理政协委员工作室是该区政协设立的界别委员工作室之一。为深入贯彻习近平总书记“政协委员要更好联系和服务所在界别的群众”重要指示精神，在岳麓区政协主席杨利成的领导下，区政协立足界别特色，突出广泛联系界别群众、联动各级政协委员积极参与、联合民主党派、共商共建共享等特点，全面推进委员工作室扩面、提质、增效。

“委员工作室不求多，但求精，联系服务界别群众不求风风火火，但求实实在在。”按照杨利成对委员工作室建设的要求，区政协组建了19个街（镇）委员工作室、2个省、市、区三级联动委员工作室、2个市区两级联动委员工作室和2个界别委员工作室，实现了委员工作室“网络全覆盖，委员齐参与，线上线下同时运行”。

助推基层治理　群众“暖心室”开在闹市中

以湘江为界，长沙被分为河东与河西。近年来，随着长沙城市格局的变迁，河西新城拔地而起，岳麓区作为长沙转型创新发展的“西引擎”“西高地”，经济社会发展加速腾飞。与此同时，该区区情社情、社会结构、群众需求也发生了深刻变化，基层社会治理面临重重考验。

区政协社会福利和保障界及银盆岭街道政协联络组的委员共同设立了岳麓区基层社会治理政协委员工作室，重点围绕“社会治理、法律服务、民生工程、人口管理、学习培训”5个领域开展工作，助解城乡基层社会发展中的问题。

作为召集人，陈刚用专业与温度不断拉近与人民群众的“心距离”，驻室的委员们也同样干劲十足——

53岁的向某是刑满释放人员，无收入来源，找工作屡次碰壁。了解情况后，米红茜委员多次组织社工和志愿者上门对其开展心理辅导，并纳入社区重点慰问对象，联系爱心企业为其提供工作机会，帮他重新回归社会。

姚晨姣委员深入基层为群众送医送药，宣传“家庭医生签约”健康管理理念，得到社区居民一致好评。“儿女都不在身边，有个家庭医生，病病灾灾就不愁了。”67岁的彭娭毑说。

吴清波委员多方奔走，多次牵线协商，助力解决了小区居民电动车无处停放和不规范充电问题；毕晓芳委员组织委员在“六一”期间慰问特殊儿童，并联合爱心企业长期开展帮扶；委员们还积极开展公共法律服务、助力抗击疫情、慰问困难老人……群众纷纷感叹，委员工作室成了大家的“暖心室”，政协委员成了贴心人。

共商共建共享　打造界别特色履职品牌

近年来，湘江新区紧扣金融聚能和金融赋能，以“强金融”积极服务“强省会”。湖南金融中心落子岳麓，成为湘江新区贯彻落实省委、省政府“打造国家区域金融中心”决策部署的核心承载。

党委有部署，政协有行动。长沙市政协委员学习联络委员会与岳麓区政协共商共建共驻的跨界别履职平台——湖南金融中心政协委员工作室应运而生。工作室共入驻市、区两级政协委员36名，根据“汇金融之智，献务实之策，亮委员风采，助经济发展”的工作定位，全力打造“‘聚金汇神’好商量”特色品牌。

为推进政协履职与金融服务跨界融合，该委员工作室组织开展政协委员与金融机构、企业面对面；组织委员和专家围绕科技助推乡村振兴开展研讨；组织委员研究帮助文旅企业走出疫情影响困境的举措；为委员企业助力融资400万元。“聚金汇神”好商量，收获了片区企业和界别群众的“金口碑”。

“政协这种由界别组成而非由区域组成的组织模式，避免了地域局限性，可以更好地做好联系群众、阐释政策、增进共识工作，有效地协调关系、化解矛盾，团结各界、凝聚人心。”区政协秘书长杨国春说。

9月7日，岳麓山大学科技城政协委员工作室揭牌成立，共入驻53名省、市、区三级政协委员。工作室依托岳麓山大学科技城教育、科技、人才等资源优势，结合委员界别特色和地域特色，开展精准协商，力求打响“岳麓山下好商量”履职品牌。短短一个多月时间，工作室就“完善科技创新服务体系，培育科技创新生态系统”等课题开展调研协商。“委员工作室为委员学习交流、联系群众、履职尽责搭建了固定阵地，驻室委员履职热情很高，作为新任市政协委员，感觉履职有了方向。”工作室召集人之一曾欣说。

杨利成表示，区政协将全力擦亮“岳麓山下好商量”特色品牌，为企业排忧、为群众解难；画好“同心圆”，切实为“强新区、强省会”广泛凝心聚力，将工作室打造成为党委政府的“好帮手”、收集民意的“好驿站”、服务发展的“助推器”、政协履职的“金名片”。

（原载于《人民政协报》2022 年 11 月 26 日第 1 版）

聚是一团火，散是满天星

——湖南省岳阳市政协激发委员活力为发展凝聚强大合力

记者／刘　洋

碧水蓝天共一色，青草叶绿暖日浓。7月初，记者来到湖南省岳阳市君山区江豚湾，走进“守护好一江碧水”首倡地展陈馆和“守护好一江碧水”委员工作室总室，在实景、图片、影像中，感受到了洞庭湖区之变、之美、之希望……

“守护好一江碧水。”2018年，习近平总书记在岳阳君山华龙码头视察时，深情勉励当地继续做好长江保护和修复工作。近年来，岳阳市政协持续围绕这个中心和大局履职建言，得到社会各界认可。为扛牢“守护好一江碧水”首倡地政治责任，今年年初，岳阳市政协建立“守护好一江碧水”政协委员工作室。

“我们尝试通过打造品牌工作破解基层政协工作‘两个薄弱’。”岳阳市政协主席黎作凤表示，除建立首倡地委员工作室外，市政协还创新向委员工作室派驻党建指导员、组织“聆诵（岳阳）四种精神·传承湖湘文化”实景导读委员读书活动。

“1+9”委员工作室落实殷殷嘱托

3月初，岳阳市政协启动“守护好一江碧水”政协委员工作室建设。

打破过去按党派、界别、地域组建工作室的常规做法，组织 7 个民主党派全部参与联建共管，形成“1+9”架构，即在“守护好一江碧水”首倡地展陈馆组建 1 个市级委员工作总室，统一指导和协调 9 个县市区分室，因地制宜履职。目前，已有 3 名省政协委员、41 名市政协委员和 109 名县（市）区政协委员入驻工作室。

工作室不仅开展专题协商和民主监督，针对性收集社情民意和微建议；同时，设立委员信箱、开通热线电话，轮流值班、直播间政策宣讲、组建志愿者团队等。工作室建言资政、民主监督、凝聚共识和志愿服务的积极作用得到充分彰显。

6 月 17 日，在委员工作总室，驻室委员李情开展了一场有关森林保护的直播访谈，30 分钟收获点赞 2 万，留言 100 多条，有效推动了习近平生态文明思想的传递。“此前工作室围绕民间志愿服务故事和长江保护法等开展了 5 场直播，反响良好。”李情介绍。

总室入驻委员、君山区政协主席傅大斌通过线上值班，收到留言 200 多条。区政协就收集到的留言进行分类整理，并转交给相关部门办理。

南湖新区分室将群众反映的“建议在南湖设置垂钓区域”作为微建议提交，相关部门迅速推进办理。“前两天，一处天然垂钓区域正式对外运营了。”民意“落地”，市民纷纷竖起大拇指。

委员工作室有了党建指导员

“党建指导员入驻后，不仅提升了工作室的政治站位，增进了委员间的情感认同和凝聚力，在整合多方资源、服务界别群众方面更是提供了强大能量。”2022 年 2 月，岳阳市政协委派市政协常委、市妇联副主席杨景担任张洁政协委员工作室党建指导员，工作室召集人张洁感到工作有了“主心骨”。

“委员工作室是政协直接面对群众的平台，但又不是委员临时集中履职的场所，不能成立临时党支部，民主党派、宗教界别等委员工作室没有中共党员入驻，容易出现党建‘盲区’。”通过深入思考，黎作风得出“岳阳答案”——向委员工作室派驻党建指导员，把党的建设有形有效覆盖到政协组织“末梢单元”。

市政协从政协委员和政协机关干部中选派政治过硬、素质高、能力强、作风实的优秀党员担任党建指导员。规定党建指导员坚持“引导不主导、指导不包办、参与不干预、帮忙不添乱”的原则，每月入室指导不少于2次，每年组织委员活动4次以上，工作成效作为委员评优、届末留任等重要依据。目前，全市215家委员工作室已全面派驻党建指导员。

“很荣幸，也深感责任重大，希望借助这个平台实实在在为百姓做点事。”杨景表示。4个多月来，张洁委员工作室在党建指导员的指导下，先后举办“预防溺水”“防毒品侵害”等直播课，近10万名中小学生及家长在线观看，点击量达近千万人次。社会各界广泛赞誉工作室撑起了孩子安全的“保护伞”。

“我们工作室委员都是非公经济人士，党员很少，党建指导员入驻后，为工作室活动开展做好了引导、把好了方向。”工商联界政协委员工作室召集人林才金说。

实景导读凝聚发展强大合力

“比传统的读书活动更具观赏性，激发了年青一代读书的浓厚氛围。”4月20日，岳阳市政协举办“聆诵四种精神·传承湖湘文化”第一场“潇湘新咏·忧乐精神”实景导读委员读书活动，以实物、实景、实例与实事为载体，组织委员耕读深悟诗词经典，在委员和界别群众中引发强烈反响。

为进一步加强“书香政协”建设，突出读书活动实效，以促进履职能力共同提升和思想上的共同进步，2022年年初，岳阳市政协创新开展“聆诵四种精神·传承湖湘文化”实景导读委员读书活动。以岳阳历史沉淀的忧乐精神、求索精神、骆驼精神、平江起义革命精神为读书主题，市县同题、聚焦推进；线上+线下相结合，线上在政协云书院开设主题读书群，线下在岳阳楼、屈子文化园、任弼时纪念馆、平江起义纪念馆采用“直播+录播”相结合的方式开展实景导读；“主办+协办”相结合，由市政协主办主导，活动属地县市区政协牵头承办，相关部门和景区联合协办。

“书在景中读，人在景中游，在读书活动视频中欣赏大好风光，令人心驰神往。”首场实景导读活动在各大媒体同步直播，浏览量超过100万人次，点赞超过15万，不少网友留言表示想来岳阳实地感受美景。

此外，岳阳市政协的读书活动一改单调的读书方式，将主持、朗诵、歌唱、戏曲、舞蹈、书画、剪纸、体育等委员才艺充分融入，使活动可看、可读、可听、可唱、可游；推动读书活动与政协履职紧密结合，“爱读书、读好书、善读书”在各级政协蔚然成风。

“聚是一团火，散是满天星。”通过创新建立工作品牌，充分激发了每位委员细胞的活力，也让更多人对政协组织和委员加深了了解，助推高质量发展的强大合力正在这片热土不断凝聚……

（原载于《人民政协报》2022年7月18日第1版）

让委员唱主角

——广东省珠海市政协打造工作品牌记事

记者／林　仪　通讯员／吕　茹

在建党百年的伟大历史时刻，广东省珠海市政协委员、市委党史研究室副主任金伟以“百年风华正茂　奋楫扬帆起航——中国共产党在珠海100年的光辉实践”为题作“委员讲坛”主题演讲。

“‘委员讲坛’是为政协委员联系团结界别群众、面向社会正面发声、凝聚和传播共识搭建的一个新的机制化平台，也是展现政协委员新时代新担当新作为的重要窗口。”珠海市政协相关负责人表示，“委员讲坛”让政协委员唱主角，发挥好正面引领、凝心聚力的作用，更好传播政协声音，讲好政协故事，发挥政协正能量。

截至目前，珠海市政协开展“委员讲坛”活动12场，23位政协委员登台开讲。

在主题选择上，“委员讲坛”聚焦新时代经济社会发展重点难点问题，始终坚持与全市中心工作同频共振。

2019年6月，以科技创新为主题的沙龙在珠海清华科技园举行。陈林峰、卓颖强、求伟芹和田艳四位政协委员围绕“大湾区背景下珠海科技企业自主创新发展”主题展开对话交流，为珠海市科技企业自主创新发展建言献策。

为助力珠海市垃圾分类工作加快推进，“委员讲坛”举办了两期以垃圾分类为主题的活动。2020 年 8 月 21 日，市政协委员吴灵、佘林红围绕“全面推进垃圾分类，守护城乡绿水青山”作主题演讲。“垃圾是放错位置的资源，只有通过源头的减排，才能真正减少垃圾的产生量。”吴灵、佘林红还就垃圾分类宣传教育、数字化建设、分类管理体系完善等提出了很多有见地、有针对性的意见建议。讲坛观众纷纷表示，今后要从自身做起，积极参与垃圾分类工作。

“委员讲坛”注重发挥政协委员在各行业、各领域领军人物的优势，择优邀请行业内具有较大影响力的政协委员主讲。

2020 年 11 月 24 日，以题为“新技术新变革新发展——5G（第五代移动通信技术）与区块链场景运用与展望”的“委员讲坛”在珠海市规划展览馆开讲。市政协常委、科教委兼职副主任田艳，市政协人资环委兼职副主任饶小毛与大家共同分享 5G 与区块链场景运用与展望，他们提出，把握 5G 与区块链智慧社会的历史机遇，有利于推动珠海经济特区“二次创业”加快发展。

作为“百岛之市”，旅游业是珠海的重要产业。市政协委员佘龙飞围绕主题“打造城市文化旅游品牌，助力文旅融合发展”，剖析城市文化旅游内涵，“万山群岛具有岛屿数量、渔业资源、海洋资源等优势，且有着深厚的历史文化资源，包括荡气回肠的文天祥过零丁洋、可歌可泣的万山海战遗址以及东澳岛的铳城遗址、海关遗址等等。”

2020 年初，一场新冠肺炎疫情打乱了人们的生产生活节奏。“委员讲坛”针对新冠肺炎疫情防控，正面发声，正面引导。3 月 26 日，市政协在珠海广播电台举办以“共同战疫，复工复产，珠海在行动”为主题的“委员讲坛”活动。张翠华、胡可、邱美宁 3 名市政协委员通过线上直播形式，在线回答听众的提问，对疫情影响下的经济社会发展需求和民生热点难点问题，理性回应，积极建言献策。6 月 23 日，珠海抗击疫情主战场——中山大学附属第五医院的消化内科主任李啸峰和护理部主任、新冠肺炎救治专科总护士长杨小月，在“委员讲坛”上讲述了他们的抗“疫”故事，现场观众纷纷点赞：政协委员分享的是战“疫”平常事，展现的是政协委员心系家国的情怀。

根据“委员讲坛”活动现场问卷统计，“委员讲坛”观众整体满意度逐年提高，政协委员、各民主党派、各区政协参加讲坛活动的意愿显著提升。

市政协有关负责人表示，将常态化开展“委员讲坛”活动，更好地传播政协“好声音”。

（原载于《人民政协报》2022 年 2 月 12 日第 1 版）

让乡村文明如“春园之草”

——广东江门市政协“委员议事厅”探索乡村文明长效机制

记者／林　仪　揭春雁　　通讯员／黎彩娟

“乡村要美，更要长久之美。”近日，广东省江门市政协履职品牌“委员议事厅”开议，市政协委员、职能部门负责人、“最美家庭”代表、基层干部、村民代表等40多人齐聚一堂，围绕“共绘乡村文明‘长久之美’”展开热烈讨论，“村规民约、新时代文明实践站、家风家教”成为高频词。

在对碰中达成共识

节目现场，江门市政协委员带着调研发现和意见建议主动发声。他们认为，不少乡村已经探索出一些行之有效的做法，要把这些做法上升为长效机制，有效地推动乡村文明进一步发展。

“村民存在认识误区，以为振兴乡村就是振兴经济，有钱就行，对精神文明建设不够重视，这样乡村发展就失去了灵魂。”陈健威常委话音刚落，林伟玲委员认同地说：“村规民约不能流于形式，必须实起来，和村民的切身利益挂钩，让他们当农村精神文明建设的主人翁。”

彭德华委员很关注农家书屋建设，他建议：“依靠社会力量引入外部资源，发动捐赠活动，丰富藏书资源，同时与农村开展的文化活动结合起来，让村民爱上读书。”贾翠霞委员则建议说：“可以从寻找‘最美家庭’、传承家风故事、传播家教理念、推进移风易俗中，将家风家教建设融入基层社会治理中。”

对于委员们指出的问题和有建设性的建议，职能部门负责人作出了积极回应。

江门市农业农村局回应：“市乡村振兴局成立了乡村文化振兴专项组，在乡村文化振兴和精神文明建设上下了真功夫。”市民政局的回应很“实”，全市 1056 条行政村、267 个社区，已全部完成村规民约（居民公约）修订完善。

江门市文明办介绍了农家书屋建设情况，至 2021 年底，全市已建成农家书屋 1130 个，全面覆盖了所有行政村。依托农家书屋阵地，全市举办各类阅读活动、新时代文明实践活动、未成年人主题教育活动等共计 500 多场。市妇联副主席杨蕾如数家珍地介绍了推动农村家庭教育工作、以家庭“小细胞”构建乡村“大文明”的工作方法，让现场观众纷纷点赞。

协商现场还有一个亮点——主持人通过“云连线”的方式，邀请了两位特殊嘉宾：一位是江门新会著名思想家梁启超的孙女梁红，一位是江门市政协机关派驻共和镇党委副书记苏婧。梁红谈了祖父的家教，她说，祖父特别注重在家里营造民主平等的家庭气氛，还以身作则，注重身教，才成就了一门三院士、九才俊。

协商现场一议一答，一计一策，很有针对性，把抽象的“文明”，化为具体、可执行的举措。

当天议事归纳出 3 项乡村文明建设工作机制：一是以积分制推动村规民约落实；二是以志愿者服务推进新时代文明实践深入开展；三是以梁启超家风品牌提升家风家教品质。

今年中央一号文件对扎实有序推进乡村发展、乡村建设、乡村治理作出全面部署，本次议事成果，无疑是落地见效的行动。通过委员与部门的对碰，以大量的案例与观点，使大家对乡村精神文明建设达成了共识，为下一步打造长效机制奠定了基础。

在调研中见真功夫

其实，这么接地气的议事，是基于前期下功夫的调研。此前，江门市政协“委员议事厅”专题调研组深入英南村、南安村等开展了5场调研。值得一提的是，专题调研组还创新了调研方式，组织了3名市政协委员开展“体验式”调研，委员们分别代入村民、志愿者等角色，通过近距离接触、沉浸式体验，对农村精神文明建设的了解更加直观真切，发现问题的精准性、针对性也增强了，也为精准建言打下了坚实基础。

南安村的新时代文明实践站很有特色。它是由有80多年历史的旧粮仓改造成的，还同时展示沙田水乡文化、党建文化，引领该村愈来愈多的村民当起志愿者，使文明实践活动遍地开花。

彭德华委员到南安开展“体验式”调研，跟随该村志愿者珍姐，一起为小朋友讲解南安村发展历史。“这两年村里的风气越来越好，人文环境有了极大改观！”在讲解中，珍姐自豪地说道。据统计，江门市61个乡镇、1056个村都建起了新时代文明实践阵地，2019年以来举办文明实践活动超10万场次。

在金溪社区，林伟玲委员体验了积分制。发现地上有果皮等垃圾，用手机“随手拍”小程序，将图片上传至后台，由后台登记2分。积分内容还涉及村规民约里的条条目目，每个月统计前10名，即获赠油、米、纸巾等日常用品。

经过深入调研、真诚议事，提出三条工作机制，虽然数量并不多，但是很切合江门乡村的实际。委员们表示相信在市有关部门的努力下，将其打造成为长效机制，加强乡风民风示范引领，定会让乡村文明如“春园之草”，悄然生长。

在推进中深化成效

本次议事，是江门市政协开展“委员议事厅”活动的一个缩影。早在2020年，市政协便以“众人的事情由众人商量”为方向，打造“委员议事厅”协商平台，每年甄选3—5个基层治理难点开展协商议事，期期关乎群众普遍关切、关乎基层治理难点，得到越来越多市民关注。针对每期议题节目播出后的协商清单及群众反馈的意见建议，市政协还坚持定期与相关部门“点对点”沟通，持续监督跟进有关部门办理情况，及时将议事成果报市委、市政府，做到推动一项、落实一项。

让老人安享晚年、让公园更靓更贴心、缓解中心城区停车难、防范治理电信网络诈骗、守护校园食品安全……一串数字“成绩单”格外引人注目：推动江门普惠性幼儿园学位增加1.3万个，全市范围内建成各类公园1780个，中心城区车位增加近10万个、总量增长率超200%，“邑安”反诈小程序受保护群体超过420万人，美丽乡村建设实现“五个100%”……一份份“协商清单”落地转化为了群众“满意清单”。

“我们将以加强‘委员议事厅’协商平台建设为抓手，扩大协商广度、厚植协商深度、提升协商效度，推动政协协商与基层协商有效衔接。”江门市政协主席张元醒说。

（原载于《人民政协报》2022年6月14日第1版）

搭建"三级平台"破解"两个薄弱"

——广东江门市江海区政协强化履职能力建设的探索

记者/林 仪

2022年3月25日，广东省江门市江海区政协委员议事厅正式揭幕，标志着江海区按照"1+5+N"的模式，全面推开了"三级协商平台"的建设。这是江海区破解基层政协"两个薄弱"交出的一份"江海答卷"。"三级协商平台"由江海区委高位推动，区政协全面统筹、江海籍市政协委员和全区政协委员参与的协商阵地，通过一级平台委员议事厅、二级平台委员议事室、三级平台委员之家协同发力，打造政协协商与基层协商的全方位衔接、委员下沉基层、人民群众广泛参与的协商平台。

政协协商平台搭在百姓家门口

基层政协是发挥人民政协专门协商机构作用的重要力量。江海区政协以"强化统筹"凝聚工作合力，以"制度赋能"提升履职效能，进一步提升基层政协协商质量，以高质量履职助推高质量发展。

"对收集上来的问题建议，能够在村社区解决的，就在村社区解决；村社区解决不了的，就上升到街道委员议事室协商解决；委员议事室都解决不了的，就上升到区级委员议事厅解决。"江海区政协有关负责人说。

江南街道新中社区属于旧城区，其中新南小区存在基础设施老旧、小区自治短板突出等问题。区政协江南联络组围绕“加快推动新中老旧社区改造”协商议题，紧扣新南小区居民群众需求，通过委员之家放置意见征集箱、政协委员接访、专职网格员入户等方式，多措并举收集居民群众意见，广泛收集各界建议 125 条，全面掌握基础资料。

4 月 1 日，区政协召集江南联络组政协委员，相关职能部门，社区代表、新南小区业委会代表、群众代表等召开了现场协商议事会议，梳理新南小区基础设施及小区自治中存在的问题，并达成共识：提升新南小区基础设施配套及软件服务质量，改造提升新南小区老旧面貌。区政协将协商建议通过社情民意、提案、协商报告等形式向党委、政府反映。

区委、区政府十分重视，把新南小区改造项目列入老旧小区改造重点项目。6 月 20 日，该改造项目已进场施工，改造工期约 120 天。

群众有所呼、政协有所应，群众有所盼、政协有所为。自 2022 年“三级协商平台”建设以来，组织开展专题协商、重点调研、凝聚共识等活动 19 次，提出各类意见建议 50 余条，为党委政府科学决策提供了参考。

江海区政协还坚持“送出去”和“请进来”相结合，努力培育“邑事好商量”品牌。一方面是“送出去”，所有街道（联络组）全覆盖设立委员议事室，条件成熟的村社区、界别委员工作场所设立委员之家，各联络组、政协委员依托平台，将基层协商送到群众身边，将政协协商平台搭到“百姓家门口”。另一方面是“请进来”，发挥好协商平台作用，吸纳人民群众广泛参与到协商选题、调研、会议、用策、监督的全过程。

江海区政协主席邹德昌表示，“三级协商平台”已成为向人民群众宣传政协工作、发出政协声音、讲好政协故事的重要媒介。

委员下沉离群众更近

“三级协商平台”建设有助于实现政协协商与基层治理更有效衔接、引导委员更好联系服务广大人民群众。

在“三级协商平台”上，全区150名政协委员亮明身份，就近就地倾听群众呼声和诉求，并通过政协的渠道反映给党委政府，政协工作重心下移、委员力量下沉、协商触角下延。

不久前，江门市政协江海联络组委员、广东华辉煌光电科技有限公司董事长冯挺就通过平台，协调解决了一桩基层治理难题。“我们公司就在朝翠路边上，去年底听到公司员工和旁边江门幼儿师范高等专科学院的学生反映，道路通车已经2年多了，却迟迟没有开通路灯。”冯挺说。

在深入了解问题后，冯挺通过委员之家平台反映到江海区政协委员议事厅，通过“三级协商平台”联动，区政协委员议事厅组织有关部门和政协委员多次到朝翠路调研，了解收集各方诉求，形成了可操作的意见建议。仅1个多月，朝翠路路灯就得以开通，极大降低了周边的交通安全隐患。

这样的故事在江海区有许多。如税务局委员之家立足税务职能，开展针对减税降费等政策的宣讲和解读，协调推动解决企业反映的税收问题，增强企业发展信心，宣传便民利民惠民服务措施，着力解决群众办税缴费堵点、难点、痛点问题。

江海区政协还把委员履职考核制度和“三级协商平台”协商议事制度有机结合，制定《政协江门市江海区委员会委员履职工作规则》，明确把委员参与“三级协商平台”活动列入委员个人年度履职统计管理范畴，并进行年度考评。

近日，广东省政协副秘书长巴宇带队到江海区调研“三级协商平台”建设。调研组认为，江海区政协建设“三级协商平台”，充分发挥基层政协专门协商机构作用，在协商中凝聚共识，在凝聚共识中促进党委政府科学、民主决策，是全面加强基层政协履职能力建设的积极探索。

（原载于《人民政协报》2022年8月22日第1版）

从会场走向现场

——广东惠州市政协推进委员工作室建设强履职惠民生

记者／林　仪　　通讯员／冉隆江　叶志鹏

“我们要做到既‘有章法’‘有特色’，又能‘出点子’‘暖民心’，全力打造好政协委员履职的惠州样本。”6月21日，广东省惠州市召开全市政协委员工作室建设工作推进会，总结交流惠州市委员工作室创建经验做法，研究部署委员工作室提质扩面工作。

近年来，惠州市政协持续深化“一引三转”工作思路，聚焦“专精特新”工作导向，把委员工作室的建设和推广作为学习贯彻落实习近平总书记关于加强和改进人民政协工作的重要思想的重要举措、围绕新时代政协职能定位履职尽责的具体抓手、推动政协协商与基层协商相衔接的有效平台，积极搭建平台，延伸履职触角，充分发挥政协委员主体作用，在协商于民、协商为民中强素质、聚共识，在走访交流、倾听民意中汇民智、集良策，在服务基层、服务群众中纾民困、暖民心。目前，已建成“6+1”委员工作室，分别是民盟、民建、经济、医卫界别委员工作室和港澳委员、律师行业委员工作室，以及博罗县夏青村市县政协委员联系工作站，开展学习宣讲、民主协商、服务基层等系列活动80多场次，取得了阶段性成效。

据惠州市政协秘书长朱向阳介绍，委员工作室建在基层，密切群众联系，听取各方意见，为提案培育、大会发言等履职工作高质量开展提供了“源头活水”。工作室创建以来，培育提案70多件，提交大会发言5篇，成为界别群众与党委政府联系的“直通车”。

同时，委员工作室认真倾听界别群众呼声，收集反映各界别、各行业群众的所思、所想、所需、所盼，组织开展“请你来协商”活动，邀请专家学者、界别委员、群众代表与职能部门面对面建言献策，点对点回应关切，在协商交流中理顺情绪、化解矛盾，推动问题解决。如民盟界别委员工作室围绕“‘双减’政策落实”主题，组织教育专家、界别委员、群众代表与职能部门开展协商座谈，持续凝聚减负共识、促进家校良性互动，助力惠州市构建良好教育生态；民建界别委员工作室围绕“疫情下我市餐饮行业发展”“‘惠民乐购’消费券发放”主题开展“请你来协商”活动，其中的许多好点子以面对面协商座谈、社情民意信息、专题新闻报道等形式向有关部门及时反映，助推了惠州市2亿元金融支持流向餐饮业，以及近期“惠民乐购”消费券发放等惠民实事落地见效，得到了相关职能部门的充分肯定。

此外，委员工作室立足自身专长特长，积极开展政策咨询、法律援助、公益慈善等活动80多场，真心真情服务基层、服务群众。其中：在市律师协会建立的“律师委员工作室”，充分彰显“法律”特色，开展普法讲座45场，提供法律咨询服务250多人次，解答法律问题，提供法律援助，化解矛盾纠纷。经济界别委员工作室积极发挥界别联系广、企业人才聚集的优势，共发动委员向慈航公益协会捐款累计超过100万元，先后组织“关爱地贫儿，一起向未来”和儿童青少年“爱眼工程”等系列公益活动，得到社会各界好评。

“建设委员工作室，既为委员联系服务界别群众拓宽了渠道，也推动了委员履职从会议履职走向社会履职、从被动履职走向主动履职、从个体履职走向团队履职，更加强化了委员责任担当。”市政协主席林惜文说。他同时也表示，工作室不是“大而全”的机构，而是由某一方面或者特定领域的政协委员组成的基层协商平台。各工作室要充分整合资源，各显其能、各展其长，探索创新、争先创优，在擅长、专业的领域创新开展活动，发挥界别特色、地域特色、专业特色，不断为推动惠州高质量发展建言资政和凝聚共识。

（原载于《人民政协报》2022 年 6 月 24 日第 1 版）

融协商、监督、参与合作于一体

——广西梧州市政协以协商专班推进委员履职记事

通讯员 / 苏炳培　王敏红

“有压力，但能学到东西！”这是今年以来广西梧州市政协委员参加市政协协商专班履职后的普遍感受。

2021 年 9 月换届以来，梧州市政协通过组建协商专班，创新履职组织形式和工作机制，让参与专班的委员在履职中交流，在交流中学习，在学习中提质。

“整个机关都动起来了！”市政协机关工作人员倪玉婷多次参与专班服务，真切感受到了委员和工作人员的干劲儿和精神面貌。

“1+5+N”打造“班底”

如何让占比超六成的新任政协委员更快更好地进入角色，这是市政协换届后主席黄振饶想得最多的事。他认为，专门协商机构必须有专门协商专班，“要以协商专班推进委员学习和履职”。

如何组建专班？如何组织履职？如何让委员当好主角？一连串的问题引发一连串的思考和讨论。

“要发挥好机关干部的作用”“要体现界别特色和委员主体作用”“要有助于‘两个薄弱’问题的解决”“也要彰显政协党的建设‘两个全覆

盖’”……

经过半年探索，2022 年 6 月 2 日，市政协主席会议审议通过了《梧州市政协“1+5+N 协商专班及运行机制（试行）”》。据此，市政协共组建 9 个协商专班，每个专班由机关委室牵头，1 名主席或副主席、5 名机关委员和干部、N 名因议题需要“进班”的委员组成。

“这是解决‘两个薄弱’问题的新途径。”市政协秘书长林树锋介绍，以机关委员为“班底”，视议题组织委员“进班”，可借助委员专业特长建专业之言。

“这也是落实党建‘两个全覆盖’ 的新办法。” 黄振饶表示，依托“班底”优势，实现了推进行动学习与发挥党员先锋模范作用的有机统一。目前，9 个协商专班均设有功能性党小组。

三位一体见实效

2021 年 12 月，梧州市委、市政府吹响了百万亩茶园建设大会战。当月中旬，市政协农业农村委员会组织工商、经济和农业等界别召集人和委员“进班”，前往市辖岑溪市调研，开始“行动学习”尝试。专班明确把“为茶园建设聚共识汇智慧”作为行动目的，预先以网络形式组织专班学习市委、市政府相关文件。

“一路都在讨论交流。”参加专班的新任市政协委员、市茶产业发展服务中心主任黄凌说。乘车途中，“班底”人员以问题引出话题，带动大家思考，气氛非常活跃。

“定了！”当天，参观完苗圃基地和新茶园建设，在“一线协商”中仔细听取关于良种选育、茶园建设、茶园管理及产品营销等讨论后，对新垦植 300 亩茶园一直犹豫不决的新任委员、中茗茶企负责人曾宪芳信心十足。

协商专班的工作，融协商、监督、参与合作于一体。

“想不到你们这么快就来了！”7月6日，身兼市政协工业振兴指挥部副指挥长的莫永东副主席带领协商专班，来到梧州再生产业循环园区，就业主此前向政协委员视察团反映的用地办证、环评等问题，召集市国土资源等相关部门与项目业主面对面沟通。

据不完全统计，协商专班协助市委、市政府工业振兴、六堡茶产业等“九大指挥部”工作，共组织各类协商60多次。

专班的工作还体现在提案工作上。“针对性和操作性更强了。”市政协提案法制委员会副主任李彩英说，各专班根据主席会议的要求，组织提案人和相关部门单位对一号提案和10件重点提案进行再调研、再协商、再完善。

近日，为推进建设粤港澳大湾区“菜篮子”产品桂东南交易中心提案的落地，协商专班特意邀请农业、海关以及相关项目业主赴贺州市参观学习，协商推进工作落实举措。“务实！”参与考察的梧州海关四级高级主办邓建新说。

2021年12月以来，9个协商专班根据实际，精心选择议题，组织相机协商等调研活动70次，政协委员300多人次“进班”参与了“行动学习”，实现行动学习向全部界别和全体政协委员的全覆盖。

（原载于《人民政协报》2022年8月24日第1版）

让民族团结之花美丽绽放

——广西贺州市政协深入开展民族团结进步创建工作记事

记者／肖亮升　　通讯员／潘柯君

“傣族泼水节、黎族火把节、壮族三月三……”

在广西壮族自治区贺州市八步区城东实验小学“铸牢中华民族共同体意识知识竞赛”上，孩子们争先恐后地举手抢答。八步区政协委员、城东实验小学校长罗义斌说：“我们将铸牢中华民族共同体意识贯通于学校教育、教学每个领域，将铸牢中华民族共同体意识的理念厚植于学生的心田。”

铸牢中华民族共同体意识进入校园，在贺州已成为常态。这也是贺州市政协深入开展民族团结进步创建工作的一个缩影。

2022 年 3 月以来，贺州市政协充分发挥政协组织统筹协调和政协委员的主体作用，在全市政协开展“铸牢中华民族共同体意识 委员行动”百场“大宣讲”活动。

“贺州、永州两市各级政协将继续心手相牵、勇毅前行，共创边界民族地区的美好未来……”2022 年 7 月 13 日，在湖广村举行的“省际联动促发展　石榴花开润瑶寨”湖南永州广西贺州政协铸牢中华民族共同体意识跨省际区域联动协商共建活动现场，贺州市政协主席陈远明如是说。

湖广村是一个位于广西湖南交界的瑶族边际村寨，为共同推进湖广村民族团结进步工作，促进两省（区）民族群众交往交流交融，贺州、永州两市各级政协组织和广大政协委员紧紧围绕“铸牢中华民族共同体意识”主线，坚持组织共建、资源共用、产业共兴、利益共享，开展了系列民族团结进步活动。

2022年，两地政协协同开展“建强一个省际民族团结同心联合党支部”“建设一条省际民族团结同心路”“打造一间省际民族团结同心‘石榴籽’调解室”等省际民族团结“十个同心”工作，让民族团结之花在湖广村愈开愈艳。

此外，贺州市政协以不断完善多维度的宣传教育矩阵，市、县（区）政协构建工作机构10个，搭建县级学习教育实践基地5个，组建“委员行动”工作室12个，实现了全市政协“铸牢中华民族共同体意识教育实践基地”建设全覆盖。

“我一边照顾家里一边在这里工作，每天能挣100多元。”贺州市八步区步头镇黄石村，在家门口就业的冯红妹满脸笑容。

“公司已签约农村绣娘600多人，她们在照顾好家里的同时增加一份收入。”八步区政协常委、广西过山瑶家文化创意发展公司董事长李素芳说，为带动当地群众增收致富，他们还在黄石村因地制宜建设了过山瑶家文化园项目，设立瑶族服饰文化传承基地、乡愁馆、黄石戏台、瑶家康养特色民宿等，吃上“文旅饭”的群众，日子越过越红火。

自治区政协委员、平桂区政协常委、广西万升石业公司董事长王万传有诸多荣誉，但他很看重鹅塘镇大明村“荣誉村主任”这个头衔。多年来，他坚持捐资助学，吸纳脱贫户到企业就业，为群众解决实际问题。他提交的提案《关于改善贺州市平桂区少数民族学生就学条件的建议》，得到了自治区教育厅采纳，助力贺州市建成平桂区民族学校，让山里的孩子也能够仰望星空。

委员有担当，政协有力量。2022年以来，贺州市政协以“大协商”助推贺州民族团结“大发展”，深入开展系列活动——

围绕“健全机制，助推全国民族团结进步示范市创建”“加快发展民宿经济，助推乡村振兴”“推进民族文化创意产品开发、促进文化旅游创新发展”等议题开展协商视察12次。

市政协主要领导领衔督办《加快民族团结进步模范县（区）模范村屯和示范单位创建，助力全国民族团结进步示范市建设》重点提案。

开展“委员企业服务季”活动，及时了解委员企业生产经营和抗击疫情中存在的困难问题，千方百计助企纾困，助推易地移民安置区各族群众就业增收。

围绕各民族“共同团结奋斗、共同繁荣发展”主题，以铸牢中华民族共同体意识为主线，贺州市政协充分发挥委员主体作用，深入开展民族团结进步创建工作，让民族团结之花在贺州大地美丽绽放。

（原载于《人民政协报》2023年1月6日第1版）

辑　三
JI　SAN

“三步”凝聚发展共识

——四川省攀枝花市政协创新开展“看项目、聚共识”主题活动

记者／韩　冬　　通讯员／郭　健　姚志刚

“攀枝花市政协将凝聚共识工作抓得具体、抓得生动实在，对四川省政协各级组织都有借鉴意义。”8 月 18 日，四川省政协主席田向利在攀枝花市调研时，对攀枝花市政协围绕市委市政府中心工作凝聚人心共识、积极建言出力的成效给予了高度评价。

为进一步增强攀枝花市政协委员对市委“一三三三”总体发展战略（围绕加快建设川西南滇西北现代化区域中心城市总目标，大力实施工业强市、精明增长、绿色低碳“三大战略”；统筹做好钒钛、阳光、清洁能源“三篇文章”；积极构建市域“内圈”、金沙江区域“中圈”、成渝贵昆“外圈”“三个圈层”）的信心，今年初，市政协探索开展“看项目、聚共识”主题活动，组织全体委员深入重大项目建设现场“看”、邀请市委主要领导作主题报告“听”、结合实际充分“议”等方式，更广泛地向各界群众传播和凝聚共识，汇聚了推动项目建设的合力。

自 4 月开始，市政协主席会议成员分别带领全市政协委员，分 10 余批次深入“水资源配置 + 抽水蓄能 + 新能源开发”三结合项目、川发龙蟒工业项目、阿署达花海项目、山地体育公园项目和城市“纽扣”计划项目等现场，开展“看项目、聚共识”活动，详细了解全市重点项目

的规划布局、重要意义、建设进展、存在问题和下一步打算。委员们透过项目，直观了解全市经济社会发展和城市建设的重点、亮点和突破点，进一步坚定了发展信心、鼓足了履职干劲、汇聚了发展合力。

“从扬尘满天飞、充满危险源的黑色尾矿库，到覆盖土壤的黄土地，再到未来人们可以休闲健身的绿色公园。这种创新的处置模式给尾矿库的治理起到了很好的示范带动作用，也启发了大家在治理尾矿库中的思考。”市政协委员刘金倩在了解马家田尾矿库变身城市运动中央公园的规划后表示，对其成为攀枝花又一张旅游新名片充满了期待。她表示，在整个调研过程中，委员们深切地感受到市委、市政府对于重点项目推进建设的决心和魄力，也让大家对城市发展充满了信心和期待。带着这份决心和信心，她将积极参与到城市建设中来，进一步围绕市委中心工作尽职履职，建言献策，展现出新时代政协委员的热情和力量。

在6月底召开的市政协全体委员任职培训会上，中共攀枝花市委书记张正红就学习贯彻习近平总书记来川视察重要指示精神和省第十二次党代会精神、市委“一三三三”总体发展战略作了主题报告。市政协委员、政协机关干部共279人听取报告，进一步增强了对市委“一三三三”总体发展战略全面、准确、深入的理解和把握。

现场看、系统学，委员们对市委决策部署还有哪些不清楚的地方？还有什么建议？

打开市政协搭建的委员履职数字平台，委员们的发言不时闪现。据悉，活动开始以来，市政协已组织开展委员微信群线上交流、小组学习活动线下交流20余次，发放征求意见表300余份，多渠道、全方位收集委员的认识反馈和意见建议。截至目前，共收到委员书面心得体会30余篇、意见建议80余条。委员们通过广泛地探讨交流和反复地思维碰撞，聚同化异，增进了对“三结合”项目和市委“一三三三”总体发展战略的较为全面和正确的认识。

“共识不能单在委员范围内形成，我们还发动委员在所在企业、所在单位、所在社区进行宣讲、传递。”市政协秘书长代兴强介绍，在市政协组织的“委员说”活动中，市政协举办委员讲坛10余次，大幅提升了“三结合”项目在界别群众中的知晓率和认知度；委员接受媒体采访30余人次，面对镜头，委员们或畅谈学习体会，或介绍调研时的所见所思，进一步向全社会传播了市委“一三三三”总体发展战略；以《把“委员课堂”搬到项目一线去》为题，在当地主要媒体集中刊载26篇市政协委员对全市重点项目建设调研的心得体会，引发了社会各界的热议。

“从直观感受到深入阐述，从现场了解到提升认识，委员们循序渐进地统一认识、凝聚共识，感受深刻，履职能力得到有力提升，效果非常显著。”市政协主席李仁杰表示，市政协正在制定《关于强化政协委员责任担当的意见》，进一步强化委员的政治责任，不断提高政治判断力、政治领悟力、政治执行力，着力推进“书香政协”建设和委员读书活动、“有事来协商”工作、“双助”等专项活动，引导广大政协委员勤学习、勇担当、善履职，不断提高建言资政和凝聚共识能力水平。

（原载于《人民政协报》2022年8月26日第1版）

脚下沾泥土　心中装百姓

——四川德阳市政协助推乡村振兴记事

记者 / 韩　冬　通讯员 / 刘　凯　张　文

每一个夏天的顿号或句号，都是金色般的收获。在沱江之畔，别称“旌城”的四川省德阳市正呈现出一派火热的景象。

东边，旌阳区双东镇甜糯玉米新品种试验基地，政协委员、“德阳农业大师”向泽龙在收获早春甜糯玉米后，正带领农技员们张罗着第二季早秋玉米播种的事，这一季，他种的玉米亩产达到了 4500 斤；在南边，三星堆遗址旁的广汉市三水镇友谊村，委员双助工作室内人头攒动，“小诸葛会”常态化“定单式”献计乡村文旅融合振兴；在西边，龙门山脉脚下的绵竹市广济镇云盖村，政协委员、村党委书记吕剑一有空就来到沿河新建的亲子沙滩，目睹“绿皮小火车饮品店”前人来人往，喜悦飞上了眉梢，不远处，这个仅有 500 余名村民的小山村正“蝶变崛起”；在北边，罗江区漆彩林家庭农场主，政协委员、非遗项目马鞍山制漆技艺代表性传承人王明富拿到区政协协调的低息贷款，顺势拨亮中国制漆制作技艺“明富 1 号 · 2 号”行业标准的灯盏……

四个不同的生产生活场景切片，折射出德阳乡村振兴的“加速度”，也展现出德阳市广大政协委员履职为民的炽热初心。

启航：把帮扶指导讲明，既扶点上，又扶面上

“重点了解已脱贫户和监测户的‘两不愁三保障’情况，判断是否存在返贫风险；也要收集普通群众对乡村振兴的意见，帮助处理反映的问题和诉求？”年初，在市政协党组专题研究“转作风·大走访”方案暨“助力巩固脱贫、助推乡村振兴”工作要点的会议上，一位受邀参会的委员提出的这个建议，引发了与会人员的深思。

在工作任务快速调换中，如何迎接新变化新挑战？怎样兼顾助力巩固脱贫、重在助推乡村振兴？一场“大走访”活动序幕就此拉开。

“我从事环保行业多年，提出优化天元污水处理厂截污干管的意见可行。”政协委员陈运磊在谈到对改善城乡污水水质时如是说。

组建调研小分队，拉网式排查中江县辑庆镇学生就学情况，与镇政府、县教育、民政等部门对接，化解 13 户家庭的学生辍学风险。

……

“讲够成绩，鼓舞士气、加油再战；讲透问题，压上紧迫感、迎头赶上；讲实措施，突出宏观、针对和精准。”市政协秘书长刘述明对政协干部和委员在“大走访”摸索的这一做法，归结为当好“四大员”、竭力“四做到”。即：当好宣传员，入户宣讲党和国家的方针政策、中央和省委重要部署要求，调动“结对亲戚户”参与乡村振兴的主动性和自觉性，做到助推乡村振兴先扶志；当好信息员，坚持经常串门走亲戚，深入了解情况，做到助推乡村振兴常贴民情；当好服务员，主动出谋划策，参谋乡村振兴项目、提供就业信息、介绍致富门路等，做到助推乡村振兴重扶信息；当好调解员，广泛收集涉农利益、安全生产等方面苗头性、倾向性问题，及时化解矛盾和安全隐患，做到助推乡村振兴增和谐。

“大走访”只是市政协助推乡村振兴的一个片段。与之同时，建设30个巩固拓展脱贫攻坚成果产业园、助力农村群众增收致富；推进“学有所教、幼有所育”工程，新（改扩）建中小学（幼儿园）20所、增加7000个学位等十大民生实事的民主监督、调研视察也在如火如荼地进行中，亦如播撒下一粒粒助推乡村振兴的“种子”。

耕耘：讲好百姓身边的委员故事

“要一对一认亲到户、面对面帮亲发展、实对实带亲致富。”动员会上，市政协发出的号召得到了热烈响应，广大政协委员与百姓手握得更紧、心贴得更近。

“擦亮湔氐镇‘中国黄背木耳之乡’品牌，让群众过上好日子！”政协委员、昊阳农业公司负责人吴东兑现诺言，组建科技小分队进村入户，“面对面”“手把手”指导村民应用新技术，为3000余户种植户提供优质菌种，带领种植户年存款收入达到10万以上。

“做有情怀的新农人，做有态度的农产品，做有温度的政协委员。”80后政协委员何骏自2015年创办公司至今，累计发放村民务工报酬近300万元、土地流转费100万元，让广济村的贫困户稳定脱贫。同时，撰写《支持大学生返乡创业，助力乡村振兴的建议》被国家相关部门采纳，助力职业农民制度改革“点石成金”。

旌阳区政协动员委员企业参与中江县“助推振兴·点亮妙沟”专项帮扶活动，为妙沟村捐赠太阳能路灯，照亮“回家路”；绵竹市政协委员王文军、邱世忠等积极参与“中国月季园”“中国玫瑰小镇”等乡村振兴重点项目，每年带动农民增收1.32亿元。

……

“反映社情民意信息450余条、提出金点子385个，把‘有事来协商’

搬进社区、市场和工地，协商120余场次、收集意见建议800余条，助推700余件‘关键小事’有效解决。”在市政协党组副书记、副主席陈若愚看来，本届委员履职更加主动，本职工作更接地气，纾困解难更暖人心，已成为“旌城”乡村振兴漫漫征途上一张闪亮的名片。

收获：筑牢乡村振兴的战斗堡垒

7月13—15日，由“三农”专家温铁军教授团队召集，探索农村产权制度改革有效途径“线上+线下”分享会在成都农交所德阳所召开。

“感谢农交所深度参与五会村‘三变五社’改革试点，老百姓人均可支配收入2.7万元/年，集体经济总收入130余万元。”市政协下派干部、旌阳区孝泉镇五会村党委书记助理董卓玛的发言引发关注，会后不少省外参会人员前往实地观摩学习。

这是市政协在“助力巩固脱贫、助推乡村振兴”一线锤炼政协干部的一个缩影。几年来，市政协选派机关干部15人次驻村锻炼，与困难群众认亲戚、交朋友，以心换心、以心交心、练就红心，在办好一件件实在的事情、解决一个个突出的问题中，让政协助力乡村振兴更接地气，更有“人情味”。

一路探索，一路将实践转化为工作规范，为助推乡村振兴奠下一块块基石。率先出台《进一步发挥委员主体作用 不断提升履职质效意见》，从“立意识、扛使命、优环境”三大维度，细化十五条“干货”。让委员更清楚“干什么、怎么干”，也让政协更明白“如何服务”，一并融合推进党的建设“两个全覆盖”走实见效。“目前，我们正在制定《委员履职服务与管理办法》《加强住区（市、县）委员小组工作的若干措施》等配套文件。”市政协相关负责人介绍。

“脚下沾泥土，心中装百姓。”谈及对委员责任和担当的认识，市政协主席何明俊一言蔽之。他表示，德阳市县两级政协将深入学习贯彻习近平总书记关于加强和改进人民政协工作的重要思想和来川视察重要讲话精神，不断强化使命意识和责任担当，充分发挥专门协商机构作用，充分发挥界别委员专业力量、资源优势，竭力助推乡村振兴翻新篇，以优异成绩迎接党的二十大胜利召开。

（原载于《人民政协报》2022 年 8 月 16 日第 1 版）

绵言细议　同频共商

——四川绵阳市县两级政协扎实推进“有事来协商”工作见实效

记者／韩　冬　　通讯员／邹家臣　郭　畅

元旦佳节，家住四川绵阳市三台县潼川镇建设街社区计经委宿舍楼的张国栋大爷看着即将投入使用的电梯，喜滋滋地说，“感谢县政协的‘有事来协商’，解决了我们老旧小区加装电梯的难题，过年我就可以坐电梯上下楼了！”

通过政协小微协商解决基层群众的热点难点堵点问题、助推基层治理，在绵阳市各县（市、区）已成为常态。自 2020 年 11 月全面启动“有事来协商”工作以来，绵阳市县两级政协把“有事来协商”平台建设作为充分发挥政协专门协商机构作用的有效抓手，深入践行全过程人民民主，不断完善“1+2+4+N”协商体系，积极探索“政协搭台、委员主体、公众参与”模式，有效提升了基层社会治理能力和水平，得到市县党委、政府的充分肯定，受到广大委员和群众的好评。

聚焦“重点”　争当党委政府的好帮手

党委中心工作推进到哪里，政协履职跟进到哪里。绵阳两级政协组织一直坚持“党政所需、群众所盼、政协所能”，围绕党政工作重点、社会治理焦点等实际问题建言献策，协助党委政府做好协调关系、理顺情绪、化解矛盾、增进共识工作，助力党委决策部署在基层更好落地落实。

2022年7月，江油市政协高新区委联小组以“优化公交线路 为企纾困解忧”为主题，开展“有事来协商·诗城议事会”，助力打造良好营商环境。协商会上，委员们和企业代表、相关部门负责人、公交公司代表进行深入交流，面对面协商，达成初步共识。如今，公交公司已对园区公交车运行时间、路线、班次进一步优化调整，切实解决了企业员工“出行难”问题，以实际行动推动“园区提质、企业满园”专项行动深入实施。

“政协精心搭台，在一次次面对面协商中，群众满意度更高了，我们的荣誉感更强了。”江油市政协委员李联万感言。

聚焦“难点” 搭起人民群众的连心桥

“协商于民、协商为民，是我们履职的初心所在。”绵阳市政协相关负责人介绍，在实现“走下去”的同时，市政协创新公民旁听制度，通过“开门协商”引导群众走进政协、了解政协、参与协商，“残疾人社区康复服务”“加快推进城乡供水一体化”“老旧小区改造”等20余个群众关心关切的重点问题，成为市政协协商议事的焦点内容，市政协各界别委员积极参与，与相关部门、群众代表进行面对面协商，达成共识，真正帮助群众打消了顾虑、化解了难题。同时，还通过社情民意信息、提案等方式，从解决好“一件事”推进解决好“一类事”，有效提升了政协服务中心大局的贡献率。

基层是国家治理的末端，也是服务群众的前沿。在绵阳，基层协商议事厅、议事堂、协商院坝等遍布城乡。委员们走进村（社区），推动解决群众身边事，助力乡村振兴、社区治理；走进教育、就业、医疗等民生领域，助力解决民生实事。

“原先要到镇上去才行，现在几步路到村委会就办成了，方便多了！”在安州区塔水镇龙圣村便民服务室，村民李世成一边办理社保一边高兴地说。这一改变，正得益于塔水镇政协工作联络组的积极建言。镇村“两项改革”后，塔水镇由原来三个镇合并为一个镇，偏远村群众到中心场镇办事距离更远，尤其给农村老年人办事带来不便。在区政协的大力支持下，通过多次微协商，塔水镇政协工作联络组提出的“延伸建立村级便民服务代办”建议，得到镇党委政府重视采纳。目前，龙圣村、油房村已试点设立村级便民服务室，极大方便了村民们。

聚焦“主体”　建好政协委员的温馨家

如何搭建起委员经常性联络平台，把政协协商触角延伸到基层和社会各方面？

涪城区政协设立的城郊街道“精耕城郊”、城厢街道“安昌议事会”“桃园话吧”“涪商厢汇”、工区街道“智汇工区·治惠工区”、吴家镇“吴家吾家”等“有事来协商”平台，让群众真切感受到了政协就在身边；北川县政协则充分挖掘运用羌族协商议事的传统习俗，推出“有事来协商·尔姆孜巴”协商品牌——结合“羌人、羌俗、羌规”习俗，采取“固定+流动”的方式，建立村社区议事协商平台，让政协协商与基层协商有效衔接更加灵活、更接地气、更有实效……

在2023年全省政协“有事来协商”工作交流会上，涪城区政协、安州区政协被评为“有事来协商”工作先进单位，游仙区小枧镇“枧·爱”协商民主议事会、江油市青莲镇“有事来协商”民主议事站被评为先进协商平台，5名政协工作联络站负责人被评为先进个人。

“以新思想实现新突破，以新作为开启新征程。”市政协主席李亚莲表示，要进一步推进政协协商与基层协商相融互促，建好用活“有事来协商”平台和委员工作室，努力提高“有事来协商”在推进社会主义民主政治建设中的“在线率”；要紧扣老百姓的操心事、烦心事，以小协商见大民生、小协商见大服务，打造独具绵阳特色的协商文化品牌。

（原载于《人民政协报》2023 年 1 月 7 日第 1 版）

续走扶贫路　一起向未来

——四川省绵阳市安州区政协助力乡村振兴记事

记者／韩　冬　　通讯员／冉忻鹭　李卓玲

“参与人次：1130人次”“好人好事：2776次”“受益群众：201959人”……

1月28日，记者在四川省绵阳市安州区政协机关看到一份《政协委员参与“助力巩固脱贫、助推乡村振兴”专项活动（以下简称“双助”活动）情况统计表》，翔实的数字直观地展现了去年安州区政协委员倾情参与“双助”活动的成效。

助力乡村旅游，委员在一线

新年伊始，区政协党组副书记、副主席刘国虎和几位区政协委员再次走进位于睢水镇枫香村的“安逸·箱儿”民宿酒店，了解民宿产业经营状况和存在困难。听到该企业每年采购当地农副产品90余万元、长期雇佣当地贫困群众11人时，委员们纷纷竖起大拇指。

“以民宿产业带动乡村旅游，在助力巩固脱贫攻坚成果、助推乡村振兴中的作用十分突出，其经验值得总结。”刘国虎表示。

当委员们到达齐心村时，刚刚履职新一届区政协委员的返乡创业青年陈远航早早就等在了村口。

“仅在‘蝴蝶谷’，高端民宿就有8家，中低档民宿有20余家，现在是各自为政，服务参差不齐。”针对陈远航反映的问题，委员们出起主意：可以组织利益相关各方召开“有事来协商”议事会，让大家坐在一起制定一套科学可行的管理办法；依托村集体经济，进行统一的宣传运营管理……委员们的建议让陈远航眼前一亮。

在接下来的走访调研中，陈远航和其他委员一起就整体打造罗浮山温泉小镇、龙门山沿山民宿，助力提升安州旅游产业新发展深入探讨。陈远航丰富的专业知识也让大家获益匪浅。

“真的不容易。”临别时，陈远航深有感触：“当好一名政协委员，不仅要在本职工作中当好表率，还要善于发现问题、解决问题，更要团结好群众、为群众纾困解难。”

改善乡村环境，委员有办法

在齐心村调研期间，天空下起淅淅沥沥的小雨，淡淡的雾气悄悄从山谷中漫了出来，把这个本就漂亮的小山村装扮得如同仙境。

这样的美景中自然少不了委员们的汗水。

“这一排商铺以前都是空闲的宅基地，地面建筑年久失修，特别影响齐心村的整体风貌。”指着道路旁即将竣工的商铺，市政协委员、区政协常委樊华介绍。2021年7月初，樊华参与了一次区政协在齐心村村委会召开的“有事来协商”现场协商会。会上，联系该镇的部分区政协委员与区级有关职能部门负责人、村干部、民宿代表、空闲宅基地代表、镇协商人才库成员一起，围绕“空闲宅基地和农屋利用与乡村旅游有机结合”主题展开现场协商。

大家从利益方、服务方、管理方的视角就如何利用好、维护好空闲农屋这一沉睡的资源，提升乡村风貌各抒己见，并最终形成了一份有关提升齐心村整体风貌的责任清单。

会后，在区委、区政府的重视下，在区政协的持续关注下，各职能部门认真对照工作责任清单开展工作。空闲宅基地得到利用；老旧设施全部拆除，变身商铺、公共设施等；撂荒土地变成了特色果园、快乐农场……通过这次改造，不仅提升了齐心村的“颜值”，每年还为齐心村增加60万元土地流转收入，经营利润也将按照公司50%、村民20%、村集体20%、专合社10%的比例分红，真正做到了各方满意。

助推乡村治理，委员来出力

走进塔水镇幸福村长虹电子产品加工点，30多名女工正在宽敞明亮的车间里埋头苦干。

“这个加工点是由废弃的村小改建的。”幸福村党总支书记孙发贵介绍，村委会后面的村小学长期处于闲置状态，不仅浪费资源，还存在很大安全隐患。如何利用好这一闲置资产，成为镇、村党委和幸福村全体村民关注的大事。

得知此消息后，塔水镇政协工作联络组立即组织住镇区政协委员、各界代表人士等到幸福村走访调研，了解闲置村小现状和各方意见建议，并在报镇党委同意后，筹办了一场“小微协商”会议。

参会的区政协委员们拿出了早已备好的盘活方案，引导参会各方充分表达意见。最终，“将闲置小学改建成加工厂，发展村级集体经济，带动村民就业”这一方案获得大部分参会人员的认同。

在项目落实阶段，委员们奔走呼吁，帮助村里联系工厂；针对村集体资金紧张的问题，委员们慷慨解囊，捐赠建筑材料。充分的协商也激发了村民们的积极性，许多党员干部和群众自愿前来帮忙，“联建联管”的合作模式很快运转开来。

“在这里上班，每月能够增加收入 2000 余元。”在此工作了近半年的村民唐红梅高兴地说。

“不知不觉，我参与了 10 次‘双助’活动，帮群众解决了一些实际问题。”拿着自己的“评分表”，安州区政协党组书记、主席任晓军表示，采用“积分制”激发了委员帮扶积极性，借助“微协商”提高了工作的精准性、有效性、持续性，为持续助推巩固拓展脱贫攻坚成果同乡村振兴有效衔接走出了一条具有政协特色的帮扶之路。

（原载于《人民政协报》2022 年 2 月 8 日第 1 版）

酿造“甜城”

——四川省内江市政协推进“有事来协商”工作走深走实

记者／韩　冬　　通讯员／邹　蕾　邬　丹

“制糖是内江传统的重要产业，内江也因此得名‘甜城’。”近日，走进四川省内江市市中区龙门镇龙门村的“甜源·蔗乡”，开展研学活动的孩子们正在了解“甜城”历史，体验砍收甘蔗、制作古法红糖。孩子们的笑脸也让前来调研的市、区两级政协委员们深感欣慰。

这个于2021年12月开始营业，占地面积500余亩，包括高标准甘蔗种植科技示范博览园、古法红糖工坊、甘蔗博览馆、曾达一纪念馆、内江糖业故事馆、森林图书馆的文旅产业科技示范项目，正是在内江市、区两级政协一次次“小微协商”中飞快成长起来的。

在内江，这样的实例还有很多。2020年以来，内江市政协以“有事来协商”平台建设为抓手，坚持“发展大事与关键小事相结合”，既聚焦市域经济社会发展中的大事要事，又关注涉及群众切身利益的关键小事，探索形成“调研—协商—督办”的闭环机制，推动政协协商成果助力经济发展和基层社会治理，形成了“有事多协商、遇事多协商、做事多协商”的浓厚氛围。

完善平台体系　推动“多协商”

市中区的“有事好协商”，东兴区的“同心同向”，隆昌市的“隆桥驿”，资中县的“船城协商会”，威远县的“同心圆协商会”……在内江市政协系统专项工作现场推进会上，各县（市、区）政协主席竞相交流“有事来协商”工作进展情况，细数“亮点成效”。

而这些“亮点成效”既是内江各县（市、区）政协结合人文特点，探索开展接地气、合民意、灵活多样的协商活动，打造的各具特色的协商品牌，也是内江市、县两级政协和广大政协委员坚持协商于民、协商为民，以小座谈、微协商等方式解决群众“急难愁盼”问题的生动实践。

九层之台，起于垒土。在市政协的指导下，内江各县（市、区）政协按照“不建机构建机制”的工作思路，依托党群服务中心、社区服务中心等资源，将政协委员工作室、社情民意信息联系点功能融为一体，建成各具特色的“有事来协商”市、县、镇（街道）、村（社）四级平台网络。通过召开院坝会、网络征集会等多种形式，与当地干部群众围绕特色产业发展、保障体系完善、宜居乡村建设、基层社会治理等展开协商，帮助解决了一批涉及基础设施建设、乡村产业发展、生态环境改善等群众关心关注的问题。

目前内江全市83个镇（街道）全部建立政协工作联络委员会（组）；镇、村级协商平台覆盖65个镇（街道）、266个村（社区），开展协商议事活动216场次，依托协商活动形成提案325件、社情民意信息210条，政协协商与基层协商有机衔接迈出新的一步。

强化制度建设　确保“能协商”

“幸亏听了委员们出的好主意，现在，我们村的特色农产品种植面积不仅增加了，产品也卖得更好了，日子越过越甜！”在东兴区白合镇报恩寺村，村民李吉才指着李子产业园区内一条宽阔的道路，高兴地说。2021年，该村通过区政协“有事来协商”平台进行充分协商，修建了这条 10 余公里长、4.5 米宽的产业道路，不仅盘活了不少撂荒地，还吸引了更多企业、百姓前来采购游玩，让该村的特色产业有了更快发展。

内江的“有事来协商”工作为何能取得如此效果？

“我们主动在协商方式、活动开展、成果运用等方面进行积极探索，围绕争创全省示范点等目标要求，进一步推进‘有事来协商’协商工作制度化、规范化、程序化发展。”内江市政协副主席李思明介绍，为保障协商常态化、长效化，确保“能协商”，内江市委办、市政府办、市政协办联合制定年度协商计划，对协商原则、协商内容、协商形式、协商程序等作出规定。同时明确协商成果整理、报送、采纳、落实、反馈机制，将协商成果转化为高水平建议、高质量提案、高价值社情民意信息，对成果采纳落实情况，加强跟踪督办，避免在政协“议完了事”、党政领导“一批了事”。

“我们还依托政协委员、党政领导、社会各界代表人士、乡村贤达、群众代表组成的协商人才库，将更多履职纳入平台，汇聚广大群众的智慧，让建议更具操作性。”李思明说。

促进成果转化　实现“真协商”

“路灯不够亮，能不能解决一下？”“没有统一的地方停车，院坝看起来很乱，该整治了。”“健身设施太少了。”在东兴区新江街道东风社区协商议事长廊里，一件件“鸡毛蒜皮”的小事，通过“有事来协商”平台，被摆上“台面”，由政协委员、居民代表、职能部门负责人等共商、共治。

“是不是‘真协商’，事实说了算。”市政协副主席段辉国表示，在近两年的实践中，各级政协组织还把“跟踪督办问效”列入协商流程，不仅将协商成果以协商报告、意见建议、提案等形式传递给党委政府、相关部门和基层组织，还对协商成果转化落实开展跟踪督办，确保协商成果落地落实。

通过协商，威远县严陵镇外西街社区顺利消除罗家坝片区危旧房安全隐患，资中县罗泉镇下河村建立爱心助农网络平台解决了村民的血橙滞销问题，隆昌市石燕桥镇净土村建立起“公司 + 专合社 + 基地 + 农户”等多种利益联结机制，东兴区永兴镇团山村确定了“土地入股、村集体经营、家庭劳动”的发展模式……

“畅通渠道，画出最大同心圆；集思广益，撸起袖子加油干。”谈及下一步工作打算，内江市政协主席康俊表示，要推动“有事来协商”常态长效、提质增效，努力实现以“商”求同、以“协”成事、以“专”提质，在探索实践中提供“有事来协商”工作的“内江实践”，打造全省“有事来协商”工作示范点，让“甜城”百姓日子越过越甜。

（原载于《人民政协报》2022 年 5 月 5 日第 1 版）

“身”到基层　“心”入群众

——四川省乐山市政协发挥委员作用助力发展

记者／韩　冬　通讯员／丁　会　郭　健

临近春节假期，四川省乐山市犍为县玉津镇学府社区会议室内依然挤满了人——大家正在聆听市政协副主席易志隆宣讲党的二十大精神。

易志隆以市政协加强委员工作室建设、开展居民议事活动，助力疫情防控管理、老旧小区改造的具体实践，阐述了党的二十大报告中提出的“畅通和规范群众诉求表达、利益协调、权益保障通道，完善网格化管理、精细化服务、信息化支撑的基层治理平台，健全城乡社区治理体系，及时把矛盾纠纷化解在基层、化解在萌芽状态”要求。在场的社区干部，市、县两级政协委员表示，要进一步丰富基层社会治理模式、畅通人民群众诉求渠道，把社区建设成人民群众的幸福家园。

这一幕正是乐山广大市政协委员把人民对美好生活、健康生活的向往作为建言资政的主攻方向，坚持为改革献智、为发展出力、为民生建言的缩影。

随着疫情防控措施的进一步优化，“抓经济”成为全市上下的共识。

“原材料充足吗？”“生产经营中还有什么困难？”“需要我们帮助协调解决什么问题？”……在五通桥区多个企业内，一声声真挚的问候在冬日里格外暖心。这是市政协助力乐山多晶硅光伏产业发展的一次重点调研，也是助力拼经济搞建设的一次生动实践。

“通过走访，我们深入了解企业的实际问题，建立服务台账、形成问题清单，高效推动一批关系企业发展的重大问题得以解决。”市政协副主席周鸿雁介绍，为更好落实市委“全力以赴拼经济搞建设”安排，市政协第一时间安排部署、积极行动，用心倾听企业发展过程中的诉求、用力为企业遇到的生产经营难题纾困。截至目前，市政协主席会议成员及市政协专委会负责人已走访企业76户，协调解决问题82个。

只有台下“练好功”，才能在台上“发好声”。在市政协各专委会的组织安排下，委员们锚定加快提升乐山区域中心城市发展能级等重大任务，聚焦“双碳背景下传统产业转型升级”等重点协商课题，深入全市11个县（市、区）相关社区、工业园区、企业开展调研，先后向市委报送调研视察报告、协商建议案10余份，提出意见建议161条，受到市委、市政府主要领导的充分肯定。

为进一步发挥人民政协在发展全过程人民民主中的作用，市政协不断推动“有事来协商”工作常态长效、提质增效。

在市中区海棠街道人西社区党委书记王利手机里，记者看到这样一张照片：夜色中，一个小区院坝内，手机电筒组成的“聚光灯”下，居民们正依次在协商共识上签字确认。照片记录的正是2022年4月24日晚上，小丛林巷22号小区围绕小区公共管理问题开展的一场小微协商活动即将结束时的场景。

小丛林巷22号小区是市中区的一个老旧小区，租户多、无门卫，存在较大的安全隐患。但由于居民对小区管理方式的意见不一致，社区多次组织解决也没有结果。

得知社区居民的这一烦心事后，市政协联系该街道的市、县两级政协委员，立即会同社区干部、居民代表等，通过“有事来协商”平台开展小微协商活动，为小区居民出谋划策。经过协商，大家同意将门卫室出租，收益用于请人打扫卫生。如今，小区的卫生状况得到明显改善，居民们通过“有事来协商”平台商量事情、解决矛盾已成为常态。

仅 2022 年一年，全市两级政协委员围绕产业发展、教育医疗、道路建设、生态环保等群众关注的热点、难点、痛点问题开展协商议事活动 591 次，提出意见建议 1765 条，解决实际问题 764 个。

“要认真践行全过程人民民主，全面发展协商民主，积极探索和完善协商议政方式方法和平台载体，增强建言资政的前瞻性和精准性，不断提升政协工作实效。”谈及新一年的工作打算，黄平林表示，要围绕市委中心工作，紧扣“重大产业项目提升年”经济工作主基点，锚定加快提升乐山区域中心城市发展能级、建设中国绿色硅谷和世界重要旅游目的地重大使命任务，开展形式多样的协商议政活动，不断提升政协在服务中心大局中的贡献率。他号召全市两级政协委员，“身”到基层，“心”入群众，用看得见、摸得着的好事、实事，改善民生，凝聚民心。

（原载于《人民政协报》2023 年 1 月 31 日第 1 版）

委员沉下去　共识聚起来

——四川南充市两级政协助力基层治理

记者／韩　冬　　通讯员／王梅涛

“感谢区政协的‘有事来协商’，帮我们小区居民平息了分歧，达成了共识。小区改造后环境好多了，大家都满意。”接近年关，四川省南充市嘉陵区政协委员走进同兴塑料厂宿舍，视察老旧小区改造情况，收集社情民意。从以前的“脏乱差”到如今环境整洁、邻里和睦的温馨家园，小区居民们对委员们的辛苦付出纷纷竖起大拇指。

同兴塑料厂宿舍片区的蜕变，是南充市各级政协组织充分发挥专门协商机构作用，纵深推进“有事来协商”工作，为全市经济社会发展凝聚人心、凝聚智慧、凝聚力量的一个缩影。

“今年，我们提出构建以全委会协商、常委会会议协商、主席会议协商‘三大例会’协商，对口协商、提案办理‘两大专项’协商，界别协商、小微协商‘两大特色’协商的‘3+2+2’市县政协‘有事来协商’集成体系。”市政协相关负责人介绍，全市各县（市区）政协组织均已在乡镇（街道）、社区逐步建立委员工作室、委员之家、委员联络组、委员活动组、社情民意联络站等为主要形式的委员履职小组，搭建协商平台近 1400 个，在行业、机关企事业单位、小区、园区建立政协委员之家、政协委员工作室等协商平台 25 个，先后开展小微协商 500 余场次，解决问题 1200 余个，充分释放了基层协商民主的潜力和效能。

为确保“有事来协商”工作取得实效，各县（市、区）政协通过健全完善“协商什么、谁来协商、怎么协商、成果怎么转化、如何考核评估”等工作机制，将政协协商向基层下沉，与社会治理有机结合，引导委员聚焦党政重点工作，聚焦社区和群众身边的小事、难事、实事，选择切口小、关联广、与群众根本利益密切相关的议题开展协商，及时把基层最真实的情况、群众最迫切的诉求传递和反馈给党委、政府，推动解决一系列制约发展的“瓶颈障碍”问题、群众急难愁盼问题，彰显了政协委员参与基层协商民主的深度、广度、温度、力度。

阆中古城是川东北的一颗明珠。2022年年初，有居民向阆中市政协“古城保护与利用”专项协商联络组反映了古城院落内灭火器配备不足、居民不会操作灭火器、院落消防通道堆放杂物、古城“灯光秀”管线老化等问题。阆中市政协高度重视，发动市政协相关界别委员和联络组成员共同开展调研。随后，一场“古城‘微型’消防提升”专项协商在古城内召开。针对参会人员的意见建议，相关单位负责同志一一进行回应和表态。通过协商，达成了增添灭火器材配置、常态化培训居民消防器材使用、占用消防通道行为专项整治、加强供电线路巡查和定期检修等共识，为推动阆中古城保护贡献了政协力量和智慧。

高坪区政协将协商成果办理落实情况纳入民主监督范围，不断完善办理跟踪机制，促进了协商成果真正转化落地。根据“民主议事会”协商议题分类情况，区政协明确了30余名界别委员负责议题协商成果办理情况的跟踪问效。每场民主议事会结束后，区政协相关专委会还展开“回头看”，组织委员深入问题现场、深入承办单位查看进度、调研视察，推动协商中的重点、难点问题逐步得到解决。此外，区政协还在每季度确定“协商效果评议日”，邀请群众代表、乡镇（街道）、村（社区）两级干部对协商成果办理情况进行满意度测评，评议承办单位办事效率、工作作风等情况，倾听群众对政协小微协商平台建设的意见建议，推动工作长效化。

“在全市两级政协组织、广大政协委员的倾力参与下，2个县级政协、2个议事平台、5名政协委员和工作者被表彰为全省先进。”市政协主席廖伦志说，下一步，市政协将对标党的二十大精神和新时代新征程目标任务，把“有事来协商”创新示范工作作为“创新进取”的重要抓手，因地制宜建设一批乡镇（街道）、村（社区）平台创新示范点，积极推进创新示范、打造特色品牌，进一步优化协商范围、协商选题、协商主体、协商流程等关键环节，制度化、规范化、程序化开展相关协商活动，为奋力助推南充现代化区域中心城市建设凝聚更大合力。

（原载于《人民政协报》2022年12月29日第1版）

真的是大变样了！

——四川省宜宾市两级政协委员倾情助力乡村振兴

记者／韩　冬　通讯员／刘　健　甘艳华

看着这个久负盛名又焕然一新的美丽小村，眼前是既熟悉又陌生的景色，日前，来这里调研竹产业发展及乡村振兴课题的宜宾市政协委员们纷纷赞叹：“双河，真的是大变样了！”

变的又岂止是双河。自脱贫攻坚取得全面胜利以来，宜宾市两级政协组织持续深入开展“助力脱贫巩固，助推乡村振兴”专项活动，搭建“有事来协商”等基层政协协商平台，发挥专家委员技术专长，鼓励企业家委员投资兴业，在帮助贫困地区引进项目资金，协调解决企业困难，返贫致贫风险防范监督，促进基层治理等方面做了大量工作，获得党委政府、社会各界好评。

围绕“四个聚焦”　深入开展“双助”活动

据宜宾市政协主席谢杰介绍，市政协把“助力巩固脱贫，助推乡村振兴”专项活动作为学党史、悟思想、办实事、开新局的重要抓手，作为“我为群众办实事”实践活动的重要载体。2021 年，市政协紧紧围绕宜宾高质量建设现代特色农业强市，打造全国乡村振兴示范市目标，发动委员聚焦助力宜宾发展以酿酒专用粮、竹、茶、蚕桑、油樟和生猪、水产为主的特色农业“5+2”产业，深入基层、深入一线，开展调研视察，通过提交提案、反映社情民意、专题协商议政、委员大会发言等方式，为全力助推农业农村高质量发展积极建言资政。

“今年市政协全会期间，我提交的提案《大力发展村集体经济》被选为大会发言。”市政协委员谢艳兵自豪地说。他在市政协的组织下有针对性地深入基层调研后，撰写了这件提案，引起市委、市政府的高度关注。

截至2021年年底，全市两级政协组织围绕“双助”活动开展各类调研和协商议政活动67次，开展乡村“有事来协商”活动55次。1100余名省、市、县政协委员参与“双助”活动，提交提案、社情民意信息157件，《创新举措，精准施策，打造全省茶产业转型升级和实现川茶千亿产业的主引擎》等建议被有效吸纳。

坚守为民初心　深度参与乡村振兴

走进高县嘉乐镇人民村，这里正在开展“喜迎元宵节　爱心赠汤圆”活动，一碗碗香甜的汤圆让村民和游客们共同分享着新时代新生活的甜蜜。

“昔日的人民村交通闭塞、土地贫瘠、产业薄弱、人才流失。”高县政协主席周应说，嘉乐镇有着悠久的种桑历史，在脱贫攻坚中，多名县政协委员和委员企业，帮助该村大力发展蚕桑特色产业和乡村旅游，不仅让全村99户贫困户全部脱贫，还助力该村成了远近闻名的省级乡村振兴示范村。

“双助”专项活动开始后，在县政协的支持下，廖天明等4名委员，在村委建起委员“双助工作室”，以更加饱满的热情投入乡村振兴这一伟大事业之中。这天，廖天明、文楚江等几位联系该村的县政协委员与村干部、村民代表再次齐聚工作室，探讨如何助力人民村争创全国“一村一品”示范村。

“去年，村集体经济收入135万元、农村居民人均可支配收入达2.5万元。同时，通过大小蚕共育的方式吸纳15名贫困劳动力就业，为贫困家庭增收3.5万—8万元。”村党支部书记、村集体资产管理公司法人代表袁洪弟的介绍，让参会人员精神为之一振。

“这个办法好，一方面降低了群众育蚕风险、增加了养殖成活率、提高了蚕茧质量，同时，可吸纳剩余贫困劳动力就近务工，解决部分贫困人口就业问题。”有着28年种桑养蚕经验的廖天明表示，自己将全力支持村集体的这一做法，进一步协助建好扩大小蚕共育工厂和大蚕养殖车间，同时，还将大力协助村集体经济推广桑树新品种，加大养蚕新技术的培训规模和频次，努力让村上的蚕桑养殖再上一个台阶，让更多百姓受益。

“要进一步拓宽蚕桑综合利用渠道，增加产业附加值。”文楚江则结合自己在文旅融合方面的丰富经验，建议对现有的“桑海乐园”进行提档升级，“集中展示蚕桑特色文化，营造更加浓厚的蚕桑文化氛围；策划开发农耕文化、蚕桑文化等研学课程，增强游客游览、观赏的体验度”。他的建议立即得到了大家的一致认可。

聚焦急难愁盼　凝聚共识出谋划策

在江安县四面山镇普照村，一场围绕“乡村巴士如何助力学生上学放学难题”的小微协商正在村委会举行。相关部门、学校、运输公司负责人及学生家长、乡村客运小黄车司机、村支书等围坐在一起，聚精会神地听县政协委员吴忠介绍在该县阳村镇姜庙村试点“金通工程·天府交邮通”的情况。

“2016年以来，我们投资40亿元，新改建乡村公路2100余公里，建设了大量村级招呼站牌、寄递站点等配套工程，开行了城镇公交和便民小客运。如何提高这些资源的利用率是我一直在思考的问题。”为此，吴忠积极参与到县政协组织的相关课题调研中，并通过撰写提案、社情民意信息，参加县政协各类议政性会议、“有事来协商”等提出了不少高质量意见建议。

2020年，江安县政府对相关提案建议进行采纳。在吴忠等多名县政协委员的关注和参与下，原本闲置的县客运中心被打造成集客货运输、邮政快递分拨处理、旅游集散、电子商务、物流仓储配送为一体的多功能综合客货运输枢纽；在乡镇，拥有快递投放、代销代购、邮件配送等服务功能的交通综合服务站内，快递小哥忙得不亦乐乎；在村社，集村务活动、邮政快递业务、农特产品电子商务为一体的金通邮快驿站吸引了不少村民的光顾；对标“四统一”规范要求的便民小客运也有了更亲切的称呼——“小黄车”；创新开发的“金通畅行APP”云平台，下载量持续上升……同时，相关部门也及时出台相应的管理文件，构筑起了覆盖全域的城乡物流服务体系，推动了乡村运输由“保兜底”向“促发展”转变。

“通过近一年的运营，已实现了运营车辆增收、快递企业降本增效、人民群众获得方便实惠的目标，有效破解了群众安全幸福出行、物流配送、邮政寄递三个‘最后一公里’难题。”谈及“金通工程·天府交邮通”在助力乡村振兴中的作用，吴忠高兴地说。

有了吴忠的“现身说法”，本次协商会很快就乡村客运“小黄车”实施“点对点”定制接送服务达成一致。

“下一步，我们还将进一步发挥政协特色，组织委员聚焦促进生态宜居美丽乡村建设，助推基层社会治理等方面，有针对性地开展履职活动，走出一条独具政协特色的助力乡村振兴之路。”县政协主席钟军说。

（原载于《人民政协报》2022年3月25日第1版）

明方向　聚共识　强本领　显担当

——四川省达州市政协的“书香之路”

记者／韩　冬　　通讯员／王　涛

“粮食安全是乡村振兴的基石，粮‘安’才能村‘兴’。”“在调研视察、协商监督等履职实践中，要大力宣讲粮食安全、大力呼吁耕地保护、大力支持农技推广。”……新年伊始，四川省达州市政协农委读书群里再次热闹起来，市、县（市、区）两级委员正围绕《读懂中国粮食》一书畅谈读书心得，碰撞思想火花。

自“书香政协”工作启动以来，达州市两级政协组织认真贯彻落实习近平总书记关于委员读书活动的重要指示精神和全国政协关于建设“书香政协”的要求，紧紧围绕学习贯彻党的二十大精神等重要主题，深入开展“牢记嘱托·同心奋进”系列读书活动，推动广大委员在多读书、读好书、善读书中明方向、聚共识、强本领、显担当，走出了一条读书和履职相互促进、相得益彰的“书香之路”。

“开展委员读书活动，首先要解决阵地问题。”这是“书香政协”工作启动以来，两级政协组织相关负责同志一致的想法。

“‘山再高，往上攀，总能登顶；路再长，走下去，定能到达。’习近平总书记的这句话一直激励着我……”新年伊始，开江县政协与“习新书院”共建的“委员书吧”里正举办“读习语·颂经典”主题读书分享会，县政协委员彭功智的读书感受，感染了在座的每一位委员。近年来，开江县政协因地制宜，充分利用县内现有阅读阵地资源，依托习新书院、映铮委员今士堂、橄榄社区委员工作室等联建了8个“委员书吧”，成为开江县政协各专委会、界别、乡镇（街道）联络工委以及委员们协商议政、交流联谊的好去处。

近期，由通川区政协精心打造的原创视频《相伴同“悦”读 共抒家国情——读中国》火爆委员朋友圈，并得到了学习强国APP宣传推介。视频中，在通川区政协机关、委员工作室、定点单位设置的书香政协“悦”读室内，既有静心阅读区，也有畅游书海沙龙区、以书会友旧书交换区、书海拾贝剪贴墙，供大家静心阅读或思想交融。在愉悦的氛围中，委员们以“领导荐读、专家领读、委员选读”为载体，通过推荐书目、阅读经典、读书感悟等形式，不仅培养了委员们的阅读兴趣，还进一步提升了履职能力。

“我们精心打造‘线上+线下’联动读书平台，建立界别活动小组群、委员微信群9个，386名政协委员全部入群，推送分享读书心得80余篇，形成了多渠道、多形式、常态化的读书格局。”渠县政协为确保委员读书活动取得实效，依托乡镇（街道）政协联络工委、委员工作室、议政厅、加油站等场所打造了一批“委员书屋”，持续营造了“处处有书香、时时闻书香、人人溢书香”的浓厚氛围。

围绕中心服务大局，是政协工作的第一要务。实践中，各县（市、区）政协坚持“读书+履职”深度融合、相互赋能，聚焦“国之大者”勇担当、助推“省之大计”争作为、服务“市之大事”强攻坚，以“书香政协”建设助推全市中心工作提质增效、提标扩面。

达川区政协建立“156”读书机制，创新开展“四学三谈二赛一做”活动，有效推动“读书+履职”深度融合，使读书的过程成为加强思想政治引领、提高履职成效、推进事业发展的过程。截至目前，达川区政协先后组织开展党史微课、委员讲坛、阅读分享会等各类读书活动 32 场（次），委员撰写读书心得 512 篇。

“党委中心工作推进到哪里，政协工作就跟进到哪里。”大竹县政协则组织委员聚焦县委中心工作，持续开展“读书 +”学习教育、“读书 +”助力赋能履职、“读书 +”推动成效转化等系列活动，会同川渝三区县政协开展跨区域协商工作，谋划产业道路 10 余公里，“读书 +”活动助推提炼的调研报告、社情民意信息得到县委、县政府主要领导批示 15 次，有效助推《大竹县进一步帮助中小微企业和个体工商户纾困解难十条措施》等措施的出台。

宣汉县政协突出“读书 + 履职”深度融合、相互赋能，积极引导委员自觉把读书活动与履职实际结合、向履职实践聚焦，朝民生关切发力，围绕“民主评议县自然资源局”“聚焦工业主导产业 · 深化招商引资‘后半篇’文章”“视察月亮坪森林康养度假区”，召开座谈会、研讨会、协商会 30 余场次，全年提交提案 69 件、反映社情民意信息 30 条、提交大会发言 16 条，全县政协委员切实将读书所得转化为履职成效。

在万源市丝罗乡种粮大户王晓燕院坝里开展的“打造更高水平‘天府粮仓’，擦亮四川农业大省金字招牌”专题读书活动中，万源市政协委员们坚持以学促干、以读促干，倾情助力销售生态大米，帮助企业解困；在永宁镇“和美文化直播带货基地”通过网络直播开展“牢固树立上游意识，推动长江流域生态保护和高质量发展”专题读书活动中，通过整理委员发言形成的《天麻：土里刨出的金疙瘩》等文章受到中央媒体关注，万源天麻成为网络带货新宠……

书卷常开，灯火不熄。达州市政协主席胡杰表示，一年多以来，全市政协委员读书活动完成了从无到有、从分散到集中，线上线下结合，循序渐进不断深入发展的过程；实现了主题主线有大有小，议题设置有始有终，组织体系有分有合，读书效果有声有色，上下联动有度有序，取得了理论武装和履职成效相互促进、建言资政和凝聚共识双向发力的良好效果。可以预见的是，将有越来越多的政协委员加入读书队伍，在全面建设“书香政协”的扬鞭奋进中，再创达州政协新局面。

（原载于《人民政协报》2023年2月13日第1版）

“这是一支会协商善监督说得准的好队伍”

——四川省达州市达川区政协以“严”“紧”“实”破解“两个薄弱”

记者／韩　冬　　通讯员／段　波

“今年的政协全会比以往少了一天，但议程、内容没有丝毫减少，甚至还增加了集体学习、小组讨论的内容。整个会程严肃、紧张、高效而圆满。”日前，四川省达州市达川区政协三届二次会议闭幕。谈及本次会议的感受，“严”“紧”“实”三个词频频出现在委员口中。

严起来，让履职更尽心

为严肃会风会纪，达川区政协三届二次会议成立了专门的会风会纪督导组，在大会期间刊发了三期“会风会纪督导通报”，毫不留情“晒”出缺席、不按规定着装、会场交头接耳、接打电话或玩手机和未按时到房间就寝的委员名单。第一期通报一出，第二天开幕大会上，上述罗列乱象再也不曾发生。整个政协会期风清气朗。

“这个通报让我出一身冷汗，非常羞愧。”某部门负责人汗颜地表示，自己平时虽然也是高度重视政协工作，但因本部门有业务安排，在权衡后还是没有前来参加委员分组讨论。他表示，被通报说明在思想认识上还是存在差距，今后将更加重视政协工作，密切与政协专委会的联系，定期向政协通报工作，支持政协委员工作。

“不仅是会风严，平时的要求同样严。”区政协副主席张清英介绍，为调动委员履职的积极性，区政协制定了委员管理办法，明文规定两次不参加政协大会者，将免去委员职务。同时，还将履职表现作为委员评先选优的重要条件。通过高标准、严要求，委员们抖擞精神，以高度的政治责任、饱满的参政热情、真挚的为民情怀，谋大计、献良策、建诤言，形成了凝心聚力、和衷共济、干事创业的生动局面，获得了党委和社会各界的一致认可。

紧起来，让履职更高效

“现在我们一起学习习近平总书记关于加强和改进人民政协工作的重要论述……”11 日晚 8 点，对大多数人而言是休息时间，但各个小组会议室依然灯火通明——委员们正在集体“夜学”。

“在会议期间组织集体学习，针对性更强。”无党派人士界、侨联和台联界、少数民族宗教界分组讨论组组长石胜勇介绍，该组一共有 27 名委员，针对学习内容发言的有 25 名委员，另有 2 名委员提交了书面发言材料，委员们参与讨论的热情空前高涨。来自民族宗教界的委员释善意有着更深的体会，“相对其他委员，平时自己参加的学习培训更加单一，对许多政策举措的了解也不如其他委员。此时深学精神，增长了不少知识，更有助于对一些民生问题的发现和思考。”

据悉，为进一步提高委员履职质量，区政协在会前还通过多种渠道给委员们提供提案线索，给各专委会主任压担子，“催”写提案；会中记录委员发言，保留议政建言“痕迹”，引导委员积极参政议政，提升“商量”效果。

“本次会议期间共收到提案240件，立案率91.25%，相比去年全会高了3.25%，大会发言从5篇增加至14篇。”采访中，区政协副主席杨胜东给出的一组数据，让过去一年，委员们积极参与区政协各项培训的效果有了直观的展示。

实起来，让履职更宽广

“大力推进建设集中连片、设施配套、生态良好、抗灾能力强、与现代农业生产和经营方式相适应的高标准农田，保障粮食安全。”“扶持、鼓励开展我区优势水果产品产地、品质、管理和环境认证，加强原产地产品保护等申请、注册和推广工作，擦亮达川水果品牌。”“大力推广智能农业模式、电商模式、产业链模式，培育一批农业创新型企业和人才。”……

11日下午，区政协三届二次会议委员议政建言座谈会召开。区政协13个小组召集人，带着区政协18个界别、323名委员的嘱托，与区政府领导展开面对面交流。委员们务实谈问题，中肯提意见，发言颇具“辣味”。区长唐令彬代表区政府高度肯定了委员们直面问题，深入调研、认真思考的履职精神，并表示将针对委员们提出的意见建议进行专题研究，能解决的将及时解决，短期内不能解决的将列出时间表、提出方案，逐步解决。

“委员们的发言大局观强、切口小、问题找得准、建议说得实，这说明我们之前的工作是卓有成效的。”走出会场，主持会议的区政协主席吴胜鸿对委员们的发言给予高度评价。他表示，去年一年，区政协深入开展党史学习教育，广大政协委员积极参与“有事来协商”工作、“助力巩固脱贫，助推乡村振兴”专项活动等，在坚持服务中心、坚持履职为民、坚持共筑同心等方面做了大量富有成效的工作，切实做到了联系群众、服务群众，拓展了履职空间。

“这是一支会协商、善监督、说得准的好队伍。”在接受采访时，中共达川区委书记向建平感言，在本次区政协全会期间，他已批示了8名委员的发言、安排了5名区委常委第一时间去落实委员提出的问题。接下来，还将专题研究政协委员的协商意见，进一步促进党委民主决策、科学决策。

（原载于《人民政协报》2022年2月23日第1版）

正是巴山红叶时

——四川省巴中市政协组织以三个专项工作助推区域高质量发展

记者／韩　冬　　通讯员／郭　健　李佳儒

又到一年红叶季，秀美的大巴山处处洋溢着火红的颜色，川陕革命老区焕发出全新活力。

270 万巴中人民始终牢记习近平总书记“把革命老区建设得更好，让老区人民过上更好生活”的殷殷嘱托，战胜了千年绝对贫困，形成了文旅康养、道地药材、食品饮料等主导产业体系，老区百姓家门口乘飞机、坐动车和县县通高速的梦想都已成真……

成就来自和衷共济，发展源于勠力同心。这些成绩的取得，也饱含着巴中两级政协组织、广大政协委员的智慧和汗水。

聚焦中心聚合力

在享誉中外的四川光雾山国际红叶节现场，一场“醉美金秋——光雾山红叶诗会”为本届红叶节添了一笔浓浓的文化韵味。将国际诗歌节常态注入光雾山红叶节是市政协文化文史和学习委员会组织委员提交的一篇集体提案，其独特的视角和非常有针对性、可操作性的建议引起各界关注，被列入 2022 年市政协重点提案。

“本件提案是今年市政协办结最快、落实最实的一件提案，也是市政协加强思想引领，深入开展‘聚引帮’（聚共识、聚力量、聚智慧；引资、引智；帮巴业、帮巴企、帮巴困）活动，聚焦巴中经济社会发展重点、难点、痛点，集聚发展智慧，精准建言的一次生动实践。”市政协副主席黄拥军告诉记者，全市两级政协组织通过走访政协委员、民主党派、人民团体、在外成功乡友，举办政协大讲堂、政协委员（干部）培训班、开办“委员会客厅”宣讲党的方针政策和业务理论知识，广泛凝聚了“跟党走”的思想政治共识；建立“巴山参政议政人才库”，开展“大宣传、大协作”，汇聚起更多支持巴中发展建设的合力；通过提案、社情民意信息等方式，为产业发展出谋划策、争取支持，为重点企业排忧解难、加油鼓劲，有效提高了政协服务中心大局的贡献率。

深入基层谋发展

走进南江县东榆工业园区，设在良源食品有限公司内的县政协经济界别委员工作室名声在外。

在这里，企业家们共享企业优势资源，树立抱团发展意识，带领企业快速发展；在这里，管理部门与企业肩并肩，以共建共治共享理念，共同制定各项制度机制，打造园区企业良好形象；在这里，政协委员和热心企业家一起，谋划发起了多次关爱留守儿童和爱心助学等社会公益活动……

“为了让政协委员更好联系和服务所在界别的群众，我们打造了一个委员履职的新平台，让委员唱主角，激发委员履职活力。”县政协主席吴开财介绍，该工作室吸纳了6名住南市政协经济界委员和15名县政协委员为成员，园区管委会、经信部门、相关县属国企等6个联系紧密的单位为成员单位，还邀请县内相关行业商会会长参与，形成工作矩阵。同时，县政协还明确了一名副主席联系指导工作开展，通过创新工作模式，完善工作制度，让委员工作室持续焕发活力。

自工作室成立以来，已常态化开展政协小讲堂活动和经济界委员视察活动，撰写社情民意信息和提案20余件，其中4件提案纳入县委、县政府领导督办的重点提案；开展“垃圾池搬迁和环境治理”“园区周边通信管网迁改”“增设广场体育设施”为议题的协商议事活动，协商成果得到全面转化落实。同时，还充分发挥经济界委员优势，牵线搭桥招引企业落地，为南江高质量发展贡献了政协力量。

走进乡村促振兴

“这里叫神牛溪，又有踏实肯干的传统，可以打造‘牛文化’，彰显拼搏之美，开拓之美，奉献之美，时代之美。”

“可以以集体资产作为股本，招引企业进行打造，为游客提供更多样化的服务。”

……

在恩阳区关公镇牛角福洞洞口，张伟、饶桂蓉2位区政协委员和镇党委书记秦艳围坐在一起，就关公镇如何以产业带动乡村旅游深入探讨。

“这不是我们第一次聚在一起。”秦艳告诉记者，饶桂蓉是当地有名的柑橘种植大户，她通过“公司+基地+合作社+农户”的经营模式，带动地区农业产业标准化、规模化、品牌化发展，助力当地农户年收入达到20000元左右。张伟是一名出色的企业家，他旗下的超市、蔬菜种植基地每年为近100人提供就业岗位，同时，还通过自己的销售渠道帮助当地农户销售水果、蔬菜等农副产品，大幅提升村民收入。秦艳常常和他们聚在一起，商量如何更好发展家乡产业、持续为当地群众增收，不少建议转化为了实打实的行动。

“有党委的坚强领导，有委员们的倾情帮助，我对企业在这里发展壮大的信心更足了！”景区负责人蒋军乐呵呵地说。

“委员出点子，党委撸袖子，1+1>2！”区政协主席贾君一语概之。

“开展‘有事来协商’工作和‘双助’专项活动，是十二届省政协力推的重点工作。‘聚引帮’活动是立足新时代巴中发展新阶段，落实政协工作新要求，接续开展的创新实践。三个专项工作虽是独立的创新实践，相互之间却有着紧密联系。”谈及下一步工作打算，市政协主席侯中文表示，全市两级政协组织、广大政协委员要认真学习好宣传好贯彻好党的二十大精神，在推进“有事来协商·巴事好商量”工作方面突出坚持党的领导、坚持质量导向、坚持政协特色；在推进“双助”专项活动方面注重与日常履职相结合、与委员专业相结合、与其他活动相结合；在推进“聚引帮”活动方面彰显“聚”的优势、提升“引”的实效、厚植“帮”的情怀，以更强担当展示政协委员踔厉奋发、勇毅前行的新风采新气象。

（原载于《人民政协报》2022 年 11 月 11 日第 1 版）

藏羌群众尽欢颜

——四川阿坝州政协
开展“人民政协为人民、我为群众办实事”实践活动

记者／韩　冬　　通讯员／刘　宏　侯定茂

在四川省阿坝藏族羌族自治州广袤的土地上，活跃着这样一支队伍——他们走村入户，紧密联系群众，汇集民众之智；他们不辞辛劳，真情服务群众，助解民生之忧；他们以身作则，积极引导群众，凝聚人民之心。他们用实际行动，诠释着政协委员的担当和作为。

“全州各级政协委员和机关党员干部在‘为民办实事’过程中，紧扣群众最关心、最急迫的事项履职尽责，赢得了群众的广泛好评。”州政协常务副主席宋宁说，近年来，全州各级政协聚焦乡村特色产业发展壮大、健全完善社会保障体系、“美丽四川·宜居乡村”建设、基层社会治理体系和治理能力现代化建设等“四项重点任务”，扎实开展“人民政协为人民、我为群众办实事”实践活动，协调解决了1000余个问题，把好事实事办到了群众心坎上。

聚焦急难愁盼　倾心共促发展

来到阿坝县四洼乡上四洼村，金灿灿的高产黑青稞丰收在即，上四洼村乃至全县农民又多了一条致富门路。

“我们将四洼乡和上四洼村作为‘双助’活动示范点进行建设。”阿坝县政协主席措德介绍，县政协组织委员、农业专家在上四洼村打造了黑青稞种植示范基地、牛羊养殖基地；发动部分住县州政协委员、县政协委员聚焦特色产业高质量发展、健全完善保障体系等方面献计献策；开展法律宣讲、项目管理监督知识培训、农业技术现场培训等，为全面推进乡村振兴战略探索出许多可复制、可借鉴、可推广的经验。

走进马尔康市马尔康镇达萨社区，一场“有事来协商”正在社区“嘉绒问计堂”举行。“我们这是老社区，车多、人多、路窄，快递员在送货时经常因违停被罚款，意见很大。”社区党总支书记郭胶萍反映的问题引起大家重视。

如何在方便群众生活和加强管理上取得平衡是本次协商的主题。参加协商的市政协委员们出起主意：规范快递车辆标识，在不影响交通的情况下，在规定时间内不予处罚；在方便群众取件的地方增设快递收发柜，减少快递车辆停留时间……委员们的建议立即得到参会各方的支持。

“去年以来，市政协围绕基层治理、巩固脱贫、全域旅游等民生热点问题开展协商 36 次，解决了环境整治、土地流转、群众出行等问题 21 个，提高了群众的幸福感、满意度。”看到协商再次取得理想结果，马尔康市政协主席昌旺高兴地说。

“再加把劲儿，要确保冷藏库在莴笋大规模上市前投入使用，不然种植户的损失就大了！”在松潘县富岷蔬菜专业合作社联合社加工车间，县政协委员泽仁周正忙着指挥工人扩建冷藏库。他告诉记者，蔬菜价格波动大、风险高，为此他正在修建一个 2000 平方米左右的冷藏库，并购买了一套烘干加工设备，将为周边近 80 户蔬菜种植户提供仓储、加工及销售服务，带领大家共同致富。

“这一举措对我县蔬菜加工产业发展大有裨益。”正在此调研的松潘县政协主席马骞高兴地表示，将组织更多委员就扩大蔬菜加工规模、打造农产品品牌等出谋划策，为正在起步的蔬菜加工产业争取更多政策支持。

关注困难群众　倾情助力民生

随着旅游的复苏，巨大的人流为若尔盖县带来经济效益的同时，也对当地相对薄弱的保障能力形成压力。县政协委员程秀芳的手机就被反映问题的群众打得发烫。

程秀芳出生在一个极度困难家庭，得益于党的好政策，她 1999 年贷款开起了唐克镇第一个“藏家乐”，并成为唐克镇旅游业的一面旗帜。富起来后的程秀芳从未忘记党对自己的帮助，她把自家酒店作为脱贫攻坚培训基地，吸纳 24 名贫困群众长期就业；为贫困户送电视、送米面；斥资 900 万元帮助贫困村建设发展民宿产业……

“今年，她建议在镇上增设‘核酸检测点’，得到镇党委的重视和采纳。在程秀芳的提议下召开了小微协商，协助党委、政府就更好保障游客出行达成许多共识。”若尔盖县政协主席阿达介绍。

“来料加工产业不需要太多技术，只要手巧勤劳就可以。”在汶川县羌妹子贸易公司内，县政协委员杨梅正向前来咨询的村民介绍。2018 年，来料加工项目被正式引入汶川，杨梅也成了当地第一个开始做来料加工的人。

很快，杨梅发现，服装产业在解决妇女、老人、残疾人以及就业困难人员就业方面能够发挥独特作用。在她的不断努力下，越来越多的妇女、残疾人以及就业困难人员走出家门加入了她的队伍，不少人每个月能挣五六千元。

“全县已建成来料加工车间 37 个，吸纳就业困难人员 241 人，参与来料加工的工人突破1500余人，参与培训人数达1万余人次。”一直关注来料加工产业发展的汶川县政协主席王志勇对该项产业的前景信心满满。

“阿坝州集民族地区、高原牧区、革命老区等于一体，巩固拓展脱贫攻坚成果、促进乡村振兴任务异常繁重。”州政协主席尼玛木在谈及下一步工作时表示，州政协将持续推动“双助”活动纵深发展；不断探索推动“有事来协商”工作焕发活力；完善充实委员培训方案，提升委员协商能力和水平的同时，进一步建立完善考核激励机制，努力交出更多优秀的“委员作业”和“政协答卷”。

（原载于《人民政协报》2022年9月2日第1版）

高原盛开幸福花

——四川省甘孜藏族自治州政协倾情助力乡村振兴

记者／韩　冬　　通讯员／黄礼霞

“我会用尽全力持续推介家乡的文旅资源和‘圣洁甘孜’区域品牌。”6月30日，在四川省甘孜藏族自治州文化和旅游发展大会的重头戏——甘孜文旅宣传推介会上，理塘县政协委员丁真珍珠郑重地接过“丁真‘圣洁甘孜’区域品牌推广公益宣传工作室”的牌匾。

“本次文旅大会的召开，标志着甘孜进入文化旅游高质量发展的新阶段。”州政协主席雷建平表示，近年来，甘孜州政协把助力巩固拓展脱贫攻坚成果，推动乡村振兴，作为全州政协履职的重要任务，扎实开展“有事来协商”以及“双助”专项活动，工作效应不断拓展、协商载体不断丰富、协商成果不断显现、工作合力不断汇聚。

围绕重点项目　凝聚发展合力

行驶在318国道上，州政协司机达扎对沿途绝美的景色早已见惯不惊，唯独对不时出现的铁路施工工地格外关注。在他看来，这几年甘孜州变化最大的就是交通，“以前从成都到康定得一天，康定到各个偏远县还得两三天，还经常遇到断道、堵车等情况，很恼火。”

如今，高速公路已经通到康定城，318国道也完成了全面整治，州内各县原有的公路也开始了新一轮的整治、提升，新的高速公路、铁路也正在紧锣密鼓地施工。这其中也洒满了州、县两级政协委员的汗水。

“物资保障情况怎么样？施工过程中有什么困难？”在九龙县“文木路”、国道549“九石路”重点项目施工现场，州政协副主席杨庆华正率领州政协调研组向施工单位负责人了解他们的实际困难。杨庆华边听边问边记，委员们和当地干部一同梳理问题，寻求解决对策。施工单位负责人表示，将进一步添足马力，迎难而上，加快项目建设，为九龙县推行全域旅游、老百姓增收致富打下坚实基础。

记者在采访中发现，各重点项目沿线的镇、村都把“征地拆迁”纳入“有事来协商”范畴。两河口水电站相关负责人告诉记者，在电站建设过程中，雅江县政协主席盛向东及县政协主席会议成员多次率领县政协委员前来调研走访，协助施工方就征地拆迁、提升当地基础设施建设、改善移民生产生活质量等做了大量工作，助力这个装机容量达300万千瓦的大型水电站如期投产。

聚焦产业发展　助力百姓增收

产业振兴是乡村全面振兴的基础和关键。

对于相对贫瘠的康藏高原来说，如何改良农作物的适应性，使之产量增收，是个关键问题。州政协委员倪跃不仅先后参与了“玉米课题”“水果课题”“食用菌课题”等10多项农业科研项目，还主动深入农区，组织开展新品种新技术试验示范推广，让马铃薯在高产示范区亩产达6000公斤，玉米在东路高产种植示范区亩产达1000公斤以上，为提高全州粮食安全水平贡献了力量。

走进康定市鱼通镇舍联村，村委会门口的加工作坊内传出了阵阵欢呼声——该村第一批机器加工的仙桃（仙人掌果实）新鲜出炉了。自脱贫攻坚以来，舍联村发展起了青花椒、仙桃、核桃等特色农产品。但是，给仙桃“脱毛”却难坏了大家——手工脱毛不仅效率低还容易伤人。

“为此，我们联系了电子科大以及对口帮扶的宜宾市相关企业，专门定制了一台仙人掌果自动去刺分选机，效果不错。”康定市政协主席戴龙介绍，下一步，市政协还将助力该村对农产品进行精深加工，进一步延伸产业链，为振兴发展插上科技翅膀。

在乡城县青德镇下坝村“苹果+藏猪”种养循环现代农业产业园，县政协委员、德园公司负责人周军高兴地告诉大家，今年的苹果长势良好，预计销售收入在70万元以上。从2014年创业以来，周军的果园已成为周边群众就近务工学技术的基地——他不仅免费教农户种苹果，还优先雇佣当地百姓在果园务工，用工量大的时候可达到200余人，人均增收1万元以上。此外，有了周军的成功经验，来自浙江杭州、四川泸州的对口援助单位也纷纷加入此行列，让乡城苹果的种植规模快速提升到1万余亩，成为助农增收的“金果果”。

“今年，我们还围绕‘藏乡田园现代特色综合体建设’召开了专题议政性常委会会议；就‘如何推进乡村产业从脱贫攻坚到乡村振兴的融合发展’开展对口协商……”在乡城县政协主席达尔比的心中，一个更加富饶美丽的蓝图早已显现。

助推基层治理　确保长治久安

距离巴塘县城不远的山坡上，一栋栋别致的藏式民居错落有致、一条条整洁的村道蜿蜒其间。这里是地巫镇桃源地坞新村，一个整体搬迁而来的移民村。

“以前，我们住在巴塘县最南端，土地贫瘠、地质灾害严重，可谓是致富无门、发展无路。”地巫镇副镇长兼桃源地坞联合党支部书记勇勇介绍，2017 年，在各方帮扶力量的协助下，地巫镇 2 个行政村 119 户、595 人整体搬迁到县城，通过新居建设、产业发展、文明提升，彻底改变了落后面貌，人均年收入达到 1 万元以上，实现了从深度贫困村向幸福美丽新村的嬗变跨越。

“我们能过上幸福美满的新生活，离不开政协的帮助。”勇勇表示，无论是在脱贫攻坚还是在乡村振兴的过程中，县政协一名副主席长期蹲点联系该村。特别是通过去年打造的“有事来协商·鹏城协商”平台，帮助群众解决“操心事”“烦心事”“揪心事”，现在大家都自发形成了有事先协商，达成共识再行动的习惯。

记者看到，在协商议事室的显眼位置公示着 2022 年 3 次协商的结果——“藏猪养殖，已完成”“修复水毁道路，已完成”“民工工资问题，办理中”。

“为确保搬迁群众搬得出、稳得住、能致富，我们在协商议题的选择上更偏重产业发展、挖掘群众内生动力、培育文明乡风等方面。”巴塘县政协主席达瓦泽仁介绍，通过产业帮扶、就业帮扶，积极培育文明乡风、良好家风等方式，该村妇女地位得到显著提升，村民法治意识、感恩意识极大加强。

“我们正打算发展民宿，还希望政协委员们来给我们出主意。”“这里交通便利，又有好环境，我们全力支持！”聊着聊着，又一个富民增收的好办法在思维碰撞中逐渐成形。

沿着弥漫着瓜果香味的石阶走出新村，回头望去，满眼的翠绿簇拥着颜色鲜艳的藏家新居向天空延伸。这，不就是一捧盛开的幸福花吗！

（原载于《人民政协报》2022 年 7 月 11 日第 1 版）

直面一个产业　持续解决问题

——贵州省六盘水市政协深入探索企业协商机制

记者／黄　静

“我们这次的协商活动是直面一个产业，有着系统、持续解决产业发展中问题的特点，今年就‘用钱’这个问题取得了一定的协商成果，接下来还要在‘用地、用才、用途、用能’方面持续跟进发力。”

日前，贵州省六盘水市政协召开了一次会议，就“积极助推全市刺梨产业良性循环和健康发展委员政府银行企业专题协商”做深入总结，市政协农业农村与环境资源委员会主任张兴坤说道。

“委员政府银行企业专题协商”，看起来是个陌生的名字，参与协商的委员和相关部门负责人便将其简称为“四方协商”。六盘水政协用了一年半的时间，就是要把这个陌生的协商方式打造成基层协商民主品牌。

2021 年全国两会结束后，贵州省政协主席刘晓凯给一些市州政协布置任务——贵阳市政协继续深化“社区协商”、六盘水市政协探索“企业协商”、黔东南州政协试点“院坝协商”。4 月 27 日，省政协办公厅印发《关于探索开展基层民主协商试点助力基层社会治理体系建设的指导意见》。

这个任务对于六盘水市政协来说，不可谓不棘手，没有现成的经验可复制，必须摸着石头过河。特别是别的市州政协在当年的下半年就开始初见成效的时候，六盘水市政协还在“摸石头”。

磨刀不误砍柴工，六盘水市政协在探索创新协商模式上的每一步都走得很扎实。

刘晓凯之所以把企业协商这个任务交给六盘水市政协，是考虑到了六盘水市的实际情况。2021 年，贵州省提出主攻“四化”的发展思路，其中之一是新型工业化，而六盘水市对自己的定位正是“工业立市”。

六盘水市政协将建立政协委员政府银行企业协商机制作为 2021 年深化改革的重大课题，在深入调研、借鉴学习、充分论证、试点先行的基础上，研究制定了《关于建立政协委员政府银行企业协商机制的实施意见》（以下简称《实施意见》），报经市委、市政府研究同意后，市委办、市政府办于 2022 年 1 月正式印发实施。

《实施意见》提出了坚持“市委统揽、政府主导、政协搭台、各方参与、增信释疑”的五条协商原则，明确要以政协协商助推新型工业化为切入点和突破口，组织省市县三级政协委员及政协工作联络组下沉到工矿、企业和园区开展协商，紧扣企业在“用途、用地、用能、用钱、用才”等方面的困难和问题，重点围绕金融政策措施落地落实开展专题协商。

“今年是推进落实这一实施意见的第一年、关键一年、创新一年。”市政协主席王立说。

贵州是刺梨种植大省，六盘水占全省的 56%，刺梨产业良性循环和健康发展关系到省、市、县巩固脱贫攻坚成果同乡村振兴有效衔接。为此，市政协瞄准了刺梨产业。

市政协农业农村与环境资源委员会在市政协副主席范三川的带领下，组织联系的民建、无党派、农业界别政协委员，邀请市（特区、区）政协、市直相关部门和金融部门组建 8 个调研“小分队”、1 个集中调研组，在 2022 年 5 月 6 日启动“积极助推全市刺梨产业良性循环和健康发展委员政府银行企业专题协商”活动，形成8篇调研报告和16篇委员发言材料，集中组织了4场专题协商座谈会。

“委员在调研中共梳理出30个问题35条建议，共性问题集中在‘融资难、无钱发展、欠钱欠费’。在用途、用地、用能、用钱、用才中明确‘用钱’为协商重点。”张兴坤介绍。

4次协商取得明显成果，有效推进金融支持解贷款难题。截至目前，全市刺梨产业贷款余额20.69亿元，同比增长45.91%，年内新增发放3.44亿元，同比多增0.9亿元。现代金融服务现代农业产业，与相关银行商量出“合作意向”、协调出“钱”。

“下一步，还要进一步优化细化各调研小组重点调研领域和方向，一个问题一个问题展开专题协商。”“我们要边协商边学习，边进一步验证‘四方协商’机制成效，有效推进‘企业协商’基层协商民主试点，储备更多专业知识，努力成为刺梨等农业产业某一领域的行家里手，更好地履行好委员作用。”……总结会上，大家信心满满、干劲十足。

（原载于《人民政协报》2022年11月29日第1版）

用心谋　用情干　用力抓

——云南省楚雄州政协加强和改进履职工作记事

记者／吕金平　　通讯员／李茜茜

“把责任扛在肩上，不断增强本领，认真履行职责，深入调查研究，积极建言资政……”近日，云南省楚雄彝族自治州政协委员培训班举办期间，全体委员签订《委员履责承诺书》。这是州政协持续推动贯彻落实中央政协工作会议精神走深走实，不断加强和改进新时代市县政协工作的一个缩影。

“州政协用心谋、用情干、用力抓，贯彻落实中央政协工作会议精神出特色，有亮点，创造了把支部建在委员界别活动组上的鲜活经验，州政协机关党委被云南省委表彰为‘先进基层党组织’，党政主要领导领办重点提案、州政协常委述职、‘协商在基层’工作、委员履责承诺等创新性做法走在全省前列。”楚雄州委书记刘勇对政协工作给出充分评价。

绘制蓝本　以“回头看”推动“向前走”

今年是新一届州政协开局起步之年，如何深入开展贯彻落实中央政协工作会议精神“回头看”，持续推动贯彻落实会议精神走深走实，成为楚雄州政协思考的重点。

谋篇布局，制度先行。一份凝结着各方智慧的《关于打造同心政协有为政协开放政协活力政协的意见》（以下简称《意见》）迅速出台，精心绘制出新一届政协的履职蓝本。

州政协相关负责人介绍，《意见》明确在打造“同心政协”方面，通过建立习近平新时代中国特色社会主义思想专题学习座谈制度、重大专项工作委员宣讲团制度，开展“拥护核心、心向北京”等系列主题活动等，不断筑牢团结奋斗的共同思想政治基础。

州政协还制定出台《楚雄州政协工作提质增效“全链条”工作机制》，进一步明确任务清单，细化工作“路线图”。

“州政协提出的履职目标和‘全链条’工作机制很好，这种担当作为、开拓创新，在研究状态下工作的精神值得学习。”州委副书记、州人民政府州长张文旺对《意见》作出批示。

“开展‘回头看’是为了更好‘向前走’。”州政协主席赵晓明表示，要在深入总结经验的基础上，扬优势补短板，坚持守正创新，持续推动贯彻落实中央政协工作会议精神往深里走、往实里走。

委员们纷纷感叹，州政协的两项举措就像为大家装上了“履职发条”，促使委员交出更多优质的“政协答卷”和“委员作业”。

党建赋能　建强“两支队伍”

谈起楚雄州破解“两个薄弱”的工作经验，赵晓明认为，州委加强领导和支持、州政协党组主动推进落实是关键。

中央政协工作会议召开前，楚雄州政协和10个县级政协组织共有干部职工407人，且老同志居多、高学历的干部少，有的县政协“一委一人”和“有委无人”的情况较突出，要服务保障全州2100多名政协委员履职，供需矛盾显而易见。

2019年12月，楚雄州委召开政协工作会议，并制定印发《关于落实中央及省州党委政协工作会议精神主要任务分工方案》《关于新时代加强和改进人民政协工作的实施意见》等文件，从加强党对人民政协工作的全面领导、着力推进政协协商民主建设等方面作出明确要求，为破解“两个薄弱”问题提供了“金钥匙”。

很快，州政协工作呈现出全新气象。州委坚持州委常委会议每两个月听取州政协党组和党组书记工作报告，帮助研究解决困难和问题，并为州政协配置了1名专职机关党委副书记（副处职级），10县市各落实了1名党务工作人员，全面压实政协党建工作责任。

州政协党组自觉服从州委领导，严格执行重大事项请示报告制度，同时在新的组织体系和工作方式方法上不断探索。“我们成立了6个住楚雄城区州政协委员界别活动组党支部，依托县市政协成立10个联合党支部，在全省率先实现两个‘全覆盖’。”州政协秘书长罗绍辉介绍道。

为确保政协工作“有人干，干得好”，州政协在实现“全员入委”的基础上，将10县市政协主席全部纳入州政协常委，有效充实了队伍力量。

全州各市县也纷纷行动，通过扩大委员规模、规范设置专门委员会等举措，为各级政协引进新增优秀干部50余人，全州103个乡镇全部落实政协工作召集人制度，保障工作经费，实现每个乡镇至少有1名州、县市政协委员，市县政协呈现出前所未有的良好工作局面。

深耕主业　擦亮“专”字招牌

解决了“有人干”的问题，怎么干、干出什么新样子？楚雄州政协自我加压，聚焦主责主业，坚持守正创新，在扎实推进专门协商机构建设上下足功夫。

“基层政协组织在深入推进基层协商民主的进程中，有着不可替代的特殊作用。”赵晓明介绍，近年来，州政协按照“不建机构建机制”的工作思路，聚焦“搭台”这一政协的主要工作方式，建成“政协委员之家”（委员联络处）162个，覆盖全州10县市103个乡镇，把协商议事会开到群众“家门口”，零距离倾听百姓心声，实打实为民代言，真正实现基层政协委员履职有舞台，基层政协工作有抓手。

过去的万家坝社区栗子园居民小组是一个以“脏乱差”出名的城中村，社区多次开展整改也不见效，让居民头疼不已。

鹿城镇“协商在基层”协商议事室正式建立后，市政协委员服务联络处6组的总召集人李家荣了解情况后，将“栗子园小组人居环境提升”纳入协商主题，先后通过多次协商议事最终达成共识，由市政协帮忙协调筹措180余万元资金，实施村内道路及绿化、美化、亮化等项目建设，并完善《村规民约》，建立了群众自治组织及村庄环境卫生、公厕保洁等制度，使群众的居住环境得到大幅提升。

这样的例子不胜枚举。自开展“协商在基层”工作以来，全州共开展协商议事活动近400场次，解决民生热点难点问题600余个，实实在在为群众解决了一批操心事、烦心事、揪心事，真正成了基层党组织的“好帮手”、联系人民群众的“连心桥”、委员履职的“新平台”。

（原载于《人民政协报》2022年7月9日第1版）

建设一室　联系一界　引领一方

——云南省楚雄州政协打造委员联系界别群众履职新品牌记事

记者／吕金平　　通讯员／李茜茜　杨光周　起学志

“建立委员履责承诺制度，将委员联系界别群众纳入委员履责承诺的重要内容；建立界别召集人制度，推荐28名委员担任界别召集人……”近日，云南省楚雄彝族自治州政协主席赵晓明在全省政协深入推进委员联系界别群众暨委员工作室工作会上分享交流了开展界别工作的“三五工作法”，引发各方广泛关注。

楚雄州政协坚持制度创新和工作创新两轮驱动，不断加强和改进新时代市县政协工作，以委员联系界别群众工作为抓手，积极探索让政协委员走进群众、深入群众、服务群众。截至目前，楚雄州已建成各类委员工作室218个，已有2100余名委员与10600多名有代表性的界别群众建立了常态化联系。

党的二十大报告指出，完善人民政协民主监督和委员联系界别群众制度机制。近期，在认真学习宣传贯彻党的二十大精神过程中，州政协紧紧围绕打造“同心政协、有为政协、开放政协、活力政协”，组织界别委员深入调研协商、深度议政建言，为全州高质量发展贡献政协力量。

“党的二十大报告对职业教育发展提出新的部署要求，我们一定要抓住机遇，立志做有理想、敢担当、能吃苦、肯奋斗的新时代好青年……”2022年11月2日，楚雄技师学院弘文书院内的委员工作室内气氛热烈。一场别开生面的二十大精神宣讲会正在进行。

当天，州政协委员、楚雄技师学院党委委员罗思宝以通俗易懂的语言为同学们解读党的二十大报告，并与大家就新时代青年工作、高技能人才培养等话题展开热烈讨论。

积极利用委员工作室宣讲党的二十大精神是罗思宝委员近来的工作日常，这背后体现的是州政协的高位统筹和制度保障。

州政协着力强化界别工作，相继出台《政协界别召集人制度》《政协主席会议成员、各专门委员会联系界别制度》《政协委员联系界别群众制度》等文件，持续在拓宽界别工作范围、建立长效机制等新课题上“破题”。

“制度明确每名政协委员至少联系5名界别群众，一年至少联系2次，可采取谈心谈话、走访调研、座谈讨论以及线上交流等方式开展。联系服务的内容包括：思想政治引领、宣传政协事业、广泛凝聚共识、了解社情民意、助力民生改善、促进社会和谐六个方面。”州政协委员联络委员会主任杨林本介绍道。

有了制度保障，如何具体开展工作？州政协坚持把委员工作室作为委员联系界别群众的平台载体，出台指导意见，统一建设标准，明确功能定位，规范运行管理。

“火热”的工作局面随即打开。依托州人民医院建立的医药卫生界委员工作室，20名医药卫生界州政协委员进驻开展工作，委员们将工作室作为学习交流的平台和联系界别群众的新途径，围绕群众对医疗卫生行业普遍关注的热点、难点、堵点问题开展调研讨论，积极建言献策；依托州档案馆建立的社科界委员工作室，10名社科界委员进驻其中，定期开展理论研读、政策宣讲、走访界别群众、召开民情座谈会等活动，实现建言资政和凝聚共识双向发力……

走进云南荣楚律师事务所，“王春波委员工作室”几个醒目大字随即映入眼帘。

该工作室的“主人”王春波介绍，目前入驻工作室的成员既有专业的律师团队，也有来自公、检、法部门的特约调解员，大家依托工作室，积极发挥各自专业特长，深入机关、企业、乡村、社区，开展法律援助和公益法律咨询等义务服务，受到群众热烈欢迎。

在州政协的引领下，全州各级政协委员联系界别群众工作遍地开花。设立在楚雄第一中学龙泉书院的“张芸委员工作室”通过建立微信群，定期收集所联系的界别群众的意见建议，并把大家的呼声转化为提案、社情民意信息，有效推动解决了群众急难愁盼问题。

设立在双柏县鄂嘉镇旧丈村的董树平委员工作室，为附近的村民群众提供免费开放式阅读服务，并定期举办农业技术培训、文学创作交流辅导等活动，影响和带动广大农民群众形成多读书、读好书、善读书的良好社会风尚。

如今，在彝州大地，一个个委员工作室就像一座座“连心桥”，嵌入城乡之中，融入群众生活，成为推进政协工作向基层拓展延伸的“前哨阵地”。

（原载于《人民政协报》2023 年 1 月 3 日第 1 版）

保持奔跑的姿态

——西安市长安区政协履职的探索与实践

记者／路　强

“近年来，区政协积极探索，改革创新，开展‘三联系一满意’活动，坚持委员年终述职、述德、述廉，定期举办政协大讲堂、主席接待委员日等，使委员学习交流的平台越来越大，履职尽责的水平越来越高。”

“区政协有强烈的创新意识，体现在工作的各个方面，且创新是紧紧围绕习近平总书记关于加强和改进人民政协工作的重要思想展开的。”

“区政协的工作之所以取得比较显著的成绩，其中重要的原因是坚持创新，包括方法创新、措施创新、机制创新，并及时总结完善固化成为制度，推动事业发展。”

……

2021年12月10日，记者在陕西省西安市长安区政协采访时，几乎每位委员都提到了“创新”，在他们看来，正是创新给了政协工作动力，给了委员履职的动力。至于为什么要创新，区政协主席徐树安表示说：“当政协工作的接力棒传到我们手上时，是墨守成规、按部就班，还是勇于创新、高扬旗帜，我们选择了后者。因为我们有一大批个人能力素质出众、参政议政意识强烈的政协委员，如果不把政协平台搭建好，发挥不好组织作用，委员的主体作用就难以凸显，我想政协委员们都不会答应。”

进入新时代，政协是什么？干什么？怎么干？谁来干？长安区政协给出的答案是：党委想什么，政协议什么；政府干什么，政协帮什么；群众盼什么，政协问什么；委员呼什么，政协推什么；科学发展需什么、政协提什么。区政协常委许海峰说，“新理念让政协职能更加具体化、实践化、形象化，对政协委员迅速、准确地理解和把握政协职能定位，以及准确把握自身履职方向，起到了重要的指导作用。”

有了新的理念，长安区政协又创新建立了一整套委员履职机制。区政协以“长安政协大讲堂”为载体，坚持委员常态化学习培训。并于同年率先在全省区县政协开展委员年度“述职述德述廉”工作，建立委员向政协常委会、党派界别、区域活动组多层次全方位述职工作制度，目的就是时刻提醒委员明白“为了谁，依靠谁，我是谁”。

此外，长安区政协还建立了“主席接待委员日”制度，区政协主席会议成员每月轮值接待界别委员，听取意见建议，并以《建言献策专报》形式报送区委、区政府有关领导及相关部门。

“当时我正好在工作中遇到难题，社保以税代缴新政中，我分管的单位医保账户和公积金账户均出现异常状态，职工纷纷投诉。巧遇主席接待日，我将困扰的问题反映给了徐树安主席。事后，区政府安排由分管副区长重点督办，组织相关职能部门负责人面对面协商办理，有力促进社保转税征收应急机制的建立和社保机制有序运行。”说起参与“主席接待日”活动的经历，长安区政协常委王咏梅至今记忆犹新。

同时，长安区政协还积极在委员领办单位、街道设立“委员活动室”“委员履职联络点”，推动住地政协委员参与街道重要会议、重大活动，开展作风评议、征求意见建议等，组织委员宣讲政策、答疑释惑，凝聚共识，让广大人民群众真正感受到政协委员就在身边。

创新是为了工作更有成效。近年来，长安区政协先后围绕秦岭北麓保护、脱贫攻坚、营商环境、公园城市建设等一批事关全区长远发展的大事、发展中的难点问题开展协商，提出的很多意见建议都得到了区委、区政府的重视和采纳。“在区政协这个大家庭里，我们多少次深入基层，冒风雨、顶赤日，考察田间文物保护；多少次驱车乡村，取样农村垃圾污染，建言环境改善；多少次奔走调研治理秦岭生态，保护重建‘金山银山’……政协的履职过程让我有了归属感和为人民做实事的信心。”谈及过往，区政协常委骆浩颇为感慨。

关于创新，长安区政协还做了很多，如建立“三联系一满意”制度，坚持开展以主席联系常委、常委联系委员、委员联系界别群众为形式，以“争做人民满意政协委员”为目标的主题实践活动；执行“三见面、三不准”提案工作要求，即提案承办单位要在办理前走访委员，办理中加强与委员联系，办理后专门向委员回复，不准在未与委员走访沟通前进行答复，不准向委员通报办理结果征求意见之前进行回复，不准对类似提案用同一复函进行回复；提高政协常委会会议开放性，邀请不是常委的委员和基层群众代表列席参加并发表见解；聘请退休退职干部和驻区高校专家教授担任区政协智库专家；确立“老长安”系列文史资料品牌等。

对于这些，徐树安说，“我们就是要以创新来保持奔跑的姿态，也许跑的速度、跑的质量还有待进一步提高，但我们坚持奔跑、坚持奋斗，就是努力要在新时代干出政协工作的新样子。”

（原载于《人民政协报》2022 年 1 月 10 日第 1 版）

以数字化改革推动工作提质增效

——陕西宝鸡市政协倾力打造“秦商量宝鸡平台”小记

记者 / 路　强　　通讯员 / 王俊翔

“我和很多周围的群众一样，几乎每天都要从小区的直饮水机打水，但水质合格不合格、滤芯多长时间更换等疑虑，一直困扰着我们大家。”近日，陕西省宝鸡市政协委员庞磊在接受记者采访时讲述道，“我将这一问题提交到‘秦商量宝鸡平台’，没想到得到省、市多个部门的重视，随着全省加强住宅小区直饮水监督管理的规范性文件出台，总算把这个困扰多年的心病化解了”。

得到委员点赞的“秦商量宝鸡平台”，是十三届宝鸡市政协落实“有事好商量、众人的事情由众人商量”要求，在充分吸收省政协“秦商量”协商议政工作经验基础上，打造的一款富有宝鸡政协工作特点的网上协商议政平台。主要包含“议题征集”“微协商”“微建议”“热点资讯”四大模块，面向全市各级政协组织、各民主党派、工商联和政协工作者开放。

平台上开展的每场网上协商会议，均要经历议题发布、线下调研、网上讨论、跟帖建言、梳理汇总、跟踪问效等多个环节，由市政协统一组织，市县政协委员、市级各民主党派和工商联等近千名平台用户均可参与。如今，“秦商量”协商品牌越来越为宝鸡各界人士所熟悉。

2022 年以来，宝鸡市政协先后 7 次通过“秦商量宝鸡平台”开展网络议政活动。针对委员反映的“关于加强小区直饮水机监管的建议”，市政协在深入调研的基础上，利用“秦商量宝鸡平台”上发起了一场网络议政，63 名委员围绕该议题在线建言，提出了建立直饮水机备案制度、完善三方共管机制、发挥消费者监督力量等建议 70 余条，协商成果得到省政协采纳，并受到了省有关部门的重视。

11 月 11 日，省卫健委、住建厅和市场监管局联合发布《关于加强住宅小区现制现售饮用水监督管理的通知》，规定现制现售饮用水水机经营者名称公示、卫生管理员联系方式、售水机的卫生批准文件和清洗维护记录、水质检测结果等。要求不得对所制售饮用水进行虚假宣传，发现水质不合格的责令停止现制现售饮用水。

得知这一消息后，庞磊高兴地说道，“没想到‘秦商量’的力量这么大，不但切切实实帮助大家解决了实际困难和问题，更没想到是作为一名市级委员，也可以通过自己的履职推动一个惠及全省的政策文件出台！”

一年来，宝鸡市政协通过“秦商量宝鸡平台”，还围绕教育“双减”、文旅商体融合发展、常态化疫情防控、秦岭生态保护等多项议题开展线上协商，参与委员 440 人次，提出意见建议 132 条。对委员提出的“金点子”，市政协工作人员密切关注，第一时间给予反馈，超过 50 条意见建议吸纳进了市政协的调研报告，为党委政府科学决策提供了有益参考。

市政协主席刘荣贤表示，“秦商量宝鸡平台”为全市各级政协组织拓展深度协商互动、充分表达意见、广泛凝聚共识发挥了重要作用，平台的建成使用标志着市政协以数字化改革赋能全市政协工作提质增效、高质量发展取得了实质性进展和阶段性成果。下一步，市政协还将继续探索创新，完善平台功能，开辟“线上委员工作室”“委员讲堂”“‘书香政协’读书园地”等功能模块，做大做强市政协特色亮点工作，为全市政协委员建言资政、凝聚共识提供更加广阔的舞台。

（原载于《人民政协报》2022 年 12 月 23 日第 1 版）

后 记

2023年4月6日，是《人民政协报》创刊40周年的日子。40年来，我们不忘初心，砥砺前行，忠实地记录和报道中国经济社会发展和中国特色民主政治进程；40年来，我们得到了各级统战部门、政协组织、民主党派及工商联和广大政协委员的鼎力支持，结下了深厚友谊，留下了无数感人故事。

在创刊40周年之际，我们出版的《人民政协报新时代报道作品选》丛书（包括《新时代市县政协的新样子》《委员故事》《民意之桥》），内容为《人民政协报》在近年来刊发的专题报道及作品精选。这些文稿从不同的侧面展现了党的十八大以来中国式现代化建设取得的新的历史性成就；展现了人民政协在“赢得民心民意、汇集民智民力”方面所付出的艰辛努力和取得的丰硕成果；展现了政协委员们结合自身工作，不负重托，履职尽责的生动风采和市县政协工作的“新样子”。期望该丛书能给各地政协开展工作提供借鉴参考，能对政协委员履职有所帮助。

本次图书出版，得到了中国文史出版社领导和编辑老师的鼎力相助；多位委员和专家学者欣然作序并热心推荐；海南新宝塔控股集团有限公司给予了大力支持；报社相关部门和同事不辞辛苦，做了大量具体工作。在此一并表示衷心的感谢！

人间最美四月天。让我们继续携手同行，凝心聚力，创造更美好的明天。

编　者

2023年4月